하야부사 소방단

하야부사 소방단

이케이도 준 지음
천선필 옮김

소미미디어
Somy Media

주요 등장인물

미마 다로   미스터리 작가

미야하라 이쿠오   야오로즈면 소방단 하야부사 분단 분단장

모리노 요스케   하야부사 분단 부분단장

후지모토 간스케   하야부사 분단 대원, 공무점 근무

도쿠다 쇼고   하야부사 분단 대원, 일덕당 당주

나카니시 요타   하야부사 분단 대원, 목수

다치키 아야   영상 크리에이터

에니시 다스쿠   즈이메이지 주지

노부오카 신조   면장

요시다 나쓰오   우편국장

나가노 세이이치   경찰서장

나카야마다 히로시   편집자

다무라 도미이치   프리랜서 기자

고사이 미치하루   오르비스 테라에 기사단 교조

스기모리 노보루   오르비스 십자군 총장

목차

1장

벚꽃 저택의 주민

1

하늘 가득 뜬 별이 조용히, 소리도 없이 움직이고 있다.

아무리 바라봐도 질리지 않는 밤하늘이다. 도쿄에서는 이렇게까지 맑은 하늘을 볼 수가 없다.

별들은 밝은 하늘의 상자에 박힌 채, 마치 생명이 깃든 것처럼 반짝이고 있다.

이른 봄의 싸늘한 바람이 나무들을 흔들고 목덜미를 쓰다듬는데도 불구하고, 미마 다로는 2층 베란다에서 하늘을 계속 올려다보고 있었다.

다로가 하야부사 지구로 이사 온 것은 불과 한 달 정도 전이다.

이곳은 주부 지방, U현 S군의 산으로 둘러싸여 있는 야오로즈면. 이 '야오로즈(八百万)'는 야오요로즈가 아니라 약간 발음이 바뀐 야오로즈라고 읽는다.

　이 면에 있는 여섯 지구 중, 해발 500미터 고원에 있는 것이 이곳 '하야부사 지구'다.

　작년 봄. 다로는 수십 년 만에 이곳을 찾아왔다. 쓰던 소설을 취재하기 위해 이웃 현을 방문했다가 온 김에 문득 생각나서 이곳까지 온 것이다. 취재하러 간 곳에서 고속도로를 타고 한 시간 정도 드라이브를 했다.

　그리고 다로는 이 산촌의 끝없는 매력에 빠지고 말았다.

　눈부실 정도로 아름다운 초목. 잠깐 들른 '길가의 역'에서 만난 이 지역 사람들과의 소박한 교류. 맑은 하늘을 올려다보니 솔개가 유유히 날아다녔고, 침엽수 숲 너머에는 골프장이 보였다. 메마른 풀에 흙냄새가 약간 섞여 있었고, 때때로 어딘가에 있는 것 같은 축사 냄새가 약간 감도는 것도 마음에 들었다.

　다로가 미스터리 작가의 등용문이라 불리는 아케치 고고로 상을 받은 것은 서른 살 때였다. 지금으로부터 5년 전이다. 수상작인 '지옥문'은 세간에서 격리된 벽촌에서 일어난 이상한 연속살인 사건을 그려낸 미스터리 소설이었고, 평가회에서는 '제2의 요코미조 세이시'라고 절찬하며 띄워주었다.

　오랜만에 등장한 대형 신인으로 문예계의 주목을 받으며 화려하게 작가로 데뷔하면서 다로는 그때까지 근무하던 편집 프로덕션을 그만두었다. 힘든 근로환경에다 박봉. 그런 곳에서 버텨봤자 장래가 없을 거라 생각하고 결단을 내린 것이다.

다로가 만반의 준비를 갖추고 두 번째 작품인 '가나안의 동쪽'을 발표한 것은 상을 받은 다음 해였다.

국제적인 스케일로 전개되는 책략의 세계는 출판 당시 업계 평론가들이 절찬했지만, 매출은 신통치 않았다. '자기 멋대로', '너무 재미가 없다', '읽는 건 시간 낭비', '이 작가 책은 두 번 다시 사지 않을 거다'——, 인터넷에는 혹평 댓글이 넘쳐났고, 원래 낙천적인 다로도 풀죽을 수밖에 없었다.

그럼에도 불구하고 1년에 한 작품을 쓸 수 있었던 것은 쓰지 않으면 먹고살 수가 없다는 절박한 사정이 크게 작용했다.

하지만 초판 부수는 책을 낼 때마다 줄어들었고, 작년에 내놓은 네 번째 작품은 기어코 데뷔작의 3분의 1 이하로 떨어졌다. 작가로서 먹고 살 수 있는 건 소설 잡지에 연재하고 있기 때문이긴 하지만, 출판이 불황인 시대다. 팔리지 않는 작가는 언제 연재가 끊길지도 모르고, 애초에 소설 잡지 자체가 폐간될 가능성조차 있다.

최근 몇 년 동안, 다로가 직면해왔던 것은 먹고살아야 한다는 현실이었다. 그 때문에 나카메구로에 있는 분리형 원룸 월세방에서 다로는 항상 악전고투를 거듭하고 있었다. 너무 필사적으로 글만 쓰느라 어느 사이엔가 신경이 마모되면서 지쳤다는 사실조차 눈치채지 못했다.

그런데 취재할 겸 들렀던 이 하야부사 지구에 오자마자 자신이 얼마나 지쳐 있는지 알아차린 것이다.

어쩌면 그것은 원래 다로 안에 흐르고 있던 '피'가 일깨워준 감각──각성이라고 해도 될 정도지만──덕분일지도 모른다.

그때──.

"저기, 노노야마라는 분 집을 찾고 있는데요."

다로는 걸어가는 할머니를 발견하고는 산 지 3년 된 토요타 코롤라를 길가에 세우고 말을 걸었다. 노노야마는 다로의 아버지 쪽 성이다.

좌우 양쪽에 차밭이 펼쳐져 있는 곳 둑에는 민들레가 잔뜩 자라나 있었다. 밭일을 하러 가는지 장갑을 낀 손으로 낫을 들고 일바지를 입은 그 할머니는 약간 의아하다는 듯한 눈초리로 다로를 보았다.

"노노야마는 여러 명인데……."

"노노야마 가쓰오입니다."

"아, 가쓰오 씨네 말이군."

"아마 이 근처였던 것 같은데요."

가쓰오는 다로의 아버지 이름이다. 하지만 아버지와 어머니는 다로가 초등학생 때 이혼했고, 다로는 어머니의 예전 성인 '미마'로 성을 바꾼 뒤 어머니 밑에서 자랐다. 그런 아버지가 죽은 것은 다로가 아케치 고고로상을 받기 1년 전이었다.

하야부사 지구에 있는 아버지 친가에는 초등학교 저학년 때 온 이후로 오지 않았다.

"당신, 누구요?"

할머니가 물었다.

"가쓰오의 아들입니다."

"아, 아드님. 이렇게 다 큰 아들이 있었나?"

할머니는 은이빨이 보이는 이를 드러내고는 "가쓰오 씨는 잘 지내고?"라고 물었다.

"6년 전에 돌아가셨어요."

"아이고."

눈을 동그랗게 뜨면서 할머니는 "그거 참 안됐네"라고 말했다.

"어쩌다 돌아가셨나?."

"암으로요. 췌장암이었어요. 진단을 받고 세 달 정도 뒤에요. 이 근처는 초등학생 때 온 이후로 처음이라 집이 어딘지 기억이 잘 나지 않아서……."

"여긴 놀러 왔고?"

"일 때문에 근처에 와서요."

다로는 끈기 있게 설명했다. "오랫동안 오지 않았었는데, 아버지의 친가에 들러볼까 생각해서요. 주소는 알고 있긴 한데, 집이 어딘지 잘 모르겠거든요."

시골이라 둘러봐도 번지를 적어놓은 부분이 전혀 없었다. 게다가 이 근처는 '몇몇 번지'라고 입력해도 내비에 나오지 않는다.

"아, 그랬어? 가쓰오 씨네 집은 이 앞 우체국을 지난 다음에 오른쪽 길을 올라가서 막다른 곳인데."

그러고 보니 우체국이 있었던 것 같다. "그 건너편에 저수지가 하나 있을 텐데, 거기까지 가면 너무 많이 간 거고."

"감사합니다."

다로는 다시 차를 타고 출발했다. 가로수 사이로 난 언덕길을 내려가자 오른쪽에 자그마한 목조 단층 건물이 보였다. "아", 자기도 모르게 그런 탄성이 나왔다.

어렸을 때, 할아버지 손을 잡고 편지를 보내러 갔을 때 기억이 되살아났기 때문이다. 하지만 건물 앞까지 와보니 그곳에는 사람이 없었고, 나무 벽 페인트가 무참하게 뜯겨 나간 것을 보니 버려진 건물이라는 걸 알 수 있었다.

앞에 덩그러니 놓인 우체통만 여전히 현역인 모양인지 수십 년의 세월이 지났다는 사실을 말해주고 있었다.

그 우체통을 본 순간, 왠지 모르겠지만 거센 감정이 솟구쳐서 다로의 가슴속을 가득 메웠다. 과거에 대한 동경이라고 해야 할까.

다로는 보이지 않는 손에 이끌리는 듯이 언덕길을 올라갔

다. 감나무, 차밭. 큰 산벚나무. 그리고,

"……있네."

나로는 조용히 중얼거렸다.

아득히 먼 곳에서 떠오른 기억이 눈앞에 펼쳐진 광경으로 인해 덧칠되었다.

팔작 형태의 지붕. 그 삼각형 지붕 처마 밑에는 장식처럼 달린 털보말벌집이 있었다. 양조장 같은 곳에 흔히 있는 공 모양 장식 같은 형태다.

'하야부사'의 집이 아직 남아 있다는 이야기를 들은 건 아버지의 장례식이 끝난 뒤였다.

마지막으로 이 집에 온 것은 할아버지와 할머니가 살아계셨던 시절이었고, 그 이후로 그 두 분이 연달아 돌아가시자 아버지만 가끔 성묘를 하러 찾아오는 정도였다. 그리고 부모님이 이혼한 뒤로는 희미해져 가는 기억 속의 존재로만 남아 있었다.

그 집을 다로에게 남겼다고 얘기해준 사람은 아버지가 의지하던 변호사였다. 큰 금액이 아니긴 하지만, 상속하면 고정 상속세도 내야 한다. 얼마 안 되는 금액이었기에 다로는 그 세금도 냈다. 집은 언젠가 팔 생각이긴 했지만, 일이 바쁜 것을 핑계로 미뤄둔 것이 사실이다.

언덕길을 올라가다 보니 희미한 글자로 '여기부터 사유 도로'라고 적힌 간판이 보였다.

아랑곳하지 않고 지나가니 간이 포장된 그 도로는 넓은 뜰이 있는 안채 앞까지 이어져 있었고, 길은 거기서 끊겼다.

차고 앞 공간에 차를 세운 다음, 시동을 끄고 내렸다.

조용하다.

도시였다면 한밤중이라도 어디선가 어떤 소리가 나기 마련이다. 가만히 쌓이듯이. 하지만 이곳에는 그런 것이 없다. 산들바람이 나뭇가지를 흔드는 소리만 또렷하게 들렸다.

그리고, 이 향긋한 자연의 냄새는 대체 뭘까. 자기도 모르게 목을 움츠리고 눈을 감은 채 심호흡을 하고 싶어질 정도였다.

이렇게 멋진 곳이었던가, 다로는 의아했다. 기억이 희미해져서 지금은 할아버지와 할머니는커녕, 당시 아버지 얼굴조차 잘 생각나지 않는다는 게 슬프다.

다로는 지은 지 50년은 지났을 것 같은 집을 다시 바라보았다.

대가족도 살 수 있을 만큼 큰 2층 목조 건물이었다.

잡초가 수북했고, 현관에는 낙엽이 쌓여 있었다. 덧문은 닫힌 채 몇 년 동안 열지 않았을 것이다.

집의 모습은 과거의 기억과 똑같았지만, 달라진 곳도 있었다.

2층 일부를 개조해서 빨래 건조대 같은 베란다를 만들어놓은 것이다.

아마 아버지가 취미로 만들었을 것이다. 아버지는 분위기를 중시하는 사람이어서 시를 읊거나 노가쿠에 빠진 적도 있었고 천체 관측이나 사진까지 취미로 하고 있었다. 아마 친가 일부를 개조해서 밤하늘을 올려다보거나 새 사진을 찍지 않았을까. 소설을 쓰진 않았지만, 아버지라 그런지 다로와 통하는 구석이 있었다.

한동안 바라보던 다로는 각오를 다지고 현관문에 손을 대보았다. 전통식 미닫이문이다.

당연하지만 문은 잠겨 있었다.

차로 돌아와 가방에서 열쇠고리를 꺼낸 다로는 아버지의 변호사에게 받은 뒤로 한 번도 쓴 적이 없는 그 열쇠를 현관의 열쇠 구멍에 꽂아 넣었다.

찰칵, 그렇게 딱딱한 소리와 함께 잠겨 있던 문이 열리자마자 먼지와 곰팡이가 뒤섞인 듯한 냄새가 코를 찔렀다.

눈부실 정도로 아름다운 바깥 경치에 비하면 집 안은 어두워서 마치 동굴처럼 보였다. 유령 저택 뺨칠 정도다.

어떻게 해야 할지 망설이다가 모처럼 왔으니 환기 정도는 시켜야겠다고 생각한 것이 모든 것의 시작이었다.

우선 바깥을 한 바퀴 돌며 집 전체의 덧문을 전부 열었다.

그런 다음, 집 안으로 들어가 1층과 2층의 창문을 모조리 열었다.

청소기를 찾아내긴 했지만, 전기와 수도는 정지되었기에

어떻게 해볼 수가 없다. 먼지와 쓰레기는 그대로 두었다.

2층에는 방이 세 개 있었던 기억이 나는데, 올라가 보니 두 개밖에 없었다.

보아하니 아버지가 예전에 방이었던 곳을 뚫어서 베란다를 만들어버린 모양이었다.

조심조심 그곳으로 나가보았다.

발을 내디딜 때마다 바닥이 꺼지지 않을까 걱정했지만, 그런 일은 일어나지 않았다. 군데군데 삐걱대는 소리가 나긴 했지만, 의외로 튼튼하게 만들어진 모양이었다.

나무 틀로 둘러싸인 판자 안에 서보니 아버지가 어째서 그것을 만들었는지 이해가 되는 것 같았다.

그곳에서 이곳 하야부사 지구의 완만한 기복과 그 너머에 이어져 있는 숲을 한눈에 바라볼 수 있었기 때문이다. 지형은 집이 있는 곳부터 좀 전에 지나온 도로까지 일단 내리막이고, 거기부터는 다시 완만하게 솟아 있었다. 그중 제일 높은 곳에 나이가 100살은 될 것 같을 정도로 큰 나무가 우거진 부분이 있었다.

다로는 그곳이 무엇인지 알고 있었다——, 아니, 기억이 났다.

작은 사당이다. 아마 그 옆에 마을 회관도 있었던 것 같은데.

다로는 베란다의 난간을 잡고 아버지가 보았을 경치를 자세히 살펴보았다.

봄바람이 불어오기 나뭇가시가 흔들렸고, 구름이 유유히 하늘에 떠 있었다. 그 하늘이 넓다. 주위 나무들은 신록의 빛을 뿜어내며 숨 쉬고 있었다.

그 광경을 본 다로는 그곳에 선 채 한동안 움직이지 않았다. 아니, 움직일 수가 없었다고 하는 게 더 정확할지도 모르겠다.

햇볕을 쬐며 서 있기만 해도 온화한 자연이 뿜어내는 에너지가 몸을 가득 채웠다.

──아, 나는 살아 있구나.

그렇게 당연한 감정이 감격스러운 느낌으로 마음속 깊은 곳에서 솟아난 순간이었다. 도쿄에서 바쁘게 살면서 잊어가고 있던 것이 갑자기 되살아난 것이다.

그것은 무언가 자신의 근본 같은 것, 인간의 원점에 가까운 것에 접근했다는 실감이었다.

──나는 뭘 하고 있었던 걸까.

도쿄에서의 삶을 떠올리고, 쫓기듯이 원고를 계속 쓰던 나날을 생각했다. 스트레스를 떠안은 채 좁은 하늘과 콘크리트에 둘러싸여서 살아온 나날.

그런 세월을 보낸 뒤에 과연 내게 무엇이 남는 것일까.

그렇게 치솟은 감동은 금세 근본적인 회의감으로 변했고, 그것이 화학반응을 일으키면서 하늘의 계시라고 할까, 직감적인 결론에 이르기까지는 시간이 그리 오래 걸리지 않았다.

다로는 하늘을 올려다보았다. 푸근한 산촌의 기운 속에서 깨달은 것이다.

"이 집이야말로 내가 살아야 할 곳 아닐까."

이곳이야말로 지금 내가 필요로 하는 곳이다. 돌아보아야 하는 원점인 것이다.

그 이후로는 모든 것이 눈 깜짝할 새였던 것 같다.

도쿄로 돌아온 다로는 곧바로 이사 준비를 시작했고, 출판사와 친구들에게 "시골로 이사 갈 거야"라고 선언했다. 그런 한편, 그 지역의 건설 업체를 찾아내 노후화된 집의 개수 공사를 의뢰했다. 나온 견적은 다로에게 다소 부담이 되는 금액이었지만, 이판사판이라는 심정으로 받아들이고 올해 2월 말 도쿄에서의 생활에 종지부를 찍고 나서 이곳으로 이사 온 것이다.

만약에 아내나 아이가 있었다면 도저히 그런 결단을 내릴 수 없었겠지만, 불행인지 다행인지 다로는 독신이었다. 작가가 된 직후쯤에는 결혼을 생각한 여자가 있긴 했지만, 작가로서의 앞날이 불안해지자 관계가 어색해지다가 결국 헤어졌다. 2년 전이다.

이사 와서 한 달 정도가 지났지만, 시골에서의 생활은 다로가 상상하던 것과 거의 똑같다고 할 수 있었다.

하지만 당황한 적도 꽤 있었다.

외부인은 잘 모르지만, 이런 시골에는 시골만의 인간관계가 있다. 자치회장인 후지카케라는 남자가 어느 날 아침 미리 연락도 없이 집으로 찾아온 건 이사 온 지 2주 정도 지났을 무렵이었다.

2

"다로 씨! 어때, 자치회에 들어올 생각 없나?"

갑작스러운 방문에 하던 일을 멈춘 다로는 "자치회 말씀이신가요"라며 약간 굳은 표정으로 팔짱을 꼈다.

"이 근방은 한적하니까 다 같이 힘을 합쳐가면서 살아야지."

살아야 한다는 말이 왠지 실감이 되었다. 도쿄에도 자치회가 있긴 하지만, 권유할 때 '살아야 한다'라는 말은 들어가지 않을 것이다. 애초에 지금까지 도시의 임대 주택에서만 살았던 다로는 이웃들과 친분을 맺은 적이 없었다. 기껏해야 옆집 사람을 만나면 고개를 숙여서 인사하는 정도였다.

제일 먼저 떠오른 것은 귀찮네, 라는 생각이었다.

하지만 이렇게 아무것도 없는 곳에서 다른 사람들과 관계도 맺지 않고 살아가는 건 재미가 없을 것 같긴 했다. 살아가기 위해서 필요한지 여부는 제쳐두더라도 새로운 곳에서 친구를 얻는 데 자치회가 효과적이리라는 것은 굳이 생각해보지 않아도 알 수 있다.

"알겠습니다. 입회 신청서 같은 게 있나요?"

그때 후지카케가 보인 것은 깜짝 놀란 표정이었다.

"입회 신청서……."

입속으로 그렇게 중얼거린 후지카케는 "그런 건 없어, 없다고" 하며 손을 들어 흔들었다. "다음에 모일 때 인사를 한번 해주면 충분하니까."

뭐 대충 그런 것일 것이다. 자치회비는 한 달에 2500엔이라고 했다. 다로가 승낙하자 "다음 토요일 6시에 마을 회관에서 모임이 있는데, 올 수 있나?"라고 다시 물었다.

"갈 수 있어요."

다로가 그렇게 대답하자 후지카케는 활짝 웃으면서 "그럼 그때 보자고. 다들 가쓰오 씨네 아들이 올지도 모른다는 걸 알고는 기대하고 있으니까"라는 말을 남긴 다음, "일하는데 미안하네" 하고 사과하며 돌아갔다.

"후지카케 씨라."

명함 같은 것도 없다. 장화에 작업 바지, 그리고 점퍼 차림인 후지카케는 집 앞에 세워두었던 경트럭을 타고 떠나갔다.

대체 어디 사는지, 어떻게 연락해야 되는지도 아직 모른다.

약간 마음이 훈훈해진 건 '가쓰오 씨네 아들'이라는 말 덕
분일까.

아버지는 이곳 출신이고, 가끔 여기에 돌아오곤 했으니 이
곳 사람들과 오랫동안 인간관계를 유지했을 것이다. 다로는
처음 사는 곳이라 해도 이 지역 사람들이 보기에는 다로가 외
부인이 아니라 '노노야마 씨네 가족'이자 오래전부터 이웃인
것이다.

초대받은 모임에 가보니 "아, 왔네, 왔어. 다로 씨, 여기야,
여기"라면서 다다미가 깔린 넓은 방 안쪽에서 후지카케가 맞
이해주었다.

모르는 사람들만 서른 명 정도가 모여 있는 것 같다. 딱히
상대를 정하지 않고 "안녕하세요"라며 인사를 하자 "여기 앉으
셔"라고 다로에게 권한 곳은 후지카케 옆자리 방석이었다.

"그럼 시간이 되었으니 시작해보겠습니다."

후지카케가 일어서서 그렇게 말하자 잡담으로 떠들썩하던
주위가 단숨에 조용해졌다. "오늘은 우선, 새로 이사 오신 미마
씨를 소개하겠습니다. 성은 다르지만, 가쓰오 씨 아들이고요."

납득하고 고개를 끄덕이는 표정, 아, 가쓰오 씨네, 그렇게
중얼거리는 목소리가 여기저기서 나왔다. "다로 씨, 한마디 부
탁해요."

그래서 일어섰다.

"미마 다로라고 합니다. 이번에 도쿄에서 이사 왔습니다. 아버지는 6년 전에 돌아가셨습니다만, 생전에는 신세를 많이 졌습니다. 감사합니다. 저는 5년 정도 전부터 소설을 쓰는 일을 해왔습니다만, 작년 봄에 취재를 하고 돌아가다가 문득 이곳을 들렀는데 정말 마음에 들어서 이번에 이렇게 여러분과 같은 마을의 일원이 되었습니다. 이곳에는 초등학생 때 가끔 놀러왔던 정도라 이곳의 풍습이나 생활 방식 같은 것들까지 모르는 게 많습니다. 부디 앞으로 잘 가르쳐주시길 바랍니다."

다로가 고개를 숙여 인사하자 박수가 울려 퍼졌고, 다시 후지카케가 일어섰다.

"그렇게 되었으니까 여러분, 다로 씨를 잘 부탁합니다."

다시 고개를 숙인 다음 자리에 앉자, 곧바로 오늘의 본론으로 들어갔다.

올해 4월부터 진행할 행사 일정을 선정하는 것이다.

다로도 받은 자료를 살펴보니 꽤 바쁜 모양이었다. 4월 축제부터 시작해서 이 지역에 있는 신사의 조명 당번, 여름에는 마을 사람 모두가 참가하는 제초 작업이 몇 번. 그리고 바비큐와 봉오도리, 운동회 같은 것도 있었다.

이런 인간관계까지 포함해서 시골의 삶일 것이다. 별장이라면 모를까, 이곳에 살게 된 이상, 일상생활의 일부로 받아들일 수밖에 없다.

그 모임은 한 시간 정도 만에 해산하게 되었다.

"다로 씨. 밥은 먹었나?"

마을 회관 밖으로 나왔을 때였다. 비슷한 또래로 보이는 남자가 싹싹한 미소를 지으며 다로에게 말을 걸었다.

"아뇨, 아직 안 먹었는데요."

"그럼 술 한잔하러 갈 텐가? 우리는 지금 가려고 하는 참인데."

옆에는 약간 나이 든 남자가 있었고, 그는 흥미로운 듯이 다로를 보고 있었다.

"아, 좋긴 한데요. 그런데, 돈을 안 가지고 와서."

다로는 빈손으로 왔다. 정확히 말하자면 수첩과 스마트폰은 가지고 있지만, 지갑은 집에 두고 왔다.

"괜찮아. 이사 온 기념으로 우리가 살 테니."

"아뇨, 그러면 죄송하니까 집에 가서 가지고 올게요."

그렇게 말하고 집 쪽을 힐끔 보았다. 언덕 위에 있는 마을 회관에서는 비슷한 높이에 있는 다로의 집이 잘 보인다. 걸어서 5분도 안 걸린다.

"참, 됐다니까 그러네."

사양하는 다로에게 처음 말을 건 남자가 그렇게 말하고는 "그냥 타" 하며 마을 회관 옆 주차장에 세워둔 경트럭 조수석을 권했다.

"술은 어디서 마시나요?"

다로가 알기로 이곳 하야부사 지구에는 번화가 같은 것이 없다. 차를 타고 5~6분 정도 가면 가게들이 모여 있는 상점가가 있긴 하지만, 그곳에는 카페나 술집이 없었던 것 같다. 하지만 다로가 본 곳은 큰길 쪽뿐이니 안 보이는 곳에 간판을 내건 가게가 있을지도 모른다.

"'세모'."

"'세모'?"

그렇게 되묻자 그는 "단바 사거리에 있는——, 마쓰카와에서 내려가서——" 하고 설명하기 시작했지만, 다로에게는 설명해봤자 소용이 없다는 걸 깨닫고는 "뭐, 가보면 알 거야. 얼른 타"라고 했다.

어쩔 수 없이 다로는 경트럭의 좁은 조수석에 앉았다.

"저기, 성함이."

기세 좋게 움직이기 시작한 차 안에서 물었다.

"나?"

다른 사람은 아무도 없다. "나는 후지모토야. 후지모토 간스케. 아까 같이 있었던 사람은 다키이 씨. 다키이 유토 씨고."

20초 정도 달린 뒤에 차가 급브레이크를 밟으며 멈췄다. 열려 있던 창문으로 "우리 집은 저기야"라며 손가락으로 가리킨 곳은 오른쪽의 완만한 언덕길을 올라간 곳에 있는 2층집이었다. 옆에는 창고도 있었다. 이사 온 지 한 달 정도 지났기에 그 집은 알고 있다. 앞으로 주민들의 얼굴과 집을 한데 묶어서 생각하게 될 것이다.

"저기, 미마 다로라고 합니다. 잘 부탁드릴게요."

다로가 그렇게 말하자 "그렇게 딱딱한 말은 안 해도 되는데. 다 아니까"라고 미소를 지으며 말하고는 다시 차를 출발시켰다.

이런 곳이 있었나 싶은 산속의 길을 달리자 항상 이웃 마을로 장을 보러 갈 때 지나다니는 국도로 나왔다.

"아, 여기로 이어지는구나."

"몰랐어?"

"네. 항상 멀리 돌아다녔네요."

"그럼 다음부터 빨리 가겠네."

"감사합니다", 고개를 살짝 숙이며 그렇게 인사했다.

"그렇게 딱딱하게 말하지 말라니까 그러네."

그리 중요한 이야기를 나눈 것도 아니지만, 간스케는 싹싹한 남자였고 항상 미소를 머금고 있었다.

그 국도를 한참 달리자 밭 안에 덩그러니 있는 자그마한 단층 건물이 나타났다. 조명과 간판 같은 게 걸려 있었다.

"아, 여기구나. 역시 선술집이었네……."

상점가 안에 가게가 있을 줄 알았기에 뜻밖이긴 했지만, 이

가게는 알고 있었다.

낮에는 문이 닫혀 있었을 것이다. 밤에 지나가며 보았을 때 가게 주차장에 자동차가 몇 대 세워져 있었던 걸 감안하면 이 근처에서는 인기가 있는 가게인 것 같았다. 나중에 들어가 볼 생각이긴 했지만, 신참이 혼자 들어가려면 용기가 필요했고, 거리를 생각하면 술을 마신 뒤에 걸어서 집에 갈 수가 없다.

간스케는 주차장의 빈 곳에 경트럭을 세웠다. 간스케의 경트럭을 따라온 다키이도 마찬가지로 자기 차를 옆에 세웠다.

주차장에는 그들의 차 말고도 다른 자동차가 네다섯 대 정도 있었다.

들어가기 전부터 떠들썩한 목소리가 들리는 걸 보니 그 가게는 나름대로 장사가 잘 되는 모양이었다. 전통식 현관에 '선술집 △'라고 손으로 적은 간판이 걸려 있었다.

그걸 본 다로가 멈춰서서 "왜 세모지?"라고 중얼거렸지만 간스케는 아무 대꾸 없이 씨익 한 번 웃은 뒤 "안녕하십니까" 소리치며 가게 안으로 들어갔다.

뒤에서 다키이가 "자, 먼저" 하고 재촉했기에 다로도 발을 내디뎠다.

3

의외로 넓은 가게였다.

들어가서 오른쪽에 7~8명 정도는 앉을 수 있는 카운터. 그 뒤쪽, 통로를 사이에 두고 좌식 좌석이 있었다.

그곳 반대쪽, 현관으로 들어와서 왼쪽에는 개별실도 있는 모양인지, 벗어둔 신발이 늘어서 있는 게 보였다. 아마 먼저 와서 주차장에 차를 세워둔 손님일 것이다.

간스케가 들어간 곳은 좌식 쪽이었다.

"다로 씨, 안쪽으로 가라고. 오늘밤 주역이니까."

"아뇨아뇨, 주역이라뇨."

"자자."

다키이도 재촉했기에 안쪽 방석에 앉았다. 다리 쪽이 파여 있어서 책상다리로 앉지 않아도 된다는 게 편했다.

"안녕하세요! 미마 씨, 처음 뵙겠습니다. 어서 오세요!"

물수건을 가져다준 가게 주인은 40대 중반쯤 되어 보이는 남자였다. 다로를 데리고 온다는 걸 미리 알려준 것 같은 말투였다.

"이분은 여주인이시고요."

"잘 부탁드립니다. 여주인이에요."

전통복을 입은 여주인은 미소가 잘 어울렸다. "이렇게 초라

한 곳에 와주셔서 감사합니다. 대단한 건 없지만 느긋하게 계시다가 가세요. 여러분, 시작은 생맥주면 될까요?"

곧바로 맥주가 나왔다.

그 가게는 주인과 여주인이 둘이서만 운영하는지 다른 직원은 없는 것 같았다.

"마스터는 이곳 분이신가요?"

주방에 있는 가게 주인을 보고 다로가 물었다. 주방은 카운터 너머에 있고, 벽 쪽에 풍로 같은 조리 기구가 늘어서 있는 게 보였다.

"다케는 다키이 씨 동급생이고, 계속 U시에서 선술집을 하다가 3년 정도 전에 여기로 돌아왔지."

가게 주인의 이름은 가쿠 다케히코라고 했다. 그 말을 들은 다로는 '세모'가 주인의 성인 가쿠에서 따온 게 아닐까 추측했다. '가쿠상(가쿠 씨)'을 거꾸로 뒤집어서 '상카쿠(세모)'. 한 번 더 손을 봐서 '△'구나. △만 있으면 애매하니까 '선술집 △'로 했을 테고.

"와, 맛나네."

건배하고 나서 묻은 거품을 옷소매로 닦아낸 간스케가 그렇게 말한 다음, "뭐 먹을래?"라며 다로 앞에 메뉴판을 펼쳤다.

"그러게요⋯⋯."

살펴보긴 했지만 "주문은 맡겨도 될까요" 하고 간스케에게 부탁했다. "추천하시는 메뉴로 부탁드릴게요."

"그럼 일단 ──, 계창 하나!"

갑자기 간스케가 신기한 걸 주문했다.

"계창?"

벽에 붙어 있는 메뉴 중에서 발견했다. '계창 750엔'이다.

"닭고기를 매콤달콤하게 구운 거야."

다키이가 그렇게 설명해주었다. "돈창(돼지곱창)이라는 게 있잖아. 그거 닭 버전이지. 이 가게에서는 내장도 나오고."

"그렇군요."

이야기만 들어도 술하고 잘 맞을 것 같다.

다로는 술을 좋아한다. 최근에는 하루 일을 마친 다음에 베란다에서 저녁놀을 보면서 술을 마시는 게 일과다. 매우 행복한 시간이다.

"유브 있나?"

간스케가 고개를 돌려서 주인에게 물었다. "있다"는 대답이 돌아왔다.

"3인분!"

"혹시, 유부……인가요?"

도쿄 선술집에서는 그런 메뉴를 찾아볼 수가 없다. 깜짝 놀란 다로를 보고 간스케가 "맛있다니까, 정말"이라고 힘주어 말했다.

계란말이 생선찜, 머위 두릅 튀김, 그렇게 연달아 주문한 간스케는 마지막으로 "그리고, 네 명 더 올 거야"라는 예상하지 못한 말을 덧붙였다.

그 말은 주인에게 한 말이었지만.

"네 명 더?"

다로는 무심코 되물었다.

"맞아", 간스케는 그렇게 말하며 쑥스러운 듯한 미소를 지었다.

"아까 모임에 참석하신 분들인가요?"

그렇게 물어보자 간스케는 "아니, 아니" 하고 오른손을 저었지만, 누구인지는 말하지 않았다. 다키이는 알고 있는 눈치였지만 조용히 맥주잔을 기울이고 있었다.

"오, 양반은 못 되겠네."

간스케가 그렇게 말한 것은 입구의 문이 열리는 소리와 함께 새로운 손님이 들어왔을 때였다.

처음 눈에 들어온 것은 덩치가 큰 남자였다. 쉰 살이 넘었을까. 감색 운동복을 위아래로 맞춰 입고 니트 모자를 쓴 채,

"안녕하세요."

그렇게 한마디 말하고는 다로 일행이 있는 자리로 왔다.

곧바로 여주인이 옆 테이블 사이에 있던 칸막이를 치우자 4인용 테이블 두 개가 나란히 붙었다.

니트 모자를 쓰고 덩치가 큰 그 남자는 일단 일어서 다루에게,

"미야하라 이쿠오입니다."

굵은 목소리로 자기소개를 하고는 오른손을 내밀었다. 맞잡은 손은 농사로 단련되었는지 두터웠다.

"미마 다로라고 합니다."

"잘 부탁해요."

그는 악수를 한 채 팔꿈치 근처가 아파질 정도로 힘껏 위아래로 흔들었다.

"이쿠오 씨, 뭐 마실 거요?"

간스케가 묻자,

"집에서 먹고 와버렸는데, 소주 먹으려고. 간스케 거 있지?"

"왜 내 걸 찾아요?"

"어때서 그래."

그런 이야기가 오간 다음, 미야하라 다음에 들어온 나머지 세 사람이 각자 자기소개를 했다.

미야하라와는 대조적으로 깡마른 남자는 모리노 요스케라고 했다. 20대 중반쯤 되어 보이고, 키가 작긴 하지만 몸이 다부진 젊은 남자는 나카니시 요타. 다른 한 명, 나카니시와 비슷한 나이에 소심해 보이는 남자가 도쿠다 쇼고다.

간스케가 키핑해둔 소주가 나오자 이 음주 모임의 취지도

알지 못한 채 다로의 술이 맥주에서 소주로 바뀌었다. 다로는 평소에 물을 타서 마시는 경우가 많지만, 다들 그냥 마셨기에 따라 마셨다.

간스케가 주문한 계창과 유부는 맛있었고, 술하고도 잘 어울렸다.

종잡을 수 없는 화제가 갑자기 다로에게 던져진 것은 소주를 두 잔째 마셨을 때쯤이었다.

"다로 씨는 무슨 일을 하나?"

미야하라가 물었다.

"저는 소설을 쓰고 있는데요."

다로는 약간 작은 목소리로 대답했다.

"그럼 작가네?"

모리노가 확인하는 듯이 간스케와 다키이의 얼굴을 보았다.

"뭐, 그렇게 되겠죠."

"무슨 펜네임으로 쓰는데?"

미야하라가 이어서 물었다.

"펜네임은 안 쓰고 본명으로 내고 있어요. 미마 다로로 검색해보세요."

작가가 자신이 작가라고 소개하는 것만큼 꼴사나운 건 없다. 여기 있는 누구도 이름을 알지 못하는 건 잘나가는 작가가 아니라는 뜻이다.

젊은 요타와 쇼고가 스마트폰으로 검색하기 시작했다.

"대단히네. 아게지 고고로상을 받았네요, 다로 씨."

요타가 호들갑을 떨며 칭찬했기에 다로는 껄끄러운 마음으로 애매한 미소를 지었다. 여기서는 다들 성이 아니라 이름으로 부르는 게 당연한 것 같다.

"그것도 모르고 미안했네. 우리는 책 같은 걸 읽은 적이 없어서."

미야하라는 그렇게 변명하고는 "그렇게 유명한 작가 선생님이셨나? 반갑네, 반가워"라며 다시 악수를 청했다.

그리고 신경 쓰이는 말을 한마디 덧붙였니. "그럼 딱 맞겠는걸"이라는.

그건 다른 사람에게 한 말이 아니라 혼잣말인 것처럼 들리기도 했다.

"저, 저기──. 딱 맞는다는 게."

다로가 그렇게 묻자 주위의 분위기가 싸악, 가라앉는 것 같은 느낌이 들었다. '싸악'이라는 소리가 들릴 정도로.

"실은, 오늘 다로 씨한테 부탁할 게 있어서 온 거야."

미야하라는 그렇게 진지한 말투로 전혀 예상하지 못한 이야기를 꺼냈다. "미마 다로 씨. 어때, 소방단에 들어오지 않겠나?"

네? 다로는 그렇게 되물은 다음, 한동안 말문이 막혔다.

"소방단, 말씀이신가요……?"

도시에서 자란 다로는 소방단이라는 이야기를 들어도 감이 오지 않았다. 소방서는 물론 알고 있지만, 과연 어떻게 다른 걸까.

"소방서는 당연히 있는 거죠?"

"S지구 소방서라는 게 있긴 하지. 그런데, 불이 나면 거기서 여기까지 오는 데 시간이 너무 오래 걸리거든. 여기서 30킬로미터 정도는 떨어져 있으니까 도착하면 다 타버리지. 그러니 이 지역 소방단이 나서는 걸세."

"이 근처에서는 지역 소방단이 소화 활동의 주력이에요."

모리노가 정중한 말투로 보충 설명했다.

"주력……."

여전히 제대로 이해하지 못하고 있자니,

"다로 씨, 입단하지."

그렇게 말한 사람은 왼쪽 옆에 앉아 있던 다키이였다. "재미있을 거야."

소방단이, 재미있다고……?

이 사람들이 무슨 소릴 하는 거지?

다로는 머리가 혼란스러워져서 자신을 바라보는 이 지역 사람들——, 지금은 내가 살게 된 동네 사람들을 새삼 다시 쳐다보았다.

아마 다로의 표정에는 알아볼 수 있을 정도로 당황한 기색이 드러나 있을 게 분명하다. 당연하다. 소방단이라는 단어 자체기 다른 별에서 날아온 거나 마찬가지다.

"저기, 잠깐만 기다려주세요."

잠시 후, 다로는 뒤얽힌 실타래를 풀려는 듯이 오른손을 들고 지금 상황을 정리했다.

"소화 활동의 주력이라고 하셨는데, 소방차도 있나요?"

"이곳 하야부사 분단에는 네 대 있지."

미야하라가 자랑스러운 듯이 가슴을 폈다. "화재 신고가 들어오면 다들 현장으로 바로 가서 소화 작업에 들어가니까."

"야간 순찰이나 축제 같은 이벤트 때 경비를 맡는 것도 소방단의 업무고."

모리노가 말했다. "그리고 가끔이긴 하지만 누군가가 산에 올라갔다가 내려오지 않으면 수색을 맡거나, 이것도 가끔 있는 일이긴 한데 산사태 같은 재해가 발생했을 때도 현장에 출동하곤 해요. 기본적으로는 지역에 공헌하는 자원봉사지만, 수당도 제대로 나오고요."

적긴 하지만요, 모리노는 그렇게 덧붙이는 걸 잊지 않았다.

"하야부사는 우리 하야부사 분단이 지켜야만 한다. 그런 뜻이라고."

미야하라가 힘주어 말했다.

"그건 저도 이해가 되는데요."

하지만, 다로는 마음속으로 그렇게 생각하며 망설였다.

사람에게는 각자 적합한 영역이라는 게 있다고 생각하기 때문이다.

소방단뿐만이 아니라 응원단, 청년단, 극단과 악단, 폭력단. 지금까지 인생에서 다로는 '단'이 붙는 단어와는 거의 인연이 없었다. 그나마 익숙한 건 한랭 기단이나 미스터리 작가라는 직업을 가지고 있기에 소년 탐정단 정도다.

자신이 호스를 잡고 불을 끄는 모습은 상상이 잘 안 되고, 우스울 거라는 생각만 든다.

대답하기 곤란해하는 다로를 소방단 사람들이 마른침을 삼키며 바라보고 있었다.

참고로 그때까지 나눈 잡담을 통해 다로는 이 사람들의 프로필을 어느 정도 파악하고 있었다.

우선 간스케는 이 지역의 건설 업체에 근무한다. 이건 "누구 집을 수리하러 갔더니"라는 말로 짐작할 수 있었다. 다키이는 가끔씩 '선생님'이라 불리는 걸 보니 교사일지도 모르겠다. 미야하라가 하는 이야기 중에는 가끔 '우리 공장'이라는 단어가 나왔으니 어딘가 공장에 근무할 것이다. 모리노는 공무원. 미야하라가 "야, 토목과. 어떻게 좀 해야 되는 거 아냐?"라고 말하자 고개를 끄덕인 모습을 보니 분명히 토목과일 것이다. 젊은 요타는 아무래도 목수인 것 같다. 쇼고는 상점가에서 점포를 하나 경영하고 있는 모양이었다. '일덕당'이라는 양품점인 것 같다.

"그렇지, 1년에 한 번씩 여행도 가요."

요타의 말투는 매우 즐거워 보였다.

"여행이라고요?"

다로는 원래 집단행동을 껄끄러워하는 타입이다. "어떤 곳에 가나요?"

"작년에는 이세였고, 나하고 쇼고, 이렇게 둘이서 미니 버스를 운전해서 1박 2일로 갔는데. 정말 신났지. 안 그래요? 이쿠오 씨."

"그래. 신이 났었지."

젊은 사람들과 베테랑 사이에는 온도차가 있는지 미야하라는 별로 신이 나지 않는 듯한 표정으로 대답했다. 재미가 없더라도 다로 앞에서는 재미있는 걸로 해야 하기 때문이다.

"들어오면 안 되겠는가? 다로 씨, 이렇게 부탁하는데."

다키이가 옆에서 고개를 숙였다.

모리노도 "부탁드릴게요"라고 말을 이었다.

"좋아, 들어가자고", 그렇게 말한 사람은 다로가 아니라 간스케였다. 이쪽은 이미 들어갈 거라 생각하고 있다.

"부탁드립니다."

젊은 사람들이 고개를 숙이니 점점 거절하기 껄끄러운 분위기가 되기 시작했다.

　지금 '들어가겠습니다'라고 말하는 건 쉽겠지만, 실제로 꽤 골치 아픈 일 아닐까 하는 생각이 들었다. 다로는 글을 쓰지 않을 때도 스토리를 생각하며 창작 세계를 부풀리는 타입이다. 내키지 않는 일을 하면 그러한 일의 방식에 문제가 생길지도 모른다.

　하지만 정말로 그럴지는 해봐야만 알 수 있다.

　지금은 대답을 보류하고 잠시 생각할 시간을 달라고 할까.

　그렇게 생각한 다로에게,

　"여기 사는 젊은이들은 모두 들어왔는데."

　미야하라가 그렇게 결정타가 될 만한 말을 꺼냈다. 미야하라를 위해 변명하자면, 적어도 그 말은 협박 같은 말투로 한 말이 아니었다. 이렇게 자연이 아름다운 산촌을 사랑하며 모두 함께 지키자. 지키는 것이 바로 우리가 짊어진 운명인 것이다──. 그렇게 애처로운 느낌까지 담긴 말이었다.

　그런 생각이 든 순간, 다로는 자기도 모르게 감동했고,

　"저는 이곳 하야부사가 좋아서 이사 왔습니다."

　무심코 그런 말을 하고 있었다. 술기운 때문이기도 했다.

"이곳을 모두 함께 지켜나가자는 생각은 훌륭한 것 같네요."

　"그럼 들어와줄 건가?"

　미야하라는 곧바로 밝은 표정을 지으며 두 손으로 다로의

손을 잡았다.

"다로 씨."

간스케가 감격한 말투로 그렇게 말했고, 아직 '들어가겠다'는 말도 하지 않았는데 박수를 치기 시작했다. 다른 사람들까지 손뼉을 치기 시작했기에 이제 각오를 다질 수밖에 없을 것 같았다.

휴우, 그렇게 숨을 크게 내쉰 다로는 소방단 사람들을 다시 바라보면서,

"알겠습니다."

그렇게 말했다. "들어가겠습니다. 잘 부탁드립니다."

"말 잘했어! 정말 고맙다!"

미야하라가 갑자기 끌어안았고,

"으앗."

다로가 그렇게 소리쳤을 때는 테이블 위에 있던 쟁반이 뒤집어졌고, 소주잔이 어디론가 굴러갔다.

상황을 지켜보고 있었던 것 같은 여주인이 급하게 수건을 들고 뛰어왔고, 모두의 잔에 술이 다시 채워졌다.

"건배하자고. 부분단장."

미야하라가 그렇게 말하자 모리노가 진지한 표정으로 잔을 들었다. 보아하니 미야하라가 분단장이고, 모리노가 부분단장인 것 같았다.

"미마 다로 씨의 입단을 축하하며 건배합시다."

왠지 음침하게 들리는 모리노의 말투는 마치 성직자의 축복 같았다. "다로 씨와 힘을 합쳐서 진행하는 최초의 공동 작업——, 건배입니다!"

모리노는 묘한 말을 꺼냈다.

아니, 모리노뿐만이 아니다. 다들 어딘가 엇나간 구석이 있다.

하지만 다로는 깊게 생각하지 않고 새로 생긴 동료들과 함께 미소를 지으며 잔을 부딪치고는 '이러면 되는 거야'라며 자신을 타일렀다.

이렇게 풍요로운 자연을 누리면서 살기 위해 어떠한 의무를 짊어진다. 그것도 나름대로 당연한 것 아닐까.

그리하여 다로는 야오로즈면 소방단 하야부사 분단——, 누가 그렇게 불렀는지는 모르겠지만, 통칭 하야부사 소방단에 이름을 올리게 된 것이다.

4

다로의 입단을 축하하는 모임은 다음 날이 일요일이기도 했기에 오후 11시가 넘어서도 계속 이어졌다.

도쿄에서 원룸에 살던 무렵의 다로는 완전히 야행성 인간이었다. 아침에 자고 오후 두 시쯤 일어난다. 작가들에게는 흔한 생활이다. 습관이라는 것은 신기해서 한번 그 리듬에 빠져버리면 낮에는 원고를 쓸 수가 없다. 밥을 먹고, 목욕을 하고, 산책을 하면서 시간을 때우다가 하늘이 저녁놀에 물들 무렵부터 책상에 앉아서 밤까지 쓴다. 그런 다음에는 아침까지 영업을 하는 단골 바에 가서 술을 마시며 간단한 식사를 하고 나서 잔다. 건강에 좋지 않다는 건 알고 있었지만 멈출 수가 없었다.

최근 한 달 동안 그런 생활 리듬이 완전히 아침형으로 바뀐 것은 다로에게 있어서 남극과 북극이 뒤바뀌었다고 할 만큼 놀라웠다.

지금은 아침 7시쯤 일어나서 어젯밤에 목욕한 물로 씻은 다음 아침 식사를 하고, 커피를 끓여서 작업실로 들어간다. 동이 틀 때 일어나서 해가 질 때 잠드는 사반나의 생활까지는 아니지만, 그래도 인간다운 생활 리듬이다.

그러면서도 원고 진도도 순조로웠고, 실은 그날에도 연재 원고의 1회 분량을 마무리해서 소에이샤의 담당 편집자에게 보낸 참이었다. 담당 편집자인 나카야마다 히로시는 "재미있게 읽었습니다. 이런 느낌으로 열심히 해나가시죠"라는 답장을 보냈다. 평소에는 자잘한 부분을 이것도 아니고 저것도 아니라는 식으로 따지는 주제에 무슨 바람이 불었나 생각했을 정도였다. 분명히 그만큼 원고의 퀄리티가 좋았기 때문일 것이다.

지금 쓰고 있는 것은 '도시에서 우는 뻐꾸기'라는 다섯 번째 미스터리 소설이었다.

도시에 꿈틀대는 수수께끼의 암살자를 추적하는 형사 이야기이며, 소에이샤에서 발행하는 '소설 레몬'에 연재하고 있다. 이야기는 중반에 접어들었고, 주인공인 형사가 암살자에게 정체를 들켜서 위기에 처하는 상황이기에 박진감 넘치는 부분이다.

"그런데 그 '벚꽃 저택'이 이렇게 부활한 건 좋은 일이지."

미야하라가 그렇게 말한 건 슬슬 일어설까 생각했을 때쯤이었다.

"벚꽃 저택이라는 게 뭐죠?"

"다로 씨네 집 말하는 거 아니야?"

꽤 많이 취해서 혀가 약간 꼬인 간스케가 그렇게 말했다.

"저희 집요?"

다로는 자기 코에 집게손가락을 대고 물었다. "벚꽃 저택이라고 부르나요?"

"산벚나무가 있으니까."

"산벚나무……."

다로의 집에는 큼직한 산벚나무가 있긴 하다.

"예전부터 다로 씨네 집은 벚꽃 저택이라고 불렀지. 지명 같은 거야."

다키이가 보충 설명을 했다. "그 왜, 유명한 만담가가 지명으로 불리고 그러잖아? '네기시'라고 하면 초대 하야시야 산페이라든가. 그거랑 똑같은 거라고 생각하면 되는 거라고."

"그렇군요."

다로는 다른 사람이 자기 집에 대해 가르쳐주는 게 묘하긴 했지만, 고개를 끄덕였다. "그렇다면 제가 누군가에게 전화했을 때 '벚꽃 저택인데요'라고 하면 상대방도 저라는 걸 알 수 있다는 뜻인가요?"

"그런 뜻이야. 편리하지?"

편리한가? 의문이 들긴 했지만, 소리 내어 말하지는 않았다.

반대로 전화가 와서 지명으로 자기소개를 해도 다로는 어디 사는 누군지 알 수가 없다.

"뭐, 요즘은 지명으로 자기소개를 하는 사람은 없으니까 안심해", 다키이가 그렇게 말했다.

"여러분 집에도 지명이 있나요?"

의문이 들어서 물어보니 "있는 곳도 있고 없는 곳도 있죠", 모리노가 그렇게 대답했다. 지금까지 이야기를 들어보니 모리노는 공무원이라 그런지 이곳의 관습이나 제도를 잘 아는 것 같았다.

"꽤 복잡하네요."

"그런 거는 금방 익숙해질 거야."

한숨을 쉬는 다로의 등을 미야하라가 두들기며 시원스럽게 웃었다. "모리노, 나중에 소방단 명부를 줘. 지명까지 딸린 걸로."

꼼꼼한 모리노는 주머니에서 스마트폰을 꺼내 미야하라의 지시를 메모했다.

잘 마셨네.

다로는 그 모습을 보며 문득 시계를 올려다본 다음, 약간 조용해진 가게 안을 둘러보았다.

다로 일행이 술을 마시던 동안, 손님 몇 명이 왔다가 돌아갔다. 전부 이 지역 사람들이었고, 누가 들어와도 미야하라와 "여어" 하고 인사를 주고받았다.

좁은 시골 마을에서는 거의 모두가 아는 사이일지도 모르겠다.

그때, 왼쪽 개인실에서 손님들이 나왔다. 다로 일행이 오기 전부터 술을 마시고 있던 그룹이다.

"뭐야, 너희들 왔었어?"

그쪽을 본 미야하라가 말을 걸었다.

"앗, 이쿠오 씨잖아. 잘 지냈고?"

얼굴이 빨개진 남자가 그렇게 말하고는 다가와서 "오늘은 소방단 모임이가?"라고 말했다.

"뭐, 그런 거지. 그런데, 여기 새 단원인 미마 다로 씨. 잘 좀 부탁하자고."

"아, 이사 왔다는 사람?"

눈을 동그랗게 뜬 다로를 본 남자가 "곤도 시게하루라고 합니다"라며 고개를 숙였다.

"미마 다로입니다."

몸을 엉거주춤하게 일으켜서 고개를 숙이던 다로는 그때, 곤도 뒤에 있던 여자를 보고 정신이 번쩍 들었다.

날씬한 몸매에 위쪽으로 째진 눈이 인상적이었다. 수정뱅이들하고 술을 마시고 있었을 텐데, 혼자만 멀쩡한 것 같아서 붕 뜬 것처럼 보이기도 했다.

"좋겠네, 아야하고 한잔한 거야?"

미야하라가 그렇게 말했기에 그녀의 이름이 '아야'라는 걸 알 수 있었다. 나이는 다로와 비슷한 정도일까.

"부럽지?"

곤도가 실실대며 웃었다. "아야한테 마을 살리기를 도와달라고 할까 해서 말이야. 이쿠오 씨하고 그런 걸 의논해봤자 아이디어가 아무것도 안 나오니 도움이 안 된다고."

"무슨 말을 그렇게 하는데? 실례잖아."

미야하라가 한 말을 건성으로 흘려넘긴 곤도는 "그럼 다음에 보자고"라고 하며 손을 슬쩍 흔들고는 가게를 나섰다.

"방금 그 여자는 누구죠?"

"소설가는 역시 만만치 않네."

미야하라가 씨익 웃으며 말했다. "그 사람은 다치키 아야라고 하는데, 최근에 자네처럼 이쪽으로 이사 온 사람이야. 2년 정도 되었던가."

"뭐하는 사람인데요?"

"영상 크리에이터라던데."

그렇게 말한 사람은 정보통인 모리노였다. "도쿄에서 그런 일을 하다가 여기가 마음에 들어서 이사 왔다고 했어."

"영상 크리에이터……."

다로는 직업을 듣고 보니 그런 분위기였다고 생각했다. 조용한 스튜디오 겸 작업실에서 모니터를 바라보는 모습이 어울릴 것 같다.

"이곳 하야부사도 점점 사람들이 줄어들고 과소화가 진행되고 있으니까. 마을의 발전을 위해서 아야에게 영상을 만들어달라고 해서 PR을 하자는 거지."

미야하라가 설명하자 "좀 전에 본 시게하루 씨가 '마을 살리기 프로젝트'의 리더예요"라고 모리노가 보충 설명했다.

다로는 마을 살리기를 위한 수단으로는 나쁘지 않겠다고 생각했다. 하지만 영상을 제작하더라도 이 하야부사 지구의 어떤 것을 내세울 것인지는 고민이 될 것 같다.

"그래. 나중에 다로 씨가 하야부사를 무대로 삼아서 소설을 써주면 좋겠네", 다키이가 그렇게 말했다.

"아뇨, 아뇨, 제 소설은 그렇게 대단한 게 아니라서요."

다로가 그렇게 말했을 때, 미야하라가 "어이, 다케. 좀 바래다줄 수 있나?"라며 안쪽을 향해 말을 걸었다.

"방금 나가서 좀 기다려주면 좋겠어요."

여주인이 나와서 미안하다는 듯이 그렇게 말했다.

걸어서 집에 갈 수 있는 사람들만 있는 게 아니기에 술을 마신 뒤에 바래다주는 서비스도 있는 모양이었다. 좀 전에 나간 시계하루 그룹을 각자 집까지 바래다주고 돌아오면 이번에는 다로 일행 차례가 될 것이다.

"차는 어떻게 할 건데, 간스케 씨."

간스케에게 묻자,

"두고 갈 거야."

그렇게 아무렇지도 않다는 듯이 말했다. "내일 우리 어머니에게 태워다달라고 해서 가지러 오면 되지."

"하룻밤 동안 그냥 내버려 둬도 괜찮아?"

"이 근처에 훔쳐 갈 놈들은 없어. 타지 사람이 돌아다니면 금방 알아볼 수 있으니까."

"그렇구나. 대단하네."

다로가 감탄했을 때, "아, 중요한 이야기를 하는 걸 깜빡했네요"라며 모리노가 진지한 말투로 말했다.

"다로 씨, 하야부사 소방단은 야오로즈면 소방단의 분단인데요. 그래도 일단은 입단식, 퇴단식이라는 게 있어요. 올해는 28일이고요. 그날 시간 괜찮으신가요?"

"괜찮아요."

다로는 곧바로 대답했다. 도쿄에 있을 때와는 달리 여기에 온 이후로는 일정다운 일정을 하나도 잡지 않았다.

"아침 10시부터 야오로즈 초등학교 운동장에서 진행됩니다."

"거기에는 어떤 옷을 입고 가면 될까요."

다로가 물었다. 정장이나 예복은 없으니 그런 걸 입어야 한다면 곤란하다.

"제복이 있으니까 괜찮아."

그렇게 말한 미야하라는 간스케에게 "다로 씨 사이즈에 맞게끔 마련해주지? 옷 사이즈하고, 발도 말이야"라고 말했다.

"발?"

"초커도 있으니까."

"초커?"

"장화 말이야."

다키이가 그렇게 말했다. 장화(長靴)라는 단어를 음독으로 읽은 것이다.

"그리고 모자도. 아, 이거야, 이거."

미야하라가 목수인 요타의 머리를 손가락으로 가리켰다. 요타는 계속 파란색 모자를 쓰고 있었는데, 그걸 벗어서 다로에게 보여주었다.

모자 정면에는 매(하야부사)에서 따온 건지 날개 이미지가 수 놓여 있어서 꽤 멋졌다. "준비 되면 연락할 테니까 대기소에 와주겠나? 대기소도 안내해줄 테니."

"대기소?"

"그 왜, 여기서 가면 시라히게 신사 앞을 지나서 오른쪽으로 돌아간 곳에 단층 건물이 있는데 알겠어?"

"밭 안에 있는 거 말인가요?"

"맞아, 맞아. 그거."

간스케가 말했다. "그게 소방차도 있는 하야부사 소방단의 본부야. 유령도 나오니까 조심하고."

갑자기 이야기가 엉뚱한 방향으로 흘러갔다.

"야, 간스케. 쓸데없는 말은 하지 마."

미야하라가 그렇게 말하며 노려보자 간스케가 목을 움츠렸다. 다로는 작가로서 호기심이 생겼지만, 그 이상 물어볼 수는 없었다.

잠시 후, 가게 주인인 다케 씨가 돌아왔고, 모두가 일어섰다. 계산은 다로를 제외한 모두가 나눠서 했다.

"죄송합니다, 여러분."

"아, 괜찮다니까 그러네, 들어와 줬으니 당연한 거지."

술값은 한 사람당 4000엔도 안 나온 모양이다. 다로 몫까지 감안하면 꽤 저렴하다.

"다로 씨, 또 와주세요. 카운터에서도 마실 수 있으니까요."

돌아가려던 참에 여주인이 그렇게 말했을 때는 기뻤다. 혼자 집에서 음악을 들으며 마시는 것도 좋지만, 가끔은 이런 가게에서 마시고 싶다.

그날 다로는 소방단이라는 동료와 마음 편한 선술집──, 그 두 가지를 동시에 얻었다.

가게 주인인 다케 씨가 바래다주었고, "아, 여기 내려주셔도 됩니다"라는 말과 함께 언덕길 입구에 내렸을 때는 오전 0시쯤이었다.

아래쪽에서 올려다보니 별이 뜬 하늘에 희미한 나뭇가지 윤곽이 보였다. 산벚나무다.

"벚꽃 저택이라."

조용히 중얼거린 다로는 집으로 이어지는 언덕길을 걸어가기 시작했다.

아직 싸늘하긴 하지만, 밤바람에 부드러운 느낌이 있다. 길가에 피어난 흰색 수선화가 어렴풋이 보였다.

산벚나무에 꽃이 피어날 날도 얼마 남지 않았을 것이다.

5

그날 아침, 지급된 제복을 입은 다로는 세면대 거울 앞에 서보았다.

아무리 좋게 평가하려 해도 어울리지 않았다. 애초에 다로는 예전부터 제복이나 교복이 전혀 어울리지 않았다.

"그건 그렇고……."

다로는 거울을 보며 고개를 갸웃거렸다. 진한 푸른색 상하의는 그렇다 치고, "어째서 벨트가 오렌지색인 거야."

그제 대기소에서 산스케에게 받았을 때부터 신경 쓰이긴 했다. 예상했던 대로, 막상 입어보니 우스꽝스러웠고, 척 봐도 싸구려 같다.

누구나 입고 싶은 동경할 만한 디자인으로 만들면 소방단원을 지망하는 사람도 늘어나지 않을까 하는 생각이 들었지만, 아마 다들 그런 생각은 하지 못했을 것이다.

거기에 새 모자를 쓰니 더욱 낯선 자신의 모습이 거울에 비쳤다. 다로는 평소에 모자를 쓰지 않는다.

경례를 해보았다.

역시 어울리지 않았다.

근육이 우락부락한 남자가 하면 멋있겠지만, 홀쭉한 다로는 척 보기에도 초짜 같고, 옷도 헐렁했다.

현관에서 새 가죽 장화에 고생하며 발을 넣고는 끈을 묶었다. 보아하니 묵직해서 '장화'라기보다는 '초커'라고 부르는 게 더 나을 것 같긴 했다. 묵직한 이유는 발끝 근처에 보호용 철판이 들어가 있기 때문일 게 분명하다. 화재 현장에서 못을 밟고 찔리지 않게끔 하기 위해서인지 바닥도 두꺼웠다.

그것을 신고 밖으로 나온 다로는 따스한 봄 햇살을 올려다보았다.

밤에 비가 내렸는지 훈훈하고 따스한 바람에 축축한 흙냄새가 섞여 있었다. 그러고 보니 자다가 빗소리를 들은 것 같은 느낌이 들었다. 옅게 안개가 낀 듯한 푸른 하늘이 펼쳐져 있었고, 연노랑색 진달래꽃이 선명하게 눈에 띄었다.

안채 대각선 앞에 있는 헛간 문을 열고 안에 있던 코롤라에 탔다.

"자, 가볼까요."

그렇게 혼잣말을 하며 집을 나섰다. 간스케네 집에 가보니 이미 그는 길에 나와서 기다리고 있었고, 장난을 치는 듯이 차렷 자세를 취한 다음 경례를 했다.

"황송하네요, 신입 단원인 다로 님께서 이렇게 마중을 와주시다니."

그는 그렇게 말하며 재빨리 조수석에 탔다. 그런 다음, 상점가에서 쇼고를 태우고 하야부사 지구 외곽에서 목수인 요타를 태웠다.

입단 권유를 받은 날 이후, 간스케나 다른 소방단원들과 술을 몇 번 마셨다. '선술집 △'에 간 적도 있었고, 집에 초대받은 적도 있었고, 다로의 집에 초대한 적도 있다. 원래 싹싹한 사람들뿐이라 지금은 마음을 꽤 터놓고 편하게 지내는 사이가 되었다.

하야부사 지구와 고도 차이가 400미터 정도 나는 야오로즈 지구로 갈 때는 구불구불한 내리막길을 통해 간다.

그 길을 끝까지 내려가자 야오로즈 거리를 내려다볼 수 있는 고지대에 도착했다. 기소강이 흐르고, 하안단구가 이어져 있는 그 지형은 여러 시대를 거쳐 형성된 경관이었다.

야오로즈면은 하야부사를 비롯한 여섯 개의 지구로 이루어져 있고, 이 면의 이름이기도 한 야오로즈 지구는 행정의 중심이며 면사무소와 경찰서, 도서관, 학교와 패밀리 센터 같은 시설이 있다.

지정된 주차장에 차를 세우고 행사장인 야오로즈 초등학교 운동장으로 가보니 그곳에는 이미 많은 소방 관계자들이 모여 있었다. 500명 정도는 될 것 같았다.

걸어가면서 두리번거리고 있자니,

"어이, 여기야."

금방 말을 거는 사람이 있었다. 보아하니 분단장인 미야하라를 비롯해서 하야부사 분단 사람들이 한곳에 모여 있었다.

"고생했어, 다로."

미야하라는 항상 그랬듯이 두꺼운 손으로 악수를 하고는 "오늘은 좋은 날이니까 잘 좀 부탁하자고"라고 말했다. 뭘 어떻게 부탁하는 건지 알 수가 없었기에 고개를 끄덕일 수밖에 없었다.

잠시 후, 행사가 시작되었다.

내빈석에 앉아 있는 사람들은 이 지역의 높으신 분들이다.

나팔수들의 연주가 끝나자 야오로즈면 소방단장이 인사했고, 그다음으로 내빈들의 인사가 이어졌다.

"그러면 가장 먼저, 노부오카 신조 야오로즈면 면장님께서 말씀하시겠습니다."

사회자가 그렇게 말하자 제일 앞줄에 앉아 있던 남자가 일어섰다. 키가 크고 7대3 백발 가르마. 왠지 품위 있는 것 같은 생김새지만, 눈빛이 어두워서 감정을 읽어낼 수가 없다.

"날마다 이곳 야오로즈면의 방재에 힘써주시는 소방단 여러분께 진심으로 감사의 말씀을 드립니다."

그는 흔해 빠진 말을 늘어놓았다. "저는 면장을 한 번 연임하여 이미 6년 동안 맡아왔으며, 그동안 야오로즈면의 정무는 예전과는 달리 안정되었고, 농업, 임업뿐만이 아니라 관광업도 성장하였습니다. 구체적으로 말씀드리자면——."

자신의 공적을 계속 늘어놓다가 마지막에는 입단, 퇴단한 사람들에 대한 치하의 말로 마무리를 지었다.

"길어."

어디선가 조용히 중얼거리는 목소리가 들렸고, 누군가가 헛기침을 했다.

내빈석에는 직책이 적힌 종이가 자리마다 붙어 있었다. 현 의회 의원과 우체국장, 경찰서장, 그리고 '소방우회' 회장, 왠 지 모르겠지만 이 지역의 은행과 신용금고 지점장까지 있어서 두서가 없다. 성대하게 보이게끔 온갖 사람들을 끌어모은 것 같은 느낌인데, 그런 사람들이 한 명씩 인사를 하니 정말 피곤 했다.

"네, 다음으로 S지구 경찰서장 나가노 세이이치 님, 부탁드 립니다."

사회자가 그렇게 말하자,

"아직 남았어?"

작은 목소리로 그렇게 말하는 게 들렸다. 다로는 초등학교 건물에 달린 시계를 올려다보았다. 이미 행사가 시작된 지 40 분 넘게 지났다.

경찰서장인 나가노는 제복과 모자를 쓰고 있었고, 걸음걸 이만 봐도 의장병처럼 그럴싸했다. 이야기를 시작하기 전에 한 경례도 처억, 소리가 날 정도였다.

"야오로즈면 소방단의 신입 단원 여러분, 입단 축하드립니다. 또 오랫동안 근무하시다가 이번에 퇴단하시는 여러분, 진심으로 고생 많으셨습니다. 이곳 야오로즈는 살기 편하고, S군 중에서도 가장 범죄율이 낮고 안전한 지역입니다. 저희 경찰은 이것도 전부 노부오카 면장님께서 이끌어주신 덕분이라고 생각하며 기뻐하고 있습니다."

"말은 잘하네."

또 누군가가 그렇게 말하는 목소리가 들렸다.

"――노부오카 면장님 밑에서 경찰, 소방이 한데 뭉쳐 다른 시민 여러분께 방범, 방화 의식을 더욱 이끌어낼 수 있게끔 하면서 전국 지방자치단체의 모범이 될 수 있게끔 앞으로도 노력하였으면 합니다. 그러기 위해서는 노부오카 면장님께서."

만족스럽게 고개를 끄덕이고 있던 노부오카를 나가노가 일부러 언급했다. "계속 이어서 정무에 실력을 발휘해주셔서 안전하고 안심이 되는 야오로즈면을 만들어주셨으면 합니다. 생각해보니 제가 이곳 야오로즈면에 처음 온 것은――."

다로는 더 길어질 것 같은 분위기를 느끼고 질색했는데, 그때 이변이 일어났다.

소방복을 입은 남자가 슬쩍 내빈석으로 다가가나 싶더니 소방단장과 면장, 그 두 사람에게 뭔가 귓속말을 한 것이다.

꽤 급한 기색이었기에 뭔가 문제가 생겼을 거라 생각하고 있자니 근처에서 시끄러운 사이렌 소리가 울리기 시작했다.

"서장님, 서장님——."

나가노가 인사를 하고 있자 사회자가 끼어들었다. "인사하시는 도중에 실례합니다. 방금, 하야부사 지구에서 화재가 발생하였습니다. 하야부사 지구에서 화재가 발생하였습니다."

두 번 반복했다.

"어디야!"

정색하며 소리친 사람은 미야하라였다.

"노나카의 에지마 씨 댁입니다."

사회자가 마이크 너머로 그렇게 말했을 때, 미야하라는 이미 뛰어가고 있었다. 다키이나 모리노 같은 단원들이 그 뒤를 쫓아갔고, "다로! 가자고", 간스케가 그렇게 소리치는 것을 듣고 다로도 뛰어가기 시작했다. 이제 입단식, 퇴단식을 할 상황이 아니었고, 눈 깜짝할 새에 벌집을 쑤신 것처럼 소동이 벌어졌다.

운동장 뒤쪽에 늘어서 있던 소방차 중 한 대가 귀를 찌르는 듯한 사이렌을 울리며 움직이기 시작했다. 운전을 맡은 사람은 젊은 축에 속하는 쇼고였고, 조수석에서 미야하라가 뭔가 지시를 내리고 있었다. 어디에 실어두었는지 이미 헬멧을 쓰고 있었다.

"다로, 차, 차!"

간스케가 재촉하는 가운데 주차장으로 달려간 다로도 코롤라의 시동을 켰다. "소방차를 따라가라고."

간스케가 그렇게 말하지 않더라도 그렇게 할 생각이었다.

달리다 보니 뒤쪽에서 다른 소방차의 적색등이 따라왔다.

"먼저 보내줘."

간스케가 그렇게 말했기에 속도를 늦추자 맹렬한 속도로 소방차 한 대, 그리고 또 한 대가 추월해갔다. 행사에 참가한 소방차가 모두 불을 끄러 가고 있는 것이다.

"젠장, 늦지 않으려나."

간스케가 초조해하며 입술을 깨물었다.

야오로즈 지구에서 하야부사 지구까지는 20분 정도 걸린다.

원래 하야부사 지구에 있던 소방차라면 5분 만에 도착했을 것이다.

헤어핀 커브가 이어지는 언덕길을 소방차가 빠르게 달리고 있었다. 이 지역 사람들이 운전하고 있기에 속도가 꽤 빨랐고, 점점 거리가 벌어졌다.

"다로, 급하게 갈 필요는 없으니까."

간스케가 자신의 초조함을 억누르며 그렇게 말했다. "천천히 가도 괜찮아. 여기서 사고가 나버리면 아무런 소용도 없고."

그 말을 듣자 정신이 없던 다로의 마음도 약간 차분해졌다.

400미터 고도 차이를 넘어서자 하야부사 지구에 있는 첫 번째 집이 보이기 시작했다.

작아진 소방차들은 그 앞을 지나친 뒤 상점가 쪽이 아닌 다른 쪽으로 빠졌다.

"저긴가."

앞 유리 너머로 까만 연기가 보이자 간스케가 그렇게 말했다.

"노나카의 에지마 씨 댁이라고 했지?"

다로가 핸들을 잡은 채 말했다.

"노나카라는 건 저 근처 지명이야. 에지마 씨도 여러 명인데. 앗, 나미 씨네 집인가?"

"나미 씨?"

"에지마 나미 씨라고, 이 근처에서 공장을 하는 사람이야."

가로막고 있던 숲이 끊기고, 까만 연기와 불꽃이 치솟고 있는 낡은 집이 눈앞으로 다가왔다. 도로 왼쪽, 소방차 한 대가 겨우 지나갈 수 있을 정도로 좁은 언덕길 옆에 있는 집이다.

국도에 늘어서 있는 소방차에 방해가 되지 않을 곳에 코롤라를 세우고 뛰쳐나온 다로와 간스케 옆에서 호스를 끌어안은 요타가 뛰어갔다.

"안 도와줘도 되겠어?"

그의 뒷모습을 향해 간스케가 소리치자 "괜찮아!"라는 대답이 돌아왔다. 목수 일로 단련된 요타는 초커 소리를 울리며 가볍게 호스를 옮겼다. 그 너머에 소화전이 있는 게 보였다.

"가자고, 다로."

간스케를 따라 언덕길을 뛰어 올라가 보니 미야하라가 지휘를 맡고 있었다.

"물은 아직 멀었나?"

호스 노즐을 잡은 채 뒤쪽을 향해 소리치고 있었다.

"이제 곧 됩니다!"

그런 대답이 돌아왔다.

"온다."

누군가가 그렇게 말하자 미야하라는 수압에 밀려나지 않게끔 두 다리로 버티고 서서 호스 노즐을 화재 현장 쪽으로 향했다.

소화전에서 100미터 이상 떨어져 있을까.

납작하던 호스가 부풀어 오르기 시작했고, 이제야 호스 노즐에서 물이 나오나 싶었더니 수압이 생각보다 약해서 타오르는 불꽃까지 닿지 않았다.

"안 되겠는데! 가반, 한 대 더 연결해. 간스케!"

지시를 받은 간스케가 "가자" 하면서 다로보다 앞서서 뛰어갔다.

"가반이라니?"

"펌프 말이야!"

간스케가 뛰어가면서 소리쳤고, 언덕길에 줄줄이 서 있던 소방차 중 한 대 쪽으로 다가갔다.

여유가 있던 단원이 함께 나서서 탑재되어 있던 펌프를 내리기 시작했다. 그때 가반이라는 단어의 뜻을 이해했다. '가반(可搬)'일 것이다. 가반식 펌프다. 다로도 다른 사람들을 흉내 내며 내리는 걸 도왔다.

"언덕이니까."

누군가가 혼잣말처럼 그렇게 말했다. 의아하다는 표정을 짓고 있던 다로에게.

"저렇게 언덕 위에 있으면 물이 안 올라가. 가반을 한 대 더 연결해야지."

간스케가 작업을 하며 설명해주었다.

간스케 일행이 호스에 펌프를 접속시키는 솜씨를 보고 다로는 깜짝 놀랐다. 그야말로 소방단의 솜씨라 할 수 있었다. 매를 나타내는 트레이드 마크가 눈부시게 빛나고 있다.

방수가 시작되었다. 좀 전까지와는 비교도 안 되는 기세다.

하지만 이미 늦은 건지도 모르겠다.

헛간은 다 타버렸고, 지금은 안채가 절반 가까이 불길에 휩싸인 상태다.

호스 노즐을 잡고 물을 뿌리고 있는 미야하라는 필사적인 표정이었다.

어떻게 안 되려나——, 다로는 기도하는 듯한 심정이었다.

"부상자는 없나!"

다키이가 불을 구경하러 온 근처 주민들에게 말을 걸었다.

"그러고 보니, 아주머니가 있을 텐데! 바깥으로 도망쳤을까?"

이웃 사람이 절박한 느낌으로 한 말이 다로의 귀에 들렸다. "나미 씨네 부인, 몸져누워 있었잖아."

"이봐, 아주머니 봤나?"

주위를 둘러보던 다키이의 표정이 굳어졌다. "분단장, 집 안에 있는 거 아니야?"

"이거 좀 부탁해."

뒤에 있던 모리노에게 호스 노즐을 맡긴 미야하라의 판단은 빨랐다. "야, 솔개 줘봐." 옆에 있던 소방단원에게서 솔개 입——, 맹금류의 날카로운 부리처럼 휘어진 도구를 받아서 용감하게 화재 현장으로 뛰어들었다.

아직 불길이 번지지 않은 마루 쪽 창문을 솔개 입으로 부순 다음, 미야하라가 안쪽으로 사라졌다.

"우리도 가자!"

간스케가 소리치면서 마찬가지로 솔개 입을 든 여러 명과 함께 뛰어갔다.

그렇게 들어간 미야하라 일행이 이불로 둘러싼 노파를 안고 집에서 나온 것은 기분 나쁜 굉음과 함께 집이 불타서 무너지기 직전이었다. 아슬아슬하게 사람 한 명의 목숨을 구해낸 것이다.

그 이후로도 소화 활동이 이어졌고, 완전히 진화한 것은 한 시간 넘게 지난 뒤였다.

그리고 지금──. 다로는 까맣게 그을린 기둥과 토벽이 무참하게 남아 있는 화재 현장에 서 있다.

눈앞에서 한 가족의 생활이 사라진 것은 상상했던 것보다 충격이 컸다. 불길이 시작된 곳으로 보이는 헛간은 흔적도 남지 않았다.

근처 소방서 대원들이 들어가서 검증을 시작하려던 참이었다.

"헛간에서 불이 나다니, 담배 같은 깃 때문인가?"

그렇게 혼잣말을 하는 다로에게 옆에 있던 간스케가 "아니야"라고 말했다.

"또 저질렀다고."

간스케는 화재 현장을 똑바로 바라보며 중얼거리듯이 말했다. 그 말을 듣고 다로는 무심코 간스케를 바라보았다.

"또라니."

"올해 들어서 이번이 세 번째야."

"하야부사 지구에서 세 군데나 불이 났다고?"

간스케는 괴로운 표정으로 고개를 끄덕였다.

"전부 불씨가 없는 데서 불이 났지. 이상하지 않아? 다로."

"그렇다면──."

깜짝 놀란 다로는 간스케의 얼굴에서 눈을 돌릴 수가 없었다.

"단정 짓는 건 아직 이를지도 모르겠지만, 이건 우연이 아닐 거야. 지금까지 이런 일은 없었으니까. 이건 아마——, 연속 방화겠지."

불을 끈 뒤에 풍기는 자극적인 냄새가 다로의 코를 찔렀고, 다시 화재 현장을 돌아본 다로는 말없이 멍하니 서 있을 수밖에 없었다.

하늘을 올려다보니 봄처럼 눈부시고 평온한 하늘이 펼쳐져 있었다. 따스함을 머금은 바람이 불어오고 있었다.

하지만 이곳 하야부사 지구는 아무래도 다로가 믿고 있던 것처럼 느긋하고 평화로운 곳이 아닐지도 모른다.

평온한 경치 뒤에 숨어 있는 악의를 알게 된 다로는 그저 전율할 수밖에 없었다.

2장

가마 수레 축제

1

"다로의 입단식을 요란하게 치러버렸네."

대기소로 돌아와 접이식 의자를 펴고 털썩 앉은 간스케는 피곤한 기색이었다. 쭉 뻗은 두 손을 무릎 위에 올리고, 모자를 뒤로 돌려서 쓰고 있었다.

"아니."

다로는 한숨을 쉬듯 고개를 저었다. "소방단이라는 게 어떤 건지 이제 좀 알겠어."

별다른 활약도 하지 않았는데도 몸이 무거웠고, 기분이 우울해서 봄 날씨와는 정반대였다.

"저기요, 시작하겠습니다."

목소리가 들린 쪽을 보니 요타가 현장에서 감아두었던 호스를 다시 펴고 있었다.

"갈까⋯⋯."

무거운 몸을 일으키는 간스케를 따라 다로도 호스 건조 작업을 도왔다. 멀리 떨어진 곳에서는 점검부를 든 부분단장 모리노가 비품을 체크하고 있었다. 연료를 넣기 위해 사이렌을 끈 소방차가 나갔다. 몇 명은 이마를 맞댄 채 펌프를 점검했고, 언제 일어날지 모를 다음 화재에 대비하고 있다. 그리고——좀 전에 현장에서 들었던 간스케의 이야기가 사실이라면, 다음 화재가 조만간 발생할지도 모른다. 여기 있는 모두가 그 사실을 알고 대비하는 것처럼 보였다. 물론, 다로도 마찬가지다.

소화 이후에 진행하는 작업을 전부 마친 다음, 단원들은 제각각 돌아갔다. 오늘 아침에 함께 태우고 왔던 쇼고와 요타는 다른 단원의 차를 타고 간다고 했기에 다로는 간스케를 조수석에 태우고 코롤라의 시동을 켰다.

대기소를 나서자 오른쪽에 밭이 펼쳐져 있는 외길이 있었다. 용수로 수면이 봄 햇살을 받아서 빛나고 있었다.

"간스케, 아까 했던 이야기 말인데."

간스케는 말없이 다로에게 계속 이야기하라는 듯 고개를 끄덕였다.

"오늘 화재가 세 번째라고 했지? 불을 지른 범인으로 짐작 가는 사람은 있어?"

"그걸 모르겠단 말이지."

간스케는 앞쪽 어딘가를 바라보며 그렇게 대답했다. "ㄱ야 이런저런 말이 나오기는 하는데. 예전에 불이 났던 두 군데는 평일 낮에 났으니까 그 시간에 불을 지를 수 있는 사람은 퇴직해서 집에 있는 노인뿐이니, 어디 사는 누가 수상하다는 말 정도지."

"그러니까, 예전에 두 번은 평일 낮에 불이 났다고……?"

하지만 오늘은 일요일이다.

그런 생각 때문인지 간스케는 생각에 잠긴 것처럼 입을 다물었다. 혹시나 간스케도 의심하는 용의자가 마음속에 있을지도 모르겠다.

"예전에는 어디에 불이 났는데?"

"제일 먼저 불이 난 곳은 오보라의 야마다 씨라는 사람 집이야. 올해 1월 마지막 주였지. 수요일 오후 2시쯤에. 두 번째는 올해 2월 15일. 밸런타인데이 다음 날에 메구로의 도미오카 씨네 헛간이 타버렸어."

하야부사 소방단 단원들 중 대부분은 야오로즈 지구나 근처 시에서 근무하고 있다. 간스케의 직장도 야오로즈에 있기 때문에 소식을 듣고 아무리 빨리 오더라도 20분 정도는 걸릴 것이다. 대다수의 단원들도 사정은 비슷하다.

"그럴 때는 어떻게 되는 거야? 모두가 모이기 전에 불길이 번진다면 그야말로──."

다로는 그렇게 말하려다 깨달았다.

얼마 전, 소방단으로 들어오라는 권유를 받았을 때, 분단장인 미야하라가 한 말이다.

──그럼 딱 맞겠는걸.

다로는 작가이고, 보통은 집에서 일을 한다. 다시 말해 허술해지는 낮 시간대에 현장으로 달려갈 수 있는 사람 중 한 명이라는 뜻이다.

"하야부사에서 일하는 단원은 몇 명 없으니까, 그것도 화재가 발생했을 때 집에 있을 거라는 보장은 없잖아. 그러니까 다로가 딱 맞는 거야."

"그런 뜻이었구나……."

그때 미야하라는 아마 평일의 방화범을 염두에 두고 있었을 것이다. 하지만, 그렇다면 다로에게는 부담이 된다. 소방단원으로서 소화 작업을 진행할 만한 지식이나 능력이 없기 때문이다.

"나 같은 게 있어봤자 도움이 되진 않을 거야."

솔직한 심정을 털어놓은 다로에게,

"그렇게 허약한 소리를 하면 안 되지, 다로."

간스케는 나무라는 듯이 말했다. "얼른 어엿하게 한 사람 몫을 할 수 있게끔 해야 해."

"그야 그렇지만……."

다로는 중얼거리듯이 대답했다. "대기소에서 나 혼자 소방차를 운전해서 가게 되려나?"

"소방차를 움직이려면 두 명은 필요하니까 한 명 더 올 때까지 기다려야지."

간스케가 말했다. 가반 펌프 하나만 놓고 보더라도 혼자서는 차에서 내리는 것조차 불가능할 것이다. 소화 활동은 여러 사람의 힘이 필요하다.

"만약에 아무도 안 오면?"

"협력 단원이라는 사람도 있으니까 말이야. 누군가는 올 거야."

간스케는 자기 자신에게 믿으라고 하는 듯이 그렇게 말했다.

"협력 단원?"

"소방단에서 은퇴한 어르신이나, 그리 많지는 않지만 여기로 일하러 와 있는 소방 경험자나. 뭐, 그런 사람들도 도와주니까 괜찮을 거야. 그리고 현장에 가면 누군가는 있으니까."

그런가? 다로는 그렇게 의심했다. 현장에 갔는데 원군은 오지 않고, 그저 집이 불타서 무너지는 것을 지켜봐야만 하는 경우도 있지 않을까. 민가가 있는 곳이라면 모를까, 마을에서 멀리 떨어진 곳에 산불이 발생할지도 모른다.

"아무튼, 이제 끝났으면 좋겠는데."

앞 유리 너머로 간스케의 집이 보이기 시작했다.

2

달력이 4월로 바뀐 뒤 첫 번째 토요일이었다. 언덕길을 올라오는 엔진 소리를 듣고 다로는 컴퓨터 키보드를 두드리던 손을 멈췄다.

작업실로 쓰고 있는 방 창문 너머로 내다보니 경트럭 한 대가 보였다.

시골이기에 경트럭 보급률이 높다. 전철도 없고, 아래쪽에 있는 야오로즈 지구로 가는 버스는 하루에 몇 대뿐. 아침 차를 놓치면 다음 차는 저녁에 있다. 당연히 이동 수단은 자가용이 되었고, 겸업 농가도 많기 때문에 작업용으로 경트럭은 필수인 것이다.

간스케가 한 이야기에 따르면 스바루에서 나온 경트럭은 '농가의 포르쉐'라고 한다. 마력은 둘째치고 엔진이 똑같은 타입이기 때문이다. 그 말이 사실인지 여부는 제쳐두더라도 이곳 하야부사 지구에는 진짜 포르쉐보다 경트럭이 더 어울린다는 건 분명하다.

잠시 후.

"실례합니다."

그렇게 부르는 목소리를 듣고 내려가 보니 하얀 와이셔츠에 슬랙스 차림인 남자가 서 있었다. 경트럭 주인이다. 깡마른 남자였고, 허리에 찬 벨트가 꽤 헐렁했다.

"아, 네."

다로가 무슨 일이냐는 듯이 바라보며 묻자, "저기, 저는 에지마라고 합니다", 남자는 그렇게 약간 조심스럽게 자기소개를 했다.

어디선가 들어본 적이 있는데, 그렇게 생각한 것과 동시에 "저번 화재 때——", 에지마가 그렇게 말했다.

"아, 그러셨군요. ——고생 많으시겠어요."

다로가 위로하자 "소방단 여러분께 폐를 끼쳐드려 죄송합니다." 공손하게 고개를 숙여서 인사하며 에지마는 "이거, 변변찮은 겁니다만"이라며 들고 있던 상자를 내밀었다.

"아뇨, 아뇨, 신경 안 쓰셔도 되는데."

사양하려던 다로에게 에지마는 "아뇨, 받아주십시오, 제 성의니까요. 정말 신세를 많이 졌습니다. 감사합니다"라며 무조건 받으라는 듯이 건넸다.

"그러시군요. 그럼 잘 받겠습니다."

받아 든 상자는 가벼웠다. 수건 같은 게 들어 있을 것 같다.

"저기——. 사모님은 괜찮으신가요?"

에지마는 괴로운 듯이 눈을 내리깔았다.

"지금은 입원해 있습니다. 덕분에 목숨을 건졌네요."

"그러셨군요. 그래도 무사하셔서 다행이에요."

다로가 그렇게 말하자 에지마는 "정말 소방단 여러분 덕분입니다"라며 고개를 크게 숙이고 마지막으로 인사를 한 다음, 떠나갔다.

문이 열린 현관 앞에 서 있던 다로는 에지마의 경트럭이 언덕을 내려가 보이지 않게 될 때까지 배웅했다. 소방단 모두에게 인사를 하고 돌아다니는 것 같다.

부인에 대해 물어보았을 때 그가 드러냈던 진지하면서도 약간 어두운 표정을 떠올리자 안쓰러워서 견딜 수가 없었다. 화재 때문에 여러모로 곤란할 게 분명하다.

"그런데도 이렇게 신경 써주고."

들고 있던 상자를 바라보자 방화범에 대한 증오가 치솟았다.

호기심일까, 스릴일까――. 겨우 그런 것 때문에 한 가족을 불행의 구렁텅이에 떨어뜨린 것이다.

3

그로부터 며칠 뒤――.

"다로, 지금 마을 회관에서 한잔하고 있는데, 맥주라도 어때?"

간스케에게 전화가 왔고, 마침 시간이 여유로웠던 다로는 그 제안을 받아들이고는 집을 나섰다.

됫병을 들고 마을 외관으로 가보니 간스케 일행이 둘러앉아 있었다.

집회할 때 쓰는 다다미방에 긴 테이블을 늘어놓고, 그 위에 캔맥주와 안주를 놓아두었다.

"오오, '야오로즈'네. 나, 이 술 좋아하는데. 고마워, 다로. 잘 먹을게."

다로가 챙겨간 일본주를 건네자 간스케가 기뻐하며 뚜껑을 따서 종이컵에 따랐다.

"다로도 술 한잔 할래? 맥주도 있는데."

다키이가 묻기에 "그럼 맥주 주세요"라고 하자, "자" 하고 500밀리리터짜리 캔맥주를 앞에 놓았다. 캔째로 마시라는 뜻이다.

"그런데 오늘은 무슨 일인가요."

다로는 살짝 건배하면서 바닥에 펼쳐져 있던 신기한 것을 보았다.

안쪽에 막대기를 비스듬하게 고정시키고 톱니바퀴를 달아둔 채 제작 중인 상자. 동그란 발포 스티로폼에 얼굴 같은 게 그려져 있는 건 인형의 머리인가? 제일 이해하기 쉬운 예를 들자면 여름방학 공작 숙제와 비슷하다.

간스케와 다키이처럼 다 큰 어른이 함께 무언가를 만들고 있다. 그중에는 자치회장인 후지카케도 있었다.

"이건 꼭두각시야."

그렇게 말한 사람은 얼굴은 낯익지만 이름이 생각나지 않는 예순 살 정도의 남자였다. 술기운이 돌아서 붉게 달아오른데다 앞니가 하나 없는 얼굴로 웃었다. 작업복 상의 주머니에 '기도'라는 명찰이 붙어 있었다. 기도 씨다.

"꼭두각시? 꼭두각시 저택의 그 꼭두각시……인가요?"

"우리는 도모토라서."

간스케가 의아한 말을 했다.

"도모토? 한자로 쓰면 어떤 글자인데?"

다키이가 상의 주머니에 넣어두었던 볼펜으로 종이에 적어주었다.

도모토(当元)다.

"꼭두각시를 만드는 반을 도모토반이라고 하지. 올해는 우리 중반이 꼭두각시를 만들 차례여서 우리가 도모토반인 거야."

"그런데 저는 무슨 반인가요?"

"동이야. 동반."

간스케가 그렇게 말한 다음 "역시 맛나네, 이거"라고 하며 다로가 가지고 온 술을 홀짝홀짝 마셨다.

"동반……."

다로가 조용히 그렇게 말하자,

"뭐야, 설명 안 했어? 자치회장 실격인데."

기도가 웃으면서 그렇게 말했고,

"주정뱅이 히사시한테 그런 말을 듣고 싶지는 않아."

후지카케가 그렇게 대꾸했다. 기도 히사시라는 이름인 모양이었다. 히사시를 한자로 어떻게 쓰는지는 모르겠다. 참고로 자치회장인 후지카케도 작업복을 입고 있었고, 상의 주머니에 '야오로즈 사무소'라고 적혀 있었다. 직장인 것 같다.

"뭐, 그러니까——."

다키이가 대신 설명하기 시작했다. "이곳, 무라사키노 마을에는 전부 합쳐서 반이 여섯 개 있는데, 해마다 돌아가면서 꼭두각시를 만드는 당번을 맡는 거지."

무라사키노는 하야부사 지구에 몇 군데 있는 마을 중 한 곳이다.

"그렇군요. 그리고 그 꼭두각시라는 게 이건가요?"

실이 없는 꼭두각시다. 만들고 있던 작품을 보자 "사실은 도모토 말고 다른 사람이 보면 안 돼", 간스케가 그렇게 말했다. "축제 당일까지 비밀로 해야 하니까."

"그렇구나. 그럼 안 볼게."

말은 그렇게 했지만, 녹색 옷을 입은 인형과 플라스틱에 색을 칠한 골프공이 있는 걸 보니 아무래도 마쓰야마 히데키의 마스터즈 우승을 소재로 삼은 것 같았다. 그렇게 인기 있는 주제를 신사에 봉납할 소재로 삼는 것 같았다.

"예전에는 불침번도 세워두고 그럴 정도였지. 우리 아버지나 할아버지 대까지는 그랬던 모양이던데. 기합이 잔뜩 들어가서 말이야."

후지카케가 먼 산을 보는 듯이 그렇게 말한 다음, 덧붙여 말했다. "지금하고는 천지 차이지."

"가마 수레 축제라고 했던가요."

그러고 보니 야오로즈면 홈페이지에 나와 있었지, 다로는 그때 기억났다. 그 설명에 따르면 예전에 이곳을 다스리던 영주의 명령으로 시작된 '하야부사 축제'는 400년하고도 수십 년 넘게 이어져 온 유서 깊은 행사라고 한다.

"하야부사에 있는 여섯 마을의 가마 수레를 신사 앞에 늘어놓고, 한 대씩 그해에 만든 꼭두각시를 신께 봉납하는 거야."

"손수 만드나요?", 다로가 그렇게 묻자,

"그게 문제라니까."

간스케가 이때다 싶은 듯이 말했다. "맞아, 민폐라고."

"허어, 천벌 받으면 어쩔려고."

후지카케가 째려보자 간스케는 "네, 네"라고 하면서 입을 다물었다.

"실제로 그 왜, 에지마 씨가 천벌을 받아버렸잖아."

기도의 말을 들은 다로는 흥미가 생겼다.

"에지마 씨라면 불이 났던……. 무슨 일이 있었나요?"

"그 녀석이 말이지, 축제 때 꼭두각시를 만들지 말자고 했다니까."

괘씸하지, 기도가 화난 표정으로 말했다. "하야부사도 과소화가 진행 중이니까. 어떤 마을이든 일손이 부족하니 제대로 된 걸 하나만 만들어서 그걸 해마다 써먹으면 되는 거 아니냐고 하더라고. 천치 같은 소리나 지껄이고 있다니까."

방금 말한 '천치'는 도쿄에서 말하는 '바보' 같은 뜻이다.

"나는 찬성인데."

다키이가 그렇게 말했고, "나도", 간스케도 곧바로 그렇게 말하며 손을 들긴 했지만,

"그런데, 에지마 씨는 소방단 사람들한테 고맙다고 인사하고 다니고, 대단한 사람 같더라. 자기도 힘들 텐데."

그렇게 진지한 표정으로 덧붙여 말했다. 다로도 동감이다.

문득, 미묘한 침묵이 생긴 건 그때였다.

"그거 말이야, 에지마가 한 짓 아니냐는 이야기가 있던데."

기도가 주위 사람들의 눈치를 보는 듯이 목소리를 낮추며 놀라운 말을 꺼냈다.

"그런 말을 함부로 하면 안 되지."

후지카케가 나무랐다.

"뭐, 그렇긴 한데", 기도도 그렇게 말하며 마시던 캔맥주를 입에 가져다 댔다.

"그런데 어째서 에지마 씨가 ——", 다로가 무심코 그렇게 묻자,

"요즘 화재가 연달아 일어났으니까, 연속 방화로 보이게 하려고 그러는 거 아닌가."

기도가 또 이야기를 꺼냈다.

"어째서 그런 결론이 나오는 거죠?"

영문을 알 수가 없다.

"아니, 사실인지 아닌지는 모르지. 모르지만 ——."

기도는 그렇게 말한 다음, 후지카케를 힐끔 보았다. 말릴 줄 알았던 후지카케도 입을 다물고 있었다. 뭔가 생각이 있는 것 같다.

"에지마 씨네 공장, 계속 적자여서 이제 답이 없다더군. 작년까지 세 명 있던 종업원도 전부 해고했고. 그리고, 그 마누라는 몇 년 전에 뇌경색에 걸려서 계속 몸져누워 있으니까 돈이 없다고. 그래서 일부러 공장에 불을 질러버린 것 아니냐는 사람도 있더란 말이지. 내가 한 말은 아니야."

기도는 그 부분을 착각하면 안 된다는 듯이 두 손을 들어 올리고 흔들었다.

"그래도 그때, 집 안에 에지마 씨 부인이 계셨잖아요."

미야하라와 다른 사람들이 필사적으로 구출했을 때, 다로는 감동했다. "자기가 불을 질렀다면 자기 부인이 위험해지게 했을까요?"

"그렇지. 보통은 그런 짓은 안 하지."

기도의 대답을 듣고 다로는 정신이 번쩍 들었다. 그리고 답례품을 가지고 왔던 에지마를 떠올렸다.

그 남자가 자기 집에 불을 질러서 부인을 죽이려 했을까ㅡ
ㅡ.

적어도 다로에게는 그렇게 보이지 않았다.

"그날, 소방단 행사가 있었잖아."

다로의 생각에 기도의 목소리가 겹쳤다. "소방이 허술해진다는 건 그 사람도 알고 있었겠지, 협력 단원이고. 사실은 부인을 입원시키고 싶은데 방법이 없다고 하더라고. 그런데 이제 보험금도 나올 테고."

"전소되면 말이지."

후지카케가 조용히 그렇게 말했다.

간스케와 다키이가 진지한 표정으로 듣고 있었다.

"전소……."

물어보려고 하는 다로에게 기도가 "반소 상태면 화재 보험이 적용되지 않는 경우가 있으니까. 장사꾼들은 그 정도는 잘 알 테고"라고 덧붙여 말했다.

"말하자면 불이 난 뒤에 살림살이가 나아진 거지", 뭔가 생각에 잠긴 채 그렇게 중얼거린 사람은 다키이었다.

"경찰은 아무 말도 안하던가요? 소방서에서 현장 검증도 했잖아요", 다로가 그렇게 물었다.

"공장에서 누전된 게 아닐까 하던데."

간스케도 말했다.

"그런 건 모르지."

기도가 이야기를 다시 꺼냈다. "사실은 누구도 모르는 거야. 에지마 본인만 알겠지."

"그럴 수가……."

다로는 멍하니 기도의 얼굴을 보았다.

열려 있던 마을 회관 창문을 통해 약간 차가운 밤바람이 들어왔다. 별이 보이지 않는 밤이었다. 흐린 하늘 아래, 다로가 있는 곳에서는 민가의 불빛이 드문드문 보였다.

느긋하고 평화롭게 보이던 이 산촌도 들춰보니 도시와 마찬가지로 여러 가지 사정이 존재했던 것이다.

물론 다로는 에지마를 믿고 있었다. 아니, 믿고 싶다고 생각했다.

하지만 부인에 대해 물어봤을 때, 에지마가 보였던 우울한 표정을 생각해보니 그 얼굴에는 한없이 복잡한 감정이 꿈틀대고 있었던 것 같기도 했다.

한 가지 생각나는 것도 있었다.

에지마의 집에 불이 났을 때, 에지마가 그곳에 없었다는 사실이다. 이야기를 들어보니 부품을 납품하기 위해 거래처에 가 있었다고 한다. 연락을 받은 에지마가 불타버린 집으로 돌아왔을 때는 소화 활동이 끝난 지 한 시간이 지난 뒤였다.

그때, 에지마는 동요하고 새파랗게 질려서 당장에라도 쓰러져버릴 것 같을 정도로 큰 충격을 받은 것처럼 보였다. 다로는 그 모습을 직접 보았다. 그것이 과연 자작극일 수 있을까.

아니──, 절대로 그럴 리가 없다고는 말할 수 없다.

사람을 죽이는 건 악당뿐만이 아니다. 착한 사람도 도저히 갚지 못할 빚에 허덕이고, 언제 끝날지 모르는 부인의 병간호가 계속 이어지면 이만 끝내고 싶다는 생각을 할지도 모른다. 공장을 경영하는 에지마라면 자기가 외출하고 나서 한 시간 정도 뒤에 불이 나게끔 하는 방법을 생각해 내는 것도 그리 어렵지 않을 것이다. 지금 다로 눈앞에 있는 꼭두각시 제작의 요령과 실력이 있다면 누전으로 가장해서 불을 지를 수 있을지도 모른다.

그리고 자기가 한 짓에 경악하고 공포에 질렸다. 착한 사람이기 때문이다. 그때 에지마가 그랬을 가능성은 전혀 없는 게 아니다.

마을 회관의 음주 모임에 매우 침울한 분위기가 감돌기 시작했고, 한 시간 정도 만에 해산하게 되었다.

"간스케는 어떻게 생각해? 아까 그 에지마 씨 이야기."

같은 방향에 있는 집으로 돌아가던 도중에 다로가 물었다. 완만한 언덕길에서 보니 다로네 집 산벚나무가 잘 보였다.

만개한 꽃 세 송이가 밤중에 활짝 피어나 있었다.

"모르겠는데."

간스케가 말했다. "그런데, 반쯤 탄 뒤에 진화한 집에서 불이 다시 나서 전소되는 경우도 있긴 한 것 같더라고."

"화재보험 때문에?"

간스케는 굳은 표정으로 고개를 끄덕였다.

"그야 절반만 남은 집을 고쳐줄 목수도 없을 테고, 이왕이면 전부 타버려서 보험금을 받고 새로 짓는 게 더 나으니까."

밤하늘을 보던 시선이 다로에게 돌아오나 싶더니,

"다로는 어떻게 생각하는데? 미스터리 작가잖아."

그렇게 물었다.

"저번에 일어난 화재 두 건하고 비교하면 에지마 씨네 집 화재는 어때? 뭔가 특이한 게 있나?"

다로는 그게 신경 쓰였다. "방화범이 동일 인물이라면 수법이 비슷할 것 같거든."

"저번 두 건의 공통점은 평일 낮에 헛간에서 불이 났다는 점이지."

한편, 세 번째인 에지마네 집 화재는 일요일 오전에 집과 인접해 있는 공장에서 불이 났다.

"화재 원인은? 방화라면 현장 검증으로 알아낼 수 있잖아?"

"아니. 그게 좀 미묘한 것 같더라고."

간스케가 계속 말했다. "첫 번째 화재는 불길이 번지기 시작한 곳 근처에 쓰레기 소각로가 있었고, 거기서 불이 붙은 것 아닌가 하던데. 화재가 난 걸 발견했을 때는 이미 헛간에 불이 붙어버렸고."

간스케는 어두운 시골길에서 앞을 똑바로 보고 있었다. 건너편 경사 전체에 차밭이 있었고, 그 너머에 있는 숲이 칠흑 같은 그림자를 드리우고 있었다. "두 번째도 헛간이 불탔는데, 실은 상황이 조금 달라. 안에 세워두었던 차에서 불이 났다고 하니까."

"차에서?"

방화 이외의 이유로 그런 일이 생길 수도 있을까.

"그 집 사람이 장을 보고 온 다음에 차를 헛간에 넣어둔 거야. 불이 난 건 그 직후라던데, 그 차는 리콜된 차야. 엔진에 불이 붙을 가능성이 있다던데. 하지만 수리는 하지 않았어. 하필이면 연료 탱크에 가솔린이 잔뜩 들어 있었고, 그것이 폭발해버린 거야. 세 건 중에서는 그때 화재가 제일 심했고."

"방화라는 판단을 내리진 않았단 말이지."

"맞아. 뭔가 알아챈 거 있어?"

다로는 고개를 저었다.

길이 두 갈래로 나뉘는 곳에서 간스케와 헤어진 뒤, 다로는 복잡한 마음을 품은 채 집으로 가는 외길을 올라가기 시작했다.

4

하야부사 축제 날은 맑았고, 봄이라고 하기에는 햇살이 너무 강한 하루였다.

4월 하순이다.

그날, 아침 6시에 일어난 다로는 어제 먹다 남은 것으로 아침 식사를 하고는 오전 7시인 집합 시간에 늦지 않게끔 가마 수레 오두막으로 향했다.

모인 사람들 중에 전통의상 차림인 사람이 있었고, 그 사람이 축제의 리더인 것 같았다. 감독님이라 부르는 걸 보니 아마 그런 역할을 맡고 있는 것 같다.

"그럼 갈까요, 여러분. 다치지 않게끔 조심하시고요."

감독이 그렇게 말하자 가마 수레 안에 있던 북과 징이 울리기 시작했다. 가마 수레를 들여다보니 2층 구조였고, 현수막으로 덮인 1층 부분에는 사람이 등을 맞대고 앉을 수 있을 만한 공간이 있다. 지금 거기에 어린아이가 두 명 들어가서 '악기'를 두드리고 있었다. 2층 부분에는 사람이 없었고, 거기는 꼭두각시를 봉납할 때 쓰는 곳인 것 같았다.

"자, 간다아."

누군가가 호령을 내린 것과 동시에 가마 수레가 움직이자 나무가 삐걱대는 소리가 들리며 지붕이 흔들렸다.

축제에는 미리 정해진 역할 분담이 있다.

다로는 '줄'이다. 말 그대로 줄을 당긴다. 가마 수레 아래쪽에 고정된 줄은 길이가 15미터 정도 되는 것 같았다. 그것을 당기면 가마 수레가 움직인다. 이른바 엔진 같은 역할이다.

그 가마 수레는 양쪽에 바퀴가 하나씩만 달려 있어서 그냥 내버려두면 쓰러져버린다. 그래서 가마 수레 양옆에서 앞뒤로 뻗은 두 '막대기'를 이용해서 균형을 잡을 수 있게끔 되어 있었다. 막대기 담당은 주로 젊은 사람들이었고, 앞쪽에 여섯 명, 뒤쪽에 네 명이 있었다. 그 사람들이 가마 수레를 조종하는 중심인물들이고, 애초에 축제를 견학하러 온 거나 마찬가지인 다로와는 비교도 되지 않았다.

"당신이 도쿄에서 왔다는 다로 씨인가?"

줄 양쪽에 있던 사람들이 싹싹하게 대해주었고, 다들 노인이었다. 서른 명 정도 되려나.

"이 가마 수레, 낡았네요."

다로가 그렇게 말하자,

"만든 지 400년은 넘었으니까."

좀 전에 물어보았던 노인이 자랑스럽게 대답했다. 하피 안에는 작업복을 입고 작업화를 신은 차림새다. 그리고 머리에는 파란색 드래곤즈 모자를 쓰고 있어서 특이한 느낌이다. 다로도 마찬가지로 하피 차림이었다. 하피 안에는 청바지에 폴로 셔츠, 운동화를 신어서 전혀 그럴싸해 보이지 않았다.

"그러면 에도 시대 때부터 축제를 했겠군요."

"아즈치 모모야마 시대부터지", 드래곤즈 영감님은 꽤 박식했다.

"그랬나요? 실례했습니다."

"당신도 오늘은 많이 배워가겠어."

"잘 부탁드립니다."

그런 이야기를 하고 있자니 첫 번째 난관에 맞닥뜨렸다.

전선이다. 가마 수레 끄트머리가 걸렸다.

"야야, 잠깐만. 잠깐만 기다리라고."

그렇게 말하며 대나무 장대를 든 두 사람이 나타나 그 장대로 걸리적거리는 전선을 올리고 가마 수레를 통과시켰다. 가마 수레는 2층집 정도 높이가 있기에 매번 멈춰서 전선을 올리고 지나가는 것을 반복했다. 축제 전에 미리 받았던 분담표

에도 '전선 올리기'라는 역할이 있었다. 그것도 다로가 할 수 없는 일 중 하나다.

선두에는 감독이 있었고, 행렬 가장 뒤쪽에는 마찬가지로 전통의상 차림인 '경호원'이 있었다. 다로 일행 앞에서 피리로 '가는 길'을 연주하고 있던 사람은 소방단원이기도 한 젊은이, 사이토 나오히로였다.

나오히로는 묘한 느낌이었다. 하피에 피리까지는 상관이 없지만, 피리 소리가 왠지 등 쪽에서 울리는 것 같았다. 녹음한 것을 틀어놓은 모양이다.

"뭐야, 나오히로. 실력이 꽤 좋아졌다 싶더니 녹음한 걸 틀어놓은 거냐? 최첨단이네."

줄 담당자 중 한 명이 놀렸다.

"죄송합니다. 연습할 시간이 없어서요."

나오히로는 머리를 긁적였고, 그동안에도 피리 소리가 울리고 있었다.

"멍청이."

그 정도로 딱히 혼내지는 않았다. 엄숙한 것 같으면서도 느슨한 것이 시골이다. 하지만 느슨한 것 같으면서도 예전부터 전해져 내려온 절차를 지키고 있는 것도 역시 시골이었다.

내리막길에 접어들자 줄을 가마 수레 뒤쪽으로 옮겼고, 다로 일행도 뒤쪽으로 이동하게 되었다. 줄을 브레이크 대신 사용하며 느릿느릿 언덕을 내려갔고, 다 내려오자 줄을 다시 앞으로 옮겼다. 그럴 때마다 지레를 이용해서 뭉친 줄을 바퀴 사이로 넣어야만 했기에 수고가 많이 들었다. 가마 수레도 그럴 때마다 멈췄다.

"한 대 피우자고."

누군가가 그렇게 말한 것은 무라사키노 마을에서 30분 정도 걸어온 외길 한복판에 도착했을 때였다.

저수지가 있는 삼거리에 가마 수레를 멈췄다. 왜 이런 곳에서 쉬는 거지? 그런 생각이 들 정도로 아무것도 없는 밭두렁길 한복판이었다.

"여기서 쉬는 걸로 정해져 있어서 말이야."

드래곤즈 영감님이 시원스러운 표정을 지으며 말했다.

다들 각자 길바닥에 앉아서 담배를 피우거나 물을 마시면서 시간을 보냈다.

도쿄에서 태어나 자란 다로에게 있어서 축제라고 하면 전통식 버선에 훈도시, 노끈 머리띠를 하고 가마를 들쳐멘 채 신나게 행차하는 것이었지만, 로마에 가면 로마법을 따라야 한다.

마치 여름 같은 햇볕이 내리쬐는 하늘에 솔개 한 마리가 날고 있었다.

그 이후로 각 마을에서 출발한 가마 수레 여섯 대가 모였고, 신사에 전부 도착할 때까지 두 시간 정도 걸렸을까. 그때는 신사의 돌바닥이 구경꾼들로 가득 찼고, 메인 이벤트인 실이 없는 꼭두각시 공연이 시작되는 걸 기다리고 있었다. 하지만 그 이후로도 꽤 오래 걸렸다. 꼭두각시 공연을 하기 전에 피리와 북 연주가 한참 이어졌고, 거기 맞춰서 가마 수레 2층의 현수막이 느릿느릿 올라갔다. 이야기를 들어보니 한 번 끝날 때까지 30분은 넘게 걸리는 모양이니 여섯 대를 모두 합치면 세 시간이다. 아즈치 모모야마 시대의 타임 스케줄이다.

"다로 씨, 밥 먹고 와."

시간이 조금 지나자 그런 말이 나왔기에 다로는 그제야 가마 수레 곁을 떠났다. 노점이 나온다는 이야기를 들었기에 야키소바라도 사 먹을까 하는 생각을 하면서 걸어가다가 문득 멈춰 섰다.

그녀가 거기에 있었다.

'선술집 △'에서 보았던 영상 크리에이터, 다치키 아야다.

날씬한 청바지에 펌프스를 신었고, 모스 그린색 블라우스에 심플한 액세서리를 찬 아야는 화려한 차림새도 아닌데 눈에 띄었다.

머리카락을 예쁘게 다듬었고, 서 있는 모습이 아름다웠다.

그녀의 시선을 따라가 보니 가마 수레를 찍고 있는 비디오 카메라가 있었다. 카메라 옆에 서 있던 사람은 저번에 인사만 했던 곤도, '마을 살리기 프로젝트'의 리더, 곤도 시게하루다.

아마 이 하야부사 축제를 찍어서 홍보 영상으로 쓸 생각일 것이다.

카메라를 보다가 다시 아야를 본 다로는 그때 상대방이 이쪽을 바라보는 시선을 느끼고 살짝 고개를 숙여서 인사했다.

그녀는 부드러운 미소를 지으며 다가왔다.

"안녕하세요. 저번에 '세모'에 오셨었죠."

처음 들은 아야의 목소리는 약간 낮고 허스키했다. 자그마한 숄더백에서 명함을 꺼내 다로에게 내밀었다. "영상 관련 일을 하고 있는 다치키라고 합니다."

"아, 저기, 저는 최근에 이쪽으로 이사온──."

"작가이신 미마 다로 씨, 맞으시죠?"

놀랍게도 아야는 다로를 알고 있었다. "'지옥문'을 쓰신."

"네, 맞아요. 혹시 읽으셨나요?"

조심스럽게 물어본 다로는 "죄송합니다, 아직 읽진 않았어요"라는 대답을 듣고 마음속으로 낙담했지만, 아슬아슬하게 얼굴에는 드러내지 않았다. 작가 일을 하다 보면 이런 상황에 마주치곤 하기에 이미 익숙해지기도 했다.

"그래도 성함은 알고 있었어요. 영상 쪽 동료들 사이에서도 평판이 좋았고요."

"아, 그러셨군요……, 감사합니다."

다로는 약간 복잡한 심정으로 입을 우물거렸다. 드라마나

영화 쪽 기획 제안을 몇 번 받은 적이 있긴 하지만, 실제로 제작된 적은 한 번도 없다. 유리 천장이나 보이지 않는 벽, 그런 것이 자기 앞을 가로막고 있는 게 아닐까 하는 생각이 들 정도로. 그런 다로의 사정을 아야도 알고 있지 않을까, 그런 생각이 들어서 약간 껄끄러웠다.

다로는 잠시 입을 다물고 있다가 이야깃거리를 찾기 위해 들고 있던 명함을 보았다.

예상했던 대로 하야부사라는 지명 뒤에 네 자릿수 숫자가 있을 뿐, 아야가 어디 살고 있는지는 전혀 알 수가 없었다. 하지만 휴대폰 번호와 메일 주소는 적혀 있었다.

"죄송합니다, 명함을 가지고 오지 않아서요. 이 주소로 나중에 메일을 보내드리겠습니다."

"꼭 좀 그렇게 해주세요."

아야는 방긋 웃으며 고개를 끄덕이고는 약간 진지한 표정으로 "지금도 뭔가 쓰고 계신가요?"라고 물었다.

"네. 일단은 작가니까요. 미스터리이긴 하지만."

"미스터리 말씀이시군요. 저도 그런 드라마를 찍을 수 있다면 좋을 텐데 말이에요. 지금은 홍보 영상 같은 기획만 맡고 있네요."

"그래도 그렇게 해서 먹고살 수 있다면 훌륭한 것 아닐까요."

그 말은 빈말 같은 게 아니라 다로의 진심이었지만, 그래도 아야는 약간 아쉬웠는지 그녀의 시선이 발치로 흘러갔다.

"실은, 나고야에서 전문학교 강사도 하고 있어서요."

"어떤 전문학교인가요?"

"'나고야 아트 크리에이트'라는 학교예요."

다시 가방에서 명함 케이스를 꺼낸 아야는 다른 명함 한 장을 뽑아들고 다로에게 내밀었다. 그 일이 아야의 생활을 지탱해주고 있을지도 모르겠다.

"하야부사에서 다니고 계신가요?"

"네, 차로요. 수업은 1주일에 두 시간뿐이긴 하지만, 딱 좋게 드라이브를 하고 있죠."

힘드시겠네요, 다로는 그렇게 말해야 할지 망설였다. 상대방을 깔보는 것처럼 들릴 것 같아 걱정이 되었기 때문이다.

다로는 어떻게 대답할지 생각하며 옆을 보았고, 어느새 그곳에 간스케가 약간 실실대는 표정으로 서 있었기에 깜짝 놀랐다.

"다로, 정말 얕보면 안 되겠네. ——안녕하세요."

간스케가 밝은 목소리로 아야에게 말을 걸자, "그럼 나중에 뵙죠"라며 아야가 먼저 이야기를 마무리했다.

"나중에——."

이야기를 그렇게 잠깐 나누었을 뿐이었지만, 다로에게는 이 세상의 색조가 바뀐 것처럼 느껴졌다. 아야가 그만큼 매력

적이 여자였기 때문이다

"실력이 꽤 좋은 모양이던데, 아야."

간스케가 그녀의 뒷모습을 바라보며 말했다.

"그렇구나."

"시게하루 씨가 그렇다고 하더라고."

곤도는 다가온 아야와 이야기를 나누고 있었다. 그 모습을 둘이서 몇 초 정도 바라본 다음, 간스케가 "다로, 이제 밥 먹을 거야?"라고 물었다.

"우리 가족하고 먹으러 가자고. 우리 어머니가 다로한테 대접하고 싶다고 했거든."

"어? 그래도 돼?"

"가자고, 가. 같이 가자고. 이쪽이야."

간스케는 가마 수레 쪽에 등을 돌리고 곧바로 걸어가기 시작했다.

5

"아, 다로 씨. 정말 고생이 많아. 자, 이쪽에 앉으시게."

간스케네 집으로 갈 줄 알았는데, 다로가 데리고 간 곳은 시라히게 신사와 이어져 있는 단상이었다.

거기에 돗자리를 깔고 집집마다 요리를 가져와서 먹는 게 풍습인 모양이었다. 아는 얼굴이 드문드문 보이는 이유일 것이다.

"이쪽이 무라사키노 마을 진지거든."

간스케가 한 말은 사실인 모양이었다. "다로도 어서 앉아."

"그럼 실례하겠습니다."

신발을 벗고 돗자리 위로 올라가서 앉자 찻잔에 담긴 차를 가져다주었다.

하야부사 지구에는 신사가 두 곳 있다. 지금 가마 수레가 모두 모여 꼭두각시를 봉납하고 있는 곳이 신메이 신사. 거기서 약간 거리가 있는 상점가 근처에 이곳 시라히게 신사가 있고, 다로는 지금 그곳에 있다.

신메이 신사에서 꼭두각시 공연이 끝나면 가마 수레가 이곳 시라히게 신사에 모여 마찬가지로 봉납을 하고, 그러면 축제 행사가 끝나는 것이다.

"차구나."

다로는 찻잔 안을 들여다보며 혼잣말처럼 말했다.

"이 축제 때는 술 마시는 거 금지야."

평소에 술을 자주 마시는 간스케는 아쉽다는 듯이 그렇게 말하면서 차를 한 모금 마시고는 도시락을 먹기 시작했다.

다로가 받은 것은 전통이 느껴지는 검은색에 조그마한 도시락통이었다. 내용물은 단순했다. 찹쌀밥이 대부분이었고, 반찬은 곤약찜과 박고지 절임이었다.

"다로 씨, 이것도 드시게."

간스케의 어머니는 요리가 담긴 접시를 내주었다.

"아, 오르되브르네."

간스케가 매우 위화감이 드는 단어를 말하며 곧바로 먹기 시작했다.

연회 때 나올 만한 회와 고기가 잔뜩 담긴 접시였고, 가장자리를 많이 차지하고 있는 음식은 새우튀김이었다.

음식은 옛날 느낌이 나는 소박한 느낌이라 맛있었다. 보아하니 다른 돗자리에서도 비슷한 음식을 먹고 있었다. 도시락통이 찬합처럼 여러 개 쌓여 있었고, 간스케는 눈 깜짝할 새에 두 개를 먹어치웠다.

그곳에서 떠들썩한 축제 현장이 잘 보였다.

아래쪽에는 노점이 보였다. 다로가 있는 곳에서는 가스 봄베와 발전기가 놓인 가게 뒤쪽이 보였고, 노점 사이에 끼어서 폭이 좁아진 길은 많은 구경꾼들로 붐비고 있었다.

"사람들이 많이 왔네."

"꼭두각시 공연이 유명해서 관광객이 꽤 오거든. 시내로 이사갔던 사람들도 축제 일정에 맞춰서 가족이랑 같이 오기도

하고."

　해가 높게 떠서 마치 여름처럼 햇볕이 내리쬐고 있었지만, 나무 그늘 밑인 그곳은 시원했다. 바람이 불어와서 땀을 식혀 주자 이른 아침부터 어떻게 해야 할지도 모르는 채 시키는 대로 하기만 하면서 긴장했던 마음이 푸근해졌다.

　노점이 늘어서 있는 곳 맞은편에는 소방단 대기소가 있었고, 지금은 다들 알고 지내게 된 소방단원 몇 명이 접이식 의자에 앉아 담배를 피우고 있었다.

　"저건——."

　그 대기소 앞쪽 길에서 하피를 맞춰 입은 사람들이 이쪽으로 걸어왔다. 다로는 그중 한 명을 빤히 보았다.

　"저 사람들은 노나카 사람들이야."

　팔을 베고 돗자리에 누워있던 간스케가 그렇게 말했다. 노나카라는 것은 마을의 이름이다. 신경 쓰였던 건 그중에 아는 사람이 있었기 때문이다.

　얼마 전에 집에 불이 났던 에지마 나미오였다.

　"에지마 씨도 있네."

　다로가 그렇게 말하자 간스케가 일어났다. 마찬가지로 빤히 바라보면서.

　"정말이네. 나미 씨도 대단하다니까."

　그렇게 말했다. 에지마 나미오의 나미다. "불이 났는데도 축제에는 참가해야 하고. 누가 교대해주면 안 되나?"

대기소 앞을 지날 때, 멈춰선 에지마가 살짝 고개를 숙여 인사했고, 급하게 일어선 단원이 경례를 하며 인사했다.

"나미 씨네는 원래 좋은 집안이어서 힘들 거야. 이런저런 역할을 맡아야 하니."

옆에서 간스케의 어머니가 그렇게 말했다. "할아버지 대까지는 집안이 부자였다는데, 저렇게 되는 걸 보면 세상일은 모르겠어."

"그랬군요."

"산도 꽤 팔았다던데."

아무래도 간스케보다는 그의 어머니, 도마코가 더 잘 알고 있는 것 같았다.

"산을 팔았다고요……."

도쿄에서 자란 다로는 감이 잘 오지 않았다. "산은 얼마나 하나요?"

"그게 말이지……, 잘은 모르겠지만, 그렇게 비싸진 않을걸."

간스케가 그렇게 말했다. "저번에 우리 차고 뒤쪽 나무가 걸리적거리길래 베어버릴까 싶은 마음에 땅하고 같이 샀는데, 천 평에 50만 엔이었지. 그것도 비싸게 산 편이야."

"그게 비싼 거야?"

다로는 멍해졌다. 1평에 500엔이다. 동전 한 닢이다. 도쿄의 점심값이 더 비싸다. 도심의 가치관으로는 상상도 하지 못할 정도로 저렴하다.

"요즘 산 같은 건 푼돈이야."

간스케는 아무렇지도 않게 말했지만, 그럼에도 불구하고 에지마는 팔아넘겼다. 그만큼 가계가 절박한 상황일 것이다. 그때.

"집도 타버리고, 원한도 사고. 에지마 씨도 참 안되었어."

도마코가 한 말이 마음에 걸렸다.

"원한을 사다니, 무슨 일 있었나요?"

다로가 물었다. 간스케도 모르는 눈치인지, 어머니의 얼굴을 보고 있었다.

"그리 큰 소리로 할 이야기는 아닌데."

도마코는 그렇게 말하며 목소리를 낮췄다. "산뿐만이 아니라 밭 같은 것도 팔아서 태양광 발전을 시작한 모양이야. 집 앞이 전부 태양광 패널로 도배된 사람도 있을 정도니까, 이곳저곳에서 불평이 나온다고 하더라고."

태양광 패널이 하야부사 지구 이곳저곳에 있긴 했다. 태양광 발전이 차세대 전력으로 유망하다는 이야기는 다로도 알고 있지만, 산촌에 갑자기 나타난 무기질적인 패널들은 경관을 매우 심하게 해치는 건 틀림없다.

"어머니, 정말 많이도 아시네."

간스케가 감탄하자,

"그야, 그라운드 골프는 폼으로 하는 게 아니니까."

도마코는 의기양양하게 말했다. 노인들끼리 모여서 그라운드 골프를 즐기는 사람들 중에 뜰 앞에 있던 차밭이 태양광 패널로 바뀌어버린 사람이 있는 모양이었다.

"그거 말고도 비슷한 이야기가 있지. 나미 씨도 요즘 평판이 안 좋아진 모양이더라. 쓸데없는 참견이긴 하겠지만, 재산이 거의 안 남은 거 아닌가 모르겠네."

다로는 무심코 간스케와 서로 얼굴을 마주 보았다.

6

산벚꽃이 졌다.

팔랑팔랑 흩날리지도 않고 깔끔하게 졌다. 그렇게 지는 모습은 그야말로 '시키시마의 야마토 정신을 묻는다면 아침에 풍기는 산벚꽃 향기'라고 모토오리 노리나가가 읊었던 시조 그대로다.

꽃이 진 산벚나무는 지금, 녹색 잎으로 뒤덮인 상태이고, 2층에 있는 작업실에서 본 하야부사의 자연은 눈부실 정도의 신록에 감싸여서 한없이 바라봐도 질리지 않는 생명의 숨결이 넘쳐나고 있었다.

벚꽃 저택이라 불리는 다로네 집에는 다양한 식물이 있었다.

'봄의 선두'라 불리는 진달래가 지자 등대꽃이 하얀 꽃을 피웠다. 다로가 제일 마음에 든 것은 수돗가 근처 그늘에 무리 지어 피어난 만병초였다. 얼마 전에 연보라색 꽃이 핀 만병초는 누군가가 예전에 거기에 심은 건지, 자연스럽게 피어난 건지 알 수가 없었지만, 뽐내는 듯이 흐드러지게 피어났다.

아침부터 컴퓨터 앞에 앉아 있었고, 정오가 지나자 적당히 매듭을 지을 부분까지 진행했다.

좋은 날씨다.

키보드를 두드리던 손을 멈추고 닫혀 있던 창문을 열자 향기로운 봄 내음이 작업실 안으로 들어왔다.

두 손을 들고 기지개를 켠 다음, 뭉친 목과 어깨를 빙글빙글 돌린 다로는 한동안 넋이 나간 듯이 멍하니 뜰을 바라보고 있었다.

일을 마친 뒤에 긴장이 풀린 뇌는 계속 사고하는 것을 거절하려는 듯이 무거웠고, 마치 전기 계량기처럼 느릿느릿 돌아가기 시작했다.

만병초를 보면서 뭔가 하려던 다로는 문득 움직이려던 손을 멈췄다.

"내가 방금——."

뭘 하려고 했더라?

다로는 한동안 멍하니 생각했지만, 기억이 나지 않았다.

"슬슬 나이가 들었나."

아니면 피로 때문일까. 요즘 다로는 어찌 되든 상관없는 것들을 금방 잊어버리는 경향이 있다. 그러면서도 시간이 지난 뒤에 갑자기 생각나곤 하는 것이다.

실제로 며칠 뒤에 다로는 그렇게 잊고 있던 걸 떠올렸지만, 방금 경우는,

"치매 방지를 위해서 골프라도 칠까."

그 말 한마디로 다로의 생각이 다른 쪽으로 쏠렸다. 골프라는 단어를 생각하자 그라운드 골프를 친다는 도마코가 연상되었고, 도마코에게 들은 에지마 이야기에 도달했다.

척 보기에 느긋한 것 같은 산촌에도 복잡한 인간관계나 사정이 있고, 거기에 휘둘리는 사람들이 있다. 사람들이 모이는 곳에 다양한 알력이 생기는 것은 어차피 도시든 시골이든 별다른 차이가 없기 때문일 것이다.

하지만 그 알력의 결과가 얼마 전의 그 화재였다면…….

그러고 보니, 그 이후로 에지마의 집은 어떻게 되었을까.

그런 생각이 든 것은 점심 식사를 한 뒤에 근처 시로 식재료를 사러 나갔다가 돌아오는 길이었다.

"잠깐 보고 올까."

구불구불한 언덕길을 올라서 집과는 방향이 다른 길로 접어든 다로는 에지마의 집이 보이는 곳까지 가서 코롤라의 시동을 껐다. 얼마 전에 소화 활동을 했을 때 차를 세운 곳과 거의 같은 곳이었다.

그곳에서는 무참히 불타버린 집이 보였다. 그을린 기둥이 저녁놀 하늘에 솟아오른 그 모습은 마을에서 붕 뜬 채 이상한 위화감을 뿜어내고 있었다.

차에서 내린 다로는 각오를 다지고 언덕길 중턱 근처에 있는 집을 향해 걸어가 보았다.

인기척은 없었고, 유일하게 타다 남은 작은 건물은 유리가 깨진 채 방치되어 있는 것 같았다.

에지마가 지금 어디서 어떻게 지내고 있는지는 모르겠지만, 여기에 없는 것만큼은 분명하다.

아래쪽 길에서는 보이지 않았는데, 현장 일부에는 푸른색 시트가 덮여 있었다. 다로는 도로 옆에 서서, 죽은 듯이 움직이지 않는 그 시트를 한동안 바라보다가 비스듬히 비치는 저녁놀 쪽으로 손을 들어 올리며 하늘을 올려다보았다.

역광 때문에 그늘이 진 이웃집, 거리가 약간 떨어진 그 집과 앞에 펼쳐진 태양광 패널의 파도치는 듯한 실루엣을 본 것은 그때였다.

일단 길에서 내려와서 이번에는 차를 세워둔 곳 앞쪽으로 잠깐 걸어가 보니 그 이웃집으로 이어지는 샛길을 발견했다.

도마코가 말했던 집 앞에 태양광 패널이 깔렸다는 집이 이곳일까.

그 무기질적인 광경은 시골 풍경에 어울리지 않긴 했다. 차밭이 정원 앞 전체를 가리는 태양광 패널로 바뀌었으니 이 집 사람들은 매우 화가 났을 것이다.

하지만 에지마에게도 사정이라는 게 있었을 것이다. 아마도 어떻게 해볼 수 없는 사정이.

과연 그게 어떤 것인지, 다로는 알 수가 없었다.

예상치 못하게 그것에 관련된 다른 이야기를 들은 것은 그날 밤이었다.

7

"다로, '세모' 갈래? 오늘 우리 어머니가 여행 가서 먹을 것이 없는데."

간스케가 전화를 걸어 그렇게 말한 것은 다로가 쇼핑을 마치고 돌아온 직후였다.

간스케는 야오로즈 지구에 있는 회사에서 전화를 걸었고, 갈 생각이 있다면 다로를 데리러 온다고 했다.

간스케의 차를 타고 '선술집 △' 문에 들어간 것은 오후 6시 반쯤이었다.

이곳에는 소방단으로 들어오라는 권유를 받은 이후로 몇 번 왔고, 마스터인 다케 씨나 여주인 분과도 점점 마음을 터놓게 되었다.

생맥주로 가볍게 건배한 다음, 다로는 뭘 주문할지 벽에 붙어 있던 메뉴판을 올려다보았다. 유부와 계창은 이미 고정 메뉴이기 때문에 제일 먼저 주문했고, 장어 '쿠리카라 구이'도 추가했다.

주문한 술안주가 다 나오자 생맥주에서 소주로 갈아탔다.

가게는 장사가 그럭저럭 되고 있었고, 뒤쪽 좌식 좌석에서는 두 그룹이 떠들썩하게 술을 마시고 있었다.

다로와 간스케만 있던 카운터석에 다른 손님이 앉은 것은 한 시간 정도 지났을 무렵이었다.

"오, 간스케. 와 있었구나."

그렇게 말하며 들어온 사람은 다로가 모르는 남자였다.

"아, 낫짱. 항상 신세지고 있네요."

간스케는 고개를 꾸벅 숙이고 나서 다로를 소개했다. "이 사람이 소문난 미마 다로 씨. 이분은 요시다 나쓰오 씨. 우체국장님이셔."

다로는 소문난이라는 단어가 신경 쓰이긴 했지만 흘려넘기고 일어서서 "미마입니다. 잘 부탁드립니다"라고 인사했다.

"요시다입니다. 잘 부탁드립니다."

예의 바르게 허리를 숙여 인사한 요시다는 60대 중반 정도 되어 보였다. 오랫동안 입은 청바지에 검붉은색 체크 셔츠 차림의 허약해 보이는 남자였다.

"다로는 정말 좋은 사람이에요. 소방단에도 들어와줬고."

"그거 고생이 많네. 용케 들어갔어. 대단하네. 고마워."

요시다는 호들갑을 떨면서 다로를 칭찬한 다음, 데운 술이 나오자 맛있게 마셨다.

"낫쨩은 분단장을 한 적도 있거든."

그렇게 덧붙여 말한 간스케는 "다로는 들어오자마자 저번 화재 때 활약했어요"라고 요시다에게 말했다.

"나미 씨네 말인가?"

요시다는 그렇게 말한 다음, "그거 갑자기 고생이 많았네, 힘들었겠어"라고 치하해주고는, 뭔가 생각에 잠긴 표정으로.

"그거, 원인이 뭐였지?"

그렇게 진지한 말투로 물었다.

"누전 아닐까 싶다던데요……."

말꼬리를 흐린 것은 에지마의 경제적인 사정이나 이웃 간의 문제 같은 정보를 얻었기 때문일 것이다.

"흐음, 그런가."

요시다는 간스케의 대답을 듣고 앞쪽을 보았다. 뭔가 짐작하는 게 있는 듯한 그 옆얼굴을 보고 있자니 그가 "여기서만 하는 이야기인데"라고 말하며 이쪽을 보았다.

"그 집에서 불이 나기 좀 전에, 내가 우연히 차를 타고 지나갔는데 말이야. 히로노부가 길에서 내려오는 것이 보이더라고."

"그게 대체……."

눈짓으로 묻자 간스케가 "야마하라 히로노부라고, 문제아가 있어"라고 대답했다. "답이 없는 녀석이라 말이야. 고등학교를 졸업한 뒤에 한동안 지타 쪽 공장에 일하러 갔었는데, 상사하고 싸웠대나 어쨌대나 해서 2년 정도 전에 돌아왔지. ──그 녀석은 그 이후로 뭐 한답니까?"

마지막에 한 말은 요시다에게 한 질문이었다.

"글쎄."

요시다도 고개를 갸웃거렸다. "부모 등골 빼먹고 사는 거 아닌가? 틈만 나면 빠칭코만 하러 다닌다던데. 야쿠자 같은 놈들이랑 어울려 다닌다는 말도 있었고."

"그 히로노부라는 사람이 길에서 내려오는 걸 보셨다고요?"

다로가 이야기를 계속하라는 듯이 말하자 요시다가 "그렇다니까"라고 말하며 목소리를 낮췄다. "뭐하고 있었나 싶어서 말이지."

"그거 말이죠, 태양광 패널하고 상관있는 이야기인가요?"

그렇게 슬쩍 물어본 사람은 간스케였다.

"용케도 알고 있네, 간스케. 누구한테 들은 거야?"

깜짝 놀란 듯한 요시다의 대답을 듣고 무심코 간스케와 서로 얼굴을 마주 보았다. "우리 어머니요."

"그래? 얼마 전에 히로노부가 나미 씨네 집에 소리를 지르면서 쳐들어갔다던데. 꽤 다툰 모양이야."

"낫짱, 그 이야기 다른 사람에게 하셨어요?"

간스케가 묻자 요시다는 "설마 그럴 리가" 하며 고개를 저었다. "상대가 히로노부잖아. 무슨 짓을 낭해버릴지도 모르는데. 너나 되니까 이런 이야기를 하지. 그 녀석도 내가 봤다는 걸 아마 알고 있을 테니까. 만약에 다른 사람이 알면 내가 말했다고 생각할 거야. 남들한테는 말하지 말아줘. 부탁한다, 간스케. 다로 씨도."

알겠습니다, 그렇게 대답하려던 순간이었다.

"혹시, 그 녀석이 범인 아닌가……."

간스케가 카운터 너머를 빤히 바라보았다. "그 녀석은 평일 낮에도 마음대로 움직일 수 있고. 저번 화재도 그 녀석이 저지른 거라면 이해가 가긴 하니까."

"그렇다면 에지마 씨도 그런 이야기를 했을 것 같은데."

다로가 그렇게 말했다. "경찰도 방화를 의심했을 테니까 짐작이 가는 사람에 대해 물어봤을 거야. 그런 문제가 생겼고, 그런 상대가 있다면 정보가 경찰로 넘어가지 않았을까?"

"역시 다로는 미스터리 작가라니까."

간스케는 감탄한 듯이 그렇게 말했지만, 그냥 생각해보면 누구나 상상이 될 법한 이야기다.

"그렇지, 그래서 나미 씨가 이쪽으로 돌아온 건지도 모르겠는데."

요시다가 그렇게 말했다. "내가 들은 이야기인데 말이야, 나미 씨는 지금 도타시에 있는 빌라에서 지내는 모양이야. 미와 씨가 입원한 병원하고도 가까우니까."

미와라는 사람은 에지마의 부인일 것이다. 도타시는 가장 가까운 '시'이고, 오늘 다로가 쇼핑을 한 슈퍼도 도타시에 있다.

"역시 우체국장님이셔. 정보통이시네."

간스케가 띄워주자 요시다는 웃지도 않고 말했다.

"정보 같은 거는 모르는 것이 나을 때도 있지. 만약에 그 녀석이 범인이면."

주위 사람들의 귀를 신경 쓰는 듯이 주위를 둘러본 요시다가 작은 목소리로 계속 말했다. "──불이 또 날 거야."

"여러분, 오늘은 아침 일찍 모여주셔서 감사합니다."

모자 챙을 살짝 내리며 인사한 사람은 순경이었다. 처음에 자기소개를 했기에 혼다라는 성은 기억이 나지만 이름은 모르겠다.

그날 아침, 갑자기 소집이 걸려서 대기소에 모인 하야부사 소방단은 모두 합쳐서 40명 정도였다. 협력 단원들도 모였고, 이제 곧 산과 계곡으로 행방불명자를 수색하러 나설 예정이다.

"행방이 묘연해진 분은 야마하라 히로노부 씨, 23세——."

그 말을 들은 다로는 경악해서 옆에 있던 간스케와 서로 얼굴을 마주 보았다. 야마하라 히로노부는 며칠 전 밤에 '세모'에서 이야기를 들었던 그 히로노부다.

"3월 31일 오후 3시경, 훌쩍 집을 나선 뒤 행방을 알 수 없게 되었다고 합니다."

그렇다면 벌써 3주 정도가 지났다는 뜻이다. 우체국장인 요시다는 에지마의 집에 불이 나기 직전에 히로노부를 보았다고 했다. 히로노부는 그로부터 며칠 뒤에 행방불명된 것이다.

"그동안, 가족분들께서도 찾아보신 모양입니다만 여전히 연락이 되지 않고 있고, 어제 저녁에 실종 신고가 들어왔습니다. 여러분께서도 많이 바쁘신 와중에 죄송합니다만, 오늘은 부디 잘 부탁드립니다."

"잠깐 물어볼 것이 있는데."

선두에 서 있던 미야하라가 오른손을 들고 물었다. "히로노부가 글러먹은 놈이긴 하지, 그런데 정말로 산에 들어간 건가? 마을에서 밤새 마작이나 하고 있는 게 아니고?"

그 질문을 들은 모두가 은근슬쩍 고개를 끄덕였다는 걸 알 수 있었다. 히로노부의 악행은 모두가 알고 있는 모양인지, 그런 녀석 때문에 동원된 거냐는 불만을 다들 마음속에 떠안고 있었다.

"실은 가쓰라강으로 이어지는 산길에서 야마하라 씨의 자동차가 발견되었습니다."

순경이 들고 있던 보드를 가끔 내려다보며 말했다.

"타다가 버리고 간 거야?"

미야하라가 물었다.

"문이 잠겨 있었기에 예비 열쇠로 열어보니 차 안에서 지갑과 스마트폰이 들어 있는 가방이 발견되었습니다. 그 근처에서 산이나 강, 어딘가로 간 게 아닐까 합니다."

"히로노부는 거기 뭐하러 간 건데?"

미야무라가 혼잣말을 하듯이 중얼거렸다. "그 녀석이 낚시 같은 걸 하는 놈이었나?"

"그런 건 본 적이 없는데."

다로 옆에서 간스케가 고개를 저었다. "낚시를 하는 사람들은 대충 다 아는데. 그렇다고 혼자서 고사리를 캐러 갈 놈도 아니고."

의아해하는 침묵이 깔렸지만,

"뭐, 됐어. 알았어."

분단장이 꺼낸 말이 그 침묵 사이에 끼어들었다. "여기서 가만히 있어봤자 아무런 소용이 없으니까, 다 같이 찾아보자고. 산하고 강, 양쪽으로 나누어서."

미야하라가 강, 부분단장인 모리노가 산, 그렇게 각자 찾아보기로 했다.

하얀색 토요타 크라운이 덩그러니 있었다.

연식이 오래된 모델이었고, 헤드라이트 커버가 누렇게 떠 있었다. 차체를 낮추고 머플러도 두껍게 개조한 차였고, 뒤에서 보니 타이어가 팔자로 벌어져 있었다. 인테리어는 악취미 같은 장식들로 빈틈없이 가득 차 있었다.

숲길로 이어지는 곳이었고, 강하고 가까워서 그런지 물이 졸졸 흐르는 소리가 들렸다.

"좋아, 가자고."

미야하라가 선두에 선 다로 일행은 강으로 내려갔다.

처음 와보는 곳이다.

그날은 언제 비가 와도 이상하게 없을 정도로 구름이 잔뜩 끼어 있었지만, 날씨가 맑았다면 조릿대로 뒤덮인 산길도, 잠시 후 눈앞에 나타난 계곡도 아름답게 보였을 게 분명하다.

선두에서 걸어가는 미야하라는 솔개 입을 들었고, 어깨에는 무전기 끈을 비스듬히 걸친 채 수풀을 헤치며 나아가고 있었다. 산으로 간 모리노반의 모습은 금방 보이지 않게 되었고, 뭔가 발견하면 서로 연락을 주고받기로 했다.

다로 뒤에서는 요타가 뭔가 묵직해 보이는 장비를 짊어진 채 걸어가고 있었다. 제일 뒤에 있던 쇼고는 마치 수행승 같은 표정으로 계속 말이 없었다.

"저녁에 비가 꽤 많이 와서 수위가 높네."

요타가 말한 것처럼 물가의 풀이 물에 잠겨서 일렁이고 있는 게 보였다.

어젯밤에는 비가 많이 왔고 번개도 많이 쳤다. 번개는 저녁 쯤부터 치기 시작했고, 간스케가 차단기를 내리는 게 좋겠다는 메일을 보냈기에 차단기를 내렸다. 다로는 그 이후로 번개가 그친 오후 10시쯤까지 촛불을 켜둔 채 번개가 치는 하늘을 바라보며 시간을 보냈다.

"이봐, 강 양쪽에서 찾아보자고."

미야하라가 그렇게 지시했다.

미야하라와 다른 사람들이 수위가 올라간 강물 위로 고개만 내민 돌을 재주 좋게 밟으며 건너편으로 넘어갔다, 다로가 따라 했다간 발이 미끄러져서 물에 빠질 것 같다. 구조하는 쪽인 내가 구조를 받게 될지도 모른다.

강가를 따라 내려가는 것 또한 쉬운 일은 아니었다.

군데군데 작은 폭포처럼 깎아지른 곳이 있어서 곧바로 내려가지 못하거나 커다란 바위가 튀어나와 있기도 해서 일단 산으로 들어간 다음 멀리 돌아서 다시 강으로 돌아오는 것을 반복했다. 한 시간 정도는 눈 깜짝할 새에 지나갔지만, 그렇게 걸린 시간에 비해 진도가 나가지 않았다.

강 안쪽도 마찬가지로 변화가 심했다. 자그마한 바위가 수면 위로 많이 드러나 있는 여울이 있는가 하면, 흐르는 물을 가로막을 정도로 커다란 바위가 나타나기도 했고, 물거품이 깔린 폭포가 나오기도 했다. 그럴 때는 또 멀리 돌아가야 한다. 발이 미끄러져서 절벽 밑으로 떨어지면 끝장일지도 모른다.

"이거, 목숨을 걸어야겠는데."

그렇게 말한 다로와는 달리 간스케는 아무렇지도 않은 것 같았다.

"다로도 익숙해져야지."

그는 그렇게 말하면서 물속을 바라보다가 가끔 험준한 산도 신경 쓰고 있었다.

"제일 폭포까지 갔으려나."

뒤쪽에서 요타가 걸어오며 말했다. 그는 무거워 보이는 짐을 짊어지고 있었고, 약간 숨이 찬 모양이었다.

"나, 거기 싫은데."

"제일 폭포라니?"

장갑을 낀 손으로 걸리적거리는 나뭇가지를 치우며 다로가 물었다.

"이 앞에 이 근처에서 제일 큰 폭포가 있는데 말이야."

요타가 설명했다. "높이가 10미터 정도 되고, 용소도 꽤 큰데, 거기에는 옛날부터 간란베가 나온다는 이야기가 있어서——."

"간란베?" 다로는 무심코 되물었다.

"갓파 말이야, 갓파."

간스케가 요괴 이야기를 웃어넘기는 듯이 말했다.

"갓파 전설인가……."

다로는 그렇게 혼잣말을 하는 듯이 말하며 지금 자신이 있는 깊은 산을 둘러보았다.

이렇게 험준한 산과 산 사이에 낀 강에는 사람들이 알지 못하는 자연의 힘이 깃들어 있을 것 같다고 생각하게 만드는 힘이 있긴 했다. 무언가가 가만히 숨을 죽이고 이쪽을 살펴보는 것 같은 기척이 감돌고 있는 것이다.

"일본에서는 어디에나 있는 전설이지. 난 유령은 안 믿지만, 요괴는 믿는다고."

그렇게 말한 간스케가 갑자기 멈춰선 것은 그때였다.

"──이봐!"

짤막하게 소리치며 솔개 입 자루로 강 쪽을 가리켰다. "저 거, 옷 아니야?"

산 쪽으로 멀리 돌아가고 있었던 참이었기에 다로도 미끄러지지 않게끔 옆에 있던 나무줄기를 잡고 들여다보는 듯이 계곡을 보았다.

"앞쪽 네모난 돌 옆에 나뭇가지가 있잖아. 거기 뭔가 걸려 있는 것 같은데."

간스케가 설명해주자 요타도 "아, 정말이네"라고 말했다.

다로에게는 잘 보이지 않았지만, 이야기를 듣고 보니 물이 흐르다 바위에 걸린 나뭇가지 근처에서 무언가가 살랑살랑 움직이는 것처럼 보였다. 누군가가 버린 비닐봉지일지도 모르겠다.

근처에서는 폭포 소리가 들렸다.

"폭포 앞쪽인데. 쇼고, 좀 돌아가서 보고 오지?"

"알겠습니다."

간스케가 그렇게 말하자 쇼고가 방금 왔던 길을 돌아갔다. 그 모습이 시야에서 사라졌다가 다시 나타났을 때는 아래쪽 강가에 있었다.

보아하니 쇼고는 허리까지 잠기는 물속에 있었다.

"야, 조심하라고!"

쇼고는 그렇게 말한 간스케에게 오른손을 들어 보이고는 한 발짝 한 발짝, 나뭇가지 쪽으로 다가갔다.

부러져서 흘러가던 그 나뭇가지는 바위 사이에 낀 채 절반 정도 잠긴 상태였다.

쇼고의 손이 그 나뭇가지에 닿았고, 그 건너편을 들여다보려는 듯이 몸을 뻗었다가 오른손으로 무언가를 끌어올렸다.

그리고 그것을 펼쳐보았다.

감색 운동복 상의 같았다. 그것을 힐끔 본 간스케가 주머니에서 종이쪽지를 꺼냈다. 오늘 아침에 받은 실종자의 당시 자료다. 자동차 번호와 복장 같은 것들이 적혀 있다.

히로노부가 입고 있던 옷도 감색 운동복이다.

"이거, 큰일인데."

간스케가 인상을 찌푸렸다. "아마 제일 폭포에 있을 거야. 이 아래쪽."

간스케가 경사를 빠르게 내려갔다.

"먼저 갈게요."

요타도 익숙한 발걸음으로 따라갔다. 다로가 겨우 용소 근처까지 내려갔을 때는 요타가 짊어지고 있던 짐을 풀고 있었다. 고무보트다.

쇼고가 회수한 운동복을 들고 나타났고, 강 반대편에서 미야하라 일행이 모습을 드러냈다.

쏙포는 10미터 위에서 어둡고 깊은 강의 바닥으로 떨어지고 있었다. 교통만 괜찮다면 관광 명소가 될 것 같을 정도로 힘찬 폭포다. 거센 파도를 일으키고 있어서 얼마나 깊은 건지, 뭐가 잠겨 있는지 상상도 안 된다.

"용소 바닥에 가라앉았을지도 모르겠군."

운동복을 본 미야하라가 그렇게 말했고, 어두운 용소를 빤히 바라보았다. "간스케, 물 안을 좀 보고 와줬으면 좋겠다."

"알겠습니다."

간스케는 진지한 표정으로 그렇게 말하고는 쇼고와 함께 공기를 넣은 고무보트를 탔다.

쇼고는 노뿐만이 아니라 길게 뻗은 빨랫대 같은 막대기도 들고 있었다. 그것을 강바닥이나 바위에 대고 보트를 전진시키고, 물안경을 쓴 간스케가 용소 안을 들여다보는 것이다.

"뭔가 있는 것 같긴 한데, 잘 모르겠어!"

잠시 후, 간스케가 소리쳤다.

"바닥을 찔러보라고! 뭔가 걸릴지도 모르니까."

미야하라 옆에서 사람들이 보트를 한 척 더 준비하고 있었다. 누가 가나 싶었는데 미야하라와 갑자기 눈이 마주쳤고,

"다로, 가줄 수 있겠나? 그리고 요타. 부탁 좀 하자 ——."

어디서 나온 건지 빨랫대 같은 막대기를 다로 앞으로 내밀

었다.

"이것만큼은 안 하고 싶었는데."

요타가 그렇게 말하며 바닥에 막대기를 찔러서 감촉을 확인하는 동안, 다로는 익숙하지 않은 손놀림으로 보트를 조종했다. 강바닥 어디에 히로노부가 있을지 모르기 때문에 요타는 닥치는대로 막대기를 움직이고 있었다. 간스케도 마찬가지다.

"용소 쪽으로 좀 더 다가가면 좋겠는데."

요타가 그렇게 말하자,

"해볼게."

용소 안에 가라앉은 바위를 발견한 다로는 있는 힘껏 찔렀다.

보트가 물의 흐름을 거스르며 회전한 다음, 용소 쪽으로 다가갔다.

"앗, 뭔가 닿았는데."

손에 느껴진 감촉 때문인지 요타가 겁먹은 듯한 눈초리로 다로를 보았다. 그런 다음, 간스케를 돌아보고는 "간스케 씨, 여기요, 여기"라고 하며 손가락으로 가리켰다.

이번에는 간스케의 보트가 다가와서 다로와 요타가 탄 보트와 나란히 섰다. 막대기를 물속에 넣고 몇 번 찌르던 간스케가 마지막으로 힘을 주어 일격을 가했다.

다로와 요타, 그리고 쇼고도 그 모습을 지켜보고 있었다.

어두운 물속에서 스윽, 무언가가 나타났다. 그러나 싶더니 그것이 수면을 뚫고 마치 수중 로켓을 발사한 것 같은 기세로 위쪽을 향해 치솟았다. 시체다. 머리카락이 얼굴을 뒤덮었고, 회색 피부와 살이 찢어진 입가는 웃고 있는 것처럼 벌어진 데다 그 안에서 혀가 보였다.

너무나도 놀란 나머지,

"으아아악!"

간스케가 그렇게 경악하며 비명을 지르는 목소리를 들었을 때, 다로는 이미 뒤쪽으로 물에 빠지고 있었다. 보아하니 요타와 간스케도 빠졌고, 쇼고만 겨우 보트를 붙잡고 있었다.

"나왔다! 괜찮나!"

미야하라가 소리치는 게 들리긴 했지만, 다로는 대답할 만한 여유가 없었다.

필사적으로 팔다리를 버둥거렸고, 그렇게 흘러가면서 강가에 도착하는 것만으로도 벅찼다. 겨우 물가로 올라오긴 했지만, 그 직후에는 움직일 수가 없었다. 다리에 힘이 풀린 것이다. 보아하니 간스케와 요타도 주저앉아 있었다.

시선 끝에서는 미야하라 일행이 히로노부의 시체를 막대기와 솔개 입을 사용해서 강가 쪽으로 끌어당기고 있었다. 여러 명이 나서서 작업하고 있다.

몸이 차가웠고, 계속 떨리기만 했다.

단원 중 누군가가 산에서 마른 가지를 주워 와 불을 피워준

게 고마웠다.

연락을 받은 경찰이 달려왔고, 산쪽 수색대도 합류하자 기어코 비가 내리기 시작했다. 꽤 많이 내렸다.

강에서 출발한 뒤 대기소로 돌아오자 오후 늦은 시간이었다.

"그 정도면 차라리 간란베가 더 낫겠는데."

겨울도 아닌데 스토브를 켜고 옷을 말리던 와중에 요타가 그렇게 말했다. "왜 물속에서 튀어나온 거지?"

"가스 때문일 거야."

모리노가 차분한 말투로 말했다. "익사체는 몸에 가스가 차서 떠오르는 법이거든. 그런데 물속에서 바위나 나뭇가지 같은 거에 걸려서 못 나왔던 거겠지."

대기소로 돌아오는 도중에 제일 폭포가 예전에 이 근처에서 자살 명소였다는 이야기를 들었다.

간란베가 산다는 전설도 죽으려 하는 사람들이 다가오지 못하게 하는 힘을 발휘하고 있을지도 모르겠다.

"자살한 건가? 히로노부, 그 녀석이."

쇼고가 조용히 말했다. 혼잣말처럼 한 말 같았지만, 그곳에 있던 모두가 자신에게 던져진 질문인 것처럼 고개를 갸웃거렸다. 다로도 마찬가지였다.

진상은 아무도 모른다.

자살인 것인지, 타살인 것인지. 사고인지, 사건인지──. 방화와는 어떤 관계가 있는지.

과연 이것으로 끝난 건지.

일단 대기소로 돌아온 단원들은 한 명, 또 한 명 집에 갔지만, 다로는 아무래도 집에 갈 생각이 들지 않았다. 간스케도 마찬가지 심정이었던 모양이다.

"다로, '세모' 갈래?"

그 제안은 기뻤다. 술이라도 마시지 않으면 마음이 개운해지지 않을 것 같았기 때문이다.

그래서 다로는 그날, 오랜만에 술을 잔뜩 마셔댔다. 하지만 한번 가슴속에 자리잡은 의문은 아무리 술을 마셔도 사라지지 않았다.

마스터인 다케 씨가 차로 벚꽃 저택까지 데려다준 건 오후 10시가 넘은 시각이었다.

저녁에 가게에 들어갔을 때 소리를 내며 내리던 비는 이미 멎었고, 구름이 개어서 별이 떠 있었다.

아무도 없는 집으로 돌아와서 목욕물이 데워지는 동안, 작업장으로 들어가 컴퓨터를 켰다.

술을 너무 많이 마셔서 머리가 어지러웠다. 메일만 확인하고 답장은 내일 쓸까, 그렇게 생각하며 창밖을 보았을 때, 방의 조명이 비추고 있던 만병초가 눈에 들어왔다.

가슴 속에서 갑자기 기억의 파편이 떠오른 것은 그때였다.

"아——, 생각났다."

저번에 만병초를 보다가 뭘 하려 했던 걸까——. 그게 갑자기 기억 속에서 되살아난 것이다. 사람의 뇌는 참 이상하다, 다로는 새삼 그렇게 생각했다. 이렇게 아무래도 상관없을 때, 아무래도 상관없는 게 생각나다니.

"꽃말을 조사해보려고 했었지."

다로는 조용히 중얼거렸다.

컴퓨터에 검색어를 입력했다. '만병초'와 '꽃말'이다.

다로는 치유해주는 듯한 단어를 기대했지만, 나온 결과를 보고는 깜짝 놀라 한동안 말문이 막혔다.

만병초의 꽃말은——, 경계. 위험.

"설마——."

어두운 밤에 연보라색 꽃이 희미하게 보이고 있다. 그 아름다운 꽃이 갑자기 정체를 알 수 없는 두려움으로 보인 것은 술기운 때문만이 아닐 것이다.

3장

소방 기술
대회의 전말

I

조명 두 개가 켜지자 저녁을 앞둔 하야부사 초등학교의 운동장이 밝은 무대로 바뀌었다.

운동장 구석에는 잘 닦아놓은 소방차 한 대가 자리잡고 있었고, 한가운데 근처에는 소형 펌프가 한 대 놓여 있었다. 그 옆에는 돌돌 말린 호스 세 개와 노즐 세 개가 있었다.

다음 주에 진행될 야오로즈면 소방단의 소방 기술 대회를 대비한 연습이 시작되었다.

다로가 출장할 종목은 '소형 펌프 기술'이다.

팀은 5명이 한 조다.

하야부사 분단은 세 팀이 출장할 예정이었고, 다로는 그중 C팀에 들어가 있었다.

'지휘자'는 모리노, '1등원'은 간스케, '2등원'은 요타, '3등원'은 쇼고, 그리고 다로가 맡게 된 직책은 '보조원'이었다. 멤버를 그렇게 정한 사람은 "올해야말로 우승하겠다"며 불타오른 분단장 미야하라였다.

야오로즈면 대회에서 우승하면 군 대회, 거기서도 이기면 현 대회. 하야부사 소방단의 과거 최고 순위는 현 대회 5위다. 하지만 그것은 과거의 영광이고, 요즘은 군 대회까지만 나가도 잘한 편이라고 한다.

그건 그렇고──, 솔직히 민폐만 끼치는 연습이다, 다로는 내심 그렇게 생각했다.

올려다본 푸른 하늘은 니스를 발라둔 것처럼 맑았고, 나무들 위에 저녁의 자취를 살짝 남겨두고는 슬슬 어둠의 장막을 깔기 시작할 시각이다.

메마른 바람이 기분 좋게 불었기에 평소였다면 작업실의 창문을 열고 맛있는 맥주라도 마시고 있을 시간임에도 불구하고, 지금은 소방복을 입은 채 교정에서 악마 교관이 된 미야하라에게 특훈을 받고 있다.

"이번 주 토요일부터 '소방 대회' 연습이 시작될 거야."

간스케가 전화를 걸어서 그렇게 말한 것은 하야부사 축제가 끝나고 히로노부의 시체를 제일 폭포에서 건져낸 뒤 얼마 지나지 않았을 무렵이었다. 히로노부 건은 경찰이 계속 수사를 진행하고 있겠지만, 그 이후로 새로운 정보는 아무것도 없었다.

"소방 대회?"

"그런 게 있거든. 정확히 말하자면 소방 기술 대회인데. 줄여서 소방 대회라고 부르는 거야."

전화기 너머로 들린 간스케의 목소리는 대충 듣기에도 귀찮아하는 것 같았다. "우리 분단은 소형 펌프 기술 종목에 출전한다네, 잘 좀 부탁할게. 토요일 2시에 대기소에 집합한 다음에, 초등학교 운동장에 가서 연습할 거야. 그다음에는 날마다, 비가 오는 날 말고는 오후 7시부터 시작하고."

"어? 날마다?"

"그렇다니까."

한숨을 쉬는 반응으로 보아 간스케가 별로 내키지 않아 한다는 걸 알 수 있었다.

"날마다는 힘든데."

그렇게 말하며 달력을 보았다. 4월 마지막 주부터 5월 초까지는 '소설 레몬'에 연재하고 있는 '도시에서 우는 뻐꾸기'의 마감 기간이기도 하다. 집필 기간 중에는 최대한 집중하고 싶은데, 날마다 연습을 하러 가게 되면 컨디션이 안 좋아질 것이다.

"그거 모두 참가해야 하는 거야?"

다로는 면제해달라고 할 순 없을까, 그렇게 기대했지만,

"일단은 그렇게 되었다던데. 이쿠오 씨는 다로도 내보낼 생각이더라고."

"내보낸다니, 그——, 소방 대회에?"

소방 대회라고 해도 사실 다로는 전혀 감이 오지 않았다. 운동회 같은 건가?

"뭐, 열심히 해보라고. 우리는 같은 팀이 되는 모양이니까."

"팀……."

더더욱 감이 오지 않았지만, 모두가 참가하는 거라면 어쩔 수가 없다. 딱히 참가하지 못할 이유가 있는 것도 아니었기에 알겠다고 하고는 전화를 끊었다.

그리고 지금——.

다로는 '대기선'이라고 불리는 하얀 선 뒤에서 '열중쉬어' 자세로 서 있었다. 푸른색 제복에 헬멧을 쓰고, 두 발을 어깨 너비로 벌린 채 장갑을 낀 손을 뒤쪽으로 돌리고 있다. 그 자세는 다로에게 있어서 전혀 '쉬어'가 아니었다. 움직이지 않고 서 있는 것만으로도 힘들었다. 게다가 헬멧을 쓰고 있어서 머리가 은근히 가렵다.

미야하라의 지시에 따라 대회에 출장하는 선수들은 가슴에 번호표를 달았다.

정말 그럴싸하다. 하지만 다로의 번호표는 '보'라서 약간 맥이 빠진다. 처음에 달았을 때는 '보결'의 '보'인 줄 알았는데 그게 아니라 보조원의 '보'다. 다로 약간 앞에 있는 대기선에는 모리노와 간스케 같은 사람들이 마찬가지로 '열중쉬어' 자세로 나란히 선 채 명령을 기다리고 있었다. 제일 오른쪽에 지휘자의 '지' 번호표를 단 모리노, 한 사람 정도 들어갈 공간을 비워두고 왼쪽에는 '1' 번호표를 단 간스케, '2' 번호표를 단 요타, '3' 번호표를 단 쇼고가 순서대로 서 있다. 그 숫자는 1등원, 2등원, 3등원을 나타내고 있다.

모리노가 주먹을 쥔 손을 허리에 대고 살짝 몸을 숙인 채 몇 미터 앞으로 달려간 다음, 장화로 소리를 내며 멈춰서 왼쪽으로 돌아서 이쪽을 보았다.

"──집합!"

동작이 연달아 시작된다.

그 호령에 따라 간스케와 요타, 쇼고, 그 세 사람이 몇 미터 앞 집합선까지 뛰어가서 정렬했다.

"번호!"

모리노가 외치자 간스케부터 순서대로 '1', '2', 그렇게 소리쳤지만, '3' 차례에서 쇼고가 실수를 했다.

"저기──, 3!"

"'저기'라는 말은 안 해도 된다니까, 쇼고."

옆에서 보고 있던 분단장, 미야하라가 곧바로 퇴짜를 놓자, 긴장되던 분위기가 살짝 느슨해졌다. "너희들, 좀 더 제대로 좀 하란 말이야. 한 번 더, 처음부터 다시!"

"또냐고."

간스케가 하늘을 올려다보았다. 쇼고가 실수한 건 이번이 두 번째다. "부탁 좀 하자, 쇼고."

"죄송합니다."

쇼고는 풀죽어서 고개를 떨군 채 다시 대기선으로 돌아갔다. 양품점의 젊은 사장인 쇼고는 이런 군대식 훈련 같은 걸 잘하지 못하는지 연달아 실수를 저질렀다. 잘해야 한다고 생각하니 더더욱 실수를 저지르는 악순환이었고, 그 때문에 다로네 팀은 연습이 끝나지 않았다.

"쇼고, 어깨 힘 좀 빼고 하자니까, 응?"

모리노가 친절하게 조언해주었고, 다시 똑같은 상황이 반복되었다. 집중력이 떨어져서 다로도 지치기 시작했지만, "좀 쉬다 하시죠"라는 말을 할 수 있는 입장도 아니었기에 세 사람의 대각선 뒤쪽에서 '열중쉬어' 자세로 서 있기만 했다.

"집합!"

다시 모리노가 호령하자 3등원까지 모두 전방 집합선에 정렬했다. 그리고 이번에는 점호까지 성공했고, 드디어 다음 순서로 넘어가려던 순간,

"너희들, 발치를 보라고. 제각각 흩어져 있잖아."

다시 미야하라의 날카로운 퇴짜가 날아들었다. 솔개 입을 든 미야하라가 너무 뒤쪽에 물러나 있던 요타의 발뒤꿈치를 장화로 살짝 찼고, "아야야", 하고 요타가 인상을 찌푸렸다.

그때였다.

"이봐, 분단장. 굳이 걷어찰 필요는 없는 거 아닌가?"

60대쯤 되어 보이는 남자가 근처에 있던 접이식 의자에 앉아 담배를 피우고 있었다.

"뭐야, 겐사쿠. 불만 있어?"

미야하라가 굵은 목소리로 말하며 째려보자 겐사쿠라 불린 남자는 연기를 뿜어낸 다음, 앉은 채로 미야하라를 바라보았다.

"있지. 언제까지 그러고 있을 건데. 시간도 늦었잖아. 다들 피곤하니 제대로 될 리가 없지. 적당히 좀 하라고."

사정없는 말투로 그렇게 말한 다음, 담뱃불을 장화 바닥에 비벼 끄고 나서 주머니에 있던 휴대 재떨이에 넣었다. 덩치가 큰 미야하라와는 달리 겐사쿠는 몸집이 작고 깡말랐지만, 그 날카로운 눈빛이 보통 사람이 아니라는 분위기를 풍기고 있었다.

"니들처럼 정신이 썩어빠져서 항상 소방 대회에서 창피를 산 거 아니냐고."

미야하라가 그렇게 대꾸하자,

"창피를 사고 있는 건 너지, 이쿠오."

겐사쿠는 한 발짝도 물러서지 않을 기세로 대꾸했다. 단원들이 마른침을 삼키며 그 두 사람을 지켜보고 있었다.

"저번에 네 바지 엉덩이가 찢어져서 웃다가 우리가 져버린 거 기억 안 나냐."

풉, 간스케가 그렇게 웃음을 터뜨리다가 급하게 입을 손으로 막았다.

"내 엉덩이가 그리 웃기냐? 그럼 네 엉덩이는 어떤데", 미야하라가 그렇게 대꾸했다.

"내 바지는 찢어지지도 않았으니까. 네 엉덩이가 찢어진 건 부덕의 소치 아니야? 안 그런가? 다들."

단원들은 우리에게 그런 말을 해봤자 곤란하다는 듯이 고개를 숙인 채 웃음을 참고 있었다.

미야하라가 참을 수 없다는 듯이 노려보면서 분위기가 험악해졌을 때,

"분단장님. 신입 단원도 있고, 마음을 정리할 시간도 필요하니 오늘은 슬슬 끝내시지요."

달래는 듯이 끼어든 사람은 모리노였다. 그가 공무원답게 담담한 말투로 그렇게 말하자 미야하라는 혀를 한 번 차고는 겐사쿠에게서 눈을 천천히 돌렸다.

"그럼 오늘은 한 번만 더 하고 끝내자고. 알겠나?"

간스케와 다른 팀원들의 표정에 안도하는 기색이 드리웠다. 연습의 끝이 보인다는 건 다로에게도 다행스러운 일이었다.

모리노의 호령을 시작으로 다시 소형 펌프 기술 연습이 처음부터 다시 시작되었다. 사소한 실수고 있긴 했지만 그래도 겨우 미야하라가 납득한 만한 수준이었는지 "하야부사 분단,

소형 펌프 시범을 종료하였습니다"라며 모리노가 보고하는 것으로 순서를 모두 마무리 지었다.

　오랫동안 이어진 연습이 겨우 끝났다.

2

　"이런, 이런, 또 이 시기가 되어버렸어. 세상은 이제 곧 골든 위크라는데, 우리는 쉬지도 못하냐고."

　연습한 뒤에 간 '선술집 △'에서 간스케가 인상을 찌푸렸다. "이쿠오 씨는 평소에는 남자다워서 좋은데, 소방 대회만 되면 이상해져. 눈이 돌아가 버린다고."

　"지는 걸 싫어하지."

　요타가 한숨을 쉬며 말했다. "자기가 분단장일 때 현 대회에 나갈 거라고 저번에도 신이 나서 말하던데."

　"그건 힘들잖아."

　매우 지친 쇼고는 질색하는 표정이었다. "이 지역 대회에서 상위 입상이면 충분하지 않나?"

　"소방 대회에서는 별 볼 일 없어도, 우리는 현장에서 강하니까."

　간스케가 변명하는 듯한 말을 덧붙여 한 다음, 곧바로 맥주잔을 비웠다.

"그런데 아까 그 겐사쿠 씨는 어떤 사람이야?"

다로가 신경 쓰이던 것을 묻자,

"아, 그 사람은 야마하라 겐사쿠 씨라고 하는데, 히가시노에 야마하라 임업이라는 간판이 달린 집이 있는 거 알아? 거기 사람이야."

요타가 설명해주었다.

"야마하라……."

다로가 혼잣말로 중얼거린 이유는 그 성을 들은 적이 있기 때문이었다. 저번 주에 강에서 발견된 히로노부도 '야마하라'였다.

"친척이야. 겐사쿠 씨는 히로노부의 삼촌이고."

요타가 덧붙여 말했다. "여기서만 하는 이야긴데, 뭐라고해야 하나, 거친 일족이야. 호탕한 사람들이지."

호탕하다고 해야 하나, 다로가 보기에는 약간 개구쟁이 같은 성격 같았다.

"이쿠오 씨하고는 항상 그런 느낌이야?"

"물과 기름이지, 그 두 사람."

간스케가 말했다. "이쿠오 씨가 성실하고 올곧은 사람이라면, 겐사쿠 씨는 굳이 말하자면 '뭐, 괜찮잖아'라는 말로 넘어가는 사람이야. 툭하면 의견이 부딪히거든."

"그 두 사람은 동급생이야."

쇼고가 말했다.

이곳 하야부사 지구에는 초등학교나 중학교가 한 군데밖에 없기에 여기서 태어나서 자란 사람은 모두가 같은 초등학교, 중학교 출신이다. 물론 돌아가신 다로의 아버지도 마찬가지다.

"소방단에도 같은 해에 들어왔고, 이쿠오 씨가 분단장이 되었을 때 부분단장이 되는 걸 거절했지. 이쿠오 씨 밑으로는 못 들어간다고 말이야."

"저번 분단장이 이쿠오 씨를 후임으로 지명한 것이 마음에 안 든 것 같은데?"

요타가 말했다.

"근데 겐사쿠 씨가 분단장을 맡는 거는 말도 안 되잖아."

간스케는 그렇게 말했다. "그러고 보니까, 히로노부네 장례식에 온 야쿠자한테도 겐사쿠 씨가 돌아가라고 했다던데."

"아, 나, 그거 봤어."

요타가 말했다. "어떻게 되나 싶었는데, 조용히 향만 피우고 돌아가더라고."

"뭐, 그렇게 다들 생각하면서도 못하는 말을 해준다는 의미로는 겐사쿠 씨가 편리한 사람이긴 하지."

간스케의 설명을 듣고 다로는 납득하며 고개를 끄덕였다. 그 덕분에 오늘 연습에서도 해방된 것이다.

"그러고 보니까, 히로노부는 어떻게 되었으려나."

간스케가 문득 그렇게 묻자 이야기가 모두의 관심사로 넘어갔다.

익사체로 발견된 히로노부가 왜 죽었는지는 여전히 알 수가 없다. 아니, 사실은 알아냈을지도 모르겠지만, 적어도 소방단에는 아무런 소식도 없다.

"애초에 자살할 만한 놈은 아니었는데."

요타가 조용히 그렇게 말했다. "사고를 당했거나, 살해당했거나, 둘 중 하나 아닌가?"

"같이 도박을 하던 사람이나, 그런 녀석한테 당했을지도 모르지", 쇼고가 그렇게 말했다.

"그럼 자업자득이라고 해도 되겠지만, 저번에 현 경찰 형사가 순경을 찾아왔다던데."

간스케가 새로운 정보를 가르쳐 주자 요타는 "어디서 들었어?"라면서 눈을 동그랗게 떴다.

"면사무소에 다니는 닷짱이 그러더라고. 순경하고 이야기하고 있을 때 형사가 왔다고 말이야——, 수사 1과라던데."

그렇게 덧붙여 말한 내용을 듣고 모두가 고개를 들었다.

"야쿠자들끼리 벌인 충돌에 휘말려버린 거 아닌가?"

쇼고가 중얼거렸다.

"순경이 안내해줘서 불이 난 에지마 씨네 집까지 갔다던데."

간스케가 그렇게 말하자 미묘한 분위기가 흘렀다. 간스케가 다로를 힐끔 본 이유는 에지마 씨네 집에 불이 나기 전, 야마하라 히로노부가 목격되었다는 사실을 들었기 때문이다.

"나미 씨네 집에 불이 난 거하고 무슨 상관이 있는데."

사정을 모르는 요타가 묻자 간스케는 "여기서만 하는 이야기인데"라고 말을 이었다. "불이 나기 전에 나미 씨네 집 쪽에서 히로노부가 내려오는 걸 봤다는 사람이 있어."

우체국장인 요시다 나쓰오라는 이름은 나오지 않았지만, 그것만으로도 충분했다. 히로노부를 두려워한 요시다가 입막음을 하긴 했지만, 정작 히로노부는 이제 이 세상에 없다.

요타와 쇼고도 깜짝 놀랐고, 잠시 입을 다물고 있었다.

"그래도 방심은 금물이야."

확실한 증거도 없이 망상이나 의심만 앞서가는 것에 대한 위험을 느낀 다로는 미리 못을 박아두었다. 미스터리 작가로서 사람의 죽음을 몇 번 써왔지만, 진짜 생생한 죽음은 소설과 비교도 되지 않는다. 입을 가볍게 놀리는 것은 결코 용납되지 않을 행동이다.

"뭐, 다로의 말이 맞지."

간스케가 맞장구를 치며 은근슬쩍 이야기를 마무리하려 했다. "히로노부 같은 놈은 뭔 사정을 떠안고 있을지 모르니까. 경찰에게 맡기자고."

요타와 쇼고도 조용히 고개를 끄덕이며 맥주잔을 입에 가져다 댔다.

"방화 사건은 이제 끝나려나."

간스케가 중얼거린 그 말이 다로의 가슴속에 팔랑거리며 떨어져 내렸다.

3

마감이 코앞으로 다가온 소설을 쓰고 있자니 언덕길을 올라오는 자동차 소리가 들렸고, 다로는 소설 세계에서 현실로 끌려오게 되었다.

은색 경트럭은 근처에 사는 스기모토 토쿠이치의 차다. 근처 집에 부인과 조용히 사는 70대 노인이다.

스기모토와는 산책하다가 이야기를 나누면서 친하게 지내게 되었는데, 현역 시절에는 나고야의 회사에서 일했고, 정년이 되자 이곳으로 이사 와서 시골 생활을 하기 시작한 남자였다. 도시에서 이사를 왔다는 의미로는 다로의 대선배라고도 할 수 있다.

"다로 씨, 다음에 등명 당번이야. 잘 부탁하네."

현관에 나타난 스기모토는 낡은 목판을 내밀며 그렇게 말했다.

"등명이라는 게 뭔가요?"

"지장보살님하고 신사에다가 촛불을 켜는 거야."

그렇군, '등명(燈明)'이라는 거군. 예전에 자치회에서 받은 자료에서 본 적이 있는 것 같다.

지장보살은 산책할 때 항상 앞을 지나가니 알고 있다. 이 근처에서 제일 높은 곳 근처에 자그마한 지장보살이 대나무숲을 등진 채 서 있다.

"신사는 어디 신사인가요."

"축제 때 시악했지? 그 신사야."

시악은 시악(試樂)이라고 쓰며 하야부사 축제 때 했던 꼭두각시 공연을 전날에 선보이는 행사다. 무라사키노 마을의 작은 신사 앞으로 가마 수레를 끌고 가서 그 신을 위해 실이 없는 꼭두각시 공연을 봉납하는 것이다.

"거기에 촛불을 켜주겠나? 1주일마다 교대하고, 끝나면 다음 집에 넘겨줘도 되니까."

목판에는 적은 지 오래된 듯한 이름이 여러 개 나열되어 있었다. 다로의 이름만 쓴 지 얼마 안 된 듯한 느낌으로 '미마 다로'라고 적혀 있었다. 리스트의 가장 끝부분이다.

"두 군데만 켜도 되나요? 정해진 시간 같은 건요?"

"없어, 없어."

스기모토는 손을 살랑살랑 저으며 푸근한 미소를 지었다.
"시간이 날 때 켜도 되니까. 잘 좀 부탁하네."

다로는 항상 오전쯤에만 일을 하지만, 그날은 원고 진행이 늦어졌기에 오후 3시가 넘은 시간에도 책상 앞에 앉아 있었고, 그런 다음에 1층에 위패를 모신 방으로 가서 촛불 한 상자와 뜯지 않은 성냥곽을 찾아냈다. 다로는 담배를 피우지 않기 때문에 집에는 1회용 라이터도 없다. 만약에 촛불이나 성냥이 없었다면 어디론가 사러 가야 했을 거라는 생각이 들었다.

그날, 등명을 하러 나간 것은 소방 대회 연습에 참가하고 집으로 돌아온 뒤인 오후 10시쯤이었다.

처음 간 곳은 지장보살이 있는 곳이었다. 조용한 느낌이 깔린 듯한 그곳에서 신발이 내는 소리를 들으며 언덕을 내려갔다가 다시 올라갔다. 지장보살은 무라사키노에서 제일 높게 솟구친 곳에 있었고, 다로가 등명을 해주기를 기다리고 있었다.

예전에 타다 남은 촛불을 치운 다음, 새 촛불을 켰다. 바람이 불지 않는 날이라 촛불에 붙은 불꽃도 살짝 움직이기만 할 정도였다.

합장을 한 다음, 다시 완만한 언덕길로 돌아가서 신사로 향했다.

신목으로 둘러싸인 사당에 촛불을 켜고 합장한 다로는 촛불 상자와 성냥을 주머니에 넣고 하늘에 잔뜩 떠 있던 별을 올려다보았다.

회중전등을 끄자 별들이 한층 더 밝아지고 촘촘하게 모인 것처럼 보였다.

도리이가 있는 곳에서는 집들의 조명이 군데군데 흩어져 있는 무라사키노 마을을 내려다볼 수 있었다. 이곳으로 이사 온 지 아직 석 달도 안 지났지만, 자치회나 소방단에 들어간 덕분인지 지금은 어디가 누구 집인지 꽤 많이 알아볼 수 있게 되었다.

조금씩이나마 이곳 하야부사 지구에, 무라사키노라는 마을에 자신이 녹아들고 있다는 실감이 들었다.

이런저런 일이 일어나긴 했지만, 나오에게 있어서 이곳 하야부사는 사랑스러운 곳이었고, 도쿄에서 여기로 이사 온 것을 기뻐할지언정 후회한 적은 없다.

그때──.

도리이에서 내려다본 밭 안에서 회중전등 불빛이 일렁이는 게 보였고, 의아해진 다로는 빤히 바라보았다.

아래쪽 길에서 밭 사이로 난 샛길을 어떤 사람이 뭔가 중얼거리면서 이쪽으로 올라오고 있었다.

이런 시간에 대체 누구일까.

그렇게 생각하며 숨을 죽이고 있던 다로의 시야에 먼저 희미하고 하얀 게 들어왔다.

개다. 그리고.

"이제 다 왔다. 이제 다 왔어."

개에게 말하는 건지, 아니면 다른 누구에게 말하는 건지 알수 없는 목소리가 들렸고, 별빛과 함께 나타난 사람은 낮에 만났던 스기모토였다.

가까운 곳까지 다가온 스기모토는 다로가 있다는 걸 눈치채고 깜짝 놀란 듯이 멈춰 섰지만, 등명 담당이라는 게 생각났는지 "고생이 많네"라고 말을 걸면서 다가와서는 가쁜 숨을 고르려는 듯이 도리이 돌바닥에 앉았다.

주머니 안에서 간식을 꺼내 개에게 준 다음, 그는 목에 두르고 있던 수건으로 이마에 난 땀을 닦아냈다. 개는 골든 리트리버였고, 다로에게도 꼬리를 흔들며 인사를 하러 왔다.

"착하다, 착해. 그러니까."

머리를 쓰다듬으면서 스기모토를 보자,

"니나."

그런 대답이 돌아왔다.

"여자애구나. 착하다, 착해, 니나. 미안해, 간식은 없어."

머리를 쓰다듬으면서 "조용하고 좋은 밤이네요", 스기모토에게 그렇게 말했다.

"그렇지."

스기모토도 부드러운 말투로 그렇게 말한 다음, 마을의 야경을 보고 나서 "이제 이쪽 생활에도 익숙해졌나?"라고 물었다.

"네, 어느 정도는요. 하지만 아직 멀었죠."

다로는 웃으면서 그렇게 대답했다. "등명 당번이 뭘 하는 건지도 오늘 알았고요. 소방단에서도 깜짝 놀랄 일들만 연달아 일어났네요."

"무슨 큰일이 있었던 모양이던데."

스기모토가 말한 '큰일'이라는 것이 에지마 씨네 집의 화재인 건지, 히로노부 건인지는 모르겠다. 아니면 양쪽 모두일지도 모르겠지만, 다로는 고개를 끄덕였다.

"이렇게 느긋한 곳인데 이런저런 일이 있네요."

"왜냐하면, 이곳은 슈퍼 내추럴한 곳이니까."

스기모토가 신기한 말을 했다.

"슈퍼 내추럴, 말씀이신가요."

"도시처럼 싸움도 생기고, 도시에서는 일어나지 않는 일도 일어나니까. 여기 올 때까지는 안 믿었는데, 이런 곳에는 뭔가가 있는 것 같단 말이지."

"뭔가라뇨?"

스기모토는 곧바로 대답하지는 않았지만.

"나도 들은 이야기인데, 예를 들어서 이 도리이 앞에 있던 집, 40년 동안에 다섯 채나 불이 나서 타버렸다는 모양이거든."

깜짝 놀랄 만한 이야기를 꺼냈다. "신사 앞에 집을 지으면 안 된다는 이야기를 듣긴 했는데, 이상하지 않나? 이야기를 들어보니까 어디나 신사 앞은 텅텅 비어 있는 경우가 많다고 하던데. 신이 지나다니는 길이라 그렇겠지. 도시에서는 모르겠지만, 나는 여기 와서 알게 된 것 같다니까."

뭐라고 대답해야 될지 알 수가 없어서 "그렇군요"라고 애매하게 대답했다. 그런데 그와 동시에 머릿속에 떠오른 것은 '그러고 보니 에지마 나미오의 집은 어땠을까'라는 생각이었다. 그곳은 과연 도리이 앞이었을까?

"마을 살리기를 하겠다고 곤도 씨네가 이것저것 열심히 하고 있는 것 같은데, 사람이 너무 많이 늘지 않았으면 하는 생각도 들고. 다른 데서 온 사람이 제멋대로 하는 생각이긴 하지만 말이야."

다른 데서 온 사람이라는 말에는 이 지역에서 스기모토의 미묘한 입장도 반영되어 있는 것 같았다. 이곳 무라사키노에 이사 와서 10년 정도가 지났는데도 여전히 이곳 사람들과의 의식 차이가 있는 모양이다.

"계속 시골에만 산 사람은 진짜 시골의 장점을 모르기도 하겠지."

스기모토가 한 말이 다로의 뱃속을 울렸다.

뭐든지 비교 대상이 없으면 평가할 수가 없기 때문이다.

——하야부사 지구의 마을 살리기에 힘을 빌려주실 수 있을까요?

마을 살리기 프로젝트의 리더, 곤도 시게하루가 그렇게 장
중한 내용을 적어서 보낸 메일이 도착한 것은 그날 밤이었다.

4

곤도와는 날마다 진행되고 있는 소방단의 연습이 끝난 뒤
에 '선술집 △'에서 만나기로 했다.

하지만 연습이 언제 끝날지 알 수가 없었기에 곤도는 8시
반쯤에 먼저 '△'에 가서 술을 마시며 다로가 올 때까지 기다
리고 있겠다고 했다.

연습을 마친 다음, 올 때 태워다준 간스케가 다로를 '선술
집 △'에 내려주었을 때는 오후 9시쯤이었다. 일단 집에 다녀
올까 하는 생각도 들긴 했지만, 옷을 갈아입는 것도 귀찮았고,
곤도를 기다리게 하는 것도 미안했다. 제복을 입은 채 가게로
들어가자 곤도가 곧바로 "오, 왔군" 하고 말을 걸었다.

카운터 뒤쪽에 있는 좌식 좌석이다.

다로는 그쪽을 돌아보자마자 약간 후회했다.

당연히 곤도 혼자 올 줄 알았는데, 테이블에는 세 명이 있
었다. 곤도와 30대로 보이는 남자, 그리고 아야였다.

"자자, 앉으셔, 앉으셔."

다로를 위해 비워두었던 아야 옆에 앉자 곧바로 맥주잔이 나왔다.

"먼저 시작해서 미안하군."

사람이 좋아 보이는 인상인 곤도가 반쯤 남은 맥주잔을 들어 올렸다. "소방 연습하느라 고생했네. 오늘 와줘서 고맙고."

테이블에 나와 있는 안주를 보니 곤도는 이미 맥주를 몇 잔 마신 것 같았다. 곤도 옆에 있는 남자는 동안에 바가지머리였고, "야오로즈면 면사무소에서 근무하고 있는 야나이라고 합니다"라며 공손하게 고개를 숙였다.

"이 야나이 씨가 면사무소의 '마을 살리기 담당'이야. 신세를 지고 있지."

곤도가 그렇게 말하자 야나이는 겸손해하며 테이블을 내려다보았다.

"올해도 예산을 따줘서 고맙군."

"아뇨, 무슨. 고맙다고 하실 정도로 많은 액수도 아닌데요."

야나이는 급하게 얼굴 앞으로 손을 들어서 흔들고는 덧붙여 말했다. "면장님도 좀 의욕을 내줬으면 합니다만."

"항상 마을 살리기를 통해서 관광객을 늘리자고 떠들어대면서 말이지. 입만 살았다니까."

"공장 유치나 도로 건설. 면장님의 관심은 그쪽뿐이죠. 이렇게 홍보 영상을 인터넷에 올려서 화제를 모은다거나 그런 건 이해를 못하니까요."

"옛날 사람이라 안 되겠어. 어차피 면장은 컴퓨터도 못 다루겠지. 안 그런가? 아야."

이야기가 넘어오자,

"그런 자치단체도 적지 않을 거예요."

아야는 그렇게 냉정한 의견을 내놓았다. "하지만, 요즘은 어디로 놀러 갈 생각이 들면 우선 인터넷에서 정보를 수집하는 것부터 시작하니까, 매력적인 정보가 인터넷에 제대로 올라와 있다는 건 매우 중요한 일이죠."

얼마 전에 아야와 곤도를 만났던 것은 하야부사 축제 때였다. 그때, 꼭두각시 공연을 비디오 카메라로 찍으려 하던 곤도는 하야부사의 소개 동영상 같은 걸 제작할 생각인 모양이었다.

"그래서 다로 씨하고 의논할 것이 있는데."

갑자기 이야기가 다로에게 넘어왔다. "실은 여기 있는 아야가 낸 아이디어인데, 드라마 같은 하야부사 동영상을 찍을까 싶단 말이네, 어떤가."

어떤가라고 물어봐도 곤란하기만 했기에,

"드라마 같은 영상……, 말인가요."

다로는 애매하게 대답했다. 또 뭔가 골치 아픈 일을 부탁할 것 같아서 기분 나쁜 예감이 든다.

"그러니까, 그 드라마 이야기를 제가 생각하라는 건가요?"

선수를 쳐서 묻자,

"죄송합니다, 미마 씨. 제가 멋대로 낸 아이디어예요."

아야가 약간 미안하다는 듯이 그렇게 덧붙여 말했다. "배우분을 탐정 역할로 삼아서 간단한 미스터리 같은 스토리로 하야부사 지구의 매력을 전달할 수 있지 않을까 해서요."

"그렇군요. 그 스토리를 만들라는 건가요?"

"어설픈 건 만들고 싶지 않아요. 그렇다면 그 일을 부탁할 수 있는 사람은 미마 씨밖에 없다는 게 만장일치로 결정되어서요. 그리고 미마 씨께서 만들어주시면 그것만으로도 화제가 될 것 같거든요. '아케치 고고로상 작가가 자랑하는 고원의 미스터리'라거나 '그 유명한『지옥문』작가가 선사하는 고원 미스터리'라는 식으로요."

아야는 꽤 괜찮은 문구를 말했지만, 곧바로 네, 그렇습니까라고 할 수는 없었다. 지금 진행하고 있는 연재도 있고, 다음에 약속한 소설도 있다. 그런 것들을 쓰면서 진행하다 보면 너무 바빠지게 되어버린다.

그리고 다로가 잘 쓰는 미스터리는 굳이 말하자면 사람이 살해당하거나 연쇄살인마가 등장하는 무시무시한 계열이라 애초에 하야부사의 분위기와는 잘 맞지 않을 것 같다는 생각이 들었다.

"간단한 스토리면 되거든요."

간단한, 아야는 그 부분을 강조해서 말했다.

"그러게요."

다로는 턱 근처에 손을 대고 생각했다.

'간단한'이라고 해도, 누가 보든지 문제가 없을 만한 스토리를 짜는 건 의외로 어렵다. 간단히 보인다고 해서 간단히 짤 수 있는 스토리는 세상에 존재하지 않는다.

"길이는 어느 정도로 생각하고 계신가요."

"30분 정도로 만들고 싶은데."

곤도가 그렇게 말하자 "완성되면 야오로즈면 홈페이지에 올릴까 생각 중이라서요"라며 성실한 야나이가 덧붙여 말했다.

"목적은 관광객 유치죠? 어떤 걸 다루실 예정이신가요?"

"예를 들자면 하야부사 축제 같은 거나, 아타고산에서 본 마을의 경치나, 신메이 신사 같은 곳이지. 별도 예쁘고, 계곡도 멋지니까. 그런 걸 알아주면 사람들도 올 것 같거든."

다로는 입을 다물었다. 그것만으로는 결정력이 부족하다고 생각했기 때문이다. 곤도가 말한 것들은 전부 나쁘지 않은 것들이다. 하지만 전국을 둘러보면 비슷한 곳은 얼마든지 있을 것이다.

"그렇게 간단하진 않을 것 같은데요."

다로는 곤도 같은 사람들도 열심히 하고 있다는 걸 알고 있기에 완곡하게 말했다. "관광객을 불러오려면 화제성도 중요하니까요. 단순히 별이나 강이 예쁘다고 선전해도 그것만으로는 와주지 않을 것 같거든요."

"그럼 뭐가 있을까? 다로 씨, 가르쳐주면 안 되겠나?"

몸을 앞으로 내민 곤도가 애원하듯이 물었다. "도시에서 온 사람이 하야부사의 장점을 더 잘 알 것 같으니까."

"그야 뭐, 제가 여기로 이사 온 건 자연이 풍요롭고, 느긋하고, 살기 편할 것 같다고 생각해서인데요. ──미스터리 느낌으로 만드실 거죠?"

"그럼 제일 폭포에서 사람이 죽는 건 어떨까?", 곤도가 그렇게 말했다.

"그건 아니죠, 곤도 씨."

옆에서 야나이가 나무라자 "아, 그런가"라며 곤도가 뒤통수를 긁었다. "시골이라 그런 일도 꽤 있는데 말이지. 니시야마의 부인 투신 바위라든가, 스스키노의 마귀할멈 산이라든가."

"그것도 나쁘지 않을지도 모르겠네요."

다로가 그렇게 말하자 곤도가 기쁜 듯이 활짝 웃었다.

"실제로 제일 폭포에도 갓파 전설이 있죠?"

다로가 말했다. "그런 건 미스터리 소재로 써먹기 쉬울 거예요. 약간 오래된 타입의 미스터리긴 하지만요."

야나기타 구니오의 '도오노모노가타리'에 등장하는 갓파 연못 같은 이미지다. 그곳은 지금도 이와테현 도오노시의 관광 명소다.

"오히려 전형적인 미스터리가 더 낫지 않을까요? 일반인들이 이해하기 쉬운 쪽이 더 반응이 좋을 것 같은데요."

아야가 말한 의견을 듣고,

"그럼 쓰치노코 같은 건 어떨까요."

갑자기 그런 이야기를 꺼낸 사람은 야나이였다. "쓰치노코로 마을 살리기를 진행시키자는 이야기도 있거든요. 면장님도 의욕을 보였고요."

다로는 당황했다. 정말 특이한 면장이다.

"제가 맡을시 여부는 세쳐두고, 스토리 마감은 언제쯤을 생각하고 계신가요?"

다로가 묻자,

"가능하면 6월 말까지 부탁하고 싶은데."

곤도가 대답했다. "올해 안으로는 완성시키고 싶으니까. 부탁 좀 하면 안 되겠는가? 다로 씨."

"그게 말이죠……."

다로는 대답하기가 난감해서 일단 생각부터 해보았다. 마감까지 두 달 정도 여유가 있다 하더라도 좋은 스토리를 만들 수 있을지는 알 수가 없다. 뭘 담아내느냐에 달렸다.

"우선 그 미스터리처럼 만들 드라마에 담고 싶으신 정보를 정리해주실 수 있을까요? 그런 다음에 생각해보겠습니다. 지금까지 들은 이야기만으로는 솔직히 잘 만들 수 있을지 판단할 수가 없어서요."

"그러면 곤도 씨 쪽에서 리스트업 해주실 수 있을까요? 살아 있는 하야부사의 사전 같은 분이시니까요."

"그런가? 알았네."

아야가 추켜세워주자 곤도도 싫지만은 않은 기색이었다. "그럼 생각해보지. 미안한데, 다로 씨, 긍정적으로 생각해줄 수는 없겠나?"

"그야 물론이죠. 하지만 받아들인다면 제대로 된 일을 하고 싶으니까요."

"그야 그렇겠지. 프로 작가니까."

곤도는 자신을 납득시키는 듯이 그렇게 말하고는 "잘 좀 부탁하네"라며 고개를 숙였다.

스토리는 소설 형식인지, 각본 형식인지, 그리고 원고료는 얼마인지, 구체적으로 어떻게 전개할 생각인지, 그렇게 알고 싶은 게 더 있긴 했지만, 거기서 물어보지는 않았다.

곤도가 하야부사 지구의 '볼만한 곳'을 정리한 리스트를 메일로 보낸 것은 며칠 뒤였다.

전부 읽은 다로는 솔직히 말해 낙담했다.

'선술집 △'에서 들었던 것과 딱히 다를 게 없는 정보뿐이라 임팩트가 부족하다.

"거절할까."

그런 생각도 해보았지만, 이렇다 할 관광의 결정타가 없기 때문에 드라마로 만들자는 발상이 나온 건지도 모른다는 생각도 들었다.

어디에나 있을 법한 것들을 주인공인 명탐정과 조수가 재미있게 소개하는 드라마 그 자체도 세일즈 포인트로 삼는 것이다. 다시 말해, 스토리의 재미가 중요하기 때문에 다로가 항상 쓰는 본격파 미스터리와는 느낌이 다르긴 하지만, 잘만 하면 일종의 엔터테인먼트로 성립되긴 할 것이다.

언젠가 간스케가 했던 말이 문득 생각났다.

──실력이 꽤 좋은 모양이던데, 아야.

아픈 곳을 찌르긴 했다.

"자, 어떻게 할까."

경제적인 이점도 별로 없을 것 같긴 하지만, 이곳 하야부사 지구를 위해서 뭔가 한다는 것 자체는 나쁘지 않다. 그리고 아야와 일을 하는 것도 재미있을 것 같다.

"──해볼까."

작업실에서 홀로 그렇게 중얼거린 다로는 그날 바로 곤도와 야나이, 그리고 아야에게 일을 받아들이겠다는 메일을 보냈다.

곤도는 "감사합니다! 다로 씨!"로 시작해서 그냥 기뻐하기만 하는 답장을 보냈고, 야나이가 보낸 메일에는 "예산 문제 때문에 사례금을 많이 드리지 못합니다만, 괜찮으실까요"라며 조심스러워하는 내용이 적혀 있었다. 애초에 원고료가 적을 거라 예상하고 있었기에 놀랍지는 않았다.

그리고 아야가 보낸 "멋진 스토리를 기대하겠습니다" 하는 메일은 다음과 같은 문장으로 마무리를 지었다.

──한번 구체적인 회의를 할 수 있다면 좋을 것 같습니다.

바라던 바였다.

5

"배우 말인데요, 이런 분께 부탁드릴까 생각 중입니다."

아야가 내민 후보 리스트에는 다로가 모르는 이름만 적혀 있었다.

"나고야를 중심으로 무대에서 활약 중이신 분들입니다. 전국구는 아니지만, 개성적인 연기파들이시죠."

프로필에는 얼굴 사진만 나와 있었기에 그 사람들이 각각 어떤 배우인지는 상상조차 되지 않지만, 아야가 그렇게 말하니 분명히 그럴 것이다.

"탐정 역할을 여자로 만드는 방법도 있는데요."

리스트를 보던 다로는 고개를 들고 아이디어를 냈다. 그리고 "왓슨 역할을 좀 까불대고 실수투성이인 남자로 만드는 거죠. 항상 탐정에게 바보 취급만 당하지만——."

"진상은 그 왓슨 역할이 밝혀낸다——."

"그렇죠", 다로는 그렇게 말하며 집게손가락을 펴고 고개를 끄덕였다.

"그거 괜찮네요. 역시 미마 씨는 대단하세요."

칭찬받은 다로는 마음속으로 미소를 지었다. 하지만 구체적으로 어떤 스토리가 될 것인지 아직 결정된 것은 아무것도 없다. 단순한 아이디어에 불과하다.

"이 지역 분들에게 엑스트라로 출연해달라고 하면 분위기가 살아나겠죠, 분명히."

아야도 그런 아이디어를 내며 미소를 지었다. "역시 미마 씨께 부탁드리길 잘했어요. 처음에는 저희끼리 생각하려 했는데, 벽에 부딪혀서요."

"그러셨군요."

말은 그렇게 했지만, 다로는 그야 그렇겠지라고 생각했다.

평소에 이야기를 만들지 않던 사람이 간단히 할 수 있을 만큼, 창작은 단순하지 않다. 다른 사람이 만든 것에 대해 이런저런 이야기를 하는 것과 자기가 만드는 것은 전혀 다르기 때문이다.

드라마의 구상에 대해 아이디어를 내고, 곤도가 보내준 정보 중 어떤 것을 쓸지 검토하던 와중에 시간이 눈 깜짝할 새에 지나갔다.

"지금은 하야부사의 평판도 별로 안 좋아서 곤도 씨 같은 분들도 초조하거든요."

아야가 그렇게 말하자 다로는 커피를 보고 있다가 고개를 들었다. 두 잔째 커피다.

야오로즈의 중심지에 있는 패밀리 센터 카페였다. 평일 낮이라 그런지 다른 손님은 없었다. 화창한 봄 날씨였고, 여름이 연상될 정도로 강한 햇살이 테이블에 스며들고 있었다. 유리창 너머로 보이는 주차장에는 다로가 타고 온 코롤라와 아야의 붉은색 토요타 프리우스가 나란히 서 있었다.

"그 히로노부 씨 사건 때문인가요?"

"네. 인터넷 뉴스에도 나와서 이미지가 안 좋아졌다고 곤도 씨 같은 분들도 한숨을 쉬더군요. 그리고 불도 났었고요."

아야는 진지한 표정으로 "저, 그 히로노부 씨라는 분의 장례식에 왔던 야쿠자들이 누군지 알아요"라며 뜻밖의 말을 했다.

"장례식에 가셨나요?"

"사실 같은 반이거든요."

그러고 보니 히로노부의 집이 어딘지 아직 모르네, 다로는 그렇게 생각하면서 아야를 보았다. 그리고 반이라는 건 다로 같은 경우로 따지면 무라사키노 마을이 동반 같은 이야기일 것이다.

"같은 반 사람이 장례식을 치르게 되면 모두 함께 도우니까요."

다로가 의아한 표정을 지은 것을 보고 아야가 덧붙여 말했다. "저, 그때 접수를 맡아서 그 사람들이 왔을 때 깜짝 놀랐거든요. 예전에 나고야 제1방송이 제작했던 다큐멘터리에서 취재한 적이 있었던 조직이었어요. 나고야에서 폭력단들끼리 벌인 충돌을 그려낸 프로그램이었는데요."

"무슨 폭력단인가요?"

"나토리파예요. 장례식에 온 사람은 당시에 부두목이었던 사람 같고요."

"지금도 그런 충돌이 있나요?"

"모르겠네요."

아야는 고개를 저었다.

"폭력단, 이라……."

죽은 히로노부가 못된 사람들과 어울렸다는 이야기는 이미 들었다. 하지만 히로노부가 폭력단에 들어갔다는 이야기는 듣지 못했다. 그냥 단순히 심부름꾼 정도였던 걸까.

"미마 씨, 히로노부 씨의 시체를 발견하셨죠?"

소방단이 시체를 건져냈을 때 이야기는 눈 깜짝할 사이에 하야부사 지구로 퍼져나갔고, 지금은 모르는 사람이 없다.

"사인은 뭐였나요? 아무래도 저는 제가 취재한 상대가 사건에 관여한 게 아닐까 신경 쓰여서요."

"그게, 저도 몰라서요."

다로는 솔직하게 대답했다. "경찰에서는 아무런 연락도 없고, 솔직히 발견했다 해도 시체는 제대로 보지도 못했고——, 아니, 똑바로 볼 수가 없어서요. 죄송합니다, 미스터리 작가 실격이네요."

"경찰에서도 아무런 말을 안 하던가요?"

"지금까지는요. 사실은 뭔가 움직임이 있을지도 모르겠지만, 적어도 저희에게는 아무런 연락이 없었습니다. 어찌 됐든 그냥 소방단일 뿐이니까요."

행방불명자가 생기면 동원되긴 하지만, 찾아내고 난 뒤에는 볼일이 없다. 그 이후의 보고는 전혀 없다.

"깜짝 놀라지 않으셨나요? 미마 씨. 하야부사에서 그런 사건이 일어나다니."

"네, 뭐."

애매하게 대답한 다로는 이야기가 나온 김에 예전부터 신경 쓰이던 것에 대해 물었다.

"다치키 씨는 어째서 하야부사에 오셨죠? 친척 분이 계셨나요?"

"아뇨. 전 진짜배기 '외부인'이거든요."

아야는 대답했다 "저 자신은 도쿄에서 태어니 그곳에서 사
랐고요. 집은 초후에 있고, 부모님께서는 아직도 거기에서 살
고 계세요. 미마 씨는 어디에서 오셨나요?"

"저는 세타가야에서 왔습니다. 고토쿠지 근처 아파트에서
살고 있었는데요. 그 이후에 부모님이 이혼하시고 저는 어머
니를 따라 나카노에 있던 어머니 쪽 친가로 이사갔어요. 대학
생 시절부터 혼자 살기 시작했고, 마지막에 살았던 곳은 나카
메구로의 원룸이네요."

"아, 저도 프로덕션 시절에는 유텐지에 살았어요. 7년 정도
있었는데, 꽤 가깝게 지냈네요. 아, 그래서——, 어느 날 우연
히 하야부사에 왔죠."

아야는 화제를 되돌렸다. "정말 날씨가 좋았고, 자연도 예
뻤고, 분위기도 느긋했고요. 너무 마음에 들어서 큰맘 먹고 이
쪽으로 이사 오기로 했죠. 뭔가 새로운 세계가 열릴지도 모르
겠다는 생각이 들어서요. 올해로 3년 차네요."

"저기——, 집은 어디쯤에 있나요?"

다로가 껄끄러운 듯이 물어보자 아야는 냅킨에 지도를 그
려주었다.

약간 뜻밖인 곳이었다.

불이 난 에지마 나미오의 집에서 가까운 곳에 있을 줄 알았
는데, 거리가 꽤 멀었다.

"같은 반이시라면 히로노부 씨네 집도 가깝겠군요. ——착 각했었네."

다로가 그렇게 중얼거리자 아야가 관심을 보였다.

"착각요?"

"네, 맞아요."

다로가 계속 말했다. "실은 에지마 씨하고 히로노부 씨가 태양광 패널 때문에 다투었다는 이야기를 들었거든요. 에지마 씨 집 근처에 태양광 패널이 잔뜩 깔린 밭이 있는 걸 보고 아 마 그 집인가 싶었는데요."

"그런 이야기도 있었군요."

아무래도 아야는 몰랐던 모양이다. "야마하라 씨네 집 앞에 최근에 태양광 패널이 설치되긴 했죠. 저희 집에서도 보이는 곳이니까 조금 아쉽다고 생각했어요. 예전에는 예쁜 차밭이었 는데."

태양광 패널이 늘어나서 아름다운 산촌의 경관이 사라져간 다. 이번 사건의 동기가 그러한 이웃들끼리의 알력이라면 그것 을 만들어낸 것은 어떤 의미로 법 제도의 허점일지도 모른다.

"에지마 씨 쪽에도 뭔가 사정이 있었던 모양이더라고요."

다로는 그렇게 이야기를 마치고는 벽에 걸린 시계를 힐끔 보았다. 벌써 오후 5시다. 즐거운 시간은 빨리 지나가는 법인 지, 두 시간 정도는 이야기를 나눈 셈이다.

"죄송합니다. 제가 잡고 있어서."

눈치챈 아야가 미안하다는 듯이 말했다.

"아뇨. 좀 더 이야기를 나누고 싶긴 한데요. 실은 저녁에는 소방 대회 연습이 있어서요."

"힘드시겠네요."

"힘들어요."

진지한 표정으로 대답한 다로에게 아야가 "대회는 언제인 가요?"라고 물었다.

"이번 주 일요일이에요. 야오로즈 초등학교 운동장에서 하 고요."

"일반인도 볼 수 있나요?"

"물론이죠."

"재미있을 것 같네요. 그럼 나도 보러 갈까."

"네?"

조금 곤란하게 되었다는 생각이 들었다. 다른 팀원들과 연 습한 소형 펌프 기술은 어느 정도 나아지긴 했지만, 잘 봐줘도 그리 잘하는 편은 아니었다. 혹시나 아야 앞에서 창피를 살지 도 모른다.

그래서,

"뭐, 저기, 다른 일정에 무리가 안 된다면요."

다로는 그렇게 둘러대는 듯이 말한 다음, 덧붙여 말했다.

"봐도 별로 재미가 없을 것 같기도 하고요."

6

소방 대회 회장에는 떠들썩한 느낌과 긴장감이 뒤섞여 있었다.

'소형 펌프 기술' 종목에는 야오로즈면에 여섯 개 있는 분단 중에서 스무 팀이 참가했고, 제비를 뽑은 결과, 모리노가 지휘자를 맡은 다로네 팀의 출장은 18번째로 정해졌다.

"순서가 마음에 안 드는데."

그렇게 말한 사람은 제비를 뽑은 모리노 본인이었다. "얼른 끝내면 좋을 텐데, 계속 긴장해야만 하니까."

"그렇게 긴장이 되나요?"

무심코 물어본 다로는 평소와는 달리 딱딱한 모리노의 표정을 보고 약간 놀랐다. "면사무소에서 자꾸 물어봐. 다들 보러 오기도 했고."

다로는 알 수 없는 공무원의 사정이 있을 것이다.

대회는 오전 10시부터 진행되고, 지금은 10분 전이다.

초등학교 운동장에는 각 분단의 소방차가 뽐내는 듯이 늘어서 있었고, 운동장 옆에는 커다란 흰색 텐트 두 개에 귀빈석이 마련되어 있는 가운데, 면장과 다른 참석자들이 자리잡고 있었다.

노부오카 신조 면장, 그 옆에는 경찰서장인 나가노가 있었고, 뭔가 이야기를 나누고 있었다. 현 의회 의원, 우체국장과 더불어 학교 관계자까지 초대받았다.

──각 분단 선수 여러분, 개회식을 진행할 예정이오니 정렬해주시기 바랍니다.

안내 방송이 나왔고,

"좋았어, 가자고."

의욕이 넘치는 분단장, 미야하라가 손뼉을 치고는 세 팀, 열다섯 명의 선두에 서서 뛰어가기 시작했다.

──첫 번째 순서로, 야오로즈 소방단장, 나가쓰카 요시하루의 개회사가 있겠습니다.

마이크 앞에 선 나가쓰카는 다로 같은 사람들과 똑같은 제복을 입고 있었지만, 옷깃 휘장에는 본 적이 없는 별이 달려 있었다. 단장은 높은 사람이라고 으스대는 것 같다. 하지만 인사는 흔해 빠진 말이었고, 미리 적어온 내용을 읽고 있었다. 간스케가 한 이야기에 따르면 본업은 야오로즈에 있는 업체의 사장이라고 한다.

그다음으로 인사를 하러 나선 사람은 면장인 노부오카였다.

연단 위에 선 노부오카는 다크 그레이색 줄무늬 정장에 새빨간 넥타이 차림이었고, 여전히 속이 들여다보이지 않는 눈으로 소방단원들을 내려다보았다.

"평소 소방 활동에 헌신적으로 참가해 주셔서 정말 고생이 많으십니다. 오늘은 제군의 평소 훈련 성과를 유감없이 발휘해주시길 진심으로 부탁 말씀드립니다. 안타깝게도 얼마 전부터 야오로즈면에서도 화재가 연달아 발생하였고, 나아가서는 행방불명자 수색 등으로 여러분께서 중책을 맡게 되는 경우가 늘어났기에 저로서도 우리 지역의 치안에 한층 더 신경 쓸 생각입니다──."

보아하니 경찰서장인 나가노가 벌레를 씹은 듯한 표정을 짓고 있었다.

행방불명자 수색이란 얼마 전에 있었던 히로노부 이야기일 것이다. 다로는 면장의 이야기를 듣고 과연 경찰서장이 어떤 인사를 할 것인지 기대되었지만, 무슨 이유인지 결국 나가노가 연단에 서는 일 없이 개회식의 막이 내려갔다.

"뭐야, 경찰서장은 그냥 장식인가? 개회식이 짧아서 좋긴 하지."

하야부사 분단이 지정받은 자리로 돌아오자 빈자리에 몸을 젖힌 채 앉아 있던 겐사쿠가 비꼬는 듯이 말했다. 그곳은 출장하지 않은 단원들의 응원석이기도 했고, 동료 단원들이 앉아 있었다.

"겐사쿠, 그러고 보니, 히로노부 거은 어떻게 된 거야? 겪찰이 아무 말도 안 했어?"

미야하라가 묻자 겐사쿠는 "아무 말도 안 해서 모르겠는데"라며 팔짱을 낀 채 고개를 저었다.

"그래? 뭐, 우리가 말해봤자 소용이 없겠지. 면장이 쓸데없는 말을 하긴 했지만, 다들 집중해서 해보자고."

미야하라는 그렇게 말한 다음, 제일 앞자리에 털썩 앉아서 목소리가 예쁜 아가씨가 선수를 소개하기 시작한 운동장을 바라보았다.

"역시 후쿠다는 잘하네. 제일 유력한 우승 후보일 만도 하겠어."

다섯 번째로 나선 후쿠다 지구의 시범을 본 간스케가 감탄하며 말했다.

"저 녀석들은 1년 내내 연습하는 모양이던데."

요타가 그렇게 말했다.

"저런 걸 보여주면 안 되지. 점점 긴장되잖아", 새파랗게 질린 채 그렇게 말한 사람은 쇼고였다.

"마음 편히 해보자고."

다로는 그렇게 말하면서 운동장을 가득 메운 관객 중에서 은근슬쩍 아야를 찾아보았다.

지금까지는 안 보인다. 말은 그렇게 했지만, 역시 보러 오진 않았을 것이다.

──그렇다면 오히려 잘됐어. 이제 마음 편히 할 수 있겠네.

그렇게 안심한 순간, 문득 내빈석을 보고는 깜짝 놀랐다.

거기에 아야가 있었기 때문이다. 노부오카 면장 옆자리, 좀 전까지 경찰서장인 나가노가 앉아 있던 자리에 아야가 있었고, 면장과 친근하게 이야기를 나누며 가끔씩 운동장을 보고 있었다.

"앗, 아야가 있네."

간스케도 재빨리 알아챘다. "멋진 모습을 보여줘야지. 이런, 나도 점점 긴장되기 시작하는데. 부탁 좀 하자고, 모리노 씨."

"나한테 그런 말 하지 말라고, 간스케."

모리노는 아침부터 계속 긴장하고 있었고, 평소에 보여주던 냉정한 모습은 어디 갔는지, 볼 근처가 굳어 있었다. 지휘자로서 떠안게 된 부담을 필사적으로 견디고 있는 듯한 표정이었다.

경기는 착착 진행되었다. 눈앞에서 각 팀이 선보이는 솜씨를 보고 있자니 이 경기에 얼마나 진지하게 임하는지 느낄 수 있었다.

이걸 본 관객들이 우리 시범을 보고 어떻게 생각할까. 모리노가 말한 것처럼 차례를 기다리는 게 점점 괴로워지기 시작했다.

열다섯 번째 팀까지는 하야부사에서 두 팀이 출장했고, 안타깝게도 양쪽 다 평범한 성적으로 마무리했다. 제일 앞줄에 앉아 있던 미야하라는 큰 목소리로 단원들을 응원하다가 지금은 무뚝뚝한 표정으로 운동장을 노려보고 있었다. 다로네 팀은 하야부사 분단의 C팀이고, 솔직히 다른 두 팀보다 실력이 뒤처진다. 엄청난 기적이 일어나지 않는 한, 하야부사 분단의 입상은 힘들 것 같았다.

"하야부사 분단 C팀 여러분, 준비 부탁드립니다."

드디어 대회 운영자가 그렇게 말했기에 일어섰지만, 모리노는 긴장 때문에 벌써 몸의 움직임이 이상했다. 마치 관절에 기름칠이 부족한 것처럼 어색했다. 간스케는 항상 보여주던 밝은 모습이 사라진 채 쓴 약이라도 삼킨 것 같은 느낌이었고, 요타는 새파랗게 질린 채 눈을 떨고 있었고, 쇼고는 얼굴이 굳은 채 당장에라도 쓰러질 것 같았다.

"모리노! 부탁한다!"

미야하라가 큰 소리로 외쳤다. "하야부사의 명예는 너희들에게 달려 있어. 멋진 모습을 한번 보여줘."

쓸데없이 더 긴장되는 말을 한다. 모리노가 고개를 두 번 끄덕였는데, 목 근처에서 '삐걱삐걱' 소리가 들리는 것 같았다.

이거, 안 되겠네…….

다로는 그렇게 생각했다. 하기 전부터 이미 진 것이나 마찬가지였다.

출장 준비를 하는 곳은 내빈석 텐트에서 가까운 곳이었다. 이쪽을 보고 있는 아야의 눈에 기대하는 기색이 깃들어 있는 것을 봐버린 다로의 뱃속에 싸늘한 덩어리가 떨어져 내렸다.

"하야부사 분단 C팀. 출장 준비를 해주시기 바랍니다."

담당자가 그렇게 말하자 모리노를 선두로 대기선에 정렬했고, 안내 담당자의 선수 소개가 시작되었다.

──제18조. 하야부사 분단 C팀.

"힘내라아!"

안내 방송을 날려버릴 만큼 큰 목소리로 외친 사람은 미야하라였다. 창피하지도 않은지 일어서서 두 손을 위로 들어 올리고 있었다.

안내 담당자의 소개가 이어졌다.

──지휘자, 모리노

요스케 선수. 1등원, 후지모토 간스케 선수. 2등원, 나카니시 요타 선수. 3등원 도쿠다 쇼고 선수. 보조원, 미마 다로 선수.

운동장에 휘몰아친 박수와 환호성이 마치 커다란 터널을 통과하는 것처럼 귀에 꽝꽝 울려댔다.

시작 신호를 기다리던 동안, 보조원인 다로는 대기선에서 약간 대각선 뒤쪽에 서 있었는데, 3등원인 쇼고의 다리가 부들부들 떨리고 있다는 걸 알 수 있었다.

앞쪽에 백기를 든 심사 주임이 나타났고, 드디어 다로네 팀의 시범 경기가 시작되려 하고 있었다.

백기를 흔들며 "시작"이라 외치자 장갑을 낀 채 두 손을 허리춤에 대고 있던 모리노가 빠른 걸음으로 앞쪽을 향해 나아간 다음, 왼쪽으로 돌아서서 이쪽을 보았다.

"집합!"

간스케와 요타, 쇼고, 그 세 사람이 대기선에서 2미터 정도 앞에 있는 집합선까지 빠른 걸음으로 나아가서 정렬했다.

뒤에 서서 눈만 움직이며 보고 있던 다로는 요타가 발로 집합선을 밟은 채 약간 뒤처졌다는 걸 눈치챘다. 본인은 똑바로 정렬했다고 생각하겠지만, 이미 그것만으로도 감점이다. 운동장 옆에는 엄격한 심사위원들이 보드를 들고 체크를 하고 있다.

"번호!"

모리노가 그렇게 외치자 "일", "이", "──삼"이라고 대답하는 목소리도 이미 약간 어색했다.

모리노가 정면에 서 있던 심사 주임에게 달려가서 차렷 자세를 취했다.

"하, 하야부사 소방단, C팀! 지금부터──."

그렇게 말한 다음, 너무 긴장한 나머지 말문이 막혔고, "소형 펌프 시범을 시작하겠습니다!"라고 겨우 말을 했지만, 그것이 감점 대상인지는 초보인 다로는 알 수가 없었다.

드디어 시범 경기가 시작된 것이다.

처음에 할 것은 호스 접속이다. 호스는 세 개. 전부 둥글게 뭉쳐서 지정된 곳에 놓여 있고, 우선 그중 하나를 간스케가 들고 앞으로 굴려서 펴야 하지만, 방향이 어긋났다. 골프로 따지자면 공이 잘못 맞아서 오른쪽으로 날아가는 '섕크' 같은 것이다. 하필이면 그게 내빈석 앞으로 굴러가 버렸고, 당황한 간스케가 가지러 가려다가 호스에 다리가 걸려서 넘어지자 내빈석에서 웅성대는 목소리가 들렸다. 게다가 다른 호스를 펌프에 연결하는 것도 잊어버리고 있었다.

한편, 흡수 호스를 펌프에 연결하려던 요타 같은 사람들도 너무 긴장한 나머지 애를 먹고 있었다.

잠시 후, 접속이 끝나자 다로가 들고 있던 호스를 수조에 넣은 것까지는 좋았지만, 펌프 시동을 너무 일찍 켰다.

노즐을 잡고 앞으로 달려간 모리노는 자세를 취하고 있었지만, 호스가 연결되지 않았기에 물이 나올 리가 없었다.

"간스케! 얼른 호스를 접속하라고! 호스!"

미야하라가 소리치고 있었다. 필사적인 목소리다.

다로의 유일한 역할은 흡수구를 수조에 담그고 고정시키는 것이지만, 그러면 물이 방출되어버리기 때문에 아직 들고 있었다.

운동장에 있던 간스케는 그야말로 혼란에 빠진 상태였다. 모리노가 들고 있는 쪽 호스와 펌프 쪽에서 뻗어 나온 호스를 연결하려 했지만, 당황해서 그런지 제대로 하지 못했다.

"간스케, 힘내."

다로가 그렇게 마음속으로 생각한 순간, 그제야 연결되었다.

다로가 흡수구를 수조 깊숙이 밀어 넣었다.

호스가 곧바로 생명을 불어넣은 것처럼 부풀어 올랐고, 맹렬한 기세로 물을 빨아들였다.

그런데.

"아, 이러면 안 되는데!"

요타가 작은 목소리로 외친 것은 그때였다. "호스가 뒤틀렸어."

보아하니 호스가 뱀처럼 휘어서 군데군데 겹친 채 뒤틀려 있었다.

호스가 뒤틀리면 물 공급에 중대한 영향을 끼치기에 감점 대상이 된다는 것만은 알고 있었지만, 경험이 적은 다로는 그게 어떤 결과를 불러올지까지는 상상도 하지 못했다.

응원하던 하야부사 분단 앞에 미야하라가 버티고 서서 오른손을 내밀고는 "호스! 호스!"라고 소리치고 있다는 걸 알고 있긴 했지만, 정작 간스케는 듣지 못한 모양이었다. 노즐을 잡고 있던 모리노는 계속 물이 나오기를 기다리며 앞쪽에 설치된 표적을 노려보고 있었다. 하필이면 그 모리노의 다리에 호스가 엉켰다.

급속도로 수압 때문에 부풀어오른 호스는 뒤틀린 중간 부분이 마치 살아 있는 것처럼 몸부림쳤고, 간스케가 그제야 눈치채긴 했지만 이미 늦었기에 엄청난 기세로 모리노의 발치를 후려친 것이다.

앞쪽으로 몸을 숙인 채 자세를 잡고 있던 모리노가 다리에 충격을 받고 뒤쪽으로 쓰러진 것은 그야말로 눈 깜짝할 새에 일어난 일이었다.

세차게 뿜어져 나온 물이 표적에서 크게 빗나갔을 뿐만이 아니라 하필이면 내빈석을 일자로 휩쓸었다.

터무니없는 소동이 일어났다.

면장 같은 사람들이 앉아 있던 내빈석은 물난리가 났고, 몇 명은 물의 기세에 밀려서 뒤로 넘어졌다. 그중에는 온몸이 흠뻑 젖은 아야도 있었다. 접이식 의자와 함께 뒤쪽으로 넘어진 노부오카를 직원들이 부축해서 일으키고 있었다. 그는 눈에 엄청난 분노가 깃든 채 운동장을 노려보고 있었다.

응원석에서는 미야하라가 마치 혼이 빠져나간 인형처럼 멍하니 서 있었다.

다로는 직원들이 아야에게 수건을 건네며 내빈석 밖으로 안내하는 모습을 멀리서 보고 있었다.

하야부사 분단 C팀은 채점 불가능, 실격당했고, 그렇게 다로네 팀의 소방 대회는 비극으로 막을 내렸다.

"너희들, 얼간이냐? 대체 무슨 짓을 하는 거냐고. 적당히 좀 해야지!"

터벅터벅 응원석으로 돌아온 다로네 팀을 기다리고 있던 미야하라가 불호령을 내렸다.

"죄송합니다."

저마다 사과하며 고개를 숙인 다로 일행은 완전히 패잔병 같았다.

"옛날 같았으면 할복감이야. 알기나 해?"

화가 풀리지 않은 미야무라에게 "어쩔 수 없지, 그럴 수도 있는 거야"라며 끼어든 사람은 겐사쿠였다.

"보라고. 네가 그렇게 말 안 해도 다들 반성하고 있잖아."

모자를 비스듬히 쓴 채 담배를 물고 있던 겐사쿠는 평소처럼 실실대며 그렇게 말하고는 "고생했다"라고 말한 다음에 일어서서 풀죽은 모리노의 등을 두드리며 위로했다.

"간스케도 잘했다. 요타하고 쇼고도, 다로도. 다들 열심히 했어. 까불대다 그런 것도 아니고. 그건 다들 알고 있을 거다."

겐사쿠가 그렇게 말하자 간스케가 몸을 떨었다.

"부끄러울 거 하나도 없다고. 다들 가슴 펴라니까. 그리고——."

내빈석 텐트 쪽을 힐끔 본 다음, 약간 작은 목소리로 계속 말했다. "내빈석에는 분단장이 사과해줄 거다."

"내가 왜."

불만이라는 듯이 말한 미야하라에게 겐사쿠는 "당연하지. 그게 네 일이니까"라면서 물러서지 않았다. "정 뭐하면 나도 따라가줄까?"

"필요 없어."

혀를 찬 미야하라는 다로네 팀 다섯 명을 다시 무서운 눈빛을 바라보고는 "너희들도 따라와"라고 말했다.

다시 시작된 경기는 두 팀밖에 남지 않았기에 그것이 끝날 때까지 기다렸다가 텐트로 간 다음, 미야하라는 "저기――, 여러분"이라고 입을 열었다.

그가 모자를 벗었기에 다로네 팀도 따라서 벗었다.

"하야부사 분단입니다. 좀 전엔 정말 큰 실례를 저질렀습니다. 죄송합니다."

모두가 고개를 숙였다. 그때였다.

"뭐, 하야부사 분단이니까. 어쩔 수 없지."

면장인 노부오카 입에서 나온 말은 그렇게 바보 취급하는 듯한 말이었다. 맞장구를 치는 듯한 웃음소리도 들렸고, 고개를 숙이고 있던 다로의 시야 가장자리에서 미야하라가 주먹을 꽉 쥔 것이 보였다.

고개를 들자,

"뭐, 내년부터는 열심히 하라고. 그래, 그래."

가라는 듯이 손을 살랑살랑 저었다. 그 모습을 방금 내빈석으로 돌아온 아야도 깜짝 놀란 표정으로 바라보고 있었다.

다로네 팀이 잘못하긴 했지만, 아무리 면장이라 하더라도 그 태도는 분명히 실례였다.

뭔가 따지려나 싶었지만, 미야하라는 그러지 않았다. 턱을 꾹 당기고는 "실례하겠습니다!"라고 하며 허리를 굽혀 인사를 한 다음, 그곳을 떠난 것이다.

"뭐야, 면장. 그렇게 말할 필요는 없을 것 같은데."

내빈용 텐트를 등지고 걸어가기 시작하자 요타가 화난 기색을 보이며 말했다. "우리도 열심히 했단 말이지."

"진짜", 쇼고가 그렇게 말했다.

간스케는 가장 큰 실수를 저질렀기에 입을 다물고 있었지만, 눈에는 분명히 분노가 깃들어 있었다.

"노부오카는 예전에 야오로즈 분단장이었을 때 하야부사 분단을 한 번도 못 이겼다니까."

미야하라가 말했다. "그 이후로 틈만 나면 하야부사를 눈엣가시로 여겼지. 면장 선거 때 하야부사에서는 그 녀석에게 표를 준 사람이 거의 없었고."

그가 밉살스러워하는 목소리로 해준 설명을 듣고 다로가

떠올린 것은 하야부사의 홍보 동영상에 면장이 의욕을 보이지 않는다는 야나이의 말이었다.

그 이유 중에는 하야부사에 대한 심술도 있지 않을까.

의심하고 싶진 않지만, 면장과 그런 일이 있은 뒤라 그런 생각이 들어버렸다.

"하야부사 사람들이 많으면 저런 놈은 낙선시킬 수도 있을 텐데."

그제야 입을 연 간스케는 분하다는 듯이 인상을 찌푸리고는 눈을 붉히고 있었다.

"이러쿵저러쿵해도 재선은 했으니까."

그렇게 말한 사람은 얼굴이 새파랗게 질린 모리노였다. 그는 면사무소의 공무원이기 때문에 면장과는 관계가 있을 것이다.

"면장에게 무슨 말을 들은 모양인데."

응원석으로 돌아온 다로 일행에게 겐사쿠가 그렇게 말했다. 멀리서 지켜보고 있었던 모양이다.

"신경 쓰지 마. 노부오카는 말이야, 멀쩡한 놈이 아니니까. 조만간 알게 될 거다."

그렇게 살벌한 말과 함께 겐사쿠는 내빈용 텐트를 날카로운 눈빛으로 바라보고 있었다.

4장

산의 요괴

1

메마른 바람이 뒤쪽 창문에서 살짝 불어왔다.

6월 초였다. 벚꽃 저택의 부지 안에 있는 자그마한 등나무 덩굴에 연보라색 꽃이 피었다. 이렇게 시원한 나날도 장마에 들어선 것과 동시에 새로운 계절로 넘어갈 것이다.

두 잔째 커피를 끓여서 작업실로 올라온 다로가 이틀 정도 전부터 손보고 있었던 것은 마을 살리기용 미스터리였고, 제목은 '괴도 하야부사의 우울'이었다.

하야부사 지구에 사는 주인공, 하야미 유카는 농장을 경영하고 있지만, 그것은 겉으로 드러난 모습일 뿐이다. 그 정체는 세상을 떠들썩하게 만든 여괴도, 하야부사였다. 그런 하야미는 덜렁대는 제자 마사루와 함께 오래된 민가와 별채를 개조한 집에 살고 있다.

어느 날, 하야미는 익명으로 쓴 편지를 받게 된다. 그 편지에 내용은 "하야미가 친하게 지내고 있는 소심한 고등학교 교사, 미시마 유타를 유괴해서 어딘가에 감금했다. 구하고 싶다면 수수께끼를 풀어라──".

하야부사 지구의 지도와 함께 곳곳에 흩어져 있던 수수께끼를 제시받은 하야미는 유타를 구하기 위해 마사루와 함께 하야부사에 숨겨져 있는 수수께끼에 다가선다──.

스토리는 대충 그런 느낌이었다. 추리를 즐기며 하야부사 지구의 볼만한 곳을 재미있게 소개한다는 시도다.

평소에는 소설만 썼기 때문에 각본을 쓰니 신선했다.

드라마가 되어서 책의 독자와는 다른 사람들이 봐줄 거라 생각하니 새로운 기대에 가슴이 부풀었다. 글을 쓰는 사람으로서 활약하는 분야가 넓어지는 건 기쁜 일이다.

일을 받아들였을 때는 망설이기도 했지만, 이제 다로는 그 각본을 기꺼이 쓰고 있었다.

마침 '소설 레몬'의 마감이 끝나서 여유가 생기기도 했다.

하야부사 "마사루, 거기 복사한 거 좀 가져다 줘."
마사루 "네? 복사하는 거요? ──윽."
마사루, 복사기를 들어 올리려 한다.
하야부사 "바보야. 복사기 말고 종이 말이야."

마사루 "그런 건 미리 좀 말씀해주세요!"

그렇게 주고받는 대화의 연속. 그날도 오전이 눈 깜짝할 새에 지나갔고, 문득 일을 멈췄을 때는 이미 정오가 넘은 시각이었다.

"오늘은 여기까지만 할까."

그렇게 혼잣말을 한 다로는 어깨와 목에서 피로를 느끼고그 부분을 빙글빙글 돌린 다음, 빈 커피 컵을 들고 1층으로 내려갔다.

잠시 생각하다가 양배추와 얇게 썬 돼지고기만 넣고 간단히 만든 야키소바를 먹었다. 점심 식사를 하고 나서 오후를 어떻게 지낼지 생각하는 게 평소 일과다.

그건 그렇고, 열어둔 창문으로 보이는 눈부신 신록은 눈에스며드는 것 같았다. 평평한 무라사키노 마을의 완만한 구릉과 푸른 하늘, 거기에 떠 있는 구름을 멀리서 바라보며 지내는시간은 그야말로 행복한 기분이었다.

거실의 팔걸이의자에 앉아 발 받침대에 다리를 뻗고 있자니 멀리서 오토바이 엔진 소리가 들렸다. 지나가다 싶더니 벚꽃 저택으로 올라오는 길로 들어선 것을 보고 다로는 몸을 일으켰다.

나타난 것은 낡은 혼다 커브였다.

"안녕하세요."

오랫동안 입은 작업복, 밀짚모자 위에 헬멧을 쓴 남자가 내려왔다. 같은 무라사키노 마을에 사는 세키라는 60대 중반 남자였다. 이미 직장을 은퇴해서 지금은 밭일을 하며 유유자적하게 살고 있다는 이야기를 예전에 본인에게 들은 적이 있다.

뜰에 맞닿아 있는 거실에서 고개를 숙인 다로를 향해 세키가 방긋 웃으며 다가와서는 봉투 하나를 내밀었다.

"이거, 절에서 보낸 건데."

"절요?"

봉투 뒤쪽에 보낸 사람 이름이 즈이메이지라고 적혀 있었다.

"나, 절 당번이라서."

"절 당번이라고요."

다양한 당번이 있는 것 같다. 언젠가 다로도 맡게 될 게 분명하다.

"사실은 연초에 안내를 하러 다니는데, 다로 씨가 여기로 이사 오기 전이라서. 조금 갑작스럽긴 하겠지만, 절에서 가져다달라고 부탁했으니까 잘 좀 부탁하네."

세키는 "그럼 가보겠네" 하고 시동을 켜두었던 오토바이를 타고는 왔을 때와 마찬가지로 언덕길 너머로 사라졌다.

봉투를 뜯어보니 그것은 올해 맞이할 노노야마 가문의— —, 다시 말해 다로네 가문의 법회 안내였다.

"아버지의 6년째 기일인가."

다로의 아버지는 도쿄에서 죽긴 했지만, 유언도 있었기에 하야부사의 무덤에 모셨다. 마을 가장자리에 있는 묘지에는 아버지 쪽 가문인 노노야마 가문의 묘가 있고, 아버지의 이름은 그 묘비에 새겨져 있다.

즈이메이지는 노노야마 가문이 보시하는 절이었다. 하야부사 지구의 중심인 상점가는 '안마을'이라 불리며, 그 근처 높은 지대에 이렇게 과소화가 진행되고 있는 마을과는 어울리지 않을 정도로 훌륭한 절이 그 위용을 뽐내고 있다.

아버지가 돌아가신 건 6년 진 5월, 벌써 그렇게 되었나라는 생각도 들었다. 나도 그렇게 눈 깜짝할 새에 나이를 먹어갈 것이다.

다로의 집에도 예전부터 어엿한 불단이 있었고, 아버지의 위패도 거기 있었다.

안쪽 방으로 가서 불단을 열고 거기에 촛불과 향을 피운 뒤 합장한 다로는 그제야 그날 오후에 해야 할 일을 떠올리고는 헛간에서 코롤라를 타고 나섰다.

무라사키노 마을을 나선 뒤, 밭 사이로 난 외길을 지나 상점가로 들어섰고, 중심부에 있는 삼거리에서 오른쪽으로 언덕길을 올라가 보니 그 너머에 즈이메이지의 멋진 산문이 보였다.

주차장에 차를 세우고 문을 지나간 다음, 아마 주지 스님이 살 것 같은 건물의 넓은 현관 앞에 서서 "실례합니다" 하고 말을 걸었다.

나타난 사람은 마흔 살이 넘은 것 같은 여자였다. 사모님인가?

"미마라고 합니다. 법회 안내를 받아서요. 의논을 좀 하고 싶습니다만."

"아, 네, 네. 법회 말이죠."

이미 알고 있는 것 같은 여자가 이쪽으로 오라며 절 본당으로 안내해주었다.

회랑이 있는 넓은 건물이었고, 안에는 그저 다다미만 넓게 깔려 있었다. 가운데에 계신 본존은 아미타여래일까.

"잠시만 기다려주세요."

일단 자리를 뜬 여자가 차를 가져다주었는데, 느긋하게 마실 틈도 없이 승복을 입은 남자가 나타났다.

"오래 기다리셨지요. 이 절의 주지입니다."

덩치가 큰 남자였고, 나이는 쉰 살이 넘었을 것 같았다.

신기한 스님이었다. 입가에 미소를 띠고, 몸놀림은 물이 흐르는 것처럼 자연스러웠지만, 그것뿐만이 아니었다. 눈 안쪽에 한순간 스쳐간 것처럼 보인 것은 몸속까지 들여다보는 듯한 눈빛이었다.

"갑자기 찾아와서 죄송합니다."

다로는 그렇게 말한 다음에 받았던 봉투의 안내서를 앞에 내려놓았다. "이걸 받았는데요, 어떻게 해야 할지 몰라서요."

"아, 그거라면 말이지요."

주지 스님은 눈 안쪽에서 빛나던 눈빛을 흔적도 남지 않게 없애고는 "우선 날짜를 정해주셔야 하는데요, 아, 그리고 장소도 말이죠"라며 약간 편한 말투로 말했다.

"장소 말씀이신가요?"

그렇게 되물으면서 메모를 하고 있던 다로에게.

"집에서 하실 거라면 그쪽으로 찾아뵙겠습니다만."

주지 스님이 그렇게 말했다.

"집이라고요……."

다로는 곤란하다고 생각하며 작은 목소리로 중얼거렸다.

집에는 다로 혼자밖에 없으니 일부러 와달라고 하는 것도 좀 그렇다고 생각했기 때문이다. 마실 차와 과자 같은 것 준비도 전부 혼자 해야 하니 귀찮다.

생각에 잠긴 채 본당의 높은 천장을 둘러본 다로는.

"이쪽에서 할 수는 없을까요?"

조심스럽게 물어보자 물론 저희도 상관없습니다라는 대답이 돌아왔다.

"그럼 이쪽에서 하는 걸로 부탁드립니다."

"알겠습니다. 날짜는 언제로 할까요?"

주지 스님이 승복 어딘가에서 꺼낸 것은 스마트폰이었다. 어울리지 않긴 하지만, 종교계에도 확실하게 IT가 침투한 모양이었다.

"돌아가신 게 5월이니 원래 6년째 제사는 저번 달이었겠네요."

다로가 그렇게 말하자,

"사실은 좀 더 일찍 안내를 드렸어야겠지만, 미마 씨께서 이사 오신 걸 알게 된 게 최근이라서요. 갑자기 죄송하게 되었습니다."

오른손을 바닥에 살짝 내려놓고 고개를 숙이는 주지의 몸짓은 정말 그럴싸했다.

"아, 아뇨. 저도 몰랐던 터라 죄송합니다. 보시를 하는 절이라면 제일 먼저 찾아뵈었어야 했을 텐데요."

"황송합니다."

주지가 하는 말은 한 마디 한 마디가 묵직했다.

"그러면 다음 주 수요일 오후는 어떠실까요."

다로가 떠올린 것은 오전에는 일을 하고, 점심 식사를 한 다음, 여기에 혼자 와서 경을 읊어달라고 하는 일정이었다. 그렇게 하면 부담도 적고, 시간을 효과적으로 쓸 수 있다.

"저는 일정이 비어 있습니다."

스마트폰으로 스케줄을 확인한 주지 스님은 "주말이 아니어도 괜찮으시겠습니까? 친척 분들의 일정 같은 것도 고려해야 할 것 같습니다만" 하고 물었다.

그렇긴 하지만 "사실, 잘 몰라서요."

다로는 솔직하게 말했다. 아버지의 지인은 몇 명 알고 있긴 하지만, 전부 도쿄에 있다. "아버지 쪽 친척하고는 연락을 거의 하지 않아서요. 고모님이 계시긴 한데, 만난 적도 없고요."

아버지의 장례는 유언에 따라 조촐하게 가족장으로 치러졌지만, 유일한 가족인 고모는 병 때문에 누워 있어서 참가하지 않았다. 결과적으로 아버지는 다로와 매우 친한 친구들이 지켜보는 와중에 떠난 것이다. 아버지도 바라던 바였을 것이다.

"그렇군요. 저희 쪽에서는 몇 분이 오시든 상관없으니 괜찮습니다. 혹시 오실 분이 계신다면 모시고 오시지요."

"감사합니다."

인사를 하고 식어가는 차를 한 모금 마신 다로는 새삼 널찍한 본당을 둘러보았다.

"그런데 건물이 멋지네요."

"이 절 그 자체는 도요토미 히데요시 시절부터 있었습니다만, 한 번 불타버린 적이 있어서요. 이 본당은 1859년에 지은 겁니다."

그렇다면 절 그 자체에는 500년에 가까운 역사가 있는 걸까. 무슨 유형 문화재로 등록되어 있다거나, 본산은 아사쿠사의 '이치모쿠산즈이도지'라는 주지 스님의 이야기를 들으면서 다시 본당 안쪽을 바라보고 있자니 문득 눈에 들어온 것이 있었다.

세 방향이 커다란 장지로 막혀 있는 곳 위쪽에 나란히 붙어 있는 종이였다.

사람 이름이 적혀 있고 그 위에 금액이 적혀 있는 것을 보니 뭔가 기부한 사람들의 목록 같은데, 그중에 아는 사람의 이름을 발견한 것이다.

──금 300만 엔정 에지마 나미오

그 에지마다.

그 이름은 본존 맞은편에 있었고, 금액이 기부한 사람들 중에서도 눈에 띄게 많았다.

"에지마 씨도 시주를 하셨군요."

별 생각 없이 물어본 다로에게 "열심히 하시는 분이시죠"라는 대답이 돌아왔다.

"저건 무슨 기부인가요?"

"지붕 보수 비용입니다."

주지 스님이 천장 쪽을 손가락으로 가리켰다. "이 본당 지붕이 크죠. 수리하는 데 돈이 꽤 많이 드니까요."

즈이메이지 지붕의 장대함은 멀리서 봐도 눈길을 끄는 구석이 있긴 했다. 꼭대기부터 휘어져서 솟구치는 기와지붕의

라인은 매우 유려했고, 예전에 많은 자금을 들여서 만들었다는 걸 짐작할 수 있었다. 지금은 과소화가 진행되고 있는 하야부사 지구도 이 절이 세워졌을 때는 나카센도의 여관 마을로서 나름대로 활기찬 모습을 보여주지 않았을까.

그건 그렇고 300만 엔이라니.

에지마에게 과연 그렇게 큰돈을 낼 필요가 있었을까, 다로는 주지 스님과 헤어진 뒤 절의 주차장으로 가면서 그렇게 생각했다. 지붕의 보수가 아직 시작되지 않은 걸 보니 아마 에지마가 기부한 것은 비교적 최근일 것이다.

하야부사의 옛 명가이고, 이 스이메이지를 지탱하는 유력 시주 가문이었겠지만, 몰락한 지금도 그만큼 기부를 해야만 하는 사정이 있을까. 도시에서 자란 다로는 이해할 수 없는 감각이었다.

2

"다로네는 간단해서 좋겠어."

법회 이야기를 하자 간스케가 그렇게 말했다.

"간단한가?"

"간단하지. 우리 집은 친척이 많아서 말이야, 오전에 법회를 마치면 바로 미니 버스를 타고 야오로즈의 '기소'까지 밥을 먹으러 간다고. 보통 일이 아니라니까."

"그럼 힘들겠네."

그에 비해 그날 다로가 마무리한 6년째 제사는 매우 간소했다.

"시골 사람들은 원래 그런 데다 돈을 쓰는 법이야."

그 말을 듣자 절 본당에 붙어 있던 에지마 타쿠오의 기부 금액이 생각났다.

"300만?"

이야기를 하자 간스케도 놀랐는지 술을 마시다 고개를 들고 다로를 바라볼 정도였다. "돈을 그리 많이 냈다고?"

"절 지붕을 수리하라고 기부한 모양이야. 최근 아닐까?"

"아마 그렇겠지."

간스케도 턱 근처를 쓰다듬고 무언가를 생각하며 고개를 끄덕였다. "공장 상황이 절박한데 그런 돈까지 내고, 대단하네. 옛날부터 유력한 시주 가문이긴 했지만, 명가도 힘들겠어."

"도시라면 모를까, 하야부사에 와서까지 그렇게 야박한 이야기를 들을 줄은 몰랐네."

다로가 그렇게 말하자.

"시골이 인간관계가 더 밀접하니까, 그런 이야기를 자주 듣곤 하지. 도시에서는 몰랐을 이야기까지 말이야."

간스케가 한 말대로 도쿄였다면 같은 아파트에 살더라도 "옆집 사람이 뭐하는 사람일까" 같은 경우도 드물지 않다. 하지만 인간관계에 정답이 있냐고 묻는다면 그렇지는 않을 것이다. 시골과 도시, 양쪽 다 일장일단이 있다. 어느 쪽이 더 낫냐고 따질 수 있는 문제는 아닐 것이다.

"공장의 운영 자금이라면 모를까, 절에 기부하기 위해서 차밭을 팔고 태양광 패널을 설치하는 건 좀 아닌 것 같은데."

상대방이 마음을 터놓고 지내는 간스케였기에 다로는 생각했던 것을 그대로 말했다.

"그렇긴 하지. 그런데, 요즘 이 근처에서도 산이나 밭을 팔아달라는 이야기가 자주 들어오는 모양이더라고. 다로네는 그런 이야기 없었어?"

"없었는데."

다로는 약간 놀라며 대답했다. 제일 먼저 머릿속에 떠오른 것은 베란다에서 보이는 아름다운 풍경이 태양광 발전 패널로 바뀐다면 싫겠다는 생각이었다. 그런 의미에서 죽은 야마하라 히로노부가 에지마네 집에 소리를 지르며 쳐들어간 심정이 이해가 되기도 했다.

"다로는 집에 밭이나 산이 어디에 얼마나 있는지는 아는 거야?"

간스케가 문득 그런 말을 했기에 다로는 고개를 갸웃거렸다.

"우리 집에 산 같은 게 있으려나."

"그야 있겠지. 면사무소에서 확인해보는 것이 좋을지도 모르겠네. 그런데, 안타깝게도 요즘 산은 가치가 별로 없어."

간스케는 그렇게 말하며 씨익 웃었다.

집 주위라면 어디까지가 자기 땅인지 대충 알고 있긴 하지만, 산은 전혀 알 수가 없다.

"다음에 시간이 나면 알아볼게."

다로가 그렇게 대답하자 두 사람의 화제는 다른 쪽으로 넘어갔다.

3

다음 날 아침, 컴퓨터를 켜자 '소설 레몬'의 편집자, 나카야마다 히로시가 보낸 메일이 와 있었다.

──어제, 7월호 원고의 교정을 마쳤습니다. 다시 읽어보았습니다만, 이번 원고도 숨이 막힐 정도로 박력이 넘치는 장면이 연달아 나와서 대단하다는 생각이 들었습니다. 집필이 순조롭게 진행되고 있다는 걸 짐작할 수 있는 전개였고, 편집부 내부에서도 평판이 좋았습니다. 미마 씨께서 시골로 이사

가셔서 뜸하긴 했습니다만, 이번에 인사를 드리러 갔으면 합니다. 편하신 날짜를 말씀해주세요.

다로는 책상에 있는 달력을 보았다.

자랑할 건 아니지만 한가하고, 딱히 잡힌 약속도 없다. 나카야마다의 성격을 감안하면 분명히 이틀이나 사흘 정도는 머무르면서 놀다 갈 생각일 테니 다로에게도 시간을 때우는 데 좋을 게 분명했다.

나카야마다의 취미는 플라이 피싱과 골프였고, 특히 골프는 열광적인 관심을 보이고 있었다.

산도 있고, 강도 있고, 가장 가까운 하야부사 컨트리 클럽까지는 차로 10분 거리. 생각해보니 이곳 하야부사는 다로보다는 나카야마다에게 더 적합한 곳일지도 모르겠다.

——당분간은 언제든 괜찮습니다. 편하신 날짜를 말씀해주세요.

그렇게 답장을 보낸 다음, 다시 마을 살리기용 미스터리 드라마 각본을 쓰기 시작했다.

'괴도 하야부사의 우울'은 다로가 노력한 덕분인지 이제 곧 대단원을 맞이하려는 부분까지 써나간 상태였다.

순조롭게 집필하면서 낮쯤에 그날 예상했던 장면은 전부 다 써냈고, 그제야 이야기의 세계에서 현실로 돌아왔다.

약간 피곤한 느낌이 담긴 얼굴로 창문을 보니 먹구름이 꽤 낮게 깔려 있었고, 당장에라도 비가 내릴 것 같은 느낌이었다.

슬슬 장마가 시작되는 걸까.

원고 파일을 닫고 메일을 확인해보니 바로 나카야마다가 보낸 답장이 와 있었고, 방문할 날짜 후보를 두 개 정도 알려주었기에 "어느 쪽이든 상관없다"라는 답장을 보냈다. 나카야마다도 교정을 마친 직후라 한가할 테니 낚시나 골프를 하자는 내용을 적어서 보냈다.

골프 용구는 작업실 구석에서 먼지를 뒤집어쓰고 있다. 나카야마다가 올 때까지는 꺼내서 잠깐 연습을 해보는 게 나을지도 모르겠다. 한편, 낚시 쪽은 다로도 약간 자신이 있었다. 하지만 정신이 없었기에 저번 겨울에는 전혀 손을 대지 못했다.

도시에서 살 때 갈망하던 놀이를 막상 언제든 할 수 있는 환경을 얻게 되자 거리를 두게 된 건 정말 아이러니하다. 하지만 하야부사에서의 일상생활은 애초에 자연과 함께 살아가는 것이다. 골프나 낚시 같은 놀이를 굳이 거칠 필요도 없이, 그냥 있기만 해도 마음이 충족된다.

나카야마다가 답장을 다시 보냈고, 방문은 다음 주로 정해졌다. 그리고 처음으로 사람을 맞이하게 되니 집 주위에 아무렇게나 자라난 잡초가 신경 쓰였다.

"제초 작업이라도 할까."

평소에 차고 대신 자동차를 넣어두는 헛간을 정리하다가

오래된 예초기를 발견한 것은 불과 얼마 전이었다.

간스케가 말하기로는 시골에서 사는 것은 잡초와의 싸움이라고 한다. 지금까지는 게으름을 피웠지만, 다로도 드디어 그 싸움에 참전할 때가 되었다. 실제로 벚꽃 저택의 주위나 둑에는 풀이 마구 자라나 있기 때문에 어떻게든 해야겠다고 생각은 하고 있었던 것이다. 나카야마다의 메일은 무거운 엉덩이를 들어 올릴 계기를 만들어주었다. 하지만——.

헛간에서 꺼내오기는 했지만, 예초기의 시동이 전혀 걸리지 않았다.

손이 닿는 곳 근처에는 자그마한 레버 같은 것도 달려 있었고, 어떻게 쓰는지 잘 모르겠다.

어쩔 수 없이 제조사와 모델명을 확인하고 작업실로 돌아와 인터넷에서 취급 설명서를 다운로드하는 것부터 시작했다.

고생한 끝에 겨우 시동이 걸린 것은 그로부터 30분이나 지난 뒤였다.

오후 세 시가 지날 무렵이다.

예전에 간스케가 조언해준 대로 낡은 긴소매 셔츠와 청바지, 그리고 장갑, 신발은 무릎까지 올라오는 낚시용 고무장화를 신고, 헬멧을 쓴 다음 고글을 꼈다. 그런 중장비는 튄 돌을 막거나 실수로 다리를 베이지 않게끔 하기 위해 갖춘 것이다. 간스케에 의하면 '제초 작업을 얕보다가는 쓴맛을 볼 수도 있는' 모양이었다.

하늘이 점점 더 흐려졌고, 당장에라도 비가 올 것 같았다.

비가 내리면 풀이 무거워져서 깎기 힘들 거라는 상상은 할
수 있었다.

허리 높이까지 올라오는 잡초로 뒤덮인 둑으로 다가가서는
겨우 제초 작업을 시작했을 때, 타이밍이 안 좋게도 아래쪽 길
에서 자동차가 올라오는 게 보였다.

하얀 스테이션 왜건이었다.

예초기를 좌우로 움직이면서 그쪽을 보고 있자니, 다로 옆
으로 와서 멈춘 그 차 운전석에서 남자 한 명이 내렸다.

"안녕하세요. 미마 씨 맞으신가요?"

미소를 지으면서 소리친 사람은 40대 중반 남자였다. 7대
3 가르마에 성실해 보이는 남자였고, 슬랙스에 셔츠 차림이었
다. 셔츠 소매는 걷어붙였다. 목에는 사원증 같은 걸 메고 있
었다.

예초기의 시동을 끈 다음,

"네, 그런데요."

다로가 대답했다. 뭔가 팔러 온 건가? 의아해하던 다로에
게 그 남자는 "저는 타운 솔라의 마나베라고 합니다"라며 명함
한 장을 내밀었다.

"네에", 그렇게 말하며 장갑을 낀 손으로 받아 든 다로에게

그 남자가 부드러운 미소를 보였다. "지금 이야기 좀 하실 수 있을까요?"

다로는 예초기 끈을 어깨에 걸친 채 고글 너머로 상대방을 보았다.

"무슨 용건이시죠?"

"실은 저희 회사가 태양광 발전 회사여서요."

"태양광 발전요?"

긴장한 다로에게 마나베는 "흥미 없으신가요"라며 조심스럽게 물었다.

"네. 별로요."

"혹시 괜찮으시다면 이야기라도 들어보시겠어요?"

"얼마나 걸릴까요."

"그리 오래 걸리진 않을 겁니다. 길어봐야 5분 정도죠."

살짝 한숨을 쉰 다로는 고글을 벗고 안채 쪽을 돌아보며 "이쪽으로 오시죠"라고 하고는 문을 열어두었던 마루 쪽으로 안내했다.

"실례하겠습니다."

옆에 앉은 마나베는 가지고 온 태블릿을 켜고 다로에게 보여주었다.

그로부터 시작된 설명은 대충 다로가 예측했던 내용이었다. 태양광 발전이 지구에 얼마나 유익한지, 그렇게 넓은 시야로 바라보며 주장하고 싶은 건 이해가 되지만, 약속했던 5분이 지났는데도 설명이 끝날 낌새가 보이지 않았다.

"예를 들자면 전기 자동차라는 게 있죠."

마나베는 설명을 이어나갔다. "전기로 움직이니까 환경에 바람직할 것 같지만, 사실 그 전기가 문제입니다. 화력 발전에 의존하면 전기라서 환경에 바람직하다고 할 수는 없으니——."

"저기——, 뭐, 그건 아는데요. 용건이 뭐죠?"

다로는 열변을 토하던 그의 말을 가로막았다. "제가 가지고 있는 땅을 태양광 발전에 이용하고 싶다, 뭐 그런 거 아닌가요?"

"역시 미마 씨군요. 그렇게 말씀하시니 저도 편합니다."

뭐가 역시인지는 모르겠지만, 마나베는 감탄한 듯이 그렇게 말하고는 태블릿에 뜬 내용을 바꿔서 지도 한 장을 띄웠다.

"하야부사 지구의 지도입니다. 지금 미마 씨께서 계신 곳은 이곳이죠. 실은 여기——."

그가 그렇게 말하며 손가락으로 가리킨 곳은 숲길 옆의 땅이었다. 차로 10분 정도 걸리는 곳일 것이다. "여기에 대규모 태양광 패널을 설치하면 어떨까 생각 중입니다. 지구의 미래를 위해 협력해주시면 안 될까요."

"이 근처는 산이잖아요."

다로는 약간 놀라서 물어보았다. "이런 곳에 태양광 패널을 설치하는 건가요?"

한심하게도, 애초에 다로는 그런 땅을 가지고 있었는지도 몰랐다.

"넓이가 얼마나 되려나."

지도를 바라보는 다로에게,

"약 3000평입니다."

마나베가 대답했다. "이 근처는 비교적 평평하고 햇빛이 잘 드니 저희 목적에는 딱 맞습니다. 근처에 민가도 없으니 경치를 신경 쓸 필요도 없고요."

보아하니 마나베 같은 업자들도 태양광 패널에 대한 불평을 들은 모양이었다

"그냥 산을 가지고 계시기만 하면 고정 자산세도 나올 테니 아깝죠, 미마 씨. 방법은 여러 가지가 있습니다. 저희에게 땅을 팔아주시는 방법, 아니면 미마 씨께서 태양광 패널 같은 장비를 구입하셔서 저희가 전력을 사들이는 방법도 있죠."

마나베는 익숙한 손놀림으로 태블릿을 조작하며 설비에 투자했을 때 회수할 수 있는 금액 등을 보여주었다.

"땅을 팔아주실 경우에는 최대한 비싸게 사드릴 테니까요."

마나베는 '최대한'이라는 부분에 힘을 주어 말했다. "미마 씨의 땅에는 이 정도 가격을 제시해드릴 수 있을 것 같습니다."

화면에 금액이 크게 떴다.

"1평에 600엔으로 계산했습니다."

싼 건지 비싼 건지 모르겠지만, 대충 시세가 그 정도일 것이다.

"무슨 이야기인지는 알겠는데, 지금 팔 생각은 없네요."

다로는 약간 딱딱한 말투로 말했다.

"곧바로 파시라는 건 아닙니다. 부디 검토해주시면 안 될까요."

마나베는 자료를 마루에 두고 일어섰다. "궁금한 게 있으시면 언제든 연락 주십시오. 기다리고 있겠습니다."

마나베의 자동차가 방향을 틀어서 돌아가는 모습을 뜰에서 바라보던 다로의 볼에 빗방울이 투욱, 떨어졌다.

"기어코 오네."

그렇게 중얼거린 것도 잠시, 후두두둑, 그런 소리를 내며 비가 땅바닥을 두드리기 시작했다.

주위 경치가 하얗게 흐려지기 시작할 때까지는 눈 깜짝할 새였다. 게다가 번개와 함께 천둥소리가 울리기 시작했다. 너무 갑작스러웠기에 다로는 당황했고, 급하게 복도 구석에 있는 차단기를 내리러 갔다.

도쿄에는 번개가 친다고 해서 차단기를 내리는 집이 없겠지만, 이곳 하야부사에서는 그렇지 않다. 차단기를 내려두면 번개로 인한 전자제품의 고장을 막을 수 있기 때문이다. 하지만 문제도 있다. 그동안 집의 전자제품을 쓰지 못하게 된다. 컴퓨터는 물론이고, TV나 냉장고까지.

이렇게 되면 할 일은 한 가지밖에 없었다. 어두워진 냉장고에서 맥주를 꺼내 경치가 좋은 2층으로 올라가서 번개의 천공 쇼를 감상하는 것뿐이다.

그러면서 쓰던 각본의 대단원에 대해 생각하고, 하야부사로 이사 오고 나서 일어났던 일들도 생각했다.

소방단, 입단식 당일에 일어난 화재, 그것들로 인해 절에 붙어 있던 에지마 나미오의 기부까지 떠올랐다. 그리고 히로노부의 죽음——.

히로노부가 죽은 뒤로 하야부사에서는 화재가 발생하지 않았다.

"역시 범인은 히로노부였나…….."

그렇다면 동기가 뭘까. 에지마와는 태양광 패널 때문에 다퉜다고 한다. 하지만 그전에 불탄 집 두 채와의 관계는 아직 모른다.

"내가 알아보지 않더라도 경찰이 이미 조사했겠지."

치직, 그렇게 기분 나쁜 소리와 함께 하늘이 노랗게 빛난다 싶더니 곧바로 천둥소리가 울렸다.

빛난 뒤에 천둥소리가 울리는 간격을 통해 번개가 얼마나

가까운 곳에서 쳤는지 알 수 있다. 1초에 약 300미터다. 번개는 지금 다로의 머리 위에 있다.

두 시간 정도 그렇게 지낸 다음, 그제야 하늘이 잠잠해진 것을 보고 차단기를 올리러 가보니 마나베가 두고 간 자료가 마루에 그대로 있었다.

불을 켜고 자료에 첨부된 지도를 다시 살펴보았다. 이런 형태로 자기가 가지고 있는 산에 대해 알게 되다니, 아이러니하다.

"내일이라도 보고 올까."

다로는 조용히 그렇게 중얼거렸다.

4

오전 안으로 세 시간 정도 만에 '괴도 하야부사의 우울'의 초고가 완성되자 기뻤다.

아직 다듬지 못한 부분이 많긴 하지만, 퇴고를 두세 번 정도 거치면 나름대로 형태가 잡힐 것 같았다. 그런 다음에, 마을 살리기 팀의 아야 같은 사람들의 의견을 듣고 교정을 보면 일단은 완성된다.

도카이 지방이 장마에 들어섰다는 뉴스가 나온 날이었다.

날씨가 맑은 하야부사 지구도 좋지만, 비에 축축하게 젖은 논

밭과 산은 그 계절에만 볼 수 있는 내면적인 매력이 넘쳐난다.

코롤라를 타고 어제 마나베가 사고 싶다고 했던 땅을 보러 나간 것은 낮쯤이었다.

무라사키노 마을의 시골길을 지나서 언덕을 느릿느릿 올라간 곳에는 묘지가 있다. 이 근처까지는 다로의 산책 코스이기도 했기에 지리도 알고 있었다.

하지만 지금부터는 차로만 가봤던 길이다.

"이 근처인가?"

묘지를 지나 100미터 정도 들어간 다음, 다로는 숲길 옆에 코롤라를 세웠다.

와이퍼가 멈추자 자잘하고 부드러운 비가 창문을 가득 메우기 시작했다.

차에서 내린 다로는 도로에 인접해 있는 듬성듬성한 숲 앞에 서서 마나베가 두고 간 지도와 실제 지형을 비교해 보았다.

다른 사람의 땅과의 경계선은 알 수가 없지만, 위치는 맞는 것 같았다.

경사진 산을 생각하고 있었는데, 실제로 와보니 그곳은 구릉 일부를 이루고 있는 비교적 평평한 땅이었다.

주위에 민가는 없다.

비가 내리는 와중에 비료 냄새가 약간 나는 이유는 근처에 닭장이 있기 때문일 것이다. 그건 그렇고——.

"이런 곳에 태양광 패널을……."

좀처럼 믿기 힘든 이야기였다. 태양광 패널을 설치하려면 지금 있는 나무를 벌채할 필요도 있다. 청정 에너지를 얻기 위해 나무를 벌채한다. 그것 자체가 모순되는 것 아닐까.

뭔가가 묘하다.

다로는 코롤라 운전석으로 돌아가며 그렇게 생각했다.

구체적으로 뭐가 묘한지는 알 수가 없다. 하지만 뭔가 마음에 걸리는 게 느껴진다. 다로는 그것의 정체를 알아내지 못한 채 코롤라로 돌아와 집으로 돌아갔다.

"거기는 안 파는 게 좋을 것 같은데."

그렇게 말한 사람은 간스케였다.

그날은 소방단원이 모두 모여서 대기소 주변의 제초 작업을 했다. 그 작업을 마치고 단원들 열 명 정도가 '선술집 △'에 와 있었다.

다로도 그중 한 명이었다.

"다로는 모를 수도 있겠는데, 거기에서 조금만 더 들어가면 탁 트인 곳이 있거든, 고사리를 많이 캘 수 있지. 거기가 다로네 산이었나 보네."

"아니, 나도 몰랐어. 반성했지."

다로는 생각하던 걸 말했다. "간스케가 말한 대로, 어디에 뭐가 있는지 알아둬야겠다는 생각이 들었어."

"그건 그렇고, 자기 집 산이 어디부터 어디까지인지 정확하게 아는 사람은 별로 없을 거야."

간스케는 예상하지 못했던 말을 꺼냈다. "쇼고, 알아?"

"아니, 몰라. 아버지가 몸 성하실 때 가르쳐달라고 할 생각이긴 한데."

상점가에 있는 상점, 일덕당의 아들, 도쿠다 쇼고가 그렇게 말하며 머리를 긁었다.

"경계목은 알아볼 수 있는 사람이 봐야 알아볼 테고 말이야."

그렇게 말한 사람은 요타였다.

"경계목이라니──, 그러니까, 경계를 나타내는 나무라는 뜻이야?"

다로가 묻자,

"그걸 알아보는 건 정말 어렵지."

간스케가 그렇게 말했다. "그래도 요타는 목수니까 알 거 아냐."

"아니, 모르는데."

요타도 고개를 저었다. "그건 어려우니까."

"그런데 다로, 그 산은 팔 거야?"

다로가 대답하려고 할 때,

"팔지 마라."

굵은 목소리가 끼어들었다. 분단장인 미야하라였다. 약간 떨어진 테이블에서 이야기를 듣고 있었던 것 같은 미야하라는 소주가 담긴 락 글라스를 들고 약간 무서운 표정을 짓고 있었다. "그런 거는 파는 것이 아니야."

"저는——."

다로가 뭔가 말하려고 했을 때였다.

"그런 말은 네가 할 말이 아니지."

옆에서 퉁명스러운 목소리가 들렸다.

겐사쿠였다. 미야하라와 같은 테이블에서 술을 마시고 있던 겐사쿠는 테이블에 놓아두었던 맥주잔을 잡은 채 술기운이 도는 눈으로 미야하라를 보고 있었다.

"뭐야, 불만이라도 있어?"

"그런 건 다로가 결정할 일이라는 말이야. 다른 사람이 뭐라고 할 일이 아니지."

"나는 다로를 위해서 한 말인데."

"다로를 위해서는 무슨. 밭을 팔아서 태양광 패널로 만들어버린 건 너 아니냐? 이쿠오."

다로는 무심코 미야하라를 봐버렸다.

자기는 땅을 팔아놓고 다른 사람에게는 팔지 말라니, 앞뒤가 안 맞는 말이긴 하다.

미야하라의 얼굴이 알코올이 아닌 다른 이유로 빨갛게 물들었다.

술을 마시던 단원들이 조용해졌고, 갑자기 분위기가 날카로워졌다. 누군가가 껄끄러운 듯이 헛기침을 했다.

"그건──. 그건 어쩔 수 없이 그런 거야. 나도 할 수만 있다면 안 팔고 싶었지. 그거야말로 쓸데없는 참견 아니냐?"

미야하라는 씩씩거리며 겐사쿠를 노려보았다.

"누구나 그런 사정이 있다는 거 아니냔 말이지."

겐사쿠가 한 말은 가슴에 묵직하게 울렸다.

겐사쿠는 자잘한 것을 신경 쓰지 않는 사람 같지만, 상대방의 마음을 배려해주는 섬세한 일면도 있다. 소방 대회에서 실수를 저지른 뒤에 다로 일행을 감싸준 것도 그런 사례였다.

대꾸하고 싶어도 할 말이 없는 미야하라는 분노가 어린 표정으로 겐사쿠를 노려보고만 있었다.

모두가 입을 다문 와중에,

"저기──."

다로가 그렇게 말했다. "죄송합니다, 쓸데없는 이야기를 해버렸네요. 하지만 저는 땅을 팔 생각이 없으니까 안심하세요, 이쿠오 씨, 겐사쿠 씨도요. 걱정해주셔서 감사합니다."

"그래."

간스케가 미소를 지으며 손뼉을 짝짝 쳤다. "둘 다, 맨날 싸워대니까 안 되겠어. 좀 사이좋게 지내시지."

대담하게 그런 말을 할 수 있는 사람은 간스케 정도밖에 없다. 간스케가 그런 말을 하면 기분 나쁜 느낌이 들지 않기 때문이다. 다른 단원들도 "맞는 말이야, 미야하라 씨", "겐사쿠 씨, 술은 어쩔 건가"라는 반응을 차례차례 보였고, 점점 분위기가 차분해졌다.

그날 다로는 오후 9시쯤까지 술을 마신 다음, '선술집 △'의 밴을 타고 집으로 돌아왔다.

낮에는 그나마 흐리기만 했던 날씨가 저녁쯤부터 바뀌어서 가게에서 술을 마시던 동안에 비가 내리기 시작했다.

"우산은 괜찮아요. 잘 먹었습니다."

세모의 마스터, 다케 씨가 배려해주며 내민 우산을 사양하고는 아래쪽 도로에서 벚꽃 저택이라 불리는 집까지 이어진 언덕길을 뛰어올라갔다.

달이나 별이 뜨지 않은 밤이라 가로등에서 멀어지자 발치에는 까만 어둠이 펼쳐졌다. 그 어둠을 밟으며 뛰어갔다.

그러고 보니 겐사쿠는 히로노부의 친척이라고 했다. 그렇다면 히로노부의 사건에 대해 다로 일행이 알고 있는 것보다 뭔가 정보를 더 가지고 있지 않을까.

그런 생각이 든 것은 집으로 돌아와서 뜨거운 욕조에 몸을 담그고 있었을 때였다.

하지만 과연 그게 무엇인지는 알 수가 없다.

목욕을 하고 나온 다음에 확인해보니 '소설 레몬'의 나카야
마다가 내일 도착할 시간을 알리는 메일이 와 있었다.

5

하야부사 지구에서 제일 가까운 도타시 역까지는 20킬로
미터, 차로 약 40분 정도 걸리는 거리다.

나카야마다가 '맑은 남자'라고 자칭할 만도 한 건지, 밤까
지 계속 내리던 비가 그쳤고, 장마 사이의 휴식기라고 할 만한
날씨였다. 여름을 연상케 할 정도로 강한 햇볕이 구불구불한
언덕길을 내려가는 코롤라 앞 유리를 비추고 있었다.

기소강에 놓인 다리를 건넌 다음, 예전에는 성 아랫마을이
었던 카네가와면을 지나 도타시로 들어서자 그제야 지방 도시
다운 광경이 나왔지만, 반대로 말하자면 전국적으로 통일되어
있다고 할 만큼 흔해 빠진 시골의 경치다.

더위도 더 심해졌기에 다로는 에어컨 온도 설정을 낮춘 다
음, 도타시 역 앞에 있는 회전교차로로 들어섰다.

나카야마다는 이미 도착해서 자그마한 역 건물 앞에 서 있
었다.

눈이 부신 듯이 하늘을 올려다보고 있던 그 날씬하고 키가

큰 남자는 알로하 셔츠에 반바지, 덱 슈즈에 밀짚모자까지 쓰고 있었다. 시골 마을을 하와이 같은 것으로 착각하고 있다고밖에 할 수 없는 복장이다.

가방을 발치에 내려놓은 채 들고 있는 긴 통 같은 것은 낚싯대일 것이다. 그리고 옆에는 골프 캐디백까지 세워두었다.

이제 곧 마흔 살이 되는 나카야마다는 아직까지 독신이다. 자유로운 생활을 누리고 있다. 나쓰메 소세키의 표현을 빌리자면 '고등 유민'인 것이다.

다로의 코롤라를 알아보았는지, 나카야마다가 열심히 손을 흔들기 시작했다.

"오랜만입니다! 미마 씨!"

나카야마다는 미소를 보였다. 마지막으로 만난 지 네 달 정도 지났을까. "잘 지내셨나요?"

"네, 덕분에요. 그건 일부러 가져오셨나요?"

"따로 보낼까 생각도 했었는데, 어제도 골프를 쳤거든요."

"그렇군요."

짐을 트렁크에 넣은 다음, 나카야마다는 재빨리 조수석에 탔다.

"왠지 배가 고프네. 점심 식사를 하러 가시죠, 미마 씨."

"뭐가 좋으실까요."

출발하면서 묻자 나카야마다가 잠시 생각하다가 "장어가

좋을 것 같은데요"라고 하는 말이 들렸다.

"이 근처라면 맛있는 가게가 있겠죠."

"있긴 한데, 간사이식이에요."

도쿄의 장어는 찐 다음에 굽지만, 이쪽은 찌지 않고 소스를 발라서 굽는다. 구수해서 처음 먹을 때는 정말 맛있지만, 절반 정도 먹으면 끈적거린다.

"저는 간사이식도 좋아하니까 오히려 잘됐네요."

다로가 그렇다면 알겠다고 하면서 그를 데리고 간 곳은 예전에 소방단 사람들과 간 적이 있는 야오로즈의 장어집, '우나만'이었다.

"이거 맛있네."

그곳에서 나카야마다는 신이 나서 장어 덮밥을 다 먹어치우며 여전히 대식가로서의 면모를 보여주었다.

가게를 나선 다음, 드디어 구불구불한 언덕길을 오르기 시작하자 나카야마다가 조수석 창문을 열고는 기분 좋게 바람을 맞으면서 요즘 문예계의 근황 같은 이야기를 하기 시작했다.

누구의 책이 얼마나 팔렸다거나, 누가 어떤 문학상 후보로 올라왔다거나, 그런 이야기다. 듣고 있자니 기분이 가라앉기 시작했다. 나카야마다는 다로를 격려할 생각으로 그런 이야기를 했을지도 모르겠지만, 그런 이야기를 들으며 불안해지기 때문이다. 너도 얼른 잘 팔리는 작가가 되어서 상을 따내라.

그러지 않으면 사라질 운명이다, 그렇게 은근히 협박하는 것 같다는 생각조차 들었다. 나카야마다는 그렇게 섬세한 부분이 약간 부족했다.

"미마 씨는 이쪽 분위기가 잘 어울리시네요. 이사 오신 뒤로 작품이 좋아진 것 같고요. 아, 정말로요."

다로가 입을 다물자 나카야마다는 그렇게 말하며 다로를 칭찬했다. "이번 작품은 분명히 기사회생의 작품이 될 것 같은데요."

"그렇다면 좋겠네요."

언덕길을 다 오르자 하야부사 지구에서 처음 보이는 집이 산 사이로 드러나기 시작했다.

"좋은 곳이네요. 바람이 향기롭다는 게 분명히 이런 거겠죠."

약간 느끼한 말도 한다.

장마 휴식기라 공기가 무겁긴 하지만, 시원한 사람이 차 안으로 불어왔기에 다로는 약간 속도를 늦췄다.

밭일을 하던 사람이 고개를 들고 이쪽을 보고 있었다. 걸어가는 사람들이나 스쳐지나가는 자동차에 탄 사람에게도 고개를 살짝 숙이는 것이 시골의 관습이다.

"호오. 다들 인사를 하네요."

나카야마다가 눈치 빠르게 지적했다. "아시는 분들이세요?"

"아뇨."

다로는 핸들을 쥔 채 고개를 저었다. "하지만 상대방은 저를 알고 있을지도 모르니까요. 이 정도 시골 마을이라면 모르는 척하고 지나갈 일이 없죠."

최근에 넉 달 정도 하야부사 지구에서 지낸 다로가 배운 것들 중 하나였다. 모형 정원 같은 커뮤니티다.

코롤라는 하야부사의 상점가를 지나 논 사이로 난 외길을 달려가서 다로가 사는 무라사키노 마을로 들어섰다.

마을 도로에서 이어진 언덕길을 올라 벚꽃 저택이 눈앞에 나타나자 나카야마다는 "호오" 하고 감탄한 듯이 목소리를 냈다.

"여기가 미마 씨네 집이구나. 좋은 저택이네."

좋은 저택이 아니라 그저 낡은 시골집일 뿐이다.

"이 근처에 있는 집은 다들 이런 느낌이에요."

코롤라를 헛간에 넣고, 나카야마다를 집으로 안내하자 거실과 작업실을 대충 보며 돌아다녔다.

하야부사 지구에는 여관이나 호텔 같은 것이 없어서 처음에는 이웃인 도타시의 비즈니스 호텔에 숙박할까 생각해봤지만, 그러면 낚시나 골프를 하러 가기가 귀찮다. 결국 나카야마다를 다로네 집에서 재워주기로 했다. 시골집은 넓기 때문에 한 명 정도쯤은 늘어나더라도 답답하지 않다. 호텔까지 데리러 가는 수고를 덜 수 있기에 다로도 편하다.

"나도 시골에서 살까."

그런 말을 하면서 집 안을 둘러본 나카야마다는 마지막으로 2층 베란다에 가서는 그곳의 경치를 보고 한동안 말없이 기분 좋게 바람을 쐬었다.

"정말 기분 좋네. 매달 오고 싶을 정도인데요, 미마 씨."

"그건 좀 봐주셨으면 하네요."

다로는 일부러 농담처럼 그렇게 말한 다음, "오후에는 어떻게 하실 건가요"라고 물었다.

"저기가 골프장이군요. 여기서도 살짝 보이네요. 저긴 몇 번 그린이려나."

나카야마다는 대답 대신 그렇게 말했다.

"친구에게 물어보니 황혼 플레이라는 게 있다는데요. 하프 한정인 것 같지만요."

나카야마다가 그것을 놓칠 리가 없다.

그는 '골프광'이라고 할 정도로 골프를 좋아하기 때문이다.

"그거란 말이죠, 제가 원하던 거."

나카야마다는 그렇게 말하자마자 옷을 갈아입기 위해 재빨리 계단을 내려갔다.

"대체 뭐하러 온 건지."

그 뒷모습을 향해 한숨을 쉬며 내뱉는 다로의 혼잣말 같은 것은 전혀 신경 쓸 기색이 없었다.

다로가 골프를 치는 것은 8개월만이었다. 마지막에 했던 건 작년 10월이었고, 지바 어딘가의 골프장이었던 것 같다.

그날 다로의 플레이는 엉망진창이었던 반면, 나카야마다는 나이스 샷을 연발하며 여유로운 라운드를 전개했고, 처음부터 끝까지 신이 난 모습을 보이다 의기양양하게 돌아왔다.

일단, 벚꽃 저택으로 돌아와서 골프 용구를 놓고 '선술집 △'로 간 것은 오후 5시쯤이었다. 가게까지 차를 타고 가면 내일 낚시를 하러 가기 전에 차를 가지러 올 필요가 생긴다. 어떻게 할까 생각하고 있자니 그날은 가게 주인인 다케 씨가 눈치 빠르게 데리러 와주었다.

"게창 하나 주세요."

생맥주로 건배를 한 다음, 다로가 주문하자 예상했던 대로 나카야마다의 흥미를 끈 모양이었다.

"계창? 그게 대체 뭐죠?"

"닭고기하고 내장을 찐 요리예요. 매콤달콤해서 맛있죠."

"호오."

나카야마다의 눈이 번득이며 빛났다. 원래 이런 지역 맛집에는 사족을 못 쓰는 남자다.

거기에 유브——, 유부를 추가로 주문했다.

딱히 특별한 것도 아니고 다로가 처음 이 가게에 왔을 때 먹었던 메뉴지만, 다로가 예상했던 대로 그 안주들은 나카야마다를 매우 기쁘게 해주었다.

그뿐만이 아니라.

"이거 진짜 맛있네. 마스터, 여기 낮에도 영업하나요? 계창 정식을 만들어서 팔면 분명히 잘 나갈 텐데요. 도쿄에 가게를 내더라도 성공할지도 모르겠어요."

그렇게 말했다. 원래 까불대는 남자다.

"한 가지 여쭙고 싶은 게 있는데요, 미마 씨."

문득 나카야마다가 진지한 말투로 말한 것은 생맥주부터 시작했던 술이 소주로 바뀌고, 물을 타지 않고 두 잔 정도 마셨을 때였다.

"집 1층 복도에 헬멧하고 이상한 옷이 있었죠? 그건 대체 뭔가요?"

"아, 소방단 유니폼이에요. 저, 소방단이거든요."

나카야마다는 한순간 멍한 표정을 짓다가 잠시 후에 크게 웃기 시작했다.

"소방단? 미, 미마 씨가요? 농담이죠? 왜요?"

"왜냐니, 이 지역 소방단에서 권유하시길래 입단했는데요."

나카야마다가 너무 웃어댔기에 다로는 약간 기분이 상한 채 대답했다. 이야기가 나온 김에 소방단의 의의에 대해서도 이야기를 했지만, 나카야마다가 감동한 것 같지는 않았다.

"애초에 미마 씨하고 소방단은 너무 안 어울린다고요."

여전히 목을 움찔거리고 있는 나카야마다에게,

"그런 건 저도 알아요."

다로는 약간 무뚝뚝하게 대답했다. "그래도 말이죠, 그런 것들부터 지역 사람들과의 교류가 시작되는 법이라고요."

"뭔가 좋은 교류가 있었나요?"

시골을 얕보지 말라고, 다로가 그렇게 생각하며 약간 발끈했을 때였다. 선술집 문이 열리고 새로운 손님이 들어왔다.

그 사람을 힐끔 본 다로는 "아"라고 작게 탄식했다.

아야였다.

가게 안을 둘러본 아야는 카운터에 있던 다로를 보고는 "계셨네요"라며 미소를 지었다.

그리고 옆에 나카야마다가 있는 걸 보고는 "안녕하세요" 하고 살짝 고개를 숙여서 인사했다.

나카야마다가 다로를 돌아보았다. 눈에 흥미롭다는 생각을 가득 담아서.

"이분은 영상 크리에이터인 다치키 아야 씨."

소개하자 나카야마다가 곧바로 일어선 다음, 벽에 걸어두었던 재킷 안주머니에서 명함을 꺼내 공손히 내밀었다.

"'소설 레몬'에서 여기 계신 미마 씨를 담당하고 있습니다. 미마 씨께서 신세를 지고 계시네요."

어찌된 영문인지 마치 보호자 같은 말투였다.

"담당 편집자분이시군요. 그런 분이 여러 명 계신가요?"

그것은 나카야마다가 아니라 다로에게 한 질문이었다.

"친분이 있는 출판사에는 있죠. 하지만 지금 연재하고 있는 곳은 '소설 레몬'뿐이라서요."

다시 말해 다른 편집자와는 교섭할 수 없는 입장이다. 만약에 도쿄에 살고 있었다면 "가끔은 밥이라도 한 끼" 하고 초대받을지도 모르겠지만, 하야부사에 살고 있으니 힘들 것이다. 일부러 이런 곳까지 올 사람은 반쯤 놀러 온 나카야마다 정도밖에 없다.

"그건 그렇고, 저번 소방 대회 때는 죄송했습니다."

각본 건도 있기에 메일로는 연락을 주고받고 있긴 하지만, 그 이후로 아야와 직접 만난 건 이번이 처음이었다. 다로네 팀의 소형 펌프 시범 실수로 인해 내빈석에 있던 아야도 덩달아 휘말렸다.

"아뇨, 아뇨. 오히려 재미있었어요. 왜 카메라로 찍지 않았는지 반성했네요."

아야는 웃으면서 그렇게 말한 다음, "이번에는 회의를 하러 오셨나요?"라고 딱히 누군가를 지명하지 않고 물어보았다.

"그렇습니다."

그렇게 뻔뻔한 대답을 한 사람은 나카야마다 쪽이었다. "미마 선생님의 소설 잡지 연재도 이제 가경에 접어들었거든요. 정말 잘 써나가고 계시길래 뭔가 비밀이 있나 싶어서 찾아뵐 겸 왔습니다. 그 이유를 방금 알게 된 것 같네요."

나카야마다는 그럴싸한 말을 하면서 머리카락을 쓸어올렸다. 아야는 어떻게 대답해야 할지 몰라 당황한 모습이었다.

"다치키 씨는 혼자 오셨나요?"

다로가 물었다. "괜찮으시면 합석하시죠?"

"실은 일 쪽 관계자 분들하고 왔어요."

아야가 끝까지 말하기도 전에 그 일 쪽 관계자 분들인 것 같은 손님들이 들어왔다. 네 명——, 남자 세 명, 여자 한 명이었다. 전부 모르는 사람이었고, 다로 일행을 보고는 고개를 살짝 숙여 인사하면서 지나친 다음, 왼쪽에 있는 개별실로 들어갔다.

"그럼 실례하겠습니다."

아야도 들어가서 맹장지문을 닫자,

"예쁜 사람이네요, 미마 씨."

나카야마다가 흥분을 억누르는 듯한 말투로 그렇게 말했다. "독신인가요? 저 사람."

"그런 것 같네요", 다로는 그렇게 말하며 소주잔을 입에 가져다 댔다.

"다치키 아야. 영상 크리에이터라. 프리랜서인가?"

"원래는 도쿄의 제작 프로덕션에 있었다고 하던데요. 여기가 마음에 들어서 이사를 왔다는 모양이고요. 나고야의 전문학교에서 학생들을 가르치기도 한다고 들었네요."

"그렇군요."

받은 명함을 빤히 바라보다가 소중하게 명함 케이스에 넣은 나카야마다는 "아, 정말 오길 잘했네"라고 하며 자기 잔에 얼음을 추가해서 술잔을 다시 채우기 시작했다.

6

다음 날 오전. 다로가 핸들을 잡은 코롤라는 이 지역에서 '사사오 숲길'이라 불리는 산길을 내려가고 있었다.

"용케 이런 곳에 길을 만들었네요."

조수석에 앉은 나카야마다가 감탄한 듯이 그렇게 말할 만도 했다. 차가 한 대 지나가는 것도 버거울 정도로 좁은 그 숲길은 산의 경사를 깎아서 만들었고, 한쪽은 깎아지른 듯한 절벽, 다른 한쪽은 계곡 바닥까지 이어지는 급경사다. 가드레일이 끊긴 부분도 있기에 그런 곳에서 운전을 잘못하면 목숨이 위험할 것 같았다. 그리고 군데군데 '낙석 주의' 표지판도 있는데 뭘 어떻게 조심하면 되는 건지 알 수가 없다. 간이 포장이라도 되어 있는 게 그나마 다행이라고 해야 할까.

숲길은 산 중턱에 구불구불 뻗어서 점점 내려가는 길이었고, 크게 휘어진 모퉁이를 통해 나중에는 산 반대쪽으로 이어져 있었다 열어둔 창문에서 계곡물이 졸졸 흐르는 소리가 늘린 것은 그때였다.

마지막으로 나타난 것은 거의 직선으로 그냥 내려가기만 하는 언덕길이었다. 그곳을 다 내려간 곳에 다리가 있고, 그 건너편에 자동차를 네다섯 대 정도 주차할 수 있는 공간과 간이 화장실이 있었다.

평일이라 그런지, 늦은 시간이라 그런지, 다른 차는 없었다.

낚시의 골든 타임은 이른 아침이나 저녁이지만, 지금은 아직 오후 1시도 되지 않은 시각이다.

다로의 집에서 이른 점심 식사를 하고 출발해서 해가 질 때까지 낚시를 하려는 계획이다.

먼저 온 사람의 기척은 없었다. 낮이라는 시간 때문이기도 하겠지만, 강은 둘이서 '전세 낸 상태'였다.

코롤라의 해치백을 열고 우선 신발과 일체형이면서 가슴 높이까지 오는 바지장화를 입었다. 장화는 미끄럼 방지용으로 바닥에 펠트를 붙여두었다. 그리고 보니 자세히 점검하진 않았는데, 만약에 그 바지장화 어딘가에 자그마한 구멍이라도 뚫려 있다면 물이 들어와서 비참한 꼴이 된다. 낚시는 취미 중 하나지만, 마지막으로 낚싯대를 꺼낸 건 벌써 2년 전이었다. 그러고 보니 간스케의 취미도 낚시인데, 미끼 낚시와 플라이 피싱은 '다른 것'이라 같이 낚시를 하러 가자는 이야기를 한 적이 없다. 원래 그런 법이다.

철제 상자에서 두 개를 연결해서 만드는 낚싯대를 꺼낸 다음, 릴을 장착했다. 강의 폭에 맞게끔 짧은 낚싯대와 거기에 맞춘 소형 릴이다.

릴에서 끄집어낸 노란 형광 낚싯줄을 가이드에 통과시킨 다음, 그 끄트머리에 무색투명한 리더를 묶고, 티펫이라 불리는 더 얇은 낚싯줄과 제물낚시를 달았다.

물소리를 들으며 작업을 하고 있자니 점점 마음이 급해졌다.

나카야마다가 묵묵히 작업을 하고 있었다. 계곡에 가기 전에 들떴던 기분이 더욱 들뜰지, 아니면 가라앉을지는 그날 낚시의 성과에 달려 있다.

다양한 소품들을 주머니에 넣은 낚시 조끼를 입고, 긴 소매 셔츠의 팔을 내린 다음에 모자를 썼다. 방충 스프레이를 몸 전체에 구석구석 뿌리고, 마지막으로 편광 선글라스를 쓰면 준비가 끝난다.

"갈까요."

나카야마다에게 그렇게 말한 다로가 먼저 강으로 내려갔다.

바비큐도 할 수 있을 것 같고, 실제로 그런 흔적이 있는 강가로 내려가자 그곳은 물이 느리게 흐르는 웅덩이 같은 곳이었다.

"하시죠."

나카야마다에게 양보하자 그는 낚싯대를 팽팽하게 휘게 만든 다음 단번에 멋지게 캐스팅을 성공시켰다. 제물낚시는 물에 뜨는 타입인 엘크헤어 캐디스──, 날도래라는 곤충을 본떠 만든 물건이고, 플라이 피셔에게는 정석 중의 정석이다.

제물낚시는 상류에서 물의 흐름을 타고 잔잔한 곳으로 이동해서 척 보기에도 물고기가 있을 것 같은 곳을 멋지게 지나치고는 왼쪽 바위 쪽까지 흘러갔다.

아무것도 나타나지 않았다.

나카야마다의 판단은 빨랐다. 플라이를 슬쩍 거두고는 다시 던지지 않고 "올라갈까요"라고 했다.

바비큐 흔적을 보니 사람들이 한참을 놀았던 곳이다. 이곳에는 물고기가 없다고 판단한 모양이다.

상류를 향해 가보니 곧바로 강이 좌우로 갈라져 있었기에 간스케가 준 지도를 꺼냈다. '추천하는 곳은 이쪽'이라며 왼쪽 강에 화살표가 그려져 있었다.

포인트가 나타날 때마다 나카야마다와 교대로 낚싯대를 던지면서 올라갔다.

좀처럼 낚이지 않았다.

두 시간 정도가 눈 깜짝할 새에 지나갔고, 물고기가 나타나서 플라이를 쫓아다닌 적이 몇 번 있긴 했지만, 물기까지는 하지 않았다.

"앗."

나카야마다가 또 빗나가서 제물낚시가 공중에 떴다. 수면에 파문을 남긴 플라이 낚싯줄이 허무하게 릴로 감겼다.

다로는 하늘을 보았다. 그날도 맑아서 비가 올 걱정은 없을 것 같았다. 강은 험한 산에 둘러싸여 있고, 그 급경사가 양쪽에 있었다.

잠시 후, 오후 세 시가 지나자 강은 그 산의 그늘에 가려서 어둡게 보였다.

"잠깐 쉴까요."

다로는 근처에서 꽤 넓고 평평한 바위를 발견하고는 말을 걸었다.

가방에서 도구를 꺼내 물을 끓인 다음, 커피를 두 잔 타서 그중 한 잔을 나카야마다에게 건넸다.

"꽤 어렵네."

나카야마다가 분하다는 듯이 혼잣말처럼 그렇게 말했다.

"아직 해가 지려면 멀었고, 이제부터가 시작이죠."

한편, 다로의 제물낚시에도 물고기가 몇 번 다가오긴 했지만, 낚지는 못했다.

하지만 자연의 품에 안겨서 커피 컵을 들고 졸졸 흐르는 물소리를 듣고 있자니 무엇과도 바꾸기 힘들 정도로 기분이 좋았다.

"여기 약간 위쪽에 괜찮은 곳이 있는 것 같은데요."

간스케의 지도에는 몇 군데 별표를 그려놓은 포인트가 있었다. 그중 대부분은 이곳보다 상류게 있었기에 기대가 부풀었다.

"잘 먹었습니다."

강으로 내려가서 컵을 씻어 온 나카야마다가 허리를 폈다. 젖은 제물낚시를 낚싯줄에서 뺀 다음, 가슴 쪽 플라이 패치에 꽂아서 말리고, 그 대신 색이 다른 제물낚시를 묶었다.

다로도 모자에 얹어두었던 선글라스를 다시 쓰고 다시 바위 근처를 나아가기 시작했다.

커다란 웅덩이가 눈앞에 나타난 것은 그 직후였다.

"이거 대단한데요, 미마 씨."

앞서가던 나카야마다가 흥분을 억누르지 못할 만도 했다.

넓고 깊은 웅덩이였다.

문득 다로의 머릿속을 스쳐간 것은 히로노부의 시체가 발견된 제일 폭포의 경치였지만, 눈앞에 있는 그 물가는 그곳보다 약간 좁았다.

끄트머리는 폭 3미터 정도로 파여 있었고, 물 한가운데 부근에 큰 바위가 하나 있었다. 반짝이면서 자잘한 기포를 머금은 물이 그 큰 바위로 인해 두 갈래로 갈라졌고 그곳을 지나 다시 하나로 합류해서 다로 일행이 있는 곳까지 흘러오고 있었다. 그 맑고 깨끗한 물가에서는 마치 생물 같은 흐름의 물줄기가 이곳저곳에서 움직이고 있었다.

하류 쪽에서 살며시 바라보니 큰 바위 너머, 물속에서 꿈틀거리는 듯한 기포가 솟구치는 곳 근처에 커다란 연어처럼 생긴 물고기 몇 마리가 상류 쪽으로 헤엄치고 있는 게 보였다.

"있네요, 미마 씨."

"저도 보여요. 하시죠."

이번에는 다로가 캐스팅할 차례였지만, 다로는 나카야마다에게 양보했다. 일부러 도쿄에서 낚시를 하러 왔으니 당연하다.

"그럼 사양하지 않고 하겠습니다."

나카야마다는 다로가 방해되지 않게끔 왼쪽 물가로 이동할 때까지 기다렸다가 낚싯대를 두 번 정도 휘두른 다음, 제물낚시를 슬쩍 커다란 바위에서 약간 상류 쪽으로 보냈다.

멋진 캐스팅이었다. 베스트 포지션이다.

다로도 천천히 수면에 흘러가는 제물낚시를 숨죽이며 보고 있었다.

흔들흔들 헤엄치고 있는 커다란 물고기는 움직이지 않았다. 안 되나, 그렇게 생각했을 때, 어디선가 맹렬한 기세로 물고기가 튀어나왔다.

나카야마다의 낚싯대가 호를 그렸다.

상당히 크다.

잠시 후, 얕은 여울까지 끌려온 물고기의 몸통 옆에는 아름다운 하트 마크가 있었다. 30센티 정도는 될 것 같은 연어다.

나카야마다는 흥분해서 말문이 막혔고, 그 물고기를 받치고 있는 두 손을 조금씩 떨고 있었다.

"해내셨군요. 축하해요."

사진을 찍은 다음, 물고기를 놓아준 나카야마다와 악수했다.

"미마 씨. 저는 이 강이 마음에 드네요. 더 큰 물고기도 있었죠?"

큰 바위 너머에서 일렁이던 큰 물고기의 그림자는 이미 보이지 않게 되었다. "대단한 포인트네요, 여기."

"그렇게 말씀해주시니 포인트를 양보할 만한 가치가 있었던 것 같네요. 상류로 가보시겠어요?"

"물론이죠."

그 웅덩이에는 너무 깊게 파여서 걸어갈 곳이 없었기에 산을 우회해서 상류 쪽으로 갈 수밖에 없다.

강에서 산의 경사로 발을 내디뎠다. 나무 사이로 보이는 그 커다란 웅덩이를 내려다본 다로가 신기한 감각에 사로잡힌 것은 그때였다.

웅덩이에서 멀리 떨어졌을 텐데, 흐르는 물소리가 오히려 더욱 크게 울려 퍼지고 있었다. 좀 전에는 그렇게까지 아름답게 빛나던 웅덩이도 다로가 있는 곳에서 보니 흐르는 물에 가려져서 바닥이 보이지 않았다.

강 그 자체에 의지가 있어서 살벌한 기척을 내뿜기 시작한 것 같았다. 지금까지 숨기고 있었던 요사스러운 일면을 드러내는 것처럼. 그 깊은 물속에서 다로 일행을 가만히 지켜보는 무언가가 있는 것 같아서 다로의 등에 싸늘한 것이 스쳐갔다.

──이곳은 슈퍼 내추럴한 곳이니까.

다로에게 그렇게 말한 사람은 무라사키노 마을에 사는 스기모토였다.

──이런 곳에는 뭔가가 있는 것 같단 말이지.

다로 앞에서는 나카야마다가 튀어나온 나뭇가지나 험한 길 때문에 악전고투하고 있었다. 그 뒤를 따라가며 다로는 갑자기 자신을 덮친 그 정체를 알 수 없는 느낌을 떨쳐내려 했다.

앞서가던 나카야마다는 그런 다로의 심경 같은 걸 알아채지 못한 채 낚싯대를 들고 눈앞에 튀어나온 나뭇가지를 피하며 나아가는데 집중하고 있는 것 같았다.

"이 길을 다시 돌아가는 것만큼은 사양하고 싶네요."

악전고투를 겪으며 약간 상류 쪽 개울에 도착한 나카야마다는 그렇게 말하며 숨을 크게 내쉬었다.

"상류 쪽에 숲길로 올라갈 수 있는 입구가 있는 것 같아요."

적어도 간스케의 지도에는 그렇게 나와 있다. 하지만 대충

손으로 그린 지도다. 얼마나 믿을 수 있을지는 모른다

"너 가보죠."

큰 물고기를 잡아서 기분이 좋아진 나카야마다는 다음 포인트를 향해 다시 걸어가기 시작했다.

잠시 후 나타난 것은 바위가 이곳저곳에 고개를 내밀고 있고 물이 느리게 흐르는 여울이었다. 이번에는 다로가 낚싯대를 휘둘렀다.

"왔다."

그날 다로가 처음 잡은 물고기는 길이가 15센티미터 정도되는 연어였다. 끌어당겨서 우선 강물로 손을 석신 다음, 제물낚시를 살짝 빼서 물로 돌려보내 주자 흔들흔들 헤엄치며 물줄기 너머로 나아가서 보이지 않게 되었다.

수면이 저녁놀에 가까운 하늘을 비추고 있었다. 계곡 아래에서 하늘을 올려다보았다.

"조금 어두워졌네요."

숲길로 들어가는 입구는 아직 멀었다.

해가 질 때까지 도착할 수 있을까.

그렇게 불안한 생각이 머릿속을 스친 순간, 갑자기 흐르는 물소리의 크기가 커진 것 같은 느낌이 들었다.

신기하다. 낮에는 기분 좋게 들리던 물소리가 저녁이 다가오자 점점 커졌고, 가슴속을 압박했다. 주위가 어두워지자 뭐라 말로 표현하기 힘든 그 불길한 기척이 산과 강 어디선가 부풀어 올라서 낚시꾼을 집어삼키는 것이다.

나카야마다도 그것을 눈치챘는지 멈춰서서 귀를 기울였다. 그리고.

"지금부터가 좋은 시간대죠."

자신을 타이르는 듯이 그렇게 말하며 걸어가기 시작했다. 불길한 기척을 떨쳐내려는 듯이.

실제로 그 이후로 한동안은 지극히 행복한 시간이었다.

둘이서 열 마리 가까운 물고기를 낚았고, 흥분해서 상류로, 다시 상류로 거슬러 올라갔다.

하지만 저녁의 어둠이 더욱 진해져서 캐스팅한 제물낚시도 보이지 않을 정도가 되니 말수도 점점 줄어들었다.

"아직 멀었나요? 숲길로 올라가는 입구."

나카야마다가 약간 불안한 듯이 물었다.

사실 좀 전부터 그 생각을 하고 있던 다로는 멈춰서서 표정이 사라지려 하고 있는 양쪽의 산을 둘러보았다.

간스케는 거북이 등껍질처럼 생긴 웅덩이가 표식이라고 지도에 적어두었다. '거북이 웅덩이'라는 모양이었다.

"거북이 등껍질이란 말이죠."

나카야마다도 다로가 들고 있던 지도를 보며 중얼거렸다. "웅덩이는 보통 거북이처럼 생겼죠. 혹시 지나친 것 아닐까요?"

"아뇨, 그럴 리는……. 하류에서 봤을 때 등껍질 오른쪽 윗부분에 직경 3미터 정도 되는 동그란 웅덩이가 늘어서 있다고 하네요. 그런 웅덩이는 없었잖아요."

간스케가 한 이야기에 따르면 절대로 못 보고 지나칠 리가 없었다.

"그럼 좀 더 위쪽일까요……."

나카야마다는 중얼거리듯이 그렇게 말한 다음, 주황색으로 물든 하늘을 올려다보았다. 평지에서 보았다면 분명히 아름다운 석양이었을 것이다. 하지만 양쪽이 산으로 둘러싸여서 깔때기 속에 있는 거나 마찬가지인 다로 일행이 있는 곳에서 보이는 것은 도려낸 하늘의 일부뿐이었다. 그 빛이 계곡 아래를 흐르는 강까지 닿지는 않는다.

"가시죠."

이번에는 다로가 앞에 서서 걸어가기 시작했다.

"곰 같은 건 안 나오죠?"

"있긴 하겠지만, 습격당했다는 이야기는 이 근처에서 못 들어봤네요. 그런 것보다 더 골치 아픈 건 원숭이라고 하던데요."

"원숭이?"

"원숭이 무리가 낚시꾼을 둘러싸서 위협하거나 돌을 던지는 경우가 있다고 해서요."

나카야마다의 얼굴이 공포로 일그러진 것을 알 수 있었다.

"그건 사양하고 싶은데요."

멀찍이 떨어져 있는 산은 아래쪽이 어두웠고, 낙엽이 쌓여서 미끄러웠다. 강에서 들려오는 물소리가 다로의 몸 안쪽 깊은 곳까지 파고들어서 점점 커진 다음 머릿속에 울리는 것 같았다.

오후 5시가 지났다.

해가 질 때까지 두 시간 정도 남긴 했지만, 주위는 이미 어두웠고, 마치 영업이 끝났다는 듯이 수면에서는 낮에 보이던 빛이나 밝은 느낌이 사라진 상태였다.

이제 낚시를 할 기분이 아니었다.

장치를 집어넣고, 이음매를 분해해서 낚싯대를 짧게 만들었다. 이렇게 하면 산길을 나아가는 속도가 훨씬 빨라질 것이다.

하지만 어두운 저녁의 발소리도 그에 맞먹는 속도로 다가와 있었다.

상류 쪽으로 가자 계곡이 더 험난해졌다.

갑자기 움푹 패인 곳, 물이 천천히 흐르는 곳이 나오나 싶더니 돌멩이만 잔뜩 있는 여울이 나타나기도 했다. 묵묵히 한 시간 정도 걸어가서 겨우 도착한 곳은 바위가 마치 병풍처럼 가로막고 있는 곳이었다.

"멀리 돌아서 넘어갈 수밖에 없겠네요."

다로는 그렇게 말한 다음, 이끼가 잔뜩 달라붙은 왼쪽 바위쪽에서 나뭇가지를 타고 올라갔다.

이제는 귀에 울리는 굉음이 산의 공기를 뒤흔들기 시작하고 있었다. 근처에 커다란 폭포가 있다는 증거다.

그것이 눈앞에 나타난 것은 산에서 다시 강으로 내려갔을 때였다.

그 웅덩이를 보았을 때, 다로도, 그리고 나카야마다도 말문을 잃은 채 멍하니 서 있을 수밖에 없었다. 웅장한 그 웅덩이는 분명히 거북이 등껍질처럼 생겼고, 간스케의 지도에도 나온 것처럼 그 등껍질 오른쪽 윗부분에 정말 기묘한 원형 웅덩이가 인접해 있었다.

"저게 뭐야……."

다로 옆에서 나카야마다가 멍하니 중얼거렸다. "어째서 저런 형태의 웅덩이가 있는 거지?"

간스케의 지도에는 '용궁 웅덩이'라고 적혀 있었다. 자연이 만들어낸 기묘한 경치라고 할 수 있겠지만, 넋이 나가 있을 상황이 아니었다.

일몰이 다가오고 있었다. 지리를 잘 알지 못하는 곳이다. 어서 숲길로 올라가는 입구를 찾지 않으면 조난당할 위험조차 있다.

"아, 저건가?"

오른쪽 산으로 들어가 어둑어둑한 경사를 올려다본 다로가 산길 같은 것을 겨우 발견한 것은 그 직후였다.

올라가 보니 그곳은 사람 한 명이 겨우 지나갈 수 있을 만큼 좁은 산길이었다.

능선을 따라 이어진 그 길은 삼목나무 숲 안으로 뻗어서 건너편으로 이어져 있었다. 발치에는 자잘한 낙엽으로 가득 차 있어서 마치 두꺼운 융단 위를 걸어가는 것 같은 느낌이었다.

"회중전등을 가지고 올 걸 그랬네요."

나카야마다가 그렇게 말할 만도 했다.

강에서 산으로 들어온 뒤로는 주위가 더욱 어두워져서 진한 남색 공간을 헤매고 있는 것 같았다.

길에서 벗어나지 않게끔 세심한 주의를 기울이며 걸어간 그 산길은 다행히 점점 산 위로 향하고 있는 것 같았다.

"이제 분명히 숲길로 나갈 수 있을 것 같네요."

하지만 거리가 얼마나 떨어져 있을지는 모른다. 10분일까, 1시간일까. 계곡에서 멀어지자 강이 흐르는 소리도 점점 작아지기 시작했고, 귀에 들리는 것은 바람 소리와 땅바닥을 밟는 신발 바닥의 펠트 소리, 그리고 다로 일행의 숨소리뿐이었다.

그동안에도 어둠의 베일은 시시각각 색이 진해지고 있었다.

20분 정도 올라갔을 무렵, 언젠가부터 산길이 평탄해졌고, 주위가 온통 얼룩조릿대로 뒤덮인 곳으로 나왔다.

가끔 불어오는 바람이 얼룩조릿대를 흔들었고, 쏴아아, 수풀 너머에 숨어있는 어둠 속에 빨려 들어갔다.

왼쪽의 시야가 트이자 얕은 계곡 너머로 완만한 경사가 보였다.

다로도 그렇고 나카야마다도 말이 없었다.

보이지 않는 기척에 쫓기듯이 걸어가고 있다.

실제로 다로는 좀 전부터 이 얼룩조릿대 어딘가에 무언가가 숨어서 다로 일행의 움직임을 빤히 바라보고 있는 것처럼 기분 나쁜 감각에 사로잡힌 상태였다.

뒤쪽에서 나카야마다의 발소리가 사라졌다.

돌아보니 나카야마다는 몇 미터 정도 뒤에서 산속의 어떤 곳을 바라보며 멍하니 서 있었다.

그 시선 끝을 바라본 다로도 그게 무엇인지 깨닫고는 깜짝 놀랐다.

하얗고 하늘하늘한 것이 얼룩조릿대 안을 걸어가고 있었다.

다로와 나카야마다는 전혀 신경 쓰지 않고, 붕 뜬 것처럼 얼룩조릿대 안을 헤엄치고 있다.

"으앗."

갑자기 나카야마다가 비명 같은 소리를 내며 다로를 향해 달려왔다.

다로도 뛰어갔다.

얼룩조릿대를 헤치며 30미터 정도 뛰어갔을까, 수풀이 울창한 곳을 돌아서 들어간 순간, 갑자기 사람이 튀어나왔다.

깜짝 놀란 다로가 미끄러져서 엉덩방아를 찧었다. 땅바닥에 튀어나와 있던 바위에 엉덩이를 세게 부딪혔지만, 너무 놀란 나머지 아픔을 느끼지 못했다.

"이봐, 괜찮아?"

굵은 목소리가 쏟아져 내렸다.

조심조심 고개를 들어보니 그곳에 서 있던 사람은 허리에 막칼을 차고 작업복을 입은 남자였다.

"겐사쿠 씨!"

"뭐야, 다로잖아?"

겐사쿠는 그렇게 말하며 다로가 일어날 수 있게끔 손을 내주었는데, 문득 보니 그는 얼룩조릿대 건너편을 보고 있었다.

"실은 방금, 유령 같은 걸——."

그렇게 말하며 돌아본 다로는 방금 나카야마다와 함께 목격한 곳을 보았다.

아무것도 없었다.

그저 한층 더 깊어진 어둠이 꿈틀대며 퍼져나가고 있을 뿐이었다. 나카야마다도 여우에게 홀린 듯한 표정으로 서 있었다.

대체 그건 뭐였을까——.

"뭘 본 건지는 모르겠는데, 그건 아무한테도 말하지 말라고, 다로."

겐사쿠가 그렇게 말했다. 그의 눈은 경계하는 듯이 주위를 보고 있었다. 혹시나 겐사쿠도 똑같은 것을 봤을지도 모르겠다는 생각이 든 건 그때였다.

"그건 대체——."

"잊어버리는 것이 좋을 거야."

"그래도——."

반론하려던 다로에게 겐사쿠가 매우 진지한 표정을 보였다.

"골치 아픈 일에 엮이고 싶지 않으면, 입을 다물고 있는 것이 좋을 거라고."

따지는 걸 용납하지 않을 듯한 말투다.

"저기, 겐사쿠 씨는 여기 어쩐 일로?"

"나는 일하러 왔지."

겐사쿠는 그렇게 말하며 자신의 옷을 내려다보았다. 그렇구나, 겐사쿠의 직업은 임업이었지, 다로도 그 사실이 떠올라서 납득했다.

"오늘은 낚시를 했나?"

다로 일행의 차림새와 들고 있던 낚싯대를 보고 겐사쿠가 그렇게 말했다. "좀 더 일찍 돌아왔어야지. 가자고."

그는 그렇게 말한 다음, 앞서서 걸어가기 시작했다.

겐사쿠를 따라 걸어가자 10분도 걸리지 않아서 본 적이 있는 곳으로 나왔다.

"여기로 나오는구나."

다로가 놀란 것은 그곳이 자신의 산이었기 때문이다. 얼마 전에 태양광 발전을 위해 팔아달라는 제안을 받았던 그 산이다.

그곳을 지나가자 얼룩조릿대 숲길이 나왔고, 빈 공간에 겐사쿠가 세워둔 경트럭이 보였다.

"차는 어디 있나?"

"강에 들어간 곳에 두고 왔어요. 나중에 간스케에게 부탁해서 가지러 가려고──."

"됐어. 내가 태워줄 테니."

겐사쿠는 그렇게 말한 다음 운전석에 탔다. 다로 일행은 짐칸에 올라탔고, 둘이서 나란히 앉아서 신기하게도 아직 밝은 하늘을 올려다보았다. 산속에 있었을 때는 해가 완전히 진 줄 알았는데, 올라와 보니 저물어가는 태양이 아직 근처를 밝게 비추고 있었던 것이다.

"아까 그건 대체 뭐였을까요, 미마 씨."

나카야마다의 목소리가 떨리고 있는 건 아마 짐칸에서 몸이 흔들리고 있기 때문만은 아닐 것이다.

"글쎄요. 모르겠네요."

다로는 그렇게 말했다.

자주 다녔던 길인지, 겐사쿠가 운전하는 경트럭은 꽤 빠른 속도로 숲길을 내려갔다.

겐사쿠는 무언가를 알고 있다,

과연 그것이 무엇일까——.

하지만 물어봤자 겐사쿠는 말해주지 않을 것이다. 하지만 한 가지 확실한 게 있다. 이곳 하야부사에는 다로가 아직 모르는 무언가가 있다는 사실이다.

7

기진맥진한 나카야마다가 소수를 마시고 있다.

'선술집 △'였다.

"그러면 내가 지도를 잘못 그린 거지. 미안해, 다로. 나카야마다 씨도."

그날 낚시를 하러 가서 길을 헤맸다는 이야기를 듣고 간스케는 미안하다는 듯이 그렇게 말한 다음, 무릎에 손을 올린 채 고개를 숙였다.

차를 가지러 갈 필요가 없어졌다는 연락을 할 겸, 세모에 가자고 한 것이다. 간스케 덕분에 즐겁게 낚시를 할 수 있었던 것에 대한 보답도 겸할 생각이었다.

"아니, 간스케에게는 고맙다고 해야지. 강에서 좀 늦게 나온 게 잘못이었을 뿐이고, 그건 완전히 우리가 잘못 생각했기 때문이니까. 겐사쿠 씨가 구해주긴 했지만, 계곡이 얼마나 무서운지 새삼 알게 되었어."

말은 그렇게 했지만, 그 유령 이야기는 하지 않았다.

"강은 저녁이 되면 무삽지."

'무삽다'는 말은 하야부사 쪽 사투리로 '무섭다'는 뜻이다.

"그래도 멋진 강이었어요."

나카야마다는 경외하는 감정을 담아 진지한 표정으로 그렇게 말했다. "하야부사의 강은 평범한 강하고 뭔가가 다르네요. 왠지 영적인 느낌이 드는 분위기라고 해야 할까요."

"그리고 마지막에 본 거북이 웅덩이하고 용궁 웅덩이는 멋있었지요?"

고향의 강을 칭찬해주자 간스케는 왠지 자랑스러워하는 것 같았다.

"그런 웅덩이는 지금까지 살면서 본 적도 없었어요."

나카야마다는 그렇게 말했다. "그런데 저로서는 제일 처음 큰 물고기를 낚았던 그 웅덩이도 잊을 수가 없겠네요. 웅덩이 한가운데에 큰 바위가 있고, 물고기가 기분 좋게 헤엄치고 있었고요. 보고 있자니 제가 스르륵 빨려들어갈 것 같은 분위기라서요."

"아, 그건 린네 웅덩이야."

이야기를 들은 간스케가 그렇게 말했다. "왼쪽 강을 올라가

서 조금만 더 가면 나오는 웅덩이 맞지?"

"아, 맞아요. 린네 웅덩이라는 이름이 있군요."

나카야마다는 감탄한 듯이 그렇게 말했다. 애초에 웅덩이에 이름이 있다는 것 자체가 나카야마다에게는 신기한 것이다.

"특이한 이름이네, 린네라니."

다로가 그렇게 말했다. 거북이 모양이라서 거북이 웅덩이. 용궁으로 가는 입구처럼 생겨서 용궁 웅덩이. 그건 이해가 된다. 하지만 린네라는 게 무슨 뜻인지는 알 수가 없었다.

"린네라는 건 예전에 그 웅덩이에서 투신자살한 여자 이름이야."

나카야마다가 조용히 새파랗게 질린 것을 알 수 있었다.

"린네 씨라는 사람이었는데. 그래서 거기는 린네 웅덩이라고 부르게 되었지."

"영적인 느낌이 들만도 하네요."

벌린 입을 다물지 못하던 나카야마다에게 다로가 말했다. "계속 우리 뒤를 따라왔잖아요."

"뭐 본 거 있어?"

"아, 아니, 얼룩조릿대 안에서 누군가가 보고 있는 것 같아서."

겐사쿠가 입막음을 했기에 다로는 애매하게 설명했다.

"아, 그건 아마 린네 씨일 거야."

간스케는 농담도 아니고 진담도 아닌 듯한 말투로 말했다.

"간스케는 그런 걸 본 적 없어?"

다로가 묻자,

"나는 없는데."

간스케는 고개를 저었다. "낚시하다가 왠지 기분이 안 좋다 싶은 적은 있지만. 뒤에 누군가가 서서 가만히 이쪽을 바라보는 것처럼 말이야. 애초에 하야부사에는 이런 이야기가 잔뜩 있지. 무언가가 있긴 할 거야."

다로 일행은 그 무언가를 봐버린 것일까.

"그러고 보니까, 그 거북이 웅덩이 옆에 있던 용궁 연못에는 뭔가 유래가 있나요? 그렇게 동그란 웅덩이는 본 적이 없는데요."

나카야마다가 말한 것처럼, 용궁 웅덩이에는 척 보기에도 정체를 알 수 없는 분위기가 감돌고 있었다.

"그건 기분 나쁜 웅덩이야. 바닥이 안 보인다니까."

간스케는 소름이 돋는다는 듯한 표정으로 말했다. "그 웅덩이에 들어가면 기분이 안 좋아서 못 견디겠더라고. 전설에 따르면 무라시키노에 있는 우물하고 이어져 있다던데."

"우물?"

다로가 되물었다. "어디에 그런 우물이 있는데?"

사실 다로네 벚꽃 저택에도 우물은 있다. 하지만 그것은 지금 쓰이지 않고, 모든 집에 수도가 연결되어 있는 데다 화장실도 당연히 수세식이다.

"다로네 집에서 묘지로 가는 길 있지? 그 중간 숲속에 있어. 옛날에 가난한 사람이 손님을 초대했는데 밥그릇도 없어서 그 우물에 빌었더니 밥그릇이 떠올랐다는 이야기가 있는데. 그걸 씻어서 돌려주니까 다음날에 용궁 웅덩이에 떠 있었다고 하더라고."

"'도오노모노가타리' 같은 민화가 있는 마을이군요, 여기."

감탄한 듯이 말한 나카야마다는 "정말, 좋은 경험을 했습니다" 하고 떨리는 숨을 내쉬며 다시 간스케에게 고맙다는 인사를 했다.

"정말, 모르는 것투성이네."

다로는 그렇게 말한 다음, "그 거북이 웅덩이에서 산길을 따라가면 우리 산이 나온다는 것도 처음 알았어"라고 말을 이었다.

얼마 전, 태양광 발전을 위해 팔아달라는 제안을 받았던 그 산이다.

"그런 곳에 태양광 패널을 세우면 천벌을 받겠지."

간스케는 농담처럼 그렇게 말했지만, 전혀 농담으로 들리지 않았다. "천벌을 안 받더라도 겐사쿠 씨가 격노할 거야. 그 옆은 겐사쿠 씨네 산이니까."

다로는 그 사실도 몰랐다.

"그래서 그곳에서 겐사쿠 씨를 만났구나."

"그 사람, 그래 봬도 일은 열심히 하지."

그 부지런함 덕분에 도움을 받을 수 있었던 거나 마찬가지다.

"뭐, 아무튼, 오늘은 잊지 못할 경험을 했네요."

나카야마다는 그렇게 말한 다음, 간스케에게 소주를 새로 따라주었고, 하는 김에 다로와 자신의 잔에도 술을 따라서 들어 올렸다. "건배하시죠."

다로가 가게 바깥에서 빗소리를 들은 건 그때였다.

"어라? 비야?"

간스케도 고개를 들었다. "꽤 많이 내리기 시작했는걸."

카운터에서도 땅바닥을 거세게 두들기는 빗소리가 들렸다. 어디선가 천둥소리가 작게 들렸다.

"오던 도중에 이런 비가 오지 않아서 다행이네요, 미마 씨."

나카야마다가 또 공포에 떨었다. "수위가 올라갔다면 우리는 강에서 고립되었을 겁니다. 린네 씨께서 구해주신 건지도 모르겠네요."

"그렇긴 하네요."

다로가 맞장구를 치자 나카야마다가 일부러 합장까지 하면서 "나무아미타불, 나무아미타불"이라고 연달아 중얼거렸고.

"관자재보살, 행심반야바라밀다시, 조견오온개공──."

작은 목소리로 반야심경을 읊기 시작했다.

나카야마다는 예전에 그쪽 책을 만든 적이 있어서 신사나 불교, 종교에 대해 잘 알고 있다.

'선술집 △'의 별것 없는 공간을 바라보고 있던 다로의 뇌리에 깨끗한 물줄기가 흐르던 그날 계곡이 떠올랐다. 린네 웅덩이를 내려다보았을 때 가슴이 뛸 정도로 아름다웠던 그 모습과 이름 유래의 차이. 거대한 거북이 웅덩이와 용궁 웅덩이. 저녁이 되자 강해지기 시작했던 물소리의 공포. 도망치듯이 급하게 나아갔던 얼룩조릿대 산길. 그리고 그 신기한 흰색 그림자. 겐사쿠의 등장——.

"색불이공, 공불이색, 색즉시공, 공즉시색——."

눈에 보이는 형태를 지닌 것에 실체는 없고, 실체가 없는 것이 눈에 보이는 형태를 지닌 것이라면, 과연 그날 다로가 경험한 것은 대체 무엇이었을까.

나카야마다가 읊고 있는 반야심경 세계가 '깨달음'의 경지라면, 형태가 있는 것에 휘둘리고, 실체가 없는 것에 실체를 추구하는 다로는 완전히 정반대 방향에서 헤매고 있는 것 아닐까.

그런 생각을 술에 취한 머리로 드문드문 이어 나갔지만, 답을 찾아낼 수 있을 리가 없었다.

그때——.

나카야마다의 독경이 딱 멈췄다.

빗소리가 강해지는 와중에 다로가 들은 것은 스마트폰의

착신음이었다.

주머니를 뒤지던 간스케가 스마트폰을 꺼내 내용을 훑어보다가 의자 소리를 내며 일어섰다.

다로도 자기 스마트폰을 꺼내 보았다.

S지구 소방 사무 조합에서 화재 발생을 알리는 메일을 보낸 것이다. 그 내용과 함께 발생 현장의 주소와 지도가 첨부되어 있었다.

"마스터. 큰일났어, 화재야!"

간스케는 카운터 너머를 향해 소리쳤다.

"어디에 불이 났는데?"

카운터 안쪽에서 다케 씨가 급하게 뛰쳐나왔다.

"겐사쿠 씨네 집."

마스터에게 대답한 간스케는 "가자고! 다로!" 하고 말한 다음, 먼저 가게를 뛰쳐나갔다.

"미마 씨, 저는——."

안절부절못하고 있던 나카야마다에게.

"여기 계세요. 다시 여기로 올 테니까요."

그렇게 말한 다로는 간스케를 따라서 가게 밖으로 뛰어나갔다.

마침 대기소로 향하던 단원의 자동차가 지나가던 참이었기에 뒷자리에 탔다.

——왜 겐사쿠 씨네 집에.

다로의 가슴 속에서 의문이 소용돌이치고 있었다.

대기소에는 단원들이 차례차례 모여들고 있었다. 조명이 환하게 켜졌고, 차고의 셔터가 열려 있었다.

소방차 한 대가 제일 먼저 시끄러운 사이렌을 울리며 빠르게 출동했다.

"다로——."

간스케가 다로에게 헬멧을 던져서 건네주었다.

"이봐! 장화는 신고 가라고! 무슨 일이 있을지 모르니까. 거기 있는 것 중에 신을 수 있는 거 신고 가."

분단장인 미야하라가 빠르게 말을 늘어놓으며 시동이 걸린 소방차 조수석에 올라탔다.

"겐사쿠, 기다려라!"

미야하라가 큰 소리로 그렇게 말하자마자 소방차가 사이렌을 울리며 출발했다.

소방차 한 대에 탈 수 있는 사람은 다섯 명이다. 네 대면 스무 명. 나머지 단원들은 자동차를 타고 현장으로 가서 소화 활동을 하게 된다.

대기소에 있던 낡은 장화에 억지로 발을 집어넣어 보니 약간 작았다. 혀를 차며 다른 장화를 찾아보았지만, 보이지 않았다.

다로 옆에서 소방차에 시동이 걸렸고, 귀를 찌르는 사이렌 소리가 울려 퍼졌다.

"타세요! 다로 씨!"

운전석에서 요타가 그렇게 말하자 다로는 될 대로 되라고 생각하며 올라탔고, 간스케도 탔다.

와이퍼가 거세게 비를 쓸어내기 시작했다. 창문을 두드리는 비가 그야말로 폭포 같았고, 헤드라이트는 화살 같은 빗줄기를 비추고 있었다.

상점가를 지나 즈이메이지 앞 언덕길을 올라가서 숲을 빠져나갔다. 먹구름을 붉게 물들인 불꽃이 앞 유리 너머로 보인 것은 산 사이의 도로를 돌아 들어갔을 때였다.

먼저 출동한 소방차의 적색등이 비에 번져 보였다.

"가자!"

간스케가 그렇게 외친 것과 동시에 뛰어나갔다.

"가반! 가반!"

미야하라가 그렇게 외치는 와중에 부분단장인 모리노가 가동식 소형 펌프를 호스에 연결하고 있었다. 보아하니 그 호스는 여러 개 이어 붙여서 길게 뻗었고, 건너편 차밭 쪽으로 이어져 있었다. 그 근처에 소화전이 있을 것이다.

간이 조명이 켜지자 예순 살 정도로 보이는 여자가 울부짖고 있는 모습이 보였다. 겐사쿠의 부인일까.

"아버지! 아버지!"

여자가 외치며 바라보고 있는 곳은 불꽃에 휩싸인 건물 쪽이었다.

"겐사쿠! 있냐! 겐사쿠!"

빗줄기를 신경 쓰지도 않고 타오르는 불꽃 바로 앞까지 다가간 미야하라가 필사적으로 부르고 있었다. "겐사쿠——!"

큰 집이었다. 폭이 넓고 멋진 현관이 있는 2층집과 그 옆에 목재와 기계가 있는 작업장, 그리고 사무소로 보이는 높은 건물이 있었다.

불꽃은 그 작업장 같은 곳에서 지붕을 뚫고 하늘 높이 솟구쳤고, 내리는 비를 비웃는 것처럼 거세게 일렁이고 있었다. 핑음이 난 것과 동시에 무언가가 무너져내렸다. 새까맣게 뿜어져 나온 연기 안에서 어떤 사람이 넘어지며 나온 것은 그 직전이었다.

"겐사쿠——! 괜찮냐! 겐사쿠!"

땅바닥에 쓰러진 그 사람에게 미야하라가 뛰어갔다.

그에게 안긴 겐사쿠가 까맣게 그을린 얼굴로 뭔가 말하려 했지만, 비와 불꽃 소리에 묻혀서 들리지 않았다.

단원들이 일단 안전한 곳으로 옮기자.

"노즐! 노즐! 물이 온다!"

누군가가 외쳤다.

"요타! 교대해!"

미야하라가 노즐을 들고 있던 요타 앞에 선 다음, 둘이서 수압에 대비했다.

"방수 개시!"

미야하라가 그렇게 말한 것과 동시에 새까만 불꽃을 뿜어내고 있는 건물 내부를 향해 방수가 시작되었다.

"하나 더 간다!"

모리노가 그렇게 말하자 새로운 가반이 연결되었고, 두 번째 호스에서 방수가 시작되었다.

그와 동시에 솔개 입을 든 단원들이 일제히 뛰어가 타는 걸 막기 위해 안채의 벽을 무너뜨리기 시작했다. 다로도 거기에 참가했다.

빗방울이 얼굴을 때렸고, 옆에서는 불꽃에 그을렸다.

언제 건물이 무너질지 모르기 때문에 위험할 수밖에 없는 작업이다.

20분 정도 소화 작업을 하고 있자니 "힘내라! 왔다!"라고 소리치며 바로 옆인 후쿠다 지구의 소방차가 달려왔고, 야오로즈 분단도 그 뒤에 합세했다.

구급차도 와서 연기를 마신 것 같은 겐사쿠에게 산소마스크를 씌워주었고, 부인과 함께 병원으로 후송했다.

필사적인 소화 활동이 결실을 맺었는지, 안채로 불이 옮겨

붙지 못하게 하고 진화를 마친 것은 그로부터 30분 정도 지난 뒤였다.

방수가 멈추자 세차게 쏟아지는 빗줄기만 남았다.

모두가 흠뻑 젖은 상태로 철수할 준비를 하고 있었다.

다로는 호스를 감으면서 지붕이 무너지고 3분의 1 정도를 제외하고는 전부 타버린 작업장의 잔해를 보았다. 불과 한 시간 정도 전까지 겐사쿠의 생활을 지탱해주고 그의 인생의 일부였던 것이 까만 덩어리가 된 채 어둠에 드러나 있다.

시큼한 냄새가 진하게 피어올라서 머리가 아플 정도였다.

그때, 문득 근처로 다가온 남자를 보고 다로는 멈춰 섰다. 비닐우산을 쓴 채 멍하니 서 있던 사람은 나카야마다였다.

"오셨군요."

나카야마다는 뭔가 말하려던 모양이었지만, 결국 나온 것은 "고생하셨습니다, 정말 고생하셨습니다"라고 두 번 연달아 중얼거리며 격려하는 말뿐이었다.

그는 소방단을 바보 취급하던 어제와는 달리 마치 사람의 생사를 바라보는 것처럼 진지한 표정을 짓고 있었다.

"술을 마시면서 기다리시는 게 나았을 텐데요."

다로가 말했다.

"미마 씨께서 어떤 일을 하고 계신지 직접 보고 싶었거든요."

'선술집 △' 마스터가 여기까지 데려다주었다고 한다.

"이제야——, 이제야 미마 씨께서 하신 말씀을 이해했습니다."

나카야마다는 숨을 크게 쉬다가 독한 냄새 때문에 기침하면서 겨우 이어서 말했다. "이게 소방단이 하는 일이군요."

"집이 불탄 게 아니에요. 인생의 일부가 불탄 거라고요."

나카야마다는 정신이 번쩍 든 듯이 눈을 크게 떴지만, 그 뒤에 이어진 말은 집어삼켰는지 밖으로 나오지 않았다.

정리를 돕기 위해 걸어가기 시작한 다로의 가슴 속에 '선술집 △'에서 나카야마다가 읊던 반야심경의 한 구절이 스쳐 갔다.

——색불이공, 공불이색, 색즉시공, 공즉시색.

형태가 있는 것에 실체는 없고, 실체가 없는 것에 형태가 있다 하더라도, 이 세상에는 깨달음을 얻지 못하는 어리석은 사람들이 분명히 존재한다. 다로도 그중 한 명이다.

형태가 있기 때문에 실체이고, 그 실체는 형태이며, 그리고 우리에게 있어서 무엇과도 바꿀 수 없는 존재이다.

그중 하나가 사라졌고, 타버렸고, 비를 맞으며 발치에 잔해가 되어 굴러다니고 있다.

다로의 발치에 반쯤 불타서 비를 맞고 있는 '야마하라 임업'이라는 간판이 있었다. 그 간판이 봐온 역사의 최후가 이 광경이라면 이런 비극이 또 있을까. 이런 분노가 또 있을까.

5장

신경 쓰이는 소문

1

추적추적, 비가 계속 내리는 와중에 7월이 되었고, 나중에는 하늘이 찢어질 것 같은 번개와 천둥, 그리고 맹렬한 호우가 내리던 밤이 지나자──.

열어둔 창문에서 불어든 바람은 메말랐고, 마른 풀 같은 흙냄새가 뒤섞여서 풍기는 여름이 왔다. 자그마한 꽃을 피워낸 노각나무가 여름 햇살을 받으며 눈부시게 빛나고 있었다.

'소설 레몬'의 연재 원고를 써서 보내고, 그 때문에 중단했던 마을 살리기용 드라마 각본을 다시 쓰기 시작한 것은 사흘 정도 전이었다.

초고는 이미 저번 달에 마무리했다. 그 이후에 마을 살리기 프로젝트의 리더인 곤도와 아야 같은 사람들의 의견을 참고해서 수정한 것이 벌써 완성되려 하고 있었다.

마감은 6월 말이라고 했기에 며칠 늦어지긴 했지만, 겐사쿠 씨네 집 화재와 나카야마다의 방문, 그리고 본업인 '소설레몬'의 연재 원고가 난항을 겪었다는 걸 감안하면 빠르게 끝낸 편이었다. 그리고 좋은 작품을 썼다는 자부심도 든다.

그날 저녁.

"미마 씨, 정말 여러모로 감사합니다."

약속 장소인 야오로즈에 있는 패밀리 센터 카페에 가보니 아야 일행은 먼저 와서 기다리고 있었다. 공무원인 야나이도 있었다. 오전에 메일로 보낸 각본을 출력해서 세 사람 앞에 놓여 있었다. "훌륭한 작품이에요. 미마 씨께 부탁드리길 정말 잘했다는 생각이 드네요."

"아뇨, 뭐, 딱히."

아야가 칭찬하자 다로는 싫지만은 않았지만, 겸손하게 대답했다. "마음에 드셨다니 안심이 되네요."

"아뇨, 이건 분명히 반응이 좋을 거예요."

아야 이상으로 흥분한 사람은 야나이였다. 그는 동안에 밝은 표정을 드리우고 있었고, 각본 여기저기에는 벌써 포스트잇이 잔뜩 붙어 있었다.

"다로 씨, 정말 고맙네. 고마워."

곤도는 일부러 일어선 다음, 고개를 숙였다.

"그런데 촬영 준비는 진행되고 있나요?"

다로가 묻자 아야가 출연 배우 리스트를 꺼냈다.

"배우분들은 처음에 생각했던 것처럼 주부 지방의 연극계에서 활약하고 계신 분들을 중심으로 뽑아보았습니다. 아시는 분들은 알고 계시는 명배우분들이죠."

주요 등장인물은 모두 합쳐서 다섯 명이다. 감독은 아야의 지인이고 주로 영화를 찍는 젊은 사람을 데리고 올 거라고 했다.

"하나무라 가즈야라는 사람인데요, 요즘 잘나가기 시작하고 있다고 해야 할까요. 앞으로 대박을 칠 가능성도 크고, 그렇게 되면 하나무라 감독의 작품이라며 화제가 되어서 한 번 더 관심을 모을 수 있을 것 같아요."

"그런 의미에서 이 작품은 가능성이 넘치네요."

야나이가 흥분을 억누를 수 없다는 듯이 말했다. "미마 씨께서 앞으로 나오키상이나 그런 상을 받으셔서 유명해지시면 이 영상도 주목을 받게 되겠죠. 배우와 감독도 장래가 유망한 사람들을 기용함으로써 저예산이라는 점이 오히려 무기가 되는 것 같고요."

"저예산 작품일지도 모르겠지만, 재미있는 걸 만들고 싶네요."

아야가 기대를 품으며 말했다. "분명히 하나무라 감독도 이 각본을 읽으면 온 힘을 다해 임해줄 것 같아요. 이게 다 미마 씨 덕분이죠."

"이 드라마를 소개하는 소책자를 만드는 건 어떨까요."

야나이가 아이디어를 냈다. "그 소책자에 하야부사 지구의 광고를 실으면 그 광고비로 비용을 충당할 수 있을 것 같아서 요. 매출이 늘어나면 하야부사 지구에도 활기가 생기겠죠."

"드라마 메이킹 영상 같은 건 어떤가? 아야."

곤도도 말했다. "그래, 이 드라마 공식 홈페이지를 만들어서 선전하는 것이 좋을 것 같은데. 그 예산도 따내줄 수 있겠나? 야나이."

꿈인 것 같기도 하고 망상 같기도 한 것들이 부풀기 시작했다.

"얼른 움직이지 않으면 하야부사가 말라 죽어버릴 거야."

곤도는 감추고 있던 위기감을 소리 내어 말했다. "요즘 문제가 연달아 일어나고 있잖아. 겐사쿠네 집도 불타버렸고. 경찰이 움직이고 있다든데."

"그런 이야기가 나왔나요?"

다로는 뜻밖의 정보를 듣고 고개를 들었다.

야마하라 겐사쿠의 사무소 겸 작업장에 불이 난 뒤 2주일 정도가 지났지만, 화재 원인은 아직 알아내지 못했다. 불탄 집이 낡기도 해서 누전이 아닐까 하는 이야기가 나오긴 했지만, 확실하진 않다.

"겐사쿠 조카가 죽어버렸잖아. 내가 들은 이야기는 그쪽하고 관련이 있는 거 아니냐는 말인데. 겐사쿠도 살아서 다행이지."

화재를 눈치챈 겐사쿠는 작업장으로 달려가서 불을 끄려

했지만, 오히려 하마터면 연기 때문에 질식할 뻔했다고 한다. 사흘 정도 입원하는 것만으로 끝난 건 불행 중 다행이다.

아야의 표정이 딱딱한 것은 예전에 자신이 취재했던 야쿠자가 관여하지 않았을까 하는 생각 때문일 것이다.

"얼른 범인을 찾아내면 좋겠어. 그럼 하야부사도 평화로워질 거고, 쓸데없는 소문도 전부 사라질 테니까."

"쓸데없는 소문? 그게 무슨 소리죠?"

다로가 캐물었지만,

"곤도 씨, 너무 떠들고 다니지 않는 게 좋을 것 같네요."

야나이가 그렇게 말하자 곤도는 "그렇지, 뭐어, 별것 아닌 이야기니*까*"라며 입을 다물어버렸다.

2

"나도 잠깐 들은 것뿐인데, 겐사쿠 씨네 방범 카메라에 사람이 찍혔다더라고."

간스케는 그렇게 말한 다음, 맛있다는 듯이 지역 특산주인 '야오로즈'가 담긴 잔을 입에 가져다 댔다.

"그건 누가 알려준 정보야?"

"누가 알려줬다고 해야 하나, 본관 씨가 여러 사람에게 물어보고 다녔다던데. 그럼 당연히 들키지."

본관이라는 건 하야부사에서 근무하는 혼다 순경을 일컫는
말이다. 사람이 좋아 보이는 남자이긴 하지만, 약간 얼빠진 구
석이 있다는 게 간스케 같은 사람들의 평가였다.

"그래서, 소문이라는 건 뭔데?"

다로가 묻자 간스케는 대답하기 전에 인상을 썼다.

"이쿠오 씨가 그런 거 아니냐고 지껄이는 녀석들이 있어서
말이야. 덩치가 비슷하다고 하니까."

어? 그 말을 듣고 다로도 놀랄 수밖에 없었다.

그날, 화재 현장에서 필사적으로 겐사쿠의 이름을 부르던
미야하라의 모습이 되살아났다.

"자주 싸우니까, 그 두 사람."

간스케가 어이없다는 듯이 말했다. "그래서 이쿠오 씨가 불
을 지른 거 아니냐고 지껄이는 녀석이 있는 거지."

"대체 누가."

다로는 화가 치밀었다.

분단장으로서 진두지휘를 맡고 있는 미야하라는 칭찬해줘
야 할 사람이지, 오명을 뒤집어 쓸 존재가 아니다.

"그 방범 카메라 영상에 이쿠오 씨만큼 덩치가 큰 사람이
찍혔다는 뜻이야?"

"그런 모양이더라니까. 그런데, 그날은 비가 엄청 왔고 어

두웠으니까, 얼굴이나 몸집이 제대로 찍힌 건 아닌 것 같아. 까만 비옷을 입고 불이 난 작업장 근처를 스윽, 가로질러 간 것이 찍힌 모양이고."

"그러니까, 방화라는 거구나."

그래서 그렇구나, 다로는 사실 그렇게 납득하고 있었다.

누전 같은 상황이 벌어지면 곧바로 화재 원인이 다로의 귀에 들어왔을 것이다. 그런데 애매하게 넘어가려고 하는 것은 경찰의 수사가 얽혀 있기 때문 아닐까.

"본관 씨뿐만이 아니라 현 경찰 형사도 와서 이쿠오 씨 알리바이를 물어봤다던데. 그것이 사실인지는 모르겠지만."

미야하라는 아무리 자기가 싸운 상대라 하더라도 남의 집에 불을 지를 남자가 아니다.

다로는 그 사실을 확신하고 있었다.

불을 지른 범인은 따로 있다.

"히로노부가 죽고 다 끝난 줄 알았는데."

간스케가 조용히 말했다. "그 녀석 소행이 아니었나?"

"만약에 같은 범인의 소행이라면 네 번째지."

"그것도 비오는 날."

간스케가 그렇게 말한 한마디가 다로에게 새로운 의문을 가져다주었다.

"재미 삼아 불을 지르는 녀석이 그렇게 비가 많이 온 날 불을 질렀을까?"

그렇게 혼잣말을 하며 고개를 갸웃거렸다.

절대로 그러지 않을 거라는 보장은 없다.

비가 많이 와서 시야가 흐려지면 들킬 가능성도 줄어든다. 그것도 밤이다. 겐사쿠가 방범 카메라를 설치했다는 사실을 예상하지 못했다 하더라도 범행을 저지르기에는 유리할 것이다. 하지만――.

"아니면 겐사쿠 씨에게 악의를 품고 있던지."

간스케가 계속 말했다. "겐사쿠 씨도 말버릇이 안 좋아서 큰일이지. 여러 사람에게 원한을 샀을지도 모르니까."

그럴 가능성도 있긴 하다.

하지만 다로는 마음에 걸리는 게 있었다.

강에서 낚시를 하고 돌아오는 길, 산에서 헤매던 다로와 나카야마다가 본 하얀 그림자. 겐사쿠는 그것에 대해 입막음을 하며 누구에게도 말하지 말라고 했다. 이유도 말하지 않고. 과연 그것이 어떤 사정 때문인 건지, 여전히 설명을 듣지 못했다.

"겐사쿠 씨, 뭔가 있는 거 아닐까?"

간스케가 그렇게 혼잣말을 하자 다로는 그의 옆얼굴을 보았다.

"뭔가라니?"

"아니, 히로노부 말이야."

간스케가 말했다. "그건 적어도 사고가 아니지. 아마 살해 당했을 텐데, 겐사쿠 씨는 짐작이 가는 게 있는 거 아닌가 싶어서."

"그렇다면 경찰에 이야기하지 않았을까?"

다로가 말했다. "조만간 범인이 체포될지도 모르겠네."

"그러면 좋겠는데. 하야부사가 대체 어떻게 되어버린 거야?"

간스케는 한탄하며 술잔에 든 술을 마시고는 타악, 카운터에 내려놓았다. "이렇게 되었으니 다로의 마을 살리기용 드라마밖에 믿을 것이 없는데. 각본은 벌써 다 썼고?"

"그래, 다 썼어. 그래서 이제 내가 할 일은 없지. 앞으로는 다치키 씨네, 영상 담당자들이 나설 차례야."

다치키가 맡은 역할은 말하자면 프로듀서다. 캐스팅을 하고, 감독을 정하고, 스케줄 전반을 관리한다. 아마 도쿄의 프로덕션 시절에 해왔던 일일 테니 잘 알고 있을 게 틀림없다.

"다들 기대하고 있다니까."

다로의 각본으로 마을 살리기용 드라마가 제작된다는 이야기는 눈 깜짝할 새에 하야부사 전체로 퍼져나갔다. 곤도가 여기저기서 떠들어대고 다녔기 때문이다.

"잘되었으면 좋겠네."

다로는 진심으로 그렇게 말했다.

그리고 이 지구를 어슬렁거리는 방화범이 얼른 체포되면,

하야부사 지구에 진정한 평화가 돌아올 것이다.

하지만——.

공무원인 야나이가 중요한 이야기를 하자고 절박한 말투로 전화를 건 것은 그로부터 며칠 뒤였다.

3

하얀 경차가 벚꽃 저택 언덕길을 올라왔다.

야나이가 혼자 왔나 싶었는데, 곤도와 아야도 내렸다.

별로 바람직한 이야기가 아니라는 건 굳이 물어볼 필요도 없이 세 사람의 표정을 보니 짐작이 되었다.

"실은 그 마을 살리기용 드라마 건 말입니다만."

야나이가 이야기를 꺼내자 아야는 고개를 숙였고, 곤도는 매우 불쾌하다는 듯이 팔짱을 낀 채 눈을 감고 있었다.

"저희 윗사람이 퇴짜를 놓아서요."

"퇴짜?"

다로는 되물었다. "각본에 문제가 있었다는 건가요?"

"아뇨, 그런 게 아니라——."

야나이는 분한 듯이 입술을 깨물며 한동안 고개를 숙이고 있다가, 잠시 후 고개를 들고는 계속 말했다. "기획 그 자체를 중지하게 되어버렸습니다."

"이제 와서요?"

다로는 어이가 없었다. "정식으로 진행하라는 사인을 받고 진행하던 기획 아닌가요?"

"그랬습니다만, 죄송합니다."

야나이의 설명에 따르면 애초에 관광과의 기획으로 시작했고, 과장의 결재를 받아 진행하고 있었던 모양이다. 예산을 초과해서 진행하지도 않았기에 문제가 없었을 텐데, 갑자기 '윗사람'이 끼어들었다고 한다.

"윗사람이라니, 그게 누구죠?"

다로기 묻사.

"노부오카 면장입니다."

야나이가 그렇게 대답했다.

"하야부사 지구만 소개하는 드라마는 괘씸하다고, 갑자기 그런 소리를 해서요. 할 거면 야오로즈면 전체를 소개하는 드라마로 해야 한다고."

"각본을 다시 쓰면 되는 문제인가요?"

다로는 다시 쓰는 게 골치 아프겠다고 생각하며 그렇게 물었지만, 야나이는 고개를 저었다.

"아뇨, 인터넷에 드라마를 올려서 진행하는 광고 그 자체가 예산 낭비라고 합니다. 설명은 했지만, 전혀 받아들여지지 않더군요."

"그럴 수가——."

다로도 그 이야기를 듣고 화가 치밀었다.

"괴롭히려는 거야, 그 너구리 영감."

곤도가 인상을 썼다. 노부오카 면장이 하야부사 지구를 탐탁지 않아 한다는 이야기는 소방 대회 때도 들었다.

"인터넷을 잘 모른다고 해도 낭비라고 단정짓는 건 좀 그런 것 같은데요."

다로는 분노가 담긴 말투로 그렇게 말했다. "반론은 제기하셨나요?"

"관광과에서도 이미 기획을 진행하고 있다고 설명했습니다만, 중지하라고만 해서요. 그런 걸 보고 오는 관광객 따위는 제대로 된 사람들이 아니라고요."

"정말로 죄송합니다."

아야가 절박한 표정으로 두 손을 무릎에 올리고 고개를 숙였다. "제가 끌어들인 탓에 폐를 끼치게 되어서 뭐라 사과의 말씀을 드려야 할지."

"잠깐만요. 중지는 이미 결정된 건가요?"

대답이 없었다.

세 사람 모두 입을 다문 채 고개를 숙이고 있다가,

"안타깝게도요."

야나이가 작은 목소리로 그렇게 말했다. "죄송합니다. 변명할 여지도 없습니다. 하지만 면 의회에서 문제 제기를 하겠다고 하니 저희로서도."

"면장의 개인적인 의견 하나만으로 기획이 중지되다니, 그래도 되는 건가요?"

다로는 부조리를 느끼고 그렇게 말했지만, 야나이는 "죄송합니다"라는 사과만 거듭할 뿐이었다. 야나이의 입장에서는 어떻게 해볼 수 없는 모양이었다.

"감독이나 배우분들에게도 타진하지 않으셨나요?"

다로가 그렇게 말했다.

"그쪽은 아직 정식으로 발주를 안 했으니까."

곤도가 그렇게 말했다. "다로 씨가 각본을 다 썼으니 야나이가 어떻게든 원고료를 지불하려고 열심히 노력해줬는데, 재정이 힘들다고 절대 안 된다고 했다는군. 미안하네."

곤도가 고개를 숙이자 다로는 멍해져서 말문이 막혔다.

"정말 죄송해요."

아야는 카운터 옆자리에 앉은 채 두 손을 무릎 위에 올리고 고개를 살짝 숙였다.

세모의 카운터다.

평일, 그것도 아직 이른 시간이라 가게 안에 다른 손님은 없었다.

티셔츠에 날씬한 청바지를 입고 윤기가 흐르는 아름다운 머리카락을 뒤로 묶은 아야는 심플한 귀걸이로만 장식한 차림새였다.

──만약에 일정이 없으시면 세모에서 뭐라도 드시지 않겠어요?

아야가 그런 메일을 보낸 것은 셋이서 사과하러 왔던 다음 날이었다.

사과할 생각이리라 건 이미 짐작하고 있었다.

──일정은 언제든 괜찮습니다.

그렇게 답장을 보내자 "그럼 오늘 거기서 보죠"라고 해서 가게에서 만나기로 한 것이다.

"공짜로 부려 먹힌 건 아쉽긴 하지만, 그렇게 따지면 다치키 씨도 마찬가지잖아요."

다로가 그렇게 말했다. "보수가 나온 것도 아니죠?"

"뭐, 그야 그렇지만요. 저는 제가 좋아서 도왔던 거니까요."

"말씀은 그렇게 하셔도 들인 시간과 수고가 물거품이 된 건 마찬가지잖아요. 서로 아쉽게 되었다는 걸로 결론을 내리시죠."

맥주잔을 슬쩍 들어 올렸다.

아야는 다시 그렇게 사과하고 나서 맥주잔을 들어 올리고는.

"그건 그렇고. 아, 진짜 짜증나네, 그 면장."

카운터 안쪽을 노려보았다. "곤도 씨를 따라 하는 건 아니지만, 괴롭히는 것으로만 보이는데. 겐사쿠 씨 말이 맞았지."

"겐사쿠 씨요?"

다로는 무심코 되물었다. "그게 무슨 말씀이시죠?"

"그 소방 대회가 끝나고 난 뒤에요. 겐사쿠 씨하고 길에서 우연히 만나서 이야기를 나눴었는데, '노부오카 그 녀석, 분명히 뭔가 복수할 거야'라고 하셨거든요. 예전부터 끈질긴 남자라면서 그런 말씀을 하셨죠."

그 소방 대회 때 다로네 팀의 소형 펌프 시범 때문에 노부오카를 비롯한 내빈들이 물에 젖었다. 악의가 없었다고는 해도 노부오카의 체면을 망친 건 사실이다.

"그 복수가 이번 일인가요?"

다로는 탄식했다. "왠지 쪼잔하네."

"동감이에요."

아야도 살짝 한숨을 쉬었다.

"그리고 겐사쿠 씨네 집이 방화로 불탔고……."

다로가 문득 중얼거렸다. 머릿속에 떠오른 것을 자연스럽게 소리 내어 말했다고 하는 게 더 정확할 것이다.

"아, 아뇨──. 딱히 면장이 불을 질렀다고 생각하는 건 아니니까요."

아야가 진지한 눈빛으로 다로를 보고 있다는 걸 눈치채고

급하게 변명한 다로에게 돌아온 것은,

"방화라고요."

그런 말이었다.

"네. 아무래도 그런 것 같네요."

"어떻게 아셨죠?"

보아하니 아야는 겐사쿠 씨네 집의 방범 카메라에 대해 모르는 것 같았다.

"방범 카메라……."

아야는 놀란 듯이 눈을 크게 뜨고는 "범인은 알아낸 건가요?"라고 물었다.

"아뇨. 그리고 그 카메라에 찍힌 사람이 범인인지 여부도 아직 모르니까요."

"어떤 사람이 찍혔나요?"

"덩치가 꽤 큰 남자였던 모양인데요."

미야하라가 의심을 샀다는 이야기는 하지 않았다. 아니, 하고 싶지 않았다.

"그렇군요."

"그런데 저는 겐사쿠 씨가 뭔가 알고 계실 것 같거든요."

상대가 아야라서 그런지, 다로는 계속 품고 있던 의문을 말했다. "죽은 히로노부 씨에 대해 밝혀지지 않은 사정 같은 건지도 모르겠네요. 그리고 약간 이상한 일이 있었는데──."

다로는 얼마 전에 나카야마다와 함께 목격했던 하얀 사람 같은 모습에 대한 이야기를 꺼냈다.

"하얀 사람 같은 모습요……? 유령을 보셨다는 뜻인가요?"

아야는 아름다운 눈을 살짝 크게 뜨고는 물었다.

"모르겠어요. 하지만 뭔가가 있었다는 것만은 사실이에요. 그때, 저희는 산에서 길을 헤매고 있었고, 우연히 겐사쿠 씨와 만나서 도움을 받았거든요. 겐사쿠 씨는 그 사실을 다른 사람에게 말하지 말라고 했지만요."

"미마 씨, 제게는 이야기하셨는데 괜찮으시겠어요?"

걱정해주는 아야에게,

"여기서만 하는 이야기라고 생각하고 들어주세요."

다로는 그렇게 말했다. 아야는 특별하다는 마음이 있었기 때문이다.

"겐사쿠 씨가 어째서 그런 밀을 한 건지, 저는 잘 모르겠어요. 어떻게 생각하시나요?"

"겐사쿠 씨는 임업에 종사하고 계시죠. 그렇다면 그 산에는 항상 드나드셨을 테고, 그 하얀 사람 같은 모습에 대해서도 알고 계시지 않았을까요?"

그럴 가능성이 있긴 하다.

"다른 사람에게 말하지 않고 숨기라는 이유는요?"

"그건 모르겠네요."

아야는 포기한 듯이 고개를 저었다. 그때였다.

"혹시 그거, 거북이 웅덩이에서 올라가면 나오는 산 말인가?"

뜻밖에도 그렇게 물어본 사람은 마스터인 다케 씨였다. 카운터 안쪽에서 다로와 아야의 이야기를 들은 모양이었다.

"미안. 무심코 들어버려서."

다케 씨는 사과한 다음, "그 근처에 묘한 녀석들이 어슬렁거린다는 이야기는 예전부터 있었지"라고 뜻밖의 사실을 말했다.

"묘하다니, 어떤 녀석들인가요?"

다로가 묻자 다케 씨가 이렇게 말했다. "그건 모르겠네. 그런데, 잘 모르는 녀석이 겐사쿠 씨에게 산을 팔아달라고 했던 모양이야. 거절한 것 같지만."

"태양광 발전 업자가 아니고요?"

다로는 무심코 그렇게 물었다.

"아닌 것 같더라고. 그런데, 겐사쿠가 그런 말을 했던 게 2, 3년 전이거든."

"2, 3년 전……."

더더욱 알 수가 없어졌다.

"다케 씨, 그 이야기는 대체 어디서 들으셨나요?"

"어디냐니, 겐사쿠 씨에게 들었지. 거기 앉아서 그런 이야기를 했으니까. 그런 산을 사서 무슨 짓을 할 셈일까 하고 고개를 갸웃거리던데."

"고속도로가 지나갈 예정이라던가, 그런 이야기는 없었나
요?"

아야가 물었다. "만약에 그런 계획이 있다면 공사 예정지를
사들이는 것도 '괜찮은 방법'이 될 수 있겠죠. 다시 말해서 거
기가 공사 예정지라는 걸 아는 사람이나 그 사람의 관계자가
사려 했다는 건데요."

"정치가와 연관이 있는 사람이라는 건가요?"

무심코 그렇게 물어본 다로의 머릿속에 떠오른 것은 노부
오카의 얼굴이었다.

"지금까지 그런 이야기는 없어. 거기는 산속이니까."

다케 씨는 그렇게 말한 다음, "그런 곳에 도로를 만들어봤자
아무도 안 갈 테니까. 주위에는 산밖에 없다고"라고 덧붙였다.

업자가 다로에게 팔아달라고 한 산은 바로 옆. 말 그대로
이어져 있다.

"산을 팔아달라는 이야기를 듣고 처음 그곳을 보았는데요,
묘한 느낌이 들었어요."

"묘한 느낌이라뇨?"

아야가 다로의 눈을 들여다보았다.

"위화감이라고 해야 하려나요."

답답하고 종잡을 수 없는 느낌의 정체를 알아내려 했지만,

나온 것은 그런 말이었다. "이런 곳에 왜 태양광 패널을 설치하려는 생각이냐는 의문이죠. 주위에는 거의 다 산이거든요. 좀 더 햇빛이 잘 드는 곳이 있을 텐데."

"하지만 그건 부자연스럽지 않을지도 몰라요."

아야가 반론을 제기했다. "태양광 발전에 이용하는 토지는 이제부터 점점 사람들이 사는 곳과는 거리가 멀어질 것 같거든요. 경관의 문제 같은 게 이것저것 생기니까요."

"그래도 그런 산속에 만들려나."

다로는 가슴 속을 스쳐간 의문에 대해 말했다. "발전한 전기는 근처의 발전소 같은 곳으로 보내는 거죠? 그렇다면 그러는데 필요한 전선만 따져도 가격이 꽤 나갈 것 같은데요."

"아마 그 근처에 땅을 가지고 계신 분들에게도 그런 제안을 하지 않았을까요? 규모가 커지면 비용도 분산시킬 수 있으니까요."

자랑은 아니지만 작가라는 직업 특성상, 사업에 대해 잘 알지는 못한다. 그런 이야기를 들으니 '그런가?'라는 생각이 들어버린다. 그런 점에서 장사 재주는 아야가 더 뛰어날 게 분명하다.

"그런데, 또 방화 사건이 시작되는 거야? 다로 씨는 어떻게 생각하나? 미스터리 작가지 않은가."

"아무리 미스터리 작가라고 해도 모르죠."

다로는 그렇게 말하면서도 머릿속을 정리해보았다.

방화가 네 건, 시체가 한 구——.

하지만 방화범이 동일 인물인지 여부는 알 수가 없다. 히로노부가 왜 죽었는지도.

그리고 네 번째 사건에는 기어코 수상쩍은 사람이 등장했다.

"경찰에서는 정보를 알려주지 않던가요?"

아야가 물었다.

"아무것도요."

다로는 고개를 저었다. 잘해봐야 본관 씨가 누설한 방범 카메라 이야기 정도밖에 없는데, 그건 정식으로 제공한 정보가 아니다.

"그렇군요……."

천장을 올려다본 아야가 살짝 한숨을 쉬었다.

화제가 끊겼을 때 타이밍 좋게 여주인이 계창을 가져다주었다. 그날 밑반찬은 문어와 오이 절임이었고, 은어 소금구이와 냉두부, 그리고 장어 계란찜을 주문했다. 은어와 장어는 자연산이었고, 척 보기에도 여름 같은 느낌이다.

잠시 후, 술이 맥주에서 소주로 바뀌었다.

기분 좋게 알코올이 스며들자 분위기가 달아올랐고, 어느새 화제가 자연스럽게 두 사람의 공통점인 도쿄 이야기로 넘어갔다.

"저, 드라마 현장에서 한 번 일한 적이 있어요."

은어 소금구이를 다 먹었을 때쯤, 아야가 그렇게 말했다.

"무슨 드라마였나요?"

"'어제의 내일'이라는 드라마였는데요."

들어본 적이 있다.

"심야에 하던 프로그램인가요?"

"아, 맞아요. 다케미야 히로유키가 주연을 맡았고, 히로인은 도키타 리요였죠. TV 간토에서 수요일 밤 11시 15분부터 방송했고요."

아마 다음 날 일어날 일을 예지할 수 있는 정신과 의사 이야기였을 것이다. 하지만 예지 능력을 사용하면 다음 날에는 어제 있었던 일——, 다시 말해 예지한 날에 있었던 일을 잊어버리게 된다.

"'내일 우리는 맺어질 거야. 하지만 어째서 맺어지게 되는지, 나는 모르지——'."

아야가 그렇게 말했다. 드라마의 광고 문구다. 뭐, 나쁘지 않다. 왠지 들어본 기억이 있는 것 같기도 했다.

"AD같은 걸 맡으셨나요?"

드라마의 촬영 현장이나 업계에 대해서는 잘 알지 못하지만, 그럴싸한 질문을 던져보았다.

"맞아요. 아침부터 밤까지라고 해야 하나, 그대로 밤을 지나서 아침까지 일하던 현장이었지만 즐거웠죠. 또 해보고 싶네요."

할 수 있을 거예요, 분명히——, 다로는 그렇게 말할 수 없었다. 그리 간단한 일이 아닐 거라 생각했기 때문이다.

"결국, 저는 현장에서 도망쳐버렸어요."

어째서, 다로는 그 질문을 꾹 참았다. 물어봐선 안 된다. 그런 생각이 들었기 때문이다. 아야는 계속 말했다.

"하지만 요즘은 자주 생각하곤 해요. 거기에 있었다면 언젠가는 드라마 감독이 될 수 있었을까 하고요."

잔을 바라보는 아야의 옆얼굴에는 포기하지 못하고 남은 희망의 희미한 등불이 일렁이고 있는 것처럼 보였다. 당장에라도 꺼져버릴 것 같은 등불이.

그때, 다로는 알아차렸다.

마을 살리기용 드라마는 아야에게 있어서 다시 불꽃을 불태울 수 있게 되는 희미한 희망이 아니었을까. 하지만 뻗은 손가락 끝이 살짝 스친 순간, 그것이 갑자기 사라져버린 것이다.

단 한 명의 전제군주 때문에.

"이런저런 이야기를 나눌 수 있어서 즐거웠네요."

가게 앞에서 마스터가 운전하는 밴이 올 때까지 기다리며 다로가 아야에게 말했다. "가능하면 또 식사를 하시죠. 둘이서 뭔가 재미있는 일을 할 수 있을 것 같기도 하고요."

"꼭 그렇게 해요."

대답한 아야의 눈에 밝은 기운이 깃든 것을 바라본 다로는 다가온 다케 씨의 밴을 탔다.

"먼저 아야네 집에 들를 건데, 다로도 괜찮지?"

"물론이죠. 부탁드릴게요."

다로의 집 반대쪽을 향해 밴이 달리기 시작했다.

상점가를 지난 뒤, 수풀 사이로 난 길을 빠져나가 차밭이 펼쳐진 마을로 접어들었다. 지름길인지, 다로가 모르는 길이었다.

아, 다로가 그렇게 작은 목소리를 낸 것은 뜻밖에도 겐사쿠의 집이 눈앞에 나타났기 때문이다.

타버린 작업장은 거기에만 먹칠을 한 것처럼 까맣게 어둠 속에 잠겨 있었다.

그 옆에는 불이 옮겨 붙는 것을 피한 안채가 있었지만, 그곳의 조명은 꺼져 있었다.

거기에서 몇 분 정도 더 간 도로에서,

"아, 저는 여기서 내려주세요."

아야가 다케 씨에게 말을 걸었다. "감사합니다. ──미마 씨, 또 봬요."

"또 뵙죠."

아야는 다로를 태운 밴이 다시 출발할 때까지 거기에 서서 배웅해주었다.

뒤쪽을 돌아본 다로가 본 것은 어두운 밤길을 걸어가기 시작한 아야의 뒷모습이었다. 하지만 그것도 밴이 숲으로 들어가자 보이지 않게 되었고, 다로의 가슴 속에 말로 표현하기 힘든 씁쓸함을 남겼다.

"편히 쉬세요."

길가에 내려달라고 한 다음, 멀어져가는 밴을 바라보던 다로는 벚꽃 저택으로 올라가는 언덕길을 천천히 걸어갔다.

현관으로 가보니 거기에 명함 한 장이 꽂혀 있는 게 보였다.

태양광 발전 영업 사원, 마나베의 명함이었다. "다시 찾아뵙겠습니다"라는 한마디가 적혀 있었다.

부엌에서 물을 한 잔 마신 다음, 알코올 때문에 무거워진 발걸음으로 작업실로 올라가 컴퓨터를 켜보니 소에이샤의 나카야마다가 보낸 메일이 와 있었다.

"저번에는 신세를 많이 졌습니다"라는 말로 시작된 메일을 읽은 다로는 곧바로 그것이 평범한 메일이 아니라는 사실을 감지하고 의자에서 몸을 일으켰다.

──오늘, 회의를 하다가 도쿄 아트 무비의 디렉터, 마쓰바라 씨와 이야기를 나눌 기회가 있었습니다. 마쓰바라 씨는 예

전에 함께 회식을 한 적이 있으니 기억하고 계시겠지요?

저번에 야오로즈면으로 놀러갔을 때 있었던 일들을 이것저것 이야기하다가 다치키 아야 씨 이야기를 했더니 마쓰바라 씨로부터 놀라운 정보를 얻었기에 급하게 알려드립니다. 다치키 씨는 예전에 도쿄 아트 무비에 근무하신 적이 있습니다만, 건강 악화를 이유로 갑작스럽게 퇴사하셨다고 합니다. 하지만 다치키 씨와 친하게 지냈던 친구의 이야기에 따르면 그녀는 신흥 종교에 들어갔고, 그것이 퇴사의 이유가 아닐까 하는 의문이 든다고 합니다.

"신흥 종교……."

아야의 이미지와는 잘 맞지 않았기에 다로는 입속으로 그렇게 중얼거렸다.

──놀랍게도 그 종교 단체는 '오르비스 테라에 기사단'입니다.

"어?"

다로는 살짝 놀라고 말았다. 아무도 없는 방에서.

오르비스 테라에 기사단은 고사이 미치하루를 신의 대리자로 숭배하는 종교 단체였다. 그 신흥 종교가 유명해진 것은 신자를 감금하고, 탈퇴하려 했던 신자 열두 명을 고문해서 끔찍하게 살해했다는 사건이 발생했기 때문이다.

일본의 범죄사에 남을 정도로 지독한 사건의 주모자로 고사이를 비롯한 교단의 간부 다섯 명이 체포되었고, 사형이 구형되었다. 재판은 현재 진행 중이지만, 교단은 이름을 바꾸고 남은 신자들을 통해 지금도 존속하고 있을 것이다.

──마쓰바라 씨가 들은 소문에 따르면──, 어디까지나 소문이긴 합니다만, 다치키 아야 씨는 체포된 교단의 홍보 담당, 스기모리 노보루 밑에서 교단의 홍보 영상을 제작했다고 합니다. 그 비디오를 인터넷에서 발견했기에 첨부합니다.

"설마──."

다로는 경악하며 첨부된 동영상을 보았다. 그 영상에서는 교단을 세상의 불행을 모두 치유하는 유토피아로 칭송했고, 누구든, 언제든, 믿기만 하면 구원을 받을 거라 말하고 있었다. 무시무시한 사건과는 달리 동영상에서 설명하는 것은 싸움도 슬픔도 없고, 기존의 가치관을 초월한 곳에 있는 세계관이었다.

5분 정도의 동영상을 마지막까지 본 다로는 넋이 나간 채의자에 앉아 움직일 수가 없었다.

──그녀는 위험합니다, 미마 씨. 부디 접근하지 마시길. 충분히 주의해주십시오.

나카야마다가 보낸 메일은 그렇게 마무리를 지었다.

열어둔 창문으로 메마른 여름 바람이 불어와 커튼을 흔들고 있었다.

멀리서 천둥소리가 들렸고, 밤하늘 밑바닥에 불길한 빛이 날아들었다.

6장

여름의 친구

1

"다로, 반딧불 보러 갈래?"

간스케가 그렇게 제안한 것은 칠석이 지났을 무렵이었다.

나카야마다가 다치키 아야의 '정체'에 대해 알리는 메일을 보낸 지 며칠 뒤였고, 다로도 우울한 기분을 감당하지 못하고 있던 토요일 저녁이었다.

"시모다강에 반딧불이 나오기 시작했다더군."

간스케도 휴일이라 시간을 주체하지 못하고 있었던 모양이었다. "반딧불을 구경하고 나서 세모에서 한잔할까?"

바라던 바였다.

시모다강은 하야부사 지구에 흐르는 강이고 폭이 3미터도 안 될 정도지만, 예전에는 잉어나 붕어, 거북이가 헤엄치며 풍요로운 자연을 자랑했던 강이었다고 한다. 그런데 지금으로부터 수십 년 진에 호안 공사가 진행되었고, 아이들의 놀이터이기도 했던 그 강은 콘크리트로 둘러싸인 농업용 용수로로 탈바꿈했다.

"예전에는 이 근처에 거북이 같은 것들도 있었는데."

간스케는 밭두렁길을 걸어가며 정겨운 듯이 그렇게 말했다. "호안 공사 같은 건 그냥 자연 파괴지. 정말, 이 근처는 괜찮은 낚시터였는데 말이야."

낚시를 좋아하는 간스케는 투덜대면서 주운 막대기로 근처의 수풀을 찔러대며 걸어가고 있었다.

좀 전까지 붉게 타오르던 하늘은 남색으로 물들었고, 서쪽 산자락만이 저녁놀의 파편을 희미하게 남기고 있을 뿐이었다.

다로 일행이 걸어가던 밭두렁길 주위는 전부 평평했고 단차도 없었다. 무라사키노 마을에서 내려온 곳부터 시작해서 중심지인 나카사토, 그리고 그 건너편까지 논이 펼쳐진 풍경이었다.

다로 일행이 있던 곳에서 축제가 열리는 시라히게 신사의 울창한 숲과 그 앞에 있는 소방단 대기소가 멀리 희미하고 작게 보였다.

해발 500미터 정도의 고원에 이렇게 넓은 논이 존재하는 것도 새삼 생각해보니 신기했다.

"여기는 고대 평원이었대."

간스케가 재미있는 이야기를 하기 시작했다

"고대 평원?"

"그래. 대충 기억나는 건데, 융기──, 뭐라고 했더라? 무슨 평원이라는 희귀한 지형인 모양이야."

그때는 흘려들었지만, 나중에 조사해보니 '융기 준평원'이라는 지형인 것 같았다.

침식되어 평평해진 땅이 지각 변동으로 인해 융기한 지형으로, 이와테현의 호쿠조 산지 등에서도 찾아볼 수 있는 비교적 희귀한 지형이다.

평평한 토지가 융기 ──, 다시 말해 해발 500미터 정도까지 솟아오른 것이니 반대로 말하자면 그 지역 끄트머리는 깎아지른 절벽이 된다.

그렇게 깎아지른 절벽 부분이 히로노부의 시체가 발견된 제일 폭포 아닐까. 다로가 멋대로 추측한 것이었지만, 완전히 틀린 추측은 아닐 것 같다는 생각이 들었다.

"오오, 있네, 있어."

간스케가 멈춰서서 손가락으로 가리킨 쪽을 보니 얕게 깔린 남색 어둠 속에 희미하게 깜빡이는 반딧불 빛이 보였다.

밭이 끊기고 콘크리트로 둘러싸인 농업용 용수로에서 자연의 강으로 바뀌는 곳 근처 물가였다.

반딧불이 있는 걸 보니 이 호안 공사로 인한 자연 파괴도 어느 정도 마무리가 된 걸까.

졸졸 흐르는 물소리를 들으며 눈이 어둠에 익숙해지자 이곳저곳에서 반딧불 빛을 볼 수가 있었다. 깜짝 놀랄 정도로 멋진 광경이었다.

"멋지네, 여기."

"그렇지?"

간스케가 으스댔다.

반딧불이 하늘을 날아가자 선명한 녹색 빛이 꼬리를 끌 듯이 시야를 가로질렀고, 어둠 속으로 녹아들었다. 그것이 잔뜩, 또 잔뜩 날아다니기 시작했다. 그야말로 환상적이었다.

손을 뻗으면 닿을 것 같은 빛, 당장에라도 꺼져버릴 것 같으면서도 꺼지지 않는 그 빛은 마치 무언가에 휘둘리면서도 필사적으로 살아가려 하는 생명의 숨결 같기도 했다.

"발치 조심하라고, 다로."

다로 일행은 신발이 파묻힐 정도로 자라난 수풀 가장자리에 서 있었다. 간스케가 그렇게 말했기에 살펴보니 물가에 자라난 참억새 안에 반딧불이 숨어서 희미한 빛을 뿜어내고 있었다.

"여기에도 있네."

발치 쪽 풀잎에 손을 뻗으려던 다로에게 간스케가 "잘 봐야지"라며 주의를 주었다. "깜빡이는 건 반딧불. 깜빡이지 않고 계속 빛나는 게 있으면 그건 살무사 눈이야."

다로는 뻗으려던 손을 자기도 모르게 거두었다.

"살아가는데 필요한 노하우구나, 그거."

"이 근처 사람들은 다들 안다니까. 여름방학이 되기 전에 마을 회관에 모여서 여름방학을 보내는 법 같은 걸 선생님이 설명하는데 말이야, 주의사항에 항상 들어가 있었거든."

"그렇구나. 대단하네."

도시에서는 상상도 할 수 없는 이야기다.

"예전에는 살무사를 잡아서 면사무소에 갖다주면 돈을 받을 수 있었는데, 요즘은 안 그런 모양이야. 용돈벌이로 괜찮았는데 말이지."

하야부사 지구에서는 농사를 짓기 위해 밭이나 산에 들어가는 사람도 많을 테니 그럴 수도 있을 것 같다.

"만약에 살무사를 발견하면 어떻게 할 거야?"

"먹는 사람도 있지."

"뭐?"

다로는 어둠 속에서 간스케의 표정을 살펴보았다. "먹는다고? 살무사를?"

"꼬치구이로 먹거나, 소주에 담가서 뱀술을 만들기도 한다고."

반시뱀을 술에 담그는 건 오키나와에서 본 적이 있지만, 여기에서도 그럴 줄은 몰랐다. 게다가 살무사 꼬치구이라니, 상상도 안 된다.

"그게 꽤 맛있어서 말이야."

간스케가 씨익 웃었다.

"먹어봤어?"

"저번에도 이쿠오 씨가 먹으러 오라고 해서 가봤는데, 맛있었지."

"믿기질 않네."

"다음에 다로도 부를게."

"나는 사양할래."

반딧불도, 살무사도, 슈퍼 내추럴도, 일상생활의 일부로 받아들이고 공생하는 것이 하야부사에서의 생활이겠지만, 그런 것도 한도가 있다.

한 시간 정도 반딧불을 바라보고 있었을까.

다로는 카메라를 가져와서 어떻게든 사진을 찍으려 했지만, 쉽지 않았다. 사람의 눈에는 밝게 보이더라도 광원으로 따지면 약하다. 감도를 높여서 장시간 노출로 촬영하면 어떻게든 되긴 하겠지만, 귀찮다고 삼각대를 두고 온 것이 문제였다.

"이렇게 예쁜데 사진을 찍지 못하다니."

결국 포기하고 카메라를 내려놓은 뒤에 분하다는 듯이 그렇게 말한 다로에게,

"이런 건 기억에 담아두는 게 제일이야."

간스케는 그답지 않은 말을 하고 나서 있던 실을 돌아가기 시작했다.

서쪽 산을 물들이고 있던 저녁놀은 예전에 사라졌고, 어느새 밤의 장막이 깔려 있었다. 하늘에는 별들이 가득 떠 있었고, 아득히 멀리 하늘에서 번개가 소리 없이 희미하게 치고 있었다.

"하늘이 반짝였네. 이쪽으로 오려나."

다로가 묻자 간스케는 걸어가면서 냄새를 맡았다.

"글쎄."

물소리와 함께 그 소리가 어렴풋이 들렸다. "예전에는 날마다 번개가 치고 그랬는데. 요즘은 정말로 많이 줄어들었어, 이상 기후지."

길가에 세워두었던 경트럭을 탄 다음, 양쪽에 밭이 펼쳐져 있고 일직선으로 정비된 용수로 옆 농로를 달리기 시작했다. 라디오에서 주니치 대 요미우리 시합을 중계해주고 있었다. 4회 말, 3대 1로 주니치가 앞서가고 있었다. 열어둔 창문에 팔꿈치를 대고 라디오를 들으며 헤드라이트 쪽으로 날아드는 날벌레를 멍하니 바라보고 있자니 농로가 끊기고 다로도 잘 알고 있는 도로로 들어섰다.

"아. 얼른 맥주를 먹고 싶은데."

간스케가 혼잣말을 한 것과 동시에 경트럭의 엔진이 크게 울렸고, 속도가 올라갔다. 농가의 포르쉐라는 스바루의 경트력이었다.

한쪽에는 드문드문 보이는 민가, 다른 한쪽에는 밭을 보면서 일직선으로 이어진 길을 따라 간 다음, 시라히게 신사 앞에서 왼쪽으로 꺾었다. 상점가를 지나 익숙한 간판을 내걸고 있는 가게의 주차장에 도착한 것은 그로부터 얼마 지나지 않아서였다.

"북적대는데."

간스케가 경트럭에서 내리며 그렇게 말했다.

'선술집 △'의 주차장은 거의 가득 차 있었다.

"간스케 씨, 어서 와요. 다로 씨도."

맞이해준 여주인은 안내해줄 수 있는 자리를 찾기 위해 가게 안을 둘러보았다.

항상 앉던 카운터는 이미 가득 차 있었다.

"오, 간스케. 다로도 왔나?"

바로 그런 목소리가 들렸기에 그쪽을 보니 왠지 모르겠지만 분단장인 미야하라가 있었다. 보아하니 부분단장인 모리노, 그리고 마을 살리기 프로젝트의 곤도와 야나이도 함께 있었다.

아야도 있는 게 아닐까, 그렇게 생각한 다로는 긴장했지만, 보아하니 그 테이블에는 네 명뿐인 것 같았다.

"이쪽으로 와, 이쪽으로."

미야하라가 옆 테이블을 손가락으로 가리켰다.

"미야, 니쿠오 씨 옆자리? 마음에 안 드는데."

간스케가 불평하자,

"뭐야, 간스케. 분단장님 옆자리인데. 명예로운 거 아니냐?"

"네에, 네에."

간스케는 투덜거리며 테이블에 앉았고, 다로도 그 맞은편에 앉았다.

"반딧불 보고 왔는데."

"오, 반딧불 말이야? 멋을 아네. 고생했다."

뭘 고생했다는 건지 모르겠지만, 미야하라가 그렇게 말했고, 그는 잔에 담긴 소주를 단숨에 다 마시고는 "크아아" 탄성을 지르며 잔을 테이블에 내려놓았다. 그 옆얼굴이 약간 굳어 있었고, 다로는 미야하라네 테이블에 범상치 않은 분위기가 감돌고 있다는 걸 눈치챘다.

"방금 시게하루에게 들었는데 말이야. 다로, 마을 살리기용 기획이 중지되었다면서? 면사무소도 안 되겠네."

아무래도 마을 살리기용 드라마 기획이 중지되었다는 이야기가 화제로 나왔던 모양이다. 분노의 불꽃이 일렁이는 눈빛이 자신에게 날아들자 다로는 약간 당황했다.

"모리노, 네가 제대로 안 하니까 이렇게 되어버린 거 아냐. 왜 그 망할 면장이 시키는 대로만 하는 건데."

"아니, 나한테 그래봤자 나는 토목과라고요."

모리노는 진지한 표정으로 술을 마시고 있었다. 하이볼인가.

"그럼 시게하루. 네가 제대로 안 따지니까 그랬겠지. 뭐하는 거야?"

"어쩔 수 없지. 면장이 그랬다는데. 안 그래? 모리노."

"면장이라고 해야 하나, 관광과에서 하던 일이니까. 나는 토목과고."

모리노는 완전히 피하기만 하고 있었다. 이렇게 작은 마을 면사무소에서도 행정 처리는 마찬가지인 모양이었다.

은어 소금구이가 나왔다.

등에 기름기가 없는 자연산이었고, 마스터인 다케 씨가 낚아오는 은어다. 뜨거울 때 머리부터 먹는 게 제일 맛있다.

"엉망진창이잖아, 정말."

미야하라가 소리쳤다. "그렇게 말도 안 되는 이야기를 왜 곧이곧대로 듣는 건데?"

"제 잘못입니다."

몸을 움츠리고 있던 야나이가 고개를 떨구었다. "죄송합니다, 미야하라 씨."

"내가 아니라 다로에게 사과해야지. 너희들 때문에 공짜로 부려 먹힌 거 아니야."

"아뇨, 저는 이제——."

다로는 급하게 손을 저었지만, 그럼에도 불구하고,

"죄송합니다, 다로 씨."

야나이는 공손하게 고개를 숙였다.

그 모습을 보고 있던 간스케가,

"마을 살리기용 드라마가 중지된 거야?"

처음 들었다는 듯이 눈을 동그랗게 떴다.

"그 노부오카 놈이 참견했다는데."

미야하라가 밉살스럽다는 듯이 그렇게 말했다. "예전부터 그런 놈이었지. 정말 안 되겠어."

"혹시 우리 때문인가?"

간스케가 슬쩍 물었다. 소방 대회 때 저지른 실수를 떠올린 모양이었다.

"그런 건 별것 아니잖아. 면장이 시키는 대로만 하는 면사무소도 마찬가지지."

야나이가 고개를 더 심하게 떨구었다. 야나이의 집은 어머니의 친가인 이곳 하야부사 지구에 있지만, 원래는 야오로즈 지구 출신이기에 여기서는 외부인인 것이다.

"시게하루, 너도 면장에게 대놓고 한마디 해야지. 왜 못 하는 거야."

"하려고 했는데 그러지 말라고 하더라고."

곤도는 분한 듯이 대답했다.

"누가."

"관광과 치카마쓰 말이야. 과장. 이번에는 좀 참아달라고 하더라. 미리 알랑방귀를 뀌는 거겠지."

"알랑방귀는 무슨."

화가 풀리지 않은 미야하라가 그런 말을 내뱉었다. "그럼 노부오카가 그걸 대신할 마을 살리기 아이디어를 낼 게 있다고?"

글쎄, 곤도가 그렇게 말하며 고개를 갸웃거렸다. 모리노는 들은 체 만 체하고 있었다.

"거 보라고. 없잖아."

기세등등한 미야하라가 그렇게 말하자 "있다네요"라고 꺼질 듯한 목소리로 말한 사람은 야나이였다.

"뭐라고?"

마야하라와 함께 곤도까지 눈을 크게 뜨고 야나이를 보았다. 모리노도 마찬가지였다.

"어떤 아이디어인데?"

곤도가 급하게 물었다. "야나이, 뭔가 들은 거 있나?"

"조만간 발표할 테니 아직 말하지 말라던데요."

"까불지 말어!"

미야하라가 테이블을 주먹으로 내려치자 야나이가 몸을 벌떡 일으켰다. "우리에게 말 못 할 아이디어냐?"

"아, 아니에요. 과장님이 말하지 말라고 해서, 그게——."

"거기까지 말했으니까 얼른 말하라고."

미야하라가 재촉하자 야나이는 포기하고는 이야기를 이어
나갔다.

"저도 자세한 이야기는 못 들었는데요, 야오로즈의 미확인
동물을 세상에 어필하는 기획이라더라고요."

"미확인 동물?"

모리노가 고개를 들었다. "그게 뭔데."

"쓰치노코요."

"뭐어?"

미야하라도 그렇게 되묻기만 할 뿐, 말문이 막혔다.

"쓰치노코면, 그 쓰치노코?"

그렇게 물어본 사람은 곤도였다. "그걸 어쩌겠다고?"

"야오로즈에서 쓰치노코를 찾는 '쓰치노코 어드벤처'라는
기획을 실시한다네요. 나고야의 TV 방송국에서도 취재해달
라고 하고요."

"저기, 잠깐 실례하겠습니다."

다로는 자기도 모르게 끼어들었다. "야오로즈에 쓰치노코
가 있나요?"

"옆 동네, 시라야마면에는 목격자가 있다는 이야기를 들은
적이 있는데."

간스케가 말했다. "야오로즈에서는 모르겠지만."

"마루오 쪽 사람이 작년에 그럴싸한 걸 봤다는 이야기가 있었습니다."

모리노가 엄숙한 표정으로 그렇게 말했다.

"토목과가 어떻게 그런 걸 아는 거야."

미야하라가 의심하며 묻자 "어디에 문의해야 될지 몰라서 토목과로 전화를 걸었더라고요"라는 설명이 추가되었다. "근처에 공원도 있으니까 어떻게든 해달라고 해서요."

공원은 토목과의 관할인 모양이었다.

"그 이야기가 면장 귀에 들어간 모양이라서요. 그래서 쓰치노코를 찾는 여름방학 이벤트를 하게 된 겁니다."

야나이가 그렇게 말했다. 마루오라는 건 야오로즈에 있는 마을 이름인 것 같지만, 위치는 잘 모르겠다.

"참고로 거기에는 자라도 있지."

물가라면 뭐든지 알고 있는 간스케가 그렇게 말했지만, 그건 지금 상관이 없다.

"자라를 먹은 살무사를 잘못 본 거 아닌가? 그거."

미야하라가 조잡한 추리를 말했다. 아무리 살무사라도 자라를 먹진 않을 것이다.

"찾을 거면 오봉 전에 촬영하게 해달라고 TV 방송국에서 연락이 온 모양이에요."

"찾아내면 빅 뉴스겠지."

농담처럼 말한 간스케를 보고 미야하라가 화를 냈다.

"그런 게 있을 리가 없잖아!"

2

"우리까지 이런 데 동원되어야 하는 거야?"

쇼고가 말투에 불만을 드러내며 장갑을 낀 손을 허리춤에 가져다 대고 한숨을 쉬었다.

"진짜."

요타도 발끈한 표정으로 다리를 흔들며 발치의 수풀을 장화로 이리저리 차고 있었다.

노부오카 면장이 앞장서서 기획한 쓰치노코 수색에 뜬금없이 소방단도 참가하라는 명령이 내려온 것은 얼마 전이었다.

"뭐든지 소방단에게 부탁하면 된다고 생각하는 모양이네."

간스케도 그렇게 말하며 긴 막대기로 아무렇게나 잡초를 찔러대고 있었다.

수색 장소로 선정된 '마루오'라는 곳은 야오로즈 지구 외곽에 있는 마을이고, 지금은 많은 소방단원들이 강가의 수풀을 일제히 수색하고 있었다.

강이라고 해도 산에서 흘러 내려온 물가, 한달음에 뛰어넘을 수 있을 것 같은 개울이었다. 그 개울 양쪽으로 잡초가 무성한 수풀은 그리 넓지 않았다.

　집합은 오전 9시. 관광객으로 보이는 참가자는 얼마 없었다. 사전 홍보가 부족했는지, 애초에 기획이 시대착오적인 것인지, 어찌 됐든 이벤트가 성공했다고 하기는 힘들었다.

　"어라, 낫짱도 오셨네?"

　간스케가 말을 건 사람은 우체국장인 요시다 나쓰오였다.

　"면사무소 사람이 부탁해서 말이야. 바람잡이로 나왔지."

　작업복 상하의를 맞춰 입은 나쓰오는 물통을 대각선으로 멘 채 장갑을 낀 손에 낫을 들고 있었다.

　"방송국 사람이 왔는데."

　요타의 말을 듣고 다로가 돌아보자 근처 도로에 까만 승합차가 서 있었고, 스태프들이 내리던 참이었다.

　놀랍게도 그 사람들 중에는 아야도 있었다.

　"아야도 있네. 왜 왔지?"

　간스케가 그렇게 말했다.

　하야부사의 마을 살리기용 드라마가 노부오카의 한마디 때문에 얼마 전에 중지되었는데.

　"면장에게 달라붙은 모양이던데."

　그렇게 말한 사람은 정보통인 모리노였다.

함께 술을 마셨을 때는 면장에게 화를 내던 아야도 지금은 그런 감정을 묻어두고 스태프에게 척척 지시를 내리고 있었다.

"드라마가 중지되었는데도 뉴스 쪽 일은 제대로 하다니, 역시 아야는 대단하네."

간스케가 비꼬는 듯한 느낌도 없이 그렇게 말했다. 아야는 아마 나고야 쪽 TV 방송국과 뭔가 연줄이 있을 것이다.

그때, 아야가 주위를 둘러보았다. 다로와 눈이 마주치자 살짝 오른손을 들었다.

다로는 덩달아 오른손을 들었지만, 탐탁지 않은 것이 가슴속 어딘가에 응어리졌다는 느낌이 들었다.

각본을 다 쓴 나는 공짜로 부려 먹혔는데, 아야는 저렇게 일을 얻었다.

그건 좀 치사하지 않냐는 생각과 그런 생각을 하는 나 자신이 비굴하다는 생각이 마음속에서 대립한 것이다.

소형 카메라가 세팅되자 노부오카 면장이 손짓 발짓을 하며 이벤트에 대해 이야기하기 시작했다. 다로가 있는 곳에서도 들릴 정도로 목소리가 컸다.

"이곳 야오로즈 마을은 자연이 풍요로운 전설의 마을이고, 예전부터 쓰치노코를 보았다는 사람이 있어서 말이죠. 모두 함께 꿈을 추구하자는 생각으로 이번 기획을 생각했습니다."

"꿈은 무슨, 멍청하기는."

약간 떨어진 곳에서 그런 말을 내뱉은 사람은 미야하라였다.

"이쿠오 씨, 목소리가 너무 커. 다 들릴 거라고."

간스케가 걱정하며 그렇게 말했지만,

"상관없어. 쓰치노코 같은 것이 있을 리가 없잖아. 얼간이 같으니라고."

미야하라가 큰 소리로 말했다.

아야가 이쪽을 보았다. 억지 미소를 지으며 얼어붙은 노부오카가 돌아본 것과 TV 카메라가 다로 일행 쪽을 본 것은 동시였다.

"오. 들렸나."

"당연하지, 이쿠오 씨", 간스케가 그렇게 말하며 머리를 감싸쥐었다.

"소방단을 뭘로 보는 거야."

이번에는 작은 목소리로 말한 미야하라가 아무 일도 없었다는 듯이 자루가 긴 낫으로 근처에 있던 참억새를 베기 시작했다.

으악, 쇼고가 그렇게 비명을 지른 것은 그 직후였다.

"왜 그래!"

고개를 든 미야하라에게.

"뱀이야."

쇼고가 그렇게 말하고는 자신이 헤집고 있던 수풀 안을 바라보고 있었다.

"앗, 살무사네. 다들 물러나라고."

그곳을 들여다본 요타가 그렇게 말하고는 한 발짝 물러났다.

소동이 일어났다는 걸 눈치챈 카메라맨이 달려왔다.

"뭔가 찾으셨나요?"

물어본 사람은 아야였다.

"살무사야, 살무사. 잠깐만 기다리라고."

미야하라는 그렇게 말한 다음, 미리 준비했던 것 같은 쌀포대를 어디선가 가지고 왔다.

"잠깐 괜찮겠지?"

그는 그렇게 말하며 수풀을 들여다보았다. "정말이네. 있어. 멋진 살무사인데."

다로가 있는 곳에서도 또아리를 틀고 있는 얼룩무늬 뱀이 보였다. 살무사가 도망치려나 싶었지만, 오히려 당장에라도 덤벼들 듯이 임전 태세를 갖추고 있었다.

카메라맨이 조심조심 다가갔다.

"다른 뱀하고는 달리 살무사는 도망을 안 치니까."

미야하라가 그렇게 말하며 낫을 살무사 쪽으로 슬쩍 내밀었다.

"어떻게 하실 건가요?"

그렇게 물어본 아야는 지금, 다로 바로 옆에 서 있었다. 청바지에 티셔츠, 운동화, 그렇게 항상 그랬듯이 캐주얼한 차림이었고, 머리카락을 뒤로 묶었다.

그런 아야가 다시 미야하라를 보았을 때, 미야하라의 손이 움직였고, 낫의 칼등 쪽으로 살무사의 머리 근처를 눌렀다.

순식간에 일어난 일이었다.

미야하라가 살무사의 머리를 누른 채 익숙한 손놀림으로 목 아래쪽 근처를 잡고 들어 올리자, 겁을 먹은 카메라맨이 뒷걸음질 쳤다.

사람들이 모여들었다. 씁쓸한 표정을 짓고 있던 노부오카도 왔다.

사람들 앞에서 가지고 온 포대 안에 살무사를 넣은 미야하라는 재빠르게 포대 주둥이를 닫았다.

"저기, 그 살무사는 어떻게 하실 건가요?"

아야가 질문한 것과 동시에 미야하라 앞에 마이크를 내밀었다.

"이 근처에서는 살무사를 먹으니까 말이야."

미야하라는 의기양양하게 말했다.

"먹는다고요?"

아야가 새파랗게 질려서 부스럭거리는 소리가 나고 있는 포대를 겁먹은 눈초리로 보았다.

"꼬치구이로 먹으면 맛있어. 살무사 밥을 해먹는 사람도 있고."

"살무사 밥이요?"

아야는 물어본 걸 후회하는 듯한 표정을 보였다.

"뚜껑에 구멍이 뚫린 솥에다가 쌀하고 같이 살아 있는 살무사를 넣는 거야. 구멍에는 코르크 마개를 끼우고. 그래서 팔팔 끓이다가 적당할 때 코르크 마개를 빼면 생명력이 강한 살무사가 도망치려고 고개를 내밀지. 그 머리를 잡고 단숨에 뽑으면 살무사 살이 쭈우욱, 밥에 떨어지는데──."

쭈우욱이라는 단어를 듣고 아야의 몸이 부들부들 떨리는 모습이 보였다.

"쓰치노코 밥이라는 것도 있을까요?"

아야가 겨우 그렇게 묻자 미야하라는 우습다는 듯이 얼굴 앞에 손을 들어 흔들었다.

"그런 게 있을 리가 없지. 있으면 꼬치구이를 해먹을 거라고."

그렇게 말하며 호탕하게 웃고 있자니 노부오카가 거의 넘어지듯 하며 경사를 내려왔다.

"적당히 좀 하지 그래, 미야하라."

미야하라에게 따졌다.

"나는 사실을 말한 것뿐인데."

"자자, 살무사 소동은 이제 끝이야. 이쪽으로 오라고, 이쪽으로."

노부오카가 나서서 아야 일행의 주의를 끈 다음, "저쪽에 실제로 쓰치노코가 목격된 곳이 있으니까요"라면서 멀어져갔다.

"거짓말하기는. 진짜."

흥, 그렇게 말한 미야하라는 잡은 살무사 포대를 근처에 던져놓고는 못 해먹겠다는 듯이 소방복 주머니에서 담배를 꺼내 둑에서 피우기 시작했다.

"바보 같기는. 나올 리가 없잖아. 안 그래? 간스케."

"그렇긴 하죠."

간스케도 그렇게 말하며 근처 돌 위에 앉아서 페트병에 든 물을 마셨다.

"다로도 쉬라고."

강이 가까워서 그런지 둥그런 바위가 많은 곳이었다. 다로도 그중 하나를 골라서 앉은 다음, 하늘을 올려다보았다.

맑은 여름 하늘이 머리 위에 한가득 펼쳐져 있었고, 날개를 펼친 솔개가 소리 없이 활공하고 있었다. 탁월한 시력으로 먹잇감으로 삼을 작은 동물을 노리고 있는 것이다. 물론 그 먹잇감에는 뱀도 포함된다. 바로 옆 산에서는 매미가 시끄러울 정도로 크게 합창하고 있었다.

"나왔다!"

그런 목소리가 들린 것은 그 직후였다. 노부오카 일행이 있는 쪽이었다.

미야하라가 급하게 담배를 끄고 일어섰다. 간스케는 이미 뛰어가고 있었다. 다로도 쫓아갔다.

솔개 입을 든 소방단원들이 허리 높이까지 자란 수풀을 둘러싼 채 솔개 입으로 풀을 치우고는 안을 들여다보고 있었다.

"이게 뭐야."

한 사람이 그렇게 말하고는 수풀에 손을 집어넣은 다음, 장갑을 낀 손으로 무언가를 들어올렸다.

"안됐네. 쓰치노코랑 비슷하게 생긴 돌이야."

주워들었던 단원이 개울가에 그 돌을 던지자 소동이 우스울 정도로 간단하게 가라앉았다.

"목격자도 이거랑 착각한 거 아닌가? 이 근처에는 동그란 돌이 많은데."

누군가가 그렇게 말하자 웃음소리가 들렸다.

소방단원들은 다들 노부오카에게 잘 보이기 위해 동원된 것이 마음에 들지 않았던 것이다.

"수색은 이제 시작되었을 뿐이잖나? 열심히 찾아보자고."

노부오카가 손뼉을 짝짝 치자,

"면장님도 같이 찾으시지요."

요타가 그렇게 말하며 면장에게 솔개 입을 내밀었다. 노부오카는 카메라를 의식해서 더블 정장에 깔끔하게 닦은 가죽 구두를 신은 채 혼자서 '대장' 행세를 하고 있었다.

"나는 이 사람들을 안내해주는 담당자야. 당신들하고는 역할이 다르다고."

"상급 국민은 좋겠네."

조금 떨어진 곳에서 등을 돌린 채 그렇게 말한 사람은 간스케였다. 쇼고와 다른 사람들이 박수를 치자 분위기가 험악해졌다.

"그게 대체 무슨 말이지?"

노부오카 면장의 눈이 뒤집혔다.

"자자, 면장님."

이때다 싶어서 끼어든 사람은 미야하라였다. "카메라 앞에서 싸우지는 말지. 꼴사나우니까. 당신도 좋은 모습을 보이고 싶으면 우리에게 명령만 내리지 말고 부탁하는 게 어때? 부탁합니다라고 말이야."

"이건 마을 살리기 활동이라고. 협력할 생각이 없는 건가? 하야부사 녀석들은."

노부오카는 그렇게 말한 다음, "답이 없는 녀석들이라니까" 하며 미끄러지면서도 둑 위로 올라갔다.

보고 있자니 노부오카에게 남자 한 명이 빠르게 다가오고 있었다.

타운 솔라의 마나베다.

어느새 온 건지, 하얀 영업용 차량이 길가에 서 있는 게 보였다.

"노부오카 면장님, 면장님——!"

마나베는 그렇게 부르면서 다가오자마자 "이번에는 정말 감사합니다"라고 허리를 크게 숙여 인사했다.

"저건 뭐야?"

그 모습을 보고 있던 간스케가 혼잣말을 하는 듯이 물었다.

"이 근처 공립 주택 터를 태양광 발전 용지로 사용하는 안이 면 의회에서 통과되어서 그래."

정보통인 모리노가 그렇게 말했다.

"지금은 공터가 된 거기 말이야? 애들이 축구를 하면서 놀고 그러던데. 거기를 없애버린다고?"

미야하라가 그렇게 말하며 둑 위에 서 있는 노부오카를 날카로운 눈빛으로 바라보았다. "대체 무슨 생각을 하는 거야? 의원들은 또 왜 반대를 안 한 건데?"

"의회는 면장파가 과반수를 차지하고 있으니까요", 모리노가 그렇게 대답했다. "태양광 발전으로 환경 보호를 추진하는 야오로즈면이라는 이미지를 노리고 있는 거지. 팔아넘긴 전력으로 면의 재정 개선에 공헌도 하고."

"금액이 얼마 되지도 않을 텐데. 애초에 면의 예산 절반은 면사무소 직원들 급료 아냐? 모리노."

"죄송합니다."

모리노가 미안하다는 듯이 고개를 숙였을 때, 노부오카가 근처에 있던 아야를 마나베에게 소개해주었다. 좀 전까지 불쾌해하던 그는 어디 갔는지, 아야만 보면 활짝 웃는다.

"아, 마나베. 소개하지. 여기는 영상 크리에이터인 다치키 아야 씨야. 미인이지. 도쿄에서 야오로즈면으로 이사 와서 대활약을 하고 계신 분이라니까."

아야는 소개를 받고 대각선으로 걸치고 있던 자그마한 파우치에서 명함을 꺼내 마나베와 교환했다. 이유가 뭔지 표정이 어색했다.

"당신네 회사에서 광고를 만들게 되면 그녀를 꼭 좀 기용해 줘."

노부오카가 친한 척을 하며 아야의 어깨에 손을 얹으려던 참에.

"아야 씨, 아야 씨."

타이밍 좋게 아야를 부르는 소리가 들렸기에, 그녀는 "실례하겠습니다" 하고 재빠르게 그곳을 떠났다.

"아야도 정말 골치 아프겠어."

처음부터 끝까지 보고 있던 간스케가 인상을 썼다.

멀어져가는 아야의 뒷모습을 빤히 바라보고 있던 마나베는 아야의 명함을 매우 소중하게 자신의 명함 케이스에 집어

넣었다.

"저 양반, 아야에게 영업하러 가겠네, 아마", 요타가 그렇게 말하며 씨익 웃었다.

"아야네 집에는 태양광 패널을 설치할 만한 땅이 없지만 말이지."

쇼고가 그렇게 말하자 다로도 그럴 것 같다고 생각했다.

다로는 아버지에게 물려받은 땅과 건물이 있지만, 아야는 친지가 없는 하야부사 지구에 홀로 이사 왔다. 팔 만한 땅이 있을 것 같지는 않았다.

"그녀는 누구에게 땅을 산 걸까."

문득 다로가 가슴 속에 떠오른 의문을 소리 내어 말하자,

"에지마 씨야."

간스케가 그렇게 말했다. "에지마 씨는 '땅부자'였으니까, 한 군데를 팔았지."

"그렇구나."

명가 출신인 에지마는 그렇게 이곳저곳 땅을 팔아서 가업의 운영 자금을 충당했을 것이다. 그중 일부는 즈이메이지에 기부했겠지만.

둑 위에서는 마나베가 작별 인사를 하고 있었다.

"면장님, 도와드리고 싶긴 합니다만, 제가 업자와 회의 일정을 잡아두어서요. 이만 실례하겠습니다."

태양광 발전 영업 사원은 그렇게 말하며 정중하게 고개를 숙이고는 세워두었던 차를 타고 이 근처에 생긴다는 새로운 태양광 발전 현장 쪽으로 사라져갔다.

3

"그래서, 쓰치노코는 찾아냈나?"

다케 씨가 묻자,

"그런 걸 찾아낼 리가 없지."

간스케가 짜증난다는 듯이 대답했다.

'선술집 △'의 카운터였다. "면장이 유명해지려고 설쳐대서 진짜 골치가 아팠다니까."

"제일 폭포에는 간란베가 있긴 하지만, 쓰치노코는 아무리 찾아봐도 없었지."

그렇게 말한 사람은 쇼고였다.

"그런데도 쓰치노코 이벤트를 하는 건가?"

어이없어하는 다로에게,

"시골 관광 개발은 대충 그런 법이야."

간스케가 그렇게 말했다. "근처 산에서 돌을 데굴데굴 굴려 와서 말이지. '이게 미야모토 무사시가 앉았던 돌입니다'라고 깃발을 세워두고 손님을 불러 모으는 것 정도로 어설픈 생각이라니까."

엉망진창인 이야기였지만, 어딘가에서 정말로 그럴 것 같다.

"결국 뉴스에 나오기는 하는 거야? 그럼 어느 정도 선전 효과도 있을지 모르겠는데."

요타가 냉정한 말투로 그렇게 말했다.

"몇 시 뉴스였지?"

간스케가 묻자,

"6시 반, 지역 방송국 뉴스라는 이야기를 들은 것 같은데. 지금 하고 있는 거 아닌가?"

쇼고가 그렇게 말했고 다케 씨가 가게의 TV를 켰다. 마침 6시 반이 되어서, 전국 뉴스에서 지역 방송국 뉴스로 전환된 참이었다.

어딘가의 축제 뉴스가 제일 먼저 보도되었고, 그다음에,

"U현 S군 야오로즈면에서 오늘, 쓰치노코를 찾는 이벤트가 진행되었습니다."

아나운서가 그렇게 말하자 요타와 쇼고가 박수를 쳤다.

그와 동시에 강가의 수풀 여기저기에 흩어져 있는 소방단원들의 모습이 TV 화면에 한가득 잡혔다.

"앗, 나네. 남자다운데."

요타가 흥분하며 손가락으로 가리켰다. 쓰치노코를 찾는

데 동원된 것은 짜증이 났지만, TV에 나오니 기쁘다, 모순되는 반응이었다.

"이쿠오 씨도 나왔네."

보아하니 살무사를 발견했을 때 찍은 영상인 것 같았다.

"쓰치노코인 줄 알았지만, 그날 잡은 것은 살무사 한 마리뿐이었습니다."

그렇게 간단한 설명을 끝으로 눈 깜짝할 새에 다음 뉴스로 넘어갔다.

"그게 다야? 진짜로?"

간스케가 소리쳤다. 모두가 멍해졌고,

"아쉽게 됐네, 고생했어."

다케 씨가 방긋 웃으며 말했다. "뭐, 세상은 그런 법이지."

"말도 안 되는데. 겨우 저거 때문에 우리가 하루 종일 부려먹히고, 이건 아니지."

간스케가 컵에 담겨 있던 술을 단숨에 마셨다.

"나도 동감이야."

요타가 그렇게 말하자 "이하동문"이라며 쇼고도 고개를 끄덕인 다음, "면장도 안 나왔네"라고 덧붙이면서 심술궂은 미소를 지었다.

"꼴좋다."

간스케가 히히히, 소리 내어 웃었다. 그때,

"다로, 그러고 보니까 저번에 산 이야기를 했었지?"

화제를 돌린 사람은 다케 씨였다. "아직 안 팔았나?"

"안 팔았는데요. 무슨 일 있나요?"

"아니, 다로네 산인지는 모르겠는데, 좀 전에 지나가다가 보니 그 근처 산이 벌채되었더라고."

"벌채⋯⋯? 그건 저희 산이 아니에요. 산도 안 팔았고, 당연히 나무도 안 팔았죠."

"그럼 이웃 산을 가지고 있는 사람이 판 건지도 모르겠네. 태양광 패널을 설치하는 거 아닌가?"

예상치 못한 이야기였다.

오전에는 '소설 레몬'에 게재할 원고를 쓰면서 보내고 나서, 헛간에 있던 코롤라를 타고 산을 보러 간 것은 오후 두 시쯤이었다.

무라사키노 마을의 외길을 남쪽으로 달린 다음, 묘지를 지나 몇백 미터 정도 간 다음에 속도를 늦추었다.

도로 옆에 있는 공간을 트럭 한 대가 점거하고 있는 게 보였다. 차에 싣는 작업 중인지, 산 쪽에는 잘라낸 나무가 세모 형태로 쌓여 있었다.

그 트럭 건너편, 도로가 약간 넓어진 곳을 발견한 다로는 코롤라를 세웠다.

운진석에서 내려 벌채 현장으로 다가가 보니 트럭 앞에 숨은 듯이 세워져 있던 경트럭과 그 옆에 어떤 남자 한 명이 서 있는 게 보였다.

미야하라였다.

팔짱을 낀 채 나무가 잘려나가는 모습을 빤히 바라보고 있던 미야하라는 다가오는 다로를 보고는 왠지 껄끄러운 듯한 표정을 지으며 "여어" 하고 인사를 했다.

"안녕하세요."

다로도 그렇게 말한 다음, 미야하라 옆에 서서 벌채 작업을 바라보았다.

"여기, 미야하라 씨네 산이었나요?"

"맞아."

미야하라는 고개를 약간 숙이며 대답했다. "팔고 싶진 않았는데, 어쩔 수 없지. 돈이 필요해서."

미야하라의 주머니 사정은 모른다. 하지만 산을 팔아봤자 얻을 수 있는 금액이 그리 크지 않다는 건 알고 있다.

"우리 어머니가 입원하셔서 말이야."

이유를 물어보긴 좀 그렇다고 생각했기에 입을 다물고 있자니 미야하라가 이야기를 꺼냈다.

그가 해준 이야기는 일본의 말기 의료에 문제가 많다고 요약할 수 있었다.

"혼자서는 밥도 못 먹게 되셔서, 의사가 수액을 맞을 거냐고 물어보더라고."

수액을 맞으면 당분간은 버틸 수 있다. 맞지 않으면 2주일 정도 만에 죽을 가능성이 크다, 의사가 그렇게 설명해준 모양이었다.

미야하라가 선택한 것은 수액이었다.

"거기에 돈이 드니까. 그것도 언제 끝날지 모르고. 그래서 조금이라도 돈을 가지고 있어야겠다 싶었던 거야."

미야하라는 오랫동안 신고 다녀 다 낡은 워킹 슈즈를 내려다보았다.

"의사 말로는 해외에서는 우리 어머니 같은 노인에게는 수액을 맞히지 않는다더군. 그래도, 일단 의식도 있고 이야기도 할 수 있는데 2주일 뒤에 죽게 되는 선택은 못 하지. ——부모니까."

"무슨 말씀이신지 알겠네요."

다로의 아버지는 연명 치료를 전부 거부하다가 죽었다.

그것도 나름대로 한 가지의 사고방식이고, 아버지가 스스로 선택했기에 그럴 수 있었다. 미야하라에게는 고뇌 끝에 내린 결단이었을 게 틀림없다.

"미안하네, 다로. 이웃 산이 이렇게 되어버려서 말이야. 자네는 팔지 말게."

"물론이죠. 그런데 여기에 태양광 발전이 들어오나요?"

"아니. 아닌 것 같던데."

예상하지 못했던 대답이 돌아왔다.

"그럼 뭐가 들어오는데요?"

"글쎄."

미야하라는 고개를 갸웃거렸다. "처음에는 태양광 발전을 한다고 하던데, 판 뒤에 물어보니까 다른 목적으로 쓸지도 모르겠다고 하더군."

"파신 곳이 타운 솔라라는 회사 맞나요?"

"아, 거기야, 거기. 다로네도 왔었지?"

"제가 들은 건 태양광 발전 설명이었는데요."

"다양한 사업을 진행하는 회사인 모양이야."

미야하라 옆에서 트럭에 시동이 걸렸다.

묵직하게 짐칸을 흔들며 차가 움직이기 시작했다. 공터에서 몇 번 왕복하며 방향을 바꾼 다음, 잠시 후에는 무라사키노 마을 쪽으로 사라져갔다.

그 뒤에는 미야하라의 경트럭과 다로의 코롤라만이 남았다.

산은 반쯤 벌채되었고, 땅바닥이 드러나 있었다.

"어렸을 때, 우리 아버지하고 어머니랑 자주 여기에 고사리를 캐러 왔었어. 그땐 나무를 아버지가 심은 지 얼마 안 되었을 때라 고사리가 자라나 있었지. 팔고 싶지 않았단 말이야.

팔고 싶지 않았는데, 어쩔 수 없었지.”

벌채된 산을 바라보는 미야하라의 눈이 촉촉해지자 다로는 살며시 눈을 돌렸다.

“겐사쿠 씨께 그 이야기를 하셨나요?”

미야하라는 조용히 고개를 저었다.

“남에게 이야기할 만한 것도 아니지. 미안한데 다로도 비밀로 해줬으면 좋겠군.”

“물론이죠.”

‘선술집 △’에서 미야하라와 겐사쿠가 말싸움을 벌였을 때, 만약에 그런 사정을 알고 있었더면 겐사쿠도 그런 말을 하지 않았을 것이다.

“겐사쿠네도 그리 넉넉하진 못할 거야. 이번에 불이 나서 어떻게 하려는지는 모르겠지만.”

미야하라는 그렇게 말했다. “타운 솔라에서 벌채한다고 해서, 이왕 할 거면 겐사쿠네에 맡겨달라고 했는데, 겐사쿠 그 녀석이 거절해서 말이야.”

“그러셨군요.”

싸우곤 해도 미야하라도 나름대로 겐사쿠를 배려해주고 있다.

“고집이 센 녀석이라. 그럼 나도 이만 가겠네. 일하다가 온 거라서.”

미야하라는 경트럭을 타고 클랙션을 한 번 울린 다음 그곳을 떠나갔다.

4

하야부사 초등학교의 운동장에서 개최된 봉오도리 경비는 하야부사 소방단에게 있어서 단골 행사 중 하나였다.

젊은 소방단원이 중심이 되어 교통 정리나 순찰 등을 맡게 되었고, 미야하라가 거기에 다로도 참가해주면 안 되겠냐는 이야기를 한 것은 쓰치노코를 찾았던 행사 다음 주였다.

다로가 코롤라를 타고 간스케를 데리러 가기로 했는데, 그가 절에 볼일이 있다고 했기에 집을 일찌감치 나섰다.

"미안해, 다로. 어머니가 주지 스님에게 가지고 가라고 부탁해서 말이야."

보자기에 싸서 가지고 온 것은 복숭아인 것 같았다.

"나는 딱히 상관없어. 그 절은 꽤 재미있기도 하고."

그 말은 사실이었다.

과소화가 진행되고 있는 하야부사 지구치고는 너무 으리으리한 절의 존재는 도시에서 온 다로가 보기에 오히려 기이하게 느껴지기까지 했다. 다로는 담당 편집자인 나카야마다와 달리 신사나 불교에 별로 흥미가 없긴 하지만, 즈이메이지에는 왠지 이끌리는 느낌이 들었다.

그 즈이메이지 주차장은 그날, 봉오도리에 온 손님용으로 개방되어 있었기에 가는 김에 들르는 것도 딱 좋다.

주차 공간 구석에 차를 세우고 "그럼 잠깐 다녀올게" 하고 걸어가기 시작한 간스케를 따라 다로도 산문을 통과했다.

저번에 왔을 때와 마찬가지로 안내를 받아서 간 곳은 본당이었다.

"저기, 저거 봐, 간스케."

주지 스님을 기다리던 동안, 다로가 손가락으로 가리킨 것은 본당 안에 붙어 있던 종이였다.

──금 300만 엔정 에지마 나미오

"아, 정말이네."

간스케도 그 종이를 올려다보았다. "그런데, 다들 기부를 꽤 많이 했네. 우리 어머니도 기부를 했을 텐데, 이름이 있으려나."

간스케가 그렇게 말하자 다로는 딱히 뭔가 찾으려는 생각도 없이 다른 종이를 보고 있었다.

그때, 무언가 떠오르는 것이 있었다.

"간스케."

간스케에게 말을 걸었다.

"저 종이에 적혀 있는 사람도 집에 불 난 거 아니야?"

어디, 어디, 간스케가 그렇게 말하며 올려다본 종이에는 이렇게 적혀 있었다.

──금 100만 엔정 도미오카 가즈오

도미오카라는 성이 이 근처 사람 중에는 별로 없기 때문에 기억이 났던 것이다. 아마 두 번째로 불이 난 집이었던 것 같은데.

"아, 맞아, 맞아. 메구로의 도미오카 씨. 헛간에 세워두었던 차에 불이 났지."

"역시 그렇구나."

다로는 다시 종이를 올려다보았다. "제일 처음 불이 난 곳이 야마다 씨네 집이라고 했나?"

야마다 성을 쓰는 사람은 많다.

"다카네 집이야. 야마다 다카히코 씨."

"야마다 다카히코……."

있다.

──금 150만 엔정 야마다 다카히코

"150만 엔이나 기부했네."

"거기도 집안이 꽤 대단한 곳이라 말이야. 힘들겠지. 아, 있네, 있어."

간스케가 그렇게 말하며 손가락으로 가리킨 것은 '후지모토 도마코 5만 엔'이라고 적힌 종이였다. 꽤 구석에 있고, 종이도 오래되지 않았다. 최근에 기부했을 것이다.

나란히 늘어서 있는 기부자 명단 중에서 에지마 나미오와 도미오카 가즈오, 그리고 야마다 다카히코의 기부 금액은 다른 사람들보다 훨씬 많은 느낌이었다.

그 세 사람의 집이 불탄 것이다.

겐사쿠는 어떨까.

문득 그런 생각이 든 다로는 다시 종이를 보며 찾기 시작했다.

"있네……."

다로는 조용히 중얼거린 자신의 목소리가 본당 안에서 허무하게 울리는 것을 들었다.

──금 80만 엔정 야마하라 겐사쿠

"왜 그러는 거야?"

간스케가 의아하나는 듯한 표정으로 물었다.

"아니, 지금까지 불이 난 집은 다들 기부한 금액이 크다 싶어서."

"다들 시주에 독실한 가문이지."

간스케가 그렇게 말했다.

독실하다는 건 분명하다. 에지마 같은 사람은 집안이 기울었는데도 불구하고 저렇게 많은 금액을 기부했으니까.

"그건 그렇고, 주지 스님이 늦게 오는데."

간스케가 그렇게 말했을 때, 열린 장지문 앞에 서 있던 다로는 경내를 가로질러 가는 사람을 보고 유심히 살펴보았다.

"겐사쿠 씨야."

"정말이네."

간스케도 그렇게 말했다. 겐사쿠는 주지 스님의 집 쪽에서 나와서 산문 밖으로 나가려던 참이었다.

"뭐 의논할 거라도 있었나."

간스케가 고개를 갸웃거렸을 때, "오래 기다리셨지요"라는 목소리와 함께 주지인 에니시가 나타났다.

"바쁘실 텐데 죄송합니다. 이거, 저희 어머니께서 보내신 겁니다."

간스케가 보자기를 풀고 상자에 담긴 복숭아를 내밀자,

"아, 이거 참. 감사합니다."

공손히 복숭아를 받은 에니시는 본당 제단으로 다가가 그곳에 바치고는 짤막한 경을 읊었다.

다다미에 주먹을 대고 고개를 숙인 에니시는 정중한 말투와는 달리 날카로운 눈빛 때문에 마치 승병 같은 분위기를 풍기고 있었다.

"그럼 실례하겠습니다."

간스케가 그렇게 말하며 일어서려 했을 때,

"저기——."

다로가 에니시에게 말을 걸었다. "이 종이를 좀 더 보고 싶은데 괜찮을까요."

에니시의 눈 안쪽에서 섬광이 스쳐간 것처럼 보였다. 하지만 그 살벌한 기적은 곧바로 사라졌고, 그 대신 부드러운 미소가 드리웠다.

"네, 그러시지요. 보고 가세요. 기부를 해주신다면 언제든 받겠습니다."

그는 그렇게 말하며 본당 밖으로 나갔다.

"다로, 저 종이를 보고 어쩌게?"

의아하다는 듯이 그렇게 물은 간스케에게 다로가 말했다.

"기부 금액이 많은 사람을 찾아줄래? 음……, 50만 엔 이상 기부한 사람들. 화재 피해자들에게 뭔가 공통점이 있을 것 같거든."

"공통점이라고……. 알았어."

간스케가 왼쪽, 다로가 오른쪽으로 가서 차례대로 종이에 적힌 금액을 확인해나갔다.

전부 합쳐서 세 명이었다.

"전부 오래된 가문인데."

그럴 만도 할 것 같다는 생각이 들었다.

"그런데, 여기 뭔가가 있는 거야? 다로."

"뭐가 있는지 생각해보려는 거지. 가자."

절을 나선 두 사람은 봉오도리 회장을 향해 걸어가기 시작했다. 하야부사 초등학교 운동장은 즈이메이지에서 엎어지면 코가 닿을 만큼 가까운 곳에 있었다.

5

다로가 맡은 일은 내부의 순찰이었다.

초등학교 운동장 한복판에 파수대가 세워졌고, 유카타 차림으로 둘러 모여 춤을 추는 이 지역 사람들이 나중에는 두 겹, 세 겹으로 늘어났고, 오후 7시가 되었을 때쯤에는 남녀노소가 모여 붐비고 있었다.

운동장 구석에는 요타 같은 사람들이 운전해온 소방차가 한 대 있었고, 그 옆에는 마찬가지로 이 지역 청년단이나 부인회 같은 사람들이 자원봉사로 운영하는 노점이 늘어서 있었다. 야키소바, 소시지, 감자튀김, 솜사탕. 그중에는 금붕어 건지기까지 있는 걸 보니 신경을 많이 쓴 것 같았다.

"다로, 고생이 많네. 한잔하고 가지? 안 그래? 간스케."

간스케와 둘이서 순찰을 하고 있자니 의자와 테이블이 늘어서 있는 '관계자 대기소'라는 공간이 구석에 있었고, 거기에서 소방단 사람들이 술을 마시고 있었다.

"여기는 일하는 사람들이 있어야 할 자리일 텐데, 왜 소방단 술집이 되어버린 거야?"

간스케가 농담을 하는 듯이 그렇게 말하자.

"뭐, 그렇게 딱딱하게 굴지 말고. 자."

미야하라가 그렇게 말하며 종이컵을 내민 다음, 캔맥주를 따라주었다.

"어쩔 수 없지, 정말."

간스케가 말은 그렇게 하면서도 목이 말랐는지 꿀꺽꿀꺽 다 마신 다음.

"일본주는 없나?"

그렇게 말하며 주위를 둘러보았다. "'야오로즈'가 좋은데."

"있지."

그렇게 말한 사람은 모리노였다. 곧바로 술을 바꿔 마셨다. 순찰 역할도 있으나 마나다.

"자, 다로, 한 바퀴 더 돌고 올까?"

간스케가 그렇게 말하며 일어선 것은 30분 정도가 지난 뒤였다. 오후 8시 반이 지나자 회장에는 사람들이 넘쳐났다.

"고생이 많으시네요."

뒤에서 목소리가 들린 것은 그 직후였다.

"아, 아야!"

간스케가 기쁜 듯이 그렇게 말하며 눈을 가늘게 떴다. "아야는 춤 안 춰?"

춤을 출 리가 없지, 다로는 그렇게 생각했다. 종교가 다른 것이다.

"아뇨, 저는."

예상했던 대로 아야는 고개를 저은 다음, 다로를 보고 고개를 살짝 숙여 인사했다.

"안녕하세요."

말은 그렇게 했지만, 다음에 이어질 말이 나오지 않았다.

나카야마다가 준 정보 때문에 아야는 매우 매력적인 존재에서 경계해야 할 대상이 되었다.

하지만 그런 한편, 안 좋게 보더라도 아야의 미모가 회장에서 눈에 띄는 것은 부정할 수 없는 사실이었다.

그녀는 사이비 종교의 홍보 활동에 관여했다는 사실을 숨기고 있고, 다로도 그 사실을 알게 된 것을 숨기고 있다.

다로는 여우와 너구리의 속임수 대결이라는 생각이 들었지만, 그렇다고 해서 그녀에게 사실을 다그칠 이유가 없었다.

"그러고 보니까, 저번 뉴스는 좀 더 길게 해줬으면 좋았을 텐데. 우리가 화면발을 잘 받더라고."

간스케가 농담을 하는 듯이 그렇게 말하자 아야가 "죄송합니다"라며 고개를 숙였다.

"저는 좀 더 긴 분량을 준비했었는데요, 방송국 사정으로 그렇게 되어버려서요."

"면장도 정말 분했겠지."

간스케가 꼴좋다는 듯이 그렇게 말했을 때였다. 아야의 시선이 움직였고, 갑자기 표정이 굳은 것을 알 수 있었다.

그녀의 시선을 따라가 본 다로가 본 것은 딱히 특별할 것도 없는 봉오도리의 인파뿐이었다.

"잠깐 실례할게요."

아야는 그렇게 말한 다음 급하게 그곳을 떠나갔다.

"바쁜 모양이네, 아야."

그 직후였다.

"아, 미마 씨!"

또 목소리가 들렸고, 다로는 그렇게 말을 건 사람을 보았다.

"안녕하세요, 저번에 찾아뵈었는데 자리를 비우셔서."

그렇게 말하며 다가온 사람은 타운 솔라의 마나베였다.

마나베는 슬랙스에 반팔 와이셔츠 차림이었고, 여기에 사람이 모인 것을 기회라고 생각하고 영업을 하러 온 모양이었다.

"저번에 말씀드린 건 말인데요, 검토해보셨나요?"

산을 팔아달라는 이야기다.

"그러니까, 저번에도 말씀드렸지만, 지금은 팔 생각이 없어요. 그리고——."

다로는 그렇게 말한 다음 자기가 입고 있던 소방복을 내려다보았다. "지금은 일하는 중이고요."

"어이쿠. 이거 실례했습니다."

마나베는 그렇게 말한 다음 반 발짝 물러나서 경례를 했다.

재미있는 남자지만, 상대하고 있자니 아무래도 약간 바보 취급당하는 것 같은 느낌도 들었다.

"까불대는 녀석이네."

마나베와 헤어져서 걸어가기 시작하자 간스케가 어이없다는 듯이 그렇게 말했다. "봉오도리에서 영업을 하려 하다니, 생각을 잘했네. 여기에 오면 한 집씩 돌아다닐 수고를 덜 수 있겠지. 하야부사가 태양광 패널로 가득 메워질 날도 머지않았을지도 모르겠어."

문득——, 생각의 파편이 다로의 가슴 속에 떨어져 내렸다.

"왜 그래?"

다로가 갑자기 멈춰서 간스케가 의아하다는 듯이 바라보았다.

다로는 뒤쪽에 있던 사람들을 돌아보았다.

마침 '탄광 민요'가 끝났고, 여러 번 반복되고 있는 '하야부사 타령'의 전주가 흘러나오기 시작했다.

"아니, 아무것도 아니야."

다로는 일단 고개를 젓고는 걸어가기 시작했다. 하지만 바로 멈춰 섰다.

"있지, 간스케. 지금까지 일어난 화재 사건의 피해자들에게 이야기를 들을 수 있을까?"

간스케에게 물었다.

"무슨 이야기를 듣고 싶은데?"

"화재가 발생한 날 전후에 대해 자세히 듣고 싶어."

"그런 이야기는 소방서에서 이미 물어봤을 텐데. 불이 날 만한 게 있었냐라거나, 전기가 노후화되지 않았냐라거나."

"아니, 그런 게 아니야."

다로는 자신의 생각을 정리하면서 계속 말했다. "내가 듣고 싶은 건, 주로 태양광 발전 이야기야."

6

그 주 토요일, 다로의 집에 간스케가 됫병을 들고 나타난 것은 오후 5시쯤이었다.

"세모에 가자고 할까 했는데, 카운터가 예약으로 가득 찬 모양이라서. 한잔할까?"

간스케가 전화를 걸어 그렇게 말한 것은 약 한 시간 정도 전이었다.

다로도 하고 싶은 이야기가 있었기에 마침 잘되었다고 생각했다.

간스케는 어머니가 만들었다는 술안주도 접시에 담아 함께 가져와주었다. 정말 빈틈이 없다.

"날이 밝을 때 술을 먹으니 맛있네."

마루에 술과 안주를 늘어놓고 마셨다. 8월 하순에 접어들자 더위는 남아 있었지만 하늘은 왠지 가을처럼 깊고 투명한 푸른색을 보이고 있었다. 저녁놀을 머금은 오렌지색 실구름이 여러 개 떠 있었고, 날아가는 새는 마치 그림자 놀이처럼 날개가 보이지 않았다.

어디선가 멀리서 천둥소리가 들리자, 간스케가 "이쪽으론 오지 마라" 하고 혼잣말을 했다.

마루와 방이 이어져 있었고, 방에 있는 커다란 테이블 위에는 좀 전까지 다로가 계속 보고 있던 커다란 지도 한 장이 펼쳐져 있었다.

하야부사의 지도였다.

"이봐, 다로. 저 지도는 대체 뭐야?"

"저건 지금까지 화재 피해를 입은 사람들이 팔았던 밭이나 산 지도야."

최근 며칠 동안 다로는 미야하라의 허락을 받고 소방 관련 취조라는 목적으로 피해자들의 집으로 찾아가 이야기를 들으며 돌아다녔다.

지도에는 군데군데 색연필로 표시해둔 곳이 있었다.

"파란색이 피해자의 집에서 판 땅이고."

"빨간색은?", 긴스케가 그렇게 물었다.

"빨간색도 마찬가지로 판 땅이야. 하지만 의미가 약간 다르지. 빨간색은 화재가 일어난 뒤에 판 땅이야."

"화재가 일어난 뒤에 팔았다고……?"

"화재 때문에 집이나 헛간, 차를 잃은 사람들은 건물을 다시 짓거나 차를 새로 사기 위해 돈이 필요했어. 그래서 땅을 팔았지."

"잠깐만."

간스케가 의아하다는 듯이 고개를 들고는 색연필로 표시된 지도의 땅을 손가락으로 가리켰다. "여기는 분명히……."

"태양광 발전을 하고 있지."

간스케가 하려던 말을 다로가 먼저 꺼냈다. "땅은 하야부사 이곳저곳에 퍼져 있긴 하지만, 공통점이 한 가지 있지. 전부 같은 업자가 사들였다는 점이야."

"그러면……."

놀란 표정으로 고개를 든 간스케에게 다로가 조용히 말했다.

"타운 솔라. 그 마나베라는 영업 사원이 모든 피해자에게 토지의 매각을 제안했어. 미리 판 집도 있고, 팔지 않았던 집도 있지. 하지만 화재가 일어난 이후에는 다들 돈이 필요해졌기에 꽤 많은 땅을 팔았어."

그 사실은 빨갛게 표시한 땅이 많다는 걸 보더라도 분명했다.

유일한 예외는 겐사쿠였다.

겐사쿠의 집에 찾아가 물어보니 겐사쿠는 "태양광 발전 업자에게는 땅을 팔지 않았고, 앞으로도 팔지 않을 것"이라고 딱 잘라 말했다.

"에지마 씨 같은 경우에는 도타시에 있는 빌라까지 가서 이야기를 듣고 왔어."

그게 어제였다. "그 화재가 일어난 뒤에 생활비를 얻기 위해 타운 솔라에 다른 땅을 판 모양이야. 팔지 말지 계속 망설였지만, 생활을 위해서는 팔 수밖에 없었다고 하더라고."

"그럼, 뭐야? 화재가 일어난 집은 다들 태양광 발전 업자에게 땅을 팔았다는 뜻이야?"

다로는 마루로 돌아와서 예상했던 대로 번개가 치기 시작한 하늘을 올려다보며 말했다.

"처음 세 집은 다들 낮에 불이 났지. 낮에, 누구에게도 의심을 사지 않고 하야부사 지구를 돌아다닐 수 있고, 민가에 다가가더라도 의심을 받지 않는 사람이 범인이야. 죽은 히로노부는 아마 백수였을 테니 그럴 수 있었을지도 모르긴 해. 하지만 그는 에지마 씨에게 원한이 있었을지 몰라도 다른 두 집에는 원한을 품지 않았어. 그건 각자 따로 물어보았으니까 틀림없을 거야. 처음 두 집은 히로노부와 아무런 상관이 없다고 했어. 그렇다면 은퇴한 노인은 어떨까. 낮에는 시간이 있긴 하겠지만, 동기가 전혀 없어. 재미 삼아 저지른 범죄라고 해도 평소에 생활하는 영역을 벗어난 곳에 있다면 하야부사 지구에서는 누구나 수상쩍게 여기겠지?"

"저 양반이 무슨 해찰을 부리고 있나 하고 생각하겠지."

간스케가 말했다. 무슨 짓을 하고 있을까라는 뜻이다.

"그러니까 나는 그런 사람들이 범인이라고 생각하지 않아. 하지만 타운 솔라의 영업 사원은 그렇지 않지. 이곳 하야부사 지구를 한 집씩 돌아다니면서 땅을 팔아달라며 제안하고 있어. 그 마나베라는 사람이 어디 있더라도, 그 하얀 영업용 차량이 어디 세워져 있더라도 그걸 이상하다고 생각할 사람은 없겠지."

"그럼, 다로는——."

간스케가 눈을 크게 떴다.

"한 가지 가능성으로 생각해볼 수도 있다는 뜻이야."

다로는 그렇게 말한 다음, 간스케가 가지고 온 '야오로즈'가 담긴 컵을 들고 술을 입에 머금었다. 그리고 맛이 진하면서도 너무 달지 않고, 입에 잘 맞는 술안주를 맛보며 간스케가 대답할 때까지 기다렸다.

"만약에 그것이 사실이면 엄청난 일인데."

간스케는 떨리는 목소리로 말했다. "땅을 팔게 만들려고 집에 불을 지르고 다녔다는 거잖아."

"한 가지 가설일 뿐이야."

다로는 조용히 그렇게 말하면서 하늘을 올려다보았다. 어느새 서쪽 하늘에 드리운 구름이 두 번, 소리 없이 빛났다. "하지만 그 타운 솔라의 마나베라는 남자는 주의할 필요가 있을 것 같아."

7장

추리와
알리바이

I

"헤보 잡으러 갈래?"

간스케가 전화를 걸어서 그렇게 느긋한 목소리로 말한 것은 뜰의 등골나물이 화려한 꽃을 피운 9월 무렵이었다.

타운 솔라의 마나베가 수상하다고는 해도 증거가 있는 것도 아니었고, 지금까지는 그저 다로의 억측에 불과했다. 미스터리 작가라고는 해도 경찰은 아니기에 일반인인 다로가 뭔가 할 수 있는 것은 없었고, 그저 시간만 지나갔다.

간스케도 마찬가지였고, '수상하다'고 생각하면서도 평소처럼 지낼 수밖에 없었던 것이다.

"헤보?"

다로는 그렇게 되물었다. "그게 대체 뭔데……."

"땅벌 말이야. 그게 참 맛있거든."

"벌을 잡는다고?"

아무래도 감이 오지 않긴 했지만, 그의 말에 따라 간스케의 집에 가보기로 했다.

간스케가 뜰 앞에 준비해둔 것은 닭가슴살이었다. 그 생고기를 막대기 끝에 꽂아둔 채 땅에 세워두었다.

"받아."

그 이후로는 그가 내민 캔맥주를 마시며 그저 기다리기만 했다. 다 큰 남자 둘이서 대체 뭘 하고 있는 건지, 다른 사람이 보면 의아해할 게 틀림없다.

"망 같은 걸로 잡는 게 아니구나."

"아니야. 이렇게 기다리고 있으면—— 보라고, 왔잖아."

어디선가 작은 벌이 날아오나 싶더니 닭가슴살에 앉아서 입을 움직이기 시작했다.

이 근처에서 '헤보'라고 부르는 벌의 정식 명칭은 줄무늬 땅벌이다. 벌집에서 기다리는 여왕벌에게 가져다주기 위해 닭가슴살 조각을 뜯어내고 있는 것이다.

"자, 자."

간스케는 미리 준비해 두었던 고기 조각을 이쑤시개에 꽂아서 벌의 배 쪽으로 내밀었다. 풀솜을 잘게 잘라서 알아볼 수 있게끔 붙여둔 고기 조각이었다. 벌은 자기가 뜯어낸 고기라고 착각하고는 그 고기를 배에 떠안은 뒤 날아가기 시작했다.

어딘가에 있는 벌집으로 돌아가기 위해서.

그 이후로는 풀솜을 보면서 쫓아가기만 하면 된다.

"가자고, 다로."

간스케가 갑자기 뛰어가기 시작했다.

벌은 맑은 가을 하늘 위로 날아올랐고, 하얀 풀솜 표식만 점처럼 보였다.

그 이후로 놓치지 않게끔 필사적으로 쫓아갔지만,

"이런, 어디로 가버렸네."

50미터 정도 뛰어갔을까, 간스케가 고개를 떨구며 실망했다.

"한 번 더 하자고." 사냥의 현실은 엄격하다.

똑같은 과정을 반복하면서 끈기와 노력을 기울인 끝에 겨우 헤보 벌집을 발견한 것은 그러기 시작한 지 몇 시간이 지났을 무렵이었고, 이미 서쪽 하늘이 주황색으로 물들기 시작하고 있었다.

이런 곳에 있었다니, 그런 생각이 드는 둑 중턱 근처였다. 땅속의 벌집에서 작은 벌들이 드나들고 있었다. 다로는 주위의 익숙한 경치를 둘러보면서 "호오, 대단하네" 하고 감탄했다.

이렇게 집하고 가까운 곳에 또 다른 자연이 펼쳐져 있다는 사실이 놀라웠던 것이다.

게다가 간스케는 그것을 먹는다고 했다.

그것 또한 이해가 잘 되지 않았다.

"간스케, 벌집은 땅속에 있지? 어떻게 할 거야?"

당연한 질문을 하자, 그는 "취하게 만들어서 잡는 거야"라고 했다.

무슨 말인지 알 수가 없었다. 다로는 가끔 간스케 같은 하야부사 사람들이 신기한 민족으로 보일 때가 있다.

"됐어, 설명하는 것보다는 보는 것이 더 빠를 거라고. 이다음은 밤이 된 뒤에 하자."

간스케는 그렇게 말한 다음, 근처에서 작은 나뭇가지를 하나 주워와서 하얀 천조각을 묶은 다음, 헤보가 드나들고 있는 곳 근처에 꽂았다. 자기가 먼저 발견했다는 표식인 모양이었다. 그렇게 해두면 다른 사람이 발견하더라도 양보하는 게 규칙인 것이다.

"밤이 되고 나서 잡는 이유는 뭔데?"

"어미벌이 둥지로 돌아올 때까지 기다리는 거야."

처음 듣는 이야기뿐이다.

밤이 될 때까지 기다렸다가 다시 벌집 앞에서 만났을 때, 간스케는 낫과 네모난 벌통 같은 것, 그리고 이유가 뭔지 낡은 셀룰로이드제 안경을 가지고 왔다.

우선 낫으로 근처의 풀을 베기 시작했다. 그 작업이 끝나자 셀룰로이드제 안경에 불을 붙인 다음, 천천히 땅벌의 벌집 입구에 찔러넣었다.

"이 연기 때문에 벌이 취할 거야."

좀처럼 믿기 힘든 말이었지만, 그 이후로 간스케가 보여준 솜씨는 대단하다는 말밖에 표현할 방법이 없었다.

맨손으로 서걱서걱 벌집을 땅에서 파내고, 가지고 온 벌통에 넣었다. 그리고 더 파낸 구멍을 회중전등으로 비추고는 잠들어 있던 벌을 집어서 벌통에 던져 넣었다.

"안 쏘여?"

"지금은 다들 자고 있으니까 괜찮아."

간스케는 그렇게 말하면서 벌통에 계속 벌을 던져넣었고, 마지막으로 "아, 있네, 있어." 그렇게 말하며 주워든 것은 훨씬 크고 형태가 특이한 벌이었다.

"이게 없으면 안 되지. 타코베 말이야."

"타코베?"

"이 근처에서는 여왕벌을 그렇게 불러. 여왕벌이 없으면 모처럼 얻은 벌집을 벌들이 버리고 가버리니까."

채집한 벌은 바로 먹는 게 아니라 벌통에 넣어서 양봉처럼 이용하는 것 같았다.

"그렇구나."

간스케는 감탄하는 다로를 보고 "좋아, 이제 다 됐어" 하고 일어섰다.

"세모에 한잔하러 가자고."

2

"오, 다케 씨. 헤보가 들어왔네."

항상 앉던 세모의 카운터석에 앉은 간스케는 벽에 붙은 새 메뉴를 눈치 빠르게 발견했다.

"다로도 먹어보라고."

잠시 후 나온 작은 그릇에는 벌의 유충 같은 것이 가득 담겨 있었다. 그중에는 성충이 되어가는 것들도 있었다. 그것을 달달하게 찌는 것이 정석적인 조리 방법인 모양이었다.

"아니, 나는 됐어."

힐끔 보고 질색하던 다로의 접시에 간스케가 "자자, 속는 셈치고 먹어봐" 하며 작은 그릇에서 헤보를 한 입 정도 나누어 주었다.

어쩔 수 없이 젓가락으로 두세 마리 정도를 집어서 입에 넣었다.

"의외로 맛있네."

스스로도 놀랄 정도로 꽤 괜찮은 맛이었다.

식량이 부족하던 시대에는 아마 이 근처 사람들에게 있어서 귀중한 단백질 공급원이었을 것이다.

"그야 당연히 맛있지."

다로의 반응을 보고 기분이 좋아진 간스케는 메뉴판을 올려다보고는 "앗, '새끼 장수말벌'이 있네? 저거 하나" 하고 더욱 수상쩍은 메뉴를 주문했다.

나온 것은 새끼손가락 정도 크기의 장수말벌 유충이었다.

같이 내준 숯불에 구워서 먹는 것 같지만, 그걸 입에 넣을 생각은 들지 않았다.

"나, 그건 진짜 못 먹어. 내 몫까지 먹어도 돼."

"정말 괜찮겠어? 맛있는데."

간스케는 망 위에 굴리며 구운 유충 머리를 집어서 맛있다는 듯이 입에 넣었다.

"어떤 맛이야?"

"크리미해."

"으엑."

다로가 인상을 찌푸렸을 때, 입구 쪽 문이 열리고 새로운 손님이 들어왔다. 60대로 보이는 낯선 커플이었다.

"오, 간스케, 좋은 거 먹고 있네."

곧바로 간스케에게 말을 건 다음, "옆에 앉아도 되지?" 하면서 나란히 앉았다.

"'히사'도 드시지? 하나 있는데. 다로가 안 먹는다고 해서."

'히사'는 "그래? 그럼 먹어야지"라고 하면서 유충을 집고는 냉큼 먹었다.

"맛있으신가요?"

"맛있어. 먹어보겠나?"

"아뇨, 괜찮습니다."

'히사'는 다로와 그런 이야기를 주고받은 다음, "그런데 이 사람은 누구야?"라고 간스케에게 물었다.

"이 녀석이 소문난 미마 다로 씨."

소문난이라는 표현이 여전히 신경 쓰이긴 했지만, '히사'는 그 말을 듣고 곧바로 감이 온 모양이었다.

"아, 소설을 쓴다는 사람? 그래, 그렇군."

그런 다음, 그는 다로에게 이렇게 말했다. "저는 야오로즈에서 불단 상점을 하고 있는 노노야마 히사노리라고 합니다. 여기는 우리 마누라고요."

척 보기에도 싹싹해 보이는 여자가 "안녕하세요" 하며 고개를 숙였다.

"노노야마라면 저희 집하고 똑같은 성이네요."

다로의 아버지, 가쓰오의 성은 노노야마다.

"아, 가쓰오 씨는 우리 먼 친척이지."

놀랍게도 히사노리가 그런 말을 꺼냈다. "우리 할머니 남동생이 다로 씨 할아버지의 부인의 오빠야."

복잡하게 설명했다. "이런 곳에서 만난 건 정말 부처님께서 인도해주신 덕분이겠지."

히사노리는 고맙다는 인사를 하면서 자기 앞으로 나온 맥주잔을 들고 입을 가져다 댔다.

먼 친척과 만난 것도 신기한 우연이지만, 불단 상점을 경영한다는 것도 뜻밖이었다. 이야기를 들어보니 야오로즈 초등학교 앞쪽에 가게가 있는 모양이었다.

"간스케하고는 어떻게 알고 지내셨나요?"

다로가 묻자.

"이 녀석이 있던 소년 야구팀 감독이 나야. 안 그래? 간스케."

그런 대답이 돌아왔다.

"주정뱅이 감독이었어. 연전연패, 봐줄 만한 구석도 없고."

"그건 너희들이 못했으니까 그렇지", 히사노리가 아무렇지도 않다는 듯이 그렇게 말했다.

"감독의 작전이 안 좋았다고요. 그런데 오늘 가게는 괜찮은 거예요?"

"화요일이잖아."

히사노리는 그렇게 대답했다. 화요일은 야오로즈 상점가의 휴일인 모양이었다. "좀 전에 불단을 하나 가지러 왔는데. 가끔은 다케 얼굴도 보고 싶어서."

세모의 주인인 가쿠 다케히코와는 아버지들끼리 사이가 좋았기에 예전부터 알고 지내던 사이였다고 한다. 정말, 인간관계는 다양한 곳에 존재하고 있는 것 같다.

"요즘은 어때요? 불단 업계."

간스케가 묻자.

"힘들지."

그렇게 한마디.

"요즘 사람들은 불단 같은 걸 안 사서 큰일이라니까."

그렇게 말한 사람은 히사노리의 부인이었다. "간스케 씨, 좀 사줘."

"사양할게요."

"다로 씨는 어떤가?"

"저희 집에도 분에 넘치는 게 있어서요."

그 말은 사실이었다. 아마 할아버지가 산 것 같은 으리으리한 불단이 그대로 남아 있다. 중고 코롤라를 다른 걸로 바꾼다면 모를까, 불단을 다른 걸로 바꿀 생각은 없었다.

"에니시 스님도 곤란해하던데. 고령화 때문에 시주 가문이 점점 줄어들고, 요즘은 장례식을 싸게 치르려는 사람이 늘어나서 말이야. 즈이메이지도 힘들겠어."

"절도 살아남으려고 애쓰는 시대인가? 정말 힘든 세상이군."

간스케가 농담처럼 한 말이 농담으로 들리지 않을 수도 있는 것이 과소화가 진행 중인 이 마을의 현실이었다.

"게다가 불까지 나버리고 말이야."

히사노리가 그렇게 말했다. "시주를 많이 하는 집안에만 불이 나고 있으니까. 절에는 타격이 크겠지."

그렇구나, 다로는 그렇게 생각하며 고개를 들었다.

그렇게 볼 수노 있겠구나, 그런 생각이 들었기 때문이다.

시주를 많이 하는 가문은 유력한 지주고, 그렇기 때문에 타운 솔라의 표적이 된 것이 아닐까.

반대로 말하자면 시주 가문에 의존하고 있는 즈이메이지에게 있어서도 피해가 크다.

"에지마 씨네는 가봤나요?"

간스케가 물었다. 에지마의 집은 안채까지 불길이 번졌기에 당연히 불단도 타버렸을 것이다.

"지금은 도타 쪽 빌라에 살고 있는 모양이야. 불단은 어쩌나 싶긴 했는데, 그럴 여유는 없다더라고. 그야 그렇겠지."

"300만 엔을 기부했던데. 지붕 수리하라고."

간스케가 그렇게 말하자 히사노리가 "으엑, 300만? 대단하네"라 말하고 놀라면서도 안타깝다는 듯이 말했다. "돌려받을 수만 있다면 그러고 싶을걸."

연달아 일어난 방화 사건은 피해를 입은 사람들의 삶을 뿌리째 뒤흔들었고, 수복이 불가능할 정도로 뒤틀어놓은 것이다.

그 범인은 여전히 잡히지도 않고 이 세상 어딘가에서 속 편하게 살고 있다.

한편.

마나베가 범인 아닐까 ──.

한번 다로의 머릿속에 자리잡은 그 가능성은 경계심과 함께 눌러앉았고, 점점 그 판도를 넓혀가려 하고 있었다.

이대로 아무것도 하지 않으면 다음 피해자가 생길 가능성도 있을 것이다.

그건 어떻게든 저지해야만 한다.

3

이웃 시인 도타시까지 오랜만에 일용품을 사러 나간 것은 그로부터 며칠이 지난 평일 오후였다.

큰 슈퍼의 실내 주차장에 세워두었던 코롤라에 쇼핑백을 던져넣고, 경사진 길을 빙글빙글 돌아서 바깥으로 나오자 하늘이 투명한 오렌지 반구 같은 빛을 내뿜고 있었다.

오후 5시 반이 지났을 무렵이라 시내의 도로는 근처 공장에 다니는 사람들이 귀가하는 시간과 겹쳐서 혼잡했지만, 그것도 도타시를 빠져나오자 완화되었고, 야오로즈 쪽으로 가는 도로는 쾌적했다.

창문을 열고 바람을 쐬자 얼마 전까지 들리던 매미들의 합창 소리가 귀뚜라미 소리로 바뀌어서 계절이 바뀌었다는 사실을 알려주었다.

야오로즈를 지나 하야부사 지구로 이어지는 구불구불한 외길에 접어들자 하늘의 대부분이 깊은 남색으로 바뀌었다.

라디오를 켜고 연달아 나오는 코너를 돌 때마다 차의 고도가 올라갔다. 야오로즈 시가지의 높이는 120미터. 한편, 하야부사 지구는 해발 520미터 정도이기 때문에 차이는 400미터나 된다. 기온 차는 3도 정도다.

창문으로 불어 들어온 바람이 싸늘해졌다.

언덕길을 끝까지 올라오자 그곳은 융기 준평원인 고지대였고, 도로가 단숨에 평평해졌다.

제일 처음 나온 집의 조명이 보이기 시작했다.

완만한 내리막길에서 오른쪽으로 들어가면 무라사키노 마을로 가는 지름길이지만, 다로는 약간 돌아갈 생각으로 직진했다.

그 건너편에 다로가 처음 경험했던 화재 현장인 에지마의 집이 있고, 거기서 더 들어가면 아야가 사는 마을이 있다.

오르비스 테라에 기사단의 간부를 모시며 홍보 담당자로서 신자의 증가에 공헌했다는 게 아야의 과거라면 교단이 해산된 이후인 지금의 모습은 과연 무엇일까.

나무들 사이를 지나치며 다로의 생각은 끊임없이 흘러갔다.

죽은 히로노부가 오르비스 테라에 기사단에 들어갔었다면 어떨까.

그리고 히로노부는 그 교단에서 탈퇴하려 했다.

그래서 살해당했다——, 그런 가설도 성립되지 않을까. 그렇다면 죽인 사람이 아야일지도 모른다.

히로노부의 죽음이 사고인지 사건인지는 아직도 알아내지 못했다.

반대로 아야가 예전에 교단에서 중요한 역할을 맡고 있었다는 사실을 히로노부가 어디선가 알아냈을 가능성도 있다.

히로노부는 야쿠자와 관련이 있었다. 그 사실은 장례식에 야쿠자가 왔다는 사실만 봐도 분명하다. 그리고 그 야쿠자는 예전에 아야가 취재했었다. 누군가에게 그녀가 오르비스 테라에 기사단의 신자였다는 이야기를 듣고 협박 소재로 이용하기 위해 히로노부에게 말해주었을 가능성은 없을까.

그녀가 히로노부를 가쓰라강으로 불러내서 죽였고, 시체는 나중에 발견되었다.

하지만 그 장례식에 자신의 정체를 알고 있는 야쿠자가 나타났기에 그녀는 매우 동요했다. 그리고 히로노부에게 정보를 제공한 사람이 예전에 자신이 취재했던 야쿠자들이었다는 사실을 알게 된 것이다.

망상인지 현실인지——. 경계선이 너무 애매해서 온갖 가설이 성립되어버린다.

코롤라의 헤드라이트가 숲속 길을 비추고 있었다.

다로는 예전에 간스케가 가르쳐준 지름길을 통해 무라사키노 마을로 돌아가려다가 앞쪽 갓길에 세워져 있는 흰색 차를 보고 속도를 낮췄다.

차체의 로고가 보였다.

타운 솔라의 차였다.

도로 왼쪽에 집이 몇 채 있는데, 마나베가 어떤 집에 갔는지는 알 수가 없다.

그 차를 지나친 다음, 다로는 길가에 차를 세우고 내려서 30미터 정도 돌아갔다. 그렇게 타운 솔라의 차가 있는 곳까지 다가가서는 마침 근처에 있던 가로등 불빛이 비추고 있던 차 안을 들여다보았다.

본 적이 있는 팸플릿이 조수석에 놓여 있었다.

주위는 조용했다. 귀를 기울여보았지만, 집 안으로 들어간 건지 마나베의 목소리는 들리지 않았다.

일단 코롤라로 돌아온 다로는 스마트폰에 저장해 두었던 사진을 꺼냈다.

즈이메이지에 많은 금액을 기부했던 사람의 이름이 적혀 있는 종이를 찍은 사진이다.

모두 합쳐서 세 명.

화재가 일어났을 때 대처할 수 있게끔 글로브 박스에 항상 챙겨두는 지도를 펼치고 지금 위치를 찾아보았다. 집집마다

사는 사람의 이름까지 적혀 있는 소방용 지도다.

"아, 니시무라 씨구나."

바로 근처에 니시무라라는 집이 있었다. 기부한 금액은 70만 엔. 다시 차에서 내려 지도와 비교해보니 산을 등지고 있는 멋진 집이 있었고, 현관에 조명이 켜져 있었다.

태양광 발전 영업을 하기에는 안성맞춤인 집이다. 규모가 꽤 큰 거래를 제안하고 있을 게 분명하다.

거절당하면 방화도 망설이지 않는다──, 그게 사실이라면 마나베의 정체는 영업 사원의 탈을 쓴 흉악범이다.

왼쪽으로 나무가 있는 곳에 자그마한 공간이 있었기에 거기에 코롤라를 세워두었다. 앞 유리 너머로 니시무라 씨네 집이 보이긴 하지만, 차는 어둠 속에 가려져서 잘 안 보일 것이다.

6시 반이 지나자 약간 열어둔 창문을 통해 벌레 소리가 들렸고, 숲의 기척이 슬그머니 다가왔다.

조명이 켜져 있는 집을 가만히 바라보고 있자니 정말로 마나베가 니시무라 씨네 집을 방문한 건가 하는 의문도 머릿속에 생겨났다.

지금 이 순간, 마나베가 어딘가에 숨어 있고, 그러면서 불을 지를 타이밍을 노리고 있지 않을까.

아니, 그럴 리는 없다──, 다로는 다시 생각했다.

불을 지를 생각이라면 눈에 띄는 곳에 자기 차를 세워둘 리가 없기 때문이다.

나나베는 저 집에 있다——.

다시 그렇게 생각했을 때.

"이봐."

갑자기 굵은 목소리가 들렸기에 다로는 깜짝 놀랐다.

어느새 온 건지, 어떤 사람 얼굴이 창문 너머로 다로를 들여다보고 있었다.

"뭐하는 거야? 이런 곳에서."

들어본 적이 있는 목소리다.

"——겐사쿠 씨!"

깜짝 놀란 다로는 상대방의 이름을 불렀다. "놀라게 하지 말아주세요. 겐사쿠 씨야말로 뭐하고 계신가요?"

겐사쿠의 집은 이 마을에서 멀리 떨어진 곳에 있다.

"뭐, 좀."

말꼬리를 흐리는 겐사쿠에게,

"실은 겐사쿠 씨께서 봐주셨으면 하는 게 있는데, 지금 여기에는 없거든요."

화재가 발생한 세 집을 돌아다니며 물어보고 작성한 지도다.

"그럼 우리 집으로 오라고. 언제든 상관없으니까."

그는 앞쪽에 있는 타운 솔라의 차를 힐끔 보고는 덧붙여 말했다. "나는 오늘 밤에도 상관없어."

다로도 물론 상관이 없었다. 오히려 바라던 바다.

"그럼 나중에 찾아뵙겠습니다."

겐사쿠는 고개를 살짝 끄덕인 다음, 뒤쪽에 있던 수풀이 우거진 곳으로 길을 따라 들어가나 싶더니 어디엔가 세워두었던 것 같은 경트럭을 타고 큰길로 나왔다.

혹시 다로가 여기를 지나가기 전부터 타운 솔라의 차를 감시하고 있었던 것 아닐까──.

그때, 그런 생각이 들었다.

지나가는 경트럭을 쫓아가려는 듯이 다로도 코롤라의 시동을 켰다.

4

"이게 그 지도예요."

다로가 펼친 지도를 객실의 조명이 비추었다.

현관 옆에 있고, 유리문으로 둘러싸인 5평 정도 넓이의 방이었다. 다다미 위에 카펫을 깔고, 그 위에 레이스 커버를 씌운 3인용 소파와 테이블, 그리고 맞은편에는 안락의자가 두 개 놓여 있었다.

복도 쪽에 있는 망을 쳐둔 문에서 9월의 밤기운이 살며시 발을 내디디는 듯이 들어오고 있었다.

올해 1월부터 3월까지 화재가 발생했던 세 집을 찾아가서 이야기를 들은 결과를 표시한 그 지도는 이미 간스케에게도 보여주었다.

그 지도를 진지한 표정으로 들여다보고 있던 겐사쿠는 잠시 후에 고개를 들고는 한숨을 크게 쉬었다.

"겐사쿠 씨는 조금 전에 타운 솔라의 차를 감시하고 계셨던 것 아닌가요?"

겐사쿠는 조용히 천장을 올려다보았다. 다로가 계속 말했다.

"저번에 낚시를 하고 돌아오는 길에 도와주셨을 때, 저희가 본 것을 다른 사람에게 말하지 말라고 하셨죠? 계속 신경 쓰였거든요. 겐사쿠 씨, 뭔가 알고 계신 것 아닌가요?"

겐사쿠는 곧바로 대답하지 않고 조용히 있었다.

불쾌한 것 같으면서도 화가 난 건 아닌 모양이었다.

망설이고 있는 것이다.

잠시 후, 그 침묵을 깬 것은 겐사쿠였다.

"뭐, 이 정도까지 조사했으면, 다로에게는 말해두는 것이 좋을 것 같군."

겐사쿠는 그렇게 말한 다음, 앞에 놓여 있던 차를 한 모금 마시고 나서 이야기하기 시작했다.

"우리 집에 다치바나라는 남자가 산을 팔아달라고 찾아온 것이 지금으로부터 3년 정도 전이야."

겐사쿠는 의자에 몸을 기대고 힘없는 눈빛을 보이면서 당시에 있었던 일을 조용히 회상하기 시작했다.

"그 산이라는 게, 그 왜, 저번에 다로와 만났던 그 산이지."

"저희 산하고 이어진 곳이죠."

고개를 끄덕인 겐사쿠는 다로가 꺼내놓은 지도 쪽으로 천천히 몸을 숙이며 그 근처를 손가락으로 가리켰다.

"이 지도로는 알아보기 힘들겠지만, 이 근처는 평평하고 강 입구도 가까우니까. 처음에 나는 별장을 지으려나 싶었지. 그런데 이 산은 우리 할아버지 대부터 삼목나무를 심어서 키우던 곳이라 팔 수는 없었지."

"거절하셨나요."

"거절했지."

겐사쿠는 딱 잘라 말했다. "몇 번인가 부탁하러 오다가 계속 거절하니까 안 오더군. 나는 포기한 줄 알았거든. 그런데, 그 이후에 그 다치바나라는 남자의 정체를 알게 되었어."

겐사쿠는 일어서서 벽 쪽에 있던 선반의 서랍을 열었다.

그가 다로 앞에 내려놓은 것은 신문이었다.

날짜는 3년 전.

그것을 받아든 다로는 무심코 목소리를 냈고, 그 신문의 1

면 기사에서 눈을 뗄 수가 없었다.

——오르비스 테라에 교단 간부 체포

1면의 톱 기사였다.

체포된 사람은 교주를 비롯한 간부 일곱 명. 동그랗게 도려낸 얼굴 사진이 늘어서 있었다.

"봐, 이 남자야."

"다치바나 가즈히로인가요."

다로는 숨을 살짝 들이마셨다. 교주인 고사이 미치하루의 오른팔이라 불리던 남자다.

겐사쿠는 다시 의자에 앉아 몸을 기댄 다음, 깍지를 끼고는 자신의 생각을 정리하는 듯이 잠시 입을 다물고 있었다. 그리고 계속 말했다.

"그렇게 아무런 일도 없이 1년 정도가 지나갔는데. 뭐, 오르비스의 다치바나 뉴스는 솔직히 놀랐지만, 다른 사람에게는 말을 안 했지. 굳이 말할 필요도 없을 거라 생각했으니까. 그 다치바나가 산을 사러 온 걸 보니 뭔가 다른 이유가 있을지도 모르겠지만, 쓸데없는 말을 하고 다니면 안 되니 말이야."

겐사쿠의 감 같은 게 발동된 모양이다. 애초에 겐사쿠는 자신이 겪은 일을 다른 사람에게 재미있게 떠들어대는 성격도 아니다.

"타운 솔라라는 회사가 이곳 하야부사의 땅을 사들이기 시작한 건 그로부터 1년 정도가 더 지나서였지. 내가 눈치챘을 때는 이곳저곳 차밭이나 밭이 팔린 뒤였고, 태양광 패널이 깔려버렸어. 에지마가 히로노부네 집 앞에 있는 차밭을 팔아버린 것도 그 무렵이었고. 어느 날, 그 타운 솔라가 우리 집에 찾아왔단 말이야. 그 마나베라는 남자. 우리 집에도 밭은 있으니 그걸 팔라고 하려나 싶었는데 그게 아니었다고. 마나베가 팔아달라고 한 건 그 산이었어. 처음에 다치바나가 사러 온 그 산 말이야. 그런 우연이 있을 것 같나?"

겐사쿠가 다로에게 물었다. 물론 대답을 기대하고 던진 질문은 아니었다.

"요즘 그 산에 묘한 녀석들이 어슬렁거리기 시작했는데."

"그게 저번에 저희가 보았던 그——."

"맞아."

겐사쿠는 답답한 듯이 인상을 찌푸렸다. "이건 내 망상 같은 생각인데. 그 타운 솔라라는 회사, 이 오르비스 뭐시기랑 연관이 있는 거 아닐까?"

다로는 한순간 말문이 잃었고, 그저 멍하니 겐사쿠의 얼굴을 바라볼 수밖에 없었다.

얼마나 그러고 있었을까.

"겐사쿠 씨, 그 이야기, 경찰에는 하셨나요?"

다로가 물었다.

"이야기는 했는데, 그 이후로 감감무소식이야."

"저도 이야기를 좀 들은 게 있는데, 방범 카메라 영상이 남아 있었다던데요."

겐사쿠의 작업장에 불이 났을 때 영상이다. 다로가 묻자 겐사쿠는 조용히 스마트폰을 꺼내서 저장되어 있던 동영상을 다로 앞에서 재생시켜 주었다.

처음 보인 것은 은빛으로 빛나는 빗줄기였다.

"사람이 오면 센서식 조명이 켜지게끔 해두었거든. 보라고, 여기야——."

비가 쏟아지는 가운데 후드를 쓴 사람이 화면을 가로질렀다. 불과 한순간에 일어난 일이다. 겐사쿠가 동영상을 멈추고 다로에게 물었다.

"어떻게 생각하나?"

미야하라가 의심을 샀다는 동영상이 바로 이 동영상일 것이다.

"이걸로 누군지 알아내는 건 힘들겠죠. 덩치가 큰 남자라고 들었는데, 과연 그럴까요?"

다로는 의문을 제기했다. 후드 때문에 그렇게 보일 뿐이다. 참고로 마나베는 키가 170센티미터 정도이고, 호리호리한 남자다.

"남자인 것 같긴 한데——."

겐사쿠가 그렇게 말하자 다로는 깜짝 놀랐다.

여자일지도 모른다는 뜻이다.

아야의 얼굴이 뇌리를 스쳐갔지만, 그 사실을 말할까 망설이다가 결국 지금은 가슴 속에 담아두기로 했다. 아야가 이 영상과 관계가 있다는 확실한 증거가 있는 것도 아니다.

겐사쿠가 스마트폰의 동영상을 끄자,

"앞으로 어떻게 하는 게 좋을 것 같으세요? 겐사쿠 씨."

다로가 물었다.

한동안 생각하던 겐사쿠는 "상황을 지켜볼 수밖에 없을 거야"라고 말했다.

"우리는 경찰도 아니고, 타운 솔라가 수상하다고 해도 따라다닐 수도 없으니까. 오늘처럼 우연히 지나가던 척하면서 살펴보는 게 한계겠지. 다로는 미스터리 작가니까 뭔가 좋은 생각이 있을지 모르겠지만."

"없어요."

다로는 솔직하게 털어놓았다. "하지만 타운 솔라라는 회사에 대해서는 조사해볼 생각이에요."

"본사가 아마 도쿄 나카노구에 있었을 텐데."

겐사쿠는 자신이 조사할 수 있는 범위 안에서 이미 조사해두었다. "다로, 그 근처에 친구 없나?"

"나가노구, 말이죠……."

짐작 가는 사람이 없었다. 만약에 있다 해도 어떻게 조사해야 할지 알 수가 없다. "그래도 오르비스 테라에 기사단은 그렇게 큰 사건을 일으켰으니 매스컴에서도 그 이후의 움직임을 추적하고 있을 거예요. 그런 사람들에게 물어보면 뭔가 알아낼 수 있을지도 모르죠."

"부탁 좀 해도 되겠나?"

"물론이죠. 뭔가 알아내면 말씀드릴게요."

다로는 그렇게 말한 다음, 더더욱 깊어진 의혹을 품은 채 겐사쿠의 집을 나섰다.

"그 오르비스 테라에 기사단 말인데요."

소에이샤의 나카야마다에게 전화를 건 것은 집으로 돌아온 뒤였다.

"앗. 역시 아직 미련이 남으셨나요? 그녀에게."

나카야마다의 목소리는 자동차 소리와 전철 소리가 뒤섞인 소음이 울리는 곳에서 들렸다. 어떤 작가와 함께 유라쿠초 근처를 이동 중인 것 같았다.

"아뇨, 그게 아니라요. 더 심각한 문제예요. 나카야마다 씨, 오르비스 테라에 기사단에 대해 자세히 아시는 분은 안 계실까요? 제 기억이 정확하다면 '주간 챔프'에서 계속 추적 취재를 했던 것 같은데요."

"그러니까 말이죠."

술에 취한 건지, 나카야마다가 약간 질색이라는 듯한 말투로 말했다. "관여하지 않으시는 게 나을 거라고 했잖습니까. 미마 씨의 안 좋은 버릇이에요. 툭하면 깊게 파고드시니까."

"딱히 그녀 이야기를 하는 게 아니고요."

다로는 짜증을 억누르며 그렇게 말했다. "저번에 나카야마다 씨도 보셨죠? 그 화재. 연속 방화. 실은 그거, 오르비스의 소행이 아닐까 하는 의혹이 생겨서요."

"그게 무슨 말씀이시죠?"

그제야 보통 일이 아니라는 사실을 깨달은 것 같은 나카야마다에게 겐사쿠가 해준 이야기를 말해주었다.

"왠지 골치 아픈 일에 휘말리신 것 같네요, 미마 씨. 그것도 재능이에요."

한숨 섞인 감상이 들려왔다. "그 타운 솔라라는 회사의 프로필을 메일로 보내주시겠어요? '주간 챔프' 편집부에 물어볼 테니까요."

"잘 좀 부탁드립니다."

전화를 끊자 그제야 벌레 소리가 들리는 하야부사의 가을밤이 돌아왔다.

5

　소방단원이 모두 참가한 제초 작업은 여름의 흔적이라 할 수 있는 대기소 및 주변에 자라난 잡초를 제거하고 오후 4시쯤에 해산하게 되었다.

　겐사쿠의 집에 찾아갔던 날로부터 이틀이 지난 토요일이었다. 나카야마에게서는 아무런 연락도 없었고, 애매한 기분으로 시간을 보내고 있었기에 마침 딱 좋은 기분전환이 되었다.

　언젠가 간스케가 말했던 것처럼, 시골 생활은 잡초와의 싸움이다.

　뜰 앞에 약간 있는 흙, 둑, 작은 나무들 사이, 차밭의 두둑 사이에 낀 곳. 정말 한없이 자라난다. 이번 여름에 다로는 잡초의 생명력을 몸소 체험해왔다.

　"다로, 고생 많았어. 집에 갔다가 세모 갈까?"

　간스케가 그런 제안을 하는 것은 이렇게 소방단 행사가 있는 날에는 항상 있는 흐름이다. "이쿠오 씨도 간다던데."

　일단 집으로 돌아가서 샤워를 하고 옷을 갈아입었을 때쯤, 간스케가 경트럭을 타고 데리러 왔다. 서쪽에서 비스듬히 내리쬐는 햇살이 앞 유리를 잘 익은 감 같은 색깔로 물들이고 있던 저녁이었다.

　세모의 주차장으로 가보니 이미 차가 몇 대 있었기에 미야하라 일행이 먼저 와 있다는 걸 알 수 있었다.

"오, 간스케, 왔어? 다로도. 이쪽으로 오라고, 이쪽으로."

가게로 들어가자 맥주잔을 앞에 두고 있던 미야하라가 옆쪽 테이블로 오라고 권했다.

미야하라의 테이블에는 부분단장인 모리노와 같은 무라사키노 마을에 사는 다키이, 그리고 겐사쿠가 있었다. 겐사쿠는 다로의 얼굴을 보고는 고개를 슬쩍 끄덕였지만, 그제 있었던 일을 말하지는 않았다. 다시 말해 '입을 다물고 있어라'라는 뜻일 것이다. 군이 말할 필요도 없었기에, 다로도 그럴 생각이었다.

"또 이쿠오 씨 옆자리야?"

"좋지? 명예로운 거라고, 간스케."

그렇게 항상 주고받던 이야기가 끝나자 다로도 옆 테이블에 간스케와 마주 보고 앉았다. 거의 동시에 쇼고와 요타도 와서 다로네 4인용 테이블이 가득 찼다.

맥주잔이 나와서 건배를 했다.

그 이후로 소방단 멤버들 몇 명이 합류했고, 좌식 좌석과 카운터석까지 가득 차자 평소처럼 떠들썩한 모임이 되었다.

"다로, 그러고 보니까 저번에 불이 난 집에 이야기를 들으러 갔었지? 그거, 뭔가 알아냈어?"

미야하라가 갑자기 그렇게 물어본 것은 한 시간 정도 마셨을 때쯤이었을까.

겐사쿠가 젓가락을 멈추고 다로를 보았다.

나운 솔라와 화재의 관계에 대한 가설은 있다.

하지만 간스케에게 이야기하는 거라면 모를까, 지금 여기서 공공연히 말할 수 있는 수준은 아니었다. 게다가 겐사쿠의 추리는 더욱 대담한 내용이다.

"뭔가 공통점이 있지 않을까 생각했었는데요, 확실하게 말할 수 있는 정도까지는——."

다로가 둘러대려고 했을 때였다.

"타운 솔라가 수상한 것 같다던데."

다로의 의도를 망친 것은 간스케였다.

겐사쿠가 천장을 살짝 올려다보았다.

"타운 솔라? 그게 무슨 소리야?"

미야하라가 물었다.

"아뇨, 그게——. 뭐, 나중에 말씀드릴게요."

"상관없잖아, 다로. 그건 명추리였던 것 같은데."

"그만 좀 해."

다로는 그렇게 말했지만, 평소와는 달리 술에 잔뜩 취한 간스케는 항상 갖추고 있던 분별의 스위치가 고장나버린 것 같았다.

"뭐야, 간스케. 너, 그 명추리를 들은 거냐?"

그렇게 물어보는 미야하라도 이미 소주를 물에 타지도 않고 몇 잔을 비워서 얼굴이 빨개진 상태였다.

"들었지, 들었어."

간스케는 으스대는 듯이 그렇게 말했다.

"어떤 추리인데. 말해보라고."

미야하라는 당연히 그렇게 물었다. 모리노와 다키이가 흥미로운 듯이 주목하는 가운데, 겐사쿠가 씁쓸한 표정을 짓고 있었다.

"피해자 집에는 전부 타운 솔라가 드나들었다는 거야."

간스케가 그렇게 말하자 미야하라가 '뭐라고?'라며 몸을 앞으로 내밀었다.

미야하라도 타운 솔라에 밭과 산을 팔았다. 관계가 전혀 없는 게 아니다.

"전부 땅이 있는 집이니까. 다들 타운 솔라에 땅을 팔지 않고 망설였던 거지. 그런데 불이 나서 돈이 필요해지니까 결국에는 팔아버린 거고."

"그러면 타운 솔라가 범인이라는 뜻이야?"

그냥 넘길 이야기가 아니라는 듯이 미야하라가 몸을 점점 더 앞으로 내밀었다. "그런 건가? 다로."

"증거가 있는 것도 아니라서요."

다로는 어떻게든 상황을 무마시키려고 두 손을 가슴 근처까지 들어 올렸다. "그냥 가설에 불과해요."

하지만.

"재미있네."

미야하라는 그렇게 말하며 진지한 표정으로 팔짱을 꼈다. "타운 솔라 차는 낮에 어디 있더라도 이상할 게 없으니까. 어디에도 드나들 수 있고. 우리 집에도 왔지."

"산도 팔았고 말이야", 겐사쿠가 자포자기하듯 그렇게 말했다.

"시끄러워."

그렇게 대꾸한 미야하라는 "그러고 보니까, 너희 집에도 왔었지?"라고 겐사쿠에게 물었다.

"뭐, 그렇지."

겐사쿠는 그렇게만 대답했다. 쓸쓸한 표정으로, 더 이상 물어보지 말라는 듯한 분위기를 풍기면서. 하지만 다른 사람들은 그렇게 미묘한 낌새를 배려해주지 않았다.

"혹시 화재의 원인이 그건가?"

요타가 그렇게 말하자,

"이봐, 이봐, 함부로 그런 말하지 마."

겐사쿠가 혀를 차고 한숨을 쉬며 다로를 힐끔 보았다.

"그 타운 솔라 사람, 이름이 뭐였죠? 아, 마나베라고 했지. 그가 범인이라는 건 아니지만, 용의자라고 해야 하나."

모리노까지 이야기에 끼어들었다. 성직자 같은 느낌이 드는 모리노가 그렇게 말하자 근거가 없는 신빙성이 생겨났다.

하지만 그때──.

"그 사람은 범인이 아닌 것 같은데요."

그렇게 예상치 못한 말을 한 사람은 쇼고였다.

"뭐야, 쇼고. 너, 뭐 아는 거 있냐? 말해봐."

미야하라가 째려보자 상점가의 젊은 가게 주인이 약간 당황하며 이야기를 이어나갔다.

"겐사쿠 씨네 집에서 불이 났을 때, 그 사람, 우리 집에 와 있었으니까요."

"그게 정말이야?"

다로는 깜짝 놀라 물었다. 겐사쿠도 쇼고를 노려보는 듯이 바라보고 있었다.

"우리 밭을 팔아달라고 끈질기게 물고 늘어져서. 우리 아버지가 상대해주고 있었는데, 두 시간 정도는 있었던 것 같네. 저녁 식사 시간에 정말 곤란한 녀석이라고 생각하던 참에 겐사쿠 씨네 집에 불이 났다는 메일을 받았지."

"그거 틀림없냐, 쇼고."

미야하라가 무시무시한 표정으로 엄포를 놓았다. "벌써 두 달이 넘게 지났는데. 착각한 건 아니겠지?"

"착각 아니라니까요."

쇼고가 말했다. "정 뭐하면 우리 아버지에게 물어보세요.

사실이니까."

쇼고의 증언은 다로의 취기를 단숨에 날려버릴 정도로 강한 위력을 지니고 있었다.

"예상이 빗나갔나."

미야하라가 그렇게 말하며 숨을 크게 내쉬었다. "그래도 그렇게 추리해나가는 건 잘못이 아니야. 우리 마을은 우리가 지켜야 하니까."

깜짝 놀란 다로를 은근슬쩍 배려해주는 말이었다.

하지만 지금 다로가 말문을 잃은 것은 마나베가 범인일 거라는 자신의 추리가 뒤엎어졌기 때문이 아니었다.

그게 아니라 새롭게 떠오른 가설 때문이다.

그 생각에 짓눌려서 충격을 받은 것이다.

하지만 그것을 증명할 수는 없다.

지금 다로가 할 수 있는 것은 그저 기다리는 것뿐이었다.

6

──문의하신 건에 대하여 어젯밤에 '주간 챔프'에 드나들고 있는 다무라 도미이치라는 프리랜서 기자에게 이야기를 들었습니다. 다무라 씨는 제가 그 잡지 출판사에 다녔을 때부터

친하게 지냈던 사이이며, 오르비스 테라에 기사단 사건을 추적하고 있는 실력 좋은 사건 기자이기도 합니다.

나카야마다가 보낸 메일은 그런 문장으로 시작되었다.

——다무라 씨는 오르비스 테라에 기사단의 교주가 체포된 이후로도 해당 교단 관계자들을 추적 취재하고 있는 사람들 중 가장 잘 알고 있는 기자입니다. 그런 그에게 타운 솔라에 대해 물어보니 처음에는 짐작가는 것이 없다고 했습니다. 그런데 바로 확인한 그 회사의 홈페이지를 보자마자 다무라 씨의 안색이 바뀌었습니다. 그 회사의 대표이사인 에다지마 고타라는 사람은 아마 가명을 쓰고 있을 것이고, 올라와 있는 사진으로 보아 오르비스 테라에 기사단에서 나름대로 높은 지위에 있는 사람이 틀림없을 거라고 합니다.

본명은 스기모리 노보루라고 하며, 이미 알고 계시겠지만 오르비스 테라에 기사단의 전 홍보 담당자이자 그 다치키 아야가 모시던 사람입니다.

스기모리는 오르비스 테라에 기사단이 해산한 이후로 오르비스 십자군이라는 새로운 교단을 창설하여 활동을 재개했다고 추측됩니다만, 자금원이나 활동 내용은 베일에 싸여 있습니다.

다무라 씨도 미마 씨의 정보 덕분에 구체적인 내용을 알아낼 수 있을지도 모르겠다며 매우 흥분했습니다.

참고로 오르비스 십자군은 오르비스 테라에 기사단의 교의를 계승했기에 특수수사부에서도 눈여겨보고 있을 정도로 위험한 집단이라고 합니다.

문의하신 타운 솔라는 교단의 자금을 모으기 위한 업체일 것입니다.

아무렇지도 않게 신자들의 목숨을 빼앗는 녀석들입니다. 교의를 위해 살고, 교의를 위해 죽는다. 그것이 그들의 신조입니다. 부디 조심하시길 바랍니다.

다로는 한동안 그 메일에서 눈을 돌릴 수가 없었다.

목덜미 근처에 뜨거운 맥박이 느껴졌고, 창문으로 선선한 가을바람이 불어 들어오고 있는데도 불구하고 온몸에 기분 나쁜 땀이 뿜어져 나오고 있었다.

"역시 그런 거였나."

다로는 작업실의 의자에 몸을 기댄 채 그렇게 혼잣말을 했다. 겐사쿠의 예측은 맞았다.

마나베에게는 알리바이가 있긴 했을 것이다.

하지만 마나베가 그러지 않더라도 다른 누군가가 실행했을 뿐이다.

그 누군가란──.

급하게 겐사쿠에게 메일을 보내고, 열려 있던 창문 너머로 맑은 가을 하늘을 올려다보았다.

그 하늘과는 달리 다로의 가슴 속에는 먹구름이 끼었고, 멈출 수 없는 사고의 소용돌이에 휩쓸렸다.

얼마나 그러고 있었을까, 그런 상태가 멈춘 것은 스마트폰에 온 메일 한 통 때문이었다.

──안녕하세요. 나고야 중앙 텔레비전에서 내년 봄에 심야 드라마 시간대를 만들기로 했습니다. 콘텐츠는 공모전을 통해 모집합니다. 만약에 괜찮으시다면 같이 기획을 생각해주실 수 있을까요. 심야 시간대에 맞게끔 진한 미스터리 드라마를 제작하고 싶습니다. 시간을 내주실 수 있을까요.

아야가 보낸 메일이었다.

다로의 손가락은 몇 번 정도 망설이면서 쓰던 메일을 두 번, 세 번, 수정했다.

거절하는 메일, 교단과의 관계에 대해 묻는 메일……, 하지만 결국 다로는 그것들을 전부 지우고 다시 썼다.

──메일을 보내주셔서 감사합니다. 내일 오후 두 시쯤 어떠신가요. 장소는 어디든 상관없습니다. 저희 집에 오셔도 괜찮습니다.

──그녀는 위험합니다, 미마 씨.

다로는 예전에 나카야마다가 보낸 메일의 한 문장이 떠올랐다. ──부디 접근하지 마시길.

그런 상대를 집에 부르다니, 나카야마였다면 정신이 나갔다며 비난할 것이다.

하지만 더 이상 주변 정보에 휘둘리는 건 사양하고 싶었다. 알면 알수록, 다로가 알고 있는 다치키 아야의 실상에서 멀어지고 있었다.

그런데 정말로 그럴까?

방금 내가 받은 메일은 영상 크리에이터로서의 아야가 진지하게 살아온 증거 아닐까.

아니면 이것 또한 사이비 종교를 감추기 위한 트릭인 걸까.

다로는 문득 자신이 절벽 위에 서 있다는 사실을 알아차렸다.

조심조심 냄새를 맡고 다니는 게 아니라 아야와 마주 봐야 할 때인 것이다.

곧바로 답장이 왔다.

──감사합니다. 그러면 호의를 받아들여서 내일 오후 2시에 찾아뵙겠습니다. 기대되네요!

7

아야가 탄 붉은색 프리우스는 거의 약속한 시각에 맞춰서 아래쪽 도로에서 벚꽃 저택으로 이어지는 언덕길을 올라온 뒤

뜰 앞에 멈췄다.

흐리고 묵직한 하늘이 펼쳐진 하루였고, 오전에는 비가 잠깐 와서 기온이 더 내려갔다.

하얀 셔츠에 화려한 스웨터를 걸친 아야는 날씬한 검은색 바지에 굽이 낮은 검은색 펌프스를 신고 있었다. 뒤로 묶은 머리카락은 흐린 날에 봐도 아름답고 눈부시게 보였다.

"어서 오세요. 들어오시죠."

기다리고 있던 다로는 뜰 앞으로 나가 아야를 맞이했고, 거실로 안내했다. 저번에 아야가 여기 왔을 때는 마을 살리기 프로젝트의 리더인 곤도, 그리고 면사무소에 근무하는 야나이와 함께 왔었다.

기획이 중지되었다는 사실을 사과하러 왔었는데, 그때와 비교해서 오늘 아야는 새로운 기획에 대한 기대 때문인지 더욱 아름답고 늠름하게 보였다.

하지만 지금 다로는 그런 아야의 존재를 있는 그대로 받아들일 수가 없었다. 떠안고 있는 생각을 토해낼 타이밍이 언젠가 올 거라는 사실을 짐작하면서 그는 안락의자에 앉아 아야의 이야기를 듣고 있었다.

"나고야 중앙 텔레비전은 지금까지 몇 년에 한 번씩 수요일 10시부터 12시까지 시간대에 단발성 드라마를 제작했었는데요, 그렇게 하면 노하우를 축적시킬 수가 없으니 심야에 연속 드라마 시간대를 만들어서 독자적으로 제작해 나간다는 방침을 채용했어요. 지방 제작 프로덕션에서 기획을 모집하고, 나고야 중앙 텔레비전에 신설되는 드라마부와 공동으로 제작하는 '구조'가 정해져서요."

아야는 연줄이 있는 제작 프로덕션과 함께 기획을 제출할 생각이라고 말했다.

"만약에 통과되면 제가 드라마 디렉터로 참가한다는 조건으로 기획을 준비하게 되었거든요."

그 제작 프로덕션 내부에서도 기획이 몇 가지 올라온 모양이었다. 그런 기획들을 물리치고, 나아가서는 나고야 중앙 텔레비전 쪽에도 선정되어야만 한다.

좁은 문이다.

"그렇군요. 그런데 어떤 기획을 짜실 건가요?"

다로가 물었다.

"메일로도 말씀드렸지만, 미스터리로 하고 싶어요. 머릿속에 떠오른 게 사실, 미마 씨께서 생각해주신 '괴도 하야부사의 우울'이거든요. 그렇게 코미컬하고 장난기가 있는 미스터리가 괜찮지 않을까 생각 중이에요. 심야 시간대이기 때문에 손을 어느 정도 댈 수도 있고, 꽤 아슬아슬한 부분까지 모험을 해볼 수도 있죠."

"그렇군요."

다로는 신중하게 대답했다. 사실은 지금 의욕을 보여야겠지만, 그럴 기분이 들지 않았다.

"별로 내키지 않으신 건가요?"

다로의 심정을 예민하게 알아차린 아야가 안색을 살폈다. "죄송합니다, 제가 일방적으로 밀어붙이기만 해서."

"아뇨, 그렇지는 않아요. 제가 쓴 각본을 떠올려주셨다니 기쁘네요. 가능하면 하고 싶은데요."

"많이 바쁘시겠죠. 각본은 저희 쪽에서 어떻게든 할 테니 기반이 될 스토리를 미마 씨께 부탁드릴 수 있을까요? 개성적인 걸 원하거든요."

"그렇군요."

다로는 애매한 목소리로 말한 다음, 식어가던 커피를 한 모금 마셨다. 아야 앞에는 내준 뒤에 한 번도 입을 대지 않은 커피가 그대로 있었다.

"도쿄에 계셨을 때 드라마를 경험해보셨다고 하셨었죠."

다로가 슬쩍, 이야기를 꺼냈다.

"'어제의 내일' 말씀이신가요?"

"네. 그건 다치키 씨네 프로덕션에서 제작한 드라마였나요? 도쿄 아트 무비에서요."

어? 아야가 그렇게 작은 목소리를 내고는 의아하다는 듯이 눈을 크게 떴다.

"제가 도쿄 아트 무비 이야기를 했던가요?"

"아뇨. 다치키 씨께 들은 건 아니에요. 사실은 다른 사람에게 들었거든요. 그 왜, 예전에 세모에서 만났던 담당 편집자 있죠? 나카야마다 씨요."

아야는 조용히 다로를 보고 있었다.

"그가 우연히 도쿄 아트 무비의──."

다로는 스마트폰으로 볼 수 있는 나카야마다의 메일을 확인했다. "맞다, 마쓰바라 씨라는 분과 아는 사이였거든요. 그 마쓰바라 씨가 우연히 다치키 씨에 대해서도 알고 있었다네요. 그리고 제작 프로덕션을 퇴직하신 뒤 이야기도 제게 알려주셨고요. 무슨 뜻인지 아시겠어요?"

아야가 깜짝 놀란 표정으로 다로를 보았다. 다로가 무슨 말을 하려는 건지 이해한 것이다.

말은 하지 않는다.

다로는 그녀의 표정을 정면으로 마주 보며 조용히 물었다.

"제가 이런 걸 묻는 건 주제넘은 짓인 것 같긴 합니다. 하지만 저는 소문이 아니라 제 눈으로 본 것을 믿고 싶거든요. 함께 일을 할 동료로서 서로 믿을 수 있는 관계를 맺고 싶어요. 그러니까 무슨 일이 있었는지 말씀해주실 수 있을까요?"

제자리에서 굳어버린 것 같은 아야는 곧바로 말을 꺼내지 않았다. 잠시 후에 나온 것은 그야말로 핵심을 찌르는 한마디였다.

"저와 오르비스 테라에 기사단에 대해 말씀하시는 건가요?"

다로가 그녀의 눈을 바라보며 고개를 끄덕이자 무시무시할 정도의 침묵이 두 사람 사이에 내리깔렸다. 숨을 쉬는 것조차 힘들어지는 침묵이다. 창밖에서 수많은 입자가 지면에 부딪히는 듯한 소리가 들리기 시작했다. 기어코 비가 내리기 시작한 모양이다.

다로도, 아야도, 그 빗소리 속에서 둘 다 입을 다물고 있었다.

"제가 원하던 세계 같은 건 어디에도 없었어요."

잠시 후, 아야에게서 그런 말이 흘러나왔다. 그녀는 눈을 피하며 바닥을 내려다보았다. 그렇게 애수로 가득 찬 표정과 분위기는 왠지 어둑어둑한 그림에 그려진 사람 같았다.

"학생 때부터 영상 업계를 동경했고, 취직 활동을 할 때는 텔레비전 방송국에 지원했어요. 하지만 어디에도 입사하지 못했고, 결국 입사한 곳은 영상 서클 선배의 연줄을 통해 아르바이트를 하던 도쿄 아트 무비였죠. 하지만 제가 맡게 된 일은 다큐멘터리 프로그램의 잡일뿐이었어요. 신입 시절에는 그게 일이라고 생각하면서 했지만, 5년이 지나도 바뀌지 않았죠. 아침부터 저녁까지 몸을 혹사시키면서 일하는데도 월급은 얼마 되지 않았고요. 그렇게 일하던 동안에 드라마 제작 현장으로 보내달라고 몇 번을 따졌는지 모르겠네요. 하지만 한 번도 들어주지 않았죠. 그러던 와중에 각본을 도와달라고 상사가──, 그 마쓰바라 씨가 말했었거든요. 그게 '어제의 내일'이었고요."

아야는 그렇게 말한 다음, 숨을 크게 들이마시고 나서 조용히 내쉬었다. 마치 과거와의 간격을 좁히는 듯한 그 동작을 본 다로는 숨을 죽이며 그녀가 계속 이야기하기를 기다리고 있었다.

"각본가는 아사노 야스노리라는 사람이었어요. 들어본 적 있으신가요?"

"물론이죠."

다로는 그렇게 대답했다. 아사노 야스노리는 잘나가는 신예 각본가로서, 아사노가 각본을 맡는다고 하면 TV 방송국에서 무조건 방영해줄 만큼 흥행의 보증수표다.

"제가 아사노 씨를 만났을 때, 기획은 거의 백지였어요. 그 사람은 "나는 바쁘니까 스토리를 제안해줬으면 좋겠다"고 말했죠. 터무니없는 소리겠지만, 저는 솔직히 기뻤어요. 이제야 나도 드라마 제작에 참여할 수 있겠다는 생각이 들었으니까요. 그야말로 필사적으로 생각하며 아이디어를 짜고, 시키는 대로 각본까지 썼던 게 '어제의 내일'이에요. 그 작품이 텔레비전 칸토의 프로듀서 눈에 들어서 드라마는 대히트를 쳤죠. 당시에 업계에서는 그렇다 치더라도 세상 사람들에게는 별로 유명하지 않았던 아사노 야스노리가 각본가로서 주목을 받게 된 출세작이었어요. 하지만 아사노 야스노리가 썼다는 건 거짓말이에요. 실은 그거, 전부 제가 쓴 거예요. 하지만 회사에서는 그 사실을 비밀로 하라고 했어요. 아사노 야스노리를 도쿄 아트 무비 소속 각본가로서 대대적으로 선전하기로 했기 때문이에요. 저는 원하던 대로 그 드라마의 현장에 배속되었고요. 하지만 제가 맡은 일은 출연자들의 접대, 주차장 안내, 도시락 섭외, 선배 디렉터가 시키는 심부름. 다시 말해 잡일뿐이었어요. 언젠가 너도 밀어줄 거라고 거짓말만 늘어놓고."

아야의 얼굴에 자조하는 듯한 미소가 드리워져 있었다. 다로에게 하는 이야기라기보다는 자신의 과거를 돌아보는 독백 같았다.

"어느 날, 현장에 아사노 야스노리가 찾아왔어요. 저 같은 건 거들떠보지도 않고 단 한마디 한 말이 "자네, 커피 좀 타와"였어요. 주역들을 비롯한 배우들이 치켜세워주는 와중에 부조정실에서 으스대던 그 남자는 제 각본을 자기 이름으로 내놓은 것에 대해 전혀 거리낌이 없는 것 같았죠. 며칠이나 밤을 새우면서 써낸 10회 분량의 제 각본은 아사노에게 발판으로 바쳐졌고, 한두 마디 정도 수정만 거쳐서 아사노의 작품으로 세상에 나왔고요. 그리고 저는 제작 현장의 밑바닥에서 얼마 안 되는 월급만 받았고, 아사노가 받던 각본료의 일부도 받지 못했어요. 그럼에도 불구하고──, 드라마 현장에 있을 수 있다는 게 제게는 행복이었어요. 그만큼 저는 드라마 제작에 깊구터 있었던 거예요. 하지만, 드라마가 마지막 회 근처로 접어들었을 때, 마쓰바라가 제게 내린 명령은 백오피스로 이동하라는 거였어요. 기획 담당이라고요. 또 제게 아사노 야스노리의 고스트 라이터를 시키겠다는 거였죠. 그때, 저 자신이 망가졌다는 걸 알았어요."

아야의 자조하던 표정은 쓸쓸한 미소로 바뀌었다. "오르비스 테라에 기사단의 권유를 받았던 건 그 시기였어요. 구원도 없고 희망도 없던 저는 뭐든지 좋으니 구제를 원했어요. 계기는 대학생 시절의 친구가 거기에 들어갔던 거였죠. 그녀의 권유를 받고 저도 결국 오르비스 테라에 기사단의 일원이 되었어요. 그리고 아이러니하게도 그 오르비스 테라에 기사단만이 영상 작품을 만들고 싶다는 제 희망에 답해주었고요."

"프로모션 비디오 말인가요?"

다로가 그렇게 말하자 아야가 고개를 끄덕였다.

"아이러니하게도 그게 제 첫 작품이에요. 오르비스 테라에 기사단을 미화하는 프로모션 비디오가요."

아야의 허무한 눈빛이 다로에게 쏠렸다.

"저는 도쿄 아트 무비에 사표를 내고 오르비스 테라에 기사단의 신자가 되었어요. 그리고 홍보 담당자 중 한 명으로서 일을 맡았죠. 모든 것을 내팽개치면 교단이 구원해준다. 그 말은 어떤 의미로는 진실이었고, 어떤 의미로는 새빨간 거짓말이었어요. 모든 것은 교단을 위해서였고, 거기에 거역하는 것은 악이며 죽음을 의미한다. 그 교리의 무시무시함을 눈치챈 건 신자가 되고 나서 2년째 해였어요. 그때 느낀 감각을 각성이라고 표현해도 될지 모르겠지만, 그 순간은 갑작스럽게 찾아왔죠. 저를 교단에 들어오라고 권유했던 친구가 교단 사람에게 살해당했을 때요. 그녀는 탈퇴하려고 했던 거예요. 교단에서는 기교자(棄敎者)라고 불렀어요. 그래서 저는 교단에서 도망쳐 나와서 도쿄를 떠났고, 한동안 나고야 시내에 있는 빌라에 숨어 살았어요. 그 이후로 우연히 응모했던 전문학교 강사 자리를 얻은 걸 계기로 다른 사람들 눈에 잘 띄지 않는 이곳, 하야부사로 이사 오게 된 거예요."

아야가 그렇게 말한 다음 잠시 입을 다물자 다로는 눈을 깜빡이는 것조차 잊은 채 그녀를 바라볼 수밖에 없었다.

8

그렇게 교단에서 도망친 아야는 하야부사에서 땅을 나눠 받았고, 거기에 작은 집을 지어서 살기 시작했다.

전문학교 강사로 일을 하면서 나고야의 제작 프로덕션과도 계약을 맺고 뉴스 영상을 찍기 위해 현장에 나간다. 아야는 그제야 겨우 조촐하나마 안정적인 생활을 손에 넣은 것이다.

"오르비스 테라에 기사단의 고사이 같은 사람들이 체포된 건 제가 하야부사에 오기 얼마 전이었어요. 만약에 그렇게 체포당하지 않았다면, 교단이 저를 찾아내서 죽였을지도 모르겠네요."

"그 이후로 오르비스 테라에 기사단하고는──."

"아무런 접점도 없어요. 기교자를 살려두는 건 교단의 근간에 관련된 문제이니 필사적으로 찾았겠지만, 들키지는 않았을 거예요. 마을에서 우연히 마주친 적도 없었죠. 얼마 전까지는 요."

아야는 눈을 돌리고 가늘게 뜨면서 거실 너머로 보이는 광경을 바라보았다.

차밭이 펼쳐진 평평한 지형, 그 너머에 있는 숲은 희미하게 가을의 기운을 전해주고 있었지만, 지금 그것은 커튼처럼 흔들리는 가을 이슬비 너머로 흐릿해진 상태였다.

"그 쓰치노코 이벤트 때 말이에요."

아야는 두 손을 뻗어 무릎 위에 놓고는 등을 쭉 펴며 먼 곳을 바라보았다.

"저는 나고야의 TV 방송국에서 의뢰받은 뉴스 영상을 맡아서 그곳에 갔어요. 기억나시나요?"

"물론이죠", 다로가 그렇게 대답했다.

"그때, 예전에 오르비스 테라에 기사단에 있었던 사람을 만나버린 거예요."

과연 그게 누굴까, 다로는 대충 예상하고 있었다. 아야가 계속 말했다.

"그때 노부오카 면장이 저를 소개해준 타운 솔라의 마나베 씨. 그 사람을 예전에 교단에서 본 적이 있어요. 상대방은 아마 기억하지 못하는 것 같지만요."

다로의 머릿속에 되살아난 것은 쓰치노코를 찾는 이벤트 때 아야가 마나베를 소개받았을 때 약간 당황하던 모습이었다.

"저는 그 이후로 받은 명함에 적혀 있던 타운 솔라라는 회사에 대해 조사해 보았어요. 그랬더니──."

"스기모리 노보루가 사장이었다──."

"미마 씨, 어떻게 그걸⋯⋯?"

아야는 눈을 크게 뜨고 다로에게 물었다.

"실은 저도 타운 솔라에 대해 조사하고 있었거든요."

다로는 일어서서 거실 선반에 놓아두었던 지도를 끄집어냈다. 직접 만든 그 지도다.

"올해 들어서 집 네 채에 불이 났습니다. 그 네 채 모두 타운 솔라와 관계가 있었고요."

아야의 얼굴에서 핏기가 가셨고, 다로가 지금까지의 경위에 대해서, 그리고 그와 겐사쿠가 고찰한 것들에 대해 이야기를 마치자 잠시 침묵이 흘렀다.

"아무것도 바뀐 게 없구나……."

아야의 입에서 나온 것은 그런 말이었다.

"목적을 위해서라면 폭력이나 죽음도 아랑곳하지 않는다. 그것이 그들의 신조예요. 그 이후로 마나베가 뭔가 한 게 있나요——?"

"아뇨."

아야가 한 말에 따르면 처음 마나베를 본 건 5년 정도 전이라고 했다. 마나베는 신택받은 신자로서 교주를 알현하는 것도 허락받았다. 아야는 그 장면을 홍보 담당자로서 비디오 카메라로 찍었다고 한다.

새 컵에 커피를 따라 거실로 가져온 다로는 그중 하나를 아야 앞에 내려놓고 물었다.

"몇 가지 이해가 안 되는 게 있는데요. 에지마 씨의 집에 불이 났을 때, 현장 근처에서 히로노부를 봤다는 증언이 있어요. 히로노부는 타운 솔라, 아니, 교단하고 뭔가 관계가 있었던 걸까요?"

"모르겠어요."

아야는 당황하면서 고개를 저었다. 다로가 계속 말했다.

"타운 솔라는 사실, 태양광 발전 업무 말고도 무라사키노 마올에 있는 산이나 숲을 사들이려 하고 있는 것 같습니다. 미야하라 씨는 팔았고요. 겐사쿠 씨와 저는 거절했죠. 그 밖에도 주변의 산을 판 사람이 있을지도 모르겠네요. 모두 합치면 꽤 넓은 면적이 될 것 같은데, 목적이 어떤 거라고 생각하시나요?"

커피 컵에 입을 가져다 댄 채 멈춘 아야는 천천히 그것을 테이블에 다시 내려놓았다.

"혹시 교단의 시설을 만들 생각 아닐까요. 성당이나 수련장. 오르비스의 신자들은 지금 떠돌고 있어요. 자리를 잡을 곳을 찾고 있겠죠."

"거기가 이곳, 하야부사라는 거군요."

"그럴 가능성은 있을 것 같네요."

만약에 그런 것을 건설하게 둔다면 이렇게 평온한 산촌이 과연 어떻게 되어버리는 걸까. 이상한 종교에 지배당하게 되고, 전국에서 모여든 신도로 떠들썩한 성지가 되는 걸까.

"저는 네 건의 방화 사건에 타운 솔라가 관여한 게 아닐까 하고 생각했습니다. 그 마나베라는 남자가 범인 아닐까 하고요."

다로는 자신의 추리를 이야기했다. "그런데 겐사쿠 씨 집에 불이 났을 때, 마나베에게는 알리바이가 있었어요. 상점가에 있는 일덕당에 영업을 하러 와 있었고, 계속 눌러앉아 있었다네요."

진지함 그 자체인 아야의 시선이 다로에게 쏠리고 있었다.

입술이 움직인 것처럼 보였지만, 거세게 흔들리는 마음의 움직임이 방해한 건지, 말은 나오지 않았다.

"그 이야기를 들었을 때, 저는 제 추리가 잘못된 게 아닐까 하는 생각이 들었습니다. 하지만 곧바로 다시 생각해봤죠. 오르비스 테라에──, 아니, 오르비스 십자군은 조직입니다. 마나베는 그 말단에 불과하죠. 조직이라면 마나베가 아니더라도 실행할 사람이 있어요. 이곳 하야부사에는 이미 오르비스 십자군의 신자가 존재하고 있지 않을까요."

아야의 눈동자가 깊은 물속처럼 어두운 색으로 가라앉기 시작했다.

"혹시나 우리가 너무 늦게 눈치챈 건지도 모르겠습니다."

다로가 한 말은 한층 더 거세진 빗소리에 약간 묻혀서 희미해진 채 그곳에 깔렸다.

8장

불단 상점 손님

1

"역시 그랬나……."

이야기를 들은 겐사쿠는 테이블 너머를 바라보며 입을 다물고 있다가 잠시 후에 팔짱을 끼며 소파 등받이에 몸을 기대고는 생각에 잠긴 표정으로 천장을 보았다.

겐사쿠의 집, 낡은 객실이었다.

유리창 너머로는 넓은 뜰이 보였고, 도로와 가까운 빈 공간에는 다로의 코롤라와 아야의 붉은색 프리우스가 나란히 주차되어 있었다.

좀 전에 아야가 털어놓은 이야기를 들은 참이다. 다로는 타운 솔라가 오르비스 십자군과 연관이 있다는 나카야마다의 정보와 함께 아야가 해준 이야기의 내용도 겐사쿠와 공유해야겠다고 생각했다. 아야는 망설였지만, 실제로 화재 피해를 입은 겐사쿠가 타운 솔라와 교단 사이의 관계를 의심하며 다로와 함께 화재와의 관계를 캐내려 한다는 이야기를 듣고 협력하겠다는 말을 꺼낸 것이다.

"타운 솔라의 실체가 오르비스 십자군이라면, 실행범은 마나베 한 명이 아닐지도 모릅니다."

다로의 의견을 들은 겐사쿠가 눈을 감았다. 그대로 몇 초 정도 있다가 눈을 뜬 그는 차를 마시지도 않고 잔을 그대로 든 채 이야기를 정리했다.

"그러니까, 오르비스 십자군의 다른 신자들이 불을 질렀다는 말이지?"

"어디까지나 추측입니다만, 하야부사에는 이미 오르비스의 신자가 있을지도 모르겠네요."

다로 옆에서 아야가 굳은 표정을 지은 채 무릎 위에 올려둔 손으로 주먹을 쥐고 있었다.

오르비스 테라에 기사단에서 도망친 뒤, 시골에 와서 조용히 살고 있던 아야가 보기에는 교단과의 관계가 밝혀진 타운 솔라의 존재가 위협적일 수밖에 없었다.

"만약에 교단의 시설이 생기면 전국에서 오르비스 테라에 기사단의 신자였던 사람들이 모여들 겁니다. 그렇게 되면 빼앗길 거라고요, 이곳, 하야부사를."

조용한 객실에 멀리서 소형 엔진 소리가 들린 것은 그때였다. 오토바이일까.

그것은 겐사쿠의 집 앞의 도로를 지나치나 싶더니 밝은 헤드라이트 하나로 바뀌어서 집의 부지 안으로 들어왔다.

겐사쿠가 조용히 일어섰다.

현관 문이 열리는 소리와 함께 "안녕하신가"라는 방문객의 목소리가 다로에게도 들렸다. 어디선가 들어본 적이 있는 목소리다.

"뭐, 들어오라고. 다로와 아야도 와 있으니까."

허리 높이까지 유리가 끼워져 있는 문 너머로 까만 옷이 보이나 싶더니, 겐사쿠를 따라 새로 온 손님이 느릿느릿 모습을 드러냈다.

"어, 안녕하세요, 실례하겠습니다."

즈이메이지의 에니시 주지 스님이었다.

"좀 더 일찍 왔어야지."

겐사쿠가 사정없는 말투로 그렇게 말했다. "당신이 알고 싶어 하던 이야기를 방금 다로가 해줬는데."

"아, 미안, 미안, 시주 가문에 호출당해버려서."

주지 스님은 그렇게 말하며 비어 있던 안락의자에 "아이고" 하고 소리를 내며 큼직한 몸을 기댔다.

바로 겐사쿠의 부인이 나와서 주지 스님에게 차를 내주었고, 친근하게 짤막한 이야기를 주고받았다. 겐사쿠는 다들 알고 있을 정도로 즈이메이지의 유력한 시주 가문 중 한 사람이다. 주지 스님과도 평소에 친하게 지냈을 게 틀림없다.

"그래서, 뭘 알아내셨는지."

에니시는 차를 한 잔 마신 다음 그렇게 물었고,

"내가 짐작한 게 맞았다고."

겐사쿠가 그렇게 말한 것을 듣고는 눈에 예리한 빛이 깃들었다.

"그 타운 솔라라는 회사가 쓰고 있던 탈이 벗겨진 거야. 내 예상대로 말이지."

"역시, 그런가."

에니시는 승복 소매 안에서 꺼낸 손수건으로 얼굴부터 빡빡 민 머리까지 멋지게 닦아내고는 "자, 어떻게 할까"라며 슬쩍 물었다.

"겐사쿠 씨, 에니시 주지 스님께도 그 이야기를 하셨나요——?"

다로는 놀라서 겐사쿠에게 물었다.

"얼마 전부터 의논하고 있었지. 절의 존속과도 관계가 있는 이야기니까."

그러고 보니 간스케와 함께 즈이메이지에 갔을 때, 다로는 주지 스님의 집에서 겐사쿠가 나오는 모습을 보았다. 봉오도리날 저녁이었을 것이다.

유력 시주 가문의 몰락은 절의 존속과 관계가 있는 이야기이긴 하고, 다로의 먼 친척에 해당된다는 노노야마 불단 상점의 주인, 노노야먀 히사노리가 말했던 내용과도 들어맞는다.

"이대로 그냥 내버려 두면 분명히 타운 솔라는──, 아뇨, 오르비스 십자군은 하야부사 지구의 땅을 계속 사들일 겁니다. 어떻게든 막아야 해요."

아야는 오르비스의 실태를 알고 있기에 더욱 강한 위기감을 드러냈다.

"아예 타운 솔라의 정체를 다른 사람들에게 알리는 게 어떨까요? 어떻게 생각하십니까, 주지 스님."

다로가 생각하던 것을 소리 내어 말했다.

에니시는 찻잔을 들고 한 모금 마시고는, 한동안 다로의 제안에 대해 생각하고 나서,

"문제는 어떤 타이밍에 그거를 공표할지일 텐데."

조용한 말투로 대답했다. "상황에 따라서는 미마 씨가 위험해질 가능성도 있고."

물론, 그건 부정할 수가 없다.

"하지만 적어도 지금 타운 솔라와 토지 매매에 대해 교섭하고 있는 사람들에게는 알려줘야 하지 않을까 싶은데요. 제가 만나서 이야기할게요."

"그런 이야기는 알고 지내던 사람이 하는 게 낫겠지. 내가

다녀오겠네."

겐사쿠가 말했다. "그건 그렇고, 나는 다로가 말한 가설이 더 문제일 것 같은데."

"가설이라뇨?"

에니시가 두 손으로 들고 있던 찻잔을 보고 있다가 고개를 들었다.

"하야부사에 이미 오르비스의 신자가 있는 거 아니냐는 가설 말이야. 오르비스 테라에 기사단의 잔당이거나, 그 잔당이 만들었다는 오르비스 십자군이라는 교단이거나. 어찌 됐든 그 신자가 이곳, 하야부사에 있을지도 모르니까. 뭐 아는 거 없나? 스님."

그렇게 묻자 에니시는 벽을 빤히 바라보았다.

"모른다고 해야 할 텐데, 혹시나 알고 있을지도 모르지."

신기한 대답이었다.

"그게 무슨 소리야. 이해할 수 있게끔 말해 보라고."

숙이고 있던 고개를 들었을 때, 에니시의 몸에 살벌한 기척이 감돌기 시작했다.

"요즘 별단하고 싶다는 말을 꺼낸 집이 있어서."

"별단?"

겐사쿠가 되물었다.

"시주 가문을 그만두고 싶다고 한 거야."

그때, 다로도 이해했다. 별단(別檀)이다.

"누구 집인데."

몸을 앞으로 내미는 겐사쿠에게 에니시가 말한 것은 뜻밖의 이름이었다.

"노부오카 씨네."

"노부오카가……?"

겐사쿠가 의아하다는 듯이 그렇게 중얼거린 다음, "이유가 뭔데?"라고 물었지만 에니시는 "모르겠어" 하며 고개를 살짝 저을 뿐이었다.

"혹시나 다른 절이 생겼는지도 모르고, 다른 이유 때문인지도 모르지."

의미심장하게 입을 다물었다.

"노부오카 면장은 야오로즈에 사는데 묘는 하야부사 지구에 썼나요?"

다로가 묻자 "그 녀석은 원래 하야부사 사람이었으니까."

겐사쿠가 예상치 못한 이야기를 꺼냈다. "어렸을 때는 하야부사에서 살았다고. 그것도 무라사키노 출신이야."

다로의 집이 있는 마을이다.

"그런데 왜 야오로즈로 간 거죠?"

"노부오카네 집은 부자로 유명했는데, 돈이 없는 사람들에게 사채업자 같은 짓을 하고 다녔지. 빚 대신 집을 뺏기도 하고 말이야. 그런데 아버지가 일찍 죽어버렸어. 술을 너무 많이 먹어서 그랬다는데. 그래서 노부오카도 어머니랑 같이 어머니의 호적이 있던 야오로즈로 이사 간 거야."

"하야부사 출신인 사람이 왜 그렇게 하야부사를 싫어하게 된 건가요?"

다로는 가슴 속에 치솟은 의문을 말했다.

"부모가 그런 꼴이라 학교에서 엄청 괴롭힘 당했거든. 아버지가 죽었을 때 어머니에 심한 말을 지껄인 녀석도 있는 모양이야. 그래서 하야부사를 원망하는 거겠지."

노부오카의 어머니 호적은 야오로즈에 있는 큰 양조장이었다. 면장인 노부오카는 나중에 그 양조장을 이어받아서 야오로즈 지구의 유지가 된다.

"노부오카 어머니 쪽 아버지, 그러니까 노부오카의 외할아버지도 옛날에는 야오로즈 면장이었던 적이 있어서 말이야. 그 녀석이 면장이 된 건 그런 핏줄 덕분인지도 모르겠군. 노부오카는 어머니 쪽 성이고, 아버지 쪽 성은 야마하라야."

다로는 말문이 막힌 채 겐사쿠를 보았다.

겐사쿠의 성 또한 야마하라다.

"저기, 그러면──."

"우리 아버지는 노부오카 아버지의 동생이고, 그러니까 나하고 노부오카는 사촌지간이라는 뜻이야. 그 녀석에 대해서는 예전부터 잘 알고 있었지. 지금은 연을 끊어서 이야기도 안 하지만 말이야."

"그 노부오카라는 분도 생각해보니 안타깝군요."

에니시가 덧붙여 말했다. "애초에 따지면 어머니가 시집을 잘못 오신 거니까요. 실은 노부오카 본가도 원래는 하야부사 출신이죠. 결혼도 그래서 했을 텐데, 아무래도 상대가 안 좋았던 모양이고."

"이런 걸 여쭈어봐도 되는지 모르겠습니다만, 노부오카 면장이 절에 기부를 했었나요?"

다로가 묻자 에니시는 두 손을 소매에 넣고는 쓴웃음을 지었다.

"뭐, 그게요. 예전에는 꽤 성의를 많이 보였다고 하던데, 노부오카 면장 대에 들어선 뒤로는 그런 이야기는 전혀 없군요."

그리고 기어코──, 별단 이야기를 꺼낸 것이다.

"노부오카하고 교단 사이에 관계가 있을 것 같은가?"

겐사쿠가 그렇게 단도직입적으로 묻자 에니시는 고개를 저었다.

"모르겠군요. 증거가 없으니까. 가능성은 있을 것 같긴 한데."

"어떻게 생각하나? 아야."

겐사쿠가 묻자 아야는 "글쎄요"라고 하면서 생각에 잠긴 표정을 지었다.

"타운 솔라에는 편의를 꽤 많이 봐주고 있는 것 같긴 해요. 실제로 주민들의 반대를 무릅쓰고 공터를 태양광 발전 용지로 만들기도 한 모양이니까요."

그 이야기는 다로도 쓰치노코를 찾다가 들은 적이 있다.

"교단하고 이어져 있다는 이야기는 들은 적 없고?"

겐사쿠가 그렇게 물었지만, 아야는 "그런 것까지는" 하고 고개를 갸웃거렸다.

"지금 여기서 억측을 늘어놓아봤자 소용이 없다는 건가?"

겐사쿠가 한숨을 쉬었을 때, '노노야마 불단 상점에 물어보는 게 어떨까요. 이런저런 정보를 가지고 있을 것 같은데요'라는 말이 들렸다.

에니시 주지가 생각지도 못한 지혜를 내놓았다.

"그렇군. 히사노리는 여러 집에 드나들기도 하고, 무엇보다 불단 가게 주인이니까. 사정을 잘 알지도 모르지."

예상하지 못한 이야기의 흐름을 느끼고,

"그럼 제가 다녀올게요."

다로가 그렇게 말했다. "저번에 세모에서 히사노리 씨를 만나서 노노야마 불단 상점이 저와 먼 친척이라는 이야기를 들었습니다. 제대로 인사를 하러 들른다고 하면 괜찮을 것 같네요."

"그럼 부탁 좀 하겠네. 뭔 이야기가 나올지는 모르겠는데,

뭔가 알아내면 말해주고."

겐사쿠가 그렇게 말한 다음, 남몰래 진행되었던 정보 교환 모임은 해산하게 되었다.

에니시의 슈퍼 커브가 가벼운 엔진 소리와 함께 나갔고, 그 뒤를 아야의 붉은색 프리우스가 따라갔다. 그 후미등이 앞쪽 코너를 돌아서 보이지 않게 될 때까지 바라보고 있자니 이제 다로의 코롤라만 남았다.

"그럼 실례하겠습니다. 당장 내일이라도 히사노리 씨를 만나고 올게요."

운전석에 타려고 했을 때였다.

"다로는 어떻게 생각하나?"

겐사쿠가 벌써 보이지 않게 된 아야의 자동차 쪽을 계속 바라보며 그렇게 물었다.

"어떻게 생각하냐고요?"

"믿는 거야? 아야를."

다로는 문 손잡이에 걸치고 있던 손을 거두고는 마찬가지로 겐사쿠가 바라보고 있는 방향을 보았다.

"아야가 정말로 교단을 그만두었을까?"

"증거는 없어요. 하지만——."

다로는 어둠 건너편을 지긋이 응시했다. "너무 안일한 생각인 건지도 모르겠지만, 저는 그녀를 믿고 싶다고 생각해요."

"그래? 뭐, 그럼 됐어. 나는 다로의 사람을 보는 눈을 믿으니까."

만약에 그녀가 지금도 교단의 신자라면, 오늘 이야기한 내용은 교단 쪽에 그대로 넘어가게 될 것이다. 최고의 스파이다.

하지만, 다로는 작가다.

작가는 일반적으로 글을 쓰는 게 일이라고 생각하곤 하지만, 그것뿐만이 아니다. 작가로서 가장 중요한 일을 사람의 본질을 파악하는 것이다.

소설은 '사람'을 쓰는 것이고, 그렇기 때문에 사람을 쓰는 작가는 사람을 만났을 때 상대방의 사람 됨됨이를 파악하려는 습성이 있다. 일부러 그러든 아니든 간에, 작가에게는 그런 기술이 필요한 것이다.

그 눈으로 보아하니, 아야는 거짓말을 하지 않았다.

만약에 이 예측이 빗나간 거라면, 작가로서의 다로 실력도 아직 미숙하다는 뜻일 것이다.

"편히 쉬세요."

다로는 코롤라를 타고 시동을 건 다음, 겐사쿠의 집을 나섰다.

2

노노야먀 불단 상점을 찾아간 것은 이번이 처음이었다.

9월 평일, 아직 여름의 흔적이 남아 있는 것 같을 정도로 햇살이 강한 오후였다.

구불구불한 언덕길을 내려가 하안단구에 펼쳐진 야오로즈를 한눈에 내려다볼 수 있는 곳까지 나오자, 유유히 흐르는 기소강의 수면이 황금빛으로 빛났고, 그 신성하기까지 한 광경에 눈길을 빼앗겼다. 다로는 무심코 길가에 차를 세우고 한동안 그 경치를 바라보고 나서 코롤라를 타고 야오로즈 시가지로 이어지는 완만한 언덕길을 내려갔다.

노노야마 불단 상점은 야오로즈 상점가 안에 멀리서도 알아볼 수 있을 정도로 눈에 띄는 간판을 내걸고 있었다.

그 간판을 예전에도 보긴 했을 텐데, 놀랍게도 그게 '불단 상점'이라는 걸 처음 알게 되었다. 그런데 예전에 알았더라도 불단 상점에 뭔가 용건이 생겼을까. 볼일이 없었으니 못 보고 지나쳤을지도 모르겠다.

가게 앞에 있는 주차장, 차가 세 대 정도 들어갈 만한 그 공간에 코롤라를 후진시켜 세운 다음, 밖에서 안을 들여다보았다.

가로 폭에 비해 안쪽으로 넓은 가게 안에 금빛으로 빛나는 불단이 늘어서 있는 것이 보였다.

문을 열자 손님이 왔다는 것을 알리는 벨소리와 함께 희미한 향냄새가 코를 간질였다.

히사노리는 얼마 전에 가게의 경영이 힘들다고 했지만, 분위기를 통해 그럭저럭 장사가 되고 있다는 걸 알 수 있었다. 도시의 아파트에서는 불단을 찾아보기 힘들긴 하지만, 단독주택이 많은 이 지역에서는 거의 모든 집에 당연하다는 듯이 불단이 있다. 수요는 끊임없이 있을 것이다.

다양한 크기의 불단을 바라보고 있자니 안에서 부인인 사와코가 고개를 내밀었다.

"어라, 다로 씨. 와준 거야? 기쁘네. 잠깐만──, 잠깐만, 애기 아빠. 다로 씨가 와췄는데."

안쪽을 향해 부르자 히사노리도 곧바로 나왔다. 슬랙스에 수수한 회색 폴로 셔츠 차림, 맨발에 나막신을 신고 있었다.

"얼마 전에는 만나서 반가웠습니다. 제대로 인사를 드릴까 싶어서요. 저기, 이거, 제가 쓴 책이에요."

선물 대신 가지고 온 신간 미스터리 소설을 내밀었다. 일단은 사인과 노노야마에게 써준 문구가 들어 있다. 이 부부가 그 책을 재미있어 하진 않겠지만, 빈손으로 오긴 뭐했고, 성의가 중요하다고 생각했기에 가지고 온 것이다.

"오, 고맙네. 사인까지 해주고. 이건 가보로 삼아야겠는데."

히사노리는 호들갑을 떠는 듯이 그렇게 말하며 책을 두 손으로 잡고 머리 위로 들어 올리고는 "뭐, 들어오라고"라며 가게 인쪽으로 안내해주었나.

사업 상담을 할 때 쓰는 공간 옆을 지나친 다음, 걸려 있던 포렴 건너편에 거실이 있었다. 집에는 히사노리 부부만 있는지 조용했다.

현관에 신발을 벗어두고 들어가서 권하는 대로 소파에 앉았다. 소파는 비교적 새것 같았지만, 집은 오래된 것 같았다. 굵은 대들보와 기둥, 오랜 세월이 지나 바랜 천장의 색으로 보아 꽤 낡은 집인 것 같은 느낌이 들었다.

"기억나나? 초등학생 때 우리 집에 놀러왔었는데. 기운이 넘치는 아이였지. 그런데 이렇게 많이 컸군."

히사노리가 그렇게 말하자 가슴 속에 묘하게 정겨운 느낌이 생기는 게 신기했다.

"제가 놀러왔었나요?"

"그렇다네. 여기는 예전하고 달라진 데가 없는데. 기억 안 나나?"

그 말을 듣고 보니 아버지와 함께 와서 놀았던 것 같은 느낌이 들었다. 하지만 그 기억은 이미 희미해져서 어디를 찾아봐도 눈앞에 있는 부부의 표정과 잘 이어지지 않았다.

사와코가 커피를 내주었다.

우유와 1회용 설탕도 함께 주긴 했지만, 블랙으로 마셔보니 인스턴트 커피라는 걸 바로 알 수 있었다. 아마 광고 같은 걸로 봤던 제품일 것이다.

"죽기 몇 년 전까지 가쓰오도 가끔 놀러 왔는데 말이야. 좋은 사진을 찍었다고 보여주러 오곤 했지."

"그랬군요."

아버지는 취미가 많았고, 특히 사진에 푹 빠져 있었다. 하지만 사진 동호회 같은 곳에 들어가는 건 싫어하는 타입이었기에 찍은 사진을 누군가에게 보여주고 싶었을 것이다. 인간관계가 서투른 성격은 다로에게도 확실하게 유전되었다.

"얼마 전에 6년째 기일이었는데 말씀도 못 드리고 죄송합니다. 와주셨다면 아버지도 기뻐했을 텐데요."

즈이메이지에서 간단한 법회를 진행했다는 이야기를 전했다.

"그랬나? 스님도 눈치가 없어서 큰일이군. 말이라도 해주지."

불만이라는 듯이 그렇게 말한 히사노리에게 사와코가 "어떻게 안다고 그래요, 먼 친척인데"라며 변호해주었다.

히사노리가 먼저 에니시 이야기를 꺼내준 것은 다로에게 있어서 좋은 기회였다.

"실은 어제, 에니시 주지 스님을 만났는데요, 노부오카 면장이 별단한다고 하더라고요."

"그게 정말인가?"

히사노리가 허를 찔린 듯한 표정으로 다로를 보았다. 사와코도 어머나라고 하며 놀란 표정을 지었다.

"그선 놀랐는데. 불단을 새로 사려나."

장사꾼의 본성인지, 히사노리는 농담인지 진담인지 알 수 없는 말을 꺼냈다.

"저는 노부오카 면장의 집안 묘가 하야부사에 있다는 것도 모르고 있었는데, 별단하는 경우가 자주 있나요?"

"아니, 그런 경우는 별로 없거든. 그건 그렇고 그 면장이 말이지."

히사노리가 턱 근처를 쓰다듬으며 고개를 갸웃거리고 있었다.

"별단해서 다른 절로 옮기려나."

그렇게 물어본 사람은 사와코였다.

"글쎄, 어떻게 하려는지 모르겠네."

히사노리는 잠깐 생각하다가 "아사쿠사의 즈이토쿠지 계열이면 그러진 않을 거고. 스님에게 무슨 이야기 못 들었나?"라며 오히려 다로에게 물었다.

노노야마 불단 상점에서 보기에는 별단도 돈을 벌 기회일지도 모른다. 정보를 제압하는 자가 비즈니스를 제압하는 것이다.

"아뇨, 그것 말고는 들은 게 없네요."

다로는 고개를 저은 다음, "묘한 이야기를 하는 사람들은 있지만요"라고 덧붙였다.

"호오, 묘한 이야기라고? 무슨 이야기인데?"

예상했던 대로 히사노리는 달려들었다.

"신흥 종교에 빠진 게 아니냐는 이야기였어요."

놀랄 줄 알았던 히사노리는 생각에 잠긴 표정을 지으며 목소리를 낮추어 말했다.

"그 이야기, 어디서 들은 건가?"

"소방단 사람 중에 그런 이야기를 하는 사람이 있어서요. 선술집에서 그냥 잡담 삼아 한 이야기니까 증거가 있는 건 아닐 것 같지만요."

"혹시 그거 타운 솔라 이야기인가? 면장이 항상 붙어 다닌다던데."

다로는 놀란 마음을 숨기며 히사노리를 보았다. "거기는 종교 계열이라는 이야기를 듣고 감이 딱 왔지. 야오로즈에도 면장 말을 듣고 땅을 팔았다는 사람이 있을 정도니까. 하야부사에 있는 땅이지만."

"누가 알려준 정보인가요?"

정보원이 누군지 알고 싶었다. 겐사쿠는 감으로 추측하고 있었지만, 타운 솔라와 오르비스의 관계에 대해 확실하게 밝혀진 것은 나카야마다의 정보가 있었기 때문이다. 그것이 없는데도 타운 솔라의 진상에 도달한 사람이 누구인지 다로는 흥미가 있었다.

"여기서만 하는 이야기인데, 나가노야."

히사노리가 목소리를 낮추며 말했다.

"나가노?"

"그 왜, 경찰서장 말이야."

"아, 그……."

다로는 소방단 입단식 때 내빈석에 있던 남자를 떠올렸다. 노부오카에게 아침을 떠는 인사를 하지 않았던가.

"실은 그 사람, 우리 친척이어서."

히사노리는 약간 껄끄러운 듯이 그렇게 말했다. "이 사람 숙모 아들이거든" 하고 사와코를 손가락으로 가리켰다.

"세이는 서장이 된 이후로 우리 가게에 자주 오지."

사와코가 그렇게 말했다. 나중에 알아보니 나가노의 이름은 세이이치였다. 그래서 세이라고 부르는 모양이다. "보통은 들어와서 한잔하고 가지. 저번에도 왔었는데. 한가한가?"

"아니, 아니, 스트레스 때문에 그렇겠지. 경찰은 답답하니까."

히사노리는 마치 정보통 같은 말투로 말했다.

"타운 솔라가 어떤 종교와 관련이 있는지 나가노 씨가 말씀하시던가요?"

"아니, 그런 것까지는 말 안했어. 애초에 종교 계열이라고 무조건 안 좋은 것도 아니고 말이야."

히사노리는 그렇게 말했지만, 문득 생각에 잠겨 있다가 천장을 올려다보았다. "그런데, 우리에게는 이야기를 하지 않았지만, 뭔가 있을지도 모르겠군. 아무래도 요즘, 특히 하야부사는 묘하게 돌아가고 있으니까."

"저기, 묘하게 돌아가고 있다니요?", 다로가 그렇게 물었다. 그냥 넘길 수 없는 말이었다.

"저번에 자네와 세모에서 만났을 때, 우리가 하야부사에 불단을 가지러 왔다고 한 거, 기억나나?"

다로는 고개를 끄덕였다. "그래서 새 불단을 살 거냐고 물어보니까, 아니라고 하더라고. 이상하지 않은가? 새로 살 것도 아닌데 불단이 필요 없다는 거야. 실은 그런 이야기가 나온 것이 올해 들어서 벌써 다섯 번째란 말이지. 그것도 전부 하야부사 사람들이고."

신경이 쓰이는 이야기이긴 했다.

"이유가 대체 뭐죠?"

"모르겠는데. 필요 없으니까 가져가달라, 그런 말만 하더라고."

"그거, 타운 솔라의 종교하고 관련이 있진 않을까요?"

너무 갑작스러운 이야기로 들렸을까.

하지만 히사노리는 놀라지도 않고 조용히 중얼거렸다.

"그럴지도 모르겠군. ──어떻게 생각하나?"

그다음에 한 말은 사와코에게 한 말이었다.

"글쎄, 나는 잘 모르겠는데."

불안한 듯이 눈을 이리저리 굴리던 사와코는 안절부절못하며 무릎 위에 두 손을 올려둔 채 주먹을 쥐고 있었다.

"혹시 괜찮으시다면 가르쳐주실 수 있을까요? 그 다섯 집이 어딘지."

오르비스 십자군과 관련이 있을지도 모른다. 그렇다면 알아둘 필요가 있다.

"그런 걸 알아서 어쩌려고 그러나?"

히사노리는 약간 의아하게 생각한 게 틀림없었다.

"에니시 주지 스님도 신경 쓰고 계셨으니 알려드리는 게 나을 것 같거든요. 저는 지금——, 절 당번이라서."

방금 한 말은 사실이다.

"그렇군. 잠깐만 기다려보게."

그가 일어서서 텔레비전 받침대 위에 있던 메모지를 가지고 오더니 그 다섯 군데의 이름을 볼펜으로 적어서 다로에게 건네주었다.

히사노리 또한 장사꾼의 후각으로 범상치 않은 것을 느끼고 있다. 과연 그 뒤에 있는 것이 무엇인지 알고 싶은 건 분명히 히사노리도 마찬가지일 것이다.

"뭔가 알아내면 가르쳐주겠나?"

"알겠습니다. 반드시 그럴게요."

메모를 받아 든 다로는 잠시 후에 노노야마 불단 상점을 나

선 다음, 왔을 때와 마찬가지로 구불구불한 도로를 지나 하야
부사 지구로 올라갔다. 강한 저녁놀이 내리쬐어서 이제 곧 색
이 바뀌기 시작할 산에 반사되고 있었지만, 지금 다로는 그 아
름다움을 감상할 여유가 없었다.

　──다섯 군데.

　지금 상황은 다로가 상상했던 것보다 빠르게, 그리고 깊게,
이 조용한 산촌에 스며든 건지도 모른다.

3

　벚꽃 저택의 언덕길을 가벼운 엔진 소리가 올라오는 게 들
리자 다로는 키보드를 두드리던 손을 멈췄다.

　노노야마 불단 상점에 다녀온 다음 날이었다.

　작업실 창문 너머로 아래쪽 길에서 경트럭 한 대가 올라오
는 게 보였다. 운전하고 있는 사람은 무라사키노 마을 집회에
서 자주 보던 남자였지만, 이름이 생각나지 않았다.

　가끔 회람판 같은 걸 우체통에 넣고 그냥 돌아가는 사람도
있었기에 그때마다 나가게 되지는 않았지만.

　"실례합니다."

　아래층에서 목소리가 들렸기에 다로는 그제야 몸을 일으켰다.

현관에 헐렁한 작업 바지와 빨간 코르덴 셔츠를 입은 남자가 서 있었다. 보자기로 싼 무언가를 두 손으로 받치는 듯이 든 채 다로가 나가자 싹싹한 미소를 지었다.

"아, 다로 씨. 이번에 당신네가 노노야마 신 당번이야. 이거 좀 부탁하네."

보자기 꾸러미를 내밀자 다로는 당황했다.

"저기——, 노노야마, 뭐라고요?"

"노노야마 신 말이야. 모르나?"

"죄송합니다. 처음 들어서요."

"아, 그래? 그러면 가르쳐주겠네."

그렇게 말한 다음, 노노야마 가즈시게——이름은 나중에 알았다——가 무라사키노 마을에 전해져 내려오는 지방신 축제에 대한 이야기를 해주었다.

노노야마 가문에서 모시는 지방신이 있고, 거기에서 1년에 한 번, 제사를 드린다.

자기들끼리만 간단히 축사를 읊고 합장한 다음, 모인 마을 사람들에게 떡이 아니라 과자를 뿌린다고 한다. 이야기를 들어보니 꽤 간단한 것 같았다.

"과자요? 떡이 아니라?"

"그래. 왜 과자인지는 나도 모르겠는데, 예전부터 그랬지."

시골의 관습은 원래 그런 법일 것이다. 논리가 통하지 않는다.

"제사 날짜 같은 것도 정해져 있나요?"

"매년 3월이야."

가즈시게는 그렇게 한참 남은 일정에 대해 말했다. "3월 마지막 일요일 오후 2시부터."

"이 안에 제사를 드릴 장소 같은 게 적혀 있을까요?"

짐을 받아 들고 보니 뭐가 들어 있는지 꽤 묵직했다.

"그런 건 안 적혀 있는데. 괜찮아, 내가 가르쳐줄 테니. 지금 시간 있는가? 같이 가자고."

부탁드릴게요, 다로는 그렇게 말하며 곧바로 나섰다.

벚꽃 저택 아래쪽 도로에서 오른쪽으로 몇백 미터 정도 간 곳이었다. 가즈시게는 그 도로 옆에 경트럭을 세웠다.

"여기서 올라가는 거야."

민가와 민가 사이의 샛길을 지나 뒷산 쪽으로 올라갔다. 이야기를 해주지 않았다면 거기 있다는 것조차 눈치채지 못했을 정도로 좁은 길이다.

잠시 후, 대나무숲 안에 작은 사당이 나타났다. 사당 앞에는 작은 뜰 정도의 공간이 있긴 하지만, 그렇다고 해서 도리이가 있거나 노보리를 세워둔 것도 아니었다.

어째서 노노야마 신 같은 게 존재하는 건지, 가즈시게도 알지 못했다. 하지만 세력을 과시하는 게 목적이라면 이렇게 조촐하게 진행하는 것은 오히려 역효과다. 힘이 없다는 걸 세상에 알리는 거나 마찬가지다.

다시 가즈시게가 집으로 데려다주자 다로는 받은 보자기 꾸러미를 풀어보았다.

나온 것은 와인 병이 들어갈 정도 크기의 나무 상자였다.

나무 상자 안에서는 동그랗게 말린 종이 몇 장이 나왔다. 당시에 노노야마 성을 쓰던 사람들의 이름 같은 게 멋진 글씨로 적혀 있는데, 어느 시대에 쓴 건지 알아보려 해도 종이가 낡아서 잘 읽을 수가 없다.

상자 바닥에서는 전시 중에 받은 것 같은 육군성의 감사장이 나왔다.

노노야마 성을 쓰던 사람들이 모여서 육군에 자금을 기부한 모양이었다. 전시 중에 이 근처 사람들이 육군에 입대했고, 대부분이 남쪽 격전지에서 목숨을 잃었다는 이야기는 예전에 아버지가 살아계셨을 때 들은 기억이 있다.

그런 사정을 감안하면 그것은 단순히 육군을 응원하기 위한 기부가 아닌 것 같았다. 소집 영장이라는 종이 한 장 때문에 전장에 나서게 된 남편이나 아들을 구하고 싶다는 남겨진 사람들의 비장한 마음이 나타나 있는 것이다.

이 기부금으로 조금이나마 먹을 것 때문에 고생하지 않으면 좋겠다, 그리고 살아서 돌아올 수 있으면 좋겠다——, 그렇게 기도하는 마음이 담겨져 있었을 것이다.

상자 안에는 무라사키노 마을의 노노야마 성을 쓰는 집 리스트도 있었다. 최근에 작성한 리스트였고, 모두 합쳐서 열두 군데가 적혀 있었다. 그 리스트 마지막에 '노노야마 가쓰오'라고 다로의 아버지 이름도 적혀 있었고, 나중에 괄호를 치고 미마 다로라고 적혀 있었다.

그것을 보던 다로는 그 리스트에서 한 가지 신경 쓰이는 걸 발견했다.

세로로 적은 리스트 중에서 좀 전에 이걸 가지고 온 노노야마 가즈시게가 열 번째라는 사실이다. 다시 말해 열두 번째인 다로 앞에 '노노야마 에이코'라는 이름이 있는데, 순서를 하나 건너뛴 것이다.

급하게 행동하다가 실수한 걸까──. 그렇게 생각하다가 곧바로 그게 아닐지도 모르겠다며 다시 생각했다.

어제 노노야마 불단 상점의 히사노리에게 들었던 다섯 군데 중 한 곳이 바로 '노노야마 에이코'였기 때문이다.

그녀는 제사 당번을 거절한 것 아닐까?

그 주 주말──.

"호오, 노노야마 신 당번이 돌아온 거야? 아이들하고 어르신들이 기대하고 있으니까 팍팍 뿌려주라고."

간스케는 세모에서 헤보 양념찜을 먹으며 명주인 '야오로즈'를 홀짝홀짝 마시고 있었다.

"제사는 몇 명이나 와?"

"그야 2, 30명 정도는 모이지 않겠어?"

규모가 작은 축제 느낌이다.

"별것 아니니까 걱정 안 해도 될 거야. 적당히 하면 되지."

그렇게 말한 간스케에게 리스트 순서를 건너뛰었다는 이야기를 하자 약간 놀란 모양이었다.

"간스케, 노노야먀 에이코 씨라고 알아?"

"무라사키노 묘지 건너편에 길이 두 갈래로 나뉘잖아. 거기서 오른쪽으로 가면 있는 큰 집이야. 본 적 없어?"

이야기를 들어보니 산책하던 도중에 본 적이 있었다. 멋지게 생긴 팔작집 지붕이 얹힌 2층집이었던 것 같다.

"거기도 부잣집인데, 에이코 씨도 나이가 많이 들었으니까. 그러고 보니 요즘은 못 본 것 같은데."

"혼자 사시나."

"몇 년 전에 남편이 돌아가신 뒤로는 혼자 살 거야."

시골이라 그런지 간스케는 그런 사정에 대해 잘 알고 있었다. "딸 부부가 도타시에 사는데, 가끔 그쪽으로 놀러 간다는 이야기는 들었지. 혹시 나이가 많이 들어서 이쪽에 안 사는지도 모르겠네."

그래서 불단을 처분하고 노노야마 신 당번도 하지 않는

다──, 그럴 수가 있을까.

그때, 선술집 문이 열리고 새로운 손님이 들어왔다.

"오, 간스케. 있었냐."

말을 건 사람은 우체국장인 요시다 나쓰오였다. 9월도 하순에 접어들자 하야부사의 공기도 시원해졌고, 훌쩍 들어온 요시다는 약간 싸늘해진 바깥 공기도 함께 데리고 왔다.

"아, 낫짱. 혼자 오셨으면 같이 드시지."

간스케가 카운터 쪽으로 부르자 요시다가 '그래도 되겠어? 미안한데,'라고 하며 다로 옆자리의 의자를 당기고는 물수건을 가져다준 여주인에게 생맥주를 주문했다.

"헤보 있는데. 드셔."

간스케가 절반 정도 남은 접시를 내밀자 요시다가 "이거 고맙네"라고 하며 곧바로 술안주 삼아 맥주를 마셔댔다. 이곳 하야부사에서 '헤보'는 완전히 시민권을 얻은 상태다.

"야, 간스케, 그리고 보니까, 타운 솔라가 수상쩍다는 이야기는 어떻게 된 거야?"

생맥주를 마신 다음, 숨을 내쉰 나쓰오가 그렇게 물어보았다.

"간스케, 말했어?"

다로가 나무라는 듯이 그렇게 묻자 간스케가 "미안, 어쩌다 보니"라고 하며 머리를 긁고 있었다.

"그러면 안 되지, 증거도 없는데. 누구누구에게 이야기한 거야?"

"낫짱에게만 했는데."

간스케는 그렇게 말했지만,

"나한테만 이야기했을지 몰라도, 몇 명이 같이 들었지."

나쓰오의 말에 다로는 머리를 감싸쥐었다.

"미안, 낫짱. 그거, 타운 솔라 아니었어. 안 그래? 다로."

간스케가 그렇게 말하자 나쓰오가 "어째서 아닌데?"라며 약간 목소리를 낮추며 물었다.

"알리바이가 있었거든. 겐사쿠 씨네 집에 불이 났을 때, 타운 솔라 영업 사원은 쇼고네 집에 있었다는 걸 알았지. 범인이 아니었던 거라고."

"뭐야, 그랬어? 괜히 놀라게 하고 말이야."

나쓰오는 그렇게 약간 실망한 듯이 말한 다음, 앞으로 내밀었던 몸을 다시 거두었다.

다로는 입을 다물고 있었다. 타운 솔라의 마나베에게 알리바이가 있다 해도 다른 실행범이 있었을 가능성이 있다는 건 이미 알게 되었다.

타운 솔라와 오르비스 십자군 사이에 관련이 있다는 사실은 지금까지 겐사쿠와 아야, 그리고 에니시 주지 스님만 아는 비밀 정보다. 그리고 '다로 일행이 알고 있다는 것을 상대방이 모르는 것'은 어떤 의미로는 무기가 될 수 있다.

"더 이상 다른 사람에게 말하지 말아줘, 간스케. 나쓰오 씨도 좀 부탁드릴게요."

다로가 그렇게 못을 박아두긴 했지만, 이미 늦었던 건지도 모르겠다.

타운 솔라의 마나베가 벚꽃 저택으로 찾아온 것은 다음 날이었다.

4

점심 식사를 간단히 하고, 오후를 어떻게 보낼지 생각하고 있었을 때였다.

맑은 가을 날씨도 저기압이 다가오자 막을 내렸고, 하늘에는 수상쩍은 구름이 소용돌이치고 있다. 일에 열중하고 있을 때 잠깐 이슬비가 내렸는지 땅바닥이 젖어 있었고, 낙엽이나 산의 나무들 색이 더 진해진 상태였다.

강에서 물고기를 잡는 걸 금지하는 시기가 되기 전에 낚시를 하러 갈까 생각도 해보았지만, 날씨가 이런 상황이니 그러지 않는 게 나을 것 같았다.

'소설 레몬'에서 연재하고 있는 '도시에서 우는 뻐꾸기'도 드디어 대단원이 가까워졌기에, 일을 하지 않을 때도 계속 주인공과 적이 주고받는 이야기가 머릿속을 맴도는 것 같았다. 마치 소설의 신이 그럴 때는 돌아다니지 말고 일에 집중하라며 신경을 써준 것 같은 날씨였다.

벚꽃 저택으로 이어지는 도로를 올라오는 엔진 소리가 들린 것은 방금 끓인 커피를 들고 작업실로 올라가려던 때였다.

올라가던 계단에서 돌아와 거실로 가자 걷어둔 커튼 너머로 하얀색 영업용 차량이 보였다. 타운 솔라의 로고도 보였다. 마음이 어수선해진 것을 느낀 다로는 들고 있던 커피 컵을 테이블에 내려놓았다.

운전석에서 나온 마나베의 눈은 거실에 있는 다로를 벌써 바라보고 있는 것 같았다. 현관이 아니라 똑바로 다로를 향해 다가왔다. 그 표정이나 분위기는 평소에 영업용 미소를 드리우고 있던 마나베와는 전혀 달랐다.

창문을 열자,

"잠깐 괜찮으실까요, 미마 씨."

마나베는 다로의 눈을 지긋이 바라보고 있었다.

"산 말씀이시면——."

"그게 아니거든요."

다로의 말을 중간에 가로막은 마나베는 눈에 일그러진 감정의 파편을 드리웠다.

"제가 방화범이라고 여기저기서 말하고 다니신다면서요?

대체 왜 그러시는 거죠?"

다로는 가슴 속에 품고 있는 경계심을 들키지 않게끔 애매한 미소를 지었다.

"설마요. 말하고 다니진 않았는데요."

"민폐라고요. 대체 어쩔 생각이시죠?"

마나베는 화가 난 눈초리로 바라보았다.

"저는 소방단원이에요."

다로는 할 말을 생각하다가 그렇게 말했다. "방화의 관련성에 대해 가능성을 검토하는 건 당연한 일이고, 그건 분단장의 승인을 받은 정식 조사였습니다. 당신은 방화가 일어난 네 군데에도 드나드셨죠. 아닌가요?"

대답은 없었다. "당신이 어디서 무슨 이야기를 들으셨는지는 모르겠네요. 하지만 저는 어디까지나 사실을 조사하고 있을 뿐입니다."

"무책임한 소문을 흘리는 건 미마 씨에게도 별로 좋은 일이 아닐 텐데."

마나베는 야쿠자 뺨칠 정도로 사나운 목소리로 말했다. "더이상 쓸데없는 짓을 하지 말라고."

그는 난폭한 말투로 그렇게 말하며 증오로 얼룩진 눈빛으로 다로를 노려보았다. 발걸음을 돌려서 자동차에 탄 마나베는 뜰 앞에서 방향을 튼 다음, 언덕길로 내려가 보이지 않게 되었다. 다로는 그 모습을 바라보며 심장이 뛰는 소리를 목덜미 근처에서 듣고 있었다.

다로가 의심하고 있다는 걸 마나베에게──, 아니, 교단에게 들켰다.

협박보다는 그 사실이 훨씬 더 큰 문제였다.

5

"제장, 들켜버린 거야? 간스케 그 녀석, 입이 싸서 큰일이라니까."

겐사쿠는 그렇게 말하며 인상을 찌푸렸다.

겐사쿠의 집 객실에는 지금 다로와 아야, 그리고 에니시까지 네 명이 다시 모였다.

"타운 솔라 쪽에서도 초조한 거 아닐까요."

그렇게 말한 사람은 아야였다. "증거가 없다고는 해도 자신들과 화재의 관계를 의심하는 사람이 생겼으니 앞으로 행동하는 데도 영향이 생길 테고요."

"그렇긴 한데, 마나베는 방화 쪽 관계에 대해서 못을 박으러 왔을 뿐이지. 설마 자기들 정체가 들켰다고 생각하진 않을 거야. ──그런데, 스님."

겐사쿠는 조용히 귀를 기울이고 있던 에니시에게 말을 걸었다. "다로가 알아온 불단을 팔아버렸다는 집, 뭔가 알아낸 거 있는가?"

주지 스님은 부스럭거리며 승복의 소매 안쪽을 뒤지다가 메모지 한 장을 꺼내 객실 테이블에 올려놓았다. 살고 있는 마을 이름까지 적혀 있는 그 다섯 군데의 리스트였다.

시모바라 야마모토 가즈요
오보라 가토 쇼스케
니시하타 도쿠다 다키코
우스타 가모 겐지
무라사키노 노노야마 에이코

"노노야마 불단 상점에 불단을 판 다섯 집 모두 최근에 혼빼기를 하셨죠. 저는 불단을 새로 사서 바꾸실 줄 알았습니다만."

혼빼기란 처분할 불단에서 혼을 빼내는 의식이다. 승려에게 부탁해서 경을 읊어달라고 한다.

"그런데, 그러지 않았다고?"

겐사쿠가 물었다. 에니시는 지나가는 척하면서 그 다섯 군데를 각각 방문한 모양이었다. 새로 불단을 사서 바꿨다면 이번에는 반대로 '혼넣기'를 할 필요가 있다. 주지 스님이 은근슬쩍 찾아가서 상황을 살펴보는 건 그렇게 부자연스럽지 않을 것이다.

"네 곳은 아직 불단을 사지 않았다고 하더군요. 나머지 한 곳은 자리를 비운 모양이라 ——."

무라사키노의 노노야마 에이코다.

에니시는 고개를 끄덕이고는 한동안 상황에 대해 생각하며 조용히 차를 입에 머금었다.

"어째서 이 다섯 군데일까요? 뭔가 공통점은 없나요?"

다로가 그렇게 물어보았지만, 아마 겐사쿠도 그렇게 생각하고 있을 것이다.

"공통점이라고 해도 말이지. 나도 다 알고 지내는 건 아닌데, 시모바라의 가즈요 씨하고 우스타의 겐지 씨, 무라사키노의 에이코 씨, 이 세 사람은 일흔 살이 넘었고 혼자 살고 있어. 나머지 두 사람은 모르겠고."

"오보라의 가토 씨는 작년이었나 정년 퇴직하셔서 부부끼리만 살고 계시지요. 니시하타의 도쿠다 씨는 아직 50대지만 몇 년 전에 남편이 돌아가셨고요. 요즘도 도타 공장에서 일하고 계실 텐데."

에니시가 그렇게 대답했다.

"다들 신흥 종교로 갈아탄 거야? 이유가 뭐지?"

겐사쿠가 혼잣말을 하듯이 물었지만, 대답하는 사람은 없

었다. 잠시 시간이 흐른 뒤,

"공통적인 이유 같은 건 없을 것 같네요."

그렇게 대답한 사람은 아야였다.

"누구나 절망하는 순간은 있을 테고, 다양한 이유로 인해 허무한 느낌에 빠지는 경우도 있을 거예요. 누구와도 의논할 수가 없고, 누구의 도움도 받을 수 없죠. 그런 와중에 슬쩍 손을 내밀며 구원을 내려주는 거예요. 교단의 신자가 자상하게 말을 걸면서 당신에게는 신의 아이로서의 가치가 있다며 따스하게 맞아주죠. 그래서 빠지는 거예요. 저도 그랬고요."

"그러니까, 누군가가 이 사람들 마음이 어떤지 알아채고 전도했다는 뜻이야?"

겐사쿠가 납득했다는 듯이 고개를 끄덕이고는 팔짱을 끼며 새로운 의문을 던졌다.

"누가 그럴 수 있지?"

"아마 타운 솔라겠지요."

에니시의 목소리는 매우 부드러웠지만, 몸에서는 뽑아 든 칼처럼 날카로운 기척을 풍기고 있었다.

"처음에는 태양광 발전을 하기 위한 토지 매매 이야기를 먼저 했을 겁니다. 현관 앞에서 끈기있게 말을 걸고, 여러 번 다니다 보니 마음도 터놓게 되어서 집 안까지 들어가고요. 그러다 보면 이야기가 그 사람의 사생활로 넘어가고, 고민 상담도

하게 됩니다. 그 이야기를 들으면서 상대방이 오르비스 십자군의 신자가 될 수 있을지 꼼꼼하게 재본 다음, 가능할 것 같다면 구제의 손길을 내미는 거지요."

"스님도 그만큼 신경을 써주면 좋을 텐데."

"나무아미타불, 나무아미타불."

에니시는 대답 대신 살짝 합장을 했다.

"켁."

겐사쿠는 그렇게 짤막한 말을 내뱉고는 "별단시킨 것도 작전인가?"라고 혼잣말을 하듯이 말했다.

"다른 사람들이 알지 못하게끔 하려는 것 같네요."

아야가 그렇게 말했다. "오르비스 테라에 기사단의 악평은 거의 모든 국민들이 알고 있으니 경계하겠죠. 이 다섯 분들이 오르비스 십자군의 신자가 되었다 하더라도 막상 사실이 밝혀지면 주위 사람들이 경계할 테고, 피할 거예요. 전도자가 누군지 모르는 사이에 신자를 한 명씩 늘려나가다가 때를 봐서 일제히 별단시키는 거죠."

"그렇게 되면 절이 없어져 버릴지도 모르겠는데."

겐사쿠가 심술궂은 말투로 그렇게 말했지만, 에니시는 의젓한 미소를 지을 뿐이었다.

"신자는 이 다섯 명 말고도 있을지 모르겠군. 아니, 있을지 모르는 것이 아니고──, 분명히 있을 거야."

메모지에 적힌 이름을 힐끔 본 겐사쿠가 그렇게 말했다. "그 녀석들이 협력해서 교단에게 방해되는 집에 불을 지르고 다녔는지도 모르지."

"저기——, 히로노부는 어땠을까요."

다로는 신경 쓰이던 것을 말했다. "그가 교단의 신자가 되었을 가능성은요?"

"실은, 나도 히로노부네 집에 가서 슬쩍 물어보고 왔는데. 그 녀석이 남긴 방도 봤고, 그런데 그럴싸한 건 아무것도 없더라고."

"집 어딘가에 마리아님의 초상화 같은 건 없던가요?"

아야가 신경 쓰이던 것에 대해 물었다.

"없었던 것 같은데……, 그게 대체 뭔데?"

"오르비스의 신자가 되면 마리아님의 초상화나 석상을 사야 하고, 날마다 예배를 해요. 만약에 그게 집에 있다면 개종한 증거가 될 거예요."

스마트폰을 꺼낸 아야는 인터넷을 검색해서 방금 말한 마리아상 사진을 보여주었다.

"특징은 마리아님이 로렌 십자가를 들고 있다는 거죠."

"로렌 십자가?"

겐사쿠가 그렇게 묻자 아야가 종이에 그려주었다.

길이가 다른 가로줄이 두 개 있는 십자가다. 가로줄은 위쪽이 짧고 아래쪽이 길다. 그리고 그것을 세로로 관통하는 줄 하나——.

아야가 계속 말했다.

"오르비스 테라에 기사단은 원래 템플 기사단을 기원으로 삼았어요. 그 템플 기사단은 제1회십자군 원정 이후에 성지 예루살렘을 지켜낸 것으로 유명한데, 오르비스 테라에 기사단은 그 십자군의 세계관을 계승했다는 교리를 신봉하고 있죠. 제가 보기에 그건 실제 십자군이나 그리스도교와는 비슷한 것 같으면서도 전혀 다르지만요."

"갔던 집에 마리이 초상화가 있던가? 스님."

"모르겠는데요."

에니시는 기억을 더듬으며 고개를 저었다.

"도움이 안 되는군, 스님."

"면목이 없군요."

에니시는 눈을 꾹 감으며 사과했지만, 딱히 반성하는 것 같지는 않았다. 만만치 않은 승려다.

"나가노 경찰서장은 타운 솔라를 종교 계열 회사라고 말했다고 하니 경찰도 은근슬쩍 움직이고 있을지도 모르겠네요."

다로가 그렇게 말하긴 했지만, 그것은 희망적인 관측에 불과했다. 히로노부의 죽음이나 연달아 일어난 방화 사건에 대해 경찰이 구체적으로 무언가 행동에 나섰다는 이야기는 전혀 들어본 적이 없다. 그러기는커녕, 마치 아무 일도 없었다는 듯이 침묵하고 있다.

"이 상황에서 면장까지 신자라면 하고 싶은 대로 다 하겠지. 면을 통째로 뺏길 거라고."

겐사쿠는 위기감을 드러냈다. "우리 앞날이 걸린 문제잖아, 스님. 어때, 이번에는 '눈에는 눈' 방식으로 가볼까."

"저희 종파에 그렇게 난폭한 섭리는 없습니다만."

에니시는 부드러운 말투로 반박했다.

다로의 머릿속에 지금 상황이 어떤 대립 구조로 떠오른 것은 바로 그때였다. 그렇다, 말하자면 이것은,

──종교 전쟁 아닌가.

어느새 조용한 마을을 침략하고 있던 신흥 종교와 그 지역의 절 및 그곳을 지탱하는 시주 가문들이 벌이는 싸움이다.

다로는 지금까지 종교와는 무관한 인생을 살아왔다. 하지만 정신을 차리고 보니 다로 자신도 그 싸움에 휘말려서 싸워야만 하는 상황이 되어 있었다.

"그런 것보다는 우선 조심해야 할 겁니다."

에니시는 갑자기 부드러운 표정을 없애고는 날카로운 눈빛을 낡은 객실 안에 뿜어냈다.

"지금 미마 씨는 교단에게 있어서 탐탁지 않은 사람이 되었습니다. 그리고 다치키 씨. 당신도 마찬가지죠."

아야는 눈살을 찌푸린 채 에니시의 경고를 듣고 있었다. "그린 종교 단체는 세상 사람들이 생각하는 것보다 더 정교한 정보망을 가지고 있는 법입니다. 혹시나 당신이 이곳 하야부사에 있다는 사실을 그들이 알고 있을 가능성도 있지요."

"하지만 그 마나베라는 사람이 저를 알고 있을 것 같지는——."

아야는 그렇게 반론하려 했지만,

"절대로 모를 거라고 단언하실 수 있으신지?"

주지 스님이 그렇게 말하자 아야는 입을 다물었다. "두 분 모두 조심하시길. 그리고 겐사쿠 씨, 우리도 말입니다."

객실의 분위기가 갑자기 팽팽해졌고, 답답한 기운이 다로를 짓누르기 시작했다.

6

겐사쿠의 집에서 돌아오자 오후 9시가 넘은 시각이었다.

저녁 식사는 겐사쿠의 집에서 하고 왔기에 목욕물을 끓여서 씻은 다음, 위스키병과 쇼트 글라스를 들고 작업실로 올라갔다.

컴퓨터를 켜고 나카야마다에게 메일을 보내려 하다가 그

만두었다. 알리면 손을 떼라고 하겠지만, 이미 돌이킬 수 없는 상황이 되어가고 있었다.

타운 솔라——, 아니, 오르비스 십자군은 다로가 화재와의 관련성을 의심하고 있다는 걸 이미 알아챘다.

혹시나 그 사실이 마나베의 입을 통해 이곳 하야부사 지구에 있는 신자들의 귀에 들어갔을지도 모른다.

그렇다면 그들에게 있어서도 다로는 탐탁지 않은 사람이 된 것이다. 하야부사에서, 아니면 이곳 무라사키노에서, 아무렇지도 않게 이야기를 나누던 사람이 신자였다면 다로가 한 행동이나 이야기한 내용이 그때마다 교단 쪽에 노출된다는 뜻이다.

메일을 확인하고 나서 노트를 꺼내 내일 쓸 원고 내용에 대해 검토하려 했지만, 생각이 정리되지 않았고, '조심하시길'이라고 경고하던 에니시의 어두운 표정이 연달아 머릿속에 떠올랐다가 사라지길 반복했다.

일을 포기하고 켜두었던 컴퓨터로 오르비스 테라에 기사단의 신자가 예배를 드린다는 마리아의 초상화를 검색해보았다.

잔뜩 나왔다.

처참한 살인도 아랑곳하지 않는 교단에 대한 사회적인 관심은 교주 고사이 미치하루의 말과 행동, 망측한 수행과 신자들의 생활, 전도의 실태 등, 다양한 각도로 나뉜 채 많은 기사가 되어 인터넷을 떠들썩하게 만들고 있었다.

로렌 십자가를 들고 있는 마리아의 초상화에는 여러 종류가 있었고, 신자가 그것을 구입하거나 다른 사람에게 판 돈을 교단의 자금으로 썼다는 기사도 발견했다.

겨우 몇 천엔 정도로 살 수 있는 포스터 같은 초상화부터 유화로 그린 다음 멋진 액자에 담은 100만 엔이 넘는 초상화. 게다가 수고를 들여 나무나 돌을 깎아서 만든 것도 있었다.

고사이를 정점으로 하는 오르비스 테라에 기사단의 특징은 신자들을 몇 가지 계층으로 나누는 것이었다.

최상위 계층은 체포된 교단 간부들이었고, 상위 신자는 교단이 부지 안에 지은 '수도원'에서 템플 기사단처럼 엄격한 계율을 지키며 교의를 수행한다. 하지만 하위층 신자들은 평소처럼 살면서 집회를 통해 서로를 감시하고, 교리를 어긴 자가 생기면 교단에 밀고하는 것이 신의 가르침이라고 세뇌당한다.

그들은 계층에 따라 교단에 사적 재산을 기부할 것을 요구당한다는 내용도 있었다. 다양한 마리아상은 기부한 신자에게 그 신앙심을 교단이 인정한 증거인 것이다.

이것저것 읽다 보니,

──교단은 신자들로부터 전 재산을 빼앗고 완전히 가두어 두고 싶지만, 그러지 못하는 사정이 있었던 것 아닐까.

다로는 그런 생각에 이르렀다.

신자가 늘어나면 그만큼 땅과 건물이 필요하게 된다. 어떤 인터넷 정보에 따르면 지바에 있던 오르비스 테라에 기사단의 교단 시설은 꽤 좁아졌다고 한다. 게다가 그 교단 시설도 지금은 해체되어 소멸했다.

교단이 해산되자 갈 곳을 잃은 신자들에게 필요한 것은 해체된 총본산을 대신할 '성지'일 게 틀림없었다.

"그게 하필이면 하야부사에⋯⋯."

다로는 의자 등받이에 몸을 기대고 조용히 중얼거렸다.

고개를 들고 어두운 창밖을 바라보며 멍하니 있었다. 그대로 잠들어버릴 것처럼 천천히 느슨해지는 의식 속 밑바닥에 있던 다로는 문득――, 고개를 들었다.

벌레 소리가 멎었다. 땅바닥에 떨어진 나뭇잎을 밟은 발소리를 확실하게 들은 것은 그때였다.

창밖이 밝았다. 헛간에 설치되어 있던 대인 센서가 달린 조명이 켜진 것이다.

일어서서 창문 밖을 지긋이 바라보았다. 조명과 어둠이 한데 뭉쳤고, 도려낸 것 같은 조명 불빛 끄트머리에서 무언가가 움직이는 것을 보았다. 사람 모습이다. 생김새는 확실하게 알아볼 수 없었다.

발소리가 멀어져갔다.

잠기운이 날아가 버렸고, 다로는 그 발소리를 쫓아가려는 듯이 집 밖으로 뛰쳐나갔다.

멀어지는 발소리는 이미 들리지 않게 되었고, 그 대신 언덕 건너편에서 기침하듯이 시동이 걸리는 소리가 들렸다. 그 소리가 멀어졌고, 들리지 않게 될 때까지 다로는 서서 귀를 기울이다 천천히 집으로 올라가는 언덕길을 돌아갔다.

──조심하시길.

에니시의 경고가 다시 머릿속에 되살아났고, 다로의 등에 싸늘한 것이 흘러내렸다.

그리고 한 가지 확신 같은 것이 가슴 속에 떠올랐다.

그 녀석들은 다시 움직이기 시작했다. 그리고 다음 목표로 삼은 것은 아마도──, 벚꽃 저택일 것이다.

7

"네에. 사람 모습이라고요, 사람 모습 말이죠."

하야부사 파출소의 혼다 순경은 꺼낸 메모장에 연필을 대고 '사람 모습'이라고 적은 다음, "그게 몇 시쯤이었나요"라고 느긋한 말투로 물었다.

"어젯밤 11시 반쯤이었어요. 대인 센서가 달린 라이트가 켜졌길래 2층 창문에서 보니까 분명히 사람 모습이 보였고요."

"수상한 사람이 나타났다고요. 그렇단 말이죠."

하룻밤 동안 생각한 끝에 '본관 씨', 즉 혼다 순경에게는 연락을 해두는 게 좋겠다는 게 다로가 내린 결론 중 하나였다.

아침 식사를 한 다음에 전화를 걸자 10분도 지나지 않아서 혼다 순경의 소형 순찰차가 도착했다.

현관 앞에서 설명하고 있자니 어디서 어떻게 알았는지, 근처에 사는 도쿠다 영감님까지 작업복에 장화, 이 근처에서는 '표준복' 차림으로 나타났다.

"좋은 아침이요. 무슨 일 있나?"

일흔 살이 넘은 도쿠다는 쓰고 있던 모자를 벗으며 혼다 순경에게 인사를 하고는 다로 옆에 나란히 섰다.

"나, 민생 위원이니까. 혹시 곤란한 일이 생겼으면 같이 이야기를 들을까 하는데."

딱히 부탁하진 않았지만, 원래 그런 법인 모양이다. 하지만 민생 위원이라는 일은 후생 노동 대신이 위촉하는 정식 직책으로 전국의 지방자치단체에 존재한다. 무급 자원봉사다.

"어젯밤에 수상쩍은 사람이 나타났거든요."

혼다 대신 다로가 설명했다.

"어? 수상쩍은 사람? 뭔가 도둑맞았나?"

도쿠다는 예전에 고등학교 선생님이었다는 노인이었고, 나이가 들고 나서도 머리가 잘 돌아가는 사람이었다.

"제가 방금 그걸 물어보려고 했는데요."

혼다가 약간 떨떠름하게 이야기를 이어나갔고, 다로에게 다시 "뭐가 도난당하거나 망가진 게 있습니까"라고 물었다.

"없어요. 범인은 조명이 켜진 걸 보고 놀라서 바로 도망친 것 같습니다. 돌아올지도 모르겠다 싶어서 한동안 2층 창문으로 보고 있었는데, 결국 오전 2시 넘어서까지 아무도 안 왔고요."

덕분에 약간 잠이 부족하다.

"그러니까, 피해는 없다는 거지요?"

혼다 순사는 은근히 실망한 표정을 짓긴 했지만.

"방화범일지도 모르겠다는 생각이 들어서요."

다로가 그렇게 말하자 다시 표정을 다잡았다.

"어떤 남자인지 보셨나요."

혼다 순경은 멋대로 남자라고 단정 지으며 물었다. 하지만 성별조차 제대로 알아보지 못했다는 게 솔직한 심정이다. 여자였을 가능성도 부정할 수는 없다.

"자세히 알아보지는 못했습니다."

다로는 겐사쿠네 집 방범 카메라에 찍힌 영상도 보았지만, 동일 인물인지 여부도 알 수가 없었다.

"그러면 뭔가 짐작 가는 건 없습니까. 누군가에게 원한을 샀다거나 그런 거요."

"아뇨."

다로는 고개를 젓기만 할 뿐, 타운 솔라 이야기는 하지 않았다. 수상쩍은 사람이 마나베라는 증거도 없다.

혼다 순경과 이야기를 하고 있자니 출근하던 차가 몇 대 지나갔고, 속도를 늦추며 다로 일행을 본 것을 알 수 있었다.

이 사실은 금방 무라사키노 마을 전체에 퍼지고, 조만간 하야부사 전체에 알려질 것이다. 혼다 순경은 매우 미덥지 못하긴 하지만, 이 지역에 이번 이야기를 퍼뜨리는 것이 다로의 목적이었다. 어느 정도는 방화범에 대한 견제가 될 것이다.

어느 정도 이야기를 들은 다음,

"외출할 때는 문을 제대로 잠그시고, 조심하시죠."

혼다 순경은 모자의 챙을 잡고 고개를 살짝 숙인 다음에 돌아갔다.

"살벌한 세상이야."

도쿠다도 흔해 빠진 감상을 남기고 돌아갔다. "다로도 조심해. 범인 사진 같은 것이 있으면 좋았을 텐데."

다로도 그 말에 완전히 동감했다.

오전에는 작업실에서 지냈던 다로가 도타시에 있는 거대한 홈센터에 간 것은 그날 오후였다.

사려고 한 것은 새 대인 센서가 달린 조명 두 대와 방범 카메라 세 대였다. 이것을 사각이 없게끔 집에 설치할 생각이었다.

하지만 꽤 복잡한 작업이었기에 설치하느라 애를 먹고 있을 때 "다로, 어제 큰일이 있었다면서? 괜찮아?" 소문을 들은 간스케가 온 것은 다행이었다.

간스케에게 도움을 요청하자 눈 깜짝할 새에 전원을 확보하고는 척척 작업을 해나갔다. 이 지역 건설 업체에서 근무하고 있기에 전기 계통에 대해 잘 알고 있는 간스케에게는 이 정도 작업은 식은 죽 먹기인 것이다.

설치가 끝나자 해가 저물기 시작했고, 딱 좋은 시간이 되었다.

"고마워, 간스케. 보답으로 세모에서 한잔 살게."

"그거 좋지."

간스케가 거절할 리가 없었다.

"그건 그렇고, 다로네 집에 수상쩍은 사람이 나타났단 말이지."

생맥주로 건배한 다음, 간스케가 뜻밖이라는 듯이 그렇게 말했다.

"실은 타운 솔라의 마나베가 우리 집에 왔었어. 화재 용의자로 의심한 걸 어디선가 들은 모양이야."

설마, 간스케는 그렇게 말하며 마시던 맥주잔을 내려놓고는 고개를 들었다.

"그러면 어제 왔던 수상쩍은 사람이 마나베야?"

"그건 모르겠어. 잘 안 보였거든. 정말이야."

"그래……."

간스케는 그렇게 말한 다음 길고 떨리는 한숨을 내쉬었다. "혹시 다로네 집에 불이 나면 나 때문이겠네. 무심코 입을 놀려버려서. 그런데 마나베 그 녀석이 명예훼손으로 고소하고 그러진 않으려나."

"그러진 않을 것 같아."

다로에게는 그런 확신이 있었다. 타운 솔라의 정체를 들키면 곤란하기 때문이다.

"그런데, 또 올 것 같긴 해."

다로가 그렇게 말하자 간스케가 깜짝 놀란 듯이 바라보았다.

"문제는 그게 언제냐는 거지."

다로는 고개를 돌려서 메뉴가 나란히 붙어 있는 카운터 쪽 벽을 보았다. "방심할 수는 없어."

실제로 다로는 그로부터 1주일 정도 최대한 외출을 자제하고 집에 있었다. 비가 계속 내리며 쌀쌀했던 날이 지나고, 겨우 맑은 가을 하늘이 돌아온 것은 달력이 10월로 바뀐 첫 번째 주말이었다.

그 주말 이틀 동안, 소방단에는 오랜만에 출동 명령이 내려졌다. 야오로즈 지구의 패밀리 센터에서 진행되는 야오로즈면 산업 문화제의 경비에 동원된 것이다.

8

"이쪽 주차장은 가득 차버렸는데. 야오로즈 초등학교 주차장으로 가주실 수 있습니까."

패밀리 센터 입구로 다가온 자동차를 유도등으로 멈춰 세운 다음, 간스케가 운전수에게 그렇게 설명했다.

다로는 그 옆에 서서 주차장 안내도를 주는 역할이다.

각 지구의 분단이 동원되었고, 이날 하야부사 분단이 맡은 것은 주차장 안내 담당이었다. 미야하라의 지휘 아래 무료 주차장에 각각 인원을 배치해서 오는 자동차를 유도하는 것이다. 모두가 파란색 상하의에 오렌지색 벨트와 장화, 그리고 소방단 모자, 그런 제복 차림이었다.

야오로즈면 산업 문화제는 다로가 예상했던 것보다 훨씬 성황리에 진행되고 있었다. 크고 작은 텐트들이 늘어서 있고, 이 지역 특산품의 홍보와 판매가 이루어지고, 오후부터는 이 지역 음악가의 미니 콘서트도 개최된다고 한다.

"나도 야키소바 먹고 싶은데."

노점에서 풍기는 향긋한 소스 냄새를 맡고 일을 하다 멈춘 간스케가 부럽다는 듯이 회장을 바라보고 있었다.

"11시까지는 참아야지, 간스케 씨."

옆에서 요타가 그렇게 말한 이유는 11시부터 교대로 점심 식사를 하게 되어 있기 때문이다. 해산은 오후 4시이고, 간스케에게 이야기를 들어보니 그 이후로 대기소로 돌아가서 돼지곱창을 먹는 게 연중행사라고 했다. 어째서 돼지곱창을 먹는 건지는 모르겠다.

차가 또 한 대 다가오자 간스케가 똑같은 설명을 반복했다. 다로는 안내도를 건네며 좀 전부터 머릿속 한구석에 불안한 기척이 웅어리진 걸 느끼고 있었다.

말하자면 기시감 같은 것이었다.

하야부사 소방단에 들어온 뒤 첫 화재는 입단식이라는 행사 도중에 일어났다. 그 입단식 회장이었던 야오로즈 초등학교 운동장은 이 패밀리 센터 옆에 있다.

오늘은 괜찮을까.

소방단이 총출동하고, 많은 사람들이 이 산업 문화제를 보러 외출하기에 집을 비운다.

그 이후로 타운 솔라의 마나베를 본 적은 없었다.

겐사쿠와 아야, 그리고 에니시도 연락을 하지 않았고, 척 보기에 하야부사는 평온함을 유지하고 있었다.

하지만 다로에게는 그것이 일시적인 평화로만 보였던 것이다.

타운 솔라가 오르비스 십자군의 유령 회사라는 사실은 분명히 언젠가 밝혀질 것이다. 하지만 그게 언제일지는 모른다.

그때, 연달아 일어났던 방화 사건에 대해 타운 솔라를 의심하는 생각은 한층 더 강해질 것이고, 그와 동시에 신자들의 존재도 드러날 것이다. 만약에 노부오카가 그 신자라 해도 예외는 아니다.

문득 다로의 머릿속에 오늘 아침에 있었던 일이 되살아났다.

주차장 경비를 시작한 지 얼마 지나지 않아 노부오카가 탄 차가 왔을 때다. 일단 정지하라는 신호를 무시하고 입장한 까만색 토요타 크라운이 몇 미터 정도 더 가서 멈추고는 후진해서 다로 일행 쪽으로 돌아왔다.

뒷좌석 창문이 열리고 노부오카가 얼굴을 내밀었다.

"이봐, 저기 제일 가까운 구석 주차 공간을 비워놨어야지. 차를 어디다 세우라는 거야, 너희들."

그 말을 듣고 "그런 이야기는 못 들었다"라고 따진 사람은 요타였다.

"공용차를 댈 곳을 비워놓으라고 했을 텐데. 하야부사 녀석들은 정말 도움이 안 되는군."

근처에 있던 미야하라가 다가온 것은 그때였다.

요타에게 상황에 대해 들은 미야하라는 뒷좌석 창문을 잡고 노부오카에게 얼굴을 들이대며 노려보았다.

"대단한 정치가 행세하는 거야? 좋겠네."

미야하라는 독기가 서린 목소리로 그렇게 말했다. "우리는 쉬는 날에 동원되어서 도와주고 있는데. 고생한다는 말 한마디도 없어? 너에게 비워둘 공간은 없다고. 적당히 내려서 걸어가."

"까불지 마라, 미야하라."

노부오카는 밀리지 않겠다는 듯이 미야하라를 노려보았다.

"――이봐, 출발해."

그 말과 함께 자동차가 움직이기 시작했고, 회장 근처에 멈
추자 노부오카는 공무원들의 마중을 받으며 회장 안으로 들어
갔다.

"면사무소에서 겨우 100미터 거리 아니야? 잘난 척하면서
자동차나 타고 오고 말이야. 걸어와야지, 얼간이 같으니."

그렇게 보이지 않게 된 뒷모습을 향해 미야하라가 그런 말
을 내뱉었다. 맞는 말이다.

지금――.

그림물감으로 그린 것처럼 투명한 느낌이 드는 하늘을 올
려다보면서 이제 곧 오전 11시를 가리키려 하는 패밀리 센터
의 시계를 멀리서 바라보고 있었다.

"다로, 같이 밥 먹으러 가자고."

그렇게 말을 걸어준 간스케에게 다로가 고개를 끄덕인 것
과 어딘가 근처에 있던 스피커에서 시끄러운 사이렌 소리가
울려 퍼진 것은 거의 동시였다.

화재다.

"어디야!"

간스케가 급하게 주머니에서 스마트폰을 꺼냈다. 다로도 스마트폰을 보고 경악한 표정으로 고개를 들었을 때, 이쪽으로 뛰어서 돌아오는 미야하라가 보였다. 그는 팔을 똑바로 뻗고는.

"이봐! 저걸 보라고!"

그가 가리킨 쪽을 본 다로의 시야에 들어온 것은 새까만 연기였다. 바로 근처, 야오로즈 지구 중심부에서 까만 연기가 뭉게뭉게 피어오르고 있었다.

미야하라의 지시는 정확하고 빨랐다. 소방차에 탈 다섯 명을 지명하고, 야오로즈 초등학교 운동장에 세워두었던 소방차를 향해 뛰어가기 시작했다. 나머지는 뛰어서 현장으로 향했다. 그게 더 빠르기 때문이다.

패밀리 센터 회장에서 아연실색하며 뛰쳐나온 다른 분단원들도 뛰어가기 시작했고, 소방차의 사이렌이 여러 겹으로 겹치며 가을 하늘에 울려 퍼졌다.

장화 소리를 울리며 뛰어가는 간스케를 다로가 쫓아가고 있었다.

"서둘러! 서둘러! 서둘러!"

누군가가 외치는 목소리를 들으며 다로의 머릿속은 극도로 혼란스러워졌다.

기시감은 현실이 되긴 했다. 다로의 불안한 마음이 적중한 것이다. 하지만——.

불이 난 곳은 다로의 벚꽃 저택이 아니었다.

지금 홍련의 불꽃에 휩싸인 채 하늘을 뚫을 듯이 까만 연기를 토해내고 있는 곳은──, 다름 아닌 노부오카 신조의 집이었다.

9장

몰락하는 계보

1

홍련의 불꽃은 수백 년 동안 이어저 왔다는 오래된 집의 안채 중 대부분을 불태웠고, 별채만을 약간 남기며 조금 전에 진화된 직후였다.

예전에는 집이었던 곳에 불타서 그을린 채 부러진 기둥이 몇 개 남아 있었다.

솔개 입을 들고 장화를 신은 발을 내디딜 때마다 고여 있던 오수 속에서 탄화된 무언가가 부서지며 축축하고 불쾌한 소리를 냈다. 말로는 이루 표현할 수 없는 탈력감과 허무함이 담긴 소리다.

불탄 집 옆에는 노부오카가 경영하는 양조장이 있는데, 그곳이 화재를 면한 것은 유일하게 다행이라 할 수 있는 일이었다. 불길이 그곳까지 뻗었다면 노부오카 일족은 집과 살림살이뿐만이 아니라 대대로 경영해온 가업까지 빼앗겼을 것이 틀림없다.

평소에 노부오카를 어떻게 생각했는지와는 별개로 지금 다로의 가슴 속에 견디기 힘들 정도로 치솟고 있는 것은 방화범에 대한 분노였다.

이 집에는 노부오카와 부인, 아들 부부, 그리고 초등학교 4학년과 2학년인 두 손주와 개 한 마리가 살고 있었다.

불이 난 당시, 가족들은 산업 문화제에 놀러 가 있었기에 자리를 비운 상태였다. 집 안에 있던 개는 제일 먼저 달려간 미야하라 일행이 구출했지만, 그 이상 뭔가 할 수는 없었다. 불길이 빠르게 번져서 살림살이 같은 것을 옮길 새도 없이 거센 불꽃에 휩싸여버렸기 때문이다.

화재 현장에는 지금 S지구 소방서 담당자들이 도착해서 화재 원인을 검증하려 하는 참이다.

실화일까, 방화일까.

그것을 알아내는데 전문적인 접근이 필요하다는 건 분명하겠지만, 여기 있는 소방단원들 중 대부분은 분명히 이렇게 생각하고 있을 게 틀림없다.

또 저질렀다, 라고.

하지만 과연 그럴까——, 다로는 그렇게 의심했다.

노부오카와 타운 솔라의 친밀한 관계를 감안하면 이 방화는 앞뒤가 맞지 않는다.

"다로, 잠깐 괜찮을까?"

간스케가 다가와 작은 목소리로 말을 걸었다. "모리노 씨가 물어보고 왔는데, 타운 솔라의 마나베는 이번 화재하고 상관이 없는 것 같더라고."

"어떻게 알았어?"

"타운 솔라도 산업 문화제에 참가한 모양이야. 거기서 하피 차림으로 호객을 하고 있었던 것 같단 말이지."

그렇구나. 그렇다면 마나베는 실행범이 아닐지도 모르겠다. 하지만 타운 솔라에는──, 아니, 오르비스에는 마나베를 대신할 사람이 얼마든지 있을 것이다.

물론, 그런 의심과는 상관없이 그냥 화재가 일어났을 가능성도 부정할 수 없다. 누전, 또는 가스나 담뱃불을 제대로 끄지 않은 것──. 화재의 원인은 이것저것 생각해볼 수 있다.

"이봐, 호스를 감자고."

미야하라가 그렇게 말하자 사용한 호스의 가운데 부분을 접어서 감는 작업이 시작되었다. 그것을 소방차에 싣고 대기소로 돌아가서 호스를 말리는 것이다.

노부오카와 마찰이 있긴 했지만, 그날, 현장에 제일 먼저 달려간 것은 미야하라가 지휘한 하야부사 분단의 소방차였다. 불길이 빠르다는 것을 간파하고 이웃집에 불이 옮겨 붙는 것을 방지한 방수는 베테랑 소방단원답게 정확한 판단이었다 할 수 있을 것이다.

현장에 모여든 사람들 사이에서 노부오카가 나타났다. 타버린 집을 망연자실하게 바라보고 있던 노부오카는 어디에 갔었는지 좀 전부터 보이지 않았는데, 방금 다시 돌아온 것이다.

다로는 다가오는 노부오카를 보고 "미야하라 씨"라고 말을 걸었다. 노부오카가 미야하라를 똑바로 바라보고 있었다.

쳇, 미야하라가 그렇게 혀를 짧게 차는 소리를 냈다.

"하야부사 분단 여러분."

노부오카가 그렇게 말했다. 미야하라뿐만이 아니라 소화 활동을 마치고 근처에 모여 있던 하야부사 소방단 단원들에게 한 말이었다.

"정말로 고맙습니다. 뭐라 감사의 말씀을 드려야 할지 모르겠군요."

그렇게 목소리를 쥐어 짜낸 노부오카는 들고 있던 골판지 상자에서 무언가를 꺼내 분단장인 미야하라에게 내밀었다.

주먹밥이었다. 두 개씩 랩으로 싸여 있었다.

"너무 갑작스러워서 이런 것밖에 준비하지 못했습니다. 드시죠. ──감사합니다."

그는 그렇게 말하며 미야하라에게 고개를 크게 숙이고는 페트병에 담긴 차를 건넸다.

"이런 걸 주고……."

미야하라도 더 이상 아무런 말도 하지 못한 채 헬멧 가장자리를 살짝 내리며 답례했다.

노부오카는 초췌해진 상태였다. 머리카락은 흐트러진데다 와이셔츠는 새까맣게 그을렸고, 아침에 나왔을 때는 반짝반짝하게 닦아두었을 가죽 구두는 진흙투성이였다.

그는 한 명씩 주먹밥을 건네고는 고맙다는 인사를 하며 고개를 숙였다.

오후의 해가 이미 기울고 있었고, 점심 식사를 하기에는 어중간한 시간이있다.

수라장이 벌어진 와중에 먹은 주먹밥은 아무런 맛도 나지 않았다. 맛있는 건지 아닌지 알 수가 없었다. 그냥 배가 부를 뿐이었다.

"정리하고 얼른 돌아가자고."

약간 놀란 듯한 미야하라가 그렇게 말하자 철수 작업 속도가 빨라지기 시작했다.

2

"결국 화재 원인은 알아냈나?"

겐사쿠가 묻자 다로는 글쎄요라고 하면서 고개를 갸웃거렸다.

"저는 아무것도 못 들었는데요. 겐사쿠 씨는 뭐 들으신 것 없으신가요?"

이번에는 다로가 물었지만, 겐사쿠도 고개를 저었다.

"간스케에게 들은 이야기인데요. 처음에 신고한 이웃 사람은 부엌에서 불이 난 걸 보았다고 해요. 그런데 노부오카 씨 부인 이야기로는 아침 식사 이후에는 불을 쓰지 않았다고 하네요. 게다가 산업 문화제에 가기 직전까지 부엌에 있었다고 하고요."

다시 말해 깜빡 잊고 불을 끄지 않은 것도 아니라는 뜻이다.

노부오카의 집 화재로부터 1주일이 지난 주말이다.

겐사쿠의 집 객실에서는 드물게도 술이 나와 있었다. 일부러 술을 마시기 위해 다로와 아야를 데리러 온 겐사쿠의 의도를 물어보자 "야오로즈를 먹어줘야 하니까"라고 대꾸했다.

명주 '야오로즈'는 노부오카 가문의 양조장에서 만들고 있기 때문이다. 다시 말해 응원해주려고 산 것이다.

"지금 노부오카 면장의 집은 어떻게 되었나요?"

아야가 그렇게 물었다.

"집을 다시 지을 때까지 면 소유 주택을 빌려서 사는 모양이던데."

겐사쿠가 어디선가 입수한 것 같은 정보를 말했다. "폐를 끼치긴 했지만, 면장을 사임하거나 그러지는 않을 생각인 모양이고."

"그래도 상관없지 않을까요."

다로도 고개를 끄덕이며 말했다. "이거하고 그건 별개니까요. 그런데 왜 노부오카 면장의 집에 불을 지른 건지, 그게 문제죠."

최근 1주일 동안 계속 가슴에 자리잡고 있던 의문이다.

그때였다.

"잠깐만 이것 좀 봐줄 텐가?"

겐사쿠는 손 근처에 놓아두었던 자료를 펼쳐서 다로와 아야에게 보여주었다.

동그랗게 말아두었던 지도다. 붉은 펜으로 구획이 나뉘어 있고, 소유자로 보이는 사람의 이름이 적혀 있다. 다로의 이름도 있는 걸 보니 그것이 무라사키노의 산과 숲 지도라는 걸 짐작할 수 있었다.

"이건 내가 일할 때 쓰는 지도인데, 다로가 가지고 있는 무라사키노 산이 여기고, 우리 산이 여기, 미야하라가 타운 솔라에 판 곳이 여기야."

차례차례 손가락으로 짚어나갔다. 그곳만 따져도 꽤 넓을 게 분명했다. "그리고 내가 주목한 곳은 여기지."

겐사쿠가 손가락으로 가리킨 곳은 다로가 소유하고 있는 토지와 인접해 있고, 훨씬 더 넓은 땅이었다.

물어보려는 듯이 고개를 든 다로는 그 뒤에 이어진 겐사쿠의 말을 듣고 깜짝 놀랐다.

"여기는 노부오카가 가지고 있는 땅이라고."

"그게 무슨 말씀이시죠?"

그렇게 물어본 사람은 아야였다. "노부오카 면장이 무라사키노에 이렇게 넓은 땅을 가지고 있다니요."

"원래는 노부오카네 집안이 가지고 있었던 땅이었는데."

겐사쿠는 돋보기를 끼고 다시 지도를 바라보며 계속 말했다. "여기는 야마하라 본가의 땅이야."

"노부오카 면장이 태어난 집안인가요?"

다로가 물었다. 무라사키노에 있었다는 예전 가문이다.

"저번에도 말했는데, 노부오카는 원래 무라사키노의 야마하라 가문에 태어났고, 나중에 아부지가 죽고 나서 야오로즈에 있던 어머니 쪽 노부오카 가문에 들어가서 지금 쓰고 있는 성으로 바꾼 거라고. 그 이후에 야마하라 가문은 나이가 많았던 부모가 죽었고, 결국 이어받을 사람이 없어서 대가 끊겼는데, 재산은 노부오카가 상속한 거지."

"그 야마하라 씨네 집 말인데요, 어디쯤 있었나요?"

아야가 묻자 겐사쿠가 가리킨 곳은 다로의 산에서 조금 더 안쪽으로 들어가면 나오는 드넓은 토지의 일부였다.

"나도 어렸을 때 기억이라 확실한 건 아닌데, 대충 이 근처였을 거야."

이런 곳에, 그런 생각이 들 정도로 외진 곳이었다.

"어떻게 가면 되죠?"

"이쪽 길에서 샛길로 쭉 들어가면 꽤 큰 저택이 있었을 거야. 지금도 기반이나 방풍림 흔적은 있고, 부동산 등기부를 보니 이 근처는 아직도 주택 용지더라고."

놀라운 이야기다.

"이 근처를 돌아다닌 적은——, 없지."

겐사쿠가 그렇게 말하자 다로가 고개를 끄덕였다.

"애초에 그런 곳에 집이 있다니 상상도 안 되네요. 그 샛길은 지금 어떻게 되었나요?"

"경트럭이 아슬아슬하게 들어갈 정도 숲길이 되었지. 내가 일하러 가끔 쓰고 있는데. 예전에는 이곳 하야부사에서도 제일가는 부자였는데 말이야."

역사의 파도 속으로 사라진 명가다.

"지금부터는 내 추측이긴 하지만."

지도를 조심스럽게 말면서 겐사쿠가 본론을 꺼냈다. "타운솔라는 노부오카에게도 이 땅을 팔아달라고 부탁하지 않았을까."

아야가 고개를 살짝 들고는 겐사쿠를 바라보았다.

"그거, 몇천 평이나 될까요."

다로가 무심코 물어보았지만, 겐사쿠의 대답은 자릿수가 달랐다.

"몇만 평을 잘못 말한 거 아니야?"

"몇만 평, 이라고요······."

상상도 되지 않는다. 도쿄 돔 몇 개 크기라거나, 그렇게 표현해도 될 넓이다.

"그러니까, 타운 솔라하고 노부오카 면장은 친밀한 관계인 것처럼 보였는데, 사실은 토지 매매 교섭도 하고 있었을지 모른다는 말씀이신가요?"

"그냥 가능성 문제지. 여기에 노부오카 땅이 있는 건 사실이니까."

겐사쿠가 다로와 아야의 잔에 술을 따라주었다.

다로는 생각을 정리할 수 없는 상황에 당황하며 그 잔을 입에 가져다 댔다. 저녁쯤에 여기 왔을 때는 약간이나마 남아 있던 저녁놀은 이미 보이지 않았고, 밖에서는 10월의 싸늘하고 어두운 밤이 슬그머니 발을 뻗고 있었다.

3

'소설 레몬'의 연재는 그야말로 가경에 접어들었다. 부상을 입은 주인공이 무시무시한 기세로 벌인 추격 끝에 드디어 범인을 궁지에 몰아넣었지만, 다로조차 예상하지 못했던 뜨거운 반응을 보아하니 아무래도 이번 달에 끝내기는 힘들 것 같았다.

──또 늘어지네.

처음 약속으로는 7개월 정도면 끝날 거라고 마음 편히 생각하고 있었다. 이미 1년이 지났는데도 여전히 박진감 넘치는 공방이 이어지고 있는 그 작품은 그것을 생생하게 살려내려 하는 다로의 능력조차 시험하는 전개가 되었다.

소설 세계에 푹 빠진 채 주인공이 추격을 멈추고 가공의 거리에 밤의 장막이 깔린 부분까지 쓴 다음, 다로도 마찬가지로 키보드를 계속 두드리던 손을 멈추고 한동안 멍하니 있다가 1층에 있는 부엌으로 어슬렁어슬렁 내려갔다.

냉장고를 열고 1주일에 두 번 정도는 먹는다고 생각하면서도 양배추와 돼지 뱃살을 넣은 야키소바를 만들어서 간단하게 점심 식사를 했다. 그런 다음, 뜨거운 차를 마시며 식탁에 앉아 멍하니 시간을 보내면서 피로를 풀었다.

산책이라도 할까, 그렇게 생각하며 일어선 것은 오후 2시쯤이었다.

10월 마지막 날이긴 했지만, 비교적 따뜻했기에 재킷 대신 다운 조끼를 입고, 두꺼운 면바지에 운동화 차림이 날씨와 딱 맞았다.

벚꽃 저택의 언덕길을 내려간 다음, 어디로 갈까 생각하며 멈춰 섰을 때 머릿속에 떠오른 것은 겐사쿠가 말했던 노부오카의 땅이었다. 아니, 머릿속에 떠올랐다기보다는 그 이야기가 계속 다로의 마음속 어딘가에 있었고, 의식 밑바닥에 가라앉았다가 떠오르기를 반복하고 있었던 것이다.

그것이 다시 둥둥 떠오른 것 같은 느낌이었다.

도로를 오른쪽으로 걸어가기 시작했다.

기분 좋은 날씨였고, 이런 계절에 뭘 하는 건지는 모르겠지만 밭일을 하러 나온 사람들도 있었다. 얼굴이 보일 때마다 멀리서나마 고개를 숙이거나 인사를 하곤 했는데, 올해 봄에 여기 왔을 때와는 달리 지금은 사람들 대부분의 얼굴과 이름이 일치하게 되었다.

수백 미터 정도 걸어가자 평평했던 길이 완만한 언덕길로 바뀌었고, 나중에는 오른쪽에 무라사키노 마을의 묘지가 보이기 시작했다. 그 앞쪽에는 타운 솔라의 태양광 패널이 빽빽하게 모여 있었고, 천벌을 받을 것 같을 정도로 대담하게 산촌의 아름다움을 훼손하고 있었다.

묘지를 지나자 도로가 양쪽으로 나뉘어 있었다.

왼쪽 길로 가면 다로, 다시 말해 노노야마 가문의 산이 있다. 겐사쿠의 산, 그리고 팔려버린 미야하라의 산이었던 곳도 그쪽이다. 그리고 그 길은 산을 내려가는 사사오 숲길로 이어졌고, 나카야마다와 낚시를 하러 갔던 강으로도 이어졌다.

그 왼쪽 길로 한동안 가보니 또 양쪽으로 나뉘었다. 몇 번 산책하러 왔는데도 불구하고 다로는 거기서 오른쪽으로 가본 적이 없었다. 이유는 딱히 없다. 그저 무심코 갈 생각이 들지 않았을뿐이지만, 그날 다로가 선택한 것은 그 오른쪽 길이었다.

겐사쿠가 한 말이 사실이라면 어딘가에 숲길로 들어가는 입구가 있을 것이다.

그것을 찾아보자는 생각이 들었다.

그리고 예전에 이 근처에서 제일가는 부를 자랑했던 야마하라 가문이 있었던 곳을 알아낼 것이다.

말로 표현하면 거창하게 들리지만, 딱히 뭐가 어떻게 되는 것도 아니다.

그저 보고 싶다──, 그렇게 생각했을 뿐이다.

그 숲길의 입구는 오른쪽 길로 들어선 지 5분도 되지 않아서 발견했다.

아직 줄기가 얇은 삼목나무들 사이에 경트럭 한 대가 겨우 지나갈 수 있을 만큼 좁은 길이 안쪽으로 이어져 있었고, 예전에 있었을지도 모르는 야마하라 가문의 집 문기둥 대신 지금은 길 양쪽에 오래된 참억새가 고개를 숙이고 있었다.

숲길은 단단하게 굳은 상태였고, 바퀴 자국이 남아 있었다.

아마 겐사쿠 같은 임업 관계자들이 드나들고 있을 것이다. 공도인지 아닌지도 알 수가 없는 길이다. 이 근처에는 그 밖에도 적선 또는 적도라 불리는 좁은 공용 도로 같은 것도 있어서 길의 종류가 다양하다.

숲길 입구에는 작은 나무가 밀집해 있어서 어두운 느낌이었지만, 조금 걸어가 보니 나무들이 줄어들었고 하늘이 트이기 시작했다.

어디에 집이 있었을까 ──.

그렇게 생각하며 걸어가다 보니 갑자기 주위 나무들과는 척 보기에도 다를 정도로 큰 나무들이 늘어선 곳이 나타났다.

나무 쪽으로 다가가 자세히 살펴보니 예전에 방풍림 역할을 했던 것 같은 큰 나무들이 늘어서 있는 곳을 따라 사람 키만큼 높게 쌓인 기반 흔적이 보였다.

오랫동안 비바람을 맞은 탓에 그 흔적은 희미해지긴 했지만, 살펴보던 다로는 갑자기 지금 자신이 서 있는 곳이 예전에 꽤 큰 건물이 있었던 곳이라는 사실을 눈치채고 정신이 번쩍 들었다.

여기서 계속 이어져 내려온 사람들의 삶이 있었던 것이다.

그 사실이 급격한 기세로 가슴 속에 스며든 것과 동시에 왠지 등골이 오싹해지는 느낌이 들어서 겁이 났다.

이유는 알 수가 없다.

여기서 살아가다가 죽은 사람들의 사념 같은 것들이 이곳에 눌러앉아서 지금도 어디선가 다로를 빤히 바라보고 있는 것 같은 느낌이 들었다.

재빨리 숲길로 돌아온 다로는 그대로 돌아보지도 않고 걸어가서 원래 길까지 나왔다.

심장이 빠르게 뛰었고, 시원한 공기 속에서 이마에 땀방울이 흘러내리고 있었다. 그것을 팔로 닦은 다음, 이번에는 느린 걸음으로 온 길을 돌아갔다.

다시 묘지 근처까지 왔을 때, 숲이 끊기고 밭이 나타나자 건너편에 덩그러니 있는 집이 시야에 들어왔다.

다로는 이미 그 집이 누구의 집인지 알고 있다.

노노야마 에이코의 집이었다.

노노야마 신의 리스트에서 빠지고, 불단을 처분했다는 집이다. 딸 부부의 집으로 갔다는 이야기는 간스케에게 들었다. 계속 집을 비우고 있다는 이야기도. 하지만 지금, 그 집의 창문은 열려 있었다.

"돌아온 건가?"

다로가 그렇게 조용히 중얼거린 이유는 방 안에 켜진 형광등 불빛이 보였기 때문이었다.

일단 묘지 앞으로 돌아간 다로는 그곳에서 갈라진 다른 쪽 길을 따라 노노야마 에이코의 집 앞까지 가보았다.

이 근처에서 자주 볼 수 있는 전통식 2층집이다. 다로의 집도 그런 형식인데, 대가족이 살기에는 적합하지만 노인 혼자 살기에는 너무 넓을 것이다. 살펴보니 역시나 뜰 앞의 나무는 마구 자라나 있고, 현관으로 이어지는 통로는 메마른 풀로 뒤덮여 있었다. 여름에 제초를 게을리하면 뜰이 풀로 뒤덮이게 되고, 수십 년이 지나면 자연에 삼켜지는 운명이 된다는 건 좀 전에 보고 온 참이다.

처음에는 그냥 집을 살펴보고 돌아갈 생각이었다. 하지만——, 그때, 예측하지 못한 상황이 벌어졌다.

창가에 사람이 나온 것이다.

백발 노파가 1층 가운데 창문으로 다로를 빤히 바라보고 있었다. 노노야마 에이코일 것이다. 감정이 담겨 있지 않은 눈빛, 그 어두운 눈빛을 본 다로의 가슴속에 새로운 생각이 떠오른 것은 그때였다.

그녀가 진짜로 오르비스 신자인지 확인할 수 있지 않을까——.

그것은 약간 용기가 필요한 행동이었다.

하지만 다로는 망설일 틈도 없이, 스스로 생각해도 놀랍게 노노야마 에이코의 집 현관을 향해 걸어가기 시작했다.

노파는 창가에 서서 다로를 계속 보고 있었다. 다로는 그 사람에게 고개를 숙여 인사하고는 "실례합니다" 하고 창문 너머로 말을 걸었다.

멈춰 서서 노파의 딱딱한 표정을 바라보았다.

못 들은 걸까 ──, 그렇게 착각할 정도로 한참 뜸을 들이다 창문이 열렸다.

"노노야마 가쓰오의 아들인 다로라고 합니다. 실은 얼마 전에 노노야마 신 당번이 돌아왔는데요, 그것 때문에."

스윽, 노파가 창문에서 사라졌다.

그러나 싶더니 현관 쪽에서 소리가 들렸고, 미닫이문이 소리를 내며 열린 뒤, 노노야마 에이코가 모습을 드러냈다.

"당신이 가쓰오 씨네 아들이요?"

쉰 목소리다. 다로는 짓고 있던 미소가 부자연스럽게 일그러지지 않게끔 조심하면서.

"네. 아버지가 신세를 많이 졌습니다."

그렇게 말하며 고개를 숙였다. 에이코는 왠지 독수리 같은 맹금류를 연상케 하는 날카로운 눈빛을 지닌 여자였다. 얼굴이 갸름하고 윤곽도 또렷한 걸 보니 젊었을 때는 나름대로 괜찮은 미모를 지니고 있었을지도 모르겠다.

"신세라니, 나는 아무것도 한 게 없는데."

에이코는 웃지도 않고 그렇게 말한 다음, 말없이 다로에게

온 이유를 묻는 기색이었다.

"노노야마 신의 명부 순서로 따지면 노노야마 에이코 씨께서 제 앞이었거든요. 제가 제사를 맡은 건 딱히 상관없긴 한데, 일단 말씀을 한번 드려야 할 것 같아서요."

다로를 빤히 바라보고 있는 눈은 은발 때문인지 회색으로 보였다.

"당신, 도쿄에서 오셨나?"

에이코는 다로가 한 말을 무시하고 그렇게 물었다.

"네, 맞아요."

"언제 오셨대?"

"올해 3월에 이사 왔습니다."

"그러셨군."

에이코는 그렇게 말하면서 돌아선 다음, 현관 안으로 들어갔다. 다로가 있는 곳에서 본 현관은 어둑어둑했고, 색이 바랜 깔개와 물에 떠내려가는 나무처럼 생긴 장식만 보였다.

안쪽에서 "들어오셔"라는 목소리가 들렸고, 다로는 집안으로 발을 내디뎠다.

곧바로 콧구멍을 찌른 것은 향냄새였다. 익숙해지면 별것 아닐지도 모르겠지만, 다로에게는 약간 힘들게 느껴졌다.

운동화를 벗고 에이코를 따라서 현관으로 들어가자 곧바로 왼쪽에 있는 방으로 안내받았다.

집은 낡았고, 이 근처에서 자주 보이는 구조 같았다. 집 가운데에서 약간 오른쪽에 정면 현관이 있고, 안쪽에 부엌이 있다. 다로가 안내받은 곳은 거실이었고, 안쪽에는 아마 4평, 3평 정도 되는 방 두 군데가 나란히 붙어 있을 것이다. 큰 쪽이 이른바 객실이기에 마루와 도코노마, 그리고 불단이 있을 테고, 3평 정도 되는 방과 맹장지문으로 나뉘어 있을 것이다.

그 방에 있었을 불단은 노노야마 불단 상점의 히사노리가 가지고 갔다. 과연 지금 거기에 뭐가 있을까.

다로를 들어오게 한 에이코가 조용히 서 있었다.

거실이나 부엌도 문이 열려 있었고, 차라도 내주려 하는지 식기가 부딪치는 소리가 들리기 시작했다.

다로는 일어서서 거실 밖으로 나간 다음, 부엌에서 들리는 소리에 귀를 기울였다.

지금밖에 없다.

안쪽 방 입구에는 맹장지문이 있고, 지금 그것은 닫혀 있다.

부엌을 돌아보았다.

──잠깐 보기만 할 뿐이다.

망설이고 있을 시간은 없었다. 복도 끄트머리에 있던 맹장지문에 손을 대고 살짝 열어 보았다. 오래된 맹장지문일 텐데, 당겨보니 촛농이라도 발라둔 것처럼 슬쩍 미끄러지며 열렸다.

다로가 그것을 보고 있던 시간은 몇 초에 불과했을 것이다.

다로는 뒤쪽에서 기척이 느껴졌기에 슬쩍 맹장지문을 닫고, 마침 복도 벽에 있던 자그마한 책장을 들여다보는 척했다.

생각했던 것보다 에이코가 가까운 거리에 있었기에 다로의 겨드랑이 사이를 싸늘한 것이 스쳐갔다. 들켰을지도 모른다. 아니, 들켰을 것이다, 분명히.

"왜 그러시나."

에이코의 목소리에는 왠지 수상쩍어하는 느낌이 섞여 있었다.

"책장이 있길래 좀 봤어요."

그냥 나오는 대로 한 말이지만, 완전히 거짓말은 아니었다. 에이코의 책장에는 '가정의 채소밭' 같은 책들이 늘어서 있었다.

"드셔."

딱딱한 목소리가 들렸고, 다로는 다시 거실로 돌아오긴 했지만 껄끄러운 느낌을 없애고 싶었다.

"아까 말씀드린 노노야마 신 말인데요. 이제 에이코 씨는 빠지신다고 생각해도 될까요?"

에이코는 다시 그렇게 물어본 다로에게 험악한 표정을 드러냈다.

"그 이야기는 가즈시게 씨에게 이미 했는데."

"그러셨군요. 실은 아무런 설명도 못 들어서요. 그냥 리스트에 나온 이름을 하나 건너뛴 게 신경 쓰여서."

대답은 없었다.

이제 여기 오래 머무를 이유는 없어졌다. 재빨리 차를 마시고 돌아갈 생각이었지만, 차가 너무 뜨거웠다.

입을 대려고 하다가 어쩔 수 없이 찻잔을 내려놓고는 손수건으로 입을 닦았다. 그렇게 허둥대는 모습을 바라보고 있던 에이코의 눈빛이 꿰뚫어 보고 있는 것 같은 느낌이 들 정도로 날카로워졌다.

"따님 부부 집에 가 계신다고 들었습니다."

다로는 내심 초조해진 마음을 둘러대기 위해 화제를 바꾸었다.

"사실은 안 가고 싶은데."

에이코가 딱 잘라 그렇게 말했다. "애 아빠 죽고 나서부터 불행한 일만 있어서."

그래서 오르비스 신자가 되셨나요──. 그런 마음을 "여러모로 힘드셨겠네요"라는 말로 바꿔서 해보았다.

"머리카락은 새하얘지고, 이빨도 빠져서 말이지."

에이코는 그렇게 말한 다음 기분 나쁜 미소를 지으며 다로를 겁먹게 했다. "정말, 이런저런 것들이 한꺼번에 바뀌어버렸으니."

"그러셨군요."

그렇게 말한 다음, 다시 뜨거운 차를 한 모금 마신 다로는 참을 수가 없어서 일어섰다.

"잘 먹었습니다."

"벌써 가시게? 좀 더 있다 가지."

"아뇨, 아뇨, 실례가 될 테니까요."

다로는 거실을 나선 뒤에 얼굴 앞쪽으로 손을 들고 저었다. "그리고 저도 슬슬 돌아가야 해서요."

"작가는 바쁜 모양이네."

에이코가 다시 무서운 미소를 지으며 다로를 긴장하게 만들었다.

다로의 직업이 무엇인지, 에이코에게는 말하지 않았다. 평소에 여기 지내지 않는 에이코가 어떻게 다로에 대해 알고 있을까, 이유는 한 가지밖에 떠오르지 않았다.

오르비스 신자들 사이에서 정보가 공유되고 있기 때문이다. 좀 전에──,

맹장지 문을 연 다로가 본 것은 앞쪽까지 뻗은 붉은 융단과 불을 켜둔 촛대가 양쪽에 있는 제단이었다.

기침이 나올 정도로 강렬한 향냄새가 코를 찌르는 와중에 다로가 본 것은 어둑어둑한 방안에서 로렌 십자가를 들고 있는 마리아상이었다.

"바쁘실 텐데, 실례했습니다."

현관에 벗어둔 운동화가 어느새 가지런히 놓여 있었다.

발끝만 넣고 두세 발짝 걸어간 다음, 현관 앞에서 발뒤꿈치에 손을 넣어 신었다. 뒤에 서 있던 에이코에게 실례합니다라고 말한 다음 문을 닫았다.

뜰을 가로질러서 길로 나온 다로는 빠른 걸음으로 묘지 앞을 지나 완만한 언덕길을 내려가기 시작했다. 중앙선이나 가드레일 같은 것이 없는 시골길이었고, 양쪽에서 가을의 따가운 햇살이 다로의 옆얼굴을 비추고 있었다.

가슴이 크게 뛰었고, 수십 미터 정도 거리를 벌리고 나서야 다로는 걸어가던 속도를 낮추고는 뒤를 돌아보았다.

왼쪽에 차밭이 펼쳐져 있고, 도로를 경계로 경사가 진 곳에 집 몇 채가 있었다. 에이코의 집은 언덕의 꼭대기에서 서쪽으로 기울고 있는 햇빛을 받아 눈부실 정도로 빛나고 있었다.

눈을 가늘게 뜨고 보니 그 집 2층 창가에 까만 사람 형태가 서 있는 게 보였다.

에이코가 다로를 내려다보고 있는 것이다. 그늘이 져서 표정은 보이지 않지만, 눈을 깜빡이지도 않고 그 날카로운 눈빛으로 이쪽을 바라보고 있다는 것만은 틀림없었다. 심장이 조이는 것 같은 느낌이 든 다로는 다시 걸어가기 시작했다. 좀 전보다 더 빠른 속도로.

집으로 돌아와 스마트폰으로 겐사쿠와 아야, 두 사람에게 메일을 보냈다. 에이코의 집에서 본 제단의 상황, 그리고 "아마 들켰을 것 같다"라는 내용을 덧붙여서.

곧바로 겐사쿠가 전화를 걸었다.

"조심했어야지."

겐사쿠의 목소리는 왠지 긴장된 듯한 느낌이었다. "혹시나 오늘 밤쯤 올지도 모르겠군."

다로도 그런 느낌이 들었다.

올지도 모른다.

곧바로 아야에게서 연락이 왔다. 이쪽은 메일이다.

——그 마리아상이 있다면 꽤 많은 금액을 기부했을 거예요. 이 지역에서도 중심적인 신자일지도 모르겠네요. 조심하세요. 뭔가 행동에 나설 가능성이 있습니다.

에이코가 오르비스 내부에서 나름대로 높은 지위에 있다면 지금쯤 다로의 정보가 이곳 하야부사에 있는 동료 신자들에게 전달되었을 것이다.

그리고 아야는 메일 마지막에 이렇게 적었다.

——혹시 괜찮으시다면 저도 비디오 카메라를 들고 망을 보러 갈까요.

아야와 둘이서 밤을 보내는 건 매력적인 제안이었지만, "그러실 필요까지는 없습니다"라고 답장을 보냈다. 제 몸은 제가 지킬 테니까요, 라고.

아야까지 위험에 처하게 할 수는 없기 때문이다.

그날 밤, 다로는 작업실에 틀어박힌 채 거의 한숨도 잠들지 않고 시간을 보냈다.

하지만 ──, 아무 일도 일어나지 않았다.

하늘이 점점 밝아졌고, 벚꽃 저택 아래쪽 도로에서 어디론가 출근하는 자동차 소리가 들리게 되자 다로는 그제야 침대에 누워 짤막한 잠에 빠졌다.

4

벚꽃 저택의 언덕길을 붉은색 프리우스가 올라왔다.

에이코의 집에 찾아간 지 이틀이 지난 낮이었다. 그 이틀 동안 잠들지 못하는 밤을 지냈고, 수면 부족 때문에 일도 제대로 하지 못했다.

"역시 우리도 뭔가 행동할 필요가 있지 않을까요."

어제와 오늘 안부를 묻는 연락을 해준 아야는 그날 오전에 통화를 하면서 그렇게 말했다.

"행동한다고 해도……."

다로는 이미 제철을 지난 뜰의 단풍을 작업실 창문으로 내려다보며 그렇게 얼버무렸다.

많은 것들이 의심스럽긴 하지만, 진상을 밝힐 만한 단서가 있냐 하면 그렇지 않다.

방화 실행범이 누구인지, 누가 노부오카의 집을 불태운 것
인지——.

타운 솔라, 다시 말해 오르비스가 수상하다는 다로의 가설
은 입증에 이르지 못했고, 좌초된 배처럼 어설프게 기운 채 멈
춰 있다.

"제게 생각이 있어요. 시간을 좀 내주실 수 있을까요?"

좀 전에 전화로 그렇게 말한 아야는 지금 다로네 집 거실에
서 어떤 기획서를 앞에 내려놓은 채 소파에 앉아 있다.

"야오로즈면의 매력을 계절과 경치를 설명하는 식으로 영
상 한 편에 담아보면 어떨까 제안하고 있거든요. 이게 그 기획
서고요."

표지를 넘겨보니 첫 장에 기획 개요가 있었고, 두 번째 장
에는 대략적인 구성, 세 번째 장 이후로는 취재 후보지의 사진
이 늘어서 있었다.

"관광과에 가지고 가보니 내년도 예산안에 넣기 위해서 노
부오카 면장에게 직접 프레젠테이션을 해도 좋다고 했고요."

"노부오카 면장에게요……?"

다로는 기획서를 보다가 고개를 들고 그렇게 물었다. 아야
가 무슨 말을 하려는 건지 짐작이 되었다.

"노부오카 면장에게 타운 솔라와의 관계를 직접 물어볼 기

회인 것 같아요. 같이 가시지 않겠어요? 미마 씨."

"괜찮으시겠어요?"

다로는 의욕을 보이긴 했지만, 망설이는 마음도 없는 것은 아니었다. "그래도 다치키 씨에게 폐가 되지 않을까요? 아마 노부오카 면장이 보기에는 캐내지 않았으면 하는 이야기일 것 같은데요. 그런 걸 물어보면 화를 낼지도 모르고요. 모처럼 짠 기획이 중지되어도 상관없으신가요?"

"이 기획은 애초에 무리가 있거든요."

아야는 시원스러운 말투로 그렇게 대답했다. "영상에는 돈이 들고, 완성된 영상은 인터넷에 올릴 수밖에 없죠. 하지만 노부오카 면장은 아시는 것처럼 인터넷 쪽은 전혀 모르니까요. 만약에 기획이 통과되면 좋고――, 그 정도 수준이에요. 저와 함께 가서서 면장을 만나고, 그 자리에서 질문해보시는 건 어떨까요."

"그러시다면 바라던 바죠."

스케줄을 맞춰보며 후보 날짜를 몇 개 정한 다음, 아야가 곧바로 면사무소 담당자에게 전화를 걸어서 방문 날짜를 정했다.

금요일 오후 4시다.

장소는 면사무소의 면장실이다.

"그런데, 기획안을 설명하는 것만으로는 면장에게서 이야기를 끌어낼 수 있을지 모르겠네요."

다로는 생각에 잠기며 그렇게 말했다. 아야에게 한 이야기라기보다는 자신에게 던진 질문에 가까웠다.

"뭔가 좋은 방법이 없을까요?"

"이런 건 어때요?"

다로는 소파의 등받이에서 몸을 일으키고는 방금 생각난 아이디어에 대해 이야기하기 시작했다.

5

그날, 아야와 면사무소 앞 주차장에서 만난 건 약속 시간 10분 전이었다.

접수처에서 용건을 말하자 먼저 온 손님이 없었는지 곧바로 면장실로 안내해주었다.

안내 담당자를 따라 방으로 들어가자 집무용 책상 앞에 앉아 있던 노부오카가 고개를 들고 "아, 오셨나"라며 싹싹한 표정으로 일어섰지만, 뒤에 있던 다로를 보고는 한쪽 눈썹을 치켜올렸다.

"그분은?"

"자문 역할로 와주신 작가, 미마 다로 씨입니다."

"작가……."

그는 그렇게 중얼거리며 의아하다는 듯한 표정으로 다로를 보았다. "어디서 본 것 같은 느낌이 드는데."

"저번 화재 때 보셨을 겁니다. 소방단의 일원으로서 현장에 있었으니까요. ——주먹밥, 잘 먹었습니다."

노부오카는 약간 당황한 듯한 표정을 지었다. 미간 근처를 찡그리면서 "뭐, 앉으시고"라며 소파에 앉으라고 권한 다음, 자신도 맞은편 의자에 앉았다.

"시간을 내주셔서 감사합니다. 오늘은 관광용 영상 기획을 설명해드리러 왔습니다."

아야가 그렇게 이야기를 꺼낸 다음, 다로와 미리 정해두었던 대로 설명하기 시작했다.

막힘없는 말투로 기획 의도에 대해 말하고, 야오로즈의 매력을 몇 가지 늘어놓으며 다양한 매체별 파급 효과에 대한 시뮬레이션을 곁들였다.

"가장 큰 효과를 기대할 수 있는 것은 인터넷 매체일 것 같습니다."

입을 다물고 있던 노부오카는 인터넷이라는 말을 듣고 흥이 깨졌다는 듯이 의자 등받이에 몸을 기댔다. 아야가 그의 안색을 살피면서,

"인터넷을 탐탁지 않아 하시는 건 알고 있습니다만, 야오로즈면을 바꾸어 나가기 위해서는 필요할 거라 생각합니다."

그렇게 은근히 설득을 시도해보았다. 노부오카는 조용히 아야가 가지고 온 자료를 보고 있다가 잠시 후 어떤 페이지에서 손을 멈췄다——, 다로가 노린 대로,

그것은 '야오로즈면이 해결해야 할 과제에 대한 시도'라는 제목이 적힌 페이지였다.

거기에 내건 해결해야 할 과제는 세 가지——. 인구 감소와 고령화, 기업 유치, 관광 자원으로서의 경관 보존이다. 그 세 번째 과제 아래에는 보충 사항으로 이렇게 적혀 있다.

——태양광 발전 업자의 토지 매수에 관한 규제 조례 제정.

예상했던 대로 노부오카의 시선은 그 세 번째 과제에 못 박힌 채 꿈쩍도 하지 않게 되었다.

그 페이지는 아야가 준비했던 최초의 기획서에는 없던 내용이었다. 이야기를 태양광 발전 쪽으로 끌고 가기 위해 다로가 덧붙인 것이다.

"그냥 홍보용 영상을 만들기만 하는 것으로는 잘 풀리지 않을 겁니다."

다로가 그렇게 말했다. "정보를 공개하는 한편, 과제를 정리하고 해결하려는 노력이 필요할 것 같습니다. 야오로즈면은 목가적이고 아름다운 곳이긴 하지만, 안타깝게도 그 경치가 어떤 회사 때문에 훼손되고 있습니다. 이미 알고 계시겠지만, 타운 솔라입니다."

대답은 없었다. "하야부사 지구에서는 어느 날 갑자기 집 앞에 있던 차밭이 전부 태양광 패널로 바뀌어버린 사례도 있습니다. 태양광 발전의 의의는 물론 이해하고 있습니다만——."

"그건——."

노부오카가 다로의 말을 가로막으며 딱딱한 목소리로 말했다. "그건 파는 쪽 잘못이지. 안 팔면 되는 거 아닌가?"

"타운 솔라는 하야부사의 경치에 대해 아무런 계획도, 배려도 없습니다."

"그게 어쩼다는 건데."

노부오카는 정면으로 맞서려는 듯이 그렇게 말했다. "요즘 같은 시대에 태양광 발전을 제한하는 조례를 만들 수 있을 리가 없잖나."

"태양광 발전뿐만이 아닌 것 같습니다."

다로가 그렇게 말하자.

"그게 무슨 소린데", 노부오카가 그렇게 말하며 볼 근처를 떨었다.

"이걸 봐주십시오."

다로가 꺼내서 펼친 것은 겐사쿠에게 빌려온 무라사키노의 지도였다. "이건 하야부사 지구의 무라사키노 마을 지도입니다만, 타운 솔라는 이 근처 산의 소유자들에게 차례차례 토지 매수를 제안했습니다. 그리고 화재도 일어났고요."

듣고 있던 노부오카의 옆얼굴이 굳었다.

"야마하라 겐사쿠 씨는 이 땅을 파는 걸 거절했다고 합니다. 그리고 사무소에 불이 났습니다. 이미 알고 계시겠죠?"

노부오카가 고개를 들고 뭔가 말하려 했지만, 목소리는 나오지 않았다.

"그리고 이 토지와 인접해 있고, 더욱 넓은 토지가 존재합니다. 그곳의 소유자는——."

다로는 겐사쿠가 지도에 적어넣은 이름을 손가락으로 가리켰다. "노부오카 면장님, 당신입니다. 타운 솔라에서 토지를 매수하겠다고 제안하지 않던가요?"

"그런 건 쓸데없는 참견이지."

노부오카는 지도를 보다가 고개를 들고 다로를 노려보았다. "왜 당신에게 그런 이야기를 해야 하는데?"

"중요한 문제이기 때문이죠. 몇 군데는 타운 솔라의 교섭을 거절했습니다. 그리고 화재가 일어났죠. 아마 당신의 집도요."

"말도 안 되는 소리 하지 말라고."

노부오카의 눈에 분노의 불꽃이 타올랐고, 침과 함께 그런 말이 날아들었다. "내가 땅을 안 판다고 거절해서 집에 불이 났다는 말이야?"

"토지 매수 제안은 받으셨나요?"

"그런 건 당신하고 상관이 없을 텐데."

"노부오카 씨 집까지 전부 합쳐서 다섯 군데입니다."

노부오카가 발끈하는 표정으로 바라보았지만, 그 반론이 겨우 받아들여진 모양이었다.

"그 다섯 군데가 전부 타운 솔라의 매수 제안을 최소한 한 번은 거절했습니다."

"그래서 어쨌다는 거야."

노부오카는 분노를 감추려 하지도 않으며 물고 늘어졌다. "당신, 작가라고 했지? 공상하고 현실이 뒤섞여버린 것 아닌가? 그린 일이 있을 리가——."

"있어요."

그렇게 말한 사람은 아야였다. "적어도 의심이 되는 건 있죠."

"의심?"

"타운 솔라의 사원 또는 관계자가 불을 질렀다는 의심이에요."

다로가 말했다. "여기에서만 하는 이야기입니다. 아직 증거가 없으니까요."

"그렇게 증거도 없는 이야기를 나한테 하러 온 거야?"

노부오카가 화를 냈다. "당신이 한 이야기는 엉망진창이라고. 그런 이야기를 하려면 내가 아니라 길 건너편으로 가란 말이야."

길을 사이에 두고 반대편에 있는 것은 경찰이다.

"지금은 증거를 모으고 있는 단계입니다. 호들갑을 떠는 듯한 이야기로 들릴지도 모르죠. 하지만 더 이상 화재의 피해자를 늘리지 않게끔 하기 위해서라도 말씀해주시면 안 될까요."

"당신, 정체가 뭐야?"

노부오카가 화를 내며 그렇게 쏘아붙였다. "작가인지 뭔지 모르겠지만, 탐정 놀이에 휘말리는 건 질색이야. 돌아가라고."

"이상하다고 생각하지 않으시나요? 피해자들에게는 공통점이——."

"돌아가."

노부오카는 날카로운 목소리로 그렇게 말하며 일어섰다. "아야도 오늘은 돌아가고. 다음 약속이 있으니까."

"타운 솔라의 정체가 뭔지, 노부오카 면장님께서는 알고 계십니까?"

다로는 비장의 수였던 그 말을 꺼냈지만, 노부오카는 이미 들을 생각이 없는 것 같았다.

"뭐든지, 그냥 당신이 상상한 거 아니냐고."

노부오카는 얼굴이 새빨갛게 물들 정도로 화를 내며 다그쳤다. "당신도 작가라면, 화재 피해를 입은 사람이 이런 음모론 같은 말을 듣고 무슨 기분이 들지 알 텐데. 나가."

노부오카는 어깨를 살짝 들썩이고 있었다. 그 격렬한 반응과는 달리, 다로에게는 노부오카의 태도가 왠지 부자연스럽게 보이기만 했다.

다로가 한 이야기는 근거가 전혀 없는 음모론이 아니었다. 충분히 가능성이 있는 이야기다. 그리고 무시할 수 없는 사실도 포함되어 있다. 그럼에도 불구하고 노부오카는 타운 솔라의 정체조차 알게 되는 것을 거부했다.

이 남자에게는 그것을 거부할 이유가 있지 않을까.

하지만 그것이 무엇인지는 알 수가 없다. 여기서 물어보고 알아낼 여지도 없을 것 같다.

"그러시군요. 실례했습니다."

다로는 일어서서 조용히 고개를 숙여 인사하고는 아야와 함께 면장실을 나설 수밖에 없었다.

6

"그렇게 말하면서 내치던가."

다로의 보고를 듣고 겐사쿠는 의아하다는 듯이 위쪽을 올려다보았고, 잠시 후에 진지한 말투로 물었다. "그런데, 음모론이라고 했단 말이지."

"면장은 오해하고 있어요."

그렇게 말한 사람은 다로가 아니라 아야였다.

노부오카를 찾아갔던 날 밤이었다. 겐사쿠의 집 객실에는 에니시도 있었고, 그는 두 손으로 찻잔을 받쳐서 든 채 이야기를 듣고 있었다.

"확실하게 말하진 않았지만, 타운 솔라가 노부오카 면장에게 토지 매수 제안을 했을 가능성은 클 겁니다."

다로의 예상을 듣고,

"노부오카가 성질내는 이유를 모르겠는데."

겐사쿠는 고개를 갸웃거렸다. "나라면 범인이 미울 거야. 단서가 된다면 오히려 적극적으로 이야기를 듣고 싶어 할 텐데 말이지."

다로도 동감이었다. 하지만 노부오카는 그러지 않았다.

그런 태도를 보이는 배후에는 이야기를 들어보면 납득할 만한 이유가 숨겨져 있을 것이다.

"어떻게 생각하시나? 스님."

겐사쿠가 그렇게 묻자,

"글쎄요. 모르겠습니다만."

에니시가 조용한 말투로 그렇게 대답하고는 문득 위쪽을 올려다보았다. "타운 솔라가 범인이 아니라는 확실한 증거라도 있거나요."

그럴 가능성도 지금 단계에서는 전혀 없진 않을 것이다.

"사실은 노부오카 면장도 타운 솔라를 의심하고 있는 게 아닐까 하는 생각이 들었어요."

아야는 예리한 관찰안으로 면장과 주고받았던 이야기를 회상하며 그의 마음속을 헤아리려는 시도를 하고 있었다. "그럼에도 불구하고 토지 매수와 방화의 관계를 무조건 부정하면서 미마 씨가 이야기하려고 했던 타운 솔라의 정체에조차 귀를 기울이려 하지 않았죠."

"귀를 기울이지 않았던 건 이미 알고 있었기 때문이겠지요."

에니시가 슬쩍 그렇게 말하자 다로는 정신이 번쩍 들었다.

"이미 알고 있다……."

다로는 무심코 그렇게 중얼거렸다. 그럴지도 모르겠다. 하지만 그렇다면 여러 가지 의문이 바람에 날린 낙엽처럼 하늘하늘 내려오게 된다.

"타운 솔라의 정체를 알면서 친한 관계를 유지하고 있다면 어째서 방화 피해를 입었을까요."

다로가 물었다.

"모순이지", 겐사쿠도 그렇게 중얼거렸다.

"그럴 정도로 얄팍한 관계였겠지요."

에니시가 그렇게 말하자 다로는 또 놀랐다.

의젓한 에니시가 지적하면 아무래도 그렇지 않을까 하는

생각이 든다. 아야도 눈을 크게 뜬 채 에니시를 보고 있었다.

"노부오카 면장은 의심하면서도 오히려 타운 솔라를 지키려 하는 것처럼 보이기도 했어요."

아야가 그렇게 말했다. "대체 어떻게 된 걸까요?"

"그건 뭔가 타운 솔라를 지켜야만 하는 이유가 있기 때문이겠지요."

마치 선문답 같다.

"그 이유라는 게 대체 뭐여? 스님."

인내심이 바닥나서 그렇게 물어본 겐사쿠에게,

"글쎄요. 부처님만 알고 계실 겁니다."

에니시가 아무렇지도 않게 그런 대답을 내놓자 겐사쿠는 멍해졌다. "실제 관계는 당사자들끼리만 알고 있을 거란 말이지요. 그런데 오늘은 이걸 부탁드릴 생각으로 가지고 왔습니다."

에니시는 그렇게 말한 다음, 아까부터 옆에 두고 있던 것을 테이블 위에 올려놓았다. "말씀을 들어보니 마침 타이밍이 괜찮은 건지도 모르겠군요."

에니시는 보자기 꾸러미를 풀고는 안에 들어 있던 나무상자를 꺼냈다. A4 용지 크기의 서류가 딱 들어맞을 것 같은 크기였다.

세월을 거쳐 갈색으로 변색된 상자였다. 뚜껑에는 희미해진 먹으로 이렇게 적혀 있었다.

──야마하라 가문

"야마하라 가문……?"

겐사쿠가 의아하다는 듯이 그렇게 말하며 고개를 들었다. "뭐야, 우리 집안하고 관련이 있는 물건인가?"

"있는 것 같기도 하고, 없는 것 같기도 하고."

에니시가 여전히 떠보는 듯한 말을 하며 뚜껑을 열었다. 거기에 들어 있던 것은 오래된 증서 같은 문서였다. 상당히 오래되었고, 종이도 변색된 걸 보니 함부로 다루면 바스라져버릴 것 같았다.

"노부오카 씨가 별단한다는 말씀은 예전에 드린 바가 있지요."

에니시는 그렇게 이야기를 시작했다. "그런데 실은 얼마 전에 노부오카 씨가 절에 이걸 가지고 왔습니다. 무라사키노에는 야마하라 성을 쓰는 집이 지금도 몇 군데 있는데, 본가에 전해져 내려오는 지방신 축제에 관련된 물건이라더군요. 노부오카 씨의 집은 화재로 타버렸지만, 이것은 양조장의 창고에 있었기에 불타지 않았다고 합니다. 그것도 무슨 인연이라면서 가지고 왔고요."

에니시는 그렇게 말하며 조용히 합장했다.

"무라사키노의 야마하라 가문에서도 지방신 축제를 하나

요?"

다로는 그렇게 물었지만 약간 얼빠진 질문이었을지도 모르겠다. 노노야마 신도 축제를 했으니 그쪽보다 훨씬 더 부자였던 야마하라 신도 축제를 하는 게 당연하다. 그뿐만이 아니라 재산의 규모로 따지면 야마하라 '대명신' 축제 정도는 벌이더라도 이상할 게 없다.

"무라사키노의 야마하라가 예전에 그런 지방신을 모셨다는 이야기는 들어본 것 같기도 한데, 본가 쪽 대가 끊긴 뒤로는 안 했을 거야."

겐사쿠가 그렇게 말했다. "그러니 노부오카가 이런 서류를 가지고 있었을 테고."

"본가의 재산을 물려받았을 때 창고 안에 있던 귀중품을 노부오카의 창고로 옮겼다고 합니다. 아무래도 그 안에 오랫동안 파묻혀 있던 게 이번 화재 때문에 우연히 눈에 들어온 거겠지요."

에니시가 그렇게 설명하자,

"그러면 노부오카가 가지고 있어도 될 거 아닌가?"

겐사쿠가 쌀쌀맞게 말했다. "대체 스님에게 어떻게 해달라는 거야?"

"무라사키노 마을에는 야마하라 성을 쓰시는 분들이 몇 분 남아계시지요. 그 축제는 야마하라 가문 분들께서 주최하시던 것이니 그쪽에서 보관해야 할 거라 했습니다. 그렇다면 겐사쿠 씨도 야마하라 가문의 일원이니 어떨까 싶어서요."

"대체 뭐가 들어 있는 건데."

겐사쿠는 내용물을 꺼내 테이블 위에 늘어놓기 시작했다.

먹으로 적은 명부 같은 것은 어느 시대에 작성한 것인지 알 수가 없었다. 목록 같은 것은 제사의 자세한 내용을 기록한 것 같았지만, 양쪽 다 너무 달필이라 다로는 읽을 수가 없었다.

"가계도가 있군."

겐사쿠가 접혀 있던 가계도를 발견하고 펼치자 신문지를 펼쳐놓은 것 정도 크기가 되었다. 거기에는 계보와 함께 사람 이름이 빽빽하게 적혀 있었다.

"대단하네, 이거."

다로는 척 보고 한숨을 쉬었다. 엄청난 역작이다.

"꽤 옛날까지 거슬러 올라가는데. 야마하라의 본가는 500년 가까이 되었을 거야."

가계도 그 자체는 볼펜의 잉크 같은 것으로 적혀 있기에 가문이 오래되었다고 해도 작성된 것은 비교적 최근인 것 같았다. 그 증거로 거기에는 겐사쿠의 이름이 적혀 있었다.

"내 이름도 있군. 용케도 알아냈네. 이런 걸 누가 만든 거지?"

찾아보니 가계도 왼쪽 아래에 제작자의 이름이 적혀 있었다.

"아, 사키오 씨로군."

겐사쿠는 그 이름을 보고 납득이 된다는 듯이 말했다. "야마하라의 친척 중 한 명이고, 계속 면사무소에 근무했었지."

호적과에서 근무한 적도 있기에 그때 알아냈을 거라는 게 겐사쿠의 추측이었다. 이걸 일반인이 알아보려면 터무니없이 많은 수고와 시간이 필요할 게 틀림없긴 하다. 개인 정보 보호에 엄격한 현대에는 만들 수 없을 것이다.

"이걸 만든 거, 아마 내가 서너 살 때일 것 같은데."

겐사쿠가 그렇게 말했다.

"어떻게 아셨죠?", 다로가 그렇게 물었다.

"남동생이 안 나와 있으니까. 다섯 살 아래야."

"그렇군요."

겐사쿠의 이름만 나와 있긴 했다.

찾아보니 구석에 제작 연도가 자그맣게 적혀 있었다.

1960년이다.

"이게 노부오카 면장이죠?"

아야가 찾아낸 것은 가계도 아래쪽이었다. '신조'라고 적혀 있었다. 아버지는 '노부타다'. 지독한 사채로 미움을 사던 끝에 일찍 죽은 남자다. 어머니는 '도키'. 이쪽은 야오로즈 지구의 명가, 노부오카 가문의 아가씨였고, 노부타다가 죽은 뒤에 아들인 신조 같은 사람들을 데리고 친가로 돌아갔다.

"아, 정말이네. 이 아버지가 글러먹은 양반이라 문제였지."

겐사쿠는 그렇게 말했지만, 생각해보니 그 무렵의 겐사쿠는 나이가 어렸을 테니 노부타다의 악행을 직접 보진 못했을 것이다. 부모님이나 친척에게 들은 이야기 같다.

이 가계도에서 노부오카 신조는 야마하라 신조로 나와 있었다. 그 사실 또한 제작 연도를 나타내고 있었다.

"신조보다 세 살 어린 여동생이 나와 있지 않은 걸 보니, 우리 세대 쪽은 꽤 대충 만들었군."

겐사쿠는 그렇게 말하다가 문득 생각이 난 모양이었다. "부모 묘가 사라지게 될 텐데, 그 여동생도 납득한 건가? 스님."

"여동생분 이야기는 없었습니다만."

에니시는 슬쩍 대답했다. "하지만 이쪽 묘를 없애고 어디론가 다른 곳으로 옮기신다는 뜻일 테니 상관없잖습니까."

"뭐, 절에서 따질 이유는 없겠지."

겐사쿠는 그렇게 말한 다음, 다시 가계도를 내려다보았다. "그건 그렇고 이거 꽤 재미있는 자료인데. 좀 살펴보고 나서 무라사키노에 사는 야마하라 사람에게 가져다 주겠네. 다카노리에게 주면 되려나."

야마하라 다카노리는 다로도 알고 있는 무사시노 마을의 주민이고, 정년까지 중학교 선생님으로 일했던 성실하고 정직한 남자다. 이런 자료를 맡기기에는 안성맞춤일 것 같았다.

"잘 부탁드립니다."

에니시가 그렇게 말하자 고개를 끄덕인 겐사쿠는 펼쳐두고 있었던 가계도를 조심스럽게 접어서 나무상자에 넣고는 문득 생각났다는 듯이 물었다. "그건 그렇고, 야마하라 본가의 묘는 지금 어떻게 되었지? 다 망쳐버렸나?"

"아뇨, 깔끔하게 손질되어 있습니다만."

에니시가 그렇게 말했다. "누군가가 챙기고 계시겠지요."

"꽤 큰 묘일 텐데."

500년 동안이나 이어져 내려온 야마하라의 본가다. 다로가 가끔 성묘를 하는 노노야마 가문의 묘와는 분명히 규모가 다를 것이다.

"묘는 언제쯤 없애려나."

에니시가 생각하다가,

"처음에는 올해 안으로 하겠다고 했지만, 화재도 일어났으니 더 미뤄지게 되지 않을까요. 딱히 제가 언제까지라고 정한 기한은 정하지 않았습니다."

"절에서도 신세를 진 가문이니까."

겐사쿠는 고개를 끄덕이고는 "나도 묘가 없어지기 전에 한 번 정도는 합장하러 가야 하려나"라고 중얼거렸다.

7

"다로, 멧돼지 고기 먹을래?"

간스케가 전화를 걸어서 그렇게 말한 것은 11월 중순을 넘어선 무렵이었다.

에이코의 집에서 마리아상을 목격하고, 면장실로 노부오카를 찾아가고 난 뒤, 다로는 1주일 정도 신경을 곤두세우며 끊임없는 긴장 속에서 살아왔다.

점점 가을이 깊어져 갔고, 활엽수가 색이 바뀐 나뭇잎을 흩날리는 계절을 맞이한 하야부사는 이곳에서 다로가 처음 보는 아름다운 모습을 지니고 있음에도 불구하고, 상황을 따지면 한 치의 방심이나 빈틈도 보일 수 없을 정도로 절박해진 것 같았다.

이유는 두 가지다.

첫 번째는 다로 또한 타운 솔라의 토지 매수 제안을 거절했기 때문이다. 화재가 일어난 다른 집들과 마찬가지로. 그리고 다른 한 가지는 다로가 타운 솔라의 정체를 눈치채고 하야부사에 존재하는 신자의 존재를 알아버렸기 때문이다. 그들에게 있어서 지금 다로는 방해꾼일 수밖에 없다.

물론, 지금 알고 있는 사실을 공표하는 건 간단하다. 타운 솔라와 화재의 관계에 대해 증거도 없이 공언하는 건 수사에 역행하는 결과를 가지고 오진 않을까 걱정되었다.

단순한 추측만으로는 경찰이 움직이지 않는다.

그들을 움직이기 위해서는 설득력이 있는 사실이 필요한 것이다.

누가 하야부사에서 연달아 불을 질렀을까. 누가 노부오카의 집에 불을 질렀을까. 그리고 누가 히로노부를 죽였을까──.

다로가 찾고 있는 것은 의혹을 진실로 바꿔주고 점을 선으로 만들어주는 '무언가'였다. 하지만 그것이 대체 무엇인지, 사건들이 각각 어떻게 이어지는지, 그것을 설명해주는 명확한 증거는 아직 안개 속에 묻혀 있다.

"멧돼지?"

그렇게 되물은 다로의 머릿속에 떠오른 것은 보탄나베였다. 멧돼지 고기를 쪄먹는 음식인데, 지식은 있어도 먹어본 적은 없다.

"전골로 해 먹으면 맛있으니까."

예상했던 대로 간스케는 입맛을 다시는 듯이 그렇게 말한 다음, "같이 먹을래?"라고 물었다.

"술하고도 잘 어울리거든."

"그거 좋네."

긴장되는 나날이 이어져서 숨을 좀 돌릴 수 없을까 생각하던 참이었다. 그야말로 굴러들어온 떡이다. "언제 먹을 건데?"

"지금 고기를 받으러 갈 건데."

"받는다고?"

"좀 전에, 이쿠오 씨가 전화로 가지러 오라고 하더라고."

"미야하라 씨가……."

다로는 상황을 잘 이해할 수 없었지만, 간스케가 "멧돼지를 잡은 모양이야"라고 설명해주자 그제야 이해했다.

아무래도 미야하라 같은 사람들이 멧돼지 사냥에 나섰던 모양이다.

"이쿠오 씨는 수렵 면허도 땄으니까. 이제 해체하려는 참인데 그것도 보러 오라고 하더라. 다로도 갈래?"

다로는 망설였지만, 간스케가 끈질기게 가자고 했기에 나중에는 포기했다.

"그럼 같이 갈게."

간스케는 10분도 지나지 않아서 차를 타고 데리러 왔다.

미야하라의 집으로 가는 길에 이야기를 들어보니 U현에서는 해마다 11월 15일부터 사냥을 해도 된다고 한다.

"그런데, 돼지 콜레라가 유행했거든. 최근 몇 년 동안은 사냥을 금지했지. 올해는 오랜만이야."

"돼지 콜레라가 멧돼지에게도 감염되는구나."

돼지 콜레라에 감염된 멧돼지를 사람이 먹어도 죽지는 않는 모양이지만, 사람을 통해 기르는 가축인 돼지에게 다시 감염되는 경우가 있을지도 모른다.

"오, 기다리고 있었어, 간스케. 다로도."

메구로라는 마을에 있는 미야하라의 집으로 가보니 집 앞의 넓은 주차 공간에 경트럭이 다섯 대나 있었다. 사냥을 하는 차림새인 남자들이 개를 데리고 서서 담배를 피우고 있었다. 가끔 세모에서 만나곤 하는 우체국장 요시다 나쓰오도 있었다. 사냥이 끝난 뒤라 그런지 약간 나른한 분위기가 감돌고 있었다.

"어때, 이거."

미야하라가 뽐내는 듯이 손가락으로 가리킨 경트럭 짐칸을 가득 채우고 있던 것은 놀랍게도 거대한 멧돼지 한 마리였다.

"우리가 잡은 거야."

"대단하네, 이쿠오 씨. 꽤 하는데."

"그렇지? 좀 도와라. 이봐, 해보자고."

미야하라는 나쓰오와 다른 사람들에게도 말을 건 다음, 우선 짐칸에 있는 멧돼지를 내리기 시작했다.

100킬로그램 정도는 될까.

그것을 집 뒤쪽에 있는 콘크리트제 세척장으로 옮긴 다음, 곧바로 미야하라가 나이프로 손질하기 시작했다.

배를 가르고 내장을 꺼내자 주위에 피비린내가 풍겼고, 금방 구역질이 치솟았다.

"이거, 냄새가 엄청 심한데."

간스케도 그렇게 말하자마자 뒷산 수풀 쪽으로 달려가서 실제로 토하기 시작했다.

"뭐야, 간스케. 한심하네. 소방단 실격이야."

"소방단하고 무슨 상관이 있다고 그래."

울상을 지으며 돌아온 간스케는 멀찍이 떨어져서 코를 잡고 있었다.

사냥꾼들은 익숙한지 버릴 내장은 바구니에 담고, 식용으로 쓸 고기를 잘라서 나눈 다음, 미리 준비해두었던 스티로폼 상자에 담기 시작했다.

전부 해체될 때까지 한 시간도 걸리지 않았다. 멋지다고 할 수밖에 없는 솜씨였다.

"간스케하고 다로에게는 로스하고 허벅지살을 주지."

미야하라가 그렇게 말하며 꺼낸 고기의 부위를 다시 잘라서 간스케가 가지고 온 플라스틱 용기에 담아주었다.

"감사합니다."

다로가 그렇게 인사를 하자.

"다로도 책상 앞에만 있지 말고, 사냥이라도 시작해보는 게 어때?"

미야하라가 그렇게 권유하긴 했지만, 다로는 "말도 안 되죠"라며 손을 저었다. 애초에 사냥에는 흥미가 없긴 했지만, 이번에 해체 쇼를 보고 더더욱 겁을 먹었다.

"저는 먹는 것 전문으로만 할게요."

"뭐, 상관없지. 간스케는 면허 딸 거냐?"

"나는 낚시만 해도 충분하니까."

간스케도 질색하는 표정을 지으며 그렇게 말했다. "아, 괜히 봐버렸네. 안 봤으면 고기도 맛있게 먹었을 텐데."

"살생이라는 거는 원래 그런 법이지."

그렇게 나무란 사람은 나쓰오였다. 나쓰오도 사냥 경력이 꽤 긴지 약간 늘어진 셔츠도 그렇고, 조끼도 그렇고, 차림새가 그럴싸했다.

"간스케, 그럼 여기를 청소해줬으면 좋겠는데. 고기 값은 해야지?"

미야하라가 농담하는 것처럼 그렇게 말하자 다로도 간스케를 도와서 콘크리트 바닥을 브러시로 청소하기 시작했다.

보아하니 그 세척장은 사냥만을 위해 만든 것 같았다. 스테인리스제 수술대 같은 받침대와 수도꼭지가 두 개. 피는 아래쪽 배수구로 흘러가는 구조로 되어 있고, 위쪽에는 기둥 네 개로 지탱하고 있는 지붕뿐인 간단한 시설이었다. 미야하라가 직접 만든 게 분명하다.

"그럼 잘 있으라고."

서로 인사를 주고받으며 경트럭에 개를 태운 사냥꾼들이 돌아가기 시작했다. 경트럭 한 대가 힘차게 출발했고, 다른 한 대가 그 뒤를 따라갔다.

"간스케, 나도 간다. 다로도 또 보자고."

나쓰오도 그렇게 말했고, 잠시 후 경트럭에 시동을 거는 소리가 들렸다. 엔진이 오래되었는지 기침을 하는 듯한 소리였다.

간스케와 함께 브러시로 청소하고 있던 다로는 그 순간, 청소를 멈추고 고개를 들었다. 나쓰오가 운전하는 경트럭이 짐칸에 사냥개 두 마리를 태우고 미야하라의 집 부지 밖으로 나갔다.

그 경트럭의 후미등을 바라보던 다로는 몸을 움직일 수가 없었다.

"몸이 안 좋아?"

다로의 심상치 않은 모습을 본 간스케가 청소를 멈추고는 의아하다는 듯이 물었다. "토할 것 같으면 저쪽에서──."

"아니, 그게 아니야."

다로는 그렇게 대답했다. "범인을 알아낸 건지도 모르겠어."

"범인?"

간스케가 멍하니 물었다. "방화범 말이야?"

"아니, 그거 말고. 저번에 우리 집에 왔던 수상쩍은 사람 말이야. 누구였는지 알아낸 것 같아."

"누군데."

"아니──, 잠깐 머릿속을 정리 좀 할게."

다로의 머릿속에서 다양한 사실의 파편이 빠른 기세로 소용돌이쳤고, 어떤 방향을 향해 수렴되기 시작했다.

10장

오르비스의 문장

1

하야부사에 겨울의 기척이 급속도로 진해지려 하고 있었다. 활엽수의 나뭇잎 색이 바뀌어 한 줄기 바람에 그 잎을 휘날리며 축축한 붉은색, 노란색 융단을 발치에 깔기 시작했다.

나무들은 늦가을의 햇살을 받고 마치 막 태어난 것처럼 빛났지만, 먹구름이 낀 흐린 하늘과 하루 종일 계속 비가 내릴 때는 묘지처럼 조용해진다.

다로가 미야하라에게 받은 멧돼지 고기를 선물로 들고 겐사쿠의 집을 찾아간 것은 11월 20일 밤이었다.

"수상쩍은 사람의 단서?"

냄비에서 건져낸 고기를 입에 넣고, 옆에 있던 데운 술을 마신 다음, 겐사쿠가 그렇게 말했다. "범인을 알아낼 만한 물적 증거라도 찾아낸 거야?"

"엔진 소리예요."

겐사쿠는 뜻밖이라는 듯이 젓가락을 멈췄다. 아야도 고개를 들고 다로가 계속 이야기하기를 기다리고 있었다.

"수상쩍은 사람을 눈치채고 밖으로 나갔을 때, 밭 건너편에서 엔진 소리가 들렸어요. 차에 시동을 거는 소리요. 기침을 하는 것처럼 독특한 소리였어요."

"그러니까, 그거하고 똑같은 소리를 들었단 말이지?"

에니시가 물었다. "어디에서 들으셨는지요."

"저번에 멧돼지 고기를 받으러 갔을 때요."

"혹시 이건가요?"

아야가 냄비 안에 있던 건더기와 다로를 번갈아 가며 보고 있었다. 딱 좋게 쪄진 상태였다.

"미야하라 씨하고 동료 사냥꾼 몇 명이 같이 있었어요."

"거기 있던 누군가의 차 엔진 소리였다는 말이야?"

겐사쿠가 다로가 하려던 말을 먼저 하면서 물어보았다. "누구 차인데?"

"──요시다 나쓰오 씨 차예요."

다로가 그렇게 말하자 허를 찔린 듯한 침묵이 그곳에 깔렸다.

"나쓰오 씨가……?"

겐사쿠가 그렇게 중얼거리며 굳어진 옆얼굴을 보였다. "틀림없나? 다로."

"의심할 여지가 없냐고 하면, 솔직히 자신은 없어요. 그래도 키 ㅔ레디가 고장난 섯 아닌가 하는 생각이 들 정도로 독특한 기침 소리 같은 느낌이었거든요. 수상쩍은 사람의 차 엔진 소리하고 똑같은 소리였어요."

"뭐, 나쓰오 씨 경트럭이 오래되긴 했는데……."

젠사쿠는 좀처럼 믿을 수 없다는 듯이 고개를 갸웃거리고 있었다.

"알고 지내시는 사이죠? 나쓰오 씨하고."

"나보다 세 살 많고, 예전부터 잘 알고 지냈지."

젠사쿠는 여전히 굳은 표정을 보이며 그렇게 말했다. "PTA 하고 교통안전협회, 사회복지협회처럼 귀찮은 일을 부탁만 하면 맡아줬다고. 면장 선거에 나가지 않겠냐는 이야기도 들었던 사람인데."

"사람은, 변합니다."

에니시가 조용히 그렇게 말했다. "재작년이었나, 그분은 부인과 사별하셨죠. 어머님도 비슷한 시기에 돌아가셔서 매우 낙담하셨던 것 같고요. 아드님은 나고야에 있는 회사에 근무하고 계십니다만, 그쪽 며느리분하고 나쓰오 씨가 잘 맞지 않아서 왕래가 자주 있진 않은 것 같습니다."

"잘 아네, 스님."

눈을 동그랗게 뜬 젠사쿠가 말했다.

"아버님께서 자주 말씀하셨죠. 치매에 걸리시기 전에 말입니다만."

"그 아버지를 어디 요양원에 보냈다는 이야기는 나도 들었어."

에니시는 조용히 고개를 끄덕였다.

"아버님은 독실한 분이셨지요. 나쓰오 씨도 법회에 대해 안내해드리면 착실하게 해주시는 분입니다만."

다로는 나쓰오의 신뢰가 너무나도 두터웠기에 약간 놀라면서 "물론 제가 착각했을 가능성도 있으니까요." 그렇게 조심스러운 듯이 덧붙여 말했다.

"적어도 저번 법회 때는 불단도 있었습니다만. 나쓰오 씨께서도 함께 합장하셨습니다."

에니시가 그렇게 말하자 다로의 가설이 더욱 흔들렸다.

"다로, 착각한 거 아니야?"

겐사쿠가 마치 의심스럽다는 듯이 그렇게 말했다. "머리가 좋은 사람이고, 안 좋은 평판도 들어본 적이 없는데. 우리와는 달리 인덕이 있으니까. 그런 사람이 오르비스 같은 곳에 빠졌다고?"

"요즘은 어떤가요?"

그렇게 물어본 사람은 아야였다. "뭔가 달라진 구석은 없었나요?"

"요즘, 말이지……."

생각에 잠긴 겐사쿠는 객실 천장을 올려다보았다. "예전에는 소방단에도 자주 들르고 그랬는데, 요즘은 거의 못 본 것 같긴 하네."

나쓰오가 분단장 경험자라는 이야기는 예전에 간스케에게 들은 적이 있다.

"나는 아무래도 감이 안 오는걸."

여전히 겐사쿠는 반신반의하는 모양이었다.

"실은 나쓰오 씨가 의심스럽다고 생각하는 이유가 한 가지 더 있는데요."

다로가 그렇게 말했다. "히로노부 말이에요."

"히로노부?"

겐사쿠는 그냥 넘어갈 수 없다는 듯이 눈썹을 치켜올렸다. "그게 무슨 소린데."

"에지마 나미오 씨 집에 불이 난 뒤에 말인데요. 제가 우연히 나쓰오 씨를 세모에서 만난 적이 있는데, 그때 나쓰오 씨께서 이렇게 말씀하셨어요. 그 화재가 일어나기 직전에 에지마 씨네 집 쪽에서 히로노부가 오는 걸 봐버렸다고요. 이미 알고 계시는 대로 그 이후에 히로노부가 죽었죠. 여전히 사고인지 사건인지, 원인이 밝혀지진 않았어요. 그런데 나쓰오 씨께서 정말로 히로노부를 목격하셨을까요?"

다로가 던진 의문은 요시다 나쓰오의 엔진 소리를 들은 직후부터 떠올랐고, 계속 가슴 안쪽에 걸리던 것이었다.

"하야부사에서 일어난 연속 방화 중 몇 번은 낮에 발생했어요. 처음 두 건은 평일이었죠. 다시 말해 범인은 그 시간대에 하야부사를 어슬렁거리더라도 의심을 사지 않을 사람일 겁니다. 예를 들자면 타운 솔라의 마나베 씨는 그 조건에 들어맞는 사람이죠. 그리고 실제로 불이 난 집은 전부 타운 솔라의 토지 매수 제안을 받은 집들이었어요. 하지만 만약에 공범이 있다고 하면 마나베 씨와 마찬가지로 이 지역을 돌아다니더라도 의심을 사지 않을 사람일 가능성이 클 것 같거든요."

"나쓰오 씨가 그 조건에 들어맞긴 하지."

팔짱을 낀 채 생각에 잠긴 겐사쿠에게 다로가 계속 말했다.

"요시다 나쓰오 씨는 우체국장이에요. 어디서 보이더라도 이 지역 사람들은 의심하지 않겠죠. 우체국 일을 하러 왔을 거라 생각할 테니까요. 그때──, 요시다 나쓰오 씨께서는 히로노부가 에지마 씨네 집 쪽에서 내려오는 걸 목격했다고 말씀하셨어요. 하지만 사실은 그 반대일지도 모르죠. 나쓰오 씨가 에지마 씨네 집에서 내려오는 모습을 히로노부가 목격했고, 그래서 히로노부의 입을 막았다고도 생각해볼 수 있을 겁니다."

"나쓰오 씨가 사람을──, 히로노부를 죽였다고……?"

너무나도 터무니없다고 생각한 건지, 겐사쿠는 어이가 없다는 듯한 미소만 나오는 모양이었다. "그렇게 착한 사람이? 나는 도저히 못 믿겠는데."

"어디까지나 가설에 불과하지만요."

"그건 나도 알아. 알겠는데, 그런 소리는 함부로 하는 거 아니지, 다로."

겐사쿠가 한 말에는 약간 비난하는 듯한 느낌이 섞여 있었고,

"여러분이니까 말씀드린 겁니다."

다로는 변명했다. "참고로 이 이야기는 그때 같이 있던 간스케에게도 말하지 않았어요."

대답은 없었고, 조용해진 방에 냄비가 끓는 소리만 들렸다.

"어떻게 할 생각인가?"

잠시 후, 겐사쿠가 물었다. "그걸 확인할 방법이 있는 거야?"

"확실한 방법은 없습니다. 하지만 나쓰오 씨에게 은근슬쩍 이야기해볼 생각이에요."

"나쓰오 씨가 범인이라 해도 사실대로 말할까요."

아야가 제기한 의문도 맞는 말이었다.

"그건 모르겠네요. 그래도 이야기를 해보면 뭔가 알아낼 수 있을 것 같다는 느낌이 들어서요."

"그래……."

겐사쿠는 힘없이 그렇게 말한 다음 한숨을 내쉬었다. "뭔가

도와줄 게 있으면 말하고. 그리고 무슨 이야기가 나왔는지 알려주겠나?"

"물론이죠."

저번에 받은 멧돼지 고기의 보답을 하고 싶다며 간스케를 통해 나쓰오를 세모로 불러낸 것은 그로부터 며칠 뒤였다.

2

요시다 나쓰오는 슬랙스에 검은색과 붉은색 타탄체크 셔츠 차림으로 나타났다. 벗은 점퍼를 아무렇게나 뭉쳐서 옆에 내려놓은 다음, 테이블에 세팅된 냄비를 보고는 "오, 좋네. 고마워, 다로, 간스케도." 그렇게 말하며 기쁜 듯이 책상다리를 하고 앉았다.

교단에게 있어서 다로는 요주의 인물일 것이다.

거절당할 줄 알았는데, 나쓰오는 흔쾌히 찾아왔다. 약속 시간인 오후 6시 정각에 그 경트럭을 타고 도착했다.

"미안하네, 다로. 고마워."

나쓰오는 다로를 경계하는 낌새를 전혀 보이지 않았다. 이곳 하야부사의 주민답게 너그럽고 티없는 모습처럼 보였다. 선입견 없이 본다면 분명히 온화한 인격자일 게 틀림없다.

"별말씀을요."

다로가 그렇게 말했다. "저는 혼자 살고 있어서 이렇게 떠들썩하게 먹는 게 더 기쁘고요."

"나도 혼자 사니 무슨 마음인지 잘 알지. 그런데, 오늘은 이쿠오도 오나? 간스케?"

"다로가 불렀는데, 바쁜 모양이라."

간스케에게는 미야하라도 불렀는데 거절당했다고 말했지만, 사실은 거짓말이었다.

"그래? 그럼 신경 쓰지 말고 먹어 버리자고. 올해는 멧돼지가 별로 안 잡혀서 귀하니까."

고기와 채소가 담긴 접시의 랩을 벗기자, 나쓰오가 직접 젓가락으로 고기를 집어서 끓고 있던 냄비에 넣었다. 손놀림이 익숙했다.

고기는 이 지역의 된장을 넣은 육수로 끓여서 먹는다. 육즙이 풍부한 고기에 진한 맛이 배어서 계속 먹게 되는 맛이었다. 멧돼지는 끓이면 끓일수록 맛이 진해진다.

"고기가 좋은걸."

간스케는 연달아 고기만 먹고 있었다.

"역시 이렇게 맛난 걸 먹자고 불러줬을 때가 제일 좋다니까."

나쓰오가 절실한 감정을 담아 그렇게 말했다. 그런 점에 있어서는 다로도 동감했다.

"연속 방화 사건을 잊어버릴 것 같네요."

다로가 이야기를 꺼냈지만, 나쓰오는 "그러게"라며 흘려넘겼다. 정말로 이 남자가 연달아 일어난 방화 사건에 관여했을까.

"그런데, 노부오카 면장네 집 화재 원인은 알아낸 거야? 간스케."

나쓰오가 물었다.

"글쎄요. 아직 결론이 안 나온 모양이던데요."

간스케도 신경 쓰이는지 젓가락을 내려놓고 진지한 표정을 지었다. "불이 처음 난 곳이 부엌이어서 가스를 끄는 걸 잊어버린 것 아니냐는 사람도 있긴 한데, 면장은 아니라고 하는 모양이고요."

"화재 원인을 알아내는 건 꽤 힘들지."

나쓰오는 그렇게 대답하고는 "——일본주 먹어도 되겠나?"라고 말했다.

안쪽을 향해 말을 걸자 곧바로 여주인이 다가왔다.

"'야오로즈'면 되겠죠? 데워 드시지? 나쓰오 씨는."

나쓰오는 이 가게의 단골손님이었다.

"아, 나도 먹을 건데. 역시 이 전골에는 데워 먹어야지."

간스케도 곧바로 그렇게 말했고, 다로도 다른 사람들과 맞춰서 먹기로 했다.

"면장의 집 화재 건 말인데요. 저는 방화인 것 같아요."

다로가 화제를 되돌렸다.

"나도 그 의견에 찬성이야."

간스케도 고개를 끄덕였다. "비록 다로의 타운 솔라 범인설은 부정당했지만 말이야."

"뭐야, 그 타운 솔라 범인설이라는 건?"

나쓰오가 문득 고개를 들고 물었다. 신자라면 모를 리가 없다. 나쓰오는 처음 듣는다는 낌새를 보이고 있지만, 다로에게는 그의 얼굴에서 미소가 사라지고 눈 안쪽에 숨어 있던 경계심이 고개를 내민 것처럼 보였다.

"타운 솔라의 영업 사원은 낮에 영업용 차를 타고 돌아다녀도 수상하지 않으니까요."

간스케가 그렇게 설명했다. "그리고 불이 난 집은 전부 타운 솔라에서 땅을 팔아달라고 한 집이었고요. 그래서 다로가 눈독을 들였는데, 겐사쿠 씨네 집에 불이 났을 때 그 마나베라는 영업 사원이 쇼고네 집에 있었던 모양이오. 그리고 저번에 노부오카 면장네 집에 불이 났을 때는 산업 문화제 텐트에서 영업하고 있었고요."

"호오. 그렇군."

나쓰오는 고개를 끄덕이며 볼 근처에 힘을 주고는 다시 물었다. "죽은 히로노부도 그런 거하고 관련이 있으려나."

"아뇨, 아마 히로노부는 방화와 관련이 없을 것 같네요."

나쓰오가 젓가락을 멈췄다.

묻는 듯한 눈초리로 다로를 보고 있었지만, 이유는 묻지 않았다.

"히로노부는 원래 그런 놈이어서 왜 죽어버렸는지도 모르는데."

간스케가 그렇게 말한 다음 화제를 돌렸다. "그런데, 낫짱, 다음에는 언제 멧돼지 잡으러 가요?"

"너, 또 얻어먹으려고 그러는 거야?"

"남으면 아까우니까 받으려고 그러죠."

"뻔뻔한 녀석이네."

이야기는 그렇게 다른 곳으로 빠졌고, 한동안 별것 아닌 잡담으로 이야기꽃을 피웠다.

기묘한 연회였다.

오르비스의 신자이자 방화 용의자, 그리고 다로의 집에 나타났던 수상쩍은 사람과 함께 전골을 먹고 있는 것이다.

"다음 주부터 야간 순찰도 시작할 테니 아무 일도 없으면 좋겠어."

간스케가 다시 그렇게 말한 것은 한 시간 정도 지난 뒤였을까. 야오로즈 소방단에서는 연말연시에 단원들이 교대로 야간 순찰을 도는 것이 연례 행사인 모양이었다. 그런데 올해는 햐아부사 소방단만이 특별 경계라는 명목으로 앞당겨서 약간 이른 시기부터 야간 순찰을 돌기로 했다. 연속 방화가 우려되는 현재 상황을 고려한 미야하라의 판단이었다.

거기에 반대 의견이 나오지 않았던 이유는 모든 소방단원이 위기감을 공유하고 있기 때문이었다. 다로 역시 마찬가지였다.

나쓰오는 조용히 데운 술을 마시고 있었다.

만약에 다음 방화가 계획되었다면, 이 남자는 그게 어디 사는 누구의 집일지 알고 있을까.

"방화범의 다음 목표는 저희 집일지도 몰라요."

다로가 은근슬쩍 떠보았다.

마시던 술을 테이블에 내려놓은 나쓰오의 표정에 그림자가 드리웠다.

"그러고 보니까, 다로 군네 집에 왔던 수상쩍은 사람, 그 이후로 어떻게 되었어?"

그렇게 물어본 사람은 간스케였다. "저번에 다로네 집에 수상쩍은 녀석이 나타났다는데요."

아무것도 모르는 간스케는 나쓰오에게 그렇게 설명한 다음, "다로, 저번에 범인을 알아냈다고 했지?"라고 말했다.

연달아 압박을 가하고 있다.

이 흐름은 다로도 예상하지 못했지만, 나쓰오가 놀랄 거라는 사실은 예측할 수 있었다.

어째서 자기가 여기 불려온 것인지, 진짜 이유를 들이댄 거나 마찬가지이기 때문이다.

"지금은 아직 정보를 모으고 있는 단계이긴 한데 말이야. 그 용의자하고 이야기를 한번 해보고 싶었어."

나쓰오는 다로의 대답을 조용히 듣고 있었다.

"그 이후로 방범 카메라에 범인이 찍혔어?", 간스케가 그렇게 물었다.

"아니."

다로는 고개를 저었다. "그건 날마다 확인하고 있는데, 지금까지는 이상한 구석이 없어. 그것보다 신경 쓰이는 건 엔진 소리거든."

"엔진 소리?"

뜻밖의 지적이었는지, 나쓰오가 그렇게 말하며 고개를 들었다.

"그 수상쩍은 사람이 제가 사는 무라사키노 마을까지 차를 타고 왔거든요. 아마 좀 떨어진 곳에 세워두고 저희 집까지 걸어왔겠죠. 그때 그 사람은 제가 2층 작업실에 있다는 걸 알고 있었던 것 같아요. 1층은 어두웠고, 2층에만 불이 켜져 있었으니까요. 그래서 다가오려 했는데, 예상하지 못한 일이 벌어졌죠. 차고의 대인 감지 센서가 달린 조명이 켜진 거예요. 그래서 급하게 도망쳤고요. 제가 그 사람을 쫓아가면서 바깥으로 나왔을 때, 한 가지 단서를 얻었어요. 멀리서 시동을 거는 소리였죠."

"그딘 세 난서가 뇌나!"

간스케는 반쯤 멍하니 있었다.

하지만 나쓰오는 그렇지 않았다. 표정에 금이 가고, 그 틈새로 계속 감추고 있던 경계심과 불안한 마음이 새어 나오고 있었다.

"그건 기침을 하는 것처럼 독특한 소리였어요."

다로가 계속 말했다. "아마 엔진 쪽에 문제가 있는 거겠죠. 그리고 최근에 그 소리와 똑같은 소리를 내는 낡은 경트럭을 발견했고요."

"그게 정말이야?"

무심코 몸을 앞으로 내민 간스케 옆에서 나쓰오의 표정이 사라졌다.

"누구 차였는데? 혹시 그 녀석이 연속 방화범인가?"

"그럴 가능성은 있지. 하지만 상황증거에 불과해."

다로는 간스케에게 대답하면서 옆에 있던 술병을 들고 "드시겠어요?" 하며 나쓰오에게 내밀었다.

잠자코 내민 술잔을 든 손이 약간 떨리고 있었다.

다로가 따라준 술은 약간 흘러넘친 뒤에 나쓰오의 입속으로 들어갔다.

"혹시 나도 아는 사람이야?"

계속 물어보는 간스케에게 다로는 일부러 "아마도"라며 둘러댔다.

"그거, 경찰에는 말했고?"

"아니. 지금까지는 억측에 불과하고, 안타깝게도 경찰을 움직일 만한 증거는 없어. 하지만 그 사람이 방화범이라면 꼭 좀 물어보고 싶거든."

나쓰오를 똑바로 바라보았다. "무슨 생각으로 다른 사람의 행복을 빼앗았냐고. 어떤 사정이 있든, 다른 사람의 인생을 망치고 목숨마저 빼앗는 녀석들을 나는 절대로 용서 못 해. 철저하게 몰아붙일 생각이야."

나쓰오가 눈을 크게 떴다. 하지만 그 눈은 동요해서 다로에 대한 증오인지 공포인지 알 수 없는 감정을 드러내고 있었다.

──역시, 범인은 나쓰오다.

다로는 확신했다.

모든 사건의 실행범은 아니더라도, 최소한 이 남자는 무언가를 알고 있다. 중대한 무언가를.

잘만 유도하면 여기서 진상을 파헤칠 수 있지 않을까──.

그렇게 생각하고 있자니 계획에 없던 일이 일어났다.

드르륵, 문이 열리는 소리가 들리나 싶더니 새로운 손님이 들어온 것이다.

"오, 다로가 있었군. 간스케도 있었냐."

미야하라였다.

"뭐야, 보탄나베야? 좋네. 왜 나를 안 부른 거야? 간스케."

미야하라가 째려보자 간스케는 멍한 표정을 지었다.

"어라? 이쿠오 씨, 바쁜 거 아니었나? 안 그래? 다로."

"누가 바쁜데? 나는 한가한데. 여기 앉아도 되나, 나쓰오 씨."

미야하라가 나쓰오 옆에 앉으려 하자 "난, 슬슬 가봐야겠어." 나쓰오가 더 이상 참지 못하겠다는 듯이 갑자기 일어섰다.

"어? 벌써 가려고요?"

아무것도 모르는 간스케가 당황하며 물었다. "왜 그러시나? 전골은 이제부터가 시작인데."

"볼일이 좀 생각나서."

그는 재빨리 좌식 좌석에서 나가며 신발에 발을 넣었다.

"뭐야, 나쓰오 씨, 쌀쌀맞게. 더 마시다 가지."

"다음에 하지, 그럼 간다."

미야하라가 잡는데도 불구하고 나쓰오는 점퍼를 챙긴 다음 도망치듯이 가게를 나섰다. 당황하다가 문을 닫는 것도 깜빡했는지, 11월 하순의 차가운 바람이 가게 안으로 불어들어왔다.

"뭐야, 나쓰오 씨. 설마 술 마시고 운전하려는 건 아니겠지? 저기, 마스터! 좀 바래다주면 좋겠는데."

미야하라의 목소리에 기침을 하는 듯한 엔진 소리가 겹쳤다.

세모의 작은 창문을 내다본 다로가 본 것은 무시무시한 표정으로 핸들을 잡고 있는 나쓰오의 모습이었다. 좀 전까지 전골을 먹으며 온화한 표정을 짓고 있던 남자와는 전혀 다른 사람이었다.

주차장에서 방향을 전환한 경트럭은 앞쪽 도로로 세차게 나가서는 밭 근처의 외길을 따라 사라져갔다.

그날 밤——.

다로는 새벽까지 깨어 있으면서 작업실 창문으로 바깥의 상황을 살피고 있었다.

나쓰오가 어떤 행동을 할지 알 수가 없었기 때문이다.

오르비스의 신자들은 자신들의 교단을 배신한 자나 교단에 방해가 되는 자를 사정없이 제거해 왔다. 그렇다면 다음에 제거당할 사람은 다로다.

하지만——.

그날 밤, 결국 나쓰오는 나타나지 않았고, 다로가 사는 벚꽃 저택에는 아무 일도 일어나지 않았다.

"보니까, 짐작이 빗나간 모양이네."

다로의 작업실에서 한숨도 자지 않고 망을 보던 겐사쿠가 피곤한 표정으로 그렇게 말했다.

나쓰오와 주고받은 이야기를 알려준 것은 세모에서 회식을 일찌감치 끝내고 집으로 돌아온 뒤였다.

범상치 않은 분위기를 느꼈는지, 다로가 불침번을 설 생각이라는 걸 안 겐사쿠가 "나도 함께 있으면 안 되겠나"라면서 찾아온 것이다.

　지금, 작업실 창문으로 내려다보고 있는 마을은 하얗게 보였고, 겨울의 새벽이 찾아오려 하고 있다.

　맑은 남색 공기 밑바닥에 완만하게 펼쳐진 구릉지대와 차밭, 아직 잠든 채 군데군데 퍼져 있는 민가. 이윽고 동쪽 하늘에 노란색 빛이 생겨나자 아지랑이에 감싸인 채 색이 깨어났고, 소리도 없이 생명을 되찾아갔다.

　"이제 어쩔 거야, 다로."

　아름다운 아침 광경을 바라보며 겐사쿠가 그렇게 말했다.

　지금 단계에서는 모든 것이 다로의 억측에 불과하다.

　하지만 어딘가에 진상으로 이어지는 단서가 있을 것이다.

　"어떻게든 해서 증거를 찾아낼 수밖에 없죠."

　오전 6시 반이 지났을 때쯤, 겐사쿠는 자기 차를 타고 벚꽃 저택의 언덕길을 내려가서 집으로 돌아갔다.

　그렇게 찾던 단서가 될지 어떨지, 다로가 어떤 사실을 알게 된 것은 그로부터 며칠 뒤였다.

　점심 식사를 한 다음, 평소처럼 방범 카메라 영상을 확인하고 있었을 때였다.

　"이건……."

그때 다로는 뜻밖의 인물이 찾아왔다는 사실을 알게 된 것이다.

모니터에 뜬 시각은 전날 오후 8시.

기록된 영상 안에서 그 사람은 대인 감지 센서 조명 같은 건 아랑곳하지도 않고 다로의 집 뜰에 서서 집을 빤히 올려다보고 있었다.

뒤로 묶은 은발, 윤곽이 단정한 얼굴, 그리고 가만히 서 있는 그 모습. 일본인 같지 않은 콧등과 맹금류를 연상케 하는 눈빛은 왠지 서양의 마녀가 떠올랐다.

노노야마 에이코였다.

"왔었구나, 여기."

전율한 다로는 무심코 그렇게 중얼거렸다.

두 팔을 늘어뜨린 채 감정을 알아볼 수 없을 정도로 어두운 눈빛을 드러낸 채 다로의 집을 보며 꿈쩍도 하지 않는 그 모습은 정체를 알 수 없는 감정의 존재를 느끼게 했다.

그 영상 안에서 에이코는 망령처럼 뜰을 돌아다니면서 집 안을 들여다보았고, 15분 정도 뒤에 언덕길을 내려가 자취를 감추었다.

경고일까.

아니면 어떤 예고일까. 선전포고일까——.

다로는 뭔가 행동할 필요가 있었다. 지금 상황을 타파하기

위한 어떠한 행동을. 과연 그것이 무엇일지, 다로는 계속 생각
했다.

3

두툼하고 묵직한 구름이 하늘을 가리고, 싸늘한 북풍이 불
어오는 오후. 벚꽃 저택을 나선 다로는 언덕길을 내려가 묘지
쪽으로 걸어갔다.

기온은 아마 5도도 안 될 것이다. 게다가 강한 북풍이 체감
온도를 한층 더 낮췄고, 코르덴 바지에 하프 부츠, 두꺼운 셔
츠에 두툼한 다운 재킷 같은 한겨울 차림새가 딱 좋았다. 다로
가 처음 경험하는 하야부사의 겨울이다.

걸어가면서 다로의 머릿속에 어제 본 에이코의 영상이 거
듭 재생되고 있었다.

에이코가 왔을 때쯤에는 저녁 식사를 마치고 부엌에서 멍
하니 텔레비전을 보고 있었을 것이다. 부엌은 집 뒤쪽에 있기
때문에 뜰에 나타난 방문자를 눈치채지 못했다.

뭘 어떻게 하는 것도 아니고 그냥 보러 온다.

그 행동에서 뭐라 말로 표현하기 힘들 정도로 기분 나쁜 느
낌이 들었다.

얼굴을 어루만지고 가는 북풍이 마치 오르비스의 차가운 손가락 같았다.

10분 정도 걸어갔고, 이윽고 외길이 완만한 오르막길로 바뀌었을 무렵, 묘지 입구와 그 건너편에 있는 에이코의 집 지붕이 보이기 시작했다.

명확한 목적이 있는 것은 아니었다. 일단 에이코의 집을 보고 싶다고 생각한 것이다. 에이코가 다로의 집을 보러 왔던 것처럼.

생각난 게 한 가지 있기도 했다.

지금 다로는 오르비스에 있어서 경계해야 할 상대겠지만, 그렇다고 해서 간단히 손을 댈 수도 없다는 뜻이다.

다로는 혼자서 움직이고 있는 게 아니다. 오르비스에 대한 정보는 분명히 누군가와 공유하고 있고, 그런 다양한 정보들을 공개하는 것을 지금은 보류하고 있지만 다로에게 손을 대면 밝혀지게 될 것이다——. 오르비스는 그런 상황을 경계하고 있을 것이다.

에이코의 집 앞에 달린 창문에는 커튼이 닫혀 있었고, 집 안에서는 아무런 소리도 들리지 않았다.

어지럽혀진 뜰은 얼마 전에 다로가 보았던 그대로였고, 현관에는 여기저기 낙엽이 쌓여 있었다.

흐린 날씨 때문에 주위는 저녁처럼 어두웠지만, 집 안에는 불이 켜져 있지 않았다.

다로는 한동안 그 집 앞에 서 있었다. 에이코가 그랬던 것처럼.

에이코가 창문 밖으로 고개를 내밀면 대체 내게 무슨 볼일이 있었냐며 말을 걸어볼 생각이었다.

하지만, 에이코는 모습을 드러내지 않았다.

얼마나 그러고 있었을까, 그 집 앞을 떠난 다로가 향한 곳은 예전에 야마하라 본가가 있었다는 곳이었다.

다시 한번 보고 싶어졌기 때문이다.

그곳으로 가보니 침입자를 거부하려는 듯이 떠들썩하게 울리는 겨울의 기척에 나무들이 흔들리고 있었고, 얼어붙은 사념 덩어리가 다로를 얽어매려는 듯이 꿈틀대고 있었다.

다로는 한동안 그곳의 공기를 마시고 있다가 시간이 지나자 조용히 그곳을 떠나면서 아무래도 석연치 않은 마음 때문에 가슴이 답답해지는 느낌이 들었다.

타운 솔라가 노부오카에게 땅을 팔라고 다그친 건 틀림없을 것이다.

만약에 노부오카가 타운 솔라에게 땅을 팔면, 이곳은 오르비스의 새로운 본거지가 될지도 모른다.

하야부사를 매우 싫어하는 노부오카가 그러지 않을 거라는 보장은 없다.

하지만 노부오카는 땅을 팔지 않았다. 그래서 집에 불을 지른 것이다.

그런데, 어째서——?

숲길에서 나온 다로는 멀리 떨어진 곳에서 에이코의 집을 바라보다가 좀 전과는 아무것도 달라진 게 없다는 걸 확인한 다음, 다시 온 길로 돌아가기 시작했다.

묘지 앞을 지나가다가 온 김에 아버지의 무덤에 들러서 말라버린 꽃을 버리고 묘비에 걸려 있던 나뭇잎을 치웠다.

합장하던 다로가 묘지 안에 다른 사람이 있다는 걸 눈치챈 것은 고개를 들고 별 생각 없이 돌아보았을 때였다.

한 노파가 묘지 안을 걸어가고 있었다.

노노야마 에이코였다.

다로가 있는 곳에서 올리브색 겉옷을 입고 그 위에 까만 숄을 걸친 에이코의 옆얼굴이 보였다.

묘지 안에 커다란 묘비가 있었고, 그 뒤에 있었던 것 같은 에이코는 보아하니 다로가 있다는 걸 눈치채지 못한 모양이었다.

다로는 묘비 뒤에 몸을 숙인 채, 묘지 안을 가로지르는 에이코의 모습을 보았다.

에이코는 북풍에 맞서려는 듯이 고개를 숙이고는 느린 발걸음으로 나아가고 있었다. 펄럭이는 숄이 날아가지 않게끔 손으로 누르고, 다른 쪽 손은 겉옷 앞에 가져다 대고 있었다.

다로의 가슴 속에 어떤 기억이 되살아난 것은 바로 그때였다.

소에이샤의 나카야마다와 낚시를 하러 갔을 때 보았던 그 '유령'이다. 에이코의 움직임은 바로 그때 보았던 사람 모습 그 자체다.

──그게 에이코 아니었을까.

그 생각이 들자마자 다로의 뱃속에 가라앉았다. 오르비스의 신자인 에이코에게 있어서 그 근처는 언젠가 오르비스의 '성지'가 될 곳이다. 돌아다니고, 감시하고, 순례하는 것은 에이코의 신앙과 겹친다.

여기저기 하얀 것이 떨어지기 시작했다. 북풍은 더더욱 세게 불었고, 땅속까지 얼어붙을 것처럼 쌀쌀해졌다.

다로는 에이코의 모습이 묘지를 나선 뒤에 보이지 않게 될 때까지 지켜보다가 일어섰다.

그러자 이번에는 새로운 의문이 들었다.

오르비스의 신자가 된 에이코가 무슨 목적으로 이 묘지에 있었던 걸까.

노노야마 가문의 묘에 성묘를 하러 온 걸까.

아니면 뭔가 다른 볼일이라도 있었던 걸까.

그 이유를 확인하기 위해 빨려들어 가듯이 간 곳은 에이코가 있었던 곳으로 추측되는 곳, 다른 곳보다 좀 더 큰 묘였다.

그러고 보니 야마하라 본가의 묘가 이곳 어딘가에 있다는 이야기가 생각난 것도 그때였다.

무라사키노의 묘지는 완만한 산의 경사를 깎아내서 가로로 긴 땅을 계단식으로 만들어 둔 구조다. 다로네 가문의 묘는 비교적 도로와 가까운 곳에 있기 때문에 성묘하러 오더라도 안쪽으로 간 적은 거의 없었다. 그 묘는 커서 눈에 띄긴 했지만, 어떤 부자의 묘일 거라 생각하고 딱히 신경 쓴 적은 없었다.

묘지 안의 샛길을 걸어가서 다가가 보니 그곳은 멀리서 본 것보다 훨씬 더 훌륭한 묘였다.

돌기둥으로 둘러싸인 그 묘에는 나란히 세워져 있는 묘비가 전부 합쳐서 12개 있었다. 그중에서 가운데에 다른 묘비들보다 한층 더 큰 묘비가 눈길을 끌었다.

3단으로 쌓인 돌바닥 위에 세워진 그 묘비는 비바람에 침식되었고, 이끼가 끼어서 척 보기에도 낡은 것 같았다.

이게 노노야마 에이코의 집안 묘인가?

올려다본 다로는 곧바로 아니라는 걸 알아차렸다.

큼직한 묘비에 새겨진 이름은 이렇게 적혀 있었던 것이다.

──야마하라 가문의 묘

"이게 야마하라 본가의 묘인가……."

틀림없을 것이다. 그 이름은 겨우 읽을 수 있을 정도로 희미해져서 그 일족의 오래된 역사를 말해주고 있었다.

그와 동시에 가슴 속에 솟구친 것은 노부오카가 이 묘를 버렸구나라는 생각이었다.

그만큼 예전에 자신이 태어난 이 지역, 또는 하야부사에 대한 마음을 단호하게 끊어버리고 싶었던 걸까.

그리고 묘는 뜻밖에도 청소가 되어 있었다. 아직 태우지 않은 향이 절반이나 남아 있었고, 누군가가 바친 꽃까지 있었다.

노노야마 에이코가 그렇게 했을 것이다.

그런데 어째서 에이코가 야마하라 가문의 묘를 돌보고 있는 걸까.

왠지 마음에 걸리는 것을 느끼고 한동안 묘 앞에 서 있던 다로는 그때 어떤 것을 보고 깜짝 놀랐다.

"이건……."

귀에 울릴 정도로 북풍이 세게 불어오는 와중에 다로는 그것으로부터 눈을 뗄 수가 없었다.

가문의 이름이 새겨진 곳 위쪽에 있던 각인이었다.

"가문의 문장인가."

변색되었고, 어두운 하늘 아래에서 올려다본 그것은 본 적도 없는 문장이었다. 하지만 다로가 가문의 문장에 대해 잘 아는 것은 아니었다. 그럼에도 불구하고 지금 자기가 보고 있는 게 흔한 것이 아닐 거라는 짐작은 되었다.

가로줄 두 개. 그것을 관통하는 세로줄 하나.

다로는 최근에 전혀 다른 곳에서 그 디자인을 본 적이 있다.

로렌 십자가다.

오르비스 테라에 기사단의 상징인 마리아상이 들고 있는 로렌 십자가다. 하지만 이 지역의 종파는 정토종이기에 그 문장이 십자가일 리가 없다.

단순한 우연일까.

그때, 멍하니 서 있던 다로의 주머니 속에서 바람 소리와 함께 스마트폰이 울리는 소리가 들리기 시작했다.

액정 화면에 떠 있는 것은 번호뿐이었다. 연락처에 등록한 사람이 아니다.

"──네."

전화를 받자, 상대방이 매우 당황한 듯한 목소리로 자기소개를 했다.

"지금 시간 괜찮은가? 나쓰오인데."

곧바로 경계하는 다로에게 나쓰오가 계속 말했다.

"저번에는 미안했네. 대접만 받고. 의논할 게 좀 있는데, 괜찮겠어?"

"의논이라면──."

뜻밖의 제안이었다.

"전화로 이야기하긴 뭐하니까, 혹시 괜찮다면 집에서 이야기해도 되겠나? 다른 사람들이 있는 곳에서는 하기 힘든 이야기인데. 자네라면 이해해줄 것 같으니까. 나는 이제 어떻게 해야 할지 모르겠으니──."

절박한 목소리를 통해 나쓰오가 범상치 않은 상황이라는 게 느껴졌다.

"나쓰오 씨, 지금 어디 계신가요?"

"집에 있지. 도와주면 안 되겠나? 달리 의논할 사람도 없어서."

다로는 망설였다.

"그러면 겐사쿠 씨하고 같이 가도 될까요."

"겐사쿠⋯⋯?"

나쓰오는 당황한 듯이 그렇게 물었다.

"분명히 이야기를 잘 들어주실 테니까요."

"알겠어. 그럼 기다리겠네."

전화가 끊겼다.

나쓰오의 집이 어디 있는지는 모르겠지만, 하야부사 소방단에서 작성한 지도를 보면 금방 알 수 있을 것이다.

통화를 마친 다로는 눈가루가 흩날리는 어두운 하늘을 올려다보았다. 해가 지려면 아직 멀었을 텐데도 주위가 어두운 색으로 가라앉은 상태다.

추위에 몸을 웅크린 채 빠르게 묘지를 나서면서 겐사쿠에게 전화를 걸었다.

"나쓰오 씨가?"

겐사쿠에게도 그 이야기는 뜻밖이었을 게 분명하다. "그 사람이 도와달라고 하는 거면, 꽤 심각한 이야기겠지."

"겐사쿠 씨, 지금 어디 계신가요?"

"지금은 볼일이 있어서 도타에 있는데. 하야부사로 돌아가면 연락하지."

"알겠습니다. 기다릴게요."

전화를 끊은 다로는 그렇게 말한 다음, 벚꽃 저택으로 이어지는 길을 서둘러 돌아갔다.

4

집으로 돌아온 다로는 바로 나갈 수 있게끔 준비를 해둔 다음, 겐사쿠의 연락을 기다렸다. 기다리던 동안에 기온이 떨어졌고, 날리는 눈가루의 기세가 더욱 강해졌다.

나쓰오는 지금, 정신적으로 궁지에 몰린 상태다.

오르비스의 신자라는 것. 히로노부의 죽음과, 아마도 방화에 대한 관여──. 그 사실을 들켜버렸기에 매우 당황하고 있을 게 분명하다.

──의논할 게 좀 있는데, 괜찮겠어?

──도와주면 안 되겠나? 달리 의논할 사람도 없어서.

나쓰오의 목소리는 가엾을 정도로 떨렸고, 힘이 없었다.

물론, 이게 함정일 가능성도 있다.

오후 3시 반이 지났을 무렵, 다로는 슬슬 괜찮을 거라 생각하고는 겐사쿠에게 전화를 걸었지만, 받지 않았다.

볼일을 보느라 시간이 오래 걸려서 야오로즈의 구불구불한 언덕길을 서둘러 돌아오고 있는 도중일까. 좀 전에 전화를 걸고 나서 이미 한 시간이 넘게 지났다.

늦네.

그렇게 생각하며 테이블 위에 있던 스마트폰을 들여다본 것과 그 스마트폰에 메일 한 통이 온 것은 거의 동시였다.

화재 발생을 알리는 S지구 소방 사무조합이 보낸 메일이었다.

메일에는 지도와 함께 불이 난 집의 세대주 이름이 적혀 있었다.

──요시다 나쓰오.

"설마──!"

생각을 정리하지도 못한 채 소방복을 입고 장화를 신은 다로는 넘어지듯이 현관을 뛰쳐나갔다. 헛간에서 코롤라를 몰고 나온 다음, 벚꽃 저택의 언덕길을 단숨에 내려갔다.

불안한 마음이 부풀어 오르기 시작했다.

이 시간대에는 분단장인 미야하라를 비롯한 하야부사 소방단의 주력은 일하러 가 있어서 자리를 비운다. 소화 활동에 참여할 수 있는 사람은 하야부사에 남아 있던 사람들뿐이다. 과연 몇 명이나 모일까.

대기소에는 상점가에서 일하는 쇼고가 먼저 와 있었다.

"다로 씨, 부탁드릴게요."

셔터를 올린 다음, 쇼고가 소방차의 운전석에 탔다.

소방차로 소화를 하려면 다섯 명이 필요하다.

──이제 세 명.

그렇게 생각하며 둘러보고 있던 참에 밭 옆의 외길을 빠르게 달려오는 경트럭이 보였다. 요타다.

"어떻게 할까요? 다로 씨. 먼저 출발할까요?"

쇼고가 망설이고 있었다. 현장에서 다른 사람의 힘을 빌리지 못할지도 모르기 때문이다.

다로가 한순간 대답을 망설였을 때, 왜건 한 대가 대기소의 주차장으로 빠르게 미끄러져 들어왔다.

내린 사람은 다케 씨, 세모의 마스터인 가쿠 다케히코였다. 가쿠는 다른 도우미도 한 명 데리고 왔다. 다로도 얼굴을 알고 있는 와타나베라는 노인이었다. 세모에서 자주 보는 단골손님 중 한 명이다. 가쿠도 그렇고, 와타나베도 소방단을 졸업한 협력 단원이다.

시끄럽게 울리는 사이렌과 함께 소방차가 출동했고, 밭 옆에 난 길을 빠르게 빠져나갔다. 쇼고의 운전 솜씨는 멋지다고 할 수밖에 없었다. 도로의 기복 때문에 차체가 몇 번 떠올랐다가 가라앉았다. 속도를 늦추지 않고 돌진하는 소방차의 앞 유리에 수많은 눈가루가 미끄러졌다.

"으앗, 저기구나. 이거 지독한데."

현장 근처에 도착했을 때, 가쿠가 앞 유리 너머로 펼쳐진 광경을 보고 겁을 먹었다.

겨울 구름을 뚫고 까만 연기가 세차게 솟구쳤고, 마치 살아 있는 것처럼 꿈틀대고 있었다.

나쓰오의 집 뜰로 들어간 다음, 소방차의 사이드 브레이크를 올렸다.

"가반, 내리자고."

가쿠가 그렇게 말하자 펌프가 내려졌고, 호스를 어깨에 걸친 요타가 근처 소화전으로 뛰어갔다.

요시다 나쓰오의 집은 2층집이었다.

이 근처에서 흔히 보이는 구조였기에 내부도 대충 짐작이 되었다. 정면에서 약간 오른쪽에 멋진 현관이 있었고, 현관 옆에 방 하나, 아마 그 안쪽에 부엌이 있을 것이다.

불길은 그 부엌 근처에서 퍼진 것 같았고, 삐걱대는 소리와 함께 오른쪽 방까지 옮겨붙으려 하고 있었다. 다로가 있는 곳에서 보이는 실내는 새까만 연기와 불꽃에 휩싸여 있었고, 그 불꽃은 처마를 따라 현관 왼쪽에 있는 건물까지 집어삼키려 하고 있었다.

오른쪽에 차고가 있고, 거기에는 사냥개 두 마리가 묶여 있었다.

"이런. 개를 풀어줘야지."

와타나베가 뛰어가서 개의 목줄을 풀어주자 두 마리가 미친 듯이 짖어대기 시작했다.

"누군가 안에 있는 것 같아."

개들을 보고 가쿠가 작업을 계속하며 그렇게 말했다.

"차가 있어요."

쇼고가 말한 대로 차고에 요시다 나쓰오의 차가 두 대 있었다. 흰색 세단과 그 기침을 하는 듯한 엔진 소리를 내던 경트럭. 그리고 그 앞에 세단이 한 대 더 있었다.

그 차를 본 적이 있었다.

겐사쿠의 차다.

"안을 보고 올게요."

다로가 솔개 입을 들고 뛰어가기 시작하자 가쿠도 따라왔다.

현관문은 닫혀 있었다.

"조심해야 해, 다로. 갑자기 열면 불꽃이 쏟아져 나오는 경우가 있으니까."

백드래프트 현상이라 불리는 것이다. 다로를 제지한 가쿠는 현관 옆에 몸을 대고 솥개 입으로 현관문을 당겼다. 바깥의 북풍이 안쪽으로 불었고, 아무런 변화가 없다는 걸 확인하자마자 다로가 먼저 뛰어 들어갔다.

가슴 근처까지 연기가 가득 차 있었고, 장갑을 낀 손으로 입을 막으며 고개를 숙였을 때, 불타고 있는 부엌과 현관 사이에 쓰러져 있는 사람의 모습이 보였다.

"겐사쿠 씨──!"

그렇게 부르자 겐사쿠가 눈을 힘없이 뜨고 뭔가 말하려 했지만, 들리지 않았다. 다로가 겐사쿠를 안아서 일으킨 채 주위를 둘러보던 다로가 불꽃에 휩싸인 부엌 입구 근처에 쓰러져 있던 나쓰오를 발견한 것은 그때였다.

"다케 씨, 부탁드릴게요."

가쿠에게 겐사쿠를 맡긴 다음, 나쓰오에게 뛰어간 다로의 볼을 스치듯이 불꽃이 밀어닥쳤다.

"뒤쪽에 프로판 가스가 있어!"

도시가스 설비가 없는 하야부사에서는 집집마다 프로판 가스 봄베가 놓여 있는 곳이 많다. 그것이 폭발한다면 이 집도, 물론 다로와 나쓰오도 무사하지 못할 것이다.

나쓰오에게 뛰어가 몸을 흔들었다.

"나쓰오 씨! 나쓰오 씨!"

의식이 없다. 나쓰오의 온몸은 그을려서 새까매졌고, 얼굴에는 천장에서 불타다 떨어진 자재 때문에 생긴 것 같은 화상 자국이 있었다.

다로가 깜짝 놀란 것은 머리에서 피를 엄청나게 많이 흘린 것을 보았기 때문이다.

하지만 생각하고 있을 틈도, 관찰하고 있을 틈도 없다.

나쓰오의 양쪽 어깨를 잡고 몇 미터 정도 끌어당겨서 현관까지 옮기자 가쿠가 와타나베와 함께 돌아왔다.

"나쓰오!"

와타나베가 소리쳤다.

셋이서 나쓰오의 몸을 들고 바깥으로 나온 직후, 굉음과 함께 부엌의 지붕이 뚫리고 주위 일대가 불길에 휩싸였다. 수없이 많은 재가 떠다녔다.

와타나베가 나쓰오의 가슴을 누르며 인공호흡을 하기 시작했다.

달려온 근처 사람들도 합세해서 방수 준비를 시작하고 있었다.

소방 대회에서는 실수했지만, 요타와 쇼고의 솜씨도 훌륭했다.

소화전에 펌프를 연결하고, 펌프에 호스와 노즐을 연결했다. 쇼고가 노즐을 들고 다로가 그의 뒤에 붙었다.

"방수 시작!"

쇼고의 호령과 함께 호스가 마치 살아 있는 것처럼 부풀어 올랐고, 생명을 불어넣었나 싶더니 강렬한 기세로 노즐에서 물이 뿜어져 나왔다.

미야하라를 비롯한 하야부사 소방단 단원들이 차례차례 달려왔고, 소방차가 두 대 더 도착해서 필사적인 소화 활동이 시작된 것은 그 직후였다.

"이게 대체 무슨 일이야……."

미야하라가 망연자실하게 현장에 서 있었다.

진화되기는 했지만, 나쓰오의 집은 대부분이 타버렸기에 무참하게 변해버린 모습을 드러내고 있었다.

켜진 조명이 폐허가 된 집과 미친 듯이 흩날리는 눈가루를 비추고 있었다.

토해낸 입김이 하얗다.

집 왼쪽에 있던 벽과 맹장지 문 하나 정도의 공간이 입을 떡 벌린 듯이 남겨져 있었다.

다로가 그곳이 예전에 불단이 있었던 곳일 거라는 사실을 눈치챈 것은 그곳에서 뒤집어진 금속 제단의 골격 같은 것을 보았기 때문이다.

방수로 인해 물에 젖은 그곳으로 간 다로는 발치에 굴러다니던 것을 발견하고 주워들었다.

석상이었다.

"이건……."

불길로 인해 그을리고 일부가 파손된 그것은 분명히 마리아상이었다.

로렌 십자가를 들고 있는 마리아상, 오르비스의 상징이었다.

이 신앙을 지키기 위해 과연 나쓰오가 지금까지 무슨 짓을 해왔을까. 그리고 오늘 다로와 무슨 의논을 하려던 것일까.

하지만 그 사실을 알아내는 건 불가능했다.

얼마 전에 요시다 나쓰오의 부고 소식이 들어왔기 때문이다.

구급 대원이 도착했을 때, 나쓰오는 이미 심폐정지 상태였고, 결국 회복되지 못하고 이 세상을 떠난 것이다.

그 소식은 현장의 분위기를 무겁고 암담하게 바꾸어놓았고, 눈가루가 흩날리는 이 폐허는 마치 나쓰오의 무덤 같았다.

미야하라가 헬멧을 벗고 고개를 숙였다.

"이봐, 다들."

부분단장인 모리노가 그렇게 부르며 옆에 섰다. 눈이 새빨개진 간스케, 쇼고와 요타도 나란히 섰다.

"전원, 묵념!"

미야하라의 호령에 따라 명복을 빌었다.

정렬해서 한마음으로 합장하던 다로를 비롯한 하야부사 소방단 위로 언제 그칠지 모르는 눈가루가 흩날리고 있었다.

11장

어떤 여자의
운명에 대하여

1

요시다 나쓰오가 살해당한 사건이 하야부사에 가져온 것은 소동과 의심이었다.

사건이 일어나고 며칠 뒤, 인구가 1000명 정도밖에 되지 않는 산촌에서 일어난 흉악 사건을 취재하기 위해 잔뜩 몰려왔던 기자들이 떠나자, 산촌은 기묘한 정적에 휩싸였다.

경찰은 다로의 집에도 찾아왔다.

요시다 나쓰오의 통화 이력에 다로의 전화번호가 남겨져 있었기 때문이다.

그리고 다로는 경찰이 물어보는 대로 생각하던 가설을 전부 털어놓았다. 오르비스와 타운 솔라의 관계, 연달아 일어난 방화 사건과의 관련성. 다로의 집에 나타났던 수상쩍은 사람이 나쓰오였을 거라는 사실. 나쓰오에게 연락을 받고 겐사쿠와 함께 나쓰오의 집에 찾아갈 예정이었다는 이야기 등, 숨김없이 모조리.

형사들은 때로는 놀란 표정을 지으면서 이야기를 들었고, 생각에 잠긴 표정을 짓다가 인사를 한 다음 떠나갔다.

경찰이 다로의 이야기를 어떻게 받아들였을지는 모른다.

오르비스 테라에 기사단과 그 잔당인 오르비스 십자군이 엮여 있다면 수사는 특수수사부의 영역일지도 모르겠지만, 그런 한편, 다로가 한 이야기는 전부 상황을 통해 억측한 것에 불과하고 확실한 증거가 있는 것이 아니었다.

신기하게도 다양한 보도가 이루어지는 와중에 오르비스와의 관계에 대한 정보는 전혀 나오지 않았다.

다로는 그 이유에 대해 경찰이 정보를 통제하고 있기 때문일 거라고 멋대로 추측했다. 다시 말해 정보를 통제해야만 하는 이유가 있다는 뜻이다.

나쓰오의 장례식은 사건이 일어난 지 1주일이 지났을 무렵, 야오로즈면의 장례식장에서 조용히 치러졌고, 분단장 출신이기도 했기에 하야부사 소방단의 단원들이 접수처를 맡게되었다. 다로도 동원되어서 회계를 도왔다.

일산화탄소 중독 및 뇌진탕이라는 진단을 받았고, 하마터면 목숨을 잃을 뻔했을 정도로 중태였던 겐사쿠가 무사히 퇴원했다는 연락을 받은 것은 그 장례식 다음 날이었다.

선물을 들고 겐사쿠의 집에 가보니 머리에 망을 뒤집어 쓴 겐사쿠가 초췌한 표정으로 나타나서 항상 여는 객실로 안내해 주었다.

"그때, 왜 연락을 안 하신 거예요."

사모님이 내준 차를 앞에 두고 다로가 비난하는 듯한 말투로 물었다. 나쓰오에게 전화를 받았던 날 이야기다. 다로와 함께 행동했다면 겐사쿠가 그런 일을 당하지 않았을지도 모른다. 나쓰오도 마찬가지다.

"자네를 끌어들이고 싶지 않아서."

그게 겐사쿠의 대답이었다. "나쓰오 씨를 예전부터 잘 알고 있다고 생각했거든. 더 이상 쓸데없는 짓을 못 하게끔 내가 이야기할 생각이었다고. 그런데, 이미 늦어버렸지."

그때──.

혼자 나쓰오의 집에 찾아간 겐사쿠는 부엌에서 피를 흘리며 쓰러져 있던 나쓰오를 발견하고 다가가려다가 누군가에게 뒤통수를 얻어맞고 기절했다. 범인이 뒤에서 습격했기에 얼굴이나 특징도 모른다고 한다.

"겐사쿠 씨, 저, 경찰에 전부 말했어요."

다로는 차를 한 모금 마시고는 그렇게 말했다. 겐사쿠는 대답하지 않았다.

"세상에 밝혀지진 않았지만, 경찰이 오르비스와의 관계를 조사하고 있는 건 틀림없을 거예요."

"이제 우리가 어떻게 해볼 수 있는 단계가 아니겠군."

겐사쿠도 그렇게 중얼거렸다. "하야부사가 대체 어느새 이렇게 되어버린 건지."

나쓰오의 죽음과 자신이 입은 부상이 겐사쿠로부터 생기를 빼앗아버린 것 같았다.

"겐사쿠 씨, 제가 나쓰오 씨에게 연락을 받았다는 이야기를 다른 사람에게 하셨나요?"

묵직한 침묵이 흐른 뒤, 다로가 물었다.

"일단 스님하고 아야에게는 연락을 했는데."

"겐사쿠 씨하고 같이 간다는 이야기는요?"

"그 이야기까지는 안 했지. 나쓰오가 의논하고 싶어한다, 뭔가 알아낼 수 있을지도 모르겠다──, 그렇게만 말했으니까."

다로는 발치를 내려다보며 생각에 잠겼다.

"무슨 생각을 하나? 다로."

"아마 겐사쿠 씨와 똑같은 생각이겠죠."

다로는 겐사쿠의 눈을 보며 말했다.

"──아야인가?"

겐사쿠는 사건이 일어난 뒤로 아야에게 몇 번 메일을 보냈지만 답장이 없었고, 연락이 되지 않는다고 말했다. 올 줄 알았던 나쓰오의 장례식에 나타나지 않았던 것도 아야답지 않았다.

"니선 세가 추리한 선테요, 나쓰오 씨는 비밀을 전부 털어놓으려 했던 것 아닐까요. 오르비스는 온 힘을 다해 그걸 막아야만 했을 테고요."

선수를 쳐서 나쓰오를 죽이고 증거를 인멸하려던 게 아닐까하는 게 다로의 예측이었다.

그 도중에 겐사쿠가 나타난 것은 범인의 오산이었을지도 모른다.

"그녀가 예전에 오르비스 신자였다고 경찰에 말했나?"

"아뇨."

다로는 고개를 저었다.

이야기하면 아야를 배신하는 것 같다는 생각이 들었기 때문이다.

"겐사쿠 씨는요?"

"미안하네, 나는 말해버렸어. 아니, 경찰이 이미 알고 있었지. 아야에 대해서."

놀라운 사실이라고 해야 할까. "아마 특수수사부 같은 데서 얻은 정보일 거야. 통화기록도 조사해봤는지 왜 아야에게 전화했냐고 물어보더군. 아마 아야는 지금 용의자 중 한 명일 거야. 다로, 아야하고 연락이 되나?"

"아뇨."

다로가 그렇게 대답하자 겐사쿠는 입을 다문 채 뭔가 생각하는 것 같더니 조용히 고개를 저을 뿐이었다.

"겐사쿠 씨는 좀 전에 하야부사가 대체 어느새 이렇게 되어버렸냐고 하셨죠. 하야부사와 오르비스 사이에 대체 어떤 관계가 있는 건지, 저도 계속 의아하긴 했습니다. 하지만 나쓰오 씨에게 전화를 받기 전에 무라사키노의 묘지에서 이런 걸 봤거든요."

스마트폰을 꺼낸 다로가 보여준 것은 야마하라 본가의 묘비에 새겨져 있던 문장이었다. 로렌 십자가와 똑같이 생긴 가문의 문장이다.

"이런 일이 있을 수 있을까요."

겐사쿠는 스마트폰을 들고 힐끔 본 다음 돌려주었다.

"그건 '야마하라의 화살'이야."

"'야마하라의 화살'요?"

"일반적으로 '동그라미와 화살'처럼 화살이 들어간 가문의 문장이 여러 종류 있지. 그런데, 야마하라 본가에는 독자적인 문장이 있었다고. 야마하라 본가의 대가 끊겨서 한참을 못 보긴 했는데, 그 문장이 그거거든."

"이게 어떤 뜻을 지닌 문장인데요?"

스마트폰의 사진을 다시 살펴보던 다로가 그렇게 물었다.

"야마하라는 역사가 오래 되었지. 선조는 이 일대를 다스리던 호족이었고, 나중에 무사가 된 거야. 그래서 화살 깃털 같은 문장을 쓰게 되었다는 이야기를 우리 아버지에게 들은 적이 있으니까. 참고로 본가가 아닌 야마하라 가문의 문장은 전부 '동그라미와 화살'이야."

"그랬군요……."

고개를 끄덕인 다로는 그 가문의 문장을 본 이후로 머릿속에서 떠나지 않던 어떤 가능성을 말해보았다.

"이거, 오르비스의 마리아상이 안고 있는 '로렌 십자가'하고 똑같이 생겼는데요. 관련이 없을까요?"

"관련이 없냐고?"

겐사쿠가 고개를 들고 언뜻 물었다.

"이게 단순한 우연인지 아닌지 말이에요. 우연히 보긴 했는데, 노노야마 에이코 씨가 야마하라 가문의 묘를 돌봐주고 있더라고요. 틀림없어요. 뭔가 있지 않을까요?"

겐사쿠가 눈을 크게 떴지만, 말을 집어삼킨 건지 목소리를 내지는 않았다.

"어디까지나 제 추측이지만——."

다로는 자신의 가슴 속에 응어리져 있던 가설을 말했다.

"오르비스의 마리아상이 들고 있는 건 로렌 십자가가 아니라 야마하라의 화살 아닐까요?"

2

뜬금없는 가설이라는 건 충분히 알고 있다.

하지만 이 생각이 머릿속에 한 번 떠오른 이후로 다로의 머릿속에 자리잡고 떠나지 않았다.

"오르비스 십자군은 타운 솔라라는 유령회사를 이용해서 하야부사의 땅을 계속 사들였습니다. 태양광 발전을 한다는 명목으로 말이죠. 하지만 진짜 목적은 예전에 야마하라 본가가 있던 부근 일대의 땅이었어요. 아마 그곳에 교단 시설을 지어서 성지로 만들기 위해서겠죠. 하지만 성지라면 여기에 오르비스와 연관이 있는 무언가가 필요할 겁니다."

"그러니까, 야마하라 본가하고 오르비스 사이에 뭔가 관계가 있다, 그런 뜻인가?"

겐사쿠는 험악한 표정으로 그렇게 물었다. 부상 때문인지 파랗게 질린 얼굴에는 무시무시한 기운이 깃들어 있었다.

"야마하라 본가는 대가 끊긴 지 벌써 50년이 되어가는 가문이라고, 다로."

"그건 저도 알아요. 척 보기에는 어떤 관계가 있을 리가 없죠. 하지만 만약에 관계가 있다면——."

다로는 가설을 말했다.

"다로, 대체 무슨 생각을 하는 거야?"

겐사쿠가 앉은 채로 약간 다가오면서 목소리를 낮추었다.

"단도직입적으로 말씀드리죠. 야마하라 본가와 관련이 있는 누군가가 교주인 고사이 미치하루와 가까운 관계일 거라고 생각해볼 순 없을까요? 아니, 더 나아가서는 고사이 미치하루 본인이 하야부사와 뭔가 관계가 있을 가능성은 없을까요?"

"말도 안 되는 소리."

겐사쿠가 고개를 저으며 의문을 드러냈다. "야마하라 본가 사람 중에 누가 고사이하고 관계가 있단 말이야? 아무리 그래도 그건 지나친 생각이지. 그런 녀석은 없다고."

"그럴지도 모르죠. 하지만 만약에 있다고 한다면 그 사람은 야마하라 본가의 피를 이어받은 사람일 겁니다."

"혹시 노부오카인가?"

다로는 고개를 저었다. 노부오카라면 집에 불이 나진 않았을 것이다.

"아니에요. 얼마 전에 스님이 가지고 왔던 야마하라의 가계도를 보았죠. 그때 겐사쿠 씨께서 이렇게 말씀하셨죠? 노부오카의 여동생이 가계도에 나와 있지 않다고요."

겐사쿠가 깜짝 놀라며 고개를 들었다.

"노부코 말이야?"

"노부코 씨라는 분이시군요. 지금은 어디 계신가요?"

"나고야에 있다는 이야기를 한참 전에 들은 적이 있긴 한데……."

"확인해주실 수 있을까요? 겐사쿠 씨, 친척이시죠?"

"친척이긴 한데……."

겐사쿠는 곤란한 듯한 표정을 지었다. "야마하라 가문을 떠난 사람 딸이라 왕래가 별로 없었어. 잠깐만 기다려 보게. 우리 동생에게 물어볼 테니."

겐사쿠는 그렇게 말한 다음 스마트폰을 꺼내서 전화를 걸었지만, 보아하니 알아내진 못한 것 같았다.

"또 누구 잘 아는 사람 없을까?."

겐사쿠는 귀에 대고 그렇게 물었다. "지금 좀 알아보고 있는데. 나중에 이야기해줄 테니까. 뭐? 아, 도시코 씨 말이야? 알았네. 전화해보지."

겐사쿠는 일단 전화를 끊은 다음, 스마트폰을 조작하며 말했다. "도시코 씨라는 사람이 노부코하고 사이좋게 지낸 모양인데. 무라사키노에 살지?"

야마카와 도시코다. 특히 친한 사이는 아니지만, 은퇴한 남편과 느긋하게 살고 있는 온화한 사람이다. 남편은 골프를 좋아해서 자주 여러 명이 참가하는 골프 대회를 개최했고, 다로도 부르곤 했다.

"오, 오랜만이네. 잘 살았나?"

겐사쿠는 곧바로 도시코에게 전화를 걸었다. "물어보고 싶은 것이 좀 있는데, 노부오카 면장 네 여동생 노부코 씨라고 있지? 기억나나? 지금 어디 사는지 알아?"

도시코는 모르는 것 같았다. 겐사쿠는 전화를 끊고 살짝 한숨을 쉬었다.

"도시코 씨도 모른다는군. 전학간 뒤로는 모른다고 하네. 생각해보니 노부오카도 우리하고는 연락을 안 하고 살았지. 괴롭힘을 당했으니까. 여동생도 마찬가지로 친구가 없을지도 모르겠는데."

"나고야에 있다는 이야기는 어디서 들으셨나요?"

다로가 묻자 겐사쿠는 "우리 숙모님이야. 언젠가 노부오카 어머니를 만났을 때 그런 말을 했다는 모양인데. 그런데 그 숙모님도 20년 정도 전에 돌아가셔버렸고."라고 말했다.

화석 같은 정보였다. 다로의 가설이 벌써부터 암초에 걸리려 하고 있었다.

"그밖에 뭔가 노부코 씨의 단서가 될 만한 게 없을까요?"

겐사쿠는 한동안 생각하다가 "아, 그러고 보니까" 하고 무릎을 탁 치고는 방에서 나갔다. 그리고 잠시 후에 앨범 한 권을 들고 왔다.

"아마 사진이 남아 있었던 것 같은데 말이지."

낡은 앨범을 펼치고 흑백 사진과 색이 바랜 컬러 사진이 뒤섞여 있는 페이지를 넘기기 시작했다.

"아, 이거로군."

그는 그렇게 말하며 사진 한 장을 다로에게 보여주었다. 큼직한 단체 사진이었다. "야마하라 본가의 법회였던가, 그런 행사 때 찍은 사진인 것 같은데, 이게 노부코야."

호화로운 전통식 현관 앞에 수십 명이 나란히 서서 찍은 사진이었다.

겐사쿠가 손가락으로 가리킨 사람은 제일 앞줄에서 밝은 미소를 짓고 있는 어린 소녀였다. 초등학교에 들어가기 전일까. 바가지머리였고, 목 근처에 프릴이 달린 감색 원피스와 하얀 양말, 거기에 귀여운 신발을 신은 차림으로 옆에 서 있던 소년의 손을 잡고 있었다.

"그 옆에 있는 사람이 신조, 그리고 이게 나고."

신조는 제대로 된 블레이저 차림이었고, 진지한 표정으로 여동생 옆에 서 있었다. 겐사쿠는 신조의 대각선 뒤쪽에 있었고, 그을린 피부에 하얀 이를 드러내고 있는 까까머리 소년이었다.

"노부오카 씨가 야오로즈로 이사 간 건──."

"이 사진은 아마 내가 초등학교 3, 4학년쯤에 찍은 거니까, 이걸 찍고 2년 정도 뒤에 갔을 텐데."

겐사쿠가 그렇게 말했다. 그 해에 노부오카의 아버지가 죽었고, 두 남매는 이곳 하야부사에서 어머니의 호적이 있던 야오로즈로 이사 간 것이다.

다로는 한동안 사진에 찍힌 노부코를 보고 있다가, 잠시 후에 고개를 들고는 살짝 한숨을 쉬었다. 흥미로운 사진이긴 하지만 별다른 단서가 될 것 같지는 않았다.

"아, 그렇지. 노노야마 불단 상점은 알지도 모르겠는데."

겐사쿠가 방금 생각났다는 듯이 그렇게 말했다. "노부오카는 야오로즈로 이사 갔으니까. 우리보다 히사노리가 더 잘 알테지."

3

다로가 야오로즈의 노노야마 불단 상점을 찾아간 것은 다음 날이었다.

12월의 맑은 날이었고, 낮은 곳에 있는 햇살이 강하고 눈부시게 자동차 앞 유리를 비추고 있었다.

"장을 보러 나온 김에 들렀습니다."

적당히 이유를 둘러댄 다로는 출판사에서 보내준 연말 선물을 히사노리에게 내밀었다.

"선물로 들어온 건데요, 저는 별로 안 좋아해서요."

그 안에는 과일 주스 선물 세트가 들어 있었다. 맥주 안주라면 기쁘겠지만, 과일 주스는 마실 기회가 별로 없다.

"고맙네, 이렇게 좋은 걸 다 주고."

"아닙니다."

주스 상자를 히사노리에게 떠넘긴 다음, 내준 차를 마시고 있노라니 "그건 그렇고 나쓰오 씨는 정말 안됐어." 히사노리가 인상을 찌푸리고 말했다. "얼른 범인을 잡으면 좋겠는데."

"경찰이 저한테도 와서 사정 청취를 하고 갔어요."

"정말?"

히사노리는 눈을 동그랗게 뜨며 고개를 들었다. "뭘 물어보던가?"

"마침 나쓰오 씨께서 저한테 전화를 거셨었거든요, 그 이야기죠. 설마 그런 일이 생길 줄은 몰랐는데요."

"정말 세상 살다 보면 무슨 일이 있을지 모른다니까."

히사노리가 진지한 표정으로 그렇게 말했다. "면장네 집에 불이 나질 않나, 살인 사건이 일어나질 않나. 정말 이 근처도 살벌해졌어."

히사노리가 노부오카 이야기를 꺼낸 것은 마침 잘된 일이었다.

"그러고 보니까 노부오카 면장님께는 여동생분이 계신다고 하던데, 히사노리 씨께서 아시는 분인가요?"

홍미가 생겨서 물어본 것처럼 들렸겠지만 물론 그렇지는

않았다.

"노부오카 여동생……. 그런 사람이 있었나?"

히사노리가 고개를 갸웃거리면서 생각했다. "우리 마누라가 더 잘 알겠지. 잠깐만 기다리게. ──이봐~."

가게 쪽으로 말을 걸자 부인인 사와코가 가게와 집을 나누고 있는 포렴을 제치고 고개를 내밀었다.

"이보게, 노부오카에게 여동생이 있었나? 임자, 노부오카랑 동급생이지?"

"노부오카 씨에게 여동생……."

사와코가 곧바로 진지한 표정을 지으며 고개를 갸웃거렸다. "없었던 것 같은데."

"그게 정말인가요? 노부오카 면장님께서는 하야부사에서 친가가 있는 이곳 야오로즈로 오셔서 야오로즈 초등학교로 전학 오셨죠? 그때, 세 살 어린 여동생분이 계셨을 텐데요."

"어라? 그랬나?"

사와코는 당시 상황을 떠올리려 하는 것 같았지만, 곧바로 포기하고는 집 안쪽에서 오래된 명부를 가지고 왔다.

야오로즈 초등학교의 낡은 학생 명부였다.

"이 나이가 되면 동창회를 자주 하니 이게 쓸 만하지."

페이지를 넘기기 시작한 사와코는 곧바로 노부오카 신조의 이름을 찾아내서 다로에게 보여주었다. "이 사람이 신조 씨야.

여동생이 세 살 어리다면 2학년이었거나, 빠른 나이로는 3학년이었겠는데. 있으려나."

"보여주실 수 있을까요?"

사와코 대신 페이지를 넘겨보았다. 당시는 지금과는 달리 학생 수도 많았고, 한 학년에 여덟 반, 300명이 넘는 사람들의 이름과 주소가 나열되어 있었다. 하지만 당시 2학년과 3학년을 찾아봐도 노부코의 이름은 없었다. 나이 차이는 겐사쿠가 잘못 기억하고 있을지도 모르기 때문에 6학년을 제외한 다른 학년을 전부 찾아보았지만, 발견하지 못했다.

"없네요……."

다로는 명부를 덮고 나서 빤히 보았다. 하야부사에서 이사 간 이후로 야마하라 노부코의 소식은 뚝 끊긴 것이다.

4

미야하라의 호령에 따라 야간 순찰이 예년보다 2주일 정도 일찍 시작되었다.

당번제이고, 대기소에 집합하는 시각은 오후 9시. 소방자의 종을 울리며 하야부사 지구를 돌아다니는 것이다.

다로에게 있어서는 처음 해보는 경험이었다.

대기소를 출발해서 상점가를 빠져나갔다.

화재가 처음 발생했던 먼 외곽의 오보라 마을을 지나 요시다 나쓰오의 집이 있었던 노나카 마을로 간 다음, 죽은 히로노부의 집이 있는 아시하라 마을로 향했다.

요시다 나쓰오가 죽은 지 열흘 정도. 경종의 맑은 소리는 싸늘해진 바깥 공기 속에 울려 퍼지는 추모종이었다.

"아야는 아직 집에 오지 않았네."

쇼고가 그렇게 말한 것은 아야의 집 근처를 통과하려던 때였다.

소방차 창문 너머로 완만한 경사가 있는 언덕과 군데군데 흩어져 있는 집들이 보였다.

아야의 집은 그 도로에서 왼쪽으로 들어가서 밭 사이에 긴 샛길 너머에 있는 2층집이지만, 지금 그곳에는 불이 켜져 있지 않고, 어둡기만 했다.

"바쁘겠지, 아야. 텔레비전 일은 밤낮이 없으니까."

간스케가 은근슬쩍 다로에게 맞장구를 요구하는 것 같았기에.

"프리랜서 크리에이터는 힘드니까."

그렇게만 대답하고 말았다.

길가에 정차해 있던 흰색 영업용 차량을 발견한 것은 그 직후였다.

"타운 솔라 차잖아."

핸들을 잡고 있던 요타가 그렇게 말했다. "이런 시간까지 영업을 하나?"

속도를 늦추며 달이 비추고 있는 마을을 둘러보았지만, 영업 사원인 마나베의 모습은 어디에도 보이지 않았다.

어떤 집에 들어갔나 싶은 생각이 들던 와중에.

"뭐야, 차 안에 있네."

모리노가 그렇게 말했다. 그 말대로 어두운 운전석에 남자 모습이 있었다. 마나베였다.

"제가 다녀올게요."

다로는 그렇게 말하며 차에서 내린 다음, 시동을 걸어둔 채 멈춰 있던 자동차의 운전석 창문을 똑똑, 두드렸다. "안녕하세요. 무슨 일 있으신가요?"

창문이 내려가고 감정을 알아볼 수 없는 마나베의 시선이 다로에게 쏠렸다.

"당신하고는 상관없잖아."

그렇게 쌀쌀맞은 대답은 경계심 때문에 나온 말일까. "좀 쉬면 안 되냐고."

"최근에 방화 살인 사건이 일어났거든요. 아시죠?"

"그게 어쨌다고."

마나베의 눈빛이 더욱 날카로워졌다.

"범인이 이 근처를 돌아다니고 있을지도 몰라요."

다로는 마나베의 눈을 빤히 바라보았다. "이런 곳에 계시면 범인으로 착각하는 사람이 있을지도 모르고요."

"쓸데없는 참견이야."

"그러신가요."

다로는 운전석을 들여다보고 있다가 고개를 들었다. "일단 순경분에게는 보고하겠습니다."

살짝 혀를 차는 소리와 함께 창문이 닫혔다. 헤드라이트를 켜고, 타이어에서 소리가 크게 들릴 정도로 빠르게 떠나갔다.

"뭐하고 있었던 거야? 저 녀석."

소방차로 돌아오자 모리노가 눈살을 찌푸렸다.

"뭔가 감시하고 있었는지도 모르겠네요."

다로는 그렇게 작아져 가는 차의 후미등을 바라보고 있었다.

"감시하고 있었다니, 뭐를?"

간스케가 그렇게 물었다.

"뭐, 노리고 있던 손님이 언제 오는지겠지."

말꼬리를 흐리긴 했지만, 다로는 그 '손님'이 누구인지 알고 있었다.

아야다.

마나베는 아야의 집을 감시하고 있었던 게 아닐까. 요시다 나쓰오가 죽은 뒤로 자취를 감춘 아야가 돌아올 때까지.

야간 순찰이 다시 시작되었다.

소방차는 각 마을을 한붓그리기 같은 방식으로 돌아다녔고, 잠시 뒤 무라사키노 마을로 가기 시작했다.

마을의 입구에 있는 마두관음상이 오른쪽에 보이는 곳에서 언덕길을 올라가 조금 가보니 간스케의 집이 나왔고, 다로가 살고 있는 벚꽃 저택의 희미한 윤곽이 보였다.

잠시 후, 도로가 완만한 언덕길이 되었고, 그 꼭대기 근처에 2층집 실루엣이 나타났다. 에이코의 집이다.

소방차가 종을 울리며 그 언덕길을 올라갔다.

인기척이 없는 묘지가 푸른 달빛을 받으며 조용히 자리잡고 있었다.

요시다 나쓰오가 죽은 뒤로 에이코도 자취를 감췄다. 딸 부부에게 갔는지도 모르겠지만, 정확히는 알 수가 없었다.

요시다 나쓰오의 죽음에 오르비스가 관여했다면, 에이코가 뭔가 알고 있을까.

만약에 에이코가 집에 있다면 직접 찾아가서 은근슬쩍 물어보고 싶었지만, 아직 그러지는 못했다.

묘지 앞에 도착한 소방차가 에이코의 집을 지나치려 하고 있었다.

소방차의 창문 너머로 올려다본 2층 창문에 불이 켜져 있다는 사실을 알게 된 것은 그때였다.

종소리를 들은 건지, 창가에 사람 모습이 보였다.

에이코일 것이다.

──돌아왔나.

다로가 다시 에이코의 집에 간 것은 다음 날이었다.

전날까지 맑던 날씨가 갑자기 바뀌고, 두꺼운 겨울 구름이 하늘을 뒤덮은 오후였다.

아침에는 영하로 떨어질 만큼 추웠지만, 차고에 달아둔 온도계는 지금 7도를 가리키고 있다. 바람이 불지 않아서 어제보다는 따뜻하게 느껴졌지만, 자동차를 타고 가기로 했다.

오늘 아침, '소설 레몬'에 연재하던 '도시에서 우는 뻐꾸기'가 드디어 대단원을 맞이했고, 장대한 스토리를 완결시키다 보니 매우 지친 상태였다.

에이코의 집까지 차를 타고 가면 5분도 안 걸리는 거리다.

그런데 그 짧은 거리를 이동하던 동안 다로의 생각이 바뀌었고, 묘지에서 기다려 보기로 했다.

독실한 신자에게 있어서 날마다 기도를 하는 것으로 시작되는 신앙의 루틴은 빼먹을 수 없는 요소일 것이다.

마침 저번에 에이코가 야마하라 본가의 묘에 갔던 때와 비슷한 시간대이기도 했다. 그렇다면 오늘도 나타날지 모른다. 다로는 에이코가 야마하라 본가의 성묘를 하는 모습을 보고 싶다고 생각했다.

묘지 앞쪽에 차를 여러 대 세워둘 수 있는 공터에는 먼저 온 손님이 없었다. 주위가 잘 보이는 곳에 차를 세우면 차 안에서 묘지의 전체적인 모습과 그 건너편에 있는 에이코의 2층 집을 양쪽 다 볼 수가 있다.

시동을 끄자 차 안이 금방 차가워져서 다로가 내뱉은 숨결과 체온 때문에 창문이 흐려져 버렸다. 시동을 걸고 디프로스터로 흐려진 유리를 깨끗하게 만든 다음, 앞 유리 너머로 보이는 광경에 집중했다.

언제 올지 모르는 사람, 아예 오지 않을지도 모르는 사람을 기다리는 것은 약간 '도박'이다. 하지만 판돈은 다로의 시간뿐이기에 그리 큰 것을 잃는 것도 아니다.

자동차 시트를 약간 젖혔다. 차 안은 따뜻했고, 피로 때문에 금방 졸음이 왔다. 눈을 감으면 잠들어버릴 것 같았다.

그때——, 나쓰오는 다로에게 도움을 요청했다. 겐사쿠가 예상하지 못한 행동에 나서긴 했지만, 나쓰오의 부탁을 들어주지 못했다는 사실은 다로의 마음에 아직도 사라지지 않은 얼룩을 남겼다.

바람도 불지 않았기에 주위는 매우 조용했고, 자동차의 앞 유리는 황량한 풍경이 담긴 액자 같았다. 졸음과 싸우며 그 광경을 바라보고 있자니 여러 가지 생각이 떠올랐다가 사라져갔다.

히로노무의 시체, 세모에서 나쓰오와 주고받았던 이야기, 눈가루가 날리던 화재 현장, 나쓰오의 부고 소식을 듣고 눈물을 흘리던 간스케의 모습——.

20분 정도가 지났다.

변화는 없다.

에이코의 집도 마찬가지였다.

애초에 에이코가 지금 집에 있을까, 그런 근본적인 확인을 게을리했다는 사실을 눈치챈 것도 그때였다. 어젯밤에 있었다고 오늘도 있으리라는 보장은 없다. 우선 그것을 먼저 확인해야 하지 않을까.

시트를 다시 당기고 출발하려던 다로는 갑자기 움직임을 멈췄다.

엔진 소리와 함께 언덕길을 자동차 한 대가 올라오나 싶더니, 다로가 차를 세워둔 곳에서 약간 떨어진 곳에 멈췄기 때문이다.

연말인데다 토요일이었다. 누군가가 묘를 청소하러 왔나——, 그런 생각이 들었지만, 운전석에서 예상하지 못했던 사람이 내렸기에 다로는 몸을 일으켰다.

면장인 노부오카다.

운전석의 문을 닫은 노부오카는 다로의 코롤라를 힐끔 보긴 했지만, 딱히 신경 쓰는 기색도 없이 묘지 안으로 들어갔다.

오른손에 향과 촛불을 들고, 왼손에 든 바구니에는 꽃과 큰 페트병이 들어 있는 게 보였다. 이 묘지에는 수도가 이어져 있지 않기에 물은 알아서 가져와야만 한다.

휴일인데도 노부오카는 넥타이에 정장 차림이었다.

그가 간 곳은 야마하라 본가의 묘였다.

뜻밖의 전개이긴 했지만, 다로에게 있어서는 오히려 잘된 일인지도 모른다.

노부오카의 여동생, 노부코의 소식을 알아낼 기회이기 때문이다.

운전석에서 나오자 겨울의 냉기가 곧바로 다로를 덮쳤기에 껴입은 겉옷의 지퍼를 턱 근처까지 올려야만 했다.

노부오카가 지나간 곳과 똑같은 길을 지난 다음, 묘 앞에서 합장하고 있던 노부오카가 고개를 들 때까지 조금 떨어진 곳에서 기다렸다.

묘는 에이코 덕분에 깔끔하게 유지되고 있었지만, 한동안 자리를 비운 사이에 꽃이 말랐고 인접한 산에서 날아온 낙엽이 수없이 흩어져 있는 것이 보였다.

노부오카는 그것을 꼼꼼하게 치운 다음, 가져온 꽃을 묘비의 받침대에 장식했다.

그가 다로의 존재를 눈치챈 것은 오른쪽 끝 묘비 근처로 다가왔을 때인 것 같았다. 고개를 든 노부오카는 웅크리고 있던 봄을 펴고는 수상쩍어하는 눈빛으로 바라보았다.

"안녕하세요. 미마입니다. 저번에는 실례했습니다."

다로가 먼저 말을 걸었다.

"당신이야?"

나온 것은 그런 말뿐이었고, 그는 다시 손을 움직였다.

다로는 조용히 묘 앞으로 다가가서는 가운데에 있는 묘비, 다른 묘비들보다 더 큰 묘비를 올려다보았다.

"이 가문의 문장, '야마하라의 화살'이라고 부른다면서요."

대답은 없었다. "로렌 십자가라고 아시나요? 똑같이 생겨서 깜짝 놀랐거든요."

노부오카의 손이 멈췄고, 천천히 다로 쪽으로 돌아섰다.

노부오카는 로렌 십자가를 들고 있는 마리아가 오르비스의 상징이라는 사실을 알고 있을까.

"뭐야, 또 뭔가 캐내려 하는 건가?"

"저번에 여기서 성묘를 하다가 요시다 나쓰오 씨의 연락을 받았어요. 저하고 뭔가 의논하고 싶다고 하셨죠."

"그게 어쨌다는 건데."

노부오카는 쌀쌀맞게 대답했다. "요시다 씨는 안타깝게 됐지만, 그게 어쨌다는 거야? 내게 무슨 말을 하고 싶은 건데?"

"요시다 나쓰오 씨는 오르비스 십자군의 신자였습니다."

잘못 본 건지, 노부오카의 눈에 그림자가 드리운 것처럼 보였다.

"면장실로 찾아뵈었을 때는 말씀을 마저 드리지 못했습니다만, 노부오카 씨의 땅을 사들이려던 타운 솔라는 이른바 오르비스 십자군의 유령회사입니다."

"그런 이야기는 이제 됐어."

노부오카는 가지고 온 꽃을 묘비 앞에 전부 장식하고는 살짝 뭉친 신문지를 태워서 향을 피웠다. 바람이 불지 않는 묘지에 그 향기가 감돌기 시작했다.

"노부오카 씨께서는 어째서 오르비스가 이곳 무라사키노에 있는 땅, 예전에 야마하라 본가가 있던 땅을 사들이려 하는 건지 짐작이 되는 이유가 있으신가요?"

노부오카는 다로의 물음에 대답하지 않고 불이 붙은 향을 피운 다음 합장하고 있었다. 그가 다시 다로를 본 것은.

"노부오카 씨께는 노부코 씨라는 여동생분이 계시죠?"

그렇게 물었을 때였다. "지금 노부코 씨는 어떻게 지내고 계십니까?"

"당신하고는 상관없을 텐데."

노부오카의 말투가 사나워졌다.

다로는 그렇게 화를 내는 이유를 알 수가 없었다. 하지만 뭔가 사정이 있다는 것은 태도를 통해 짐작할 수 있었다.

노부오카는 뭔가를 숨기고 있다.

하지만 지금 여기서 물어봐도 이 남자는 대답하지 않을 것이다.

그때, 뒤쪽에서 기척을 느끼고 돌아본 다로는 깜짝 놀랐다.

어느새 와 있던 것인지, 노노야마 에이코가 서 있었기 때문이다.

머리에 두꺼운 숄을 두른 에이코의 얼굴에는 어두운 그림자가 드리워져 있었지만, 바늘처럼 날카로운 눈빛만은 은색 빛을 뿜어내며 다로를 바라보고 있었다.

그때였다.

"당신이 해준 거야?"

노부오카가 큰 목소리로 물었다. 다로가 아니라 에이코에게 물어본 것이다.

에이코는 대답하지 않았다.

"쓸데없는 짓은 안 해도 되는데."

고맙다는 인사를 할 줄 알았는데, 노부오카의 입에서 나온 것은 그렇게 사나운 말이었다.

에이코는 대꾸도 하지 않고 노부오카를, 아니, 묘비를 올려다보고 있었다. 그때, 다로는 에이코가 가슴 높이로 들어 올린 채 맞잡고 있던 손 사이에 은사슬이 있다는 걸 알아차렸다. 거기에 주목한 것은 그 사슬 끝에 십자가가 달려 있었기 때문이다.

로렌 십자가였다.

에이코는 말을 단 한마디도 하지 않고 조용히 돌아선 다음, 느릿느릿한 발걸음으로 그곳을 떠나갔다.

다른 차가 묘지의 주차 공간에 나타난 것은 그때였다. 흰색 경트럭이었다. 다로가 세워둔 코롤라 옆에 주차를 한 다음, 운전석에서 모습을 드러낸 사람은 다름 아닌 에니시 주지 스님이었다.

승복 차림인 에니시는 쌀쌀한 묘지 안을 당당한 발걸음으로 다가왔다. 노부오카가 불렀을 것이다. 그때, 다로는 노부오카가 오늘 묘에 온 이유를 이해했다.

혼빼기를 하기 위해서다.

에니시는 다로가 있다는 걸 알아채고 '어라'라는 표정을 지었지만, 그 이상은 표정에 드러내지 않고 살짝 고개만 끄덕이며 옆을 지나쳤다.

"잘 부탁드립니다."

노부오카가 정중하게 허리를 숙였고, 잠시 후, 에니시가 경을 읊는 소리가 묘지 안에 낮게 울려 퍼지기 시작했다.

다로는 조용히 그곳을 떠나 세워두었던 코롤라로 돌아온 다음, 에이코의 집 앞으로 가보았다.

에이코와 이야기를 해보려 했던 것이다. 하지만 결국, 그건 단념할 수밖에 없었다.

새로 나타난 감색 세단이 에이코의 집 차고 앞에 멈춰섰고, 딸 부부로 보이는 두 사람이 나타났기 때문이다.

둘 다 쉰 살 정도 되어 보였다. 그들은 다로와 눈이 마주쳤지만, 인사도 하지 않고 곧바로 집 안으로 들어갔다.

그 모습을 지켜보던 다로는 아무 일도 없었다는 듯이 에이코의 집을 떠나 벚꽃 저택으로 돌아갈 수밖에 없었다.

노부코라는 노부오카의 여동생에 대해 노노야마 불단 상점의 사와코가 새로운 정보를 준 것은 다음 날이었다.

5

"기미쓰 지요코 씨라는 분이 도타에 계시는데."

노노야마 불단 상점으로 가자 사와코가 도타시의 주소와 이름이 적힌 메모지를 앞에 두고 그렇게 말했다. "저번에 다로 씨가 노부오카 씨 여동생에 대해서 물어봤었지? 나도 동급생 몇 명에게 물어봤는데, 아무도 모르더라고. 그런데, 그러고 보니 노부오카 씨 이모라는 분이 계신다는 게 생각나서."

"그분이 이분이신가요?"

사와코가 고개를 끄덕였다.

야마하라 본가를 떠났다는 노부오카의 어머니의 여동생인

사람이다.

"이 기미쓰라는 집안은 도타에서 큰 건설업체를 운영하고 있고, 지요코 씨는 거기로 시집갔는데, 몇 년 전에 남편분이 돌아가셔 버려서. 불단을 새로 산다는 이야기가 나왔을 때 우리 가게에서 샀다니까."

그 회사는 지금 지요코의 아들이 경영하고 있고, 지요코는 혼자 유유자적한 생활을 하고 있다고 한다.

"제가 갑자기 찾아가도 이야기를 해주실까요."

"내가 전화를 할 테니 괜찮을 거야."

사와코는 친절한 말투로 그렇게 말한 다음, 약간 조심스러운 듯이 목소리를 낮추었다. "그런데, 왜 그 사람에 대해서 물어보려고 하는 거야?"

"야마하라 본가에 대해 조사하고 있어서요."

다로는 미리 준비해두었던 이유를 말했다.

"어머. 소설로 쓰려고?"

사와코는 흥미를 감추지 못하고 눈을 반짝였다.

"취재가 잘 되면 쓸지도 모르죠."

"그러면 지요코 씨도 기뻐하겠네. 잠깐만 기다려 봐."

사와코는 그렇게 말한 다음, 카운터에서 오랫동안 쓰던 노트를 가지고 왔다. 보아하니 고객 명부 같았다. 거기에 적혀 있던 지요코의 전화번호로 전화를 걸었다.

"아, 항상 신세 지고 있습니다. 노노야마 불단 상점인데요."

상대방이 금방 전화를 받았다. "지요코 씨, 부탁할 것이 좀 있는데, 괜찮겠어? 실은 말이야, 우리 친척 중에 미마 다로 씨라는 소설가가 있는데. 그 아이가 야마하라 본가에 대해 이것저것 조사하고 있어서, 지요코 씨에게도 이야기를 좀 듣고 싶어 하는데 협력해줄 수 있을까? 맞아, 맞아, 그──."

사와코는 스마트폰에서 얼굴을 뗀 다음, 다로에게 물었다. "──무슨 상을 받았더라?"

"아케치 고고로상이에요."

"아케치 고고로상을 받았다니까. 지금은 하야부사에 사는데, 야마하라 본가를 소설로 쓰고 싶다네. 어때? 아, 정말? 알았네, 알았어. 지금 여기 있으니까, 잠깐만."

사와코가 전화기를 손으로 막으며 다로에게 물었다. "내일 오후에 시간 되겠어?"

"시간은 괜찮아요. 오후 2시쯤은 어떨까요."

"2시면 되겠어? 바쁠 텐데 미안해. 잘 좀 부탁할게."

다로는 새로운 돌파구를 얻었다.

6

하야부사 지구에 단 한 군데 있는 과자 가게인 사와노야에서 '쿠리킨톤' 10개 세트를 선물용으로 산 다음, 가게를 나선 것은 오후 1시쯤이었다.

내비를 보며 도착한 기미쓰 지요코의 집은 '기미쓰 건설'이라는 이름의 네모난 3층 건물 사옥이 있는 회사 옆에 있던 전통식 단독주택이었다.

지요코에게는 다로도 미리 전화를 걸었고, 회사 앞 주차장에 차를 대라고 했기에 그렇게 한 다음, 담장으로 둘러싸인 집 대문으로 들어갔다. 주위에 있는 집과는 생김새나 넓이가 다른 걸 보니 신경 써서 지은 것 같은 1층집이었다.

"멀리서 오시느라 고생하셨어요."

나와서 그렇게 말한 지요코는 척 보기에도 곱게 자란 듯한 여자였고, 정중한 태도를 보이며 다로를 객실로 안내해주었다. 한가운데에 있는 뜰을 둘러싸듯이 방들이 늘어서 있는 그 집은 조용했고, 객실에서 보이는 건너편 마루 쪽에 털이 흰색과 은색인──, 다시 말해 줄무늬 고양이가 있는 게 보였다. 그 옆에는 갈색 고양이가 한 마리 있었다. 지요코는 애묘가인지 고양이 몇 마리와 함께 사는 모양이었다.

"입에 맞을지 모르겠네요."

그녀가 그렇게 말하며 내준 찻잔은 큼직했고, 보아하니 묽은 말차가 담겨 있었다.

"잘 마시겠습니다."

다로는 차에 대해서는 문외한이라 다도의 예절은 찻잔 정면을 피해서 마시는 것 정도밖에 모른다. 하지만 그것은 정말로 향기가 그윽한 차였고, 마치 이 집과 여기에 사는 사람의 품격을 나타내고 있는 것 같았다.

다과는 다로가 선물로 가져온 쿠리킨톤이었고, 그녀가 권해줘서 먹어보니 놀랄 만큼 차와 잘 어울렸다.

"미마 씨께서는 하야부사에 사시나요? 도쿄에서 일부러 이사 오셨어요?"

"아버지 쪽 친가라서요."

그렇게 말하자 지요코가 납득한 듯이 고개를 끄덕였다. "저는 오랫동안 가본 적이 없었는데, 아버지는 자주 왔던 모양이에요. 아버지가 돌아가시고 나서 빈집이 되었는데, 작년에 취재하고 돌아가다가 들러보니 자연이 정말 멋지길래 큰맘 먹고 이사 오기로 했죠."

"그러다가 야마하라 본가에 대해 흥미를 품으셨군요."

"실은 최근까지 그 가문에 대해 몰랐습니다."

다로는 야마하라 본가가 있었다는 곳을 가본 이야기나, 그곳이 자기가 사는 마을에 있다는 이야기를 했다.

"예전에 명가가 있던 곳은 지금 자연에 삼켜져버렸고, 방풍림하고 기반 흔적만 남아 있는 상황이었습니다. 그런데 거기서보니 신기하게도 예전에 그 집에 살던 사람들의 사념 덩어리 같은 게 다가오는 것처럼 생생한 느낌이 들었거든요. 숨결 같은 것이 아직도 남아 있다고 해야 할까요. 근처에 있는 묘지에는 멋진 묘도 있고요."

"야마하라 본가는 결국 대가 끊겨버려서요."

지요코는 담담하게 말했다. "형부께서 돌아가신 뒤로 언니가 친가로 돌아가버렸거든요. 뭐, 하야부사에서는 이런저런 일이 있어서 고생한 모양이지요."

"하야부사에는 야마하라 성을 쓰시는 분들이 몇 분 계시더군요. 야마하라 겐사쿠 씨라는 분의 집에서 야마하라 본가의 가계도를 본 적도 있습니다."

다로는 숄더백에서 꺼낸 가계도 사본을 펼쳤다. 겐사쿠에게 부탁해서 만들어달라고 한 물건이다.

"이걸 보다 보니 예전에 권세를 자랑하던 이 가문이 어째서 대가 끊겨버린 건지 흥미가 생겨서요."

지요코는 가계도를 잠시 보다가 다로에게 다시 돌려주었다. 지요코가 흥미를 품으면 두고 갈 생각이었지만, 아무래도 그렇진 않은 것 같았다. 시집간 언니를 고생하게 만든 상대이니 지요코도 그리 탐탁지 않을 것이다.

"이 야마하라 본가의 계보 마지막에 지금 야오로즈 면장이신 신조 씨께서 등장하시죠. 여기에는 야마하라 신조라고 나와 있습니다만, 나중에 노부오카 가문으로 옮기셨고요. 이 가계도는 그렇게 끝났지만, 실은 신조 씨께 여기에 나와 있지 않은 여동생분이 계신다는 이야기를 들었습니다. 노부코 씨라는 분인 것 같던데, 지금 어떻게 지내시는지 알고 계신가요?"

약간 망설이는 것 같기도 하고 동요한 것 같기도 한 낌새가 느껴졌기에 다로가 한 질문이 치요코에게 있어서 마음에 들지 않는 질문이라는 걸 알 수 있었다.

"그 애가 지금 어떻게 지내는지는 모르겠네요."

약간 뜸을 오래 들이다가 치요코의 입에서 그런 대답이 나왔다.

"뭔가 사정이 있으신가요?"

"그 애는 언니의 친딸이 아니라서요."

예상하지 못했던 대답이었다.

"그게 무슨 말씀──, 이실까요", 다로는 당황하며 치요코가 계속 말하기를 기다렸다.

"그 애는 형부와 첩 사이에서 낳은 아이예요."

"첩의 아이……."

그래서 가계도에 올리지 않은 건가 ──. 다로는 직감적으로 깨달았지만, 그렇게 간단한 문제가 아닐 거라고 곧바로 다시 생각했다.

겐사쿠는 '신조의 여동생'이라고 했다. 두 사람이 남매라고 생각한 것이다. 첩이 낳은 아이를 그런 식으로 부를까.

"남매가 아니다……. 그렇다면 야마하라 겐사쿠 씨께서 착각하신 걸까요?"

"아뇨."

치요코는 고개를 저으며 미간을 찌푸렸다. "남매로 자란 거나 마찬가지니 그렇게 생각하셨을 수도 있겠죠."

좀 복잡한 이야기인데요, 치요코는 그렇게 말한 다음, 이야기를 이어나갔다. "노부코의 어머니는 노부코가 두 살 때 죽어버렸어요. 노부코만 남겨두고요. 무슨 일이 있었는지는 모르겠네요. 아마 형부 때문 아닐까 싶긴 한데, 아무튼 세상을 원망하면서 겨울 강에 몸을 던져서 죽어버렸죠. 그래서 형부는 어쩔 수 없이 노부코를 자기 아이로 야마하라 가문에 데리고 와서 신조의 여동생으로 키우기로 한 거예요. 여동생이 보기에는 첩의 아이를 키우라고 떠맡긴 거나 마찬가지니 다른 사람에게는 말할 수 없는 괴로운 마음도 있었을 것 같네요. 하지만 형부가 보고 있으니 그 말을 따를 수밖에 없었고요. 그 사람은 폭군이었으니까요."

"그 이후로 야마하라 노부타다 씨——, 신조 씨의 아버지가 돌아가셨죠. 그리고 두 사람은 야오로즈의 노부오카 가문에서 거두었겠군요."

지요코가 대답할 때까지 또 약간 뜸을 들였다.

"아뇨. 여동생이 야오로즈로 데리고 온 건 신조뿐이었어요. 형부가 죽은 뒤로 언니는 부모님과 상의한 다음에 노부코를 양녀로 보냈으니까요."

"그랬군요……."

그래서 야오로즈 초등학교 명부에 노부코의 이름이 없었던 것이다. 남매가 생이별한 배후에는 복잡한 어른의 사정이 얽혀 있었다.

"저는 그때 이쪽 기미쓰 가문으로 시집와 있었기 때문에 자세한 사정은 모르겠네요. 하지만 언니는 형부의 횡포를 계속 견뎌왔어요. 형부가 떠넘긴 첩의 아이를 노부오카 가문으로 데리고 올 수 없었던 사정도 있었을 거예요. 그때 부모님께서 노부코를 받아줄 곳을 찾아서 보내셨죠."

"그런데 노부코 씨가 어디로 갔는지 알고 계십니까?"

다로가 물었다.

"나고야에서 섬유 도매상을 경영하시던 부부께서 데리고 가셨어요. 아이가 없는 부부셨고, 여자아이니까 능력 있는 사위를 찾아서 결혼시키면 장사도 안정될 거라고요."

"그렇군요."

오사카의 상인 가문에 딸이 태어나면 기뻐했던 것과 똑같은 발상이다. 어찌 됐든 노부코가 나고야에 있다는 겐사쿠의 정보가 정확하긴 했다.

"그러면 지금도 그쪽에 계실까요?"

모르겠네요, 지요코는 그렇게 말하고 고개를 저으며 어두운 표정을 보였다. "이건 나중에 들은 이야기인데요, 노부코가 그 집에 간 이후로 아이가 없던 그 부부 사이에서 남자애가 태어났다고 해요."

"그러면 노부코 씨는──."

깜짝 놀란 다로를 보며 지요코가 계속 말했다.

"그리고 한 가지 더, 그런 것과는 별개로 그 집의 사업이 잘 풀리지 않게 되었다고 해요. 당시는 섬유 업계가 불황에 빠진 시기가 아니었지만, 사기 같은 제안을 받고 손을 댔다고 하네요."

"그 이야기는 어떤 분께 들으셨나요?" 다로가 그렇게 물었다.

"여동생에게 들었어요. 실은 그 부부가 노부오카 가문에 자금을 원조해달라고 부탁했는데, 당시에는 노부오카 쪽도 양조장을 다시 짓느라 돈이 필요해서……. 이야기가 돌고 돌아서 이 집에 시집온 저에게까지 어떻게 좀 안 되겠냐고 해서요."

"그래서, 어떻게 하셨죠?"

"당시에 사장이셨던 저희 시아버님께서 배포가 크신 분이라 자금을 융통해 주셨어요. 그때 시아버님께서 하신 말씀이 지금도 기억나네요. '이 돈은 안 돌아올 거다'라고요. 정말로 그렇게 되었어요. 실제로는 나중에 노부오카 가문이 대신 갚아주었지만요."

"그러니까, 노부코 씨께서 양녀로 간 가문의 회사는──."

"결국 도산했다고 들었어요. 야반도주한 거나 마찬가지 상황이 되었고, 그 이후로 노부코가 어떻게 되었는지, 양부모가 어떻게 되었는지는 모르겠네요. 노부오카 가문도 함부로 나섰다가 또 돈을 달라고 하면 곤란하다고 생각했을 테고요."

"그게 노부코 씨가 양녀로 간 지 몇 년 정도 뒤였나요?"

"7, 8년 정도 뒤였던 것 같네요."

그렇다면 노부코가 고등학교에 진학했을 나이쯤일 것이다.

그 이후로 노부코가 어떤 인생을 살아왔을까──.

그것을 알고 싶다, 다로는 그렇게 생각했다.

"저, 시아버님께서 시키셔서 그 회사에 한번 가본 적이 있어요. 어떻게 되었는지 보고 와달라고 시아버님께서 부탁하셔서요. 그 회사는 후시미라는 곳에 있는 초자면 섬유 도매상 거리 구석에 있는 문이 좁은 3층 건물이었죠. 아래층이 사무소였고, 위쪽이 집이었던 것 같네요. 거의 40년 가까이 지났지만요."

후시미는 나고야 시내에 있는 지명이다.

도산했다면 그곳에는 이미 노부코의 양부모가 경영하던 섬유 도매상은 남아 있지 않을 것이다. 하지만 같은 업계 사람이 많은 도매상 거리에서 찾아보면 그 이후로 어떻게 되었는지 아는 사람이 있을지도 모른다.

"그 도매상 이름이 뭐였는지 기억나시나요?"

그렇게 물어보긴 했지만, 거의 반세기가 지난 이야기다. 아마 지요코도 기억하지 못할 것이다.

밑져야 본전이라는 생각으로 던진 질문이었지만,

"네, 기억나네요."

지요코는 그렇게 말한 다음, 근처에 있던 종이에 당시 그 도매상이 있던 곳의 대략적인 지도를 그려주었다.

"지금은 바뀌었을지도 모르겠지만, 이 모퉁이에 있는 회사예요. 멀리서도 보이는 간판이 있었고요."

지요코의 입에서 그 도매상의 이름이 나왔다. "──마루니 상회. 사원이 스무 명 정도인 작은 회사였던 것 같아요. 제가 갔을 때, 노부코하고 그 동생 둘이서 마침 사무소에 놀러 와 있었어요. 그때 마지막으로 노부코를 봤죠. 어디선가 행복하게 살고 있다면 좋을 텐데, 그 이후로 그 가족이 어떻게 되었는지 저는 모르겠네요."

7

기미쓰 지요코에게 얻은 정보를 토대로 다로가 나고야 시내에 있는 섬유 도매상 거리로 찾아간 것은 다음 날이었다. 중앙 자동차 도로에서 나고야 고속 1호선으로 들어갔고, 그렇게 하야부사의 집에서 출발한 뒤 약 한 시간 반 정도가 걸렸다.

　초자면 섬유 도매상 거리 구석에서 발견한 유료 주차장에 코롤라를 세워둔 다로는 어제 지요코가 그려준 지도를 보며 '마루니 상회'가 있던 곳을 찾아다녔다.

　도매상 거리라는 명칭을 듣고 상상했던 것은 상점가로 뻗은 좁은 도로와 양쪽 옆에 늘어서 있는 잡다한 가게라는 이미지였지만, 실제 섬유 도매상 거리는 도시의 일부분이었고, 그런 이미지와는 딴판이었다. 상점가도 없고, 늘어서 있는 자잘한 상점도 없었다. 유일하게 도매상 거리답다고 할 만한 것은 거리 입구에 걸린 '초자면 섬유 거리'라는 간판 정도뿐인 것 같았다.

　"여긴가……."

　예전에 마루니 상회가 있었던 것 같은 곳에는 7층 다목적 건물이 있었다. 모든 층이 임대 오피스였고, 외래어로 된 회사 이름이 나열된 건물의 세입자에 물어봐도 당시 상황에 대해 아는 사람이 있을 것 같지는 않았다.

　일단 그곳에서 나온 다로가 근처에서 '도쿠다 섬유 공업'이라는 간판을 내걸고 있는 회사를 발견한 것은 그 직후였다. 아마 지은 지 3, 40년은 될 것처럼 낡아 보이는 그 건물은 문이 좁고 안쪽으로 긴 3층 건물이었다. 역사가 느껴지는 그 사옥은 당시 상황에 대해 아는 사람이 있을 가능성을 나타내고 있었다.

1층이 사무소였고, 다로가 각오를 다지며 들어가 보니 앞쪽에 있던 나이 든 여자 사원이 일어섰다.

"예전에 이 근처에 있던 회사에 대해 조사하고 있는데요, 혹시 아시는 분이 계실까요?"

이런 사람입니다, 그렇게 말하며 별로 꺼내 본 적이 없는 명함을 꺼냈다. 이름만 적혀 있는 명함이라 숄더백에서 최신 문고본도 꺼내 보였다.

"작가분, 이신가요?"

여자 사원이 깜짝 놀란 표정으로 그렇게 말한 다음, 명함과 다로의 얼굴을 번갈아 가며 보고 나서 책을 들고 안쪽으로 들어갔다.

곧바로 안쪽에서 60대쯤으로 보이는 남자가 나왔다. 종업원과 마찬가지로 덧옷을 입고 있긴 했지만, 안에는 제대로 넥타이를 매고 있었고, 고급스러워 보이는 슬랙스와 잘 닦은 가죽 구두를 신고 있는 차림새를 보니 이 회사 사장일 거라 짐작이 되었다.

"바쁘신 와중에 죄송합니다."

다로가 고개를 숙이자, 그 남자가 "뭐, 들어오시죠"라며 싹싹한 태도로 다로를 응접실로 안내해주었다.

그가 내민 명함에는 예상대로 도쿠다 섬유 공업 대표이사, 도쿠다 마사나오라고 적혀 있었다. 마사나오(正直)라는 이름을 듣고 그를 보니 이름대로 정직할 것 같은 남자였다.

"무슨 회사를 조사하고 계신가."

테이블을 사이에 두고 맞은편에 앉은 도쿠다는 곧바로 나고야 사투리로 말했다.

"40년 정도 전에 이 근처에 있던 마루니 상회라는 회사입니다만."

그렇게 말하며 지요코가 그려준 당시 지도를 보여주었다.

그것을 빤히 바라보던 도쿠다는 "우리도 그 당시부터 여기 있었는데, 이 근처 회사들도 많이 바뀌어서……. 그래도, 마루니 상회는 들어본 적이 있긴 하네. 그런데 왜 이 회사를 조사하시는지?"라고 말했다.

다로는 소설을 쓰기 위해서 몰락한 야마하라 본가에 대해 알고 있는 그 가문 사람을 찾고 있다고 설명했다. 그럴싸한 이유로 들렸을까.

"그렇군. 그런 산속의 명가 사람이 마루니 상회에 왔다고?"

도쿠다는 감탄한 듯이 그렇게 말하고는 "나는 잘 몰라서 말이야, 좀 물어봐야겠군. 잠깐만 기다리시게"라고 한 다음, 스마트폰으로 다른 가게 주인인 것 같은 사람에게 물어보기 시작했다. 정직할 뿐만이 아니라 친절하기까지 한 남자였다.

"아, 거기요, 거기. 그 마루니 상점요."

고개를 끄덕이던 도쿠다가 다로를 보고는 반응을 보였다. "그럼 그쪽으로 보내도 됩니까. 미마 다로 씨라는 작가분인데요."

도쿠다가 소개해준 곳은 같은 구획에 있는 '주식회사 니시야마'라는 회사였다. 도매상 거리라 그런지 좁은 지역 안에 같은 업계 사람들이 모여 있어서 편했다.

소개받은 니시야마라는 회사는 도쿠다의 회사 건물보다 더 컸고, 1층 주차장에는 흰색 영업용 밴이 여러 대 서 있었다.

새 명함과 문고본을 들고 접수처로 가자 이미 이야기가 되어 있었는지 엘리베이터를 통해 5층으로 안내해주었다.

'회장실'이라는 명패가 달린 방에서 다로를 기다리고 있던 사람은 아마 여든 살 정도는 될 것 같은 남자였다. 그가 내민 명함에는 니시야마 쇼노스케라는 이름, 척 보기에도 오래된 도매상에 어울리고 약간 옛스러운 이름이 인쇄되어 있었다.

도쿠다가 알려준 사전 정보에 따르면 니시야마는 도매상 거리에서 오랫동안 대표 역할을 맡아온 사람으로, 이야기를 듣기에는 안성맞춤이었다.

"물어보신 마루니 상회라는 회사는 몇십 년 전에 망해버렸는데요."

다로가 지요코가 그려준 지도를 보여주고 상황에 대해 설명하자, 니시야마가 곧바로 대답했다.

"경영자 부부에게 딸이 한 명 있었을 텐데, 혹시 모르십니까."

"아, 있긴 했던 것 같긴 한데──."

"그 딸의 행방을 알아보고 있습니다만, 혹시 모르십니까."

다로가 물었다.

"그건 좀 힘들겠는걸."

니시야마가 살짝 끙끙대며 하얗게 센 머리카락에 오른손을 얹었다. "회사가 망하게 되면 경영자와 직접 연락을 못하게 되니 말이요. 변호사가 중간에 끼어들곤 하니까. 마루니 상회 같은 경우에는 야반도주나 마찬가지였고, 그렇게 되면 답이 없지. 그런데 당신은 마루니 상회가 아니라 거기 딸에 대해 알고 싶은 거지요? 그럼 우리 딸한테 물어보도록 하지."

"따님요?"

"중학교 때부터 동급생이었으니까. 뭔가 알고 있을지도 모르지요."

예상하지 못했던 전개였다.

니시야마는 곧바로 전화를 걸어주었다.

"──옛날 이야기인데, 마루니 상회 딸 기억나나? 네 친구였지? 그래, 노부코라고 했나. 지금은 어찌 지내는가."

니시야마가 다로를 힐끔 보고는,

"뭐, 그야 그렇겠지."

별로 괜찮은 반응은 아닌 것 같았다. 예상했던 대로.

"고등학교 1학년 때 도산해서 동생하고 같이 전학을 간 모양인데."

니시야마는 전화를 끊고 그렇게 말했다.

"어디로 이사 간 건지 모르십니까."

"지바로 간 모양이라고 하는군요. 처음에는 편지도 주고받고 했지만, 나중에는 연락이 안 된 모양이요. 오래 전이라 편지도 어디 있는지 모르지만 당시 사진은 있다고 하네요. 필요하면 보내주겠다고 하는데, 어떻게 하시겠소."

"꼭 좀 부탁드리겠습니다."

니시야마가 다시 딸에게 연락하자 곧바로 스마트폰으로 사진이 왔다.

오래된 앨범 사진을 그대로 찍은 사진이었다. 다로의 스마트폰으로 보내달라고 했다.

"고등학교 1학년 때 찍은 사진이라는군."

색이 바랜 컬러 사진이었고, 세일러복 차림인 여고생 세 명이 찍혀 있었다.

"이 가운데에 있는 아이가 그 노부코 씨라는군요."

키워준 부모에게 찬밥 신세를 당하다가 양녀로 오게 된 아이는 그로부터 7, 8년 뒤에 밝은 미소를 드리우며 아름다운 소녀로 성장했다.

그 전까지의 불행한 인생을 그 미소에서 읽어낼 수는 없었다.

사진은 가업이 기울기 전에 찍은 게 분명했다.

그때, 그녀는 행복했을까.

그리고 그 이후로 그녀는 행복한 삶을 살았을까.

"정말 감사합니다."

니시야마에게 고개를 크게 숙이며 인사를 하고 나서 다시 고개를 들던 다로는 그때 한 가지 중요한 질문을 하지 않았다는 사실을 깨달았다.

"아, 한 가지만 더 가르쳐주실 수 있을까요? 노부코 씨의 성은 뭐였죠? 야마하라에서 성이 바뀌었을 텐데요."

"마루니 상회 말이지요? 음, 거기가 아마 ──."

니시야마는 허공을 바라보며 오래된 기억을 끄집어내려는 듯이 눈을 가늘게 떴다.

"에니시였을 거요."

"에니시……."

다로는 잠시 후 나온 그 이름을 무심코 중얼거렸다.

"그렇지, 에니시 노부코 씨요. 동생 이름은 ──, 뭐였더라, 아까 딸이 말해줬는데……."

"다스쿠 아닌가요?"

다로가 슬쩍 그렇게 말했다.

니시야마가 무릎을 탁 쳤다.

"아, 맞다, 맞어. 다스쿠야. 지금은 어찌 지내는지 모르겠네."

"노부코 씨는 모르겠지만, 다스쿠 씨라면 알고 있습니다."

니시야마가 놀란 듯이 고개를 들었다.

"에니시 다스쿠 씨는 지금, 하야부사 지구에 있는 즈이메이지라는 절에서 주지 스님으로 있습니다."

12장

거짓된 추기경

1

    섬유 도매상 거리에 있는 니시야마의 회사를 나섰을 때, 이미 오후 4시가 넘은 시각이었다. 12월의 낮은 태양이 눈부시게 거리를 비추었고, 이곳저곳에 툭툭 튀는 듯한 황금빛 양지를 만들고 있었다.

    왔을 때와 똑같은 길을 따라 고속도로로 진입했다.

    중간에 길이 막히기도 했기에 자동차를 타고 야오로즈면에 들어섰을 때는 해가 기울었고, 구불구불한 언덕길은 밤길이 되었다.

    하야부사 지구에 들어선 다로가 제일 먼저 간 곳은 집이 있는 무라사키노 마을이 아니라 겐사쿠의 집이었다.

    돌아가는 길에 들른다는 연락은 이미 해두었다.

    "노부코의 의붓동생이 에니시 스님이라는 말이야?"

다로가 한 이야기를 듣고 겐사쿠는 잠시 입을 다물고 있었다.

"에니시 스님은 원래 이곳 하야부사 사람이 아니었군요."

그 사실도 다로가 오늘 취재를 하면서 놀란 것 중 하나였다. 즈이메이지는 하야부사에 유일한 절이다. 당연히 대대로 그 절에서 태어난 사람이 물려받은 거라 생각하고 있었기 때문이다.

"시골 절은 그런 경우가 많지."

겐사쿠는 그런 사정도 잘 알고 있었다. "후계자가 없거나, 아이가 있어도 절을 물려받지 않거나, 이런저런 이유로 사위나 양자를 들여서 스님이 될 사람을 밖에서 데리고 오는 경우가 많다니까. 스님이 없어서 문을 닫는 절도 생기고, 그러면 안 된다고 스님 한 명이 절 두 군데를 겸임하는 경우도 있으니까. 아쉽지만 그것이 시골 절의 실태고."

"그러니까, 에니시 스님도 선대 스님이 어디선가 데리고 왔다는 건가요?"

"불교 계열 대학교를 나오고 승적이 있는 사람을 누군가가 추천하고 그랬을 거야. 에니시 스님이 지바 쪽 출신이라는 이야기는 들은 적이 있긴 하지. 자세히 알진 못하는데, 자네가 해준 이야기하고 일치하는군."

겐사쿠의 집 객실에서 현관의 조명이 비추고 있는 뜰이 보였다. 기온이 더 떨어졌고, 지금 그 뜰에 조금씩 하얀 것이 흩날리기 시작하고 있었다.

"그런데 믿기질 않네. 그 스님이 의붓이나마 노부코하고 남매였다니 말이야."

다로가 지적했다. "예전에 여기서 야마하라 가문의 가계도를 보았을 때, 노부오카 면장에게 여동생이 있다는 이야기를 했었죠. 그때, 스님은——."

"입을 다물고 있었지."

겐사쿠는 그때 있었던 일을 떠올리며 말했다.

"에니시 스님은 그 사람이 자기 누나라는 걸 알고 있었을 거예요. 하지만 말하지 않았죠."

"뭐가 어떻게 된 건지 정말 모르겠네."

겐사쿠는 고개를 몇 번 갸웃거리다가 천장을 올려다보고는 분개하며 두 손으로 무릎 근처를 꽉 쥐었다.

"지금까지 알게 된 것을 제가 나름대로 추측한 것까지 말씀드려도 괜찮을까요."

다로는 차를 한 모금 마시고는 진지한 말투로 말했다. 겐사쿠는 대답하지 않고 말없이 계속 이야기하라는 낌새를 보였다.

"요시다 나쓰오 씨가 제게 이야기를 들어달라고 연락한 건 그 사건 직전이었어요. 저는 그 전화를 무라사키노 마을에 있는 묘지에서 받았고, 곧바로 겐사쿠 씨에게 연락했죠. 겐사쿠 씨는 제 연락을 받고 다치키 아야 씨와 에니시 스님, 두 사람에게 알렸고요. 그건 틀림없죠?"

겐사쿠가 고개를 살짝 끄덕이며 동의했다.

"그때 겐사쿠 씨께서 도타시에 있다는 이야기도 하셨나요?"

"했지."

겐사쿠는 기억을 더듬으며 말했다. "일 쪽으로 회의할 게 좀 있어서 도타에 있는데, 돌아가면 바로 나쓰오 씨에게 이야기를 들어보러 간다고, 그 두 사람에게는 그렇게 말했을 거야."

"아마 나쓰오 씨가 하려 했던 이야기는 오르비스의 비밀에 관련된 이야기였을 거예요. 연달아 일어난 방화 사건이나 히로노부 씨 살해에 대한 정보였을지도 모르죠. 나쓰오 씨는 범인이 누구인지 알고 있었던 거고요. 범인이 보기에는 나쓰오 씨가 그 이야기를 다른 사람에게 하는 것만큼은 반드시 막아야 합니다. 그래서 곧바로 행동에 나설 필요가 있었던 거고요."

겐사쿠가 눈을 깜빡이는 것도 잊은 채 다로를 보고 있었다.

"설마……."

"문제는 누가 죽였냐는 거죠. 방금 제가 말씀드린 내용을 통해 알 수 있듯이, 나쓰오 씨의 배신을 알 수 있었던 사람은 두 명밖에 없어요. 다치키 씨, 아니면 에니시 스님. 그 둘 중 한 명이에요."

"그렇긴 한데, 아야는 그 사건 이후로 자취를 감춰버렸잖

아. 나는 아야가 의심스럽다고 생각했는데…….”

다로는 천천히 고개를 저었다.

“다치키 씨 시점으로 생각해보세요. 이번 사건의 움직임을 돌아보면 어떨까요.”

겐사쿠는 머리가 빠르게 돌아가는 남자다.

곧바로 다로가 무슨 말을 하려는지 깨달은 게 분명했다.

“겐사쿠 씨의 연락을 받고 나쓰오 씨를 죽일 수 있는 사람은 자신 아니면 에니시 스님밖에 없다──, 다치키 씨는 그렇게 생각한 겁니다. 그 시점에서 다치키 씨는 범인이 누군지 알아버린 거고요.”

겐사쿠가 무시무시한 표정으로 다로를 보고 있었다.

“그뿐만이 아니에요. 에니시 스님의 입장에서 생각해보면 어떻게 될까요. 자기가 범인이라는 걸 다치키 씨에게 들켰을 가능성이 크다, 그렇게 생각하겠죠. 다시 말해, 그 순간, 에니시 스님은 다치키 씨의 목숨을 노리는 존재가 되었다는 겁니다.”

다로는 잠깐 숨을 돌린 다음, 다시 말하기 시작했다. “그 사건이 벌어지고 난 뒤에 말이죠. 제가 화재 현장에서 집으로 돌아오는 도중에 다치키 씨가 신변에 위협이 느껴진다고 연락했습니다. 저는 노노야마 불단 상점의 사와코 씨에게 연락해서 친척인 나가노 경찰서장하고 이야기를 할 수 있게끔 자리를 마련해달라고 했고요. 수사가 어떤 단계까지 진행되었는지는 모르겠지만, 경찰은 상황증거만으로는 움직일 수가 없죠. 그래서 경찰과도 의논한 다음에 다치키 씨는 일단 하야부사에서 피난하는 형태로 나고야 시내에 있는 친구 집에 가 있게 된 겁니다."

"그래서 아야가 안 보였던 거로군……. 왜 나한테는 말을 안 해준 건가? 다로."

겐사쿠가 원망하는 듯이 그렇게 말했다.

"다치키 씨하고도 의논해봤는데요. 겐사쿠 씨께는 알리지 않는 게 나을 거라고 생각했거든요. 겐사쿠 씨께서는 저를 만났을 때 역시 다치키 씨가 오르비스 아니냐고 의심하셨죠? 아마 그 이야기를 에니시 스님에게도 하지 않으셨을까요?"

정곡을 찔렸는지, 겐사쿠는 입술을 깨물면서 "그랬지. 미안하네"라고 말한 다음 고개를 숙였다.

"잘하신 거예요, 그거."

다로는 달래는 듯이 그렇게 말했다. "에니시 스님은 그 말을 듣고 조금이나마 안심했을 거예요. 적어도 다치키 씨가 이곳에 없는 동안에는 자기가 의심을 받지 않을 테니까요. 하지만 그건 시간벌이에 불과해요."

"이제 어떻게 할 건가?"

겐사쿠는 눈에 핏줄을 드러내며 신음하듯 그렇게 말했다.

"아직 모르는 게 있어요."

다로가 그렇게 대답했다. "하야부사를 떠난 노부코 씨의 행방은 나고야의 섬유 도매상 거리에서 끊겨버렸고, 그 이후 소식은 동생인 에니시 스님과 함께 지바로 이사 갔다는 것밖에 모르죠. 그 이후로 노부코 씨와 오르비스가 어떻게 이어지는지, 그걸 알아볼 생각이에요."

"어떻게 알아보려고?"

"한 가지 생각난 게 있거든요."

다로의 머릿속에는 어떤 사람의 얼굴이 떠올랐다.

소에이샤의 나카야마디였다.

2

나고야역을 출발한 신칸센은 동쪽을 향해 정시대로 운행되고 있었다.

도쿄로 돌아가는 게 몇 달 만일까. 하야부사로 이사 온 게 올해 3월. 대충 열 달 동안이나 시골 생활을 했는데, 도쿄 물이 아직 덜 빠진 건지 신칸센을 타고 있자니 '돌아간다'는 느낌이 드는 게 신기했다. 이제 그곳에는 내 집이 없는데도.

다로 옆자리에서 창문 너머로 흘러가는 경치를 멍하니 바라보고 있는 아야도 비슷한 느낌이 드는 건지도 모르겠다.

"아직 오르비스에 대해 알아보고 다니시는 건가요? 미마 씨."

그제 밤, 나카야마다에게 연락을 해보니 예상했던 대로 어이없어하며 그렇게 말했다. "그건 그렇고, 실은 저도 미마 씨에게 연락을 해볼까 생각하고 있었거든요. 아니, '도시에서 우는 뻐꾸기'의 대단원을 맞이하신 거, 축하드립니다. 정말 좋았어요. 손에 땀을 쥐게 만드는 전개, 그야말로 옥고(玉稿)였습니다."

나카야마다는 한참 동안 감상에 대해 열변을 토한 다음, 약간 껄끄럽다는 듯이 예상치 못한 말을 꺼냈다.

"그건 그렇고, 다무라 씨가 저에게 의논할 게 있다고 해서 이야기를 들어봤는데요. 혹시 괜찮으시다면 부탁을 하나 들어주십사 해서요."

다무라 도미이치는 오르비스를 추적하고 있는 '주간 챔프'의 사건 기자다.

요시다 나쓰오가 살해당한 사건 이후로 보도를 접한 나카야마다가 곧바로 안부를 묻는 연락을 했었다. 하지만 그때도——, 지금도 나쓰오가 오르비스 신자라는 사실은 보도되지 않았고, 다로도 이야기하지 않았다.

"부탁이라는 게 뭐죠?"

"그에게 취재 협력자가 나타났거든요."

나카야마다가 그렇게 말했다. "지금은 아직 메일로만 연락을 주고받는 것 같은데, 그 내용에 따르면 자신이 교단 중추에 있었던 사람이라고 주장하는 것 같습니다. 상대방도 경계하고 있어서 이름이나 교단 내부에서의 직책도 밝히지 않고 있으니 믿을 수 있을지 여부를 잘 모르겠다는군요. 그래서 예전에 다치키 씨의 이야기를 들었던 게 생각나서 혹시 가능하면 그녀와 대질하게 해주실 수 있을까 하던데요. 그녀가 오르비스에서 손을 씻었다고 하셨잖습니까."

"어떻게 하면 되죠?"

다로가 묻자 나카야마다는 사진을 찍을 수 있을지는 모르겠으니 취재하는 모습을 멀리서 보고 확인해 달라고 했다.

다시 말해, 도쿄로 와달라는 뜻이다.

일단 전화를 끊고 아야에게 연락했다.

"어떻게 하시겠어요?"

그렇게 묻자 아야는 역시나 망설였다. "무리하진 마세요. 어떤 상대일지도 모르고, 혹시나 위험해지는 상황이 될지도 모르니까요. 사진을 찍고 나서 그걸 봐주시는 방법도 있고요."

"그래도 빨리 확인하는 게 낫겠죠?"

아야는 전화기 너머로 잠시 생각한 다음, 마음을 굳힌 모양이었다. "저, 갈게요. 그 대신, 미마 씨께서도 함께 와주실 수 있을까요? 다무라 기자에게 직접 궁금했던 걸 물어볼 수 있는 기회니까요."

다로가 나고야역에서 아야와 만난 다음 도쿄행 신칸센을 탄 것은 정오가 되기 전이었다.

도쿄역에서 마루노우치 남쪽 출구로 나온 다음, 거기 있던 택시 승강장에서 진보초에 있는 소에이샤로 향했다.

나카야마다와 만나기로 한 시각은 오후 2시다.

접수처에서 기다리고 있다 보니 나카야마다가 곧바로 마중 나왔다. 6개월 만에 다시 만났지만, 인사는 대충 하고 바로 2층에 있는 응접실로 안내해주었다. 그곳은 다로가 자주 회의나 인터뷰를 할 때 이용했기에 익숙한 방이었다.

곧바로 어떤 남자가 나타났다.

다무라 도미이치다.

몸매가 홀쭉하고 수염을 덥수룩하게 기른 다무라는 학생시절에 세계를 떠돌아다녔다는 경력 덕분인지 얼핏 보기에는 국적을 알 수가 없었다. 어떤 나라 사람이라 하더라도 통할 것 같은 외모였다. 강인하고 굳센 인상이 느껴지는 건 강한 의지의 힘이 깃든 것 같은 그 눈 때문일 것이다.

"이런 메일이 와서요."

아야를 소개하고 잠시 이야기를 하면서 긴장을 푼 다음, 다무라가 들고 온 노트북을 펴서 주고받은 메일 중 일부를 보여 주었다.

"처음 받은 메일입니다. 제 이름은 잡지를 통해 알았다고 했고, SNS 계정으로 연락이 와서 메일 주소를 교환했죠."

갑자기 이런 메일을 보내게 되어 죄송합니다 라는 제목으로 시작되는 내용이었다.

──저는 얼마 전까지 오르비스 십자군의 중추에 있던 사람입니다만, 예전부터 그 교단의 방식이나 다양한 활동에 대하여 의문을 품고 있었습니다. 오르비스 테라에 기사단은 용납되지 못할 흉악 범죄로 인해 스스로 존재의의를 상실했습니다. 그리고 오르비스 십자군 또한 간판을 바꾸어 달긴 했지만, 본질은 무엇 하나 바뀐 것이 없습니다. 이대로 가다가는 오르비스의 교리에 의존하며 순수하게 구원을 찾아 모여든 많은 신자들을 고통스럽게 하고, 세상 사람들로부터 미움을 사는 존재가 되어버릴 겁니다. 저는 반드시 그것을 저지하고 싶습니다.

다무라 님의 필력으로 오르비스 십자군을 신께서 인도하시는 올바른 길로 돌려놓아 주실 수 없을까요? 교단에서 도망친 주제에 이런 부탁을 드리는 건 저 자신도 한심하긴 합니다만, 지푸라기라도 잡는 심정으로 부탁드립니다.

제가 할 수 있는 거라면 뭐든지 협력하겠습니다. 부디 검토하여 주십시오. 연락을 기다리고 있겠습니다.

"이름도 없이 이런 메일을 보낸 건가요?"

다로는 화면을 보고 있다가 고개를 들고 그렇게 물었다. 이 것만 보고 믿으라는 건 역시 힘들 것이다. 실제로 다무라에게 는 헛소문이나 장난 메일 등, 다양한 메일이 온다고 한다.

"그런데도 연락을 해보셨어요?"

"기자의 직감 같은 게 있어서요."

다무라는 메일의 내용을 보며 그렇게 말한 다음, 고개를 들었다. "이건 거짓말이 아닐 것 같다는 생각이 들었고요. 뭐, 근거는 없지만요. 언제 한번 만나자고 이야기를 하긴 했습니다. 미마 씨 일행이 상경하신다는 이야기를 듣고 내일 제국 호텔 라운지에서 취재 약속을 잡았고요."

"다무라 씨를 포함해서 반드시 안전할 거라는 보장이 없긴 합니다."

나카야마다가 평소와는 달리 신중한 말투로 그렇게 말했다. "혹시나 납치당할지도 모른다고, 다무라 씨. 그리고 이게 오르비스의 함정이라면 라운지 안에 오르비스 관계자가 잔뜩 숨어 있을 가능성도 있고."

"괜찮으시겠어요? 다치키 씨."

다로도 아야를 걱정하며 물었다. "위험할지도 모릅니다. 무리하진 마시고요."

하지만 "아뇨, 저, 할게요." 아야는 당당하게 대답했다.

"만약에 제가 할 수 있는 게 있다면 협력하게 해주세요. 실제로 이 사람 말이 맞아요. 오르비스에는 어디에도 자기가 머무를 곳이 없고, 행복해질 수 있을 거라 진심으로 믿는 신자가 많이 있어요. 그런 사람들을 위해서 어떻게든 하고 싶다는 마음은 틀림없는 것 같아요. 저도 그렇게 생각하고요."

"뭐, 위험해지면, 그때 일은 그때 가서 생각하죠."

다무라는 전혀 위로가 안 되는 말을 했다. 사건 기자라 그런지 배짱이 좋았다.

"만약에 이 메일 내용이 사실이라면 오르비스의 홍보 담당자였던 다치키 씨가 알고 있을 가능성은 클 것 같습니다."

약속 시간은 내일 오전 10시다. 다무라가 계속 말했다. "그리고, 문의하셨던 에니시 노부코 씨와 에니시 다스쿠 씨 말인데요, 저는 짐작 가는 곳이 없었습니다. 그러니 내일 취재하면서 그것까지 물어보겠습니다. 그러면 될까요?"

결론이 나왔다.

3

다무라와 미리 정한 대로 다로와 아야, 그 두 사람이 제국 호텔 라운지로 들어간 것은 오전 9시 50분이었다.

먼저 들어간 다무라는 알아볼 수 있게끔 '주간 챔프'를 테이블에 올려놓고 벽 쪽 자리에 앉아 있었다.

안내 담당자에게 부탁해서 다무라가 보이는 자리를 잡아달라고 한 다음, 커피를 두 잔 주문하고 기다렸다.

다로는 어제와 거의 똑같은 복장이었지만, 아야는 니트 모자와 도수 없는 안경, 그리고 마스크를 끼고 있었다. 아는 사람이 가까운 곳에서 보더라도 아야라는 걸 눈치챌 수 없을 것이다.

라운지에는 끊임없이 많은 손님들이 드나들고 있었다. 일본인도 있고, 해외에서 온 손님도 있었다. 언어도, 여기 온 목적도 저마다 다르다. 그런 의미에서 이곳은 어떤 사람이 있더라도 눈에 띄지 않고 스며들 수 있는 신기한 공간이라고도 할 수 있을 것이다.

"아, 왔네요."

약속 시간이 5분 정도 지났을 때, 어떤 사람이 다무라 옆으로 다가오자 다로가 작은 목소리로 그렇게 말했다.

까만 코트를 벗어서 들고 있었고, 시크한 원피스에 스카프를 두른 여자였다. 나이는 30대 후반 정도일까.

일어선 다무라가 명함을 내밀었고, 그 여자에게 앉으라고 권했다. 아야가 그 모습을 빤히 보고 있었다.

"아스카 씨네……."

"아스카 씨?"

"다키가와 아스카라고, 예전에 교단의 섭외를 담당했던 책임자예요."

아야는 눈에 경악한 기색을 드리우고 있었다.

"섭외 담당?"

아름다운 여자였다. 키가 크고 화려한 인상이라 도무지 신흥 종교의 간부 같지 않았다.

"역시 도망쳤구나, 아스카 씨."

"역시라뇨?"

다무라와 아스카가 앉은 테이블 쪽을 슬쩍 보고 있자니 아야의 표정에 우울한 그림자가 드리운 것 같았다.

"저 사람, 고사이의 마음에 들어서 오르비스 테라에 시절부터 교단 간부로 등용되었어요. 그런데 뭐라고 해야 하나, 흥미가 없는 것 같았죠. 그때 제가 이미 오르비스에서 도망칠 생각을 하고 있었기 때문에 이해할 수 있었던 느낌이었던 건지도 모르겠네요. 이 사람도 언젠가 도망치지 않을까──, 그런 생각이 들었으니까요."

아야의 말투에 비장한 느낌이 담겨 있는 이유는 지금 다키가와 아스카의 위태로운 입장을 이해하고 있기 때문일 것이다.

라운지에서 진행된 다무라의 취재는 한 시간 이상 이어졌다.

두 사람이 라운지를 나서는 모습을 본 다음 소에이샤로 돌아오자, 먼저 돌아와 있던 다무라가 흥분한 기색을 감추지 못하며 다로와 아야를 기다리고 있었다.

괜찮은 느낌이 들었기 때문일 것이다.

"다키가와 아스카. 아시는 분인가요?"

"네. 본명일 거예요."

곧바로 그렇게 물어본 다무라에게 아야는 자기가 알고 있는 아스카의 프로필에 대해 이야기했다. 다무라가 느낀 것이 확신으로 바뀐 순간이었다.

"정보원으로서는 부족함이 없을 겁니다. 하지만——."

아야가 딱딱한 눈빛을 보이며 말했다. "그녀를 지켜주세요. 분명히 생명의 위협을 무릅쓰면서까지 고발했을 테니까요."

"물론입니다. 취재에 응해주신 보답으로 저희가 할 수 있는 건 뭐든지 하겠다고 말씀드렸습니다. 이번에는 오르비스 십자군의 간부 주변에 대해 매우 자세한 이야기를 들었고요. 이대로만 가면 조만간 베일에 싸인 신흥 종교 단체의 실태를 해명할 수 있을지도 모르겠네요."

"아직 아무도 모르는 오르비스 십자군의 비밀에 파고들었구나."

나카야마다가 기대하는 마음으로 눈을 빛내면서 그렇게 말했다. "특종을 잡을지도 모르겠어, 다무라 씨."

오르비스 테라에 기사단이 해산하고 신자의 잔당들이 만든 오르비스 십자군이라는 교단 조직은 여전히 비밀스러운 베일에 싸여 있다.

지금 알고 있는 것은 오르비스 테라에의 교단 본부에서 체포를 면한 스기모리 노보루가 설립했고, 아직 많은 신자들을 거느리고 있다는 것 정도뿐이다. 사형이 구형된 고사이 미치하루를 신의 대리자로 떠받들며 그 교리를 이어받았다고 하지만, 교단 조직의 전체적인 상황이나 정확한 신자의 숫자, 포교의 실태, 그리고 자금원 등, 알아내지 못한 것도 많다.

"좀 전에 들었던 이야기만으로도 흥미로운 사실을 여러 가지 알아냈습니다."

다무라는 취재 노트를 들고 그렇게 말했다. "교단의 우두머리인 스기모리 노보루는 '총장'이라는 직책을 지니고 있다고 합니다. '총장'이라는 직책은 템플 기사단에서 따온 거겠죠. 그런 한편, 간부들은 각 분야의 책임자이고, 이쪽 직책은 '주교'입니다. 전국에 흩어져 있는 교단 조직을 총괄하고 있다는군요. 그중에서 신경이 쓰이는 건 '기사(나이트)'라고 불리는 실행부대가 존재한다는 점입니다."

"그렇게 거드름을 피우는 네이밍은 좀 그런 것 같은데요."

나카야마다가 비웃는 듯이 그렇게 말했다. "무슨 소꿉장난 같은데."

실행부대라면 타운 솔라도 그 일파일지 모르겠다, 다로는 그렇게 생각했다. 마나베 같은 사람은 기사라는 단어와 거리가 먼 사람인 것 같지만.

"오르비스 십자군은 전신인 오르비스 테라에 기사단 이상으로 과격한 집단일지도 모르겠습니다. 교주인 고사이 같은 사람들을 체포하고 사형시키려 하는 사회에 대한 앙심을 품고 있는 것 같으니까요."

"제멋대로 구네."

나카야마다가 싸늘한 말투로 그렇게 딱 잘라 말했다.

"결국, 그들의 신조를 한마디로 말하자면 '자기정당화'예요."

아야가 조용한 말투로 그렇게 말했다. "힘든 일, 괴로운 일이 생기면 그것은 자기가 아니라 그런 일을 당하게 만든 상대방, 나아가서는 세상에 문제가 있는 것이다. 그 문제를 제거함으로써 자신은 항상 올바르고 평온하게 지낼 수 있다——."

"다른 말로 하자면 전부 남 탓이라는 거군요. 꽤 대단한 교리인데."

나카야마다가 그렇게 쏘아붙인 말은 매우 질이 떨어지는 소설을 읽었을 때 비꼬는 듯한 느낌이었다.

"오르비스 십자군이라는 조직이 테라에 시절보다 규모가

작아지고 궁지에 몰렸다는 것도 과격화의 원인일지도 모르겠네요."

다무라가 해설을 덧붙였다. "말하자면, 지금 그들은 상처입은 야수인 겁니다."

"그런데──, 에니시 노부코 씨에 대해서는 여쭤보셨나요?"

다로는 다무라에게 의뢰했던 건에 대해 물었다. 만약에 에니시 노부코가 오르비스와 관계가 있다면 남겨진 조각들이 들어맞게 될 것이다.

"안타깝게도 그 이름은 짐작 가는 구석이 없다고 했습니다."

"짐작 가는 구석이 없다고요……."

다로는 실망하며 무심코 아야와 서로 얼굴을 마주 보았다. 아야의 표정에서도 낙담하는 기색을 엿볼 수 있었다.

하지만──.

"그런데, 스기모리가 자주 하야부사에 드나들었다는 사실은 알고 있었습니다. 좁아진 교단 본부를 이전할 곳으로 하야부사를 선택한 것도 사실은 체포당한 고사이였다고 하고요."

그 증언은 3년 정도 전에 오르비스 테라에 기사단 간부였던 남자가 겐사쿠에게 토지 매수를 제안했다는 이야기를 뒷받침해주는 내용이었다.

"어째서 하야부사를 선택했는지 이유는 알아내셨나요?"

다로가 그렇게 물었지만, 다무라는 고개를 저었다.

"모르겠습니다. 그런데 에니시 다스쿠라는 이름은 알고 있다고 하더군요."

다로는 무심코 고개를 들었다.

"대체 정체가 뭐죠?"

"스기모리 총장의 자문 역할을 해주는 존재 아닐까라고 했습니다."

"자문……?", 다로는 무심코 그렇게 중얼거렸다.

"자문 역할은 직책이 없나?"

나카야마다가 야유하는 듯이 그렇게 물었다. 농담 같은 질문이었지만.

"추기경이라고 하더군요."

다무라가 그렇게 대답하자 무심코 몸을 뒤로 젖히며 거드름을 피우는 듯이 어깨를 으쓱였다.

"그리고 추기경이라는 직책은 오르비스 테라에 기사단 시절에는 없던 직책입니다."

다무라가 그렇게 설명해주었다. "오늘 이야기를 해주신 다키가와 씨께서는 자세히 알지 못한다고 하셨습니다만, 조언 말고도 뭔가 특별한 역할이 존재할 것 같기도 합니다. 고위 성직자를 임명하고 권위를 줌으로써 총장인 스기모리에 대한 충성심을 심어주려는 건지도 모르겠고요. 오르비스 십자군에는 성인 반열에 올라 신격화된 간부도 있다고 합니다."

슬쩍슬쩍 다른 사람을 떠보던 에니시의 행동과 추기경이라는 직책은 너무나도 거리가 멀다. 오히려 징그럽기까지 했다.

그때였다.

"아스카 씨께서 에니시 다스쿠가 추기경에 임명된 이유를 말하던가요?"

아야가 물었다. "적어도 오르비스 테라에 기사단 시절에는 에니시라는 이름을 들어본 적이 없어요. 갑자기 두각을 드러낸 것 같은데, 이유가 뭘까요?"

"묘하긴 하네요."

다무라는 턱 근처를 문지르면서 뭔가 생각하고 있었지만, 대답하지는 않았다.

그때.

"그런데 미마 씨. 왜 그 에니시 씨에 대해 조사하고 계신 거죠?"

나카야마다가 진지한 목소리로 그렇게 물었다. "이건 제 예상인데요, 혹시 다음 소설 소재인가요?"

"뭐, 대충 그런 거죠."

다로는 은근슬쩍 아야와 눈짓을 주고받았다. "지금은 아직 시기상조지만, 조만간 말씀드릴 때가 올 것 같네요."

"역시 오르비스하고 연관이 있었나."

다로의 보고를 들은 겐사쿠는 팔짱을 긴 채 한동안 굳은 표정을 지으며 천장을 올려다보고 있었다.

"하지만 결국, 에니시 노부코와 오르비스 사이의 관계는 알아내지 못했어요. 에니시 스님이 어떻게 그 조직에서 추기경이라는 입장을 얻어낸 건지도요. 하지만 하야부사에서 연달아 일어난 사건들에 스님과 타운 솔라의 마나베 같은 오르비스 사람들이 관여했다는 건 틀림없을 것 같네요."

"교단의 이익을 위해서 불을 지르고, 교리를 위해서 사람들을 벌레처럼 죽였단——, 말이지."

겐사쿠는 떨리는 한숨을 내쉬며 그렇게 중얼거렸다. "무시무시한 녀석들이로군."

"예전부터 있었던 종교가 무조건 바람직하고, 신흥 종교가 무조건 나쁜 건 아니죠."

그렇게 말한 사람은 아야였다. "사람들마다 각각 구원을 찾는 신이나 부처님이 있더라도 상관없다고 생각해요. 오르비스도 처음에는 그런 사람들을 구원하려던 교단이었고요. 그래서 신자들이 모여들었죠. 저도 한때는 거기에 매달렸어요. 하지만 어디선가 톱니바퀴가 잘못 들어맞았고, 교단은 변해버렸죠. 지금 오르비스는 그저 사이비 종교 집단이에요."

"그런데, 아야. 하야부사로 돌아와도 괜찮은 거야?"

걱정하는 겐사쿠에게 "저는 이제 도망치지 않으려고 해요." 아야는 당당하게 고개를 들었다.

"도망쳐 다니는 게 아니라, 싸우고 싶어요. 다키가와 씨가 말했던 것처럼 예전의 오르비스에서 구원을 찾던 저 같은 신자들을 위해서라도 그래야만 할 것 같아요."

다키가와 아스카의 태도에 감화된 모양이었다. 그것이 아야에게 있어서 정답일지 아닐지, 다로는 알 수가 없었지만, 아야는 사신의 결단을 후회하지 않을 것이다.

"어떻게 할 건가? 다로."

겐사쿠가 콧김을 거세게 내쉬며 그렇게 물었다. "그 녀석들도 바보는 아니야. 우리가 에니시의 정체를 알아보고 있다는 걸 조만간 알아차리겠지. 이대로 가다가는 다로나 아야의 목숨까지 노릴 거라고. 그렇게 되지 않게끔 경찰에게 이야기하는 것이 낫지 않겠나?"

"저도 동감이에요. 사실 내일, 나가노 서장하고 만나기로 약속을 잡아두었거든요."

도쿄에서 돌아오는 길에 노노야마 불단 상점의 사와코에게 부탁해서 그렇게 이야기를 해달라고 한 것이다.

"그럼 나도 같이 가겠네. 혼자 가는 것보다는 피해자인 나도 같이 가는 것이 설득력이 더 강할 테니."

더할 나위 없이 좋은 제안이었다. 겐사쿠가 있어 준다면 든 든하다. 그러자.

"저도 갈게요."

아야도 나섰다. "괜찮으시겠죠? 미마 씨."

"물론이죠."

특별 수사본부가 편성된 S지구 경찰서로 서장인 나가노를 찾아간 것은 다음 날 오후였다.

5

요시다 나쓰오 방화 살인사건의 특별 수사본부가 편성된 경찰서 내부는 불길할 정도로 조용했다.

"뭐야, 형사로 넘쳐날 줄 알았는데, 왜 이렇게 조용하지?"

1층에서 용건을 말하고, 3층에 있는 서장실로 가는 엘리베 이터 안에서 겐사쿠가 뜻밖이라는 듯이 그렇게 말했다.

나가노와의 관계는 사와코의 친척이라는 연줄뿐, 직접적인 면식은 없었다.

"음, 제대로 이야기를 들어줄지가 ──, 문제인데."

겐사쿠가 다로의 불안한 마음을 대변해주었다. 오르비스

십자군이 이번에 연달아 일어난 범죄의 주모자라는 주장은 상황증거로만 이루어진 가설이고, 직접적인 물증이 있는 것이 아니기에 이른바 사상누각이다.

그것을 나가노가 어떻게 받아들일까. 만나서 이야기를 해봐야 알 수 있다.

"아, 이거, 이거, 어서 오십시오."

책상 앞에 있던 나가노는 방에 들어온 다로 일행을 반갑게 맞이하고는 응접용 소파에 앉으라고 권했고, 자신은 테이블을 사이에 두고 맞은편에 앉았다.

"바쁘신 와중에 실례를 끼쳐드려 죄송합니다."

다로가 고개를 숙이자.

"아니, 아니. 사와코 씨에게는 평소에 신세를 지고 있으니까."

나가노는 느긋한 말투로 그렇게 말한 다음, "여러모로 고생이 많았겠어"라고 아야에게 말했다. "미안하네, 경찰이라는 곳도 좀처럼 재빠르게 움직일 수가 없어서 말이지."

느긋해 보이는 나가노의 태도는 하야부사 지구에서 일어난 사건에 대한 위기감과는 거리가 멀었다.

"요시다 나쓰오 씨의 수사는 어떻게 되었습니까?"

단도직입적으로 물어본 다로에게,

"수사 내용에 대해서는 말할 수가 없습니다."

나가노는 완곡하게 돌려 말했다. "현 경찰 쪽에서 주도해서, 지금 열심히 수사 중이죠."

자신이 주도하는 게 아니라는 말을 하고 싶은 걸까.

"도쿄에서 오르비스를 추적 취재하고 있는 다무라 도미이치라는 저널리스트를 만났습니다. 오르비스에서 도망친 정보 제공자의 이야기로는 에니시 스님이 추기경으로서 교단의 우두머리인 스기모리와 가까운 입장이라고 하는데요."

"추기경. 그거 참 대단한 직책이군."

나가노는 부하가 가져다준 찻잔을 들고 호들갑을 떨며 놀란 기색을 보였다. 하지만 하는 말과는 달리 완전히 남 일 같은 분위기였다.

겐사쿠가 눈살을 찌푸렸다. 아야는 나가노를 똑바로 바라보며 숨을 죽이고 있었다.

무언가가 어긋나 있었다.

나가노로부터는 수사 당국의 책임자로서 가져야 할 절박한 느낌이나 진지한 분위기가 전혀 느껴지지 않았다.

"어디까지 알아냈나? 미마 군."

먼 친척이기에 친근한 느낌이 들었는지, 나가노는 다로를 '미마 군'이라고 불렀다.

"처음부터 말씀드려도 될까요? 좀 길어질 것 같습니다만."

나가노는 반사적으로 손목시계를 보았지만 "그래, 괜찮아,

괜찮아. 말해주겠나?" 짜증이 날 정도로 느긋하게 대답했다.

"계기는 연속 방화의 피해자들이 전부 타운 솔라라는 회사와 관계가 있다는 것을 눈치챈 거였습니다. 조사를 해보니 타운 솔라는 오르비스와 관계가 있는 회사였죠. 그리고 하야부사 지구의 토지 매수가 사실 오르비스 십자군의 활동과 연관이 있다는 걸 알게 되었습니다. 하지만 어째서 오르비스가 하야부사 지구를 목표로 잡은 건지. 그게 문제였고요. 이걸 봐주세요."

다로가 보여준 것은 야마하라 본가의 묘비에 새겨져 있던 가문의 문장, '야마하라의 화살'이라 불리는 문장의 사진이었다.

"오르비스의 마리아상이 들고 있는 로렌 십자가와 똑같습니다."

다로는 요시다 나쓰오가 살해당한 사건 이후, 야마하라 본가와 오르비스의 관계를 의심하며 가계도에서 사라진 노부오카 면장의 여동생, 노부코의 행방을 추적했다는 이야기를 했다. 초자면 섬유 도매상 거리에서 에니시 다스쿠와 노부코의 관계를 알아냈다는 것, 그리고 에니시가 오르비스 십자군의 추기경이라는 사실을 알아낸 경위에 대해서도.

"노부코 씨가 그 이후로 어떻게 되었는지는 모르겠다는 건가?"

다로의 이야기를 전부 다 들은 다음, 나가노는 한동안 침묵을 지키다가 물었다.

"지금까지는요. 하지만 교단과 뭔가 연관이 있을 가능성이 클 것 같네요."

"그렇군."

나가노는 고개를 끄덕인 다음, "용케도 그런 것까지 알아냈군, 미마 군" 하고 감탄한 표정으로 말했다.

"이 사실을 수사 회의 때 발표해주실 수 있을까요?"

다로가 그렇게 부탁하자 나가노는 콧구멍을 벌름거리며 생각에 잠긴 표정을 지으며 "그리 간단한 게 아니라서"라고 말했다.

"간단한 것이 아니라뇨?"

"뭐, '자리'를 깔아놓은 곳은 우리이긴 한데, 아까부터 말했지만, 주도는 현 경찰에서 하고 있으니까. 우리는 들러리나 마찬가지라고."

"정보를 공유하실 수도 없는 건가요?"

"쓸데없는 말을 꺼내면 혼나니까."

그가 보이는 한심한 태도에 멍해진 다로는 겐사쿠와 서로 얼굴을 마주 보았다. 아야도 눈을 크게 뜨고 나가노를 보고 있었다.

"사람 목숨이 달려 있는데, 그렇게 느긋한 소릴 하고 있어도 됩니까?"

다로는 가슴에서 싸늘한 분노가 배어 나오는 것을 자각하며 그렇게 말했다. "당장에라도 에니시 스님이나 타운 솔라의 마나베를 경찰서로 불러서 이야기를 들어봐야 할 것 같은데요."

그렇게 단호한 말투로 말한 다로에게 "미마 군이 어떤 심정인지는 알겠는데 말이야, 힘들다니까." 나가노는 한심한 표정을 지으며 힘없이 눈가를 늘어뜨렸다.

"경찰이라는 곳은 철저하게 증거로 움직이는 곳이야. 만약에 증거불충분으로 불기소되거나 무죄가 되어버리면 경찰 체면이 상하니까."

"체면 문제라고? 이봐, 서장."

기어코 겐사쿠가 거친 목소리로 말하기 시작했다. "지금은 그런 말을 하고 있을 때가 아닐 텐데."

"경찰 조직이라는 곳은 그런 곳이라서요. 그래도 방금 한 이야기는 제가 잘 알아둘 테니."

나가노는 완전히 소극적인 태도로 이야기를 마무리 지으려 했다. 마치 민원 처리를 적당히 넘기려는 공무원 같다. 사건을 해결하기보다는 경찰 내부의 사정을 우선시하며 무난하게 넘어가는 것만 생각하고 있다.

어이없는 이야기다. 겐사쿠가 한심해하며 한숨을 내쉬었다.

"수사는 제대로 시킬 테니까, 안심하시고요", 나가노가 그렇게 말했지만 말만 그렇게 한다는 생각만 들었다.

"어서 대처하지 않으면 또 다른 희생자가 생길지도 모릅니다."

그럼에도 불구하고 다로는 힘주어 말했다. "그렇게 되고 나서는 이미 늦어요."

"자자, 다 이해한다니까, 다로 군."

나가노는 정말로 이해한 건지 의심스러운 말투로 그렇게 말한 다음, "이제 슬슬 괜찮겠지?"라고 하면서 그 짧은 면담을 끝내려 했다.

서장실을 나서자마자, 겐사쿠가 작은 목소리로 "빌어먹을" 하고 욕설을 내뱉었다.

"예전부터 아부만 떨어대는 녀석이라 생각하긴 했다만, 사실이었군. 믿을 게 못 되겠어, 경찰도."

다로의 머릿속에 소방단 입단식에서 노부오카를 추켜세우던 나가노의 연설이 되살아났다.

"일부러 같이 와줬는데 미안하네, 아야. 저렇게 도움이 안 되는 녀석인 줄은 몰랐거든."

화가 풀리지 않은 겐사쿠를 보고 아야는 살짝 한숨을 쉬며 눈을 내리깔았다.

"시간 낭비였네요."

딱딱한 말투로 그렇게 말한 다로가 두 사람보다 먼저 걸어가기 시작했을 때였다.

"이보게, 미마 군."

뒤에서 느긋한 목소리가 들렸다.

돌아보니 나가노가 방 밖으로 고개를 내밀며 손짓을 하고 있었다. "사와코 씨에게 선물을 가져다줬으면 하는데. 잠깐만 가지러 오겠나?"

한없이 느긋한 표정이었다.

"죄송합니다, 먼저 가 계세요."

크게 한숨을 쉰 다로는 겐사쿠와 아야에게 그렇게 말한 다음, 발끈하며 돌아섰다.

"실례합니다."

하지만──.

다시 서장실로 들어간 다로는 당황을 금치 못했다. 그곳에서 마치 다른 사람처럼 심각한 표정을 지은 나가노를 보았기 때문이다.

"시간이 없으니 간단히 말해두겠네."

의자에서 몸을 일으킨 나가노는 심각한 표정을 지으며 다로에게 그런 말을 꺼냈다.

"요시다 나쓰오 씨가 살해당한 뒤에 말이야, 즈이메이지의 에니시 스님이 자기 목숨이 위험할지도 모른다고 했다네."

"그게 무슨 말씀이시죠?"

다로는 혼란스러워하며 그렇게 물었다.

"자기는 요시다 나쓰오 씨가 살해당했을 때 절에 있었다, 나쓰오 씨를 죽인 건 아마 오르비스일 거고, 그 사실을 알고 있는 자기를 다음에 노리지 않을까, 그렇게 말했다니까."

깜짝 놀란 다로에게 나가노가 강한 말투로 말했다. "알겠어? 이건 자네가 친척이니 하는 말이야. 자네가 이것저것 알아본 건 정말 대단하지만, 스님은 범인이 아니야. 조사해보니 범행 당시에 절에 전화를 걸어서 스님하고 이야기를 한 사람이 있었단 말이네. 그게 무슨 뜻인지 자네는 알겠지?"

다로는 믿기지 않았기에 그저 나가노의 얼굴을 바라볼 수밖에 없었다.

"그래도 스님은 오르비스의 추기경이고——."

"그 말도 맞지. 하지만, 스님은 범인이 아니야."

나가노는 다로의 말을 가로막으며 그렇게 단정 지었다.

요시다 나쓰오의 배신을 알 수 있었던 것은 두 사람밖에 없다.

에니시와 아야다. 하지만 나가노는 에니시가 범인이 아니라고 한다.

"그녀가 얼마나 이 건에 관여한 건지, 자세히는 모르네. 그래도 여자 힘으로 요시다 나쓰오 씨를 죽이거나, 겐사쿠 씨에게 들키지 않고 큰 부상을 입힐 수는 없었을 거야. 그건 자네도 그렇게 생각하겠지? 아마 범행은 오르비스의 실행부대가 저질렀을 거라고. 혹시나 그녀도 힘을 보태줬을 가능성이 있단 말이네. 그녀는 위험한 여자야. 더 이상 접근하면 안 돼."

충격을 받고 웅얼거리는 다로에게 나가노가 당부하는 듯이 말했다.

"다 잘되라고 하는 소리야. 그러니 우리 경찰에게 맡겨두라고."

나가노는 충고했다. "다칠 수도 있고, 자칫하다가는 목숨을 잃을 수도 있으니까."

"집이 여섯 채나 타버렸다고요. 그리고 벌써 두 사람이나 살해당했어요."

겨우 그렇게 따진 다로에게 "나도 그건 안단 말이네." 나가노가 강한 말투로 말했다.

"그러면 언제쯤 움직여주실 건데요? 신중하게 움직여야 한다는 것도 이해가 되긴 하지만, 그러다가 다음 희생자가 생길지도 모르잖아요. 그래도 상관없는 겁니까?"

다로가 따지자 나가노는 표정이 굳어지며 입을 다물었다.

"아마, 오늘 밤에 다치키 씨 집을 감시하게 될 거예요."

다로가 그렇게 말하자 나가노가 깜짝 놀라며 눈을 크게 떴다. 그것은 경찰서로 오던 도중에 겐사쿠가 제안한 작전이었다. 범인이 에니시라는 것을 가정하고 세운 작전이었지만.

"안 그러는 게 좋을 텐데."

나가노는 이를 악물면서 그렇게 말했다.

"알겠어? 미마 군. 아마 다치키 양은 오르비스의 간부일 거야. 오르비스에게 있어서 자네들은 방해되는 존재일 뿐이네. 그 녀석들의 다음 표적은 자네라고, 미마 군."

나가노는 다로에게 삿대질을 하며 그렇게 말했다.

"그렇다면 더더욱 잘된 건지도 모르죠. 제가 표적이 되어서 마나베를 끌어들이고, 현행범으로 체포하면 되는 거 아닙니까."

"그러면 안 된다니까."

곧바로 따진 나가노에게 다로는 "하야부사는 우리 마을이라고요"라고 조용히 대답했다.

"이제 경찰에 기댈 수 없다는 건 잘 알겠어요. 그렇다면 우리가 할 수 있는 일을 할게요. 더 이상 교단의 손에 사람들의 행복이나 목숨을 빼앗기는 일이 없게끔, 우리 마을은 우리가 지켜야겠죠. 그렇게 해야 한다고요."

──하야부사는 우리 하야부사 분단이 지켜야만 한다.

언젠가 하야부사 소방단에 다로를 권유했을 때 미야하라가 한 말이었다.

다로를 소방단으로 이끌어준 그 말이야말로 하야부사의 주민으로서, 하야부사 소방단원으로서 지켜야 하는 모습이 아닐까. 적어도 다로는 그런 마음가짐에 감동해서 소방단의 일원이 된 것이다.

"현행범이라면 저희도 체포할 수 있죠."

타가노는 입을 벌린 채 멍하니 다로를 바라보다가,

"안 된다는 말을 왜 못 알아듣는 거야?"

짜증난다는 듯이 그렇게 혼잣말처럼 말했다. 더 이상 이야기를 해봤자 끝이 없을 것 같았다.

"실례하겠습니다."

고개를 숙여 인사한 다로가 서장실을 나서려 할 때였다.

"자, 잠깐만 기다려보라고."

나가노가 급하게 말을 건 다음, 책상 위에 있던 종이 꾸러미를 내밀었다.

"이거, 사와코 씨에게 줄 선물이야. 안에는 도키와도의 밤만주가 들었고. 가지고 가게."

잠자코 받아 든 다로를 보고 나가노는 오른쪽 손가락을 펴서 머리를 벅벅 긁어댔다.

"정말. 나도 곧 정년인데, 대체 어쩌라는 거야. 멋대로 행동하지 말라고."

그는 벌레를 씹은 듯이 그렇게 말하고는, "뭐, 얼른 가. 부디 다치키 양에게 의심을 사지 말고"라며 다로를 방에서 쫓아냈다.

6

경찰서 건물을 나서자 주차장의 차 안에서 겐사쿠와 아야가 다로를 기다리고 있었다.

"이거, 범인 체포는 꿈만 같은 이야기겠는데. 아야, 그냥 한동안 하야부사를 떠나 있는 것이 낫지 않겠나?"

겐사쿠가 차를 출발시키면서 그렇게 말했다. 다로는 백미러 너머로 뒷좌석에서 생각에 잠겨 있던 아야를 보고 있었다.

나가노에게 들은 이야기를 믿으라고 해도, 좀처럼 믿기지 않는 이야기였다.

에니시와 마나베로부터 아야를 지키겠다는 겐사쿠의 계획은 오히려 상대방이 다로나 겐사쿠를 노릴 좋은 기회를 줄 수도 있다.

"경찰 수사만 믿고 있다가는 에니시나 오르비스가 뭔 짓을 할지 모르겠는데."

위기감을 드러낸 겐사쿠에게,

"겐사쿠 씨, 저, 역시 하야부사로 돌아갈게요."

아야가 단호한 말투로 그렇게 말했다. "도망쳐봤자 아무것도 해결되지 않으니까요. 경찰이 제대로 대처해주지 않는다면 제가 직접 어떻게든 할 수밖에 없어요."

다로는 혼란스러웠다. 과연 그 말이 진심일까.

"그렇긴 한데, 거기서 혼자 사는 거는 너무 위험하잖나."

센사쿠는 계속 아야를 설득하려 했지만, 그녀는 고개를 저었다.

"나고야의 친구 집에 있어도 언젠가는 제가 어디 있는지 알아낼 것 같고요. 오르비스의 조직력이라면 제가 근무하는 전문학교에서 뒤를 밟아서 제 위치를 알아내는 것 정도는 눈 깜짝할 새에 해낼 거예요. 결국은 마찬가지죠. 맞설 수밖에 없어요."

다로는 잠자코 그들이 주고받는 이야기를 듣고 있었다. 잠시 후.

"그래……."

겐사쿠도 기어코 할 말을 잃은 것 같았다.

기소강의 깊은 계곡과 그 양쪽에 펼쳐진 평평한 땅의 외길을 한동안 달려가자, 야오로즈 지구의 중심부로 접어들었다.

상점가에 있는 노노야마 불단 상점에 들러서 나가노가 맡긴 선물을 건넨 다음, 자동차가 하야부사로 이어지는 구불구불한 언덕길을 올라가기 시작했다.

차 안에서 말수가 매우 줄어든 것은 이번에 연달아 일어난 사건에 대해 각자 생각에 잠겼기 때문이다. 몇 번 잠깐 이야기했다가 금방 다시 입을 다무는 걸 반복했다.

"다치키 씨가 하야부사에 머무른다면, 겐사쿠 씨께서 좀 전에 제안하신 것처럼 오늘 밤에 잠복해보는 게 괜찮을지도 모르겠네요. 이 사건을 끝내기 위한 단기 결전이죠."

다로가 큰맘 먹고 그렇게 제안한 것은 겐사쿠가 운전하는 자동차가 야오로즈에서 뻗은 언덕길을 끝까지 올라서 앞 유리 너머로 하야부사의 가장자리에 있는 집이 보였을 때쯤이었다.

겐사쿠와 아야는 대답하지 않고 말없이 계속 말하라는 눈치를 주고 있었다.

"에니시 스님이나 타운 솔라는 다치키 씨가 하야부사로 돌아왔다는 걸 아직 눈치채지 못했을 가능성이 클 거예요. 그러니 오히려 가르쳐주는 건 어떨까요?"

나가노의 정보대로 에니시가 범인이 아니라면 아무런 의미도 없는 짓이다. 오르비스가 노리는 건 다로와 겐사쿠다. 다시 말해, 오르비스의 뒤통수를 치자는 작전이다.

"함정을 파겠다는 말인가."

다로는 겐사쿠가 그렇게 중얼거리는 목소리를 들으며 은근슬쩍 뒷자리에 있던 아야를 살펴보았다. 크게 뜬 채 단호한 빛을 보이는 그 눈빛은 흔들리지 않았고, 강한 의지로 가득 차 있는 것처럼 보였다.

"아야가 위험해질지도 모르는데——."

겐사쿠가 백미러 너머로 그렇게 묻자,

"저는 상관없어요."

아야의 대답에는 망설임이 없었다. "에니시 스님에게 연락해주세요, 겐사쿠 씨."

아야도 에니시에게 알려준다고 해서 해결될 문제가 아니라는 사실을 알고 있다. 그런데 대체 어쩔 생각인 것일까. 그 속마음을 알 수가 없었다.

아야의 집 앞에서 함께 내린 겐사쿠는 그녀의 집 주위에 이상한 점이 없는지 꼼꼼하게 둘러보고는 침입한 흔적이 없다는 사실을 확인하고 나서 돌아왔다. 잠시 후, 2층 창문으로 고개를 내민 아야가 두 손으로 동그라미를 그린 것을 보고 자동차를 출발시켰다.

"오르비스하고 정면승부를 벌이겠군."

다시 자동차를 출발시키며 겐사쿠가 그렇게 말했다. "각오는 되었나? 다로."

"그 전에, 말씀드릴 게 좀 있는데요. 약간 복잡한 이야기예요."

"이야기?"

"우리가 상황을 잘못 판단하고 있는 건지도 모르겠어요."

핸들을 잡은 채 다로의 진지한 표정을 힐끔 본 겐사쿠도 뭔가 느낀 바가 있었던 모양이었다.

"차분히 듣는 것이 나을 것 같군."

그는 자신의 집으로 가서 항상 가던 객실로 다로를 들여보냈다.

다로가 이야기한 것은 서장실에서 나가노와 주고받았던 대화 내용 전부였다. 겐사쿠는 예상했던 것보다 훨씬 더 놀랐고, 이야기를 전부 들은 뒤에는 한동안 입을 다물고 있었다.

팔짱을 낀 채 꽤 오랫동안 객실 바닥을 노려보고 있던 겐사쿠는 "그러니까, 우리가 아야 말고 우리를 미끼로 삼아서 함정을 판다는 뜻이지?"라고 말하며 상황을 정리했다.

"다치키 씨도 아마 적일 거예요. 우리끼리만 대처하기는 힘들 것 같네요."

다로를 빤히 바라보던 겐사쿠는 스마트폰을 꺼낸 뒤 어떤 번호로 전화를 걸었다.

"아, 이쿠오냐? 할 이야기가 좀 있는데. 일 마치면 우리 집으로 와줄 수 있나? 중요한 이야기야. 부탁 좀 할게."

미야하라가 뭔가 말한 것이 들리긴 했지만, 알아듣지는 못했다. 통화를 마치고 스마트폰을 바라보던 겐사쿠는 소파 등받이에 몸을 기대고 눈을 감은 채 움직이지 않았다.

7

처음 들어가 본 아야의 집은 단순한 구조였다.

현관으로 들어가자마자 곧바로 아일랜드 키친이 있는 거실이 보였다. 문을 열어둔 안쪽 방은 작업실인지 카메라처럼 잡다한 기재로 가득한 책상이 보였다. 2층으로 올라가는 계단은 현관 오른쪽에 있었다.

겐사쿠와 함께 야아의 집으로 간 것은 그날 오후 6시쯤이었다.

"답답한 곳이라 죄송하네요."

아야는 그렇게 말하며 다로 일행을 맞이한 다음, 곧바로 부엌으로 가서 차를 끓이기 시작했다.

"에니시 스님에게는 연락하셨나요?"

아야가 물었다.

"아야가 하야부사로 돌아와서 당장 내일이라도 새로운 오르비스 정보를 알려주러 우리 집에 온다고 했는데. 그러면 되겠지? 다로."

"괜찮은 것 같네요."

아야가 내준 차를 한 모금 마신 다음, 다로가 고개를 끄덕였다.

한동안 잡담을 하고 있을 때였다.

"어라? 오늘은 일찍 시작했네요."

아야가 고개를 들고 귀를 기울였다. 근처에서 야간 순찰의 종소리가 들렸기 때문이다.

"이쿠오가 시간을 착각했겠지."

겐사쿠가 그렇게 둘러댔다.

다로는 좀 전에 겐사쿠의 집에 온 미야하라에게 알고 있는 정보를 전부 밝힌 다음, 겐사쿠와 함께 오늘 밤 행동 계획을 짰다. 오르비스와 맞서 싸울 계획이다.

겐사쿠는 엽총을 가지고 왔고, 커튼을 열어두고 창가로 옮겨둔 다이닝 체어에 앉아 있었다.

좀 전에 미야하라와 회의를 하면서 요시다 나쓰오의 집, 그 화재 현장에서 그가 가지고 있었던 엽총이 발견되지 않았다는 이야기가 나왔기 때문이다. 화재 현장을 샅샅이 뒤졌는데도 찾아내지 못했다고 한다.

"범인이 가져갔을 가능성이 있으니까."

미야하라의 의견에는 설득력이 있었다.

개머리판을 의자 바닥에 대고 총신 아래쪽, 총열 덮개 근처를 잡고 신경을 곤두세우고 있는 겐사쿠의 모습은 척 보기에도 노련한 사냥꾼 같았다.

"나쓰오 때는 방심했지만, 이번만큼은 그렇게 안 될 거다. 복수할 거라고."

창밖에 12월 중순의 어두운 장막이 깔려 있었다. 별빛만 보이는 마을은 투명한 물속에 가라앉은 것처럼 조용해졌고, 별 하나하나가 잔뜩 박혀 있는 하늘은 도쿄에서는 결코 볼 수 없는 아름다움이었다.

다로는 바깥 감시를 겐사쿠에게 맡기고 실내 상황을 은근슬쩍 신경 쓰고 있었다.

아야는 거실의 소파에 앉아 딱히 뭔가 하지도 않고 시간이 가는 것만 기다리고 있는 것 같았다.

다시 야간 순찰 중인 소방차가 도로를 지나쳤다.

텔레비전이나 라디오를 켜지 않은 하야부사의 밤은 쥐 죽은 듯 조용했다. 수십 미터 떨어진 곳에서 이야기하는 목소리조차 알아들을 수 있을 정도로 조용했고, 그것 또한 도시에서는 결코 찾아볼 수 없는 느낌일 것이다.

그대로 오후 9시가 되었고, 나중에는 오후 10시가 지났다.

"내 감으로는 슬슬 올 무렵인데."

손목시계를 내려다보고 시간을 확인한 겐사쿠가 그렇게 말했다. 평소에 자연을 상대하며 산에서 일하고, 오랫동안 사냥꾼으로서 사냥감을 쫓아다녔던 겐사쿠는 직감 같은 것을 지니고 있을지도 모르겠다.

그로부터 30분 동안은 아무 일 없이 지나갔고, 시계 바늘이 오후 10시 40분을 가리켰다.

계속 긴장하고 있어서 그런지, 집중력이 떨어지려 하고 있었다.

산만해지려던 참에 기력을 겨우 쥐어짜낸 다로는 실내 상황──, 다시 말해 아야의 움직임에 이상이 없는지 감시하고 있었다.

아야가 범인이라면 습격이 바깥에서만 이루어질 거라는 보장이 없다.

다시 야간 순찰 종소리가 들리기 시작했다.

"조금 열까 하는데, 괜찮겠지?"

뭔가 느낌이 온 것인지 겐사쿠가 그렇게 말한 다음, 약간 뿌옇게 변한 창문을 손이 들어갈 정도로 열자 영하에 가까운 12월의 밤 공기가 살며시 스며들었다. 그 바람을 타고 멀리서 자동차 엔진 소리가 다로의 귀에 들린 것은 바로 그때였다.

다로가 본 것은 어두운 밤을 꿰뚫는 한 쌍의 헤드라이트였다. 야오로즈 쪽에서 나타나서 서쪽을 향해 가고 있었다. 물론, 자동차가 지금까지 여러 대 지나가긴 했지만, 지금 보이는 차는 멀리서 봐도 흰색 스테이션 왜건이라는 걸 알아볼 수 있었다. 달빛에 하얀 차체가 드러났고, 로고를 겨우 알아볼 수 있었다.

타운 솔라의 영업용 차량이다.

"왔다."

겐사쿠가 메마른 목소리로 그렇게 말하고는 엽총을 들고 일어섰다. "나는 바깥을 보고 올까 하는데. 혼자서 괜찮겠나?"

다로가 가지고 있는 무기라고 해봐야 여기 오기 전에 대기소에서 챙겨온 솔개 입 하나뿐이다. 겐사쿠는 바닥에 세워두었던 솔개 입을 다로에게 건네고 나서 현관문을 살며시 열고는 바람이 불어오는 쪽, 어두운 밤을 향해 나갔다.

조금 전까지 겐사쿠가 앉아 있던 의자에 앉자, 몸이 움츠러들 것 같은 냉기가 다로의 목덜미에 달라붙었다.

아야도 일어섰고, 볼 근처가 딱딱하게 굳은 채 약간 파랗게 질린 듯한 표정으로 바깥을 바라보고 있었다.

자동차는 서쪽 숲으로 빨려들어 가서 보이지 않게 되었다.

겐사쿠의 모습이 헛간 근처에 보였다. 그가 창문에서는 보이지 않는 어떤 곳을 바라보고 있다는 걸 알 수 있었다.

겐사쿠는 오랫동안 바라보고 있지 않았다. 그가 장소를 옮기면서 '사냥감'과의 간격을 재기 시작했기 때문이다.

다로의 겨드랑이 사이를 싸늘한 것이 스쳐갔다.

불길한 무언가가 시작될 거라는 확실한 예감이 들었다.

지금 상황을 미야하라에게 알리기 위해 스마트폰을 꺼낸 다로는 갑자기 그것이 진동하기 시작하자 당황했고, 거기에 뜬 이름을 보고는 인상을 찌푸렸다.

소에이샤의 나카야마다였다.

나중에 확인하려고 생각한 다로가 무심코 손가락을 멈춘 이유는 '오르비스 긴급 정보'라는 제목이 눈에 들어왔기 때문이었다.

급하게 보냈는지, 나카야마다가 보낸 메일치고는 내용이 간단했다.

──좀 전에 다키가와 아스카 씨께서 누군가에게 나이프로 공격당해 병원으로 실려가셨습니다. 다행히 목숨에는 지장이 없다고 합니다만, 그 직전에 다무라 씨에게 하야부사에서 '주교'로 임명된 오르비스 간부의 존재를 알려주셨기에 급하게──.

메일은 그렇게 끝났다.

첨부 파일을 터치해보았다. 그러자 감색 승복 같은 것을 입은 사람이 화면에 떴다.

다로는 그 사진에서 도저히 눈을 돌릴 수가 없었다.

그 사진에 찍혀 있던 사람은 다름 아닌 다치키 아야였기 때문이다.

8

화면을 얼마나 바라보고 있었을까, 고개를 든 다로는 다시 창문 쪽을 보고는 깜짝 놀랐다.

어느새 아야가 다로 뒤에 서 있었기 때문이다.

급하게 돌아선 다로에게 아야가 약간 슬픈 듯한 표정을 보이고 있었다.

다로는 말문을 잃었고, 한동안 아야와 그저 서로 바라보고만 있었다.

잠시 후.

"지금까지 저에게 했던 이야기가 거짓말이었나요?"

다로가 묻자,

"거짓말을 할 생각은 없었어요."

그런 대답이 돌아왔다. 오늘 밤과 마찬가지로 조용한 말투였다. "프로덕션 시절 이야기도, 그 이후에 오르비스 테라에 기사단에 들어갔고, 거기서 도망쳤던 것도 사실이에요. 하지만—."

오르비스에서 도망친 뒤, 이곳 하야부사로 이사 와서 살기 시작했다—, 아야는 예전에 다로에게 그렇게 설명했었다.

"이야기해주실 수 있을까요."

아야는 한동안 망설이다가 잠시 후에 천천히 말하기 시작했다.

"오르비스 테라에 기사단에서 도망친 저는 신자가 많은 도쿄를 떠나 저와는 연고가 없는 나고야시 교외의 빌라로 이사 갔어요. 그곳이라면 끝까지 들키지 않을까 하는 희미한 기대를 품고 있었죠. 전문학교의 강사 자리를 찾아다니다가 임시 강사가 되었고, 텔레비전 방송국의 하청이나 가끔 있는 영상 제작 일을 받아서 하며 조용히 살기 시작했던 거예요. 고사이와 다른 간부들이 체포된 것은 그로부터 반년 정도가 지난 뒤였을까요. 이제야 오르비스로부터 해방된 거라고 생각했는데, 어느 날 밤에 스기모리와 다른 교단 간부들이 저를 찾아왔어요. 갑작스럽게요. 스기모리는 자기가 고사이의 허락을 받고 오르비스 십자군이라는 교단을 설립할 생각이라고 했어요. 이름은 다르지만 교리는 마찬가지죠. 살해당할 거라는 공포 때문에 몸을 웅크리고 있던 제게 스기모리는 용서해주는 대신 조건을 내걸었어요. 이곳 하야부사 지구로 이사 와서 오르비스 십자군의 활동을 음지에서 지탱하라는 거였죠. 어째서 하야부사인 건지, 대체 뭘 하면 되는 건지도 모르는 채, 저는 그 이야기를 받아들일 수밖에 없었어요."

다시 말해, 아야는 처음부터 오르비스 십자군의 지시에 따라 이곳에 온 것이다.

"저는 이곳 하야부사에 와서 이 지역 커뮤니티에 파고들었고, 신자가 된 사람들을 돌보게 되었어요. 생활에 대해 함께 의논하거나, 가끔 기부를 권하는 게 제 일이었죠. 요시다 나쓰오 씨도 신자 중 한 명이었어요. 오르비스의 스기모리가 가끔 이곳 하야부사에 온다는 사실을 안 것도 그때였죠. 스기모리는 교단의 선교사들과 함께 왔고, 하야부사 사람들을 만나고 돌아다니면서 나고야 시내에서 개최되는 전람회나 연극, 콘서트에 초대한 다음에 전도를 했죠. 누구에게 전도할 것인지, 그런 정보는 지금 생각해보니 미나베가 제공했던 것 같네요. 그렇게 하야부사 지구에도 착실하게 신자가 늘어났어요. 하지만 그들에게는 자신이 오르비스 십자군이라는 종교의 신자가 된 것을 비밀로 하게끔 했고, 다들 그 말을 잘 따랐어요. 자신과 소수의 동료만 알고 있는 비밀의 종교라는 것도 세뇌당한 신자들의 유대감을 강하게 만들었고, 거기에서 가치를 찾아내게끔 만들었죠. 오르비스의 신자가 되는 사람들은 다들 고독하고 구원을 추구해요. 그런 그들에게 오르비스 십자군이라는 종교 단체는 그 존재 자체가 자신들의 처지와 비슷하기 때문에 공감을 끌어내는 거예요."

과연 교단에서 아야의 존재가 어떤 것이었는지, 다로는 그것을 알고 싶었다.

"올해 초쯤, 첫 화재가 일어났어요. 처음에 저는 그 화재와 오르비스가 관련이 있는지조차 모르고 있었고요. 이상하다는 걸 눈치챈 건 여름에 타운 솔라의 마나베를 노부오카 면장이 소개해주었을 때였어요. 미마 씨께도 말씀드렸다시피, 저는 마나베를 오르비스 테라에 기사단 시절부터 알고 있었어요. 그때, 마나베의 역할에 대해 눈치챈 거죠. 그리고 전부 오르비스의 소행이었다는 걸 깨달았죠. 마침 미마 씨께서 오르비스와 화재의 관계에 대해 주목하셨던 것도 그 추측을 뒷받침해주었고요."

　쓰치노코를 찾는 행사에 동원되었던 다로는 아야와 마나베가 만났을 때의 모습을 둑 위에서 보았다. 마을 살리기 이벤트는 실패로 끝난 한편, 예상치 못했던 만남을 연출했던 것이다.

　"스기모리는 오르비스 십자군이라는 조직을 완전히 상하관계로 만들었어요. 구조를 정말 잘 짠 것 같네요. 고사이 미치하루보다 카리스마가 떨어지는 지도자이기에 그런 쪽으로 신경을 쓴 건지도 모르겠고요. 집회에 모인 신자들이 만나는 경우도 있긴 하지만, 그 이외의 역할을 누가 맡고 있는지는 모르는 거예요. 제가 처음에는 마나베의 존재를 몰랐던 것처럼, 마나베도 제 존재를 몰라요. 에니시 스님이 추기경이었다는 것도 이번에 처음 알았어요. 알고 있는 건 스기모리와 몇 명안 되는 교단 간부뿐이죠. 그런데 어느 날, 어떤 계기로 인해 그 울타리가 무너지고 상대방의 정체를 알게 되는 경우가 있어요. 그때 마나베와 만났던 것이 그런 경우였죠."

　그와 동시에 하야부사 초등학교 운동장에서 거행되었던 봉오도리 행사 상황이 다로의 머릿속에 떠올랐다. 회장에서 아야가 보인 약간의 이변은 묘하게 마음에 걸리는 느낌으로 다로의 기억 속에 남아 있었던 것이다.

　그때, 아야가 인파 속에서 본 것은 마나베 아니었을까.

　"그 이후로 마나베가 저를 찾아왔어요. 여름이 끝나갈 무렵, 미마 씨에게 제 과거를 밝힌 뒤예요. 예상대로 마나베는 오르비스 시절의 저를 기억하고 있었고, 스기모리가 제게 맡긴 임무에 대해 알아내려 했어요. 그리고 불을 지른 범인으로 자신이 의심받고 있다면서 미마 씨의 움직임에 대해 정보를 제공하라고 요구했죠. 그와 동시에 스기모리에게 불려간 저는 하야부사 지구를 교구로 삼고 그곳을 맡을 주교 자리에 앉게 되었어요. 거리를 두려 하면 할수록, 마음에 파고들어서 얽어매는 것이 스기모리의 방식이에요. 반대로 그만큼 오르비스 십자군이라는 조직이 작고 약하다는 반증일지도 모르겠네요. 저를 간부로 발탁함으로써 스기모리는 저를 조직에 묶어두었고, 간단히 떠나지 못하게 하고 싶었던 것 같아요. 그때, 용기만 있었다면 저는 조직에서 도망칠 수 있었어요. 하지만 그럴 용기가 없었죠. 좀 전에 보시던 사진은 그때 임명식 사진이에요. 분명히 다키가와 아스카 씨께서 제공하신 정보겠죠."

"노노야마 에이코 씨에게 제 이야기를 한 것도 다치키 씨인가요?"

"맞아요."

다로가 그렇게 묻자 아야가 인정했다. "하지만, 제가 이야기한 건 그저 미마 씨라는 작가가 이사 왔다는 것뿐이에요. 하지만 에이코 씨 집에는 마나베가 드나들었어요. 그 이후로 미마 씨의 집을 보러 오고 그랬던 건 아마 마나베가 뭔가 말했기 때문일 거예요. 그분은 결코 나쁜 사람이 아니에요. 신앙심이 강하고 자상하신 분이죠."

다로는 야마하라 본가의 묘를 청소하고 꽃을 바친 에이코를 떠올렸다. 노부오카가 쓸데없는 짓을 하지 말라고 하는데도 아무런 대꾸도 없이 십자가를 쥐고 있던 노파의 모습을.

아야는 입술을 깨물면서 아무것도 없는 거실 쪽을 바라보았다.

"오르비스 십자군은 시간이 지나면 지날수록 빠져나갈 수 없게 되는 늪이에요. 그런 한편, 터무니없는 범죄자 집단이기도 하죠. 제가 오르비스 십자군의 주교 자리를 맡고 있다는 건 세상에는 절대로 들켜선 안 되는 비밀이 되었어요. 들키는 게 두려웠던 거죠. 그것도 스기모리의 독특한 마인드 컨트롤일지도 모르겠네요."

"요시다 나쓰오 씨에게 연락이 왔을 때, 우리가 간다는 이야기를 스기모리에게 했나요?"

그녀가 대답할 때까지 아주 잠깐 뜸을 들였다.

"이야기했어요."

아야는 다로를 똑바로 바라보며 고개를 끄덕였다.

"요시다 나쓰오 씨는 분명히 알고 있는 모든 것을 말해버릴 거라 생각했어요. 마나베의 정체와 방화와의 관련성, 히로노부 씨에 대해서도 뭔가 알고 있었을 거예요. 저는 스기모리의 명령에 따라 이곳 하야부사에 왔지만, 예상치 못하게 멋진 분들을 만날 수 있었어요. 그분들과의 관계는 저에게 보물이에요. 그것이 단숨에 망가져버릴 거라 생각하니 겁이 나서 스기모리에게 연락해버린 거예요. 나쓰오 씨에게 그러지 말라고 설득해주지 않을까 생각하면서요. 하지만 스기모리가 내린 결단은 미마 씨께서도 이미 알고 계시겠죠. 설마 그런 일이 일어날 줄은 몰랐어요."

그때, 다로는 오르비스 십자군이라는 조직의 두려움을 느끼고 전율했다. 그리고 아야도 마찬가지였을 것이다.

교단에 붙잡힌 채 그 징그러운 모습을 서서히 알게 된다. 올바르게 살아가려는 사람에게 있어서 그것은 공포일 수밖에 없을 것이다.

"하지만 저는 이제 이런 상황을 끝내려 해요."

아야는 그렇게 말하며 아무 일도 없이 평온한 창밖을 보았다.

겐사쿠의 모습은 여전히 보이지 않았다.

마나베는 어디로 갔을까.

문득 올려다본 도로에서 맑은 종소리를 울리며 하야부사 소방단의 소방차가 다시 나타났고, 서쪽 숲으로 사라져 갔다.

"저는 교단을 빠져나와서 알게 된 정보를 전부 밝힐 생각이에요. 조금 전에 스기모리에게도 그렇게 이야기했어요. 지금 표적은 미마 씨나 겐사쿠 씨가 아니에요. 마나베가 죽이려 하는 사람은──, 저예요."

9

아야는 부엌으로 가서 서랍 속에 숨겨두었던 나이프를 꺼내 다로에게 보여주었다.

비장한 각오가 감돌고 있다. 그것으로 싸울 생각인 모양이었다.

형광등 아래에서 희미하게 빛나는 칼, 칼날의 길이가 10센티미터도 되지 않는 그 나이프가 미덥지 않게 보였기에 다로는 한숨을 쉬었다.

"그런──, 거였나요."

묵직한 침묵이 찾아왔다. 아야가 한 이야기는 아마 진실일 것이다. 인간 관찰을 주로 해온 다로의 작가 인생을 걸더라도 딱 잘라 말할 수 있을 것 같았다.

아야는 살아가기 위해 필사적으로 싸워왔다. 직장에서 좌절하긴 했지만, 종교 집단에 투신한 것은 따지고 보면 그녀가 스스로 선택한 일이다. 하지만 열심히 살려고 했던 그녀의 노력은 진짜배기이고, 그 삶을 비난할 수 있는 사람은 아무도 없을 것이다.

그리고 지금 그녀는 한결같이 앞으로 나아가려 하고 있다. 잘못 든 길에서 빠져나와 을비른 긴을 나아가기 위해 분투하고 있는 것이다.

다로는 그런 행동을 비난할 수 있을 것 같다는 생각이 전혀 들지 않았다.

하지만 그것조차 용납하지 못하고 목숨까지 노리려 하는 자가 성큼성큼 이 집으로 다가오고 있다. 흘러넘치는 살의를 품고.

밀어닥치는 듯한 정적 속에서 다로는 귀를 기울였다.

가만히 기다리고 있기만 해도 불안한 마음이 들어서 짓눌릴 것만 같은 정적이다.

"잠깐 보고 올게요. 여기 계세요."

다로는 그렇게 말한 다음, 솔개 입을 들고 드디어 어두운 밤 속으로 나섰다.

아야의 집은 밭 근처의 중앙선도 없는 외길 옆에 있다.

현관을 나선 뒤 바로 오른쪽, 도로 근처에 있는 주차 공간에 그녀가 항상 타고 다니던 붉은색 프리우스가 있었다.

현관 앞에는 자동차를 한두 대 정도 세워둘 수 있을 만한 공간이 있었고, 그곳은 조촐한 뜰 같은 느낌이었다. 이렇게 추운 겨울에 꽃을 피우고 있는 것은 동백꽃일 것이다. 그 옆에 심어둔 것은 진달래, 그리고 크기로 보아 산딸나무일까.

집 뒤쪽에는 밭이 있었다. 시야 한가운데 근처에 산벚나무가 보였고, 그 아래쪽 근처에 흐르고 있는 작은 수로를 따라 만병초가 뭉쳐 있는 것이 보였다.

푸르스름한 어둠 바닥에 잠든 풀과 나무를 하늘에 잔뜩 뜬 별들이 내려다보고 있었다.

다로는 정원수 옆에 서서 3미터 정도 떨어진 곳에 있는 민가와 그 옆에 있는 큼직한 헛간의 네모난 윤곽을 보며 어둠에 눈이 익숙해질 때까지 기다렸다.

조용했지만, 평소의 조용함과 어딘가 다르다는 것을 알 수 있었다.

이 밤 속에서 수많은 무언가가 숨을 죽인 채 움직이는 것처럼 미세한 기척이 느껴졌기 때문이다.

그때, 속삭이는 것처럼 작은 목소리와 흙을 밟는 메마른 소리가 들렸고, 다로는 밭쪽에 있는 둑 근처의 서향나무 풀숲에 숨어서 주위를 관찰하다가 깜짝 놀랐다.

별빛이 내리쬐는 밭두렁길에서 남자 두 명이 몸을 숙인 채 다가오고 있었다.

그중 한 명은 마나베가 분명했다.

그리고 다른 한 사람은 아마 오르비스의 실행부대일 것이다. 혹시나 그 두 사람 말고도 더 있을지도 모르겠지만, 다로가 본 것은 그들뿐이었다.

다른 사람들의 눈을 피해 재빠르게 이동하고 있던 그 두 사람의 모습은 잠시 후, 이웃집 헛간 너머로 돌아가며 시야에서 사라졌다.

아야의 집 부지에서 밭은 약간 낮은 곳에 있고, 그 둑 같은 곳을 따라 사람 키 정도의 경계목이 나란히 세워져 있다.

마나베 일행은 지금 이곳에 누군가가 잠복하고 있을 거라고는 상상도 하지 못할 것이다.

겐사쿠의 모습은 보이지 않았지만, 아마도 그 경계목 중 어딘가에 숨어서 기척을 숨기고 있지 않을까, 그런 생각이 들었다.

마나베 일행이 사라진 헛간 근처에는 이웃집 처마가 있었고, 그 뒤에는 방풍림도 있기에 까만 그림자가 겹친 상태였다.

긴장감이 치솟았고, 목덜미 근처에서 심장 고동이 느껴졌다.

이제 곧, 마나베 일행이 어디선가 모습을 드러낼 것이다.

그 순간을 놓치지 않으려고 별빛이 내리쬐는 광경을 바라보고 있던 그때.

──때앵, 때앵.

날카로운 종소리가 예상치 못하게 가까운 곳에서 울렸고, 다로는 말라죽은 수풀 안에서 주위를 살펴보았다. 분명히 소방차의 종소리다.

그런데 어디서 울린 거지?

정적을 깨고 사람이 움직이는 기척이 느껴진 것은 그때였다. 마치 종소리를 신호로 삼은 것처럼, 발소리가 여러 겹 겹쳤고, 사방에서 다가왔다.

몸을 숙인 채 주위를 살펴보던 다로가 예상하지 못한 채 매우 가까운 거리에서 마나베와 맞닥뜨린 것은 그때였다. 어느새 아야의 집 뒤쪽, 경계목 사이의 통로까지 들어와 있었다.

그렇게 예상치 못한 거리 때문에 다로가 깜짝 놀랐을 때, 상상하지도 못했던 일이 일어났다. 잠겨 있던 현관문을 여는 소리가 들리고 아야가 바깥으로 나온 것이다. 비스듬히 새어 나온 조명이 어둠을 도려냈고, 자기도 모르게 일어선 다로의 모습을 마치 스포트라이트처럼 비추었다.

"나오지 마! 위험해! 돌아가!"

다로가 외친 목소리는 총성에 묻혔다.

어깨 근처에 뜨거운 충격을 느끼고 몸을 웅크리자 한 박자 늦게 찾아온 맹렬한 고통 때문에 시야가 깎여나갔다.

끊어질 것 같은 의식 속에서 마지막으로 다로가 본 것은 몸을 숨기고 있던 경계목에서 뛰쳐나와 마나베를 향해 세차게 돌진하는 겐사쿠의 모습이었다. 미야하라도 있었다. 여러 사람의 모습이 교차하며 겹쳤고, 성난 목소리가 오가며 격투가 시작되었다.

이웃집 헛간에서 소방차 한 대가 나타났고, 사방팔방에서 푸른 제복에 헬멧 차림인 소방단원들이 장화 소리를 울리며 일제히 달려왔다.

"다로, 다로! 이봐, 괜찮아?"

간스케가 제일 먼저 달려와 다로를 부축하며 일으키려 했다.

웃어 보이려 했지만, 아무래도 힘들 것 같았다. 인상을 쓸 수밖에 없었다.

혼자서 일어서려 했지만, 그러지도 못했다. 그 노력은 헛수고로 끝났고, 다로는 제자리에 엉덩방아를 찧고는 하늘을 보며 쓰러졌다. 그리고는 놀랍게도 땅바닥에 못박혀버린 것처럼 움직일 수 없게 되었다. 이제 하늘을 올려다보고 있을 수밖에 없었고, 맹렬하게 치솟는 오한 때문에 온몸이 떨리기 시작했다.

인생 최악의 순간이다. 그런 다로를 섬세하고 투명한 남색 밤하늘이 내려다보고 있었다. 분유리처럼 아름다운 밤하늘이. 그것은 분명히 다로가 지키려 했던 하야부사의 밤하늘이었다.

10

다로는 실려간 병원에서 2주일 정도 입원 생활을 할 수밖에 없었다.

소식을 듣고 달려온 소에이샤의 나카야마다는 "그래서 내가 뭐라고 했냐"면서 쌀쌀맞게 비난했지만, 그러면서도 비밀이라며 다로가 정말 좋아하는 고급 스카치 위스키를 가져다주었다. 병원에서 몰래 마실 수 있을 거라 생각한 모양이었다.

다로의 부상은 목숨이 위험할 정도는 아니었지만, 꽤 큰 수술을 하게 되었다. 어깨 안에 남은 총알을 적출하고 부러진 뼈를 이어 붙인 것이다. 2주일은 따분하고 지루했지만, 겨우 그 정도 입원으로 끝난 것만으로도 그나마 다행인 게 분명했다. 잘못 맞았다면 목숨조차 위험했을 테니까.

하늘을 올려다보며 정신을 잃은 다로가 모르는 사이에 마나베와 오르비스 십자군의 남자는 현행범으로 체포되었다. 아야의 집 주위에는 하야부사 소방단뿐만이 아니라 나가노가 지휘하는 S지구 경찰서의 특별 수사팀이 잠복하고 있었다는 이야기를 들은 것은 입원한 뒤였다. 나가노가 그 결단으로 인해 현 경찰에게 혼났는지 여부는 알지 못한다. 분명히 나중에 사와코 같은 사람이 알려줄 것이다.

마나베의 자백으로 인해 사건의 진상이 서서히 밝혀지려 하고 있었다.

에지마 나미오의 집에 불을 질렀을 때, 집에서 나오다가 히로노부에게 목격당한 마나베는 요시다 나쓰오를 시켜서 히로노부를 슬쩍 불러내 살해했다고 한다. 나중에 나쓰오를 살해한 사람은 마나베와 그날 밤에 함께 체포된 실행부대의 남자

신자였다.

다로를 쏜 엽총은 나쓰오의 집에서 가져간 것이었고, 마나베는 방화와 살인 혐의 말고도 총기 불법소지 및 다로에 대한 살인 미수 혐의로 체포되었다고 한다.

도쿄의 오르비스 십자군 본부에 수사가 시작되었고, 스기모리를 비롯한 간부들이 체포된 것은 사건이 일어나고 사흘 뒤였다.

아야는 참고인으로 경찰에게 취조받기 위해 불려갔지만 체포는 면했고, 몇 번 다로에게 병문안을 와서 그때마다 수사 정보를 가르쳐주었다.

도쿄로 돌아가기로 했다고 다로에게 말한 것은 마지막으로 병문안을 왔을 때였다.

"여러모로 신세를 졌네요."

다로는 병실에서 고개를 숙이는 아야에게 어떻게 말을 걸어야 할지 몰라서 당황했다.

저야말로, 라고 해야 할까. 행운을 빌겠다, 라고 해야 할까. 아니면 이제 어떻게 하실 거냐고 참견하는 듯이 말해야 할까.

그런 다로의 마음을 알아차렸는지 "예전에 함께 일한 적이 있는 프로듀서가 같이 일해보지 않겠냐고 불러줘서요." 아야는 도쿄로 돌아가는 이유에 대해 가르쳐주었다.

"드라마를 중심으로 활동하고 있는 프로덕션이니까, 이번에야말로 제작 현장에 들어갈 수 있을까 싶거든요."

"잘됐네요."

약간 무리하며 미소를 짓고는 고개를 끄덕인 다로에게 아야가 "그래서 미마 씨께 부탁드릴 게 있는데요"라고 말했다.

"하야부사에서 일어난 사건들에 대해 소설로 써주실 수 있을까요? 주인공은 미마 씨고, 하야부사 소방단이 활약하는 소설을 읽고 싶어요. 그리고 그걸 언젠가 드라마로 만들고 싶고요."

"괜찮을지도 모르겠네요."

다로가 그렇게 말하자 아야는 "꼭이에요. 기다릴 테니까요"라는 말을 남기고는 병실을 나섰다. 미소와 함께 작별 인사를 하면서.

퇴원하는 날에는 겐사쿠가 자동차를 타고 마중을 나와주었다.

다음 해로 넘어가기 직전인 12월 30일이었다.

열흘 만에 집에 와보니 집 구석구석까지 싸늘해서 따뜻하게 만들려면 시간이 좀 걸릴 것 같았다. 거실에 있던 스토브를 켜고, 겉옷을 껴입은 채 기다리면서 익숙한 겨울의 구릉지를 바라보았다.

두 번 다시 그 광경을 보지 못할 수도 있었다고 생각하니 당연한 일상이 고귀하고 눈부시게 보였다.

잠시 후, 경트럭 한 대가 경쾌한 엔진 소리와 함께 언덕길 아래에서 나타났다.

좁은 운전석에서 내린 에니시는 창가에 서 있던 다로를 보자마자 고개를 크게 숙이고는 합장했다.

"가짜 추기경이 왔군."

겐사쿠가 밉살스러운 듯이 그렇게 말했다.

"크게 다치지 않으셔서 다행입니다, 미마 씨."

법회를 하고 돌아가던 길인지, 거실에 나타난 에니시는 승복 차림이었다.

"미마 씨께서 퇴원하시면 제 이야기를 하라고 겐사쿠 씨께서 엄포를 놓으셔서 말이지요. 그런 이유로 찾아뵈었습니다."

에니시는 그렇게 말한 다음, 다친 다로 대신 겐사쿠가 내준 차를 맛있게 마셨다.

"제 예전 이야기이긴 합니다만, 시간을 좀 내주시지요."

최종장

성지로
이어지는 길

1

에니시는 조용한 말투로 이야기하기 시작했다.

"저는 나고야 시내에 있는 섬유 도매상의 장남으로 태어났습니다. 당시에 사장이던 아버지는 40세, 어머니는 35세였죠. 저는 늦둥이였고, 저보다 나이가 아홉 살 많은 노부코라는 누나가 있었습니다. 친남매처럼 자라긴 했지만, 누나가 사실 양녀였다는 사실을 알게 된 건 한참 나중이었지요. 행복하게 살고 있었습니다만, 제가 초등학교 1학년 때쯤 어떤 경로를 통해 들어온 거액의 투자 제안을 아버지가 받아들여버렸고, 그때문에 가업을 제대로 꾸려나가지 못하게 되었습니다. 그때까지는 부유하게 살았습니다만, 한번 기울고 나니 눈 깜짝할 새더군요. 살고 있던 건물도 다른 사람에게 넘어갔고, 종업원들은 떠나고, 거래처에게도 버림받았기에 회사가 도산했습니다.

빚쟁이나 은행 직원, 거래하던 업자들, 예전까지는 아양을 떨면서 다가오던 사람들이 무시무시한 표정을 지으며 아버지와 어머니를 다그쳤죠. 그렇게 어린 나이에 이 세상의 생지옥을 보게 된 겁니다. 장사는 무시무시하다. 사람은 무서운 존재다. 그 사실을 몸소 깨닫게 된 저는 최대한 그런 세상에서 멀리 떨어진 곳에서 살고 싶다고 생각했습니다. 결국, 가족들은 뿔뿔이 흩어졌고 누나와 저는 가시와에 있던 어머니 쪽 친척을 의지할 수밖에 없었습니다."

석유 스토브를 켠 방에서 에니시의 목소리가 정적을 먹어치우듯이 계속 이어졌다.

"그 친척은 가장이 어머니의 사촌이었고, 가시와시에 있는 운송업체에 근무하는 회사원이었습니다. 그는 고생해서 집을 장만했고, 저희가 가게 된 그 집에는 초등학생 남매가 있었습니다. 그리 부유한 집은 아니었지요. 누나도 그렇고 저도 가시와시의 학교로 전학 갔습니다만, 아버지는 직장을 잃었고 어머니가 파트타임으로 일하면서 보내주는 얼마 안 되는 돈에만 의지하며 살아가는 불안한 삶이었습니다. 그 이후로 고등학교를 졸업한 누나가 도쿄의 세무사 사무소에 취직했고, 제가 중학교를 졸업한 것을 계기로 저희 남매는 친척 집을 떠나서 가시와시의 빌라로 이사했습니다. 친척에게 저희의 존재가 부담된다는 사실을 알고 있었기 때문이지요. 누나는 어머니도 생활이 힘들 거라면서 보내주는 돈을 거절하고 자기가 번 돈과 제가 아르바이트를 한 돈으로 삼자고 했습니다. 그 이후로는 날마다 살아가느라 필사적이었습니다. 저는 고등학교를 졸업하고 취직할 생각이었습니다만, 누나는 반대했습니다. 지금부터는 학력이 필요할 거라며 장학금을 받고 대학교에 가라고 하더군요. 고졸 학력으로 세무사 사무소에서 일하다 보니 그런 사실을 알게 되었다고요. 저는 원래 그러고 싶지 않았습니다만, 누나가 애타게 설득하기도 했기에 대학교에 진학하기로 했습니다. 그때, 평범한 대학교가 아니라 도쿄에 있는 불교계열 대학교에 진학하기로 결심한 것은 회사가 도산하는 모습을 보았던 괴로운 경험 때문이었습니다. 절의 주지 스님이 되면 세상에 얽매이지 않더라도, 돈 때문에 발버둥 치지 않아도 살아갈 수 있다——, 당시의 저는 그렇게 믿고 있었던 겁니다. 제가 대학교에 입학할 무렵, 누나인 노부코는 세무사 사무소에서 일한 경험을 인정받아 도쿄의 중견 상사로 이직했습니다. 누나의 연봉도 올라서 이제 안심이라고 생각하던 참에 이번에는 그 상사가 도산했습니다. 누나는 재무부 소속이었고, 도산 이후에 뒤처리를 끝까지 맡았다고 합니다. 집에서 경영하던 회사의 도산으로 입은 마음의 상처가 아물어갈 때쯤 자기 직장에서 똑같은 일이 반복되었으니 정말 싫증이 난 모양입니다. 도산 처리를 마치자 누나는 얼마 되지 않는 저금을 털어서 해외로 홀로 여행을 떠났습니다. 원래 그렇게 결단력이 있는 누나였습니다. 일을 하면서 세계를 돌아다니는 여행이었던 것 같았고, 약 2년 동안, 누나는 일본으로 돌아오지 않았습니다. 저는 나중에 알게 되었습니다만, 그 여행 도중에 들렀던 이스라엘에서 누나는 어떤 남자를 알게 되었습니다. 그 남자는 자칭 종교가였고, 나중에 자신의 교단을 만들었습니다. 그가 고사이 미치하루였지요."

젠사쿠가 놀라며 눈을 크게 떴다. 오르비스 테라에 기사단의 교주다.

"고사이는 세계를 떠돌아다닌 뒤에 교단을 창설했습니다만, 처음에는 신자들도 모이지 않았고, 그 누구도 거들떠보지 않는 거품 같은 집단이었던 모양입니다. 한편, 이스라엘에서 고사이와 만나서 친분이 생긴 뒤에 귀국한 노부코를 기다리고 있었다는 듯이 아버지와 어머니가 연달아 돌아가시는 불행이 겹쳤습니다. 누나도 그렇고 저도 부모님이 고생만 하다가 돌아가신 것 때문에 허무한 심정이었습니다만, 그렇다고 해서 뭔가 할 수 있는 것도 아니었지요. 한동안 망연자실하게 아무것도 하지 못하던 누나가 여행 도중에 만났던 고사이 미치하루와 운명적인 재회를 한 것은 그 무렵이었습니다. 거리에서 전도 활동을 하던 고사이를 우연히 보고 말을 걸었던 겁니다. 실의에 빠져 구원을 추구하던 노부코는 고사이의 가르침에 감화되어 오르비스 테라에 기사단에 입단했습니다. 당시 오르비스는 선히 두각을 드러내지 못하고 해체 직전 상황이었다고 합니다. 그런데 그때, 세무사 사무소와 상사에서 일하며 전문 지식을 쌓은 누나의 경력이 활약하게 됩니다. 노부코는 교단의 간부가 되자 교단 경영에 수완을 발휘하기 시작한 겁니다. 고사이는 카리스마가 있지만 조직을 어떻게 키워야 할지 노하우가 없었습니다. 누나는 그 구멍을 메꾸며 교단을 키워나갔고, 많은 신자들을 모았습니다. 그 덕분에 숨이 끊어져 가던 교단은 단숨에 기운을 되찾았고, 일대 신흥 종교로서의 발판을 마련한 겁니다. 그게 마침 제가 대학교에서 불교를 공부하던 무렵이었습니다."

에니시가 이야기한 시기는 약 30년 정도 전일 것이다. 쇼와 천황이 붕어하고 일본의 연호가 '헤이세이'로 바뀐 시절인 것 같았다.

"노부코는 고사이의 오른팔이 되어 초창기의 오르비스 테라에 기사단을 그야말로 필사적으로 지탱했습니다. 교단은 점점 신자를 늘려갔고, 세력을 확대해 나갔습니다. 저는 일개 학승으로써 누나가 관여하고 있던 그 신흥 종교가 융성하는 모습을 보고 당황하면서도 그저 바라보고 있을 수밖에 없었습니다. 그런데 호사다마라고, 예상치 못한 비극이 노부코를 덮치게 됩니다. 너무 무리했는지, 노부코는 암에 걸렸고, 그 사실을 알게 되었을 때는 이미 늦은 상태였던 겁니다. 누나가 양자였다는 사실을 제게 처음 이야기한 것은 어느 날, 병문안을 하러 찾아간 병실에서였습니다. 어째서 갑자기 그런 이야기를 한 건지는 모르겠군요. 알아보기 힘들 정도로 앙상해져서 목숨의 불꽃이 꺼져가던 누나는 그때, 자기가 U현 S군에 있는 하야부사라는 지역 출신이라는 사실을 제게 가르쳐주었습니다. 황홀한 듯한 눈빛으로 천장을 바라보던 누나의 볼에 조용히 눈물이 흘러내리던 게 기억납니다. "그때가 제일 즐거웠는데". 누나는 그렇게 조용히 말했습니다. 그 말을 듣고 저는 누나에게 제가 모르는, 그리고 결코 잊을 수 없는 과거가 있다는 사실을 깨달았습니다. 누나가 죽었다는 연락을 받은 것은 그로부터 사흘 뒤였습니다. 향년 29세. 저는 불문에 속한 사람으로서 누나의 명복을 빌어주기 위해 고사이를 찾아갔습니다만, 그는 오르비스 테라에 기사단에서 누나의 장례를 치르고 공양해주겠다며 끝까지 유골을 건네주지 않았습니다. 고사이와 말다툼을 하느라 지치고 의기소침해진 제게 그야말로 부처님의 인도하심이라고밖에 생각이 들지 않는 계기가 찾아온 것은 대학교를 졸업하고 수행승이 된 지 몇 년이 지났을 무렵이었습니다. 놀랍게도 제게 하야부사 지구의 즈이메이지를 이어받아주지 않겠냐는 제안이 들어온 것이지요."

2

다로는 말문을 잃은 채, 이야기하는 에니시의 달아오른 얼굴을 바라보았다. 인생에는 때로 신의 안배라는 생각이 드는 우연이 찾아오는 법이다. 그것은 분명히 누구에게나──, 물론 다로도 경험한 적이 있다. 취재를 하다가 온 김에 잊어버리고 있던 아버지의 고향, 하야부사에 들러보자고 생각한 것도 그런 우연 중 하나일지도 모른다. 그 우연이 하야부사로 이사를 가자는 생각, 예전까지는 생각해보지도 않았던 결단을 만들어낸 것이다.

"그런 우연은 자주 있는 것이 아니지요."

말투는 담담했지만, 에니시의 목소리에는 습기가 차 있었고, 눈은 누나와 함께 살았던 인생을 회상하며 뜨겁고 축축해진 상태였다.

"저는 망설임 없이 즈이메이지에 뼈를 묻자고 결심했습니다. 그뿐만이 아니라 이곳에 오려 했던 것은 다른 이유도 있었습니다. 누나에게는 내가 모르는 과거가 있다. 과연 그것이 어떤 것이었을까. 그 과거를 알고 싶다──, 그런 강한 마음이 있었기 때문입니다."

하야부사의 명가인 야마하라 가문에서 자라난 노부코. 그런데 어째서 그런 사람이 나고야의 섬유 도매상에 양녀로 가게 되었을까. 에니시가 알고 싶었던 것은 그러한 사정일 것이다. 다로가 노부오카의 이모인 기미쓰 지요코에게 들은 이야기가 바로 그것이다.

"스님은 노부코가 야마하라 가문 사람이라는 걸 언제부터 알았나?"

겐사쿠가 물었다.

"하야부사에 오고 나서 곧바로 알았지요. 누님과 동갑이신 분이 계셔서요. 그분께서 야오로즈의 노부오카 가문으로 갔다는 이야기를 들었습니다. 하지만 그 이후의 소식은 알지 못했고요."

에니시도 다로와 똑같은 조사를 예전에 했었던 것이다. "출생의 비밀에 대해 가르쳐주신 분은 사실 겐사쿠 씨의 아버님이십니다."

"우리 아버지가?"

겐사쿠는 깜짝 놀란 듯이 고개를 들었다. "살아 있었을 때 이야기지? 20년도 전인가? 나한테는 아무 말도 안 하던데."

"별로 좋은 이야기는 아니라 아들에게도 하지 않았다고 아버님께서 말씀하셨습니다. 그런데 저와 노부코 이야기를 했더니 몰래 말씀해주셨지요. 다른 사람에게는 이야기하지 말라고 하시면서요. 저는 누나가 얼마나 힘든 상황을 겪으며 그 나고야의 집에 왔는지 그제야 알게 되었습니다. 하지만 누나는 항상 밝은 모습을 보여주었고, 자신의 과거에 대해서는 전혀 드러내지 않았습니다. 그런 사람이었으니까요. 그런 누나가 살아온 유일한 증명이라 할 수 있는 것이 그 오르비스 테라에 기사단입니다만, 누나가 죽은 이후로 그 교단은 사상이 점점 과격해졌고, 광기를 품게 되었습니다. 누나라는 나침반을 잃고 초조해져서 세력을 확대시키다가 폭주한 거겠지요."

에니시의 이야기는 노부코가 남긴 오르비스 테라에 기사단 쪽으로 넘어갔다.

"이윽고 오르비스 테라에 기사단의 안 좋은 이야기가 때때로 매스컴을 떠들썩하게 만드는 경우가 생겼습니다. 신자들에게 폭행을 휘두르거나 상식에서 벗어난 세뇌, 선도. 그리고 기어코 사회를 뒤흔든 사건을 일으키기에 이르렀습니다. 아마 누나가 살아 있었다면 오르비스가 그렇게 되지는 않았겠지요. 누나가 해온 일이 아무런 의미도, 가치도 없게 되었고, 평가도 받을 수 없게 된다, 이대로 에니시 노부코라는 존재가 잊혀지고 파묻혀버리는 것인가, 그렇게 생각하던 와중에 남몰래 누나의 존재를 주목하고 재평가하려는 사람이 나타났습니다. 그 사람이 고사이의 제자이자 오르비스 십자군의 창설자, 스기모리 노보루입니다. 오르비스의 사상을 이어받은 스기모리는 신자가 되었을 무렵부터 누나가 돌봐준 사람이었고, 매우 심취해 있었다고 합니다. 새로운 교단을 세운 스기모리는 지금은 아직 누구에게도 이야기하지 않았지만, 언젠가 누나에게 어떤 지위를 주고 오르비스의 상징으로 삼을 계획이라고 밝혔습니다. '성모'라는 지위입니다."

"성모……."

다로는 고개를 들고 오르비스 십자군의 상징인 마리아상과 로렌 십자가를 떠올렸다. 그것이 노부코와 야마하라 가문의 문장이 아닐까 하는 다로의 추측은 완전히 빗나간 게 아닐지도 모른다.

하지만 실제로는 교주인 고사이가 체포당했기에 그를 떠받들 수는 없게 된 사정 때문일지도 모르겠다는 생각 또한 다로의 머릿속을 스쳐갔다. 어느 쪽이 정답인지는 알 수가 없다.

"스기모리가 저를 처음 찾아온 것은 오르비스 테라에 기사단의 고사이와 간부들이 체포당한 해 가을이었습니다. 그 무렵부터 스기모리는 이미 오르비스의 부흥을 계획하고 있었고, 그 이후로 얼마 지나지 않아 오르비스 십자군이라는 새로운 교단을 세운 겁니다."

"스기모리를 만났나? 스님."

겐사쿠가 딱딱한 목소리로 물으며 눈살을 찌푸렸다.

"만났지요."

에니시는 쉽사리 인정했다. "하지만, 이유가 있었습니다. 스기모리는 제가 모르는 누나를 알고 있었기 때문입니다. 제

게는 이야기하지 않았던 어린 시절 이야기를 오르비르 테라에
기사단의 고사이나 스기모리에게는 이야기했다고 했습니다.
그때 저는 일개 승려로서 오르비스를 질투했습니다. 누나는
제게 터놓지 않았던 마음을 오르비스에 터놓았고, 오르비스에
구원을 추구하면서도 제게는 구원을 추구하지 않았습니다. 완
전한 패배죠. 그와 동시에 누나가 심취했다는 오르비스의 교
리라는 것이 대체 어떤 것인지, 흥미가 생겼습니다. 스기모리
는 항상 아무런 전조도 없이 절에 들러서 이런저런 이야기를
했습니다. 교리나 새롭게 만들 교단 이야기도 했고, 그 이야기
를 듣고 저도 나름대로 몇 가지 조언을 하기도 했습니다. 몇
번 만나고, 마주앉아 이야기를 하다 보니 과격한 종교 단체의
우두머리인 그 남자의 얼굴이 저와 비슷하다는 걸 눈치챘습
니다. 스기모리도 젊었을 때 고생했고, 자신의 힘으로 기어올
라가려고 발버둥쳤던 사람이었던 겁니다. 그래서 누나는 틈만
나면 스기모리를 챙겨주고 돌봐주었을 겁니다. 누나가 소중하
게 여겼던 스기모리라는 남자를 저는 도저히 거절할 수가 없
었습니다. 무시무시한 남자일 거라는 느낌이 들긴 했지만, 스
기모리는 누나와 이어져 있는 유일한 사람이었기 때문입니다.
그러던 와중에 스기모리는 제게 어떤 제안을 했습니다. 오르
비스 교단의 간부로 입단하지 않겠냐고요. 추기경……, 스기
모리는 저를 그렇게 불렀습니다. 신자가 되면 그 칭호를 준다

면서요. 제가 노부코의 동생이기 때문이라는 게 그 이유입니다."

"설마 그 제안을 받아들인 건 아니겠지?"

겐사쿠가 쩌려보자 에니시는 "설마요"라며 고개를 저었다.

"이래 봬도 부처님을 모시는 몸입니다. 하지만 스기모리는 매번 즈이메이지의 시주 가문이 사라질 거라 딱 잘라 말했습니다. 그게 어떤 이유 때문인지 제가 알게 된 것은 시간이 좀 지나고 나서……, 이곳 하야부사에서 집 몇 채가 불타기 시작한 뒤였습니다."

스기모리가 아무리 훌륭한 교리를 내세우더라도 결국 오르비스 십자군은 폭력과 공포로 신자를 지배했던 오르비스 테라에 기사단의 본질을 그대로 이어받은 것이다.

"스기모리는 때때로 이곳 하야부사에 나타났습니다. 신자를 데리고 왔을 텐데, 저를 만날 때는 혼자 왔지요. 저는 경솔하게도 저를 만나기 위해 이곳에 온 거라 생각했습니다. 하지만 그게 아니었던 모양입니다. 아마 스기모리 일행은 성지가 될 무라사키노의 땅을 보러 왔던 것 같습니다. 그 사실을 뒤늦게나마 눈치챈 것은 그 근처 산에 묘한 녀석들이 어슬렁거린다는 겐사쿠 씨의 정보를 들었을 때, 그리고 무엇보다 미마 씨께서 화재와 오르비스의 관계를 의심하기 시작하셨을 때였습니다."

"오르비스가 우리 마을에 제일 처음 땅을 팔아달라고 한 지가 3년 넘게 지났는데."

겐사쿠가 중간에 끼어들었다. 오르비스 테라에 기사단이 해산되기 전이다. 그들의 매수 공작은 고사이를 비롯한 교단 간부들의 체포로 인해 중단되었고, 나중에 오르비스 십자군이 되고 나서 다시 시작한 것이다.

"체포당하기 얼마 전, 고사이 미치하루는 평판이 떨어진 교단의 재건을 계획한 것과 동시에 좁아진 본부를 이곳 하야부사로 옮기는 것을 검토했던 모양입니다. 교단의 초창기를 지탱해준 노부코를 나중에 '성모'로 삼음으로써 이곳 하야부사를 성지로 만든다──, 그 발상은 원래 고사이가 생각해낸 것이었고, 스기모리는 그저 아이디어를 물려받은 것에 불과합니다. 그들은 타운 솔라라는 유령회사를 이용해서 하야부사의 땅을 사들였고, 이곳 일대를 오르비스 십자군의 총본산으로 만들겠다는 고사이의 계획을 실현시키기 위해 움직이고 있었을 겁니다. 그 이후로는 두 분께서도 알고 계실 테고요."

에니시의 이야기는 그제야 최근에 일어난 일들로 접어들었고, 다로가 알고 있는 부분에서 마무리를 지은 것 같았다.

한동안 벚꽃 저택의 거실에 침묵이 깔렸고, 팔짱을 낀 채 천장을 올려다보고 있던 다로에게,

"바보 같은 이야기로군."

겐사쿠가 조용히 그렇게 말했다. "그런데, 왜 좀 더 일찍 그 이야기를 우리한테 안 했나? 스님."

"이런 이야기를 하려면 저도 목숨을 걸어야 하니까요."

에니시의 거짓 없는 진심일 것이다. "어디에 오르비스의 수하가 있을지 모릅니다. 그렇다면 다음에 표적이 될 사람은 저이고, 즈이메이지가 될 겁니다. 스기모리는 그런 남자입니다. 만약에 절이 불타게 된다면 재건하는 건 불가능하겠지요. 다시 말해 입을 다무는 것은 이곳 하야부사의 신앙을 지키는 것이기도 합니다. 하지만 제가 입을 다물고 있었는데도 미마 씨께서 진실을 파헤치셨지요."

"스님은 아야가 오르비스 신자였던 걸 알고 있었고?"

다로가 물어보고 싶었던 중요한 부분에 대해 겐사쿠가 물었다.

"아뇨. 제가 그 사실을 알게 된 건 요시다 나쓰오 씨께서 돌아가셨을 때입니다."

"뭐야, 스님도 몰랐다고? 수행이 부족하군."

"면목이 없군요."

겐사쿠가 밉살스럽게 말하자 고개를 살짝 숙인 에니시에게 "노부오카 면장님께는 방금 하신 이야기를 하셨나요?" 다로는 그렇게 물었다.

노부오카는 노부코의 오빠다. 다로에게는 이야기하는 것을 거절한 노부오카도 에니시에게라면 노부코 이야기를 하지 않았을까.

"좀처럼 이야기를 할 기회가 없었습니다만, 절에서 야마하라 본가의 법회를 개최했을 때, 그제야 밝힐 수 있었습니다. 겐사쿠 씨의 아버님께 이야기를 듣고 나서 시간이 꽤 지났을 때였습니다. 역시 놀라시더군요. 그리고 어렸을 무렵 누나 이야기를 기억나시는 대로 말씀해주셨습니다. 그때 처음으로 제가 하야부사에서 받게 된 사명이 성취된 것 같은 기분이 들었습니다. 노부오카 씨께서 노부코와 오르비스 사이의 관계를 알고 계셨던 건 제가 말씀드렸기 때문입니다. 타운 솔라라는 회사가 오르비스와 관계가 있다는 것은 아마 경찰서장인 나가노 씨에게 들으셨을 것으로 추측됩니다만, 노부오카 씨께서는 오히려 오르비스에 친근감을 가지고 계시지 않았을까 합니다. 물론 그건 노부오카 씨의 일방적인 마음이었겠습니다만."

다로의 머릿속에 떠오른 것은 겐사쿠의 집 객실에서 에니시와 주고받았던 이야기였다. 다로가 노부오카와 면장실에서 만나 이야기를 했다가 거절당한 뒤였다.

그때, 에니시는 노부오카가 타운 솔라와 오르비스의 관계를 이야기하려던 다로를 거들떠보지도 않았던 이유가 '이미 알고 있기 때문'이라고 했다. "친하게 지내는 사이인 것 같아도 타운 솔라와의 관계는 불을 지를 정도로 얄팍한 관계일 것이다"라고도 했다.

그제야 다로는 에니시가 선문답처럼 늘어놓았던 이야기를 이해했다. 에니시는 전부 간파하고 있었던 것이다.

"슬슬 가볼까요."

에니시가 그렇게 말하며 일어선 것은 거의 저녁이 되어서였다.

현관 앞에서 에니시가 타고 온 경트럭이 언덕길을 내려가는 모습을 바라보면서 겐사쿠가 한숨을 크게 내쉬었다.

"그럼 나도 가겠네."

그는 그렇게 조용히 말한 다음, 뜰에 세워두었던 차에 탔다.

다로는 발에 달라붙는 듯한 피로와 나른한 감각을 느끼며 한동안 12월의 싸늘한 추위 속에서 겐사쿠의 자동차 엔진 소리가 멀어져 가는 것을 듣고 있었다.

조만간 오르비스 십자군의 범행은 전부 밝혀질 것이다. 하지만 열심히 살다가 일찍 세상을 떠난 노부코의 속마음이 빛을 볼 날은 오지 않을지도 모른다. 다로는 시시각각 변하는 인생과 운명 사이에 낀 채 살아온 한 여자의 삶을 생각하며 조용히 기도를 하려다가 문득 떠올렸다.

노부코를 위해 기도해야 할 신앙은 대체 어디에 있을까.

거기에 그 여자의 진짜 불행이 있는 게 아닐까, 다로는 그때 그런 생각이 들었다.

3

다로가 간스케에게 그 이야기를 들은 것은 새해가 되고, 달력이 3월로 넘어갔을 무렵이었다.

야마하라 본가의 묘가 무라사키노의 묘지에서 철거되었다는 것이다.

오전에 다음 작품 구상을 하고, 오후에 산책할 겸 가보니, 큼직한 묘비가 늘어서 있던 야마하라 본가의 묘는 들었던 대로 공터가 되어 있었다.

드러난 황토에 전날 내린 비가 고여서 하늘을 비추고 있었다.

얼어붙었던 2월이 지나고, 왠지 봄의 예감이 드는 온기가 뒤섞인 바람이 묘지에 서 있던 다로의 목덜미를 어루만졌다.

그렇게 크던 묘비도, 올려다봐야 할 정도로 높은 위치에 있던 야마하라의 화살 문장도, 이제 그곳에는 없다.

그렇게 큰 것을 옮기는 것만으로도 노동력과 자금이 꽤 많이 들었을 텐데, 노부오카는 그렇게까지 할 정도로 하야부사에 얽매여 있던 것을 끊어버리고 싶었던 걸까.

야마하라 본가의 묘였던 곳을 떠나려 했을 때, 묘지 건너편에 있는 좁은 산길에서 대형 트럭이 삐져나오듯이 나타났고, 힘차게 지나가는 모습이 보였다.

다로는 느낀 바가 있었기에 그것이 나타났던 쪽을 다시 바라보았다.

그런 다음에 빠른 걸음으로 간 곳은 야마하라 본가가 있었던 곳이었다.

중간에 노노야마 에이코의 집을 멀리서 보았지만, 그 집에는 불이 켜져 있지 않았다. 에이코는 올해 들어서 건강이 악화되어 도타시의 병원에 입원했다고 한다. 몸 상태가 별로 좋지 않다는 것은 간스케의 어머니를 통해 다로의 귀에도 들어왔다. 조만간 저곳도 빈집이 되는 날이 올지도 모른다. 에이코에게는 그녀가 전부 떠안지 못할 만한 인생이 있었고 그로 인해 오르비스에 구원을 추구한 걸 보니, 도시든 이런 산촌이든 사람이 살아가는 게 어렵다는 걸 통감할 수밖에 없었다.

좁은 갈림길에서 산 쪽으로 들어가자 마른 참억새가 밟혔고, 예전에 야마하라 본가가 있던 곳으로 가는 길에는 두꺼운 바퀴 자국이 나 있었다.

바로 근처 길가에 노부오카의 검은색 크라운이 세워져 있는 것이 보였다.

갈림길에서 들어간 숲길은 축축해서 다로의 워킹 슈즈가 금방 진흙투성이가 되었고, 머리 위에서는 새로운 침입자에게 경고하는 듯이 나무들이 소리를 내기 시작했다.

예전에 기반이 있던 곳에 접어들었을 때, 다로는 눈앞의 광경을 보고 깜짝 놀라 멈춰 섰다.

자잘한 나무를 베어내고 탁 트이게 만든 곳에 새로운 인공물이 나타났기 때문이다.

묘였다.

이장한 야마하라 본가의 묘였다.

"여기로 옮겼구나."

지금은 한 남자가 그 묘 앞에 서서 합장하며 고개를 숙이고 있었다.

노부오카였다.

그리고 다로는 곧바로 노부오카가 뭘 하려 했는지 깨달았다.

노부오카는 다가온 다로를 거부하지 않았다. 사건들의 진상이 밝혀지자 노부오카에게도 심경의 변화가 있었는지 모르겠다.

"여기가 제일 어울릴 것 같아서 말이네."

노부오카가 묘비를 올려다보며 중얼거리듯이 말했다. "노부코는 우리 종파가 아니니까. 그대로 두면 묘비에 이름을 새길 수가 없었지. 그래도 이런 형태라면 괜찮겠다 싶어서 말이야."

"저도 이게 어울릴 것 같다고 생각합니다."

노부오카는 다른 종교에 투신한 노부코를 위해, 최대한 노력을 기울여서 묘를 만든 것이다.

"나는 노부코를 진짜 여동생으로 여겼어. 당신, 우리 이모에게 이야기를 들으러 갔다면서? 사정은 거기서 들었을 것이고. 사이좋게 지내던 우리 남매는 생이별했고, 노부코는 나고야에 양녀로 가버렸지. 그쪽 부모가 데리러 왔을 때, 울고불고 떼를 쓰더라고. 오빠라고 부르면서 나한테 도와달라고 했단 말이네. 나는 어찌할 수도 없었고."

노부오카의 목소리가 떨렸고, 쥐어짜 내는 듯이 그렇게 말하자마자 볼에 눈물이 흘렀다.

"그때, 노부코는 초등학교 2학년이었지. 나고야에 간 뒤에도 편지를 몇 번 보내면서 하야부사로 돌아가고 싶다고 했는데. 노부코하고 생이별하고 1년 정도 지났을 때였나. 노부코가 갑자기 야오로즈에 있는 노부오카 가문의 집으로 나를 찾아온 적이 있었거든. 예전처럼 같이 살고 싶었겠지. 전철을 타는 법을 배우고, 용돈을 모으고, 불안한 마음으로 혼자 찾아온 거야. 하지만 우리 어머니는 노부코를 집에 들여보내 주지 않았다네. 그때 노부코는 현관 앞에서 나를 몇 번이나 불렀어. '오빠, 오빠'라고 말이야. 그 이후로 수십 년이 지났는데 그 목소리가 내 가슴에 스며들어서 떠나질 않는단 말이네. 어째서 그때 나가서 맞이해주지 않은 거냐고. 나는 계속 그렇게 나 자신을 원망했지."

노부오카는 묘를 올려다보며 다른 사람의 이목도 신경 쓰지 않고 눈물을 흘리며 말을 이었다.

"이제 와서 너무 늦었다만, 이것이 지금 내가 할 수 있는 최대한의 속죄다 ——, 여기로 돌아오고 싶었지? 이제 안심해도 된단다, 노부코. 이번에야말로 내가 널 지켜줄 테니"

그 말에 대답하는 듯이 한 줄기 바람이 나무들을 흔들어 소리를 내며 낙엽을 공중에 흩날렸다.

이제 곧, 하야부사에 봄이 온다.

그때, 이곳은 눈부신 녹음으로 감싸이고, 얌전하면서도 늠름하고 아름다운 들꽃을 피워낼 것이다.

역자 후기

안녕하세요. 천선필입니다.

『하아부사 소방단』, 어떻게 읽으셨는지 모르겠습니다.

번역을 할 때는 머릿속에 이미지가 잡혀 있으면 작업에 큰 도움이 되곤 합니다. 방금 말씀드린 이미지는 그 책에 등장하는 풍경, 등장인물들의 생김새, 옷차림, 분위기 같은 것들이라 할 수 있을 겁니다. 그런 것들을 파악해두기 위해 번역을 시작하기 전에 작품을 적어도 한 번은 꼼꼼하게 읽는 편입니다. 그리고 제 주위에 있는 것들에 대입해보면서 이미지를 머릿속에 확실하게 잡아나가는 과정을 거치곤 합니다. 이미 알고 있는 것, 친숙한 것에 대입하는 시도는 우리가 다른 누군가에게 무언가를 설명할 때 흔히 사용하는 방법이죠. 작품과의 거리가 가까워진다고 표현할 수 있을지도 모르겠네요.

그런 의미에서 이 작품은 저와 그리 멀지 않은 곳에 있었던 것 같습니다. 이 작품의 배경이 되는 야오로즈면, 그리고 그 지역의 일부인 하야부사 지구, 그리고 무라사키노 마을은 주인공인 다로가 도쿄를 벗어나서 이른바 힐링을 하기 위해 찾아간 시골입니다. 제가 다로처럼 도시를 떠나 시골 생활을 하고 있는 것은 아닙니다만, 얼마 전에 서울을 떠나 지방에 계신 부모님 집 근처로 이사를 왔고, 작품의 무대인 하야부사 지구는 제가 명절이나 방학 때마다 찾아가곤 했던 조부모님 댁의 시골 마을을 떠올리며 말을 옮기는 작업을 진행하였으니까요. 그런 느낌을 최대한 담아내려 노력했기에 시골에 대한 뚜렷한 이미지를 가지지 못하신 독자 여러분께서도 별다른 위화감 없이 읽으셨다면 정말 큰 보람을 느낄 것 같습니다.

결국 이 작품에서 일어난 문제는 전부 사람으로 인해 일어난 문제였습니다. 중간에 등장했던 자연의 신비로운 힘, 작중 표현을 빌려서 말하자면 이른바 '슈퍼 내추럴'한 요소는 등장인물들의 동기나 행동에 큰 영향을 끼치지 못했고, 자연은 그저 멀찍이 자리 잡은 채 지켜보는 방관자적인 영역에서 벗어나지 못했다고 할 수 있을 겁니다. 전체적으로 통틀어서 가장 중요한 비중을 차지하는 집단인 오르비스 테라에 기사단 또한 사람과 사람이 만나서 이루어졌고, 정말 기이한 우연을 통해 규모가 거대해졌으며, 그렇게 조직에 많은 기여를 한 사람의 갑작스러운 죽음으로 인해 과격해졌으니까요.

사람들로만 가득 찬 대도시인 도쿄를 떠나 풍요로운 자연과 함께 살아가는 곳, 다로는 그렇게 생각하며 하야부사 지구로 삶의 터전을 옮겼을 겁니다. 하지만 그렇게 꿈과 희망을 품고 간 곳에서도 결국에는 사람들 사이의 문제가 연달아 발생하며 주인공과 이웃들을 괴롭히는 것을 보면 아이러니하기도 합니다. 물론 소방단 사람들, 마을 사람들, 그리고 사건을 통해 알게 된 사람들 중에는 좋은 관계를 맺은 사람도 많긴 합니다만, 결국에는 사람인 이상, 자연을 내세우면서 훌훌 털어버리지는 못하는 존재라는 한계가 있는 것인지도 모르겠다는 생각도 들었습니다.

이런 생각을 하면서 이『하야부사 소방단』이라는 작품을 번역하였습니다. 감사의 말씀을 드리고 후기를 마치려 합니다.

항상 신경을 많이 써주시는 담당 편집자분, 책을 내는 데 도움을 많이 주신 소미미디어 관계자 여러분 그리고 가족 여러분. 감사합니다.

그 누구보다 감사드리고 싶은 분은 독자 여러분입니다. 제가 이렇게 무사히 번역을 마치고 후기를 쓸 수 있는 것도 독자 여러분 덕분이라 생각합니다. 진심으로 감사드립니다.

건강하시고 행복한 하루 보내시길 바랍니다.
감사합니다.

천선필

하야부사 소방단

2023년 4월 28일 1판 1쇄 발행
2023년 8월 3일 1판 2쇄 발행

저　　　자	이케이도 준
옮 긴 이	천선필
발 행 인	유재옥

본 부 장	조병권
편 집 1 팀	김준균 김혜연
편 집 2 팀	정영길 조찬희 박치우 정지원
편 집 3 팀	오준영 이해빈 이소의
편 집 4 팀	전태영 박소연
디 자 인	김보라 박민솔
라 이 츠	김정미 맹미영 이윤서
디 지 털	박상섭 김지연 윤희진
발 행 처	(주)소미미디어
발 행 등 록	제2015-000008호
주　　　소	서울시 마포구 토정로 222, 403호(신수동, 한국출판콘텐츠센터)
판　　　매	(주)소미미디어
제 작 처	코리아피앤피
영　　　업	박종욱
마 케 팅	최원석 박수진 최정연
물　　　류	허석용 백철기
전　　　화	편집부 (070)4260-1393, (070)4405-6528 기획실 (02)567-3388 판매 및 마케팅 (070)4165-6888, Fax (02)322-7665

ISBN 979-11-384-7788-8 (03830)